BEIHEFTE ZU

editio

Herausgegeben von WINFRIED WOESLER

Band 17

Musikedition

Mittler zwischen Wissenschaft
und musikalischer Praxis

Herausgegeben von
Helga Lühning

Max Niemeyer Verlag
Tübingen 2002

Die Deutsche Bibliothek – CIP-Einheitsaufnahme

Musikedition : Mittler zwischen Wissenschaft und musikalischer Praxis / hrsg. von Helga Lühning. – Tübingen : Niemeyer, 2002
   (Beihefte zu Editio ; Bd. 17)

ISBN 3-484-29517-1   ISSN 0939-5946

Druck: AZ Druck und Datentechnik GmbH, Kempten
Einband: Buchbinderei Geiger, Ammerbuch

Inhalt

III. Fassungsfragen

IV. Edition und musikalische Praxis

Vorwort

Die Fachgruppe Freie Forschungsinstitute der Gesellschaft für Musikforschung hat in Verbindung mit dem Staatlichen Institut für Musikforschung Preußischer Kulturbesitz in den Jahren 1998 und 2000 in Berlin zwei musikwissenschaftliche Tagungen veranstaltet, deren Vorträge und Referate hier veröffentlicht werden. Als ‚Editorenseminare‘ deklariert, sollten die Veranstaltungen eigentlich nur der Fortbildung von Musikeditoren, philologisch versierten Universitätslehrern, fortgeschrittenen Studenten und interessierten Musikern dienen. Der enge Seminarrahmen wurde jedoch schon bei der ersten Veranstaltung durch ein unerwartet großes Interesse gesprengt, so daß für die zweite Tagung von vornherein ein umfangreiches Symposion mit einer Vielzahl verschiedenartiger Darbietungen geplant werden konnte.

Diese inhaltliche und formale Vielfalt soll auch das Buch widerspiegeln. Es wurde absichtlich nicht darauf gedrungen, alle Referate und Berichte in eine ‚normale‘ Aufsatzform zu bringen. Für den Leser ist die abwechslungsreiche Buntheit sicher ein wenig irritierend, aber vielleicht auch ganz reizvoll. Den Eingang bilden zwei Vorträge, die als öffentliche Veranstaltungen ein größeres Publikum ansprechen sollten. Es folgen spezielle Forschungsberichte (Bach, Schönberg, Brahms), Schulbeispiele (Schubert), überblickhafte Darstellungen, eine ausgewachsene Monographie über Webers Klavierauszüge, editionsgeschichtliche Untersuchungen (Breig), ein Bericht über die Zusammenarbeit zwischen Editoren und Musikern (Allroggen) und kurze Referate über das neueste Editionsprojekt (Eisler). Zwar wurden sie thematisch geordnet; eine gleichmäßige Abdeckung der zentralen Fragestellungen musikwissenschaftlicher Edition wurde damit aber nicht angestrebt. Vielmehr sollten die Referate möglichst unmittelbar aus der aktuellen editorischen Arbeit hervorgehen. Allerdings wurde versucht, eine historisch möglichst weite Spanne zu erfassen – vom Mittelalter bis ins 20. Jahrhundert.

Im Titel des Buches wird der Aspekt herausgestellt, der die Musikedition von der Edition literarischer Texte am stärksten unterscheidet. Anders als bei literarischen Werken liegt bei musikalischen Kompositionen das Ziel nicht in der Niederschrift eines (Noten-)Textes, also nicht in dem, was in einer Edition adäquat wiedergegeben werden kann, sondern in der klingenden Erscheinung. Der Notentext bzw. seine Edition vermittelt zwischen der Komposition und der Aufführung. Um ein musikalisches Ereignis, einen komponierten musikalischen Verlauf reproduzierbar zu machen, wurden Notierungsformen erfunden, über Jahrhunderte weiter entwickelt und dabei – an der jeweiligen Praxis orientiert – immer mehr präzisiert. Daraus entstanden äußerst komplexe Zeichensysteme, die es ermöglichten, nicht nur den musikalischen Satz (Diastematik, Rhythmus)

festzulegen, sondern auch die klanglichen und agogischen Bereiche in die musikalische
Komposition einzubeziehen. Deren Fixierung gelang jedoch nur unvollständig, so daß
für die Ausführung ein weiter Spielraum bleibt. Ihn zu füllen ist Aufgabe der Musiker,
denen die Editoren die Vorgaben aufbereiten müssen.

Für den musikwissenschaftlichen Editor ist daher der (lesende) Wissenschaftler als Dia-
logpartner und als Benutzer der Edition nur einer von zwei Adressaten. Der andere ist
der (spielende) Musiker. Er hat eigene Interessen und eigene nicht minder gewichtige
Forderungen an eine historisch seriöse Ausgabe. Diese zweiseitige Ausrichtung der musikwissenschaftlichen Edition führt nicht selten zu Reibungen und zu Problemen der
Vermittlung, die oft schwerer lösbar sind, als die der Erforschung des zu edierenden Textes. Dennoch ist die Verbindung der beiden Pole Wissenschaft und Praxis eine Conditio
der Musikedition, denn sie hat ihre Entsprechung in der Sache selbst, in der Notenschrift. Verständnis und Sensibilität für die Eigenarten, die besonderen Aufgaben und die
speziellen Regeln der Edition musikalischer Werke zu wecken, wollen diese Berichte
versuchen.

Die beiden Tagungen fanden in den Räumen, mit der umfassenden Betreuung und
der finanziellen Unterstützung des Staatlichen Instituts für Musikforschung statt. Dem
Direktor des SIM, Herrn Dr. Thomas Ertelt, sei für die Einladung noch einmal herzlich
gedankt. – Die Deutsche Forschungsgemeinschaft hat die zweite Veranstaltung als Rund-
gespräch gefördert. – Von einer Tagung zu einem Tagungsbericht ist es oft ein weiter
Weg – so auch diesmal. Daß er schließlich zum Ziel führte, verdanke ich Herrn Professor Dr. Winfried Woesler, der spontan bereit war, den Bericht in die Beihefte zu editio
aufzunehmen. – Durch eine großherzige Spende von Frau Else Klindtworth konnte die
Einrichtung für den Druck finanziert werden. – Herr Jens Dufner, M. A., war die ‚rechte Hand‘, die das sorgfältige Druckbild, die teilweise sehr komplizierten Notenbeispiele
(Schönberg!), die Grafiken, Tabellen und Stemmata und die zahlreichen Abbildungen
herstellte, bei redaktionellen Vereinheitlichungen und beim Korrekturlesen hilfreich und
obendrein auch noch sachkundig war. Ihnen allen sei – auch im Namen der Referenten
und der Fachgruppe Freie Forschungsinstitute – gedankt.

Bonn, im Dezember 2001   Helga Lühning

Öffentliche Vorträge

Christian Martin Schmidt

Zwischen Quellentreue und Werkrezeption

Oder: Dem Wandel des historischen Bewußtseins ist nicht zu entkommen

Überblickt man die musikwissenschaftliche Landschaft in Mitteleuropa und in den letzten Jahrzehnten, so ist unübersehbar, daß kaum ein Zweig unserer Disziplin inhaltlich wie organisatorisch, quantitativ wie qualitativ so in Blüte steht wie die editorische Tätigkeit, d. h. die wissenschaftlich-kritische Sichtung und Bewertung der Quellen zu einem musikalischen Produkt sowie die verantwortliche und zuverlässige Veröffentlichung. Das war nicht immer so und ist auch heute nicht in allen Ländern so, in denen Musikwissenschaft ernsthaft betrieben wird. In beiden Erstreckungen historischen Denkens, der zeitlichen wie der räumlichen, handelt es sich also bei dem besonders lebendigen Interesse an Editionen um eine spezifisch geschichtliche Erscheinung, die weder in der ersten Hälfte unseres Jahrhunderts vorhanden war, als in Mitteleuropa neue Gesamtausgaben – grob gesagt – lediglich aus Verlagsinteressen unternommen wurden, noch etwa gegenwärtig in den Vereinigten Staaten anzutreffen ist, wo man sich noch nicht einmal in der Lage sieht, eine angemessene Ives-Ausgabe ins Werk zu setzen. Hier und heute dagegen werden wir alle auf die eine oder andere Weise in den Sog dieses besonderen Interesses an Editionen hineingezogen, was allerdings nicht immer nur auf Zustimmung stößt. Ab und zu lassen sich, wenn auch verhalten, warnende Stimmen hören, die die Befürchtung äußern, mit der Konzentration auf editorische Probleme würde eine Hilfswissenschaft zum Zentrum unserer Disziplin erhoben, würde die Philologie als Surrogat für das eigentliche Ziel unserer Wissenschaft, die Erkenntnis der Werke, eingesetzt. Man kann solche Einwände gewiß nicht umstandslos vom Tisch wischen, sollte ihnen aber angesichts der jüngeren methodologischen Diskussion unter Editoren, die bei ihrer Tätigkeit im Schulterschluß mit der musikalischen Analyse gerade die Hermeneutik von Notation, Quellen und musikalischen Produkten ins Zentrum ihres Erkenntnisinteresses rücken, nicht allzu viel Gewicht beimessen. Selbst wenn man der Maxime: „Wer ein Kunstwerk erforschen will, ediere es zunächst!", die Georg von Dadelsen bereits 1967 und zweifellos augenzwinkernd formuliert hat,[1] nicht Folge leisten will, so muß doch auf der potentiell substantiellen Rolle insistiert werden, die der philologischen Forschung für die Werkerkenntnis zuwachsen kann.

Dazu gleich ein Beispiel. Es ist – wie einige der folgenden – vielleicht trivial oder ‚rennt offene Türen ein', muß aber als unwiderleglicher Beweis dafür akzeptiert werden, daß philologische Feststellungen analytische Beobachtungen stützen und unterstreichen können und somit klar zur Werkerkenntnis beitragen. Daß Brahms' kompositorisches Interesse von allem Anfang an auf dichteste motivisch-thematische Vernetzung seiner

---

[1] Editionsrichtlinien musikalischer Denkmäler und Gesamtausgaben. Hrsg. von Georg von Dadelsen. Kassel 1967, S. 7.

Bsp. 1a: Brahms, Klaviersonate C-Dur op. 1, dritter Satz

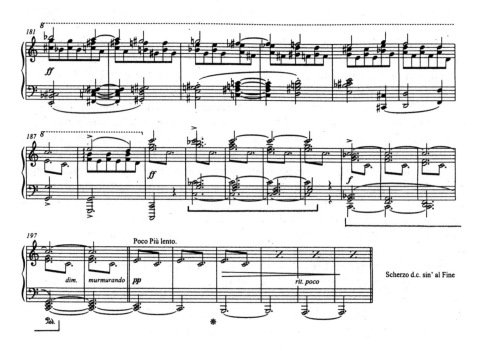

Bsp. 1b: Brahms, op. 1, dritter Satz, Ende des Trios in der Fassung des Autographs

Bsp. 1c: Brahms, op. 1, dritter Satz, Ende des Trios in der endgültigen Fassung

Kompositionen gerichtet war, ist nach den analytischen Forschungsergebnissen der letzten Dekaden so selbstverständlich, daß man sich fast scheut, erneut daran zu erinnern. Doch ist in den Quellen der C-Dur-Klaviersonate op. 1 die schriftliche und autorisierte Beglaubigung jener Tendenz so unmißverständlich festgeschrieben, daß es vertretbar erscheint, nochmals darauf hinzuweisen.

Bereits im Autograph wird am Ende des Trios im dritten Satz Bezug auf den Anfang des Scherzos (Bsp. 1a) genommen, hier allerdings nur durch die zweimalige Erwähnung des viertönigen Kopfmotivs (in Bsp. 1b durch eckige Klammern markiert). Diese Vernetzung war Brahms aber offenkundig nicht stringent oder verbindlich genug, und er formulierte – wahrscheinlich in der heute unzugänglichen Stichvorlage – die Neufassung, wie sie uns im Erstdruck vorliegt (siehe Bsp. 1c); sie nimmt – und dies in analoger rhythmischer Beschleunigung im Verhältnis zum Kopfmotiv – auch die Figur aus Takt 3 des Scherzos vorweg und insistiert auf ihr auch dann noch, wenn das Kopfmotiv in diminuierendem Verklingen ausbleibt.

Doch zurück zur heutigen Situation musikalischen Edierens bzw. zu der Frage, welche historische Entwicklung zu ihr geführt hat. Ausgangspunkt war unverkennbar die Aufbruchs- und Wiederaufbaustimmung nach dem Zweiten Weltkrieg, welche die editorischen Interessen der deutschsprachigen Musikwissenschaft zu neuem Leben erweckte. Erlauben Sie mir dazu nochmals Georg von Dadelsen aus seinem Vorwort zur ersten Publikation der Editionsrichtlinien musikalischer Denkmäler und Gesamtausgaben von 1967 zu zitieren:

> Die Zeit war für solche Unternehmungen günstig, und sie ist es noch. Entstanden die ersten Ausgaben nach 1945 noch unter dem nahen Eindruck der kriegerischen Zerstörungen – als eine vielleicht letzte Möglichkeit, die wertvollen Handschriften, die die Verwüstungen noch einmal überstanden hatten, zu publizieren und damit wenigstens ihren Inhalt über die Zeiten zu retten –, so überwog doch bald ein anderer Antrieb: Es hatte sich gezeigt, daß die erste, imponierende Auswertung der Quellen, welche die Musikhistoriker des 19. und beginnenden 20. Jahrhunderts vorgenommen hatten, notwendigerweise unvollkommen geblieben war. Wo man auch ansetzte, überall kam neues Quellenmaterial zum Vorschein oder das alte war neu zu bewerten.[2]

Daß die Situation für die Editionsunternehmen auch nach 1967 günstig blieb und ihre Lage selbst heute noch als eher positiv einzuschätzen ist (positiver jedenfalls als die der Universitäten), hatte zum einen den Grund, daß die öffentlichen Geldgeber, Bund und Länder, sowie weitere kulturtragende Institutionen wie die deutschen Akademien der Wissenschaften die musikalischen Gesamtausgaben als geeignetes Mittel für eine auch international wirksame Repräsentanz nationaler Kultur anerkannten und dementsprechend förderten. Zum anderen darf das eminente Engagement der Musikverlage nicht vergessen werden, die ihr legitimes kommerzielles Interesse mit der gewiß auch werbewirksamen Erfüllung der ethischen Verpflichtung zur Bewahrung musikalischer Qualitätsstandards verbanden und immer noch verbinden; genannt seien hier nur der Bärenreiter-Verlag in Kassel, der Henle-Verlag in München, der Schott-Verlag in Mainz und neuerdings auch wieder der Verlag Breitkopf & Härtel Wiesbaden / Leipzig. In diesen Verlagen erscheinen mit nur einer Ausnahme die insgesamt 15 musikwissenschaftlichen Editionen, deren Arbeit durch die Union der deutschen Akademien der Wissenschaften, vertreten durch die Akademie der Wissenschaften und der Literatur, Mainz, koordiniert wird, und es lohnt sich wirklich, diese Unternehmen einmal in aller Öffentlichkeit aufzulisten:

J. S. Bach, Neue Ausgabe   Haydn, Werke
Brahms, Neue Ausgabe   Mendelssohn Bartholdy,
Gluck, Sämtliche Werke   Leipziger Ausgabe
Händel, Hallische Ausgabe   Mozart, Neue Ausgabe

---

[2] Ebenda.

Schönberg, Sämtliche Werke   Weber, Sämtliche Werke
Schubert, Neue Ausgabe   Das Erbe deutscher Musik
Schumann, Neue Ausgabe   Wissenschaftliche Edition des
Telemann, Auswahlausgabe   deutschen Kirchenlieds
Wagner, Sämtliche Werke

Und dabei fehlen in dieser Liste mehrere weitere langfristig angelegte, aber anderweitig finanzierte Editionsunternehmen, so etwa die neue Beethoven-Ausgabe, die Hindemith-, Berg- oder Eisler-Gesamtausgabe, die Busoni-Schriftenausgabe, die Richard-Wagner- oder Giacomo-Meyerbeer-Briefausgabe, die Briefausgabe der Wiener Schule und andere mehr.

Solche quantitativ beträchtliche und für Außenstehende wohl erstaunliche Präsenz von Editionsunternehmen innerhalb der deutschen Musikwissenschaft indes wäre kaum vorstellbar und der Gesellschaft gegenüber kaum zu rechtfertigen, stünden ihr nicht auch angemessene inhaltliche Leistungen gegenüber. Um es plakativ auszudrücken: Die Musikphilologie arbeitet innovativ, wissenschaftlich aktuell und kooperativ. Um mit letzterem, also der fruchtbaren Zusammenarbeit zu beginnen, so war es gewiß günstig, daß an der Akademie der Wissenschaften und der Literatur in Mainz eine zentrale Anlaufstelle geschaffen wurde, in der organisatorisch wie inhaltlich verbindliche Maßstäbe gesetzt werden konnten; noch wichtiger für alle Beteiligten allerdings war der glückliche Umstand, daß diese Anlaufstelle zunächst durch Hanspeter Bennwitz und jetzt durch Gabriele Buschmeier personell aufs beste besetzt und damit jenen Richtlinien durch die Wirksamkeit individueller Kompetenz besonderes Gewicht verliehen wurde. Das zweite Standbein der übergreifenden Kooperation ist heute die Fachgruppe Freie Forschungsinstitute in der Gesellschaft für Musikforschung, die zu einem allseits akzeptierten Forum des Austauschs von Erfahrungen und Informationen sowie der Methodendiskussion geworden ist. Dazu dienen eigens veranstaltete Symposien zu Spezialthemen ebenso wie das gegenwärtige Editorenseminar. Nicht nur innerhalb der eigenen Disziplin haben diese Initiativen Anerkennung gefunden; bei der Tagung der Arbeitsgemeinschaft für germanistische Edition zum Beispiel, die 1998 in Den Haag abgehalten wurde, wurde von seiten des großen Schwesterfachs – hier und da mit Verblüffung, aber neidlos – zur Kenntnis genommen, daß auch in einem angeblich kleinen Fach ein methodologisches Niveau beträchtlicher und mindestens gleichwertiger Höhe entwickelt werden kann. Für Germanisten besonders interessant sind naturgemäß die Überlegungen, die in der Fachgruppe zur Edition von Musikerbriefen und -schriften angestellt wurden; dazu wurde eigens eine Arbeitsgruppe eingerichtet, die sich im letzten Jahr durch die Publikation von Richtlinien-Empfehlungen zur Edition von Musikerbriefen[3] auch öffentlich zu Wort gemeldet hat. Die ernsthafte Einbeziehung der Schriften und Briefe als Quellen zum Werk ist eines der wesentlichen Elemente neuerer Musikphilologie. Es wird darauf zurückzukommen sein.

Als wissenschaftlich aktuell und innovativ erweist sich die moderne Edition aber namentlich durch zwei andere Aspekte: Durch die differenzierte Bewertung des Werkcharakters musikalischer Produkte einerseits und durch die Berücksichtigung aller verfügba-

---

[3] Richtlinien-Empfehlungen zur Edition von Musikerbriefen. Vorgelegt von B. R. Appel, W. Breig, G. Buschmeier, S. Henze-Döhring, J. Veit und R. Wehner. Mainz 1997.

rer Quellen als Bestandteile des Werkes: Der Titel dieses Editorenseminars „Quellentypen und ihre Bedeutung für die Edition" zeigt dies in aller Deutlichkeit. Dies ist etwas näher auszuführen.

Die Anfänge einer bewußten oder wissenschaftlichen Edition im 19. Jahrhundert wurden ausgelöst durch das allgemein wachsende Interesse an älterer Musik und fanden in den unterschiedlich motivierten Renaissancen etwa der Musik von Palestrina oder Bach Stütze und Rechtfertigung. Nur auf Grundlage dieser breiten Akzeptanz im Musikleben ist das Entstehen der Denkmäler-Ausgaben und der Gesamtausgaben der großen Meister, deren Beginn man mit der seit 1851 erschienenen Alten Bach-Ausgabe ansetzen kann, zu verstehen. Mit dem musikalischen Denken der Zeit insgesamt war aber auch das der Editoren von einer ästhetischen Grundbedingung geprägt: der normativen – und damit unhistorischen – Gültigkeit der ja in der Tat überaus hochstehenden autonomen Tonkunst, der selbst ein noch so geschärftes Bewußtsein historischer Differenzen – und das ist weniger zu kritisieren, denn begreiflich zu machen – kaum etwas entgegensetzen konnte. Autonome Tonkunst realisiert sich in Werken emphatischen Charakters, also solchen, die als geschlossene, d. h. in sich stimmige geschaffen sind und deren Individualität als Kunstgebilde sich nur in der originalen Gestalt, in der einen authentischen Fassung realisiert. Von diesem Werkbegriff ging man bewußt oder unbewußt auch bei der älteren Musik aus, deren Herausgabe man bis weit ins 20. Jahrhundert als hauptsächliches Aufgabenfeld von Editionstechnik ansah. Man setzte auch bei ihr die Existenz einer authentischen Fassung voraus und übertrug ‚veraltete' Notationen (Mensural- und Modalnotation, Tabulaturen) in die moderne. Daß die theoretisch akzeptierte Maxime der Quellentreue hierbei mehr als nur tangiert wurde, schien im Blick auf die angestrebte Werkrezeption in Kauf genommen werden zu können.

Durch die kompositorische Entwicklung im 20. Jahrhundert dagegen ist die Idee des individuellen Kunstwerks zum Problem geworden; und man hat angesichts der Tatsache, daß zahlreiche Komponisten gänzlich andersartige und entgegengesetzte Musikkonzepte entwickelt haben, zu Recht vom Zerfall des Werkbegriffs gesprochen. Von entscheidender Bedeutung – auch für die Theorie der Editionstechnik – ist dabei die Einsicht, daß der Kunstbegriff des 19. Jahrhunderts sich durch diese Entwicklung als historisch bedingt erwiesen hat: Er hat weder Ewigkeitsgeltung, noch ist er das Ziel der Musikgeschichte. Aus dieser Einsicht resultiert unmittelbar die Frage, wieweit sich jener Werkbegriff in die Vergangenheit erstreckt hat, und mit ihr stellt sich für die Editionstechnik das drängende Problem, wie Kompositionen früherer Jahrhunderte publiziert werden können, ohne daß der ihnen historisch eigene Charakter als Werk oder nicht verzerrt wird. Und selbst für das 19. Jahrhundert hat sich herausgestellt, daß die Relationen zu jenem Ideal mannigfach sind und angesichts der Vielfalt der einflußnehmenden Faktoren nicht auf einen einfachen Nenner gebracht werden können. Das zeigen bereits die Sichtung und Auswertung der Quellen, bei welchen vor allem die Verschiedenartigkeit hinsichtlich ihres Ranges und ihrer Funktion für das individuelle Werk oder die fortgeschriebene Werkkonzeption editorische Konsequenzen nach sich ziehen muß. Die Einschätzung der Bedeutung solcher Quellen ist wiederum von Komponist zu Komponist, von Gattung zu Gattung, ja zuweilen von Komposition zu Komposition eines Autors unterschiedlich vorzunehmen. Von den Editoren ist mithin ein Höchstmaß an Differenzierungsvermögen gefordert, also nichts anderes als das, was für die analytische Interpretation als selbstverständlich gilt, denn jede Edition – und dies kann nicht nachdrücklich genug unterstrichen werden – ist immer auch Interpretation.

Ein radikales Umdenken hat sich daneben hinsichtlich der Einschätzung derjenigen Quellen vollzogen, die nicht als unmittelbare Dokumente des einen und einzigen definitiven Textes gelten können. In der älteren Editionstechnik wurden bei Kompositionen namentlich neuerer Zeit Quellen des Entstehungsprozesses, wie vor allem Skizzen, Fassungen, die als Dokumente der Unabgeschlossenheit der Werkkonzeption gelten können, und schließlich Sekundärversionen wie Klavierauszüge – selbst wenn sie vom Komponisten stammten und gedruckt vorlagen – aus den Überlegungen und der Praxis von Edition ausgeschieden. Maßgebend für die Editionstechnik war mithin – und das übereinstimmend mit den Maximen der Zeit – ein ästhetisches oder Kunstinteresse, das sich an den Normen der in jeder Hinsicht hochentwickelten Tonkunst orientierte, und weniger eine wissenschaftliche Haltung, die sich – soweit dies überhaupt möglich und erstrebenswert ist – interesselos ihrem Gegenstand widmet. Skizzen und Kompositionsentwürfe galten als Privatsache des Komponisten, als biographisches Detail, das wenig oder nichts mit dem Werk zu tun habe, und ihr methodologisch kaum je durchdachter Abdruck fand dementsprechend allenfalls Platz in biographisch gerichteten Publikationen. Unterschiedliche Fassungen einer Werkkonzeption wurden, ungeachtet ihrer potentiellen Eigenständigkeit (wie bei Schumanns 4. Symphonie, op. 120) oder aber auch Unfertigkeit (Mendelssohns *Italienische Symphonie*, op. 90), dem Ideal des einen, abgeschlossenen Originals angemessen – eine Haltung, die entweder zu ihrem Ausschluß von der Publikation (was Brahms bei der ersten Fassung von Schumanns op. 120 immerhin noch zu verhindern wußte) oder dazu führen konnte, daß eine nicht definitive und nicht autorisierte Fassung durch den Druck in den Rang der Authentizität erhoben wurde (was hinsichtlich von Mendelssohns op. 90 durch die von Julius Rietz verantwortete erste Werkausgabe geschah). Klavierauszüge galten ungeachtet ihrer eminenten Rolle für die Verbreitung der Werke im 19. Jahrhundert als ausschließlich pragmatische und folglich defiziente Bearbeitungen, so daß ihnen kein Platz in Werkausgaben – wie beispielsweise der ersten Brahms-Gesamtausgabe – eingeräumt wurde.

Demgegenüber ist die heutige Editionstechnik der Auffassung, daß alle Quellen ungeachtet ihrer Position im Entstehungsprozeß oder bei der Werkverbreitung zur Sache selbst gehören; der ästhetisch normativen Haltung älteren Edierens steht mithin die übergreifend historisierende Differenzierung gegenüber. Helga Lühning hat das im Programmheft zu unserer Veranstaltung auf den Punkt gebracht, indem sie konstatiert, „Ziel modernen Edierens sei es letztlich, das Werk in seiner Geschichte zu erfassen".

★

Einige der genannten Aspekte möchte ich nun im zweiten – und vielleicht unterhaltsameren – Teil meines Vortrags anhand von konkreten Fällen erläutern:

- Der erste betrifft die Rolle, die Quellen des Entstehungsprozesses für die Edition haben können und rekurriert auf zwei Beispiele aus dem Œuvre Arnold Schönbergs.
- Im zweiten wird auf die Problematik normativen und in diesem Fall musiktheoretischen Denkens am Beispiel von Beethovens Diabelli-Variationen eingegangen.
- Das dritte Beispiel unterstreicht die Bedeutsamkeit von Fassungen, wofür das Streichsextett op. 18 von Brahms einstehen kann.

– Im vierten Beispiel schließlich soll an Mendelssohns Musik zum *Sommernachtstraum* gezeigt werden, welchen Quellenwert Briefe haben können.

Zum ersten Beispiel: Auch bei der Oper *Moses und Aron* hat Schönberg sein übliches Kompositionsverfahren angewendet, die – zuweilen äußerst umfangreiche – Skizzierung in einen tendenziell vollständigen Verlaufsentwurf münden zu lassen; die Teile dieser Erstniederschrift – wie er sie nannte – können allerdings ganz verstreut über die Skizzenblätter notiert sein. Ein Beispiel (2a) bietet die Erstniederschrift des irrtümlich mit „778" numerierten Taktes 779 aus dem I. Akt. Die Stimmen von Piccolo und erster Flöte, dann Solo-Geige und dann Celesta sind in drei Systemen notiert. Der Vergleich mit der Notation desselben Taktes aus dem Reinschrift-Particell (Bsp. 2b) zeigt, daß hier die Stimme der Solo-Geige ausgelassen ist. Ein wie immer geartete Grund dafür, daß diese Auslassung inhaltlich bedingt und absichtlich geschehen ist, läßt sich selbst bei größtem Bemühen nicht finden, und auch die Tatsache, daß mit den Tönen der Geige drei Elemente der Zwölftonreihe fehlen, läßt auf ein Versehen beim Abschreiben schließen. Dagegen ist der Fehler – und dies ist das entscheidende philologische Argument – im Blick auf die Erfahrung beim Abschreiben leicht zu erklären: Mit der Celesta war Schönberg in der Erstniederschrift in der untersten Zeile angekommen, und als solche hat er denn auch das Celesta-System in der Reinschrift angesehen und darüber die Geigenstimme vergessen. Wem ist ein solcher Fehler noch nicht unterlaufen? Von dieser Annahme ist die Gesamtausgabe ausgegangen und hat die Solo-Geige gemäß der Erstniederschrift ergänzt (Bsp. 2c). Diese Entscheidung ist natürlich eine – aber wohl gut begründete – Interpretation und nicht von einem lückenlosen Beweis getragen. Viel wichtiger in diesem Zusammenhang aber ist, daß diese Entscheidung wesentlich von einer philologischen Beobachtung motiviert und nicht im Blick auf die strukturelle ‚Richtigkeit', auf die Vervollständigung der Zwölftonreihe erfolgt ist. Gäbe es keine Quelle für die Geigenstimme, gäbe es keine Skizze oder Erstniederschrift, in der sie notiert wäre, so gäbe es auch keinen Anlaß, der abstrakten Kompositionsmethode zu ihrem bei Schönberg durchaus zweifelhaften Recht zu verhelfen – ganz abgesehen davon, daß man dann Instrumentation, Lage, Rhythmik etc. der drei Elemente a – c – g erfinden müßte.

Ins Blickfeld tritt hier die Relation zwischen Edition und Analyse, und dies namentlich in der Zwölftonmusik. Doch wie die Edition der Analyse nur die Grundlagen ihrer Arbeit zur Verfügung stellen kann, so kann die Analyse der Edition nur Fingerzeige für potentielle Fehler der Überlieferung bieten. Dafür ein nur kurzes Beispiel wiederum aus Schönbergs Œuvre, das auch nochmals auf die Rolle der heute ernstgenommen Skizzen verweisen soll. In den – übrigens tonalen – Variationen über ein Rezitativ für Orgel, op. 40, aus dem Jahre 1941 zeigt die Analyse, daß in der VIII. Variation eine Tonhöhenabweichung von dem Modell des Themas vorliegt. Die Variation besteht aus einem überaus komplizierten Geflecht von Grundgestalt und zwei Umkehrungen des Themas, und bei der um eine Oberquint transponierten Umkehrung lautet der 21. Ton g" statt ges". Das gilt gleichermaßen für eine Skizze, in der die Umkehrung für sich notiert ist, nicht aber für eine weitere, in der die Abweichung g" sogar wieder zu ges" korrigiert ist.[4] Und dennoch kehrt die Reinschrift (Takt 106, 8. Achtel) zu g" zurück, eine Entschei-

---

[4]   Vgl. dazu die Skizzen S89 bzw. S90 in: Arnold Schönberg. Sämtliche Werke. Reihe B. Band 5. Hrsg. von Christian Martin Schmidt. Mainz 1973, S. 40.

a: Erstniederschrift

b: Reinschriftparticell

c: Partitur der Gesamtausgabe

Bsp. 2: Schönberg: *Moses und Aron*, I. Akt, T. 779

dung des Komponisten, die – wie die Skizzen belegen – offenkundig in klarem Bewußt-
sein getroffen wurde und gegen die keine analytische Einsicht etwas ausrichten kann. Die
Gesamtausgabe bietet dementsprechend die analytisch falsche, philologisch aber richtige
Note g.

Die grundsätzliche Problematik, an den überlieferten Text einer Komposition die Regeln allgemeiner Kompositionsprinzipien heranzutragen – sei es das ,Zwölftongesetz', sei
es die traditionell verbürgten Regeln des Tonsatzes oder der Harmonielehre –, veran-
schaulicht das folgende Beispiel: die berühmten Takte 21 bis 24 aus der XV. Variation
von Beethovens *Diabelli-Variationen* op. 120. In der Tat zeigt der Tonsatz in der Form,
wie er seit dem von Beethoven sorgfältig überwachten Originaldruck bis Anfang der
1960er Jahre von sämtlichen Ausgaben geboten wird, mehr als nur einige Merkwürdigkeiten (Bsp. 3a); hingewiesen sei hier exemplarisch nur auf die in der Tat falsch gesetzten
Quartsextakkorde auf dem Schwerpunkt von Takt 21 und 23. Erst in dem von Siegfried
Kross verantworteten Text der neuen Beethoven-Ausgabe von 1961 bzw. in der parellel
erscheinenden Henle-Ausgabe (Bsp. 3b) wurde auf diese Merkwürdigkeiten durch die
Einfügung des Schlüsselwechsels im unteren System reagiert: Violinschlüssel vor Takt 21
und Baßschlüssel vor dem vierten Achtel von Takt 24; dabei ist allerdings zu bemerken,
daß die Bedenklichkeit der Stelle dadurch allenfalls gemildert, aber nicht beseitigt ist.
An diesen Eingriff hat sich in der Zeitschrift *Die Musikforschung* eine heftige Kontrover-
se zwischen dem Herausgeber und dem Beethoven-Forscher Alan Tyson angeschlossen,
an deren Beginn Kross seine textkritischen Erwägungen im Vorgriff auf den Kritischen
Bericht der Gesamtausgabe (der bis heute nicht erscheinen ist) ausführlich dargelegt hat.[5]
Mir geht es jetzt nicht darum, ob seine Argumentation richtig oder falsch ist, sondern um
die Frage, welche Motive ihn – ausgesprochen oder unausgesprochen – zu seiner Entscheidung geführt haben. Ausgangspunkt ist gewiß die Feststellung der satztechnischen
Bedenklichkeit, die dann auch die Interpretation der ebenfalls konsultierten Skizzen geprägt hat, in denen die betreffende Stelle ohne eigens gesetzte Schlüssel notiert ist. Anders
formuliert: Wären die Takte satztechnisch in Ordnung, so wäre niemand auf den Gedanken gekommen, die betreffende Stimme in der Skizze anders als im Baßschlüssel zu lesen.
Unterstützung fand Kross allerdings in dem Faktum, daß jener Schlüsselwechsel in der
Vergangenheit bereits mehrfach erwogen wurde, namentlich von Johannes Brahms, der
für Kross als Brahms-Experten gewiß ein besonders wichtiger Gewährsmann ist. Dieser
hat in seinem Handexemplar den Violinschlüssel ergänzt, dessen Wiederholung am Rand
aber mit einem Fragezeichen versehen; unschlüssig war er sich aber vor allem hinsichtlich
der Rückkehr in den Baßschlüssel, für die er – wie seine Eintragungen zeigen – sowohl
das dritte als auch das vierte Achtel des Taktes 24 in Betracht zog.

Brahms dachte ästhetisch wie satztechnisch normativ und wäre wohl niemals auf den
Gedanken gekommen, daß Beethoven – selbst in seinem Spätwerk – absichtlich Fehler
in seine Kompositionen eingebaut hätte. Diese Möglichkeit besteht aber sehr wohl: Die
Diabelli-Variationen nämlich verhandeln ein Thema, über das sich Beethoven durchaus
mokant geäußert hat, und die neueren analytischen Interpretationen des Werkes gehen
davon aus, daß er sich von der Vorlage „mit dem Schusterfleck" in mehreren Variationen

---

5   Siegfried Kross: Eine problematische Stelle in Beethovens Diabelli-Variationen. In: Die Musikforschung 16,
     1963, S. 267–270.

Bsp. 3a: Beethoven, *Diabelli-Variationen* op. 120

Bsp. 3b: ‚Fassung Kross‘

ganz bewußt durch Satire und Ironie abgesetzt hat. Dazu passen die Merkwürdigkeiten jener vier Takte aufs beste. Das mag verdeutlichen, daß die Editionstechnik zu größter Vorsicht aufgerufen ist, wenn es darum geht, einen philologisch eindeutigen Text im Sinne allgemeiner Prinzipien, eines jeweils bestehenden Komponistenbildes oder der aktuellen Interpretation eines Werkes zu korrigieren. Quellentreue ist hier allemal der beste Weg, um die potentielle Vielfalt der Werkrezeption offen zu halten.

★

Der dritte Aspekt meiner Erläuterungen bezieht sich auf die editorische Wiedergabe von Fassungen. Ihre ernsthafte Berücksichtigung und gegebenenfalls ihr Abdruck stellt quantitativ gewiß die größte Erweiterung der neuen gegenüber den alten Gesamtausgaben dar. Dies gilt namentlich für die vom Komponisten selbst verfaßten Klavierauszüge oder besser die Arrangements für Klavier meist zu vier Händen. Rechnung getragen wird damit zum einen der Tatsache, daß den Klavierarrangements für die Verbreitung und Rezeption der Kompositionen im 19. Jahrhundert ein eminent großes Gewicht zukommt; man kann wohl davon ausgehen, daß die Kammer- und Orchestermusik im letzten, klavierspielenden Jahrhundert weit häufiger in jenen Arrangements am häuslichen Herd erklang, als sie in der Originalgestalt im Konzertsaal aufgeführt wurde. Und die Komponisten kamen dieser Rezeptionsform häufig gern entgegen, indem sie von den geeigneten Kompositionen Arrangements anfertigten oder anfertigen ließen, die dann auch gedruckt wurden, was nun wieder den Interessen der Verlage entgegenkam. Dafür gibt wiederum Brahms schon quantitativ ein besonders eindrucksvolles Beispiel. Er hat solche Arrangements von allen Symphonien, den Serenaden für Orchester, den Ouvertüren und den Klavierkonzerten ausgearbeitet, aber auch von der gesamten Kammermusik ohne Klavier (mit Ausnahme des Klarinettenquintetts op. 115) sowie von der mit Klavier von der Quartettbesetzung aufwärts (hier bildet das Klavierquartett op. 60 die Ausnahme). Bei Brahms also wäre neben der erwähnten Bedeutung für die Rezeption die Aufnahme der Klavierarrangements in eine Gesamtausgabe schon durch ihr quantitatives Gewicht im Gesamtschaffen zu rechtfertigen, das ohne ihre Berücksichtigung nicht vollständig überblickt werden kann. Hinzu aber kommt noch etwas anderes: die eminente Qualität, die die Brahmsschen Arrangements als eigenständige Kompositionen für Klavier auszeichnet. Ein Vergleich der Originalfassung und der Arrangements bei den Streichsextetten op. 18 und op. 36 zum Beispiel zeigt, wie weitgehend die Bemühung war, die Komposition dem neuen klanglichen Medium anzupassen: Adaption der Figuration, Lagenversetzung, dynamische und artikulatorische Neuverteilung und Ausbalancierung usf.; im Finale von op. 36 ist Brahms sogar so weit gegangen, einen Takt in den musikalischen Diskurs einzufügen. In seinen Arrangements zeigt sich Brahms mithin als Klavierkomponist des gleichen Niveaus wie in seinen Originalkompositionen für dieses Instruments, und ich bin sicher, daß die musikalische Praxis sie mit Begierde aufgreifen wird, wenn sie denn in der Gesamtausgabe veröffentlicht sein werden.

Daß ich mich hier speziell auf die Streichsextette beziehe, hat allerdings noch einen anderen Grund: Die Quellen des ersten, op. 18, bieten nämlich eine Fassungsdifferenz, mit der man gemeinhin und zumal bei Kammermusik nicht rechnet und die bei einem so gründlich arbeitenden Komponisten wie Brahms überraschend ist (Stemma).

Besondere Aufmerksamkeit verdient die Wiederholung des zehntaktigen Hauptthemas am Anfang des ersten Satzes im B-Dur-Sextett. Ursprünglich nämlich begann, wie bereits der Brahms-Biograph Max Kalbeck berichtete, der Satz erst mit Takt 11, und die Doppelung des Themas wurde auf Anregung von Joseph Joachim erst später ausgeführt. Diese Erweiterung des Anfangs hat sich auch in den Quellen niedergeschlagen (siehe oben), nämlich in den handschriftlichen Stimmen, die heute im Brahms-Institut in Lübeck aufbewahrt werden: Die Notation der Takte 1–10 mit dem entsprechenden Anschluß sind Ergebnis einer späteren Korrektur – alle Stimmen begannen ursprünglich mit Takt 11. Die uns heute vorliegende Partitur von Brahms' Hand dagegen weist am Anfang keinerlei Korrekturen auf und ist – jedenfalls bis zur dritten Seite – in einem Zuge niedergeschrieben. Es muß also wenigstens in Teilen eine frühere Partitur gegeben haben, in der die ersten zehn Takte fehlten und von der die handschriftlichen Stimmen abgeschrieben wurden, d. h. die Partitur, die auch Joachim vorgelegen hat. Diese Vermutung wird dadurch unterstützt, daß zwischen den handschriftlichen Stimmen und der Partitur auch

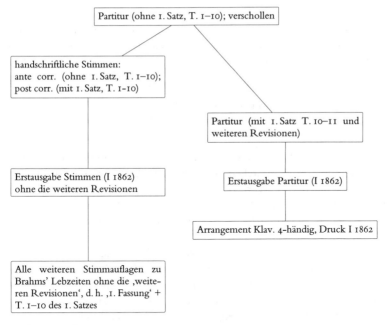

Stemma: Brahms, Streichsextett op. 18

im weiteren Verlauf durchaus einschneidende Differenzen vorliegen: Stimmentausch, Unterschiede der Figuration usw.; die Partitur stellt mithin ein späteres Stadium der Ausarbeitung dar, dessen Lesarten aber nicht oder nicht alle in die handschriftlichen Stimmen übertragen wurden. Bis hierher ist dies alles ein ganz gewöhnlicher Quellenbefund, der keinerlei Überraschungen bietet. Danach allerdings verzweigt sich die Überlieferung in zwei Stränge bzw. zwei Fassungen, die zu Brahms' Lebzeiten nie koordiniert wurden: Der Originaldruck der Stimmen und alle späteren Stimmausgaben beruhen auf den – sieht man vom Anfang ab – unkorrigierten handschriftlichen Stimmen als Stichvorlage, die Partituren dagegen bieten die überarbeitete Version. Das bedeutet aber nichts anderes, als daß Brahms sein erstes Streichsextett bei Aufführungen immer nur in der ersten Fassung gehört hätte oder hat (ohne es zu merken), und inwieweit uns heute die definitive Fassung schon zu Ohren gekommen ist, bleibt zu überprüfen.

Das letzte Beispiel, das zur *Sommernachtstraum*-Musik von Felix Mendelssohn Bartholdy, ist so facettenreich, daß ich nur auf die wichtigsten Aspekte eingehen kann. Es handelt sich um zwei bis vor kurzem unveröffentlichte Briefe, die Mendelssohn im Dezember 1843 an seinen Kopisten Weisenborn, Fagottist am Leipziger Stadt-Orchester, wegen der Anfertigung von Kopien der Partitur schrieb. Diese Briefe werden ein überaus lohnender Gegenstand für die Kommentierung in einer Briefausgabe sein. Sie sind aber gleichzeitig auch autorisierte Quellen für die Edition des Notentextes selbst, d. h. sie vertreten mehrere Quellentypen. Der erste Brief vom 2. Dezember beginnt wie ein normaler Geschäftsbrief:

> Beifolgend das Manuscript meiner Sommernachtstraumsmusik, das ich Sie nun schleunigst abzuschreiben bitte. Aber nehmen Sie mir das Manuscr. recht in Acht, damit ich es unverändert

wieder bekomme. Geben Sie es auch durchaus nicht aus Händen. Lassen Sie sich von Schwarz seine Abschrift zeigen und lassen Sie sich von ihm erklären wie ich die Melodramatischen Stellen geschrieben haben will; so schreiben Sie sie auch, ud. bitten Sie zu dem Ende Hrn. C. M. David Ihnen seinen Band des Tieckschen Shakspeare [sic!] worin der Sommernachtstraum steht zu leihen, damit Sie daraus die Dialogsworte (die in meinem M.S. theils undeutlich theils ausgelassen sind) eben so hinein schreiben können, wie das Schwarz aus meinem Exemplar gethan hat. Ich verlasse mich darauf, daß Sie das pünctlich befolgen, sonst wäre es möglich, daß ich die ganze Abschrift gar nicht brauchen könnte. Und schicken Sie mir M.S. ud. Abschrift baldmöglichst wieder.[6]

Wichtig über den Verweis auf eine vorangehende und offenkundig hinsichtlich der Notation der „Melodramatischen Stellen" mustergültige Abschrift von Schwarz hinaus ist hier die Beglaubigung der Textvorlage, die in allen anderen Quellen fehlt: der Tiecksche Shakespeare, womit – was allerdings ohnehin klar war – die Übersetzung von August Wilhelm von Schlegel gemeint ist. Wichtiger noch freilich ist, daß diese Textvorlage hier zur verbindlichen Quelle für den Bereich der Dialogworte erklärt wird. Dies wird zu differenzieren sein, und zwar nicht nur, weil die Zuverlässigkeit der entsprechenden Notate in seinem Autograph von Mendelssohn dann doch zu kritisch beurteilt wird.

Der zweite Brief vom 28. Dezember behält in seinem Anfangsteil den Status der Geschäftspost bei, deutet aber in diesem Rahmen – wie auch andere Quellen bestätigen – den eminenten Erfolg an, den die Komposition so kurz nach ihrer Uraufführung am 14. Oktober 1843 hatte.

Inliegend der Betrag Ihrer Rechnung, den Sie sich bei Hrn. Frege & Co. auszahlen lassen wollen. Außer den beiden jetzt schon bestellten Copien des Sommernachtstraumes brauche ich aber baldmöglichst eine 3te, da ich aber dann auch noch mehrere brauchen werde, und die jetzigen 3 gern bald hätte, so wäre es vielleicht gut, wenn Sie mein Manuscript noch dort behielten, und nach Ihrer 2ten Copie von einem andren Schreiber (der aber sehr correct schreiben müßte) eine Abschrift machen liessen, während Sie selbst das Manuscript wieder abschrieben, so daß ich die 3 Copien gleich zeitig erhielte. Lassen Sie mich durch ein Paar Zeilen wissen, wie Sie das zu machen denken, und zu wann ich auf die Copieen rechnen kann.

Ich war sehr zufrieden mit der Abschrift die Sie mir geschickt haben, denn Correctheit ist dabei die Hauptsache, ud. ich bitte Sie bei allen folgenden Abschriften darauf ganz vorzüglich zu sehen, weil ich sie nicht alle genau durchsehen kann ud. doch gewiß sein muß, daß in Noten, Zeichen, Tempo's ud. dgl. kein Fehler vorkommt.

Dann aber wechselt der Quellentyp: Der Brief wird zu einer Fehlerliste, die sich mehrheitlich auf das Partitur-Autograph bezieht und für die wir – wiederum mehrheitlich – keine anderen autographen Zeugnisse haben. Auf jeden Fall sind alle Anweisungen des Komponisten in dem erst 1848 erschienenen Erstdruck der Partitur getreulich befolgt. Ich zitiere diesen zweiten Teil des Briefes zunächst vollständig, um dann drei Einzelpunkte näher zu erläutern.

Einiges habe ich bei Durchsicht dieser Copie noch bemerkt, was in meinem Original wohl fehlerhaft oder vergessen sein muß. Sein Sie so gefällig, das im Original mit Bleistift anzugeben, ud. in allen folgenden Copien zu verbessern.

---

[6] Siehe den Abdruck dieser und der folgenden Briefstellen in: Leipziger Ausgabe der Werke von Felix Mendelssohn Bartholdy. Serie V. Bd. 8. Hrsg. von Christian Martin Schmidt. Wiesbaden / Leipzig 2000, S. 15f.

In no. 2 im Elfen-Marsch e moll 2/4 muß der <u>letzte</u> Theil <u>nicht</u> wiederholt werden, so daß das letzte :|| Zeichen ganz wegfällt. Er behält also <u>2</u> wiederholte Theile, und die 3te Reprise wird ausgestrichen.

In dem Entr'act aus a moll 6/8 Allo Agitato muß über den ersten Tacten die folgende Bemerkung stehen: „Hermia sucht den Lysander überall, und verliert sich endlich im Walde."

In dem Hochzeitsmarsch ist auch ein Fehler. Wenn nämlich die beiden Theile aus <u>g dur</u> vorüber sind, und das Thema, 8 Tact[e] lang wiedergekommen ist, wird es zum ersten Male piano[;] an dieser Stelle war das Wiederholungszeichen in Ihrer Abschrift falsch angegeben; es muß nämlich so stehen: [folgt Notenbeispiel der Stimme der I. Violine Takt 52–67]

Ferner sehe ich zu meinem Entsetzen, daß ich vergessen habe die Becken in meiner Partitur zum Hochzeitsmarsch dazuzuschreiben. Inliegend ist die Stimme davon. In mein Manuscript will ich sie selbst später eintragen, aber vergessen Sie nicht, sie in die Abschriften hinein zu schreiben und <u>Nota bene</u> Sorgen Sie dafür, daß bei der Aufführung, die ja wohl in diesen Tagen in Leipzig Statt finden soll, die Becken zum Hochzeitsmarsch recht tüchtig geschlagen werden. Geben Sie dem Hrn. Musikdirector Bach die inliegende Stimme ud. bitten Sie ihn in meinem Namen darum.

Die erste für uns besonders interessante Anweisung betrifft den Wegfall der Wiederholung der Takte 17–32 im Elfenmarsch der Nr. 2, den Mendelssohn im übrigen in seinem Autograph nicht vermerkt hat. Sie setzt die sukzessive Kürzung des Stückes durch die Streichung von Wiederholungen fort, die bereits im Autograph zu beobachten ist. Ursprünglich sollten Takt 1–8, 9–16 sowie 17–32 wiederholt werden, und auch nach Takt 32 war eine Wiederholung vorgesehen, die aber bereits beim anfänglichen Doppeltaktstrich durch Streichung der Doppelpunkte zurückgenommen wurde; ein Pendant dazu im folgenden Verlauf fehlt ohnehin.

Aufschlußreich ist aber auch die Anweisung zu Nr. 5. Eingefügt werden soll die Regieanweisung: „Hermia sucht (den) Lysander überall und verliert sich endlich im Walde.", die sich wiederum nicht im Autograph, wohl aber im Erstdruck findet (und zwar hier ohne „den"). Sie wirft in mehrerer Hinsicht Probleme auf. Zum einen tangiert sie – wie auch mehrere andere Einfügungen Mendelssohns – die oben angesprochene Verbindlichkeit des Schlegelschen Textes, die keine auch nur analoge Anweisung bietet. Und zum anderen steht sie quer zu der übergeordneten Placierung des Stückes „Nach dem Schlusse des zweiten Aktes"; der Vorhang dürfte aber wohl erst dann fallen, wenn sich Hermia im Walde verloren hat.

Von der Quellensuche her ist Mendelssohns Bemerkung zur fehlenden Stimme der Becken im Hochzeitsmarsch von besonderem Belang, denn sie ist der einzige Beleg für die Existenz einer – natürlich heute verlorenen – autographen Beckenstimme, die für die Leipziger Aufführung angefertigt wurde. In diesem Fall hat Mendelssohn auch seine Zusage eingelöst, die Korrektur in der autographen Partitur nachzutragen. Wie wichtig ihm der Einsatz der Becken war, zeigt schließlich auch das Postskript jenes Briefes vom 28. Dezember:

Sollten die Proben schon vorüber sein, so bitten Sie den Hn. Md. Bach die Stimme der Becken mit der Partitur sorgfältig vergleichen zu lassen, damit kein Irrthum möglich ist. Jedesmal auf dem Thema sollen die Becken losschlagen.

Peter Gülke

Wissenschaftliche Edition und musikalische Praxis

Defizite, Chancen und gemeinsame Zuständigkeiten

Soll am Beginn von Mozarts *Don Giovanni*-Ouvertüre das d der Fagotte, Bratschen, Celli und Bässe im zweiten Takt und das cis im vierten als halbe Note ausgehalten oder den Vierteln der übrigen Stimmen angeglichen werden? Da man sich schwerlich auf die billige Erklärung zurückziehen kann, Mozart sei unachtsam gewesen, war die Frage wohl geeignet, Glaubenskriege zu entfesseln. Deren Fronten verlaufen aber nicht – oder nicht mehr – zwischen pedantisch auf den Buchstaben des Gesetzes pochenden Editoren und Freiheit reklamierenden Musikern. Wissenschaftliche Editionsarbeit und musikalische Praxis stehen in einem freundlicheren, kommunikativeren Verhältnis zueinander, als die herkömmliche Unterscheidung wissenschaftlicher und praktischer Ausgaben zuzulassen scheint. Weil wir genauer wissen, wo sich Zuständigkeiten überkreuzen, hat die simple Unterscheidung von Textstand und der Art und Weise, wie dieser zu lesen und umzusetzen sei, weitgehend ausgedient. Das bringt für das musikalische Verständnis vielerlei Gewinn und für die Beteiligten neue Anforderungen mit sich; der Musizierende kann sich nicht mehr geradlinig auf das verlassen, was geschrieben steht, der Herausgeber muß hinsichtlich der implizierten Spielräume Hilfestellung geben und damit auf den Eindruck eines eindeutigen, weiteren Zweifeln enthobenen Resultates verzichten.

Solange dieses als einzige Maßgabe gilt, macht es für den Benutzer den Nachvollzug über verschiedene Quellen, Lesarten etc. nahezu überflüssig, dem Postulat der Nachprüfbarkeit kann in den Bleiwüsten der oft schwer erreichbaren Revisionsberichte Genüge getan werden, eine Pflichtübung, welche den Wissensvorsprung des Editors in Bezug auf die Quellen eher versteckt als durchschaubar macht – für wen schon? Praktiker stehen gemeinhin nicht in dem Ruf, sich für philologische Kleinkrämerei zu interessieren. Ohne die aber geht es nicht. Gäbe es z. B. Skizzen zum *Giovanni*-Beginn und würden wir gar ihren Aussagewert durch die neue Ausgabe nicht für abgegolten halten, wüßten wir über Mozarts Absichten in Bezug auf den zweiten und vierten Takt möglicherweise mehr. Ohne diese bleibt nur ein offener Disput, dessen Eckpunkte einerseits die vielleicht auf eine ungeschriebene Regel (s. u.) stützbare Behauptung darstellt, er habe eine gleichzeitige Beendigung des Akkordes gewollt, und die andere, er hätte, wenn er gewollt hätte, es leicht genau so notieren können.

Wenige Takte weiter in der Ouvertüre werden wir abermals im Stich gelassen. Wo das Gegeneinander gleichmäßiger Viertel in den tieferen Streichern und der Synkopierungen der ersten Violinen beginnt (Takte 12ff.), setzt Mozart die Bindung für Bratschen, Celli und Bässe auftaktig an und zieht sie über mehr als drei Takte, innerhalb derer er selbstverständlich einen Bogenwechsel voraussetzt. Wo soll gewechselt werden? Die durch viele Orchestermateriale belegte Gewohnheit, dies am Taktbeginn zu tun, hätte wohl Anlaß sein können, den dem ersten Ansatz entsprechenden, musikalisch plausibleren Wechsel jeweils auf dem vierten Viertel ausdrücklich anzuzeigen; Mozart hat es nicht getan; er mag die Sachlage für so eindeutig gehalten haben, daß ihm im Vertrauen auf mitdenkende Musiker die pauschalierende Anweisung gebundenen Spiels ausreichte.

Bsp. 1: Mozart: *Linzer Sinfonie*, Introduktion

Viel weniger verfängt die Vermutung der pauschalen Anweisung, wenn Mozart in der Introduktion zur Linzer Sinfonie das Achtelmotiv bei seinem ersten Eintritt in den Bläsern (Takte 8–10) ‚richtig‘ artikuliert – schon, weil es hier nicht vom selben Instrument sequenzierend wiederholt wird; wenn dies ab Takt 11 in den Streichern geschieht, setzt Mozart den Bogen im jeweils zweiten (= 12. bzw. 14. Takt) auf der Eins an (Bsp. 1).[1] Daß er dennoch keine den Bläsern widersprechende Bindung erwartet, mag man nicht zuletzt aus dem Einsatz jeweils auf dem zweiten Achtel sowie aus den *sforzati* (Takte 16–18) herauslesen. Bleibt die Frage, ob der Herausgeber in einem solchen Fall kommentarlos eine, wie immer durch die Quellen abgesicherte, Version präsentieren sollte, welche so, wie sie gedruckt steht, nicht gespielt werden darf. Vielleicht auch sollte er dem Musiker beistehen u. a. in Bezug auf die riskante Vermutung, die strukturelle Logik sei so klar, daß Mozart ihre Verdeutlichung mithilfe von Bogenwechseln überflüssig erschienen sei, der-

---

[1]   Der Notentext der Beispiele ist wiedergegeben nach: Wolfgang Amadeus Mozart. Neue Ausgabe sämtlicher Werke. Serie IV: Orchesterwerke. Bd. 11/8 und 11/9. Hrsg. von Fr. Schnapp und L. Somfai bzw. von H. C. R. Landon. Kassel etc. 1971 bzw. 1957.

zufolge wir andererseits Gefahr liefen, Über-Eindeutigkeiten zu präsentieren – im vorliegenden Fall z. B., wenn wir im vorletzten Takt der Introduktion, abweichend von den in Celli / Bässen durchgezogenen und vom Herausgeber durch Strichelung auch für die übrigen Streicher vorgeschlagenen Bindungen, jedes der drei *sforzati* durch Strichwechsel markierten. Das hieße, möglicherweise rechthaberisch, Mozart gegen Mozart in Schutz zu nehmen – wie beispielsweise auch in den Takten 63–65 etc. des *Andante* der *Linzer Sinfonie* (Bsp. 2). Daß er in überlangen Bindungen wie am Beginn der Es-Dur-Sinfonie KV 543 (Takte 7/8) oder in den Takten 9–11 des *Andante* der g-Moll-Sinfonie KV 550 die Entscheidung den Musizierenden anheimgibt, ist klar. Unklar ist hingegen, wie man die Reichweite des Ermessensspielraums definieren könnte; die verallgemeinernde Auskunft, dies bestimme jeweils neu der Einzelfall, erscheint nur gerechtfertigt, wenn alle Anhaltspunkte – Parallelstellen, Differenzen der Quellen etc. – aufgearbeitet und in die Entscheidung einbezogen sind.

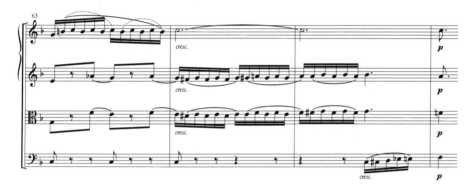

Bsp. 2: *Linzer Sinfonie*, 2. Satz

Nicht selten greift die offenkundig den Musizierenden überlassene Regulierung tiefer ein als Veränderungen, hinter denen man spezielle Absichten des Komponisten vermuten kann. Im *Andante*-Thema der Es-Dur-Sinfonie KV 543 (Bsp. 3) trennt Mozart die Endnoten der ersten Wendung (Takt 2 und 6) vom Vorangehenden, nicht jedoch anschließend, wenn – im B-Teil – die Wendung ‚durchgeführt‘ wird (Takte 9/10, 11/12, 13/14). Beim Wiedereintritt des A-Teils kehrt er zur abgesetzten Form zurück (Takt 20/21), bindet jedoch von 24. zum 25. Takt im Gegensatz zu Takt 5/6 über, was sich wohl mit der Moll-Trübung in Zusammenhang sehen läßt im Sinne einer Betonung des Nichtidentischen in der identisch bleibenden Wendung. Wenn das Thema wieder eintritt (Takt 68), hat es die Überbindung ‚gelernt‘; nicht nur ist nun stets die Schlußnote der zweitaktigen Anfangswendung an den ersten Takt angebunden (Takte 68/69, 72/73, 87/88, 91/92), auch der getreppte Aufgang, anfangs (Takte 6/7, 25/26) nur zwei Töne bindend, befindet sich nun, wie zuvor nur im B-Teil (Takte 10, 12, 14), unter einem großen Bogen (Takte 69/70). Von einem ‚Lernprozeß‘ darf man auch sprechen, weil die Passage in den Takten 39ff. die größere Bindung des B-Teils, an den sie direkt anschließt, ihrerseits wiederholt hatte, am Ende gar *forte*. Das liegt insgesamt unterhalb jener Grenze, oberhalb derer man bei Veränderungen den Komponisten gern hinter sich wüßte, und weit unter-

Bsp. 3: KV 543, Andante

halb dessen, was Interpreten sich leisten, welche allzu skrupulöse Bedenken im Hinblick
auf die Intentionen des Autors für unangebracht halten – und übrigens auch dessen, was
die Texte im Zuge der Wandlungen des Musizierens, etwa der Kantabilisierung im Verlaufe des 19. Jahrhunderts, erlebten. Von einem Zeitalter, da Stilbewußtsein keine oder
kaum eine Rolle spielte, kann man eine die philologische Pedanterie in unserem Verständnis bedienende Abgrenzung der Zuständigkeit nicht erwarten, weil man nahezu in
ein und demselben Stil – historisch gesehen – komponierte und musizierte, mithin wenig
Anlaß gegeben war, immerfort nach Erlaubtem und Nichterlaubtem zu fragen. Haydn,
Mozart und Beethoven z. B. haben Orchester von sehr unterschiedlicher Größe akzeptiert, nahmen also Schwankungsbreiten in Kauf, welche die hier diskutierten deutlich
übertrafen und also unseren Versuch, sie weiter zu verengen, als Pingeligkeit am falschen
Ort zu desavouieren scheinen.

   Wenn nur die Kontexte sich nicht so grundlegend gewandelt, wenn das Polster verlo-
rengegangener Selbstverständlichkeiten nicht so dünn geworden wäre, worin Werke und
Aufführungen seinerzeit gebettet waren und Fehlleistungen leicht aufgefangen und korrigiert werden konnten! Ein überbesetztes Orchester anno 1778 in Paris oder in Haydns
Londoner Konzerten konnte im Hinblick auf das Verständnis ihrer Musik nicht so viel
Schaden anrichten wie hundert oder zweihundert Jahre später. Auch deshalb – von quali-
tativen Maßgaben abgesehen – sind Dirigenten heute zu mehr Pedanterie verpflichtet als
etwa der im April 1791 mit Mozarts g-Moll-Sinfonie gewiß überforderte Salieri, ein heu-
tiger Verlagslektor zu mehr Pedanterie als ein die Abschriften der Kopisten korrigieren-
der, bei dieser Arbeit offenkundig rasch ermüdender Beethoven. Dieses verpflichtende
Plus betrifft vornehmlich jenen Bereich, in dem praktische und philologische Aspekte sich so verschränken, daß die Unterscheidung von praktischer und wissenschaftlicher
Ausgabe ihre besten Anhalte verliert – weit vor der fatalen Trennlinie zwischen einer

vornehmlich für das Schriftliche zuständigen Wissenschaft und einer vornehmlich für das Klingende zuständigen Praxis. Ihr opponieren z. B. die Editionsrichtlinien der Neuen Schubert-Ausgabe oder etliche revidierte Ausgaben klassischer Werke bei Bärenreiter, Breitkopf, Eulenburg, Peters etc, indem sie auf die Einsicht reagieren, daß über Wert und Unwert von Ausgaben in diesem Problemkreis mindestens ebensoviel entschieden wird wie durch Verläßlichkeit bei der Aufarbeitung der Quellen. Dies bezeugen die ‚Langzeitwirkungen' der Editionsarbeit auf die musikalische Interpretation ebenso wie ein Bewußtseinswandel, dank dessen pauschale Berufung auf eine aller Rücksichten überhobene Spontaneität des Musizierens weniger Anklang findet, selbstgefällige Dummheiten der Interpretation sich präziser ahnden und brandmarken lassen als früher.

Nur zu schnell können ins Ästhetisch-Allgemeine ausgreifende Überlegungen wie Fluchten vor Irritationen durchs Detail erscheinen. Hat Mozart am Beginn des *Andante cantabile* der *Jupiter-Sinfonie* tatsächlich zwei unterschiedliche Artikulationen des Themas beabsichtigt (Bsp. 4), oder ist der größere Bogen im dritten und vierten Takt, später bestätigt durch Bratschen, Celli und Bässe (Takte 11/12, 13/14 und 64/65) und durch die ersten Violinen (Takt 92/93), als eine Korrektur zu verstehen, die nachzutragen Mozart vergessen hat? Hat er im selben Satz bei den in Achteln fortschreitenden Instrumenten der Takte 38 bzw. 86 tatsächlich an unterschiedliche Artikulationen gedacht? Dafür spricht, daß die abweichend längere Bogensetzung bei Celli und Bässen beidemale die gleiche ist, dagegen, daß er den Takt 86 vom Takt 38 ‚abgeschrieben' haben könnte, mehr noch, daß bei der vornehmlich begleitenden Struktur wenig Anlaß für eine Differenzierung zu sehen ist, die gar gleiche Stimmverläufe betrifft. Warum verwischt Mozart im zweiten Teil des Trios der g-Moll-Sinfonie KV 550 die vordem sogar im Wechsel der Gruppen herausgestellte Identität des auftaktigen Motivs (Bsp. 5)? Würde eine diese Identität herausstellende Korrektur der Artikulation, wie im Beispiel angedeutet, als pedantische Zurechtweisung erscheinen? Warum läßt er in Takt 36 die Differenz zwischen 1. Flöte und 2. Fagott einerseits und 1. Oboe andererseits bestehen?

Bsp. 4: KV 551, 2. Satz

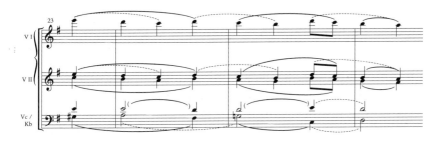

Bsp. 5: KV 550, 3. Satz, Trio

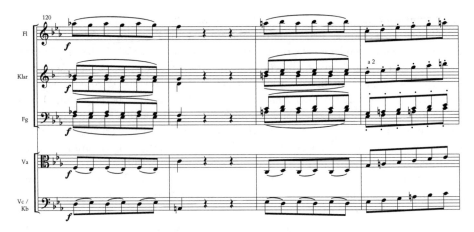

Bsp. 6: KV 543, 1. Satz

Bsp. 7: *Jupiter-Sinfonie, Andante*

Wenn ihm an einer sehr speziellen Differenzierung gelegen war, kann er genau und konsequent notieren, u. a. im ersten Satz der Es-Dur-Sinfonie (Bsp. 6), da in den Takten 120 und 122 bzw. 277 und 279 paarige Bindungen der Streicher und ganztaktige der Bläser gleichzeitig laufen. Hingegen fällt bei einer anderen Differenz zwischen Bläsern und Streichern, beim *forte*-Einsatz des Final-Themas der Es-Dur-Sinfonie KV 543 (in den Takten 9ff. bzw. 161ff. gleich notiert), auf, daß Mozart selbst den Zweisechzehntel-Auftakt der zweiten Phrase bei den Bläsern nicht absetzt – etwa noch deshalb, weil die Holzbläser zunächst unkoordiniert hineingefahren waren? Wiederum verdächtig verallgemeinernd könnte man sagen, die Identität der Prägung sei Mozart in ausreichendem Maße sichergestellt erschienen, oft genug hätte er um sie u. a. angesichts instrumententechnischer Beschränkungen viel eher besorgt sein müssen. Daß er in den Takten 35/36 des *Andante cantabile* der *Jupiter-Sinfonie* g''' und f''' in der Flöte und in den Takten 83/84 dieselben Töne bei den Violinen nicht riskierte, bedarf keiner Begründung. Beide Male verdeutlicht die vorangehende originale Version, daß es sich um eine Ersatzlösung handelt, wie auch beim Fagott in Takt 64 des ersten Satzes (Bsp. 7), wo ein erstes, in der tieferen Oktav belassenes fis ‚eleganter‘ gewesen wäre. Vollends um Begründung verlegen macht Mozart uns im *Andante* der *Linzer Sinfonie*, wenn er das charakteristische Motiv im Takt 22 in Takt 90 wiederaufnimmt und den Anfangston nach oben oktaviert (Bsp. 8) – da nimmt das Motiv mehr Schaden, als dem Satz zugefügt worden wäre, wenn der tiefliegende Anfangston inmitten der begleitenden Sechzehntel der 2. Violinen gelegen und gegen das vieroktavige c von Bläsern und Pauke noch weniger Chancen gehabt hätte.

Bsp. 8: KV 425, *Andante*

Der damit ins Spiel gebrachte Gesichtspunkt der Hörbarkeit, oft ungebührlich als Argument bei Revisionen klassischer Partituren strapaziert, bedarf seinerseits irritierender Einschränkungen. Auch bei kleiner Streicherbesetzung haben die motivisch wichtigen Oboen und Flöten in der Durchführung des ersten Satzes der g-Moll-Sinfonie KV 550 (Takte 114ff.) kaum Chancen, vernommen zu werden (daran ändert auch die nachträgliche Verstärkung durch Klarinetten nicht viel), ebenso wenig später (Takte 134ff.) die – wenngleich hochliegende – Flöte. Nicht zufällig an entsprechender Stelle in der *Jupiter-Sinfonie* ergeht es den Holzbläsern mit dem gegen die – lapidar zweistimmigen – Streicher gesetzten Marschrhythmus ähnlich, auch in den Takten 136ff. bzw. 335ff. des Finale. Wie wichtig war das? In den Takten 132–138 des ersten Satzes seiner 9. Sinfonie hat Beethoven einen schlechterdings unhörbaren Part der Oboe durch einen anderen, ebenfalls unhörbaren ersetzt, und ihm muß angesichts des Kontextes klar gewesen sein, in welcher Paradoxie er sich bewegte. Mozart läßt in der Durchführung des ersten Satzes der *Prager Sinfonie* (Takte 151ff., Bsp. 9), wo es auf dynamische Gleichberechtigung der einander sequenzierend überschichtenden Verläufe der beiden Unterstimmen ankommen sollte, beide Fagotte mit Celli und Bässen mitgehen, welche der Oktavierung wegen sowieso im Vorteil sind. Als sei des Übergewichts nicht genug, läßt er im Takt 151 die Bratsche gar noch den Einsatz der größeren Gruppe mitspielen. Am ehesten mag man das

Bsp. 9: KV 504, 1. Satz, T. 151ff

mithilfe von Convenus der Orchesterbehandlung erklären; Fagotte spielen üblicherweise mit den Bässen, und nach einer *piano*-Passage sollen bei einem neuen *forte* möglichst alle Streicher beteiligt sein. Wie groß wäre, woran bemäße sich das Sakrileg, wenn man die Bratschen im Takt 151 pausieren und eines der Fagotte mit den Bratschen spielen ließe? Gewiß wöge es weniger schwer als z. B. eine mehrmals vorgeschlagene ,Vervollständigung' des Partes der Hörner in Passagen (u. a. der Ecksätze der g-Moll-Sinfonie), wo sie seinerzeit tonartlich nicht mithalten konnten. Die angestrengte Schärfe des in hohe Kreuztonarten hinauftreibenden Kontrapunkts daselbst im Finale (Takte 161ff., besonders 169ff.) verlöre viel von der klanglichen Verdeutlichung des riskanten Abseitsweges, würde ihr eine Horn-Auspolsterung oktroyiert. Man mag hierin Momente einer ,negativen Musik' erkennen, welche sich mithilfe genau umschriebener Verweigerungen definiert, vorsichtiger gesagt: eines virtuellen Komponierens, welches weniger als eigene Kategorie begriffen werden sollte denn als Randzone und Außenposten eines durchaus realen Komponierens und als Ausdruck des Vertrauens, daß die Intentionalität einer Textur Gemeintes, indem sie den Raum, der ihm zukäme, präzise umschreibt, so zwingend definieren kann, daß es gewissermaßen bis an die Grenze seines realen Erklingens

Bsp. 10: KV 543, 1. Satz

heran beschworen erscheint. Das begänne, genau genommen, schon dort, wo – z. B. in der Introduktion der *Prager Sinfonie* – ein auf zwei Tonhöhen fixiertes Paukenpaar durch gut, weniger gut, notdürftig oder gar nicht passende Tonhöhen verdeutlicht, in welcher Entfernung von der Haupttonart ein Harmoniegang sich bewegt.

Auch bei der Dynamik müssen pauschalierende Notierungsweisen in Anschlag gebracht, müßte also unterstellt werden, daß öfter, als aus den Anweisungen zu ersehen, unterschiedliche Stärkegrade z. B. einer zuende gehenden Phrase und eines neu eintretenden Komplexes einander überlappen. Damit verlöre manches so hergebrachte wie künstliche *subito piano*, manches gewaltsam einem Phrasenende auferlegte *subito forte* Sinn und Ort. Das *forte* auf der Eins des 14. Taktes in der Es-Dur-Sinfonie KV 543 (Bsp. 10) sollte nur für die neu eintretenden Instrumente, bestenfalls noch für die Pauke gelten, für die ersten Violinen also erst von der zweiten Note an. Der Charakter eines Einbruchs, wie Mozart im halbwegs analogen Takt 18 verdeutlicht, wäre dann besser getroffen. Ähnlich verhält es sich in den Takten 94 bzw. 292 im *Jupiter*-Finale: da z. B. wäre für den Benutzer wichtig zu wissen, daß Mozart im Fagott (Takt 94) ein offenbar versehentlich analog zu Celli / Bässen dorthin geratenes „for" ausgestrichen, mithin doch darauf reagiert hat, daß hier eine Linie *piano* zuende gespielt werden müßte; unklar bleibt, weshalb er dies durch die *forte*-Anweisung für Bratschen, Celli und Bässe erschwert, auch die zweiten Violinen begännen das *forte* besser nach, nicht auf der Takteins. In der Reprise (Takt 292) stellt die Frage sich wegen des Eintritts von Hörnern, Trompeten und Pauke auf der Takteins noch schärfer: warum *forte* nicht erst, analog zu Takt 94, auf der zweiten Halben? Hier und bei entsprechenden Stellen sind zu viele Aspekte im Spiel, als daß man von einer ausschließlich aufführungspraktischen Fragestellung sprechen dürfte und nicht z. B. prüfen müßte, inwiefern es sich um die in Erwartung einer differenzierten Handhabung geschriebene Pauschalanzeige eines *forte*-Komplexes handele und also ein ,*f*‘, einer Stichnote ähnlich, nicht zuweilen nur anzeigen soll, daß eine andere Stimme bereits *forte* spielt.

In bezug auf je der Situation angepaßte Schlußnoten trüge man Eulen nach Athen, wenn selbstverständliche Lösungen nicht oft nahe bei fraglichen lägen. Daß es sich bei allen Schlußnoten im Komplex des Final-Themas der g-Moll-Sinfonie KV 550 um kurze halbe Noten handelt (Takte 4, 8, 12, 16, 17, 19 etc.), bedarf keiner Erörterung; doch schon bei der motivischen Verselbständigung des Rhythmus' ♩♩♩ |♩ (Takte 49ff.) könnte eine ausgehaltene Halbe der rhythmischen Verdeutlichung helfen. Wiederum liefert Mozarts Schreibung am Ende des Hauptthemas des ersten Satzes (Takte 16, 17, 18 bzw. 179, 180, 181, Bsp. 11) ein Argument gegen generalisierende Lösungen.

Bsp. 11: KV 550, 1. Satz

Bsp. 12: KV 550, letzter Satz

Angesichts der unzählbaren Schlußnotendifferenzen bei Haydn und Mozart legt eine quantitative Aufrechnung der Fälle, bei denen man einigermaßen sicher eine beabsichtigte Unterschiedlichkeit ausschließen kann, die Folgerung nahe, daß am ehesten der im Nenner der Taktangabe erscheinende Notenwert als variabel und der jeweiligen Situation anzupassen betrachtet wurde – im *Alla breve* die Halbe, im ¼- oder ¾-Takt Viertel, im ⅝-Takt Achtel. Dieser Faustregel widerspräche selbstverständlich nicht, daß Mozart am Beginn der Durchführung des g-Moll-Finales (Takte 137, 141, 145, s. Bsp. 12) konsequent Viertel als Schlußnoten der ersten Violinen und der solistischen Holzbläser schreibt und damit den ab Takt 147 ebenso konsequent erscheinenden Halben als ‚Neuigkeit‘ besonderes Gewicht gibt, also verbietet, sie unter Maßgaben zu verkürzen, welche ohne diese Konstellation sehr wohl angewendet werden könnten.

Bezöge man die vermutete Faustregel auch auf ein mit *Adagio* bezeichnetes *Allabreve*, so würde dies die oben diskutierte Kalamität des im 14. Takt der Introduktion zur Es-Dur-Sinfonie KV 543 verfrühten *forte* (Bsp. 10) mindestens abmildern. Drei Längenwerte stehen auf der Takteins übereinander, desgleichen zwei und vier Takte später; ein volles Viertel liegt als Kompromiß auch nahe, weil bei entsprechender Handhabung im 2., 4. und 6. Takt der *piano*-Ansatz der Bläser auf dem zweiten Viertel frei stünde und überdies die Koordination mit Hörnern und Trompeten hergestellt wäre. Allerdings hätten wir dann mit taktweise unterschiedlich gespielten Halben zu tun, denn an der breiten Ausführung derer im ersten, dritten und fünften Takt kann ernstlich kein Zweifel bestehen. Bleiben die halben Noten der Violinen in den Takten 9 bis 13, deren erste und letzte für volle Länge sprechen – jene (Takt 9) wegen des Anschlusses an den Akkord der Holzbläser, diese kraft der Überbindung in den folgenden Takt.

Etliche der vorstehend angesprochenen Details fallen schwerpunktmäßig entweder vornehmlich in die Zuständigkeit des Herausgebers oder in die des Praktikers, keines aber ausschließlich hier- oder dorthin. Es kann also nicht darauf ankommen, dem Herausgeber oft nur am Instrument entscheidbare aufführungspraktische Aspekte oder dem Musiker die eingehende Lektüre von Revisionsberichten aufzunötigen. So sehr beides von Vorteil wäre – wichtiger und dringlicher erscheint ein Problembewußtsein, welches sich sensibel macht für Fragen, bei denen sich die Zuständigkeiten notwendig überkreuzen, und für die Gründe der Überkreuzung. Dies berücksichtigend wird der Herausgeber am ehesten die Punkte herausfiltern können, bei denen er seinen Vorsprung an Quellenkenntnis dem Praktiker durchsichtig macht. Das wird – um zwei nicht behandelte Problemfelder wenigstens zu nennen – Fragen der Angleichung von Triolen bzw. Punktierungen gewiß weniger betreffen als Abweichungen in der Artikulation analoger Passagen. Insgesamt wird es konkretere Anhalte ergeben für den musizierenden Umgang mit der cusanischen Erfahrung, daß, je mehr wir wissen, wir desto genauer auch wissen, was wir nicht wissen – ein Gewinn nicht nur im Hinblick auf die genauere Bestimmung von Spiel- und Freiheitsräumen – nicht zu reden von der konstruktiven Opposition gegen eine der Erbsünden unserer musikalischen Kultur, dem Schisma von Theorie und Praxis.[2]

---

2   Der Charakter der Beschreibung eines Problemfeldes, bei der beliebig viele und unterschiedliche Exemplifikationen möglich gewesen wären, erlaubte dem Verfasser eine enge Bezugnahme auf das Kapitel „Geschriebene Noten und klingende Töne" seines Buches: Triumph der neuen Tonkunst: Mozarts späte Sinfonien und ihr Umfeld. Kassel usw. / Stuttgart / Weimar 1998. Mit teilweise anderen Gesichtspunkten und Resultaten gehen in die gleiche Richtung zwei ausgezeichnete Studien von James Webster: The Significance of Haydn's Quartet Autographs for Performance Practice. In: The String Quartets of Haydn, Mozart and Beethoven. Studies of the Autograph Manuscripts. Hrsg. von Christoph Wolff und Robert Riggs. Cambridge / Mass. 1980, S. 62–95; The Triumph of Variability: Haydn's Articulation Markings in the Autograph of Sonata Nr. 49 in E Flat. In: Haydn, Mozart & Beethoven: Studies in the Music of the Classical Period. Essays in Honour of Alan Tyson. Hrsg. von Sieghard Brandenburg. Oxford 1998, S. 33–64.

I. Autor und Editor

Oliver Huck

Der Editor als Leser und der Leser als Editor

Offene und geschlossene Texte in Editionen polyphoner Musik des Mittelalters

Wenn Lesen die Aneignung von Informationen durch die Rezeption eines Textes und Edieren die Konstitution eines edierten Textes aufgrund angeeigneter Informationen bedeutet, so ist der Editor immer zunächst ein Leser. Der Benutzer einer Edition ist ebenfalls immer zunächst ein Leser, ganz gleich ob er Wissenschaftler oder Musiker ist, der im Akt des Lesens den Text konstituiert und dabei seine Leerstellen füllt.

Die Notwendigkeit, diesen Prozeß bewußt zu machen, zeigen etwa jene Aufnahmen polyphoner Musik des Mittelalters, in denen zwar dem wissenschaftlichen Anspruch der Musiker gemäß im Booklet die Handschriften selbst als Textgrundlage der Aufnahme angegeben werden, de facto jedoch sklavisch dem Notentext einer in der Regel mühelos identifizierbaren Edition gefolgt wird. Offensichtlich wird hier der Notentext mit seiner Edition verwechselt und diese als Aufführungsmaterial verstanden, das bereits alle für die klangliche Realisation erforderlichen Anweisungen enthält. Dem gleichen Mißverständnis erliegen jene Musikwissenschaftler, die den Text einer Edition als Substrat eines Werkes ansehen, das sich auf dieser Grundlage ohne weiteres analysieren läßt.

Die Konstitution des Textes durch den Leser aus dem edierten Text ist jedoch nur dann möglich, wenn der Editor seinerseits die Konstitution des edierten Textes aus dem überlieferten Text, insbesondere die Füllung von Leerstellen, transparent macht. Leerstellen weist der Notentext polyphoner Musik des Mittelalters vor allem durch sein Zeichensystem und seine Varianz auf. Daß es sich damit um einen offenen Text handelt, möchte ich im folgenden zunächst begründen und anschließend eine Typologie von offenen und geschlossenen edierten Texten entwerfen. Ich werde mich dabei exemplarisch auf die weltliche Musik des italienischen Trecento und ihre bisherigen Editionen beziehen, da ich parallel zu einer umfassenden Studie derzeit eine Neuedition der mehrfach überlieferten Kompositionen des frühen Trecento vorbereite.

1. Der Notentext als offener Text

Der überlieferte Notentext polyphoner Musik des Mittelalters ist ein offener Text,[1] der mehrschichtig und mehrdeutig ist.

Mehrschichtig ist der überlieferte Notentext, den ich im folgenden funktional als Text bezeichnen werde, insofern, als er einerseits auf eine kompositorische Konzeption verweist, zugleich aber auch ein Rezeptionsdokument darstellt, in dem diese Konzeption von einem Schreiber gelesen und als aktualisierte Redaktion in dem überlieferten Text fixiert wurde. Im Verlauf der Überlieferungsgeschichte wurde dabei häufig die Notation

---

[1] Zum Begriff vgl. auch Thomas Bein: Der ‚offene‘ Text – Überlegungen zu Theorie und Praxis. In: Quelle – Text – Edition. Hrsg. von Anton Schwob u. a. Tübingen 1997 (Beihefte zu editio. Bd. 9), S. 21–35.

modifiziert, wobei teilweise lediglich die Zeichen, vielfach jedoch auch das Bezeichnete
verändert wurden. Ich werde dafür im Folgenden die von Johannes de Muris einge-
führten Begriffe ‚figura‘ und ‚res musicalis‘[2] verwenden, um darüber hinaus weisende
Konnotationen der Termini Signifikat und Signifikant auszuschließen.

Mehrdeutig ist der überlieferte Text damit nicht nur insofern, als die Dechiffrierung
der Notation einen Rekurs auf die zeitgenössische Musiktheorie erfordert, in der gleiche
Zeichen teilweise unterschiedlich interpretiert werden und damit keine eindeutige Zuordnung der figurae zu den res musicales gegeben ist, sondern auch, indem aufgrund der
zeitlichen Differenz zwischen Komposition und überlieferter Notation eine Bedeutungs-
verschiebung eintreten kann. Diese Mehrdeutigkeit und Mehrschichtigkeit wird dann
potenziert und offensichtlich, wenn ein Text in mehreren Handschriften überliefert ist
und diese Textzeugen dabei sowohl hinsichtlich der figurae als auch der res musicales
variant sind. Die Varianten der Textzeugen können dabei einerseits zu einer partiellen
Schließung des Textes führen, in dem in der Rezeption eine seiner möglichen Lesarten
aktualisiert wird, und andererseits ist deren schriftliche Fixierung ihrerseits häufig wiederum mehrdeutig.

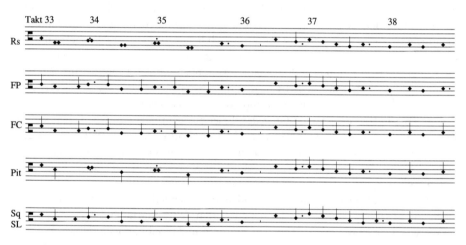

Bsp. 1: Codex Rossi

Die Takte 33–38 des Cantus aus dem Madrigal *La bella stella* von Giovanni da Firenze
(Bsp. 1) scheinen mir geeignet, meine These zu belegen. Ich werde mich dabei auf den
im 14. Jahrhundert zentralen Parameter Rhythmus konzentrieren und auf andere Aspekte
der Notation nicht näher eingehen.[3]

---

2   Johannes de Muris: Notitia artis musicae. Musica practica. Hrsg. von Ulrich Michels. American Institute
    of Musicology 1972 (Corpus scriptorum de musica [CSM]. Bd. 17), S. 91: „figura autem signum est, res
    musicalis est signatum“.
3   Die Siglen der Handschriften lauten: Rom, Biblioteca Apostolica Vaticana, Codex Rossi 215, fol. 23 v (Rs);
    Florenz, Biblioteca Nazionale Centrale, Panciatichiano 26, fol. 47 v–48 r (FP); Florenz, Biblioteca del Con-
    servatorio «Luigi Cherubini», D 1175 (FC); Paris, Bibliothèque Nationale, fonds. it. 568, fol. 19 v–20 r (Pit);
    Florenz, Biblioteca Medicea-Laurenziana, Mediceo-Palatino 87, fol. 1 v–2 r (Sq) und ebenda, Archivio Capi-
    tolare di San Lorenzo 2211, fol. 19 v–20 r (SL), wo der Cantus im c3-Schlüssel notiert ist. In Rom, Biblioteca
    Apostolica Vaticana, Ottb. lat. 1790 (RD) ist nur der Tenor überliefert. In FC ist die letzte Cauda nicht mit

Der Codex Rossi (Rs) als ältester Textzeuge[4] weist eine Notation auf, in der semibreves maiores und semibreves minimae[5] nur ausnahmsweise kaudiert sind. Die Notation läßt sich mit den bei Marchetto von Padua und dem Frater Guido angegebenen Regeln für den modus cantandi des tempus imperfectum lesen,[6] was insofern naheliegt, als in Rs in Takt 13 die Divisiobezeichnung „.g.‘ auf den modus gallicus verweist (Bsp. 2).

Die Divisiobezeichnung in Rs stellt jedoch eine sekundäre Schicht des Textes dar, und ab Takt 47 läßt die Kaudierung auf den zu Beginn des Madrigals als octonaria angezeigten modus ytalicus schließen. Ob tatsächlich für Takt 13–46 vom Schreiber durchgehend der modus gallicus intendiert ist, bleibt daher fraglich. Die Kaudierung der Takte 36–37 des Beispiels läßt sich nur im modus gallicus sinn-

Bsp. 2

voll lesen, die Takte 33–35 und 38 jedoch in beiden modi. Darüber hinaus beschreiben andere Theoretiker, etwa der Autor von *De diversis maneriebus in musica mensurabili*,[7] abweichende Regeln für den Rhythmus unkaudierter semibreves und der Autor von *De musica mensurabili* gibt ausdrücklich verschiedene Ausführungsmöglichkeiten „ad voluntatem cantantis“[8] an.

Selbst wenn der Schreiber von Rs tatsächlich mit einem impliziten modus cantandi, wie er bei Marchetto und Guido beschrieben ist, notiert hätte, ist keineswegs gesichert, daß die Benutzer dieser Handschrift den Text mit diesen Regeln gelesen haben. Dies belegen auch die anderen Textzeugen, die das Madrigal in einer Notation überliefern, in der minimae durchgehend kaudiert sind.

In Sq und SL entspricht diese Kaudierung einer Explikation des modus gallicus. In Sq sind zudem Divisiowechsel innerhalb von Strophe und Ritornell in der Regel bezeichnet, so daß aufgrund der Bezeichnungen „.i.‘ in Takt 14 und „.p.‘ in Takt 76 für die dazwischenliegenden Takte von einer vom Schreiber intendierten senaria imperfecta ausgegangen werden kann. Pit gibt hingegen weder zu Beginn noch in Takt 13 oder 14

Sicherheit zu erkennen, von Pit stand mir lediglich ein Mikrofilm zur Verfügung, auf dem es so aussieht, als wäre bei der ersten Note eine aufwärts gerichtete Cauda durch Rasur getilgt worden.

4   Vgl. auch das Faksimile: Il codice Rossi 215. Hrsg. von Nino Pirrotta. Lucca 1992 (Ars nova. Bd. 2), fol. 23v.

5   Ich bezeichne analog zu Marchetto und Guido die Notenwerte der Semibrevis als maior (erste Divisio der Brevis), minor (zweite Divisio) und minima (dritte Divisio). Zur Terminologie vgl. auch Wolf Frobenius: Semibrevis. In: Handwörterbuch der musikalischen Terminologie. Hrsg. von Hans Heinrich Eggebrecht. Stuttgart 1971, S. 7f.

6   Marchetto da Padua: Pomerium. Hrsg. von Giuseppe Vecchi. American Institute of Musicology 1961 (CSM. Bd. 6), S. 172ff. – Marchetto da Padua: Brevis compilatio in arte musice mensurate. In: Giuseppe Vecchi: Su la composizione del Pomerium di Marchetto da Padova e la Brevis compilatio. Bologna 1957 (Biblioteca di Quadrivium. Serie musicologia. Bd. 1), S. 41ff. – Guidonis Fratris: Ars musice mensurate. In: Mensurabilis musice tractatuli. Hrsg. von F. Alberto Gallo. Bologna 1966 (Antiquae musicae italicae scriptores. Bd. 1), S. 35ff. Zum modus cantandi vgl. auch Oliver Huck: „Modus cantandi“ und Prolatio. „Aere ytalico“ und „aere gallico“ im Codex Rossi 215. In: Die Musikforschung 54, 2001, S. 115–130.

7   De diversis maneriebus in musica mensurabili. Hrsg. von Gilbert Reaney. Neuhausen 1982 (CSM. Bd. 30), S. 60–61.

8   De musica mensurabili. Hrsg. von Cecily Sweeney. American Institute of Musicology 1971 (CSM. Bd. 13), S. 42–43.

eine Divisio an. Die Ligaturen in „eodem spatio vel in eadem linea"[9] innerhalb der Divisio sind hier zu abwärts kaudierten semibreves zusammengezogen und die Takte 33–35 sinnvoll in octonaria, die Takte 36 und 38 in senaria imperfecta zu lesen; Takt 37 jedoch ist in beiden Divisiones lesbar. Daß der Schreiber hier die Notation verändert hat und Schwierigkeiten mit der Interpretation seiner Vorlage hatte, belegt die Tatsache, daß die erste semibrevis des Beispiels zunächst aufwärts kaudiert war, diese Cauda dann jedoch rasiert wurde. FP gibt ebenfalls keine Divisiobezeichnungen an und bezeichnet Wechsel der prolatio bei gleichem tempus grundsätzlich nicht. Takt 38 ist damit zwar wie in Rs notiert, im Kontext einer Notation, die semibreves minimae durchgehend kaudiert, jedoch in jedem Fall in octonaria zu lesen. In den Takten 33–35 ist aufgrund der Kaudierung senaria imperfecta anzunehmen, die Caudae explizieren jedoch gerade nicht den modus gallicus, sondern eine rhythmische Lesart via naturae. Takt 37 ist zwar wie in Pit in beiden Divisiones lesbar; da Schreiber B[10] in FP eine semibrevis maior in der octonaria jedoch auch dann nahezu ausnahmslos abwärts kaudiert, wenn sie am Ende der Divisio steht,[11] ist zu vermuten, daß er hier senaria imperfecta intendiert hat.

Als Erklärungsmodell für die Varianz des Textes in der Überlieferung stehen sich auch in bezug auf die Musik des Trecento zwei extrem gegensätzliche Erklärungsmodelle gegenüber, die aus einer vermeintlichen Dichotomie von mündlicher und schriftlicher Überlieferung resultieren. Bei Martinez' Auffassung der Handschriften als eines Versuchs, „eine *gehörte* Musik schriftlich zu erfassen",[12] wird Varianz zum einen als Ergebnis unterschiedlicher Aufführungsfassungen, zum anderen als Performanz im Prozeß der Verschriftlichung aufgefaßt. Bent hingegen betont, „much of the identity and variation of sources can be explained (sometimes wholly explained) mechanically, [...] by ‚blind' copying of individual parts"[13].

Was hinter den verschiedenen Erklärungsmodellen steht, ist ein unterschiedlicher Begriff vom Text und seiner Autorisation. Deutlich wird dies, wenn Bent in bezug auf „plausible variants" die Schwierigkeit einer Unterscheidung zwischen *einer* autorisierten Fassung, die von Schreibern verändert wurde, und *mehreren* autorisierten Fassungen, mithin zwischen Überlieferungs- und Autorvarianten herausstellt.[14] Der Irrtum beruht hier darauf, daß unklar ist, ob die uns vorliegende Überlieferung überhaupt als autorisiert gelten darf. Wenn Bent sich darüber hinaus auf die „original intentions of the composer" beruft und zugleich den Umstand „that these intentions include unnotated performan-

---

[9] Vgl. Marchetto da Padua, Pomerium (wie Anm. 6), S. 196.

[10] Zur Unterscheidung der Schreiber in FP vgl. John Nádas: The transmission of Trecento secular polyphony: manuscript production and scribal practices in Italy at the end of the middle ages. Diss. New York Univ. 1985, S. 62 und 80.

[11] Vgl. in *La bella stella* T. 4 im Cantus, FP ist faksimiliert in: Il codice musicale Panciatichiano 26. Hrsg. von F. Alberto Gallo. Florenz 1981, fol. 47v.

[12] Marie Louise Martinez: Die Musik des frühen Trecento. Tutzing 1963 (Münchner Veröffentlichungen zur Musikgeschichte. Bd. 9), S. 40.

[13] Margaret Bent: Some criteria for establishing relationships between sources of late-medieval polyphony. In: Music in medieval and early modern Europe. Hrsg. von Ian Fenlon. Cambridge 1981, S. 295–317, hier S. 304.

[14] Ebenda, S. 304: „They may result from a different version circulated by the original author, but this is very hard to detect because of the relative proximity in culture and chronology of composers, performers and scribes of a given repertory."

ce conventions as well as notated essentials"[15] betont, zeigt sich die Fragwürdigkeit ihrer Vorstellung, wonach man mit einem eklektischen Verfahren in bezug auf die substanti- ellen und einem copy-text[16] Verfahren in bezug auf die akzidentiellen Varianten einen Text erhalte, der so weit wie möglich dem „what the composer might have written, with some overlay of contemporary performance evidence and editorial common sense"[17] ent- spreche.

Aus dem überlieferten Text von *La bella stella*, den ich als die Summe aller Textzeugen definiere,[18] läßt sich ein Archetypus erschließen, der vermutlich analog zu Rs notiert ge- wesen ist, in dem jedoch keine Divisiobezeichnungen enthalten waren, die Prosdocimus de Beldemandis nicht umsonst als „signa extrinseca" bezeichnet.[19] Der Text ist jedoch sowohl in seiner synchronen Dimension[20] hinsichtlich der rhythmischen Lesart einzel- ner Takte offen aufgrund der Notation von Rs und ihren varianten Adaptationen in den anderen Textzeugen als auch in seiner diachronen Dimension hinsichtlich der Abfolge der Divisiones, da diese in Rs und Sq unterschiedlich und in FP und Pit gar nicht ange- zeigt werden und eine Reihe von Gruppierungen verschiedenen Divisiones zugeordnet werden kann.

Über die kompositorische Konzeption lassen sich daher keine präzisen Angaben ma- chen. Daß *ein* modus cantandi oder *eine* planvolle Abfolge von Wechseln des modus cantandi, wie sie aus der Überlieferung seiner Madrigale als Stilmerkmal des Giovanni da Firenze erscheint, tatsächlich intendiert war, ist zwar plausibel, aber letztlich eine blo- ße Vermutung. Die disparate Überlieferung weist dabei weniger auf die Aufzeichnung unterschiedlicher Aufführungsfassungen hin, sondern spiegelt vielmehr das Bemühen der Schreiber, den einmal fixierten Text in einem anderen Notationssystem zu aktualisieren.

2.   Offener und geschlossener edierter Text

Das methodische Problem einer Edition, mit einem solchen offenen Text umzugehen, besteht darin, daß mehrere historisch mit dem Text assoziierbare musiktheoretische Be- zugssysteme zu unterschiedlichen Lesarten führen können und bei einer Mehrfachüber- lieferung Varianten unterschiedliche Bedeutungspotentiale des Textes offenlegen, zu de-

---

[15] Ebenda, S. 313.

[16] Zum Problem der Übertragbarkeit dieser aus der copy-text Theorie stammenden Kategorien auf musikali- sche Texte vgl. James Grier: The critical editing of music: history, method, and practice. Cambridge 1996, S. 107. Das copy-text Verfahren wird von Bent in der Ausgabe der Werke Johannes Ciconias durch die Übertragung in moderne Notation ad absurdum geführt.

[17] Bent, Some criteria (wie Anm. 13), S. 316.

[18] Ich gehe dabei von dem von Martens definierten komplexen Textbegriff aus, den ich hier jedoch nicht auf Autor-, sondern auf Überlieferungsvarianten anwende: „Text aus editorischer Sicht ist ein Zeichen, dessen Struktur durch eine vom Zeichenbenutzer und vom jeweiligen situativen Umfeld bestimmte dynamische Wechselbeziehung zwischen Textträger und Textdeutung gekennzeichnet ist. [...] Der Text eines Werkes besteht demzufolge aus den Texten sämtlicher Textfassungen." Gunter Martens: Was ist aus editorischer Sicht ein Text? Überlegungen zur Bestimmung eines Zentralbegriffs der Editionsphilologie. In: Zu Werk und Text. Beiträge zur Textologie. Hrsg. von Siegfried Scheibe und Christel Laufer. Berlin 1991, S. 135– 156, hier S. 142–143.

[19] Prosdocimus de Beldemandis: Tractatus practicae cantus mensurabilis ad modum ytalicorum. In: Scriptores de musica medii aevi. Hrsg. von Edmond de Coussemaker. Bd. 3. Paris 1869. Reprint Hildesheim 1963, S. 233b.

[20] Zu den Begriffen synchrone und diachrone Dimension vgl. Anm. 28.

ren Bewertung in den wenigsten Fällen der in der Altphilologie unter der Prämisse eines ignoranten Schreibers entwickelte Fehlerbegriff hinreichend ist. Die editorische Lösung dieser Problematik kann entweder darin bestehen, den offenen Text als geschlossenen Text zu edieren, oder einen offenen edierten Text zu bieten.

Ein geschlossener edierter Text liegt dann vor, wenn ein mehrfach überlieferter Text aufgrund einer hierarchischen Bewertung nicht autorisierter Textzeugen in edierten Text und Apparat gespalten und Varianz damit nicht als substantieller Bestandteil eines Textes, sondern als akzidentielles Merkmal der Werküberlieferung begriffen wird. Das Ergebnis ist entweder die Dominanz eines Textzeugen als Leithandschrift und damit die Edition einer rezipierten Fassung, die aus dem Überlieferungsprozeß isoliert wird, oder die Negation aller Textzeugen im edierten Text zugunsten eines Archetypus, der zumeist nicht als Nukleus der Überlieferung, sondern als Werk präsentiert und mit einer Autorintention legitimiert wird. Geschlossen wird der edierte Text darüber hinaus, indem den figurae der überlieferten Notation in einer Übertragung in moderne Notation eindeutige res musicales zugeordnet werden.

Ein auf diese Weise geschlossener edierter Text bietet dem Leser eine Interpretation und Selektion des überlieferten Textes, indem aus ihm in einer Werkedition vom Editor als vermeintlich idealem Leser ein Werk konstruiert oder er vom Editor als vermeintlich historischem Leser in einer Quellenedition auf die Rezeption in einer punktuellen historischen Situation reduziert wird.

Ein offener edierter Text liegt dann vor, wenn sowohl die Beziehung zwischen den Textzeugen als auch zwischen den figurae der überlieferten Notation und den vom Editor erschlossenen res musicales transparent gemacht wird. Die Arbeit des Editors kann sich dabei keineswegs in einer diplomatischen Synopse aller Textzeugen, in der weder die Varianz noch die figurae interpretiert werden, erschöpfen, sondern besteht vielmehr darin, zwischen einer solchen von der ‚New Philology' geforderten Dokumentation des Textes[21] und dem Leser zu vermitteln, indem den figurae ihre möglichen res musicales in einer Übertragung in moderne Notation zugeordnet und die Varianten strukturiert und kommentiert werden.

Ein auf diese Weise offener edierter Text bietet dem Leser den überlieferten Text und seine vom Editor als Leser des Textes erschlossenen Deutungspotentiale. Der Leser wird dabei selbst zum Editor, der den Text aus seinem jeweiligen Erkenntnisinteresse heraus schließt. Der edierte Text bietet ihm alle überlieferten Informationen in einer kommentierten Form ohne den Text dabei einseitig produktions-, überlieferungs- oder rezeptionsgeschichtlich zu akzentuieren, der damit für alle Erkenntnisinteressen offen ist; die transparente Darstellung der Beziehung zwischen den Textzeugen, ihren figurae und ihren erschlossenen res musicales ermöglicht ihm auch eigene und abweichende Deutungen der Befunde.

Offene Texte in Hinblick auf die Notation bieten für die Musik des Trecento die Dissertationen von Fellin und Martinez, sowie bereits Johannes Wolf im *Handbuch der Notationskunde*. Fellin hat in seiner Dissertation eine synoptische Kollation der Cantus-

---

[21] Vgl. Bernard Cerquiglini: Éloge de la variante. Histoire critique de la philologie. Paris 1989 und die Beiträge in: Speculum 65, 1990; dazu vor allem: Karl Stackmann: Neue Philologie? In: Modernes Mittelalter. Hrsg. von Joachim Heinzle. Frankfurt a. M. und Leipzig 1994, S. 398–424 und: Alte und neue Philologie. Hrsg von Martin-Dietrich Gleßgen und Franz Lebesanft. Tübingen 1997 (Beihefte zu editio. Bd. 8).

Stimmen sämtlicher mehrfachüberlieferter Madrigale und Cacce vorgelegt.[22] Kollation ist insofern die zutreffende Bezeichnung, als hier weder die zweite und dritte Stimme noch der Gesangtext enthalten sind und sich die Leistung des Editors auf die synoptische Anordnung, die Ziehung überflüssiger Mensurstriche und die Numerierung der Takte beschränkt und auf jegliche Textkritik verzichtet. Dabei wurden einerseits sämtliche Ligaturen ‚in eodem spatio vel in eadem linea' aufgelöst, da sie nicht als solche erkannt wurden, und andererseits Korrekturen in den Textzeugen nicht kenntlich gemacht. Martinez hat hingegen im Anhang ihrer Münchner Dissertation die ersten fünf Madrigale des Codex Rossi sowie den Beginn einiger weiterer Kompositionen diplomatisch spartiert;[23] die Auflösung der Ligaturen führt dabei jedoch zu einem virtuellen, pseudohistorischen Notationssystem, das weder konsequent die figurae noch die vom Editor erschlossenen res musicales darstellt, so daß bei den unikal überlieferten Kompositionen des Codex Rossi aus meiner Sicht gegenüber dem Faksimile der Informationsverlust größer ist als der Informationsgewinn.[24]

Der Vorteil einer diplomatischen Transkription gegenüber einem Faksimile liegt bei Mehrfachüberlieferung in der Vergleichbarkeit der Textzeugen, die durch eine Synopse ermöglicht wird. Gerade diese Möglichkeit wird jedoch bei Martinez' Edition des mehrfachüberlieferten Madrigals *De soto 'l verde* verschenkt. Entsprechend der Notation der Musik des Trecento in Stimmen (und nicht in Partitur) liegt dabei eine Anordnung nahe, in der nicht Cantus und Tenor eines Textzeugen untereinander, sondern vielmehr alle Fassungen des Cantus und sämtliche Fassungen des Tenor untereinander stehen. Die Anordnung der Textzeugen folgt dabei zweckmäßig ihrer Chronologie, wo diese unsicher ist, wäre eine Gruppierung von Textzeugen mit ähnlichem Textzustand pragmatisch. Während bei den zweistimmigen Kompositionen eine spiegelbildliche Anordnung, bei der der älteste Textzeuge in der Mitte steht, denkbar wäre, ist diese Möglichkeit bei dreistimmigen nicht gegeben. Hinzu kommt, daß dem Vorteil, einen Textzeugen in der Mitte in Partituranordnung bieten zu können, wie dies etwa Wolf getan hat,[25] der Nachteil einer nicht beabsichtigten Hierarchisierung gegenübersteht, so daß eine Anordnung der Textzeugen in gleicher Reihenfolge in allen Stimmen vorzuziehen ist (Bsp. 5).

Die Transkription vom handschriftlichen Notenbild in den Drucksatz sowie die Synopse führen zu einer partiellen Schließung des Textes, da die suggestive Gruppierung der Notenzeichen nicht mehr unmittelbar graphisch, sondern nur noch mittelbar durch die Textierung sichtbar ist, was Ludwig bereits an der Edition von Wolf bemängelt hatte.[26] Bei einer konsequenten Synopse wird zudem eine rhythmische Deutung vorgenommen, die bei korrupten und insbesondere bei nachträglich korrumpierten Gruppierungen[27]

---

[22] Eugene Fellin: A study of superius variants in the sources of italian Trecento music: Madrigals and Cacce. Diss. Univ. Wisconsin 1970. Bd. 2, S. 123–132.

[23] Vgl. Martinez, Die Musik des frühen Trecento (wie Anm. 12), nach S. 144.

[24] Ähnliche Beispiele pseudodiplomatischer Editionen in virtuellen Notationssystemen sind in den Reihen Münchner Veröffentlichungen zur Musikgeschichte und Münchner Editionen zur Musikgeschichte zu finden.

[25] Johannes Wolf: Handbuch der Notationskunde. Bd. 1. Leipzig 1913. Reprint Hildesheim 1963, S. 297–304 (*Nel meço a sei paon* nach FP und Sq) und S. 321–328 (*Posando sopra un'acqua* nach FP und Sq) sowie ohne Übertragung S. 305–310 (*Più non mi curo* nach FP und Sq).

[26] Friedrich Ludwig: Geschichte der Mensuralnotation von 1250–1460. In: Sammelbände der Internationalen Musikgesellschaft 6, 1904–1905, S. 597–641, hier S. 607.

[27] Dieses Problem betrifft insbesondere die Handschrift London, British Library, Add. 29987, vgl. Marco Goz-

fragwürdig ist. Daneben ist zu entscheiden, wo es sich um Ligaturen ‚in eodem spatio vel in eadem linea', d. h. eine Kombination von zwei Zeichen, handelt, und wo lediglich zwei nicht zusammengehörige Zeichen durch den Duktus der Handschrift dicht zusammen stehen. Während in bezug auf die Gruppierung von Notenzeichen in den einzelnen Textzeugen ein Informationsverlust eintritt und die Darstellung der Ligaturen ‚in eodem spatio vel in eadem linea' eine editorische Entscheidung darstellt, bei der im edierten Text lediglich die Kategorien ja, nein und vielleicht unterschieden werden können und ein Stellenkommentar unvermeidlich ist, läßt die synchrone Anordnung in der Synopse auch eine abweichende diachrone Lesart eines Textzeugen zu.[28] Die Textierung kann in einer Synopse den Anspruch einer diplomatischen Wiedergabe nicht erfüllen, die Zuordnung der Silben zu einzelnen Noten stellt vielmehr eine editorische Entscheidung dar, bei der die Textierung der phonetischen Silbentrennung der Handschriften (vokalisch anlautenden Silben wird der auslautende Konsonant der vorausgehenden Silbe vorangestellt) folgen und die Trennung zusammengeschriebener Silben und Worte diakritisch ausgezeichnet werden sollte sowie die Prinzipien der Textunterlegung zu begründen und Einzelstellen zu kommentieren sind. Zusätzliche Informationen über die Textgenese wie Rasuren und Nachträge sind, wo immer möglich, mit diakritischer Auszeichnung in den edierten Text zu integrieren.

Eine Übertragung in moderne Notation stellt hingegen per se eine Übersetzung dar. Ebensowenig wie man Giovanni Boccaccios *Decamerone* heute ins Mittelhochdeutsche übersetzen würde, ist daher der Musik des Trecento ein historisierendes Notenbild angemessen, so daß nichts gegen moderne Schlüsselung, Reduktion der Notenwerte und Taktstrichsetzung spricht.[29] Pirrotta und Marrocco haben in ihren Editionen von *La bella stella* die octonaria im ¾-Takt und die senaria imperfecta im ⁶⁄₈-Takt übertragen,[30] was insofern problematisch ist, als dabei die dem Notationssystem und dem Madrigal zugrunde liegende Einheit der semibrevis maior des tempus imperfectum gerade nicht sichtbar wird.

Die in der Notationskunde gepflegte Vorstellung, wonach jede Divisio stets schema-

---

zi: Alcune postille sul codice Add. 29987 della British Library. In: Studi musicali 22, 1993, S. 249–277.

[28] Die Begriffe synchron und diachron verwende ich äquivalent zu der vertikalen und horizontalen Lesung einer Textdarstellung wie sie Beispiel 5 bietet. Textgeschichtlich wären beide Begriffe konträr zu verwenden: der diachron gelesene Text eines Textzeugen (ggf. einer Schicht eines Textzeugen) ist historisch eine synchrone Textfassung, die einzelnen Textzeugen sind Teil einer diachronen Textgeschichte. Die Differenz zwischen einem historischen und einem systematischen Zugang zum Text zeigen die Editionen des Notre Dame-Repertoires durch Tischler und Roesner: Tischler wählte für die zweistimmigen Organa (wie auch für die frühen Motetten) eine systematische Darstellung, die die synchrone Dimension durch den integrierten Variantenapparat zu einer Leithandschrift betont. Roesner hingegen versteht in seiner Edition des *Magnus liber organi* die Textzeugen als verschiedene, mit den Namen Leonin und Perotin assoziierbare Textstadien, die er jeweils separat ediert und damit die diachrone Dimension in den Vordergrund rückt. Vgl. The Parisian two-part organa: the complete comperative edition. Hrsg. von Hans Tischler. 2 Bde. Stuyvesant 1988 und Le Magnus liber organi de Notre-Dame de Paris. Hrsg. von Edward H. Roesner. Monaco 1993ff.

[29] Zu älteren Editionen der Musik des Trecento vgl. Marie Louise Martinez-Göllner: Musik des Trecento. In: Musikalische Edition im Wandel des historischen Bewußtseins. Hrsg. von Thrasybulos Georgiades. Kassel u. a. 1971, S. 134–148.

[30] Vgl. The music of fourteenth century Italy. Bd. 1. Hrsg. von Nino Pirrotta. Amsterdam und Neuhausen 1954 (Corpus mensurabilis musicae [CMM] 8), S. 18–20 und: Italian secular music. Hrsg. von Thomas W. Marrocco. Monaco 1967 (Polyphonic music of the fourteenth century [PMFC]. Bd. 6), S. 40–41.

tisch in einer bestimmten Taktart zu übertragen sei,[31] ist weder der Musiktheorie des Trecento, noch den überlieferten Kompositionen angemessen. So kann etwa im Trecento die minima einer senaria perfecta sowohl einer semibrevis minor der duodenaria (Marchetto), als auch der minima einer duodenaria (Rubrice breves) oder jener der senaria imperfecta (Prosdocimus) entsprechen.[32] Demgemäß wäre jeweils eine Kombination von Taktarten zu wählen. Die Entscheidung von Pirrotta, im Ritornell von *La bella stella* von letztgenannter Möglichkeit auszugehen, scheint mir richtig zu sein und würde in der Übertragung dazu führen, daß in der Strophe senaria imperfecta im ¾-Takt auf die octonaria im ¾-Takt bezogen ist, im Ritornell hingegen im ⅛-Takt auf die senaria perfecta im ¾-Takt. Die Taktstriche bei Marrocco entsprechen den Divisionspunkten, jene bei Pirrotta implizieren ein pseudomodales Gefüge, das, wie die ‚Modus'-Wechsel zeigen,[33] jedoch nicht gegeben ist. Die Takte 33–38 sind nicht nach dem modus gallicus, sondern via naturae übertragen. Während sich die Lesart für die Takte 33–35 zwar nicht mit der Musiktheorie des Trecento stützen läßt, jedoch mit den Varianten aus FP und FC hätte begründen lassen, ist Takt 38 weder mit den zeitgenössischen Traktaten, noch mit der Parallelüberlieferung zu legitimieren, sondern das Ergebnis editorischer Divinatio. Die Probleme der Notation sind bei Marrocco im Apparat entsorgt,[34] jedoch keineswegs

---

[31] Vgl. Willi Apel: Die Notation der polyphonen Musik 900–1600. Wiesbaden 1962, S. 416. John Caldwell: Editing early music. Oxford 1985, S. 18–19, unterscheidet zwar die quaternaria von einer Substitution der octonaria und duodenaria durch eine Notation im tempus imperfectum cum prolatione minori in Augmentation analog zu Pirrotta (CMM 8, Bd. 1, S. I) und differenziert zwischen einem „normalen" und einem „archaischen" Repertoire, seine Vorschläge für letzteres (ternaria im ³/₈-Takt, quaternaria und senaria gallica im ²/₄-Takt) entbehren hinsichtlich der Verhältnisse der Divisiones jedoch nicht nur bei Marchetto da Padua, mit dessen Notationstheorie er dieses Repertoire in Verbindung bringt, sondern grundsätzlich einer Legitimation in der Musiktheorie des Trecento.

[32] Eine ausführliche Darstellung der Musiktheorie des Trecento ist an dieser Stelle nicht möglich, eine kurze Begründung der drei genannten Möglichkeiten sei dennoch gegeben. Bei Marchetto und Guido gibt es lediglich eine perfekte und eine imperfekte brevis („deficit a perfecto in tertia parte sui ad minus", Marchetto da Padua, Pomerium (wie Anm. 6), S. 161), quaternaria und senaria perfecta stellen keine eigenständigen Divisiones dar, sondern die zweite Divisio des tempus perfectum bzw. imperfectum (ebenda, S. 107, 126 und 168). In den *Rubrice breves* wird die Teilung des tempus imperfectum in bis zu vier und des tempus perfectum in bis zu sechs semibreves nicht als erste und zweite Divisio eines tempus, sondern als eigenständige tempus aufgefaßt, wobei die semibreves der ersten Divisio gerade nicht jenen der ersten Divisio (semibreves maiores) der duodenaria und octonaria gleichgesetzt werden, sondern jenen der zweiten (semibreves minores). Das „tempus perfectum minus divisum in sex" entspricht damit einer halben duodenaria, vgl. Anonimi Rubrice breves. Hrsg. von Giuseppe Vecchi. In: Quadrivium 10, 1969, S. 130: „Tempus hoc perfectum est quantum ad divisionem, quia dividitur in tres partes et postea in sex et non ultra, propter suam velocitatem modi cantandi, sed quantum ad quantitatem est pro mediate temporis superioris perfecti divisi in duodecim; et dicitur tempus hoc minus perfectum". Bei Prosdocimus de Beldemandis, Tractatus practicae cantus (wie Anm. 19), S. 234b–235a) bildet das System der vier französischen Mensuren bei Äquivalenz der minimae die Grundlage, octonaria und duodenaria werden auf der Basis einer proportio sesquitertia der minimae zu senaria imperfecta und novenaria in bezug gesetzt. Damit ändert sich zwar das Verhältnis von duodenaria, novenaria, octonaria und senaria imperfecta gegenüber dem italienischen System nicht, hingegen wird die senaria perfecta damit grundsätzlich als Äquivalent der senaria imperfecta aufgefaßt.

[33] Vgl. Pirotta in: CMM 8. Bd. 1 (wie Anm. 30), S. 18–19, T. 16–18.

[34] Vgl. Marrocco in: PMFC. Bd. 6 (wie Anm. 30), S. 174–175; zu T. 33–38 ist lediglich der Rhythmus von Pit und Sq vermerkt (wobei für T. 38 fälschlich eine semibrevis und drei minimae angegeben ist) sowie die Variante von Sq in T. 37; nicht vermerkt sind die Varianten von FP in T. 33 (c statt d) und T. 36 (fehlende Pause). FC wird zwar unter den Quellen aufgeführt, jedoch im Apparat nicht berücksichtigt, Rs wird nicht diskutiert. Absurd an diesem Apparat ist, daß auf einen edierten Text in moderner Notation unter Angabe der originalen figurae bezug genommen wird, jedoch in *La bella stella* die mehrdeutige Notation von Rs weder aus dem Apparat noch aus dem fehlerhaften edierten Text zu erschließen ist.

transparent gemacht oder gar gelöst; Pirrottas Ausgabe enthält keinen Apparat und verlangt damit vom Leser bedingungsloses Vertrauen in den Editor.

Die Kontamination der beiden jeweils ältesten Textzeugen für beide Stimmen – der
Tenor fehlt in Rs – läßt sich weder als Edition eines Archetypus stemmatologisch rechtfertigen,[35] noch folgt sie dem ansonsten in beiden Ausgaben angewandten Prinzip der
Edition eines vermeintlichen Codex optimus.

Während Bent und Hallmark in der Ausgabe der Werke Johannes Ciconias Fassung als
Autorfassung verstehen und dort, wo es sich nach ihrer Ansicht um „plausible variants"
im Sinne von Präsumtivvarianten handelt, beide Fassungen im Paralleldruck edieren,[36]
gehen Marrocco und Pirrotta analog zu Martinez von einem Fassungsbegriff aus, der auf
Überlieferungsfassungen basiert. Die Kriterien für die Entscheidung, eine oder mehrere
Fassungen zu edieren, und die Selektion der edierten Fassungen sind jedoch vage, da eine
Filiation der Überlieferung in beiden Ausgaben nicht stattgefunden hat. Marroccos Behauptung im Vorwort, „in some cases where there are great differences separate versions
are presented here",[37] erweckt den unzutreffenden Eindruck, daß es sich um die textkritisch legitimierte Selektionen mehrerer Fassungen handelt. De facto wird jedoch primär
bei allen in der Londoner Handschrift enthaltenen Kompositionen diese als zweite Fassung abgedruckt.[38] Beide Fassungen sind zudem weder synoptisch noch im Paralleldruck,
sondern wie in allen Bänden der Reihe *Polyphonic music of the fourteenth century* bis einschließlich Band 23 zusammenhanglos hintereinander abgedruckt. Pirrotta bemerkt im
Vorwort von Band 1: „it is notable that the several versions of a work show differences
of far more sensitive nature then the usual variants. In these cases the editor has judged
it well to present entire transcriptions of the more significantly varying versions together
with the principal version."[39] Warum jedoch FP bei vier von fünf Stücken von Giovanni
die „principal version"[40] ist, wird ebensowenig begründet wie die Entscheidung, gerade bei diesen Stücken, nicht jedoch bei anderen von Fassungen auszugehen; auch die
Auswahl der edierten Fassungen entbehrt der Legitimation.

Sowohl bei Bent als auch bei Marrocco und Pirrotta stellt die Edition mehrerer Fassungen, in der die Varianten weder vollständig dokumentiert noch strukturiert werden,
letztlich eine Kapitulation vor den jeweiligen Editionsprinzipien dar, da es sich als unmöglich erweist, *ein* Werk bzw. *einen* Codex optimus zu edieren.

Eine Strukturierung der Varianten des Textes durch den Editor kann unter vier verschiedenen Prämissen erfolgen, die zu einem zunehmenden Grad an Offenheit des edierten Textes führen:

1. autorzentriert in einer Werkedition eines Archetypus als geschlossenes Werk;

---

[35] Ein Stemma von *La bella stella* entwirft F. Alberto Gallo: Critica della tradizione e storia del testo: Seminario
    su un madrigale trecentesco. In: L'arte musicale in Italia 59, 1987, S. 36–45, hier S. 43.

[36] Vgl. Johannes Ciconia: Works. Hrsg. von Margaret Bent und Anne Hallmark. Monaco 1985 (PMFC.
    Bd. 24), S. 138–143 (*Ligiadra donna*) und S. 152–155 (*Mercé o morte*).

[37] Marrocco in: PMFC. Bd. 6 (wie Anm. 30), S. IX.

[38] Die eigentliche Begründung dürfte darin zu sehen sein, daß Bd. 6 offenbar in England entstanden ist, vgl.
    die Datierung des Vorworts ebenda, S. X.

[39] Pirrotta in: CMM 8. Bd. 1 (wie Anm. 30), S. I.

[40] Ebenda, es handelt sich um *Appress' un fiume chiaro*, *Più non mi curo* und *Sedendo all'ombra* (FP und Sq) sowie
    O tu cara sciença (FP und PR).

2. handschriftenzentriert in einer Quellenedition einer Leithandschrift als geschlossener Text;
3. überlieferungszentriert in einer Fassungsedition von Parallelfassungen (Redaktionen) als geschlossene Fassung;
4. textzentriert in einer Textedition als offener Text.

Die Edition eines Archetypus bzw. einer Leithandschrift in einer Werk- bzw. Quellenedition setzt die Übertragung in moderne Notation voraus, da in ersterer mit der Kategorie der Intention operiert wird und in letzterer Diplomatie besser in einem Faksimile zu verwirklichen ist. Die Edition von Parallelfassungen und die Textedition hingegen sind sowohl hinsichtlich des zugrundeliegenden Text- und Fassungsbegriffs, als auch der Möglichkeiten und Ziele der Darstellung zu hinterfragen. Die Parallelfassung, die in der germanistischen Mediävistik etwa von Joachim Bumke propagiert wird,[41] geht von einem Fassungsbegriff aus, der Fassung weder entstehungs- noch rezeptionsgeschichtlich als Autorfassung bzw. Überlieferungsfassung eines Textzeugen definiert, sondern überlieferungsgeschichtlich auf der Stufe der in Hyparchetypen fixierten Präsumtivvarianten. Die als Redaktion verstandene Fassung ist dabei jedoch ein ebenso ahistorisches Konstrukt wie der Archetypus, und darüber hinaus ist auch die Zahl der vom Editor supponierten Parallelfassungen eine nicht legitimierbare Größe.

Das Erkenntnispotential einer Textedition auf der Basis einer synoptischen, diplomatischen Transkripiton habe ich zu zeigen versucht. Eine Vermittlung zwischen dem dokumentierten Text und dem Leser und damit die Dokumentation der vom Editor erschlossenen Deutungspotentiale setzt jedoch auch die Übertragung in moderne Notation voraus. Deren Funktion als Visualisierung musikalischer Strukturen führt dabei zu dem Dilemma der Entscheidung zugunsten einer synchronen oder einer diachronen Präsentation des Textes.

Akzentuiert man die synchrone Dimension des Textes, ist eine synoptische Übertragung aller Textzeugen insofern auszuschließen, als sie die Varianten nicht strukturiert und hinsichtlich der Interpretation der figurae dort redundant ist, wo sich zwei Textzeugen entsprechen. Sinnvoller ist es, feste, in allen Textzeugen identische, und variante Passagen des Textes voneinander abzuheben, indem einem Partitursystem in der Mitte der Seite, das nur die festen Textpassagen enthält, die Varianten der beiden Stimmen über bzw. unter dem System zugeordnet werden (Bsp. 3; gepunktete Bindebögen sind Zusätze des Editors).

Mehr Informationen als eine solche neutrale Anordnung der Varianten auf einer eigenen Zeile für jeden Textzeugen bietet eine Darstellung, die wie im folgenden Beispiel die Überlieferung textgenetisch strukturiert[42] und dabei durch die Gruppierung auch mögliche Redaktionen verdeutlicht; die vom Editor vermuteten Zusammenhänge sind in beiden Fällen in einem Stellenkommentar darzustellen. Die diachrone Konstitution des

---

[41] Vgl. Joachim Bumke: Die vier Fassungen der ‚Nibelungenklage'. Untersuchungen zur Überlieferungsgeschichte und Textkritik der höfischen Epik im 13. Jahrhundert. Berlin und New York 1996, insbesondere S. 30–32 und 84–88.

[42] Selbstverständlich ist hier nicht die Genese des vom Komponisten formulierten Textes (der uns nicht überliefert ist), sondern die Genese der Gesamtheit des überlieferten Textes (vgl. Anm. 18) gemeint, mithin nicht die Auswertung von Autor-, sondern von Überlieferungsvarianten. Im Gegensatz zur zentripetalen Genese eines Textes bei einer authentischen bzw. autorisierten Überlieferung vollzieht sich die Genese des Textes bei einer nicht autorisierten Überlieferung zentrifugal.

Bsp. 3

Textes nimmt der Leser aus seinem jeweiligen Erkenntnisinteresse heraus vor (Bsp. 4; die kursiv gesetzten Siglen und der Kleinstich in Takt 37 bezeichnen eine alternative aber sekundäre Lesart).

Akzentuiert man die diachrone Dimension des Textes, ist ein konsistenter Text nur auf der Basis einer Leithandschrift gegeben. Diese ist jedoch sowohl unter produktions- als auch rezeptionsgeschichtlichen Aspekten insofern zu relativieren, als es sich nicht um den Text, sondern lediglich um eine rezipierte Fassung des Textes handelt. Die Varianten der anderen Textzeugen werden daher auf diesen Text bezogen und sind damit vielfach platzsparend in einer auf den Parameter Rhythmus reduzierten Notation darstellbar. Im Gegensatz zur Synopse können Varianten, bei denen die Leithandschrift vermutlich einen redigierten Text überliefert, gekennzeichnet und Korruptelen ausgeschieden werden (Bsp. 6); ein Stellenkommentar erschließt die Textgeschichte.

An den synoptischen Editionen einstimmiger Musik des Mittelalters wurde zurecht kritisiert, daß der diachrone Zusammenhang des Textes verloren geht, d. h. stets nur wenige Takte auf einer Seite stehen und formale Zusammenhänge damit schwer zu erfassen sind. Für die Edition der mehrfach überlieferten Kompositionen des frühen Trecento strebe ich daher die Gegenüberstellung einer synoptischen diplomatischen Transkription sämtlicher Textzeugen, die die synchrone Dimension des Textes akzentuiert, mit einer Übertragung in moderne Notation an, die die diachrone Dimension des Textes er-

Bsp. 4

schließt. Diese Disposition ermöglicht einerseits die Dokumentation der gesamten Überlieferung, bei der die figurae nicht verändert und alle Varianten, insbesondere auch solche der Notation, bewahrt werden, und andererseits eine Interpretation des Textes und der Textgeschichte, bei der die res musicales durch die Übertragung in moderne Notation herausgeschält und die Varianten zu einer Leithandschrift in Beziehung gesetzt werden (Bsp. 5 und 6).

Der edierte Text bietet damit weder ein Werk noch eine oder mehrere Fassungen, sondern einen offenen, durch die Synopse partiell geschlossenen Text und einen geschlossenen, durch den integrierten Apparat partiell offenen Text. Eine solche Edition greift einerseits ein Verfahren auf, das Wolf bereits im Handbuch der Notationskunde für die Musik des Trecento angewandt hat, und modifiziert es andererseits in Hinblick auf Erkenntnisinteressen, die über die Notation hinausgehen.

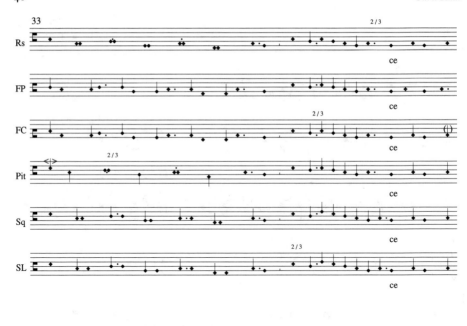

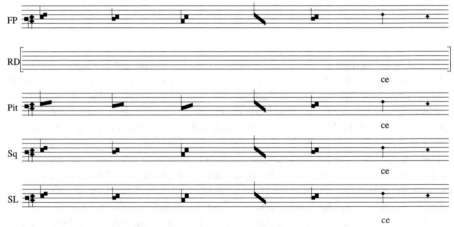

Zeichenerklärung

[]   mechanischer Textverlust (hier beschnittene Ränder)

()   unlesbarer Text (mit Angabe der vom Editor vermuteten Lesart)

< >   getilgter Text (hier durch Rasur)

2/3   Zeilenwechsel

Anmerkung zu T. 33–35: In Rs und Pit sind eindeutig Ligaturen in eodem spatio vel in eadem linea notiert, in Sq hingegen ist zweifelhaft, ob es sich um Ligaturen handelt, die daher mit einem Spatium wiedergegeben sind.

Bsp. 5

Zusätze des Editors:
gepunktete Bindebögen
Bewertung der Varianten:
fett: vermuteter Text des Archetypus (abweichend von der Leithandschrift)
kursiv: alternative, als sekundär eingestufte Deutung

Bsp. 6

Werner Breig

Probleme der Edition älterer deutscher Orgelmusik

Der Traditionsbereich, in dem sich die folgenden Betrachtungen bewegen, ist die deutsche Orgelmusik vom späten 16. Jahrhundert bis in die Bach-Zeit. In dieser Tradition waren für die Aufzeichnung von Orgelmusik verschiedene Notationssysteme in Gebrauch, und zwar vor allem

1. neuere deutsche Orgeltabulatur (Buchstabennotation),
2. Partitur,
3. Liniennotation auf zwei Systemen mit unterschiedlicher Anzahl von Notenlinien,
4. Liniennotation auf zwei Manualsystemen und einem Pedalsystem.[1]

Welche Notationsweise im Einzelfall benutzt wurde, war begründet in nationalen Traditionen, Instrumententypen und Kompositionstypen. In der modernen Editionstechnik sind im wesentlichen – und zwar keineswegs parallel zum historischen Usus – die Formen 3. und 4. üblich. Editoren und Verleger von Neuausgaben älterer Orgelmusik sehen sich fast stets veranlaßt, Anpassungen an moderne Notationsgewohnheiten vorzunehmen. Die Gründe sind vielfältig: Buchstabentabulatur ist heutigen Spielern gänzlich fremd, Partiturnotation ungewohnt, zweisystemige Notation wird für das Einstudieren von Pedaliter-Stücken als unbequem empfunden; und die Notation von Cantus firmi im Altschlüssel (noch in der Peters-Ausgabe von Bachs Orgelwerken praktiziert) gilt bei Verlegern, vielleicht mit Recht, als Verkaufshemmnis.

Die Basis, auf der über Editionstechnik diskutiert wird, ist auf der einen Seite die Anerkennung der grundsätzlichen Notwendigkeit, einen historischen Notentext den Möglichkeiten und Bedürfnissen einer späteren Zeit anzupassen, auf der anderen Seite die kritische Beobachtung dessen, was bei der Umnotierung mit der Substanz der Komposition geschieht.

In dem vorliegenden Text soll für einige Beispiele aus dem Bereich der älteren Orgelmusik die Umsetzung der originalen Notation in moderne Ausgaben verfolgt werden. Diese Betrachtung ist von folgenden Fragen geleitet:

1. Welchen Spielraum an unterschiedlichen Möglichkeiten hat eine moderne Übertragung?
2. Welche Eigenschaften der Quelle sollen im Notentext der Neuausgabe sichtbar sein?
3. Wie sollte ein Organist mit Editionen von älterer Orgelmusik umgehen?

Die ausgewählten Beispiele stammen aus der Zeit von 1577 bis 1739. Sie können nicht für das Ganze des Repertoires stehen; doch geben sie die Möglichkeit, einige Fragen von grundsätzlicher Natur zu diskutieren.

---

[1] Die zuletzt genannten Notationsart, die der seit dem 19. Jahrhundert üblichen Notation von Orgelmusik am nächsten kommt, ist am seltensten. Noch bei Bach findet sie sich nur in Triosätzen und manchen Choralbearbeitungen für mehrere Manuale. In unseren Beispielen wird dieser Typus nicht vertreten sein.

★

Begonnen sei mit einem Beispiel aus einer der wenigen gedruckten Quellen der deutschen Tastenmusik aus der ersten Hälfte des 17. Jahrhunderts, Samuel Scheidts *Tabulatura Nova* von 1624 (Beispiel 1[2]). Die Wahl dieser Sammlung bietet den Vorteil, daß der Komponist selbst sich sowohl zur Art der Notation als auch zur klingenden Realisierung seiner Musik äußert.

Bsp. 1: Samuel Scheidt, *Tabulatura Nova* I/5: *Warum betrübst du dich, mein Herz*, Versus 2

* Die Tempovorschrift weist zurück auf die Angabe *Tranquillo* zu Versus 1.
** Bei Mahrenholz lautet der entsprechende Vermerk: »c. f. 2′ (oder 4′ eine Oktave höher)«.

---

[2]   Die Kurztitel in Beispiel 1 bezeichnen folgende Editionen (die Seitenzahlen beziehen sich auf den hier als Beispiel zitierten Werkausschnitt): Seiffert 1892 = Neuausgabe von Max Seiffert. Leipzig 1892 (Denkmäler Deutscher Tonkunst 1), S. 33; Vogel 1994 = Neuausgabe von Harald Vogel. Wiesbaden [etc.] 1994. Tl. I, S. 70; Straube 1929 = Alte Meister des Orgelspiels. Hrsg. von Karl Straube. Neue Folge. Leipzig 1929. Tl. II, S. 51; Mahrenholz 1954 = Neuausgabe von Christhard Mahrenholz. Hamburg und Leipzig 1953 (Samuel Scheidt Werke. Bd. 6–7). Bd. 6, S. 49.

Die *Tabulatura Nova* ist in Partitur gedruckt. Die Entscheidung für diese Notationsweise hat Scheidt im Vorwort „An die Organisten" mit der Rücksicht auf die Gewohnheiten der deutschen Organisten begründet. Diese verstünden sich auf die englischniederländische Notationsart mit zwei Systemen zu je sechs Linien „entweder gahr nicht / oder aber nicht recht gründlich". Die Schwierigkeit der englisch-niederländischen Tabulatur – bei ihr waren innerhalb des einzelnen Liniensystems meist mehrere Stimmen zu notieren – sieht Scheidt darin, daß in ihr „bißweilen [...] die Parteyen [Stimmen] so wunderbarlich vnter einander springen / das manch guter Gesell sich nicht recht drein schicken / vnd welches Discant / Alt / Tenor oder Baß sey / wissen kan."[3]

Scheidt rechnet offenbar nicht damit, daß sein Partiturdruck als Spielvorlage diente. Er habe, so führt er nämlich weiter aus, „eine jede Stimme besonders gesetzt / damit ein jeder dieselbe in die gewöhnliche Buchstaben *Tabulatur* versetzen könne"[4]. Damit habe der Organist „nicht grösser müh [...] / als wann er sonsten ein gedrucktes oder geschriebenes Liedlein / eine Stimme nach der andern / absetzte". (Das letztere Verfahren verlangte Michael Praetorius, der seine Choralbearbeitungen innerhalb der Stimmendrucke *Musae Sioniae* und *Hymnodia Sionia* erscheinen ließ und auf die besondere instrumentale Bestimmung durch die Bezeichnung *Pro Organico* hinwies.)

Die von Scheidt empfohlene Umsetzung von Partitur- in Tabulaturnotation ist deshalb unkompliziert, weil die Tabulatur selbst insofern eine gewisse Ähnlichkeit mit einer Partitur hat, als sie die Stimmen als einzelne Ebenen auseinanderhält. (Deshalb war die Tabulatur auch als Medium für die Aufzeichnung von Vokalmusik üblich.[5]) Wird die Partitur in Tabulatur umgesetzt, so behält sie also ihre Struktur als Übereinanderschreibung von Einzelstimmen.

Partitur wie Tabulatur geben das Lagenverhältnis der Stimmen wieder, aber nicht unbedingt die Spielform. Erstens muß sich der Spieler ohnehin, sobald mehr als zwei Stimmen vorhanden sind, aus den Lagenverhältnissen über die Verteilung auf die beiden Hände klar werden, die von der ,abstrakten' Notation der Partitur nicht vorgegeben wird. Auch braucht das Pedal nicht unbedingt mit der untersten Stimme des Satzes identisch zu sein, sondern kann im Einzelfall auch höher liegende Stimmen übernehmen.

Unser Beispiel ist der Anfang einer vierstimmigen Choralbearbeitung mit Choral im Diskant. Wie die ,abstrakte' vierstimmige Partiturnotation in Orgelklang umgesetzt werden kann, darüber äußert sich Scheidt in seinem Vorwort „An die Organisten" im III. Teil der *Tabulatura Nova*. Wer eine Orgel mit zwei Manualen und Pedal hat, kann den Cantus firmus „absonderlich [...] spielen", d. h. mit einer eigenen Registrierung, damit der „Choral desto deutlicher zuvernehmen" ist. In einem vierstimmigen Orgelchoral mit Cantus firmus im Diskant, wie ihn unser Beispiel zeigt, kann man demnach den Choral „auff den Rückposetif mit einer scharffen Stimme [...] spielen, [...] den Alt & Tenor auff dem OberClavier oder Werck mit der Lincken Handt / vnnd den Baß mit dem

---

[3] Bei der Würdigung von Scheidts Verfahren darf man auch die drucktechnische Seite nicht vergessen. Typendruck war für Klaviernotation mit mehreren Stimmen pro System nicht möglich; dafür mußte Kupferstich gewählt werden (wie in der ebenfalls 1624 erschienenen *Ricercar-Tabulatur* von Ulrich Steigleder).

[4] Beispiele für die zeitgenössische Umsetzung von Scheidts *Tabulatura Nova* in deutsche Orgeltabulatur finden sich etwa in den Orgeltabulaturen in Bartfa oder in den Lynarschen Orgeltabulaturen. – Zum Notationstypus ,deutsche Orgeltabulatur' vgl. im folgenden die Diskussion der Beispiele 2 und 3.

[5] Ein als Faksimile zugängliches Beispiel ist Dietrich Buxtehudes Kantatenzyklus *Membra Jesu Nostri* von 1680; Faksimile nach der autographen Tabulatur. Hrsg. von Bruno Grusnick. Kassel [etc.] 1987.

Pedal." Möglich ist es darüber hinaus auch, auf einen Diskant-Cantus-firmus eine Spielweise anzuwenden, die Scheidt für einen im Alt liegenden Cantus firmus empfiehlt und
von der er sagt, sie sei „die schönste vnnd zum aller bequemsten zu thun": daß man
nämlich den Alt „auf dem Pedal [. . .] mit einer Stimme von 4. Fuß Ton" und die übrigen Stimmen auf dem Rückpositiv mit 8'-Registrierung spielt.[6] Nicht zu vergessen ist
jedoch, daß Scheidt seine Angaben zur Manualverteilung als Vorschläge versteht. Auch
auf einer einmanualigen Orgel ist die adäquate Realisierung der Orgelchoräle möglich.

Die Edition der *Tabulatura Nova* von Max Seiffert, mit der 1892 die *Denkmäler deutscher
Tonkunst* eröffnet wurden, gibt Scheidts Partitur auf zwei Klaviersystemen mit Violin-
und Baßschlüssel wieder - eine Notation, die der Quelle insofern nahesteht, als sie die vier
Stimmen in ihrer klingenden Anordnung beläßt und die Art der Ausführung offenläßt.
Harald Vogel hat diese Art der Notation 1994 als eine von zwei Alternativen wieder
aufgegriffen.

In Straubes Ausgabe von 1929 ist das dreischichtige Klangbild, das aus Scheidts Anweisung zum „absonderlichen" Choralvortrag resultiert, in eine Verteilung der Stimmen
auf die Systeme umgesetzt. Das Notenbild erweckt durch die Tempo-, Vortrags- und
Dynamik-Bezeichnungen sowie durch die Phrasierungsbögen (mit auftaktiger Phrasierung entsprechend der Doktrin Hugo Riemanns) auf den ersten Blick den Eindruck der
Überbezeichnung. Doch verstand Straube selbst diese Ausgabe – mit einem gewissen
Recht – als ein Ergebnis seiner Erfahrungen mit der Orgelbewegung und als eine Ab-
wendung von der Editionstechnik seiner früher erschienenen Sammlungen *Alte Meister
des Orgelspiels* (1904) und *Choralvorspiele alter Meister* (1907), hinter denen noch das or-
chestergeprägte Orgelideal der Zeit um 1900 gestanden hatte. In der Ausgabe von 1929
verzichtete Straube auf Dynamikwechsel innerhalb eines Satzes; und die Manualanga-
ben sind zu Beginn des Stückes immer durch Registrierangaben ergänzt, die sich auf die
Disposition der Schnitger-Orgel in St. Jacobi in Hamburg beziehen. Danach wäre in unserem Beispiel das Brustwerk mit der choralführenden Oberstimme mit Dulcian 8' und
Waldflöte 2' zu registrieren, das begleitende Oberwerk mit Holzflöte 8' und Gemshorn
2', das Pedal mit Oktave 8' und Nachthorn 2'. Die klangliche Realisierung, die Straube
notiert, ist durch Scheidts Angaben im Grundansatz legitimiert. Doch scheint Straube
sich noch gescheut zu haben, Scheidts Forderung nach einer Registrierung des Chorals
mit einer „scharfen Stimme" des Rückpositivs nachzukommen; stattdessen wählt er eine
vergleichsweise milde 8'+2'-Registrierung des Brustwerks.

Problematisch ist aber vor allem, daß Straube aus Scheidts Kann-Bestimmung durch
seine Notation ein Muß werden läßt. Denn wer den ganzen Satz in einer klanglich homogenen Wiedergabe, eventuell auch rein manualiter, spielen möchte oder die Ver-
legung des Cantus firmus in das Pedal bevorzugt, muß dies gegen den Notentext der
Ausgabe tun.

Ähnliches gilt von der unter d wiedergegebenen Notationsweise, bei der das Pedal
den Diskant-Cantus-firmus übernimmt. In der Ausgabe von Harald Vogel ist diese Notierung nur als Alternative gegeben; Christhard Mahrenholz dagegen bietet sie als einzige.
Für weniger geübte Spieler, die die Choralmelodie ins Pedal zu legen wünschen, ist diese
Notierung sicherlich eine Hilfe. Doch die Distanz zur Quellennotation ist beträchtlich.

---

[6]   Christhard Mahrenholz: Edition der *Tabulatura Nova*. Anhang zu Teil III, S. <30>f.

Als Vorbild hat Mahrenholz hier (ebenso wie in vielen anderen Choralstrophen) nicht den Haupttext der Quelle gewählt, sondern das „Exempel den Choral auff dem Pedal zu spielen", das Scheidt seiner aufführungspraktischen Darlegungen im Vorwort zu Teil III beigibt. Wenn von einer Gesamtausgabe mit wissenschaftlichem Anspruch eine gewisse Objektivität und Treue gegenüber der Quellennotation verlangt wird, ist dieses Verfahren nicht unproblematisch.

★

Bestand in unserem ersten Beispiel die Aufgabe einer Edition darin, einen Notentext leichter spielbar zu machen, der auch in der Notation des Originaldrucks für heutige Spieler noch verständlich ist, so begegnet uns im folgenden Beispiel ein Notationstypus, der von Praktikern im Normalfall nicht mehr gelesen werden kann. Es ist die aus Buchstaben und Zusatzzeichen zusammengesetzte sogenannte ‚neuere deutsche Orgeltabulatur', die im späten 16. Jahrhundert aufkam und das ganze 17. Jahrhundert hindurch in Deutschland – besonders in Norddeutschland – eine wichtige Rolle spielte, aber schon in der Bach-Zeit als veraltet galt.

Beispiel 2 stammt aus dem 1577 erschienenen Druck *Zwey Bücher. Einer Neuen Kunstlichen Tabulatur auff Orgel vnd Instrument*, dessen Autor der Straßburger Organist Bernhard Schmid d. Ä. ist.[7] Der Notentext ist dem ersten der beiden (in einem Band vereinigten) Bücher entnommen, der 20 kolorierte Motetten, vor allem von Orlando di Lasso, enthält. Wiedergegeben ist die erste Tabulaturzeile von *Angelus ad Pastores ait* (Nr. 19).[8] Über dem Faksimile des Tabulaturdrucks (b) ist die Originalfassung der fünfstimmigen Lasso-Motette[9] in Partitur wiedergegeben (a), unter dem Faksimile zwei moderne Übertragungen (c und d).[10]

Schmids Vorlage war eine in Stimmbüchern edierte Motette von Orlando di Lasso. Der Werkcharakter von Stücken dieses Typus ist nicht leicht zu bestimmen. Indem Schmid die Lasso-Motette in Tabulatur bringt, trägt sein Notentext selbst schon Züge einer Edition. Freilich ist es eine bearbeitende Edition; die Tabulatur soll das Stück für eine organistische Wiedergabe zurichten, die nicht bei den gegebenen Noten bleibt, sondern instrumentale Verzierungen hinzufügt. Solche Verzierungen konnten auch improvisiert werden; daß Schmid sie ausschreibt, geschieht nach seiner Mitteilung in der Vorrede „zu nutz des mehrtheils der angehenden Organisten vund Instrumentisten". Die notierten Koloraturen sollen „die verständigen Organisten" nicht binden; vielmehr solle „einem jetlichen sein verbesserung frei lassen / vnd allein wie gemelt / der angehenden jungen Instrumentisten halber angesehen worden / wiewol ich selber auch lieber gewolt / das dem Componisten sein auctoritet vnd Kunst vnuerändert blibe."

---

[7] Neuausgabe: Bernhard Schmid d. Ä.: Orgeltabulatur 1577. Hrsg. von Clyde William Young. Erbe deutscher Musik, Bd. 97. Frankfurt a. M. 1997. Teil I: Faksimile. Teil II: Übertragung.

[8] Die hier besprochene Lasso-Kolorierung steht im I. Buch als Nr. 19 (Neuausgabe: Teil I, S. 98–101. Teil II, S. 141–146).

[9] Erstdruck: Sacrae cantiones quinque vocum. Nürnberg 1562; Neuausgabe: Orlando di Lasso. Sämtliche Werke. Hrsg. von Franz Xaver Haberl und Adolf Sandberger. Leipzig 1895ff. Bd. 3, Nr. 192.

[10] Beispiel c stammt aus: Werner Breig: Die Orgelwerke von Heinrich Scheidemann. Wiesbaden 1967 (Beihefte zum Archiv für Musikwissenschaft 3), S. 98; Beispiel d folgt der Übertragung von Young (Anmerkung 7).

a) Vorlage: Orlando di Lasso 1562

b) Originaldruck Bernhard Schmid d. Ä. 1577

c) Übertragung Breig 1967

d) Übertragung Young 1997

Bsp. 2: Bernhard Schmid d. Ä., *Angelus ad pastores ait* (nach Orlando di Lasso)

Für den Notationstypus, der durch die Buchstabenschrift in allen Stimmen gekenn-zeichnet ist, stellt Schmids Tabulaturbuch eines der frühesten gedruckten Beispiele dar. In Schmids Vorrede heißt es, „daß sonders rhum vnd Ehrgeitz / meines wissens / nie kein solch werck inn Teutschem truck ans liecht kommen (vnverachtet was kürtzlich außgangen)“. Der letztere Hinweis bezieht sich vermutlich auf Nicolaus Ammerbachs in Leipzig 1571 und 1575 erschienenen Tabulaturdrucke, dessen zweiter (*Ein new kunstlich Tabulaturbuch*) wohl auch das Vorbild für Schmids Titelformulierung gegeben hat.

Entsprechend der Fünfstimmigkeit der Lassoschen Vorlage ist die Notierung der In-tavolierung konsequent fünfstimmig. Doch sind die Stimmen in ihrem musikalischen Verlauf nicht völlig identisch mit denen der Motette. So tritt die zweitunterste Stim-me, die in der Vorlage bereits auf der zweiten Brevis einsetzt, erst eine Semibrevis später in Aktion und ersetzt dabei zunächst auch die auf dem gleichen Ton (g) beginnende Baßstimme. Erst von der 3. Brevis an sind alle fünf Stimmen in der Tabulatur präsent. Maßgeblich ist also nicht der Stimmenverlauf der Motette, sondern ihr klangliches Er-scheinungsbild. Diese Änderungen deuten darauf hin, daß Schmid seine Tabulatur nicht direkt nach den originalen Stimmbüchern einrichtete, sondern nach einer Spartierung, die wohl auch schon eine Taktstrichgliederung hatte, wie sie sich dann in der Tabulatur wieder findet.

Bei der Übertragung von Tabulaturnotation in Liniennotation stellen sich zwei grunds-ätzliche Probleme, die in den unterschiedlichen Voraussetzungen beider Notationstypen begründet sind. Zunächst ist zu entscheiden, wieviele Fünfliniensysteme verwendet wer-den sollen bzw. wie viele Stimmen maximal in einem System zusammengefaßt werden sollen. Theoretisch wäre es denkbar, das vorliegende Stück auf fünf Stimmen zu notieren – eine Lösung, die für eine moderne Ausgabe kaum in Betracht kommt, da sie den Ge-wohnheiten der Tastenspieler widerstrebt. Die erste der beiden zitierten Übertragungen bevorzugt die für Manualiter-Stücke[11] übliche Verteilung der Stimmen auf zwei Syste-me, wobei in einem der beiden Systeme drei Stimmen untergebracht werden müssen. Die Übertragung von Young faßt nicht mehr als zwei Stimmen in einem System zusam-men und erreicht dadurch ein klareres Notenbild, muß dabei freilich die traditioneller-weise für Pedaliter-Stücke reservierte dreisystemige Notation in Kauf nehmen. Welche Lösung zu bevorzugen ist, läßt sich kaum sagen. Jede der beiden Übertragungsmetho-den steht in einem gewissen Widerspruch zur originalen Notierung, vermag jedoch das Gemeinte mit hinreichender Deutlichkeit auszudrücken.

Das andere Problem ist die Notierung der Tonart bzw. des Systems. Die Tabulatur-notation kennt keine Schlüsselakzidentien, sondern nur Zeichen für die zwölf Tasten innerhalb jeder Oktave (wobei der Ton es als dis geschrieben wird). Der Unterschied zwischen Cantus durus (vorzeichenloses System) und Cantus mollis (System mit Erniedr-igung von h zu b) kann also nicht unmittelbar ausgedrückt werden, sondern läßt sich nur analytisch aus dem Notentext erschließen.

Wie soll eine Edition hier verfahren? Die neuere Übertragung von Young entscheidet sich dafür, auf eine generelle Vorzeichnung zu verzichten und stattdessen jede einzelne

---

[11] Daß es sich um ein Manualiter-Stück handelt, geht aus dem Anfang nicht eindeutig hervor, wohl aber aus späteren Stellen, an denen die Baßstimme in Koloraturen aufgelöst wird. Die gelegentliche Verwendung des Pedals für die Baßstimme ist wohl nicht ausgeschlossen; in der Struktur des Satzes ist sie aber nicht begründet.

Obertaste mit ihrem eventuell erforderlichen Vorzeichen zu versehen. Offenbar soll sich die Übertragung in diesem Punkt möglichst eng an die Quellennotation anlehnen. Doch ist dieses Ziel wirklich erreicht? Zunächst ist festzuhalten, daß sich als Tonart des Stückes eindeutig der II. Modus (transponiertes Dorisch) bestimmen läßt, und zwar auch ohne Kenntnis der Notation der vokalen Vorlage. Die Tabulaturnotation vermag zwar das zugrundeliegende System nicht explizit auszudrücken. Sie ersetzt aber keineswegs das ♭-System der Vorlage (Cantus mollis) durch das ♮-System (Cantus durus). Gerade dies tut aber die Übertragung von Young. Das Notenbild ist belastet durch die wiederholten ♭-Vorzeichen, die auch bei unmittelbarer Tonwiederholung stehen, was sowohl dem Usus um 1600 als auch dem heutigen widerspricht. Die ständig erneute Erniedrigung in der Übertragung signalisiert eine Kompliziertheit, die in Wirklichkeit nicht vorhanden ist. Die Notation der älteren Übertragung steht in diesem Punkt sicherlich dem Eindruck, den das Original erweckt, näher.

Schließlich sei noch ein weiterer Unterschied zwischen beiden Übertragungen erwähnt, obwohl er nicht eigentlich das Probleme der Tabulatur-Übertragung betrifft: Es ist die Frage der Notenwertverkürzung. Das Bestreben, die Quellennotation nachzuahmen, wird bei Young in diesem Punkt aufgegeben zugunsten einer Halbierung der Werte. Zwar wird Vokalmusik des 16. Jahrhunderts im Erbe deutscher Musik in halbierten Notenwerten wiedergegeben; ob das, was für Lassos Motette zu gelten hätte, auf die Kolorierung anwendbar ist, dürfte eher fraglich sein; jedenfalls aber hätte man im Vorwort der Edition eine Diskussion dieses Punktes gewünscht.

★

Beispiel 3 zeigt die Anwendung der Notationsform ‚deutsche Orgeltabulatur' auf einen besonderen Kompositionstypus der norddeutschen Orgelmusik des 17. Jahrhunderts, die Choralfantasie für zwei Manuale und Pedal, einen Typus, für dessen Aufzeichnung die Orgeltabulatur ganz besonders geeignet war.

Gezeigt werden die Takte 201–208 der Choralfantasie *Jesus Christus, unser Heiland* von Heinrich Scheidemann, dem Komponisten, der die norddeutsche Choralfantasie zu ihrer ersten Blüte gebracht hat. Die Aufzeichnung stammt aus der Orgeltabulatur Ze 1 der Calvörschen Bibliothek (heute Teil der Universitätsbibliothek) Clausthal-Zellerfeld.[12]

Die Tabulaturnotation bezeichnet – für den damaligen Benutzer eindeutig – eine bestimmte organistische Realisierung. Der Ausschnitt beginnt vierstimmig. Dabei ist die oberste Stimme (dies ist im vorangehenden Verlauf angegeben worden) mit der rechten Hand auf dem klanglich hervortretend registrierten Rückpositiv zu spielen (ebenso wie bei Scheidt mit einer ‚scharfen Stimme'), die beiden mittleren Stimmen mit der linken Hand auf einem Begleitmanual („Organo"), der Baß auf dem auf 16'-Basis registrierten Pedal. Im zweiten Takt tritt eine zusätzliche Stimme ein, die zunächst lediglich akkordfüllende Funktion hat und in Takt 204 wieder verschwindet.

Im folgenden Verlauf werden die Stimmen neu gruppiert. Nach dem in Takt 204 beginnenden Achtel-Anlauf sind vier Manualstimmen notiert. Die Angabe „Org." bei der dritten von ihnen stellt klar, daß diese und die darunterliegende Stimme auf „Organo" zu

---

[12] Für die Genehmigung zur Reproduktion des Ausschnitts danke ich der Bibliothek.

Bsp. 3: Heinrich Scheidemann, Choralfantasie *Jesus Christus, unser Heiland.* – a: Quellenaufzeichnung (UB Clausthal-Zellerfeld, Calvörsche Bibliothek), Tabulatur Ze 1, S. 117–118. – b: Umsetzung in Partiturnotation. – c: Klangorientierte Übertragung. – d: Grifforientierte Übertragung

spielen sind, die beiden darüberliegenden Stimmen auf dem Rückpositiv. Der Spielanteil der Hände hat sich gegenüber dem Anfang geändert. Die Stimmen 1 und 3 gehören der rechten Hand zu, die Stimmen 2 und 4 der linken. Die Satzstruktur läßt sich als ein doppeltes Echo beschreiben – eine Satzart, bei der die in Jan Pieterszoon Sweelincks Echofantasien vorkommenden Arten des Echos, nämlich Oktav-Echo und Manualwechsel-Echo, kombiniert sind. Scheidemann (wie auch die jüngeren norddeutschen Komponisten Tunder und Buxtehude) verbindet diese Echotechnik mit dem Cantus-firmus-Prinzip: Das Pedal spielt gleichzeitig den Choral (es handelt sich um die Anfangstöne der letzten Choralzeile). Die zweite Stimme folgt der ersten in Viertelabstand in der unteren Oktave auf dem gleichen Manual; im gleichen Verhältnis steht die vierte Stimme zur dritten. Das Stimmenpaar 3/4 folgt dem Stimmenpaar 1/2 im Abstand einer Halben auf dem dynamisch zurückgenommenen zweiten Manual (Organo).

Zur Notation dieser klanglich äußerst reizvollen Partie – und das gilt auch für zahlreiche andere, ähnlich gestaltete Stellen in norddeutschen Choralfantasien – eignet sich die deutsche Orgeltabulatur so gut wie keine andere der damals verfügbaren Notationsarten. Sie ermöglicht es einerseits – darin der Partitur gleich –, die einzelnen Stimmen getrennt zu notieren und sie für die Aufspaltung auf die drei verschiedenen Werke (Manuale, Pedale) der Orgel verfügbar zu halten. Gleichzeitig aber vermag sie dem Wechsel der Klangbilder und der spieltechnischen Einrichtung zu folgen, indem sie Stimmen verschwinden bzw. neu auftauchen läßt, was bei Partiturnotierung nicht möglich ist. Vielleicht hat die besondere Eignung der Tabulaturnotation für die Aufzeichnung von Choralfantasien zu ihrem lange andauernden Gebrauch in Norddeutschland beigetragen.

Unsere Partiturwiedergabe unter b hat nur die Funktion, das Lesen der Tabulatur zu erleichtern. Als Übertragungsmethode ist sie schon deshalb nicht ernsthaft zu diskutieren, weil das zweitunterste System erst von Takt 202 an eine Funktion erhält. Die neu hinzutretende Linie ist eine harmonische Füllstimme am Ende der Kadenz nach D-Dur, die nach Abschluß der Kadenz wieder verschwindet. Dafür aber taucht in Takt 205 an derselben Stelle wieder eine neue Stimme auf, die indessen die Füllstimme nicht fortsetzt, sondern eine neue Funktion hat.

Die am Anfang stehenden zweieinhalb Takte bieten für die Übertragung kein Problem; sie repräsentieren den dreischichtigen Orgelsatz aus hervortretender Oberstimme (auf dem Rückpositiv zu spielen), harmonisch stützendem Baß und einem Paar von begleitenden Mittelstimmen. Danach aber steht der Editor vor der Wahl, die Manualsysteme entweder als Notationsort für ein Manual oder aber für eine Spielhand zu verwenden. Die beiden Lösungen, die möglich sind und in der Editionspraxis begegnen,[13] sind unter c (klangorientierte Übertragung) und d (grifforientierte Übertragung) gegeben. Für die Notationsgewohnheiten des 17. Jahrhunderts war die Orgeltabulatur die einzige Möglichkeit, diesen Satztypus ohne größere Komplikationen wiederzugeben.

★

Bsp. 4: Johann Sebastian Bach, Choralbearbeitung *Kyrie Gott heiliger Geist* BWV 671 aus Teil III der *Klavierübung* (1739), T. 6b–12a

Beispiel 4 entstammt dem Originaldruck des dritten Teils der *Clavierübung* von Johann Sebastian Bach (1739). Abgebildet ist die zweite Akkolade aus der Choralbearbeitung

---

[13] Die Übertragungsweise unter c findet sich etwa in: Franz Tunder: Sämtliche Choralbearbeitungen für Orgel. Hrsg. von Rudolf Walter. Mainz 1956, S. 9; die unter d wiedergegebene Notation entspricht der Ausgabe Heinrich Scheidemann: Choralbearbeitungen. Hrsg. von Gustav Fock.Kassel [etc.] 1967, S. 72.

Kyrie, Gott, heiliger Geist BWV 671, in der mit dem Pedaleinsatz erstmals alle Stimmen des Satzes sich vereinigen. Der polyphone Orgelsatz ist auf zwei Klaviersystemen notiert. Von den heutigen Gepflogenheiten der Notierung von Orgelmusik weicht der Originaldruck einmal insofern ab, als das Pedal kein eigenes System erhalten hat, zum andern dadurch, daß stellenweise bis zu vier Stimmen in einem System zusammengefaßt sind.

Diese Notation ist in der Bachzeit für den Organo-pleno-Satz die Regel. Was das Verhältnis zwischen musikalischem Satz und Notentext betrifft, so lassen sich aus dem Beispiel zwei Grundsätze erkennen:

Erstens wird die Pedalstimme, obwohl spieltechnisch und in der Registrierung selbständig, als integrierter Teil der polyphonen Textur betrachtet, für den die verbale Beischrift „Ped." als Kennzeichnung ausreicht.

Zweitens wird die aus zwei Systemen bestehende Akkolade als eine Art Abbildung des auf der Orgel verfügbaren Tonraumes von vier Oktaven (C bis c''') betrachtet. Die ungefähre Grenze zwischen den beiden Systemen bildet der mittlere Ton c', der in beiden Systemen mit einer Hilfslinie darstellbar ist – eine Grenze, die von beiden Seiten her nur selten überschritten wird. Tonhöhen mit zwei Hilfslinien sind ohnehin kaum darstellbar, da der Abstand zwischen den Systemen dafür nicht ausreicht. Die Schlüsselung beider Systeme – Violinschlüssel für das obere, Baßschlüssel für das untere System – wird strikt beibehalten. Die Grenze zwischen den Systemen ist weder eine Grenze zwischen Stimmen, noch trennt sie die Spielanteile der Hände aus. In Takt 8 beispielsweise wird die tiefste aktive Stimme (die zweitunterste des Satzes) nach dem ersten Taktviertel in das obere System geführt; sie wird selbstverständlich weiterhin von der linken Hand gespielt, bewegt sich aber – und das ist für die Notation maßgeblich – in der eingestrichenen Oktave, also in der oberen Hälfte des musikalischen Raumes.

Die Ausgabe des Peters-Verlages von Friedrich Konrad Griepenkerl (1847) gibt, entsprechend den Notationsgewohnheiten des 19. Jahrhunderts für Orgelmusik, den Satz mit einem eigenen System für die Pedalstimme wieder. Was aber die Verteilung der vier oberen Stimmen auf die beiden Manualsysteme betrifft, so hält sich die Edition in der Nähe des Originaldrucks. Das untere System wird auch bei hochliegenden Stimmen niemals im Violinschlüssel notiert. Allerdings wird die extrem dichte Besetzung des oberen Systems mit vier Stimmen vermieden; stattdessen wird die zweitunterste Stimme im mittleren System mit Hilfslinien geschrieben (im Beispiel kommt f' vor, an späterer Stelle steht einmal g' mit drei Hilfslinien).

Das Notenbild der Neuen Bach-Ausgabe[14] entfernt sich von dem des Originaldrucks wesentlich weiter. Hier sind die vier Manualstimmen, soweit irgend möglich, paarweise auf die beiden oberen Systeme verteilt.[15] Das untere Manualsystem ist wechselnd im Violin- und Baßschlüssel notiert, je nachdem in welchem Schlüssel sich die Stimmen 3 und 4 gemeinsam mit möglichst wenigen Hilfslinien darstellen lassen.

Welche grundsätzlichen oder praktischen Gesichtspunkte sind für die unterschiedliche Notation einer und derselben musikalischen Substanz maßgeblich? Im Blick auf Notation des Originaldrucks kann zunächst festgestellt werden, daß sie raumsparend ist, d. h. weniger Wendevorgänge beim Spielen erfordert – ein Gesichtspunkt, der für Organisten von

---

[14] Band IV/4. Hrsg. von Manfred Tessmer. Kassel etc. 1969.
[15] Nur in T. 18 und in T. 36f. ist die drittoberste Stimme mit im ersten System notiert, im ersten Fall erzwungen durch den übergroßen Abstand zur vierten Stimme, im zweiten ohne ersichtliche Notwendigkeit.

praktischer Bedeutung ist. Darüber hinaus drückt das zweisystemige Notenbild besonders deutlich die Homogenität jenes organistischen Satzes aus, den man als ‚Plenumssatz‘
bezeichnet, d. h. eine musikalische Textur, die alle Manualiter-Stimmen auf einem einzigen, klanglich durch Prinzipalregister und Mixturen charakterisierten Manual vereint
und das Pedal ausschließlich in Baßfunktion einsetzt – zwar mit eigener Registrierung,
aber als einen integrierten Teil der Gesamttextur (selbst wenn es, wie im vorliegenden
Fall, durch den Vortrag des Cantus firmus eine Sonderrolle übernimmt).

    Wenn Griepenkerl in der Peters-Ausgabe dem Pedal ein eigenes System zuweist, dann
folgt er einem inzwischen selbstverständlich gewordenen Usus der Notation von Peda-
liter-Orgelstücken. Ein eigenes Pedalsystem erleichtert das Einstudieren und ermöglicht
zugleich eine klarere Darstellung der Polyphonie der Manual-Stimmen. Allerdings macht
die Peters-Ausgabe von dieser Erleichterung nur eingeschränkten Gebrauch. Zwar bleibt
die zweitunterste Stimme nun ständig im unteren System. Aber sie hält an der Vorstellung fest, daß die beiden Manualsysteme im Violin- und Baßschlüssel eine Abbildung des
Tonraumes sind.

    Die Neue Bach-Ausgabe hat diese Vorstellung aufgegeben. Hier sind die Manual-
stimmen paarweise auf die beiden Systeme aufgeteilt, wobei für das untere System je
nach Lage teils der Violinschlüssel, teils der Baßschlüssel gewählt wird. Wie in einer Partitur hat jede Stimme ihren eigenen, unverrückbaren Platz, und die Untereinanderstel-
lung von gleichzeitig erklingenden Tönen kann nun exakt durchgeführt werden (sofern
nicht innerhalb eines Systems Stimmkreuzungen oder Sekund- bzw. Einklangsabstände
vorkommen). Dieses Verfahren entspricht dem, was die Editionsrichtlinien der Neuen
Bach-Ausgabe vorschreiben. Dort ist am Anfang des Kapitels „Werke für Tasteninstru-
mente“ zu lesen: „Erster Grundsatz ist, ein möglichst an das Original [. . .] angelehntes,
übersichtliches Notenbild zu bieten“.[16] Dieser doppelte Grundsatz ist plausibel. Wenn
aber, wie im vorliegenden Fall (und vielen anderen), das Original hinsichtlich seiner Notation selbst nicht dem Ideal der Übersichtlichkeit verpflichtet ist, geraten die Grundsätze
‚Anlehnung an das Original‘ und ‚Übersichtlichkeit‘ unvermeidlich in Widerspruch zueinander. Wie die Prioritäten gesetzt werden sollen, wird in den Regeln für die Wiedergabe von streng polyphonen Sätzen eindeutig geregelt: „Im vierstimmigen Satz auf zwei
Systemen werden Diskant und Alt auf dem oberen, Tenor und Baß auf dem unteren
System notiert (Notenhälse: Sopran und Tenor nach oben, Alt und Baß nach unten).“[17]
Gegenüber originalen Notenbildern, wie wir sie in den Fugen des *Wohltemperierten Klaviers* oder auch in dem hier zitierten Stück finden, bedeutet das, daß der Herausgeber
die Stimmenverläufe, die er aus der originalen Notierung erkennt, in der beschriebe-
nen Weise ordnet, ohne daß auf die Nähe zur Originalnotierung noch irgendwelche
Rücksicht zu nehmen wäre. Von den beiden in den Editionsrichtlinien formulierten Zielen ‚Originalnähe‘ und ‚Übersichtlichkeit‘ hat die Peters-Ausgabe dem ersten, die Neue
Bach-Ausgabe dem zweiten den Vorrang gegeben.

    Der Grad an Nähe zum Originaldruck läßt sich also leicht bestimmen. Nicht so leicht

---

[16]   Editionsrichtlinien musikalischer Denkmäler und Gesamtausgaben. Im Auftrag der Gesellschaft für Musik-
       forschung hrsg. von Georg von Dadelsen. Kassel [etc.] 1967, S. 71. Ebenso in der Neuausgabe: Editionsricht-
       linien Musik. Im Auftrag der Fachgruppe Freie Forschungsinstitute in der Gesellschaft für Musikforschung
       hrsg. von Bernhard A. Appel und Joachim Veit. Kassel etc. 2000, S. 10.
[17]   Ebenda.

fällt ein grundsätzliches Urteil über die Angemessenheit der Editionen im Blick auf die Substanz der Komposition. Immerhin gehört der III. Teil der *Clavierübung* chronologisch und stilistisch in die Nähe der kontrapunktischen Zyklen der 1740er Jahre, in denen Bach teilweise die Darstellung in Partitur wählte, um die strenge Stimmigkeit auch im Notenbild zu demonstrieren. Daß eine solche Darstellungsweise für Organo-pleno-Sätze nicht üblich war, besagt nicht, daß sie nicht auch Eigenschaften der Komposition noch deutlicher hätte zum Ausdruck bringen können. Daß die deutliche und vom Spieler leicht erkennbare Darstellung des Stimmenverlaufes für Bach wesentlich war, zeigt eine Selbstkorrektur im *Orgelbüchlein*: Hier schloß er an den fünfstimmigen kanonischen Orgelchoral *Liebster Jesu, wir sind hier* BWV 634, dessen Darstellung auf den im Orgelbüchlein üblichen zwei Systemen die Stimmführung nicht befriedigend erkennen ließ, eine zweite Aufzeichnung mit eigenem Pedalsystem an, die er mit der Erklärung *distinctius* („deutlicher") versah (BWV 633). Daß die Stimmenverteilung der Neuen Bach-Ausgabe dem Ideal der Deutlichkeit am meisten entspricht und der analytischen Beschäftigung mit dem Satz entgegenkommt, kann nicht geleugnet werden. Die originale Editionstechnik gibt das Stück als Orgelwerk wieder und überläßt das Eindringen in die kontrapunktische Struktur den Benutzern, denen es gewidmet ist, d. h. „denen Liebhabern", aber „besonders denen Kennern".

★

Die Anpassung von älterer Orgelmusik an moderne Lese- und Spielgewohnheiten bringt stets – das haben unere Beispiele gezeigt – die Gefahr von Verlusten mit sich. Die ursprüngliche Vielfalt von Ausführungsmöglichkeiten kann ebenso verlorengehen wie die unmittelbare Anschauung von klanglichen und satztechnischen Strukturen des Werkes.

Angesichts dieser Erkenntnis könnte man die Frage stellen, ob es nicht erstrebenswert wäre, bei der Wiedergabe älterer Orgelmusik die originale Notation zugrundezulegen. Eine Generation von Organisten, so könnte man argumentieren, die sich daran gewöhnt hat, daß sie bei der Wiedergabe von zeitgenössischer Orgelmusik immer wieder neue Notationsprinzipien zu lernen hat, könnte doch auch wohl Verständnis für die Forderung aufbringen, Entsprechendes für die Wiedergabe alter Musik zu leisten.

Doch die Forderung nach Rückkehr zur ‚historischen' Notation wäre selbst unhistorisch, weil die vermeintliche historische Notation – und auch dies haben die hier diskutierten Beispiele gezeigt – selbst keine einheitliche Größe ist. Eine und dieselbe musikalische Substanz konnte in verschiedenen Notationen ausgedrückt werden, und die Notationsart, in der Musik verbreitet wurde, war nicht immer die, nach der die Organisten spielten. Die *Contrapuncti* der *Kunst der Fuge* und das sechsstimmige *Ricercar* aus dem *Musikalischen Opfer* waren in der zweisystemigen Aufzeichnung, in der Bach sie konzipierte, ebenso ‚gültig' ausgedrückt wie in der Partiturnotation der Originaldrucke, und die Organisten der Scheidt-Generation spielten die Stücke der *Tabulatura Nova* überwiegend nicht aus der veröffentlichten Partitur, sondern nach Tabulaturaufzeichnungen, die sie selbst herstellten.

Hinzu kommt, daß das Spielen von Tastenmusik nach Notentexten bis in die Bachzeit ein Sonderfall der Spielpraxis war, einer Praxis, die zum größeren Teil im Improvisieren innerhalb bestimmter Formmodelle und Satztechniken bestand. Tastenmusik hatte also stets einen gewissen Abstand zu ihrer notierten Form. Daß das Spielen nach historischen Notationen – und solche stehen ja heute in Form von Faksimile-Ausgaben in reichem Maße zur Verfügung – eine Schulung von hohem Wert darstellen kann, steht außer Frage. Diese historischen Notationen aber mit der Sache selbst gleichzusetzen, wäre ein Irrtum.

Noch weniger aber sind die modernen Notentexte mit den Werken gleichzusetzen, die nach ihnen gespielt werden. Dringend zu wünsche wäre deshalb ein bewußter Umgang von Editoren und Praktikern mit Fragen der Notation. Zu den Verpflichtungen des Herausgebers sollte es gehören, die originale Aufzeichnungsweise zu beschreiben, die Vorstellungen zu rekonstruieren, die mit ihr für den damaligen Benutzer verbunden waren, und über den Weg Rechenschaft zu geben, der von der Quelle zum Editionstext führt.

Martina Sichardt

Der Editor als Vollender?

Reihenabweichungen in Arnold Schönbergs Zwölftonkompositionen als
editorisches Problem.
Mit Statements zur Modifizierung der Problematik bei Anton Webern (Regina
Busch) und Alban Berg (Thomas Ertelt)

Einleitung

Die Quellenüberlieferung der musikalischen Werke Arnold Schönbergs weist eine Reihe von Besonderheiten auf, die den Herausgeber zu Eingriffen herausfordern oder sogar
nötigen – zu Eingriffen, die über die bloße Emendation (also die Verbesserung eines
offenkundigen Versehens) hinausgehen und nach einer Konjektur (also einem auf eine
bloße Vermutung des Editors gegründeten Eingriff) verlangen. Infolge der Unzulänglichkeit der Quellen wird also dem Editor ein Eingriff abverlangt, bei dem er sich in
besonderer Weise auf seine umfassende Kenntnis der Kompositionstechnik, der stilistischen Eigenheiten des Komponisten, deren Entwicklung etc. stützen muß. Probleme
solcher Art stellen sich zum Beispiel bei der Edition der Werke Schönbergs ein, die er lediglich in der abgekürzten Schreibweise des Particells veröffentlicht hat (Orchesterlieder
op. 22, Violinkonzert op. 36, Klavierkonzert op. 42, die Oper *Moses und Aron*): Bei der
editorischen Umsetzung in eine vollständige Partitur treten die Unvollständigkeiten des
Notierten zutage (etwa im Bereich der Instrumentenangaben, der Geltungsdauer von dynamischen Zeichen etc.) und zwingen den Editor zu Konjekturen. Die gleiche Schwierigkeit begegnet bei der Herausgabe von Schönbergs Fassungen eigener Werke für andere Besetzungen. Auch hier erfordern die teilweise lückenhaften oder widersprüchlichen
Instrumentenzuweisungen, die Schönberg in die Bearbeitungsvorlage eingetragen hat,
Konjekturen des Herausgebers, soll die Fassung aufführbar sein. Ein Problem ganz besonderer Art entsteht jedoch bei der Edition von Zwölftonwerken Schönbergs in der
Frage der Behandlung von Reihenabweichungen; dieser Problematik werden wir uns
im folgenden zuwenden.

Bekanntlich beruhen Schönbergs Werke von der Klaviersuite op. 25 an auf der von
ihm entwickelten und so benannten „Methode der Komposition mit zwölf nur aufeinander bezogenen Tönen" – einige tonale Kompositionen aus späterer Zeit ausgenommen. Die Kompositionsmethode wird umfassend und streng gehandhabt; es resultiert ein
Tonsatz, in dem es prinzipiell keinen ‚freien' (d. h. reihenungebundenen) Ton mehr gibt.
Werke und Passagen in Werken, die einen ungebundeneren Gebrauch von der Reihe
machen, sind die Ausnahme. Die vorkompositorische Strukturierung des Materials legte
Schönberg in einer Reihentabelle nieder, die die Grundreihe und sämtliche ihrer Transpositionen, Umkehrungen und Krebsgestalten, eben die 48 Formen der Reihe, auflistet
(Abb. 1). Oft sind weitere Tabellen erhalten, in denen bestimmte Reihenkombinationen
notiert sind, die bei der Komposition besondere Bedeutung erlangten (Abb. 2). Auch die

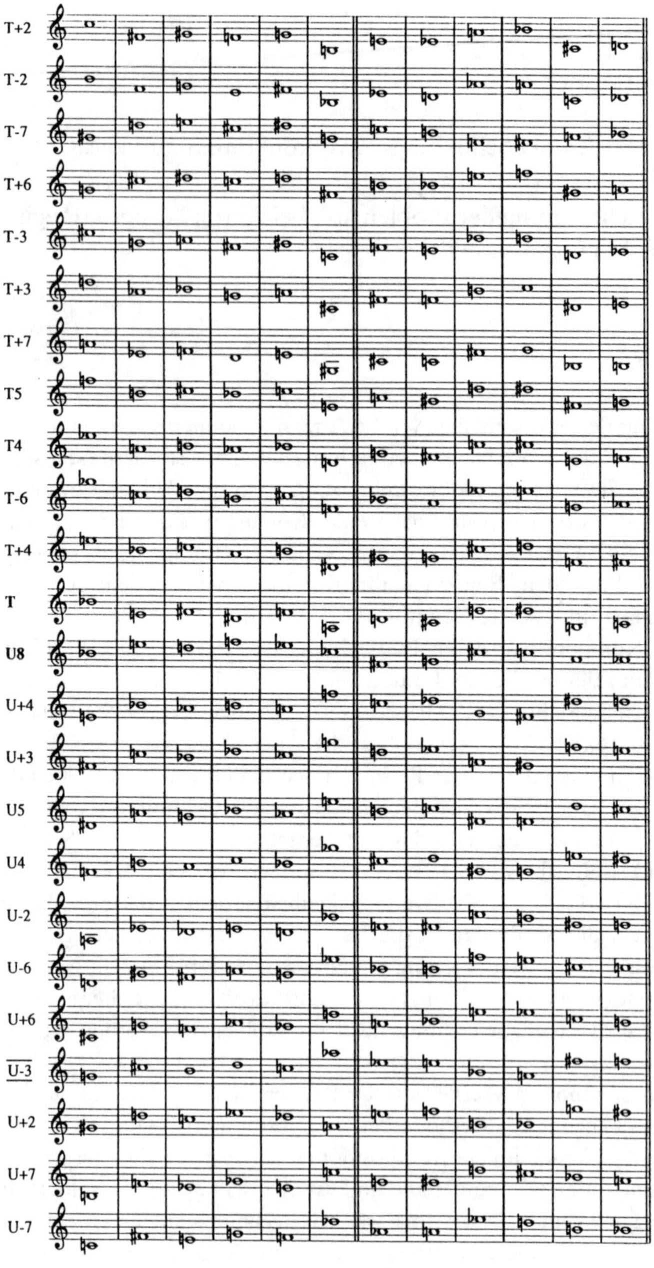

Abb. 1: Reihentabelle zu den *Variationen für Orchester* op. 31 (Arnold Schönberg. Sämtliche Werke. Bd. 13B. Hrsg. von Nikos Kokkinis und Jürgen Thym. Mainz / Wien 1993, S. 42)

S2 [*A 1/2, 2. 6. 8. 12. 16. 19*]

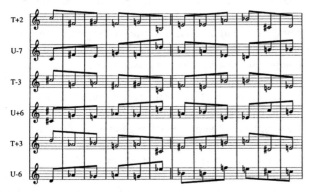

S3 [*A 1/3, 2. 6. 8. 12. 16. 18*]

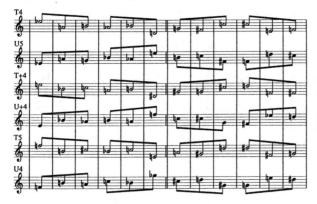

S4 [*A 1/4, 2. 6. 8. 12. 16. 18*]

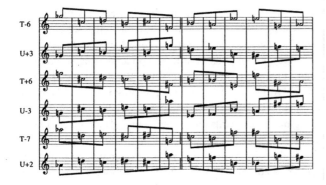

Abb. 2: Reihentabellen zu den *Variationen für Orchester* op. 31 (Sämtliche Werke. Bd. 13B, vgl. Abb. 1, S. 45)

im Nachlaß aufgefundenen Reihenschieber und Zwölftondrehscheiben dienten der Erprobung bestimmter Reihenkombinationen.[1] In den Ersten Niederschriften der Zwölftonwerke notierte Schönberg die Siglen der jeweils benutzten Reihen unmittelbar im Notentext.[2] Es ist jedoch nicht damit getan, auf den Aufwand zu verweisen, den Schönberg betrieb, um die Materialbasis der Komposition zu erstellen, und die Gründlichkeit zu schildern, mit der der Komponist vorging. Denn die Bedeutung der Zwölftonmethode erschöpft sich bei Schönberg mitnichten in der bloßen Disposition des Materials – ihre Anwendung greift vielmehr wesentlich in die strukturelle Konzeption ein (etwa in die Konzeption formaler Zusammenhänge, auch in die motivische Konstruktion), ja sie ist in ganz grundlegender Weise mit Schönbergs Vorstellung des musikalischen Zusammenhangs verbunden.

Wie sich das in der Reihentabelle vorstrukturierte Material in der Komposition niedergeschlagen hat, läßt sich in einer Reihenanalyse nachvollziehen. Die Reihenanalysen der Zwölftonwerke Schönbergs haben nun bekanntlich eine nicht unerhebliche Zahl von Reihenabweichungen offengelegt, von Tönen also, die nicht dem gewählten Reihenablauf entsprechen. Kompliziert wird die Sachlage dadurch, daß sich prinzipiell sowohl die Existenz absichtlicher als auch versehentlicher Reihenabweichungen nachweisen läßt: Schönberg selbst hat bei der Entdeckung von Reihenabweichungen diese in bestimmten Fällen entsprechend der Reihe korrigiert, in anderen Fällen wiederum hat er sie ausdrücklich bestätigt, ja sogar begründet. Solche Begründungen bewußter Reihenabweichungen zielen a) auf die Vermeidung von Oktaven, b) auf die Vermeidung tonaler Anklänge, c) auf die Vermeidung von Tonverdopplungen, und d) auf die Herstellung von Motivbezügen (dazu s. u., Fallbeispiele).

Diese Sachlage wirft nun für den Editor der Zwölftonwerke Schönbergs fundamentale Fragen auf: Handelt er im Sinne des Komponisten, wenn er dessen selbsterdachtes System der Tonhöhenorganisation auf die von ihm aufgedeckten Reihenabweichungen anwendet und so die Komposition von zufällig entstandenen ‚Fehlern‘ befreit, ist er also zu Eingriffen in die diastematische Struktur des Werkes nicht nur berechtigt, sondern gar genötigt? Oder käme dies einer Vollendung des Werkes durch den Editor gleich, der es besser weiß als der Komponist selbst – ist also der vom Komponisten niedergeschriebene Text für den Editor sakrosankt, seine möglicherweise enthaltenen Fehler eingeschlossen? Letzteres führt auf die grundsätzliche Frage, ob ein Kunstwerk überhaupt ‚richtig‘ sein kann oder muß. Ist es ferner überhaupt möglich, versehentliche von absichtlichen Reihenfehlern zu unterscheiden? Weitere Fragen grundsätzlicher Natur, die durch die Problematik der Reihenabweichungen aufgeworfen werden, sind die folgenden: Ist die Überprüfung der Tonhöhen durch eine Reihenanalyse vergleichbar der dem Editor selbstverständlich obliegenden Überprüfung der Grammatik und Syntax eines sprachlichen Textes, ist eine Reihenabweichung also ein zu berichtigender Fehler im ‚System‘ wie ein grammatikalischer oder syntaktischer Fehler im System der Sprache oder wie eine unzulässige Dissonanz in der tonalen Musik? Kann ein selbsterdachtes Regelsystem (wie die Zwölftonmethode) überhaupt eine Verbindlichkeit beanspruchen, die dem geschichtlich ge-

---

[1]   Photographien in: Arnold Schönberg 1874–1951. Lebensgeschichte in Begegnungen. Hrsg. von Nuria Nono-Schoenberg. Klagenfurt 1992, S. 238; Faksimile: Arnold Schönberg. Sämtliche Werke. Bd. 13A. Hrsg. von Nikos Kokkinis und Jürgen Thym. Mainz / Wien 1992, S. VII.

[2]   Faksimile: Arnold Schönberg. Sämtliche Werke. Bd. 13A. (wie Anm. 1), S. IX.

wachsenen System der Dur-Moll-Harmonik vergleichbar ist? Pointiert formuliert: Ist –
für die Edition Schönbergscher Werke – die Reihenanalyse ein unerläßliches Instrument
der Textkritik? Oder bringt die Reihenanalyse mit der Aufdeckung der Reihenabweichungen ein Phänomen ans Licht, das eigentlich zur Erforschung der Werkgenese und
der Kompositionstechnik, nicht jedoch in den Bereich der Edition gehört?

Aus der hier umrissenen Problematik wird ersichtlich, daß der Editor von Musik des
20. Jahrhunderts vor neue, bisher ungekannte Probleme gestellt ist. Denn die Ersetzung
der alten Tonalität durch neue, selbst erdachte Materialordnungen, im weiteren Verlauf
des Jahrhunderts die Prädetermination auch von Tondauer und Tonstärke, wirft funda-
mental die Frage der Bedeutung der Kompositionsmethode für das abgeschlossene Werk
auf. Daß diese bei jedem Komponisten neu zu bestimmen ist, wird in zwei Statements
im Anschluß an diesen Beitrag angedeutet, die zeigen, daß sich das Problem bereits bei
Schönbergs Schülern Berg und Webern anders darstellt (s. u., S. 77ff.).[3]

Um das eben vorgetragene, verschlungene Bündel weitreichender, ins Grundsätzliche
vorstoßender Fragen zunächst einmal methodisch zu präzisieren, sei ein Exkurs in die
Geschichte der Textkritik gestattet.[4] Die Begründung der modernen Textkritik ist bekanntlich dem Altphilologen Karl Lachmann zu verdanken, der vor mehr als 150 Jahren
seine textkritischen Untersuchungen vor allem des Neuen Testaments und des Lukrez
auf die Stemmatik gründete, auf die Erforschung der Abhängigkeit der Quellen mit dem
Ziel der Rekonstruktion eines ‚Archetypus‘[5]. Die methodischen Schritte der nach ihm
benannten textkritischen Methode faßte Lachmann in die Begriffe Recensio und Emendatio – Recensio als Prüfung und Bewertung nicht nur der Varianten, sondern auch des
einhellig überlieferten Textes, Emendatio als Verbesserung des als nicht original Erkannten. Paul Maas hat in unserem Jahrhundert die Verfahrensweisen, die Lachmann auf zwei
Schritte verteilt hat, auf drei Schritte aufgeteilt: Recensio ist bei Maas die Ermittlung dessen, was einhellig und was in Varianten aufgespalten überliefert ist; Examinatio ist sowohl
die Bewertung, welche Variante als original zu gelten hat, als auch die Überprüfung des
einhellig Überlieferten, ob es als original gelten kann. Emendatio schließlich heißt die
Verbesserung des als verdorben erkannten Textes; ist die Ursache des Fehlers und seine
Beseitigung nicht offenkundig, kann der Textkritiker nur eine Vermutung der originalen Lesart, eine Konjektur anbieten, die sich demnach lediglich graduell, nämlich in
der Schwere des Eingriffs, von der Emendation unterscheidet. Die Konjektur erscheint
also dann, wenn keine der Varianten überzeugt oder wenn das einhellig Überlieferte
der Überprüfung nicht standhält. Die Überprüfung – Examinatio – auch des einhellig überlieferten Textes auf seine Richtigkeit hin – bei den antiken Autoren etwa die
Überprüfung von Syntax, Grammatik und Metrum – ist nun nicht etwa eine Erfindung
Lachmanns, sondern gehörte von Anfang an, seit den Alexandrinern (um 300 v. Chr.),

---

3 Einen Ausblick auf den Problemstand in der Mitte des Jahrhunderts vermittelte beim Symposion ein Statement von Thomas Bösche zu Boulez.
4 Zu Geschichte und Methoden der Textkritik s. das Standardwerk von Rudolf Pfeiffer (in deutscher Übersetzung erschienen unter dem Titel: Geschichte der Klassischen Philologie. Von den Anfängen bis zum
  Ende des Hellenismus. München 1978, und: Die Klassische Philologie von Petrarca bis Mommsen. München 1982). – Den neuesten Stand der Methoden der Klassischen Philologie gibt Josef Delz: Textkritik und
  Editionstechnik. In: Einleitung in die lateinische Philologie. Hrsg. von Fritz Graf. Stuttgart / Leipzig 1997,
  S. 51–73.
5 Der Archetyp ist die älteste rekonstruierbare Vorlage; beim Archetyp beginnt die Spaltung des Stemma.

neben der Sammlung von Varianten zu den Grundsätzen der Textkritik. Konjekturalkritik, das Aufspüren und Beseitigen von entstellenden Fehlern gegen alle Quellen, ist nur aus tiefster Kenntnis des Autors, seiner Verfahrensweisen, seines historischen Umfelds etc. möglich. Richard Bentley (1662–1742), der große englische Konjekturalkritiker des 18. Jahrhunderts, meinte übrigens, diese Kunst des Editors, die Divinatio oder mantikḗ, könne weder durch Arbeit noch durch ein langes Leben erworben werden, sie müsse vielmehr angeboren sein. In seiner Horaz-Edition finden sich an die 700 Konjekturen; so manche seiner oft kühnen Kallimachos-Konjekturen wurde durch die Papyrus-Funde zu Beginn unseres Jahrhunderts bestätigt. In den vergangenen Jahrzehnten hat indessen vor allem die germanistische und die angloamerikanische Textkritik neue Wege beschritten und sich damit von der Lachmannschen Methode entfernt. Für die zwei wichtigsten Strömungen, die textgenetische Edition und die Edition eines historisch authentischen, nicht des autorisierten Textes, als deren Vertreter hier Gunter Martens und Norbert Oellers genannt seien,[6] spielt die Konjekturalkritik keine Rolle mehr: für die textgenetische Edition, für die sich das Werk gerade in der Vielfalt seiner (Entstehungs-)Varianten spiegelt, ist die Konjekturalkritik uninteressant; die authentische Edition lehnt Konjekturalkritik sogar strikt ab, soll doch der Text gerade in seiner ,Nichtkonformität' erhalten bleiben (denn gerade das abweichend Erscheinende lasse den „geheimen Widersinn des Kunstwerks" erkennen, selbst ein orthographischer Fehler könne sinnträchtig sein – hier lauert allerdings, so erkennt auch Martens, die Gefahr eines „Pseudoobjektivismus"[7]).

Die textkritische Methode Lachmanns ist bald auch auf die Edition von Musik übertragen worden: Es war Otto Jahn,[8] Altphilologe und Musikwissenschaftler zugleich, der die genannten drei methodischen Schritte auch für die kritische Edition von musikalischen Werken forderte, unter ausdrücklichem Hinweis auf die Notwendigkeit der Überprüfung auch des einhellig Überlieferten und gegebenenfalls der Konjekturalkritik; als Beispiel führt er eine Konjektur Schumanns in der *Pastorale* an, die sich später durch den Vergleich mit der ,Originalpartitur' bestätigt habe.[9]

Doch zurück zu den Reihenabweichungen Schönbergs. Was erbringt nun die Vergegenwärtigung der philologischen Methoden und ihrer Geschichte für die oben geschilderte Problematik? Sie erbringt Klarheit darüber, daß es zwei ganz verschiedene Arten von Reihenabweichungen gibt, die jeweils grundsätzlich verschiedene Arten des editorischen Eingriffs zur Folge haben: Es gibt erstens Reihenabweichungen, die Varianten sind, und zweitens Reihenabweichungen, die in allen Quellen einhellig überliefert sind. Im ersten Fall entscheidet sich der Editor für eine der überlieferten Lesarten, im zweiten

---

[6] Aus der angloamerikanischen Editionswissenschaft ist das Prinzip des copy-texts zu nennen (Fred Bowers), das Wörtern, Schreibweise und Zeichensetzung je unterschiedliche Bedeutung und Behandlung zukommen ließ. Seit den achziger Jahren fand auch hier ein Umbruch statt, der vor allem das Prinzip des 'versioning' favorisierte (s. dazu Helge Nowak: Umbruch-Zeiten. Paradigmenwechsel innerhalb der angloamerikanischen Editionswissenschaft. In: editio 10, 1996, S. 21ff.).

[7] So Gunter Martens: „Historisch", „kritisch" und die Rolle des Herausgebers bei der Textkonstitution. In: editio 5, 1991, S. 20: Es könnte scheinen, „als ob wir auf dem Wege unserer Überlegungen zum Begriff des Historischen unversehens in die Position eines Pseudoobjektivismus verfallen seien. Wie steht es mit der Rolle des Herausgebers, ist sie aufgegeben zu Gunsten einer blinden Übernahme des Überlieferten?" Auch diese Position sei historisch.

[8] Vgl. Beethoven und die Ausgaben seiner Werke. In: Gesammelte Aufsätze über Musik. Leipzig 1866, S. 309ff.

[9] Ebenda, S. 325ff.

Fall konjiziert er gegen alle Quellen. Im ersten Fall liegt also beispielsweise folgende Situation vor: Die Erste Niederschrift hat den korrekten Reihenton, die Reinschrift und jede der Folgequellen hat den von der Reihe abweichenden; hier hat die Examinatio zu entscheiden, ob die Reihenabweichung als versehentlicher Fehler oder als absichtliche Korrektur zu bewerten ist; das Ergebnis bestimmt dann die Wahl der Lesart. Zum zweiten Fall, der in sämtlichen Quellen einhellig überlieferten Reihenabweichung: diese wird allein durch die Reihenanalyse aufgedeckt. Hier liegt es im Ermessen des Editors, ob er konjizieren will oder nicht. Seine Entscheidung wird getragen von seiner grundsätzlichen Einschätzung des Verhältnisses von Kompositionsmethode und abgeschlossenem Werk, aber auch von seiner grundsätzlichen Einstellung zur Konjekturalkritik. Die Voraussetzung einer solchen Konjektur, eines Eingriffs gegen alle Quellen, ist jedoch die Reihenanalyse; lehnt man die Reihenanalyse in ihrem Einsatz für die Textkritik ab, so bedeutet dies einen Verzicht auf den von alters her geübten Schritt der Examinatio auch des einhellig überlieferten Textes. Nach dieser methodischen Präzisierung des Problems lassen sich die kontroversen Positionen, die in dieser Problematik innerhalb der Schönberg-Forschung teilweise mit polemischer Schärfe vertreten wurden, klar einordnen.[10] Die Vertreter der einen Seite bekennen sich zu einer extensiv betriebenen Konjekturalkritik, in der Auffassung, daß die allermeisten Reihenabweichungen in den Zwölftonwerken Schönbergs als Fehler, also als Schreibversehen beim Komponieren, als Abschreibfehler bei der Reinschrift, als Druckfehler bei der Drucklegung etc. zu bewerten seien und daß ihre Korrektur somit unbedingt im Sinne des Autors sei; ein – bereits indiskutables – Extrembeispiel dieser Auffassung bietet Jaques-Louis Monod, der die Auslassung von drei Reihentönen in einer Passage des *Survivor* op. 46 in seiner Edition des Werks durch die Konjektur, also die Ergänzung eines Dreitonakkords korrigiert.[11] Eine differenzierte und zugleich wesentlich gemilderte Position dieser Seite vertrat Ethan Haimo,[12] indem er vorschlägt, daß die Reihenabweichungen, die im edierten Text erscheinen – die also vom Herausgeber als richtige Lesart qualifiziert und nicht durch Konjektur geändert wurden – daß diese Reihenabweichungen dennoch durch einen Asterisk gekennzeichnet werden sollten – eine Auffassung, die die Bedeutung der Kompositionsmethode für das abgeschlossene Werk sehr hoch veranschlagt (Asterisken also als Kennzeichnung von ‚(Schönheits)fehlern' im sonst stimmigen, ‚richtigen' Werk?).

Die den erwähnten Auffassungen entgegengesetzte Extremposition läßt sich wie folgt konstruieren: die Problematik der Reihenabweichungen ist der üblichen Auswertung der

---

[10] Zur Problematik der editorischen Behandlung von Reihenabweichungen in Werken Schönbergs: Edward T. Cone: Editorial Responsibility and Schoenberg's Troublesome "Misprints". In: Perspectives of New Music 11,1, 1972, S. 62–75. – Richard Hoffmann: Concerning Row Derivations in the Music of Schoenberg. In: Bericht über den 1. Kongreß der Internationalen Schönberg-Gesellschaft. Hrsg. von Rudolf Stephan. Wien 1978, S. 99–102. – Richard Swift: Rezension des Bd. 19A der Gesamtausgabe. In: Notes 33, 1976/77, S. 155f. und der Ausgabe des *Survivor* op. 46 in: Notes 37, 1980/81, S. 154. – Christian Martin Schmidt: Reihenabweichungen in Schönbergs Kompositionen als Problem der Textkritik. In: Bericht über den Internationalen Musikwissenschaftlichen Kongreß Bayreuth 1981. Hrsg. von Christoph-Hellmut Mahling und Sigrid Wiesmann. Kassel u. a. 1984, S. 462–465. – Ethan Haimo: Editing Schoenberg's Twelve-Tone Music. In: Journal of the Arnold Schoenberg Institute VIII/2, November 1984, S. 141–157.

[11] Erschienen 1979 bei Boelke-Bomart; s. dort S. 5, T. 23 (Einfügung des Akkords in eckigen Klammern). – James Grier (The Critical Editing of Music. History, Method, and Practice. Cambridge 1996, S. 136–39) warnt vor "recomposing" im Zusammenhang mit der Diskussion der Editionen Monods.

[12] Ebenda.

Quellen unterzuordnen; bei varianten Lesarten wäre also eine Entscheidung zu treffen, die sich ausschließlich an der jeweiligen Qualität der Quelle orientiert; einhellig überlieferte Reihenabweichungen sind nach dieser Auffassung kein Problem der Textkritik und bleiben daher selbstverständlich im edierten Text erhalten; die Reihenanalyse schließlich wäre damit aus der Sicht der Textkritik überflüssig – eine Auffassung, die in dieser extremen Form kaum vertreten wird. Im Unterschied zur zuerst beschriebenen Auffassung basiert die letztere auf der Überzeugung, daß einhellig überlieferte Reihenabweichungen zwar als ‚Verfahrensfehler' Schönbergs zu bewerten seien, daß diese jedoch als zum Werk gehörig zu betrachten seien, nicht jedoch zwangsläufig als musikalische Defizite – das Resultat der Edition dürfe daher keinesfalls das nach Maßgabe der Kompositionsmethode berichtigte, im Systemzwang vervollkommnete Werk sein! Auf dieser Seite, ohne jedoch die mögliche Extremposition zu vertreten, befinden sich die Herausgeber der Schönberg-Gesamtausgabe, allen voran Christian Martin Schmidt als Herausgeber zahlreicher Zwölftonwerke: Bei einhellig überlieferten Reihenabweichungen haben die Herausgeber der Gesamtausgabe äußerst selten konjiziert, bei Varianten zwischen der Ersten Niederschrift und späteren Quellen wurde oft der Ersten Niederschrift Vorrang zugemessen – unabhängig davon, ob ihre Lesart nun eine Reihenabweichung oder den korrekten Reihenton enthielt. Dieses Vorgehen läßt sich vor allem damit begründen, daß sich die Ersten Niederschriften Schönbergs oft genug hinsichtlich der Diastematik als zuverlässigste Quelle erwiesen haben und deshalb häufig dem Text der Gesamtausgabe als Hauptquelle für den Bereich der Tonhöhen zugrundegelegt wurden. Dieser Standpunkt kann sich im übrigen auf Schönberg selbst berufen, der bekanntlich den Ersten Niederschriften seiner Kompositionen große Authorität zugemessen hat.

Nachdem nun die Bandbreite möglicher Positionen in der Frage der editorischen Behandlung von Reihenabweichungen in Zwölftonwerken Schönbergs sichtbar geworden ist, mögen einige Beispiele belegen, wie schwierig die Entscheidung des Editors im konkreten Einzelfall sein kann. Vorweg jedoch noch zwei Beispiele von Reihenabweichungen, die Schönberg selbst in den Quellen bestätigt hat.

Fallbeispiele

1. Von Schönberg bestätigte Reihenabweichungen

a) Beispiel 1: Hier hatten die ersten und zweiten Violinen zunächst den richtigen Reihenton d'; Schönberg korrigiert jedoch in Quelle E2, einer erst kürzlich aufgefundenen Fehlerliste aus der Zeit der Drucklegung, d' zu e' und erzeugt damit bewußt eine Reihenabweichung. Er begründet diese mit der Beseitigung einer Oktav zwischen Violinen und Kontrabaß / 3. Posaune. [13]

b) Beispiel 2: Die erste Violine hat die Reihenabweichung des''' statt richtig d'''. In der Quelle E2 fragt Greissle: „Manuskript: d, korrigiert zu des – a. Ist das nicht doch richtig d – a (Hörner)?" Dazu schreibt Schönberg: „Nein, des ist richtig."[14] In diesem Fall wirft

---

[13] Zur Quellenlage s. Arnold Schönberg. Sämtliche Werke. Bd. 15B. Hrsg. von Tadeusz Okuljar. Mainz / Wien 1988, S. 85. – Zur Quelle E2: Ebenda, S. 15f.

[14] Quelle E2 in Privatbesitz; zitiert nach der Kopie in der Forschungsstelle der Schönberg-Gesamtausgabe, Berlin.

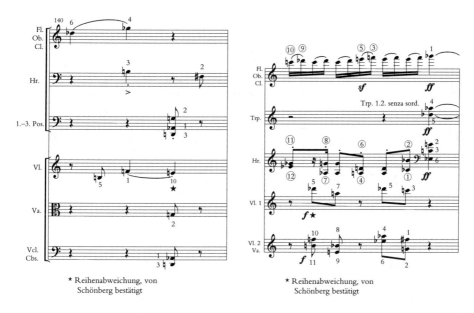

Bsp. 1: Violinkonzert op. 36, 1. Satz, T. 140   Bsp. 2: Violinkonzert op. 36, 3. Satz, T. 589

die von Schönberg ausdrücklich bestätigte Reihenabweichung neue Probleme auf: zwar beseitigt sie die Oktav zum Horn, doch entsteht durch sie gleichzeitig eine Tonwiederholung in derselben Stimme und eine Oktav zur Trompete 2.[15]

2. Von Schönberg nicht bestätigte Reihenabweichungen

2.1 Reihenabweichungen als Varianten

Es folgen zwei Fälle, in denen die Erste Niederschrift den richtigen Reihenton enthält, die Reinschrift jedoch eine von der Ersten Niederschrift abweichende Lesart, mithin eine Reihenabweichung. Die Frage ist jeweils: Ist diese Reihenabweichung als Abschreibfehler oder als bewußte Korrektur zu bewerten? Beide Beispiele stammen aus dem Vierten Streichquartett op. 37. Die Reihenabweichungen zwischen Erster Niederschrift und Reinschrift wurden in der Edition dieses Werks innerhalb der Gesamtausgabe etwa zu gleichen Teilen als Abschreibfehler bzw. als bewußte Korrektur Schönbergs bewertet. Die noch verbleibenden Reihenabweichungen in op. 37 sind einhellig in allen Quellen überliefert (dazu s. u., Fallbeispiele 2.2).

a) Beispiel 3: Das Violoncello hat in der Reinschrift H (Reihenabweichung) statt richtig B (wie noch in der Ersten Niederschrift). Die Gesamtausgabe qualifiziert hier die Reihenabweichung überzeugend als bewußte Reihenabweichung, denn, so die Begründung, der richtige Reihenton erzeuge einen b-moll-Klang.[16]

---

[15] Zur Quellenlage s. Sämtliche Werke. Bd. 15B (wie Anm. 13), S. 86.
[16] Vgl. dazu Sämtliche Werke. Bd. 21B. Hrsg. von Christian Martin Schmidt. Mainz / Wien 1984, S. 91.

Bsp. 3: Viertes Streichquartett op. 37, 2. Satz, T. 682–684

b) Beispiel 4: Hier liegen zwei Reihenabweichungen vor: die Viola hat in der Reinschrift e (Reihenabweichung) statt richtig f (so die Lesart der Ersten Niederschrift), die 1. Violine hat in der Reinschrift b" (Reihenabweichung) statt richtig h" (so die Erste Niederschrift). Die Gesamtausgabe bewertet beide Reihenabweichungen als Korrekturen Schönbergs, also als bewußte Reihenabweichungen, und sieht in der Dopplung der Änderung einen Beleg für ihre Absichtlichkeit.

★   Reihenabweichung
EN Erste Niederschrift

Bsp. 4: Viertes Streichquartett op. 37, 4. Satz, T. 844

Eine andere Bewertung der Sachlage möge hier angeboten werden: b" in der 1. Violine ist als Schreibfehler zu werten, da infolgedessen ein Ges-Dur-Klang entsteht und sich zudem eine Oktav zwischen 1. Violine und Violoncello ergibt (auf letzteres verweist auch die Gesamtausgabe). Für die neue Lesart der Bratsche (e statt f) bietet sich keine überzeugende innermusikalische Begründung an; daher ist die Annahme einer bewußten Korrektur unwahrscheinlich, die eines Schreibfehlers naheliegend.[17]

---

[17] Vgl. dazu Sämtliche Werke. Bd. 21B, S. 92.

Bsp. 5: Streichtrio op. 45, T. 188–189

2.2 Einhellig überlieferte Reihenabweichungen

Es folgen vier Beispiele, in denen die Reihenabweichung einhellig in sämtlichen Quellen überliefert ist; die Reihenabweichung entstand also bereits beim Komponieren. In diesem Fall sind mehrere Fragen zu stellen: angenommen, es handelt sich bei der Reihenabweichung um einen ‚Komponierfehler' (der etwa durch falsches Ablesen der Reihentabelle zustande kam), soll dieser dann durch Konjektur behoben werden? Oder: liegt bereits hier eine absichtliche Reihenabweichung vor? Oder: hat Schönberg die Reihenabweichung bei den Abschreibvorgängen zwar bemerkt, aber nicht korrigiert? In allen Fällen stellt sich also die Frage: soll konjiziert werden oder nicht?

a) Beispiel 5: Die Viola hat g statt a, die Reihenabweichung zerstört also die in allen Stimmen konsequent durchgeführte strenge Imitation der Passage. Hier konjiziert die Gesamtausgabe, ersetzt also die Reihenabweichung durch den richtigen Reihenton a. Damit wird das Prinzip der strengen Imitation als vorrangig zu bewertende Absicht des Komponisten erachtet, die Reihenabweichung wird als Abschreibfehler qualifiziert und korrigiert.[18]

---

[18] Vgl. dazu Sämtliche Werke. Bd. 21B, S. 109. – Zur Quellenlage des Streichtrios op. 45: Es liegen vor die Erste Niederschrift B und der Originaldruck D, eine Reinschrift wurde nicht angefertigt. Einige Reihenabweichungen entstanden als Varianten zwischen B und D; sie wurden von der Gesamtausgabe fast ausnahmslos als Druckfehler bewertet und korrigiert. Die übrigen Reihenabweichungen sind einhellig überliefert; die einzige von der Gesamtausgabe durch Konjektur korrigierte ist die in Bsp. 5 angeführte; vgl. dazu Sämtliche Werke. Bd. 21B, S. 93ff.

b) Beispiel 6: 1. Violine und Violoncello haben den gleichen Reihenton d (Ton 2 ist doppelt vorhanden, dagegen fehlt Ton 1 dis). Durch diesen Fehler - denn ein solcher liegt hier ganz klar vor - entsteht eine Oktav zwischen den Außenstimmen. Doch: welcher Ton ist falsch, wo liegt also die Reihenabweichung, wo wäre gegebenenfalls zu konjizieren? Die Gesamtausgabe konjiziert nicht, da nicht zu bestimmen sei, welcher der beiden Töne von der Reihe abweiche. Dem ist jedoch entgegenzuhalten, daß sich die so entstandene Oktav gut hörbar heraushebt: sie liegt erstens in den Außenstimmen, sie bildet zweitens den Schlußton eines Motivs, und dieses Motiv ist drittens in den beiden Stimmen rhythmisch parallel geführt. Diese Gründe sprechen unbedingt für eine Konjektur, wobei die Entscheidung, welcher der beiden Töne korrigiert werden soll, schwierig ist, da keine der beiden Möglichkeiten irgendwelche Präferenzen zu bieten scheint. Einen kleinen Vorzug hat es meines Erachtens, die Korrektur in der 1. Violine anzubringen, da eine Korrektur im Violoncello einen konsonanten Quintsprung erzeugt, der sich weniger gut in das überaus dissonante Umfeld einfügte.[19]

Bsp. 6: Viertes Streichquartett op. 37, 4. Satz, T. 738

c) Beispiel 7: Das Violoncello hat b (Reihenabweichung) statt der Reihe entsprechend es. Die Gesamtausgabe konjiziert nicht, da weder eine Ursache für eine absichtliche Reihenabweichung erkennbar sei noch ein Problem durch sie entstehe. Damit entscheidet sich die Gesamtausgabe für eine bestimmte Position innerhalb der oben skizzierten Bandbreite: Wenn einzig die Herstellung der Stimmigkeit der Zwölftonkonstruktion, der Richtigkeit der Materialbasis für die Konjektur einer Reihenabweichung spricht, wenn also Gründe wie die Entstehung von Oktaven und von tonalen Anklängen oder die Entstellung von motivisch hervortretenden Reihensegmenten entfallen, dann entscheidet die Gesamtausgabe gegen die Konjektur und räumt damit der Stimmigkeit der Zwölftonkonstruktion bewußt nicht allerersten Rang ein.[20]

---

[19] Vgl. dazu Sämtliche Werke. Bd. 21B, S. 91).
[20] Vgl. dazu Sämtliche Werke. Bd. 21B, S. 44. – Zur Quellenlage des Dritten Streichquartetts op. 30: Es liegen

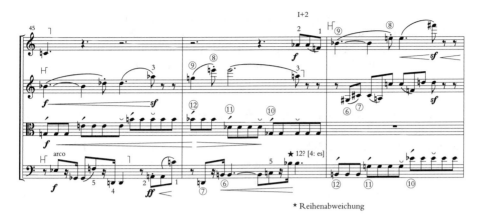

Bsp. 7: Drittes Streichquartett op. 30, 3. Satz, T. 45–47

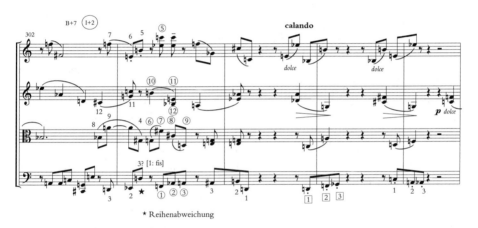

Bsp. 8: Drittes Streichquartett op. 30, 1. Satz, T. 302–306

d) Beispiel 8: Das Violoncello hat d (Reihenabweichung) statt fis. Die Gesamtausgabe konjiziert nicht, da weder eine Ursache für eine absichtliche Reihenabweichung erkennbar sei noch ein Problem durch sie entstehe, die gleiche Begründung also wie in Beispiel 2.2.c. Der Fall unterscheidet sich jedoch in einem Punkt von der im vorangehenden Beispiel 2.2.c diskutierten Sachlage, denn die Reihenabweichung verändert hier die gleichbleibende Intervallik eines mehrfach wiederholten Reihensegments, das hörbar motivische Qualität besitzt. Andererseits muß gerade angesichts des Hervortretens des Motivsegments ins Feld geführt werden, daß Schönberg diese Reihenabweichung bemerkt haben müßte und er sie hätte korrigieren können. Im Unterschied zur Gesamt-

---

vor die Erste Niederschrift B und der Originaldruck D, eine Reinschrift wurde nicht angefertigt (also eine mit op. 45 vergleichbare Quellenlage). Einige Reihenabweichungen entstanden als Varianten zwischen B und D; sie wurden von der Gesamtausgabe ausnahmslos als Druckfehler bewertet und korrigiert. Die übrigen Reihenabweichungen sind einhellig überliefert; in einem Fall konjizierte die Gesamtausgabe (vgl. dazu ebenda., S. 1ff.)

ausgabe plädiert Ethan Haimo dafür, nicht nur bei der Entstehung von Oktaven und tonalen Anklängen, sondern auch bei der Entstellung motivisch eingesetzter Reihensegmente zu konjizieren, bewertet also auch dies als gravierende und daher zu korrigierende Entstellung der ästhetisch-kompositorischen Konzeption Schönbergs.[21]

★

An einigen konkreten Beispielen wurde die Problematik der editorischen Behandlung von Reihenabweichungen exemplifiziert, es wurde die Bewertung der Gesamtausgabe dargelegt und, in manchen Fällen, eine andere Bewertung vorgeschlagen. Die Zahl der Reihenabweichungen und somit der Umfang des Problems kann von Werk zu Werk erheblich schwanken.

Zur Veranschaulichung sei der in den Fußnoten 18 und 20 skizzierten Quellenlage von op. 30 und op. 45 hier die der Orchestervariationen op. 31 gegenübergestellt: Reihenabweichungen entstanden hier erstens zwischen Erster Niederschrift B und Reinschrift C und gelangten so in den Originaldruck E; zweitens entstanden zusätzlich noch etwa ebenso viele Reihenabweichungen zwischen der Reinschrift C und dem Originaldruck E. Von der Gesamtanzahl der Reihenabweichungen, die letztlich zwischen der Ersten Niederschrift B und dem Originaldruck E bestehen, hat Schönberg selbst 34 gefunden und korrigiert; zwei weitere Reihenabweichungen korrigierte Schönberg im Handexemplar des Originaldrucks Ea gegen die Erste Niederschrift B und bestätigte diese Korrekturen zusätzlich in der Quelle; eine weitere Reihenabweichung schließlich bestätigte er in der Ersten Niederschrift B. Die Gesamtausgabe deckte durch die Reihenanalyse zusätzlich noch weitere 48 Reihenabweichungen zwischen der Ersten Niederschrift B bzw. der Reinschrift C und dem Handexemplar des Originaldrucks Ea auf.[22]

Der je unterschiedliche Umfang der Problematik, die je unterschiedliche Quellenlage der Werke, die je unterschiedliche Entstehung der Reihenabweichungen und die je unterschiedliche Bewertung der Problematik im konkreten Einzelfall: all dies spricht gegen eine editorische Grundsatz-Entscheidung in der hier diskutierten Problematik. Vielmehr ist eine Abwägung von Fall zu Fall unumgänglich. So ist jedesmal neu zu entscheiden, ob es sich bei den Reihenabweichungen als Varianten zwischen Erster Niederschrift und Reinschrift um Abschreibfehler oder bewußte Reihenabweichungen handelt und ob es sich bei den Reihenabweichungen als Varianten zwischen Reinschrift und Originaldruck um Druckfehler oder bewußte Reihenabweichungen handelt. Was die einhellig überlieferten Reihenabweichungen anbetrifft, die ,Komponierfehler' also, die Schönberg bis zum Ende der Quellenfolge nicht aufdeckte oder zumindest nicht korrigierte, so kann als prinzipielle Leitlinie gelten: Konjiziert werden sollte nur in Fällen, in denen durch die Reihenabweichung ein grober Widerspruch zur ästhetisch-kompositorischen Grundkonzeption des Werks entsteht – wenn also der intendierte dissonante Tonsatz durch so entstandene Oktaven oder Dreiklangsbildungen tonale Anklänge annimmt oder wenn Reihensegmente betroffen sind, die als Motivsegmente deutlich im Vordergrund der Wahrnehmung stehen.

---

[21] Ethan Haimo, Editing Schoenberg's Twelve-Tone Music (wie Anm. 10), S. 149–153; vgl. dazu Sämtliche Werke. Bd. 21B, S. 43).

[22] Vgl. dazu den Kritischen Bericht in: Arnold Schönberg. Sämtliche Werke. Bd. 13B. Hg. von Nikos Kokkinis und Jürgen Thym. Mainz / Wien 1993, insbes. S. 32.

Regina Busch: Reihenabweichungen und falsche Töne bei Webern

Da bisher noch keine Gesamtausgabe der Werke von Webern existiert und meines Wissens die vereinzelten, meist privat initiierten Pläne nicht über Vorüberlegungen hinausgekommen sind, gibt es keine auch nur annähernd vollständige Erfassung der Quellen, und die Kenntnisse von Weberns Arbeitsweise sind rudimentär und auf Spezialarbeiten über einzelne Werke, Werkkomplexe oder Besonderheiten der Kompositionstechnik beschränkt. Wie die Arbeitsstufen zwischen erstem Entwurf und Erstdruck (falls vorhanden) sich unterscheiden, ob sie sich beispielsweise in der Zwölftonkomposition geändert haben, wurde noch nicht zusammenhängend erforscht und beschrieben. Wenig bekannt ist meines Wissens auch, wie sich Drucke, Druckvorlagen und Reinschriften zueinander verhalten und ob in Weberns Arbeitsweise z.B. zwischen Skizzen und Erster Niederschrift sinnvoll unterschieden werden kann. Ich weiß nicht, ob Webern noch im Stadium der Reinschrift Korrekturen vorgenommen hat, um ,der Reihe zu entsprechen'; eine paraphierte Änderung oder sonst eine für fremde Augen gedachte Mitteilung reihentechnischer Art habe ich in den mir bisher zugänglichen Quellen nicht gefunden. Unter dieser generellen Voraussetzung sind die folgenden Notizen zu verstehen.

Grundsätzlich ist es bei Webern nicht anders als bei anderen Komponisten: Versehen und offensichtliche Schreibfehler können richtiggestellt werden, sonstige Abweichungen von der Reihe nicht, auch nicht unbedingt solche an Parallelstellen in analogen Reihensituationen. ,Falsche' und fehlende Reihentöne unterscheiden sich nämlich in einem wesentlichen Punkt von anderen ,Satz'fehlern:

Abweichungen von ,der Reihe' heißt genau genommen, daß an einem bestimmten Ort ein bestimmter Ton (oder eine Gruppe von Tönen) fehlt oder ein anderer als derjenige erscheint, den der musikalische Satz und die jeweils am Ort ablaufende Reihenform erwarten lassen. Die Abweichungen werden wohl in den meisten Fällen durch eine Reihenanalyse aufgedeckt oder mit Hilfe einschlägiger Aufzeichnungen des Komponisten eruiert (wie Reihensigel, Bezifferung von Tönen, Tabellen usw.). Ohne Vergleich mit den zugrundeliegenden Reihen jedenfalls käme man in der Regel wohl kaum auf ,Unregelmäßigkeiten'. Es gehört zwar zu den Aufgaben eines Herausgebers, diese Angaben zu überprüfen und mit dem Notentext zu vergleichen, aber nicht, automatisch Änderungen vorzunehmen.

Das Spektrum der Abweichungen hängt unter anderem von der Art der Reihen und der speziellen Kompositionsweise, also dem Umgang des Komponisten mit seinen Reihen ab. Diese beeinflussen auch die Möglichkeit, die ,richtigen' Reihenformen zu identifizieren. Je mehr Beziehungen zwischen den Reihenformen und Reihenabschnitten bestehen, desto vielfältiger können die Reihen verwendet werden. Diese beabsichtigte, man könnte sagen komponierte Mehrdeutigkeit sieht bei jedem Komponisten und in jedem Stück anders aus. Je unsicherer aber die Zuordnung, desto weniger kann man von ,Reihenfehlern' sprechen. Bei Webern sind es – neben internen Beziehungen, die beispielsweise eine Reihenform und die Krebsumkehrung ununterscheidbar machen – die Technik der ,Verschneidungen': aufeinander folgende Reihenformen werden miteinander verklammert, wobei die letzten x Töne der einen Reihe identisch mit den ersten x der folgenden, also Anfang und Ende nicht voneinander zu trennen sind.

Ein Maß für eventuelle Berichtigungen des Herausgebers wird das Verhalten des Komponisten selbst sein: wie deutlich während der Kompositionsarbeit sein Bestreben war, der Reihe und den selbstgesetzten Regeln zu folgen, wie genau er bei der Herstellung von Endfassung und Reinschriften und während der Drucklegung usw. darauf achtete, Fehler und Abweichungen zu finden und zu korrigieren, und welche Gründe er hatte bzw. nannte, es zu unterlassen. Insbesondere aber ist von Bedeutung, welche Kriterien er über die Treue zur Reihe stellte. Von all dem ist Webern betreffend bisher wenig bekannt (einiges wird stillschweigend angenommen). Die Skizzen zu den vollendeten Werken sind weitgehend unveröffentlicht. Soweit aus den übrigen Skizzen zu entnehmen, waren die Tabellen und jede einzelne Reihenform beim Komponieren immer gegenwärtig, Webern hatte sie sozusagen ständig vor Augen und notierte sich in die Entwürfe hinein nicht nur einzelne Reihensigel, sondern des öfteren ganze Komplexe möglicher Reihenformen, mit denen die Komposition fortzusetzen wäre. In den Skizzen fallen die häufigen Neuansätze auch kleinster Abschnitte auf, die entweder Varianten mit denselben Reihenformen oder neue Reihenkombinationen ausprobieren; demgegenüber sind Korrekturen einzelner Notenköpfe oder Vorzeichen relativ selten, auch im Vergleich zu rhythmischen Änderungen oder Änderungen von Oktavlagen, d. h. der Kontur von Motiven. Eine während des Skizzierens der Orchestervariationen op. 30 korrigierte Reihenabweichung erwähnt Neil Boynton;[23] wahrscheinlich gibt es noch mehr.

Eine Änderung des Komponisten gemäß der Reihe sagt nichts über diejenigen Reihenabweichungen aus, die er belassen hat, und umgekehrt: solchen Korrekturen ist nicht immer anzusehen, ob sie stattfanden, um der Reihe zu entsprechen, oder aus kompositorischen (satztechnischen, harmonischen usw.) Gründen. Die Abweichung von selbstgesetzten Regeln ist noch kein Reihenfehler; die Kenntnis der Reihen und Kompositionstechnik berechtigt noch nicht, die Arbeit des Komponisten zurechtzustutzen.

Im Streichtrio op. 20 und in den meisten zwölftönigen Studien und Werken vorher hat Webern die Reihen auf sämtliche Stimmen verteilt und jeweils eine Reihenform der anderen folgen lassen, so daß Teilabschnitte in mehreren Stimmen gleichzeitig erklingen bzw. zu Mehrklängen zusammengefaßt sein können, aus denen die ursprüngliche Anordnung der Reihe nicht mehr zu erkennen ist. Damit sind bestimmte Arten von Fehlern und Uneindeutigkeiten verbunden. Später, von der Symphonie op. 21 an, komponierte Webern (bis auf wenige Ausnahmen) nur noch mit parallel laufenden Reihenzügen, aus deren Überlagerung die Zusammenklänge resultieren; auch Tonwiederholungen werden im allgemeinen nur mit dieser Art von ‚Stimmführung‘ gewonnen. Was die richtige Reihenfolge der Töne angeht, ist damit schon eine wichtige Voraussetzung gegeben: Abweichungen sind sofort erkennbar. Auch sonst sind bisher nicht viele Reihenfehler und -abweichungen bekannt geworden, selten mehr als ein bis zwei pro Werk oder Satz (in op. 26 ein paar mehr).

Beispiele

Drei Lieder op. 18, Nr. 1, Takt 7, Gesang: Der Berg- und Webern-Schüler Philip Herschkowitz erwähnt in einem Brief an Berg (29. 4. 1933) die Note c, „von welcher ich hoffe,

---

[23]   Neil Boynton: Formal Combination in Webern's Variations Op. 30. In: Musical Analysis 14/2–3, July–Oct. 1995, S. 193–222, der Hinweis S. 218, Anm. 50.

daß sie ‚programmgemäß' reihenfremd ist". Das Stück ist noch nicht in Stimmzügen gesetzt wie die späteren Werke ab op. 21; Tonwiederholungen sind nicht Resultate der
Reihenführung, sondern ‚frei' hinzugefügt. Im ganzen Lied wird nur die Grundreihe
verwendet: eine Variante folgt der anderen, jeweils auf alle drei Stimmen verteilt, in
immer neuen Tonkonstellationen. Neben der von Herschkowitz besprochenen Stelle
fallen auch die ersten Gesangstöne (Takt 2) aus dem Rahmen: eine reihen-unabhängige
Wiederholung der beiden Töne des Anfangsmotivs cis – fis („Schatzerl"), wohl ebenfalls,
wenn auch nicht im selben Sinne ‚programmatisch' wie Takt 7. Hier in der Mitte des Liedes erscheint zum ersten Mal das zentrale Wort („Rosmarin"), beginnend mit c''', dem
höchsten Ton bisher. c ist auch der 1. Ton der Grundreihe, die aber schon in Takt 6, mit
c' im unteren System der Gitarre, begonnen hat. Eine Reihenabweichung also – vielmehr
ist c''' in die vorhandene Reihe so hineingesetzt, daß scheinbar eine andere (die Umkehrung) beginnt. Der kurze Ausblick auf eine andere Reihenform, eine andere ‚Möglichkeit' der Reihe an inhaltlich und formal bedeutendem Ort mag – wie Herschkowitz
„hofft", beabsichtigt sein, zumal der Bau der Reihe (drei Tritoni an den Positionen 2 – 3,
6 – 7, 9 – 10) die Original- und Umkehrungsform weitgehend ununterscheidbar macht.
Webern hat in späteren Jahren solche Besonderheiten immer kompositorisch ausgewertet, wahrscheinlich die Reihen sogar daraufhin konzipiert. Anzunehmen, daß die oben
erwähnte Wiederholung der Quart cis – fis bzw. die daraus resultierende Quartenkette
cis – fis – h in Takt 3 sich ebensolchen Überlegungen verdankt und das Lied noch weitere solcher ‚programmgemäß-reihenfremden' Stellen enthält.

Symphonie op. 21, erster Satz, Takte 27–41: Der erste Abschnitt nach dem Doppel-
strich ist symmetrisch gebaut: auf die vier parallel laufenden Reihenformen Nrn. 9, 25, 11,
35 (in Weberns Zählung) folgen ab Takt 35 die jeweiligen Krebsformen, die (in op. 21)
identisch sind mit den Tritonustranspositionen. Die Symmetrieachse ist bei der Wende Takt 34/35. Es wird gelegentlich angenommen, daß der 12. Ton (b) der Reihenform
Nr. 11, Umkehrung auf e, fehle, er gehöre unmittelbar hinter das Geigenmotiv in Takt 33
vor die erste Fermate. Nach dem Fermatentakt 35, als Vorschlag zur ersten Geigenfigur
in Takt 36, ist b als 1. Ton der Krebsumkehrung auf e vorhanden. Es ist jedoch zu bedenken, daß Webern in diesem wie auch im zweiten Satz der Symphonie, der aus einer
symmetrischen Folge in sich symmetrischer Variationen besteht, mit voller Absicht die
Symmetrie rechnerisch nicht genau ausführt. Gerade das ist ein wichtiges Charakteristikum seiner symmetrischen Konstruktionen (ähnlich übrigens bei Berg). Daß ein intervallisch und rhythmisch genau gespiegeltes Motiv sich anders bewegt – Richtung der Geste,
Gewichtung durch die unterschiedliche Position langer und kurzer Töne – wird durch
Modifikationen in Dynamik und Agogik abgefangen; analoge Dispositionen finden auf
der formalen Ebene statt. Die Symmetrieachse in op. 21,1 wird zwar durch die beiden
Fermaten in Takt 34/35 markiert, aber die erste Fermate steht über dem Taktstrich, die
zweite über der Pause im Takt bzw. über dem tiefsten Celloton in Takt 35, nicht auf
der folgenden Achtelpause; das *decrescendo* auf diesem Ton hat kein Pendant in Takt 34.
Auf diese Weise wird sichtbar, daß die musikalische Bewegung über die Symmetrieachse
hinweggeht und erst am Ende von Takt 35 einhält. Der Neuanfang befindet sich nicht an
der Wendestelle, sondern am Anfang von Takt 36, bei eben dem bisher ‚fehlenden' Ton
b. Als quasi überzähliger Vorschlag versieht er die Figur der Geige mit einem kleinen
‚Akzent', der das Anheben des neuen Formabschnittes betont. Übrigens kann auch rei-

hentechnisch nicht von einem fehlenden 12. Ton gesprochen werden: Verschneidungen, hier die Überlagerung von 12. und 1. Ton aufeinanderfolgender Reihenformen, werden schon in der Symphonie op. 21 als satztechnisches Mittel angewandt.

Erste Kantate op. 29, dritter Satz, Takt 73: Der letzte Ton des Stückes, g in der Harfe, sollte der Reihe nach e sein. Vermutlich wurde eine Hilfslinie vergessen oder übersehen. Die Reihe sowohl als auch die Kompositionstechnik dieses Satzes zeigen, daß ein Quart- oder Quintschritt als Motiv oder Motivteil nicht vorkommen kann, vor allem nicht an so exponierter Stelle. Man wird den Fehler zu rekonstruieren versuchen; jedenfalls wird eine Korrektur von g zu e hier angebracht sein. Anders dagegen in:

Erste Kantate op. 29, zweiter Satz, Takt 47, Baßklarinette: Der Reihe nach hätte sie es—e statt es—d zu spielen. Das Zusammentreffen mit dem e der Celesta würde einer satz-technischen Besonderheit dieses zweiten Satzes sogar entsprechen, jedoch hat Webern in den verschiedenen Abschnitten die Positionen der Verdopplungen, Wiederholungen und Überlagerungen so kompliziert ausbalanciert und instrumentationstechnisch ausge-arbeitet, daß man ohne nähere Kenntnis dieser Verfahren eine Änderung nicht vertreten kann; der ‚richtigen' Reihe allein zu folgen genügt nicht. Man wird außerdem die moti-vische Gestalt, d. h. Richtung und Größe des Intervalls zu berücksichtigen haben.

Thomas Ertelt: Bergs Reihen: Abweichungen

Reihenabweichungen bei Berg: ein weites Feld fürwahr, auf dem die Ausnahme dazu tendiert, die Regel aufzulösen. – Das Problem ist der Grad der Freiheit, mit der Berg sich der Methode der Komposition mit zwölf Tönen bedient. Selten wird sie überhaupt streng in dem Sinne angewendet, daß prinzipiell jeder Ton reihentechnisch gebunden sei; und auch dann ist, wie stets bei Berg, mit dem frei gesetzten Einzelton zu rechnen.

Hinzu kommt, daß sich der Gebrauch der Methode von Werk zu Werk unterscheidet. Man kann nicht gut von einer Entwicklung sprechen, wohl aber eine Unterscheidung in drei Werkgruppen vornehmen: 1) prinzipiell strenge Verwendung in den ersten dodeka-phonen Werken, also der zweiten Vertonung des Storm-Gedichts *Schließe mir die Augen beide* und der *Lyrischen Suite*, 2) freie, werkspezifische Anverwandlung in der *Wein-Arie* und im *Violinkonzert*, 3) spezifischer, nur partieller Gebrauch in der Zwölftonoper *Lulu*.

Zunächst ist der Bezugsrahmen ähnlich wie bei Schönberg: in der *Lyrischen Suite* hat Berg die Zwölftontechnik so streng gehandhabt,[24] daß immerhin die Reihenanalyse sinn-voll als Mittel der Textkritik herangezogen werden kann, so geschehen in der Diskussion der ‚Satzfehler' im *Allegro misterioso*.[25] Die Stimmigkeit der Reihenverläufe ist hier ge-wiß die Regel, deren Verletzungen ‚traditionell' satztechnisch zu erklären sind. So hat Walter Levin darauf hingewiesen, daß Berg in den Rahmenteilen des Satzes zahlreiche (paraphierte) Korrekturen gegen die Reihe vorgenommen hat, um Einklänge und Ok-taven zu vermeiden.[26] Aber dieses Kriterium bleibt für den Editor eine stumpfe Waffe.

---

[24] Aber es ist dennoch darauf zu verweisen, daß gleich Bergs erste 12-Ton-Komposition und Vorstudie zur Suite (*Schließe mir die Augen* II) Klänge enthält, die reihentechnisch, wie man es dreht und wendet, nicht erklärbar sind; siehe dazu Rudolf Stephan: Neue Musik. Göttingen ²1973, S. 45–50.

[25] Vgl. Wolfgang Budday: Alban Bergs Lyrische Suite. Satztechnische Analyse ihrer zwölftönigen Partien. Neuhausen-Stuttgart 1979 (Tübinger Beiträge zur Musikwissensschaft 8), S. 60–68

[26] Walter Levin: Textprobleme im Dritten Satz der Lyrischen Suite. In: Alban Berg. Kammermusik II. Mün-chen 1979 (Musik-Konzepte 9), S. 11–28.

Betrachtet man die zahlreichen Fälle, wo durch die satztechnische Korrektur neue (geduldete oder nicht bemerkte?) Einklänge oder Oktaven entstanden sind, mehr noch aber diejenigen Fälle, in denen Einklänge musikalisch exponiert verwendet oder klanglich begründet eingesetzt sind,[27] so wird man von Verhältnissen sprechen können, die kaum einen Editor zu Konjekturen, sei es zugunsten der Reihe, sei es zugunsten des reinen Satzes, ermuntern werden.

In der zweiten Gruppe zwölftöniger Werke Bergs wird die Methode zwar umfassend, aber frei, nämlich mit für das einzelne Werk charakteristischen Spezifika und Lizenzen, verwendet. Im *Violinkonzert* Bergs ist dies etwa das Verfahren der so genannten Reihenmischungen;[28] Douglas Jarman, Herausgeber des Werks in der Alban Berg Gesamtausgabe, hat weitere Charakteristika benannt wie Chromatisierung und Aussparung von Pedaltönen.[29] Auch wenn man die Funktionsweise dieser Verfahren sowie ihre Konsequenzen verstanden hat: nicht selten hat man es mit einem musikalischen Satz zu tun, für den nicht mehr von einer präzisen Determination der Tonhöhen durch die Reihe die Rede sein kann,[30] so daß auch hier gegenüber der Reihenanalyse als Hilfsmittel der Textkritik einige Vorsicht geboten erscheint.

Die dritte Werkgruppe besteht aus einem einzigen, abendfüllenden Werk, Bergs zweiter, unvollendeter Oper *Lulu*. Wenn nicht alles täuscht, so liegen hier prinzipiell andere Verhältnisse vor. Das Stück, von Berg in selbstverfaßter Analyse als integrales Kunstwerk auf den Weg gebracht, zeigt einen qualitativ neuen Umgang mit der zwölftönigen Methode. Sie wird nicht mehr ‚umfassend‘ angewandt. Und es geht dabei nicht mehr um ‚Freiheiten‘, nicht um Ausnahmen von der Regel, sondern um die Bereitschaft, die zwölftönige Komponierweise prinzipiell von der Verbindlichkeit der Reihe abzulösen.[31] Nicht selten ist der musikalische Satz so beschaffen, daß ein spezifisch dodekaphon bestimmter Kern in Randfelder von vager Determiniertheit ausfasert, zerfließt, was Berg selbst in den Skizzen gelegentlich mit Bemerkungen kommentiert wie: „fehlende Reihentöne". Man mag sich das vorstellen als einen Gebrauch der Methode, der strenger Observanz gleiches konstruktives Recht einräumt wie frei assoziativen Bestimmungen. Denkbar erscheint, daß solcher Haltung der Boden bereitet wurde durch reihentechnische Verfahren in den Werken der zweiten Gruppe, die sich durch Vieldeutigkeiten und Überdeterminiertheit auszeichneten.

Damit erscheint die Reihenanalyse letztendlich nur sehr begrenzt als taugliches Hilfsmittel für die Textkritik von Bergs Werken; sie löst allenthalben Fragen aus, die sich so oder so, oder gar nicht beantworten lassen. Und es versteht sich, daß vor solchem Hintergrund der Terminus der ‚Reihenabweichung‘ einen ganz eigentümlichen Klang be-

---

[27] Ebenda, S. 19

[28] Vgl. Rudolf Stephan: Alban Berg, Violinkonzert (1935). München 1988 (Meisterwerke der Musik 49), S. 13–19)

[29] Douglas Jarman: "Correcting" Berg: Some Observations on Analysis and Editorial Responsibility. In: International Journal of Musicology 4, 1995, S. 155–167, hier S. 159. – Jarmans Artikel ist einschlägig für die hier diskutierte Thematik.

[30] Vgl. die instruktive Gegenüberstellung dreier Zwöftonanalysen ein und derselben Takte aus Bergs Violinkonzert bei Jarman, ebenda, S. 163–166

[31] Diese Einschätzung ist als Arbeitshypothese zu verstehen: als Gegenpol zu der verbreiteten Auffassung, daß es eben nur ausreichend hartnäckiger analytischer Versenkung bedürfe, um die Geheimnisse von Bergs Reihentechnik zu entschlüsseln.

kommt. Wendet man in gedanklichem Experiment das Verfahren, die Töne textkritisch einhellig bestätigter Reihenabweichungen in der Edition durch Asterisk zu kennzeichnen[32] auf Bergs *Lulu*-Partitur an, so wird man sich nicht selten in einem Sternenmeer wiederfinden, in welchem man Mühe hat, sich an den Fixsternen des reihentechnischen Kalküls zu orientieren.

---

[32] Vgl. Ethan Haimo: Editing Schoenberg's Twelve-Tone Music. In: Journal of the Arnold Schoenberg Institute VIII, 1984, S. 141–157, hier S. 144.

II. Vom Umgang mit den Quellen

Helga Lühning

Bedeutungen des Autographs für die Edition

Vor einiger Zeit fand im Beethoven-Haus anläßlich der Übergabe des Autographs der Klaviersonate in A-dur op. 101 an die Sammlungen des Hauses ein kleiner Festakt statt. Daß man solch eine Gelegenheit nutzt, um zu feiern und Prominenz und Presse einzuladen, ist berechtigt, denn was da den Besitzer wechselte, ist ein paar Millionen Mark wert – wie viele, weiß man nicht genau, denn das Beethoven-Haus hat die Handschrift nicht gekauft, sondern geerbt. Aber der Geldwert ist sicher so hoch, daß man davon zum Beispiel mehrere Jahre lang die Gehälter einer ausreichenden Zahl von musikwissenschaftlichen Editoren bezahlen könnte, um die Gesamtausgabe der Werke Beethovens fertigzustellen.

Bekanntlich war bei den meisten größeren Werken Beethovens der erste Editor Beethoven selbst – so auch bei der Klaviersonate op. 101. Bevor sie gedruckt wurde, ließ Beethoven von ihr eine Abschrift anfertigen, in der er die Komposition noch einmal durchsah, einiges korrigierte und änderte. Bereits für Beethovens eigene Edition[1] war also nicht das Autograph die Hauptquelle, sondern die revidierte Abschrift.

Autograph → Abschrift → Original-Ausgabe

Das Autograph war dadurch als Quelle für die Edition, für den Text des Werkes, bereits überholt, also nur noch von beschränktem Wert. Das wäre noch heute so, wäre die Abschrift nicht verloren gegangen. Dadurch erhält deren Vorlage, das Autograph, einen Teil seiner Bedeutung zurück. Wenigstens als Kontrollinstanz ist es wieder wichtig. Die Hauptquelle ist jetzt jedoch Beethovens Edition, die Originalausgabe.

Wie kommt es zu einer derart extremen Diskrepanz zwischen dem materiellen, dem Handels-, dem Sammlerwert einerseits und dem Wert als historischem Dokument, das zwar bestimmte künstlerische Inhalte, eine Komposition, ein Werk übermittelt, in seinem eigentlichen Zweck – der Konstituierung eines musikalischen Textes – aber gar nicht mehr verbindlich ist, sondern alsbald entwertet wurde durch neuere Textzeugen? Was bedeuten für uns Editoren die Autographe unserer Komponisten – für uns Experten, die wir ja nicht ganz unbeteiligt sind an den materiellen und ideellen Wertvorstellungen des Autographenmarktes?

Beethoven ist nicht nur der ‚teuerste‘ Komponist; bei ihm laufen auch viele historische Fäden und Entwicklungen zusammen – in der Einschätzung, der Bedeutung und der Relation von Komposition und Werkvorstellungen, von Funktionalität und Absolutheitsanspruch der Musik und in den verschiedenen Möglichkeiten der Veröffentlichung durch handschriftliche Verbreitung, durch die Aufführung und durch den Druck. Ich

---

[1] In der Beethoven-Forschung werden die unter der Aufsicht des Komponisten entstandenen Drucke – und *nur* sie – Originalausgaben genannt.

möchte Beethoven, bei dem ich mich natürlich auch am ehesten auskenne, deshalb in den Mittelpunkt meiner Überlegungen stellen. Aber zunächst sind einige grundsätzliche Bemerkungen zur Bedeutung von Autographen zu machen.

I.

Der Reliquienwert und der Quellenwert von Autographen sind zwei verschiedene Dinge. Zur Verdeutlichung sei es gestattet, eine kleine autobiographische Geschichte zu erzählen. Nach dem Abitur durfte ich eine Art Bildungsreise machen und bin u. a. nach Wien gefahren, dort in alle Mozart-, Beethoven- und Schubert-Häuser und auch in die Musikabteilung der Österreichischen Nationalbibliothek gegangen. Ich wollte das Autograph des *Don Giovanni* sehen. Dort hat man mich vermutlich milde belächelt und mir erklärt, daß das Autograph nicht in Wien, sondern in Paris aufbewahrt wird, daß ich aber eine Photographie ansehen könne. (Die ÖNB besitzt, wie man weiß, das sog. ‚Meister-Archiv‘, das, 1927 von Anthony van Hoboken gegründet, Photographien von Autographen sammelt und inzwischen über 60 000 Aufnahmen umfaßt.) Ich bekam also die Partitur des *Don Giovanni* und habe sie ausgiebig studiert. Daß es nur eine Photokopie war, hat mich nicht gestört. Ich war überglücklich, Mozarts Niederschrift des über alle Maßen bewunderten Werkes vor mir zu sehen; ich fühlte mich Mozart und der Komposition des *Don Giovanni* ganz nah. Aus dieser Nähe heraus begann ich, auf Entdeckungsreise zu gehen. Ich entdeckte unter anderem, daß Mozart die Sopranstimmen – Donna Anna, Elvira, Zerlina – alle eine Terz höher notiert hatte, als ich sie kannte. Das war mir ganz rätselhaft. Ich kannte nämlich nur Violin- und Baßschlüssel. Daß es auch einen Sopranschlüssel gab, wußte ich nicht. Mit anderen Worten: ich konnte das Autograph des heißgeliebten Werkes eigentlich gar nicht lesen.

Meine eigene kleine Geschichte ist nicht ganz untypisch: ahnungslose Enthusiastin erforscht Autograph! Man glaubt – prädestiniert durch die Liebe zum Werk – in unmittelbarem, ‚intimem‘ Umgang ein besonderes Sensorium zu haben, um auf eigene Weise in die Komposition eindringen, sie erkunden zu können. Wir kennen alle ähnliche Geschichten, vor allem über Musiker: Der Dirigent X oder der Pianist Y studiert das Autograph eines Werkes, das er aufführen will, und entdeckt darin ganz neue Lesarten, die in keiner bisherigen Ausgabe stehen und die ihm ein neues Verständnis und eine ganz neue Interpretation ermöglichen. Daß er mit den Schreibgewohnheiten des Komponisten nicht vertraut ist und deshalb manches falsch liest oder daß der Komponist das Werk in einer anderen Handschrift überarbeitet hat und die interessanten, scheinbar ‚neuen‘ tatsächlich die älteren Lesarten sind, die alsbald revidiert wurden, ahnt er nicht, da er dem Autograph und der Faszination, die es ausübt, mehr vertraut als dem nüchternen Druckbild unserer Editionen. Diese Faszination, begünstigt durch musikalische Kenntnisse, aber eben auch durch eine gewisse Naivität, empfindet sicher auch ein Autographen-Sammler – einmal abgesehen davon, daß Autographe seit langem auch eine gute Kapitalanlage für weniger enthusiastische Sammler sind.

Der Nimbus um das Musiker-Autograph begann sich zu Beethovens Zeit zu bilden und wurde zweifellos auch durch ihn befördert. Doch existiert auch von Haydn schon ein bemerkenswertes Zeugnis. 1806 besuchte Cherubini den 74-Jährigen und überbrachte ihm eine Medaille des Pariser Conservatoire und ein Huldigungsschreiben, das von den damals angesehendsten Komponisten unterzeichnet war. Zum Dank schenkte Haydn ihm das Autograph der Sinfonie Nr.103, auf das er neben die Entstehungsdaten „[1]795 London" geschrieben hatte: „di me Giuseppe Haydn / Padre del Celebre Cherubini / ai 24tro di Febr: [1]806." Haydn überreichte Cherubini also das Autograph eines Werkes, das bereits elf Jahre alt und inzwischen mehrfach gedruckt worden war – gedruckt allerdings als Aufführungsmaterial (in Stimmen), nicht als Partitur.[2] Immerhin: das Manuskript war durch den Druck quasi überholt. Er war allgemein zugänglich und obendrein viel teurer, als es ein handschriftliches Exemplar damals normalerweise war. In seinem Autograph aber sah Haydn dennoch ein kostbares, bewahrenswertes Dokument.

Ungefähr um diese Zeit begann auch Beethoven, seine Autographe systematisch aufzuheben. Allerdings erzielten noch bei der Versteigerung seines Nachlasses unveröffentlichte, folglich unbekannte Kompositionen meistens erheblich höhere Preise als allseits bekannte Werke. Das Interesse am Notentext, am Inhalt der Manuskripte übertraf also noch entschieden das an der Reliquie; das Interesse der Verleger übertraf das der Sammler.

Auf die Aura des Autographs komme ich zurück. Zunächst ein paar nüchterne Feststellungen zur anderen Seite: zur Edition. Der Quellenwert von Autographen hängt von zwei Bestimmungen ab, die auch für die Komposition konstitutiv sind:

1. Handelt es sich um ein Werk bzw. dessen Niederschrift, das damit rechnen konnte, gedruckt zu werden oder mußte sich der Autor mit handschriftlicher Verbreitung begnügen, wenn er überhaupt auf Verbreitung hoffen konnte?

2. Musik wird in erster Linie für die musikalische Ausführung komponiert, auf die sie in unterschiedlich starker Weise ausgerichtet ist. Handelt es sich also um das Autograph einer Komposition, in der – über einzelne Aufführungen hinweg – die Festlegung auf eine bestimmte Gestalt angestrebt wird, um ein Werk, für das der Druck die geeignete Publikationsform ist, oder enthält das Autograph eine Komposition, der diese Festlegung auf eine einzige gültige Version prinzipiell widerstrebt, weil sie zu stark an die Aktualisierung durch die Ausführung gebunden ist? Für letzteres sei beispielsweise die Oper genannt, aber auch die Musik, die Komponisten für ihren eigenen Gebrauch als ‚Musici', als Virtuosen oder Kapellmeister schrieben, bei der sie also vor allem das notierten, was fest stand: das kompositorische Gerüst, die *Res facta*. Der große Bereich des Nicht-Notierten, der Improvisation und des *Ad libitum*, der „verloren gegangenen Selbstverständlichkeiten", muß aus anderen Quellen erschlossen werden.

Daß ein Komponist nicht darauf rechnen konnte, sein Œuvre in den Druck zu geben, sondern auf handschriftliche Verbreitung angewiesen war, ist vor allem in der älteren Musik die Regel. Ein Autograph (das sich als solches identifizieren läßt) ist hier für den Historiker zunächst einmal ein sicheres Orientierungsmittel: hat man das Autograph, kennt man den Autor. Die Zuschreibung ist also gesichert. Auch für Entstehungszeit und geschichtliche Einordnung ist das Autograph der wichtigste Zeuge. Um die Entstehungszeit möglichst genau zu bestimmen, gibt es diverse technische Hilfsmittel: Papieruntersuchungen, Untersuchungen zu Schreibgeräten, zu Tintenfarben und zur Handschrift, die bei den großen Komponisten, ausgehend vor allem von der Bach-Forschung, sehr weit ausgebildet sind. Hinter den diplomatischen Forschungen stehen die musikalische

---

[2]   Die erste Partitur erschien erst ein halbes Jahr später.

Chronologie und deren Anhaltspunkte zur Ermittlung der Entstehungszeit oft zurück, weil sie scheinbar weniger dingfest, konkret, gesichert sind. Aber im Grunde spielt auf beiden Ebenen die methodische Sorgfalt, d. h. die Ausgewogenheit zwischen Forschung und deren Interpretation die gleiche gewichtige Rolle.

Schließlich wird das Autograph bei einer schwierigen, unübersichtlichen Quellenlage, in der es auf Grund weiter Verbreitung der Komposition von vielen Abschriften quasi überlagert wird, immer das Zentrum der Quellenarbeit bilden. Einerlei, was an Werkschichten sonst noch überliefert ist – was im Autograph steht, stammt jedenfalls vom Autor.

Dieser Bonus, den das Autograph in der älteren Musik zu Recht hat, hat allerdings zu einer Reihe von Verfestigungen im Begrifflichen und in den musikwissenschaftlichen Vorstellungen geführt – überwiegend schon im 19. Jahrhundert, teilweise und recht gravierend auch in unserer Zeit –, die man immer wieder reflektieren und diskutieren sollte. Ein solcher festgefahrener, obendrein mißverständlicher Begriff ist der des ‚Urtextes‘, der vor kurzem bei einer Neuausgabe von Beethovens Symphonien als werbewirksames Schlagwort wieder benutzt wurde. Die Wiederherstellung des ‚Urtextes‘ steht als Ziel aber auch in den Richtlinien einiger wissenschaftlicher Gesamtausgaben. Wiederhergestellt werden soll jedoch nicht der ‚Ur-‘, sondern der ‚endgültige‘ Text. Mit dem ‚Urtext‘ ist fast stets ganz unkritisch die Fassung letzter Hand gemeint. Sie müsse – so macht man glauben – von Entstellungen gereinigt werden; aus der Verschüttung soll das Echte, das ‚Werk‘, der ‚Autorwille‘ wieder zum Vorschein kommen. Und er findet sich dann – scheinbar folgerichtig – im Autograph.

Wodurch hat es Verunreinigungen in der Überlieferung gegeben? Haben die Zeitgenossen, die Handschriften und Drucke anfertigten, den Autorwillen fehlinterpretiert? Verstehen wir ihn heute besser als sie? Oder war es nicht eher das 19. Jahrhundert mit seiner Werkästhetik und mit seinen Vorstellungen vom Absolutheitsanspruch der Musik? Ist aber nicht gerade die Vorstellung vom ‚Urtext‘ eine Nachgeburt romantischer Werkvorstellungen? Der Autorwille soll realisiert werden? Ist es sicher, daß er in einer einzigen Niederschrift (Autograph) fixiert wurde? Ist überhaupt sicher, daß der Autor nur einen Willen hatte? Vielleicht war es gelegentlich auch sein Wille, aus den äußeren Bedingungen, die die Aufführungsmöglichkeiten seiner Zeit ihm stellten, das eindrucksvollste musikalische Erlebnis jeweils neu zu bilden – ein würdiges Ziel, das *einen* Autorwillen sicher in einen anderen verwandeln kann.

Für die neuere Musikgeschichte (18. / 19. Jahrhundert) ist die Bedeutung der erhaltenen Autographe sehr unterschiedlich. Für die Haydn-Forschung mag Georg Feders Behauptung gelten: „Läßt sich das Autograph feststellen, ist mit dessen diplomatisch getreuer Wiedergabe die Hauptaufgabe [der Edition] erfüllt.“[3] Darin scheint sich angesichts der oft labyrinthischen Quellensituation bei Haydn die Freude über sichere Textzeugen bahngebrochen zu haben. Doch auch ein Haydn-Editor erfüllt seine Aufgabe natürlich nicht, indem er ein Autograph möglichst getreu in moderner Notenschrift nachbilden läßt, es also gleichsam nur dokumentiert. Der Editor wie der Benutzer fragen sofort: Wie weit kann und muß man alte Notierungsweisen – z. B. die Partitur-Anordnung,

---

[3]   Georg Feder: Das Autograph als Quelle wissenschaftlicher Edition. In: Internationales Symposion Musikerautographe, hrsg. von Ernst Hilmar, Tutzing 1990, S. 116.

Schlüssel, Taktvorzeichnung, Akzidentiensetzung, Knickbalken, ‚falsche' Hälse, Faulen-
zer und andere Abbreviaturen – und spezielle Schreibgewohnheiten der Komponisten
übernehmen? Welche Notierungsformen haben Bedeutung für die Ausführung oder für
das Verständnis – sei's auch für das intuitive? Welche könnten (umgekehrt) möglicherweise eine Bedeutung suggerieren, die sie nicht haben und den Benutzer einer heutigen
Edition in die Irre führen, wenn sie übernommen werden? Eine Vielzahl von Überlegungen schließt sich an, die stets in die editorischen Grundsatzfragen mündet: Woraus
besteht der Text, der durch die Edition vermittelt werden soll? Und: Wer sind die Benutzer der Ausgabe? Wie kann ihnen dieser Text vermittelt werden?

Offensichtlich sind unsere Vorstellungen von einem Autor, der ein Werk aufzeichnet,
oder zumindest von den Bedingungen, den zeitlichen und den gattungsgeschichtlichen,
unter denen ein Autograph entstand, oft viel zu schematisch und ideologisch belastet, um
den Autorwillen überhaupt als einen bestimmbaren Faktor der Interpretation und der
Edition methodologisch zu fassen und dann auch anhand des Autographs zu legitimieren.
Ebenso wichtig wie die Untersuchung der Primärquellen können dabei scheinbar sekundäre Forschungen sein – etwa die Kenntnis des musikalischen Umfelds, der Gattungs-,
der Lokal- und der Aufführungsgeschichte.

2.

Ich habe versucht, das Autograph ein wenig zu entmystifizieren, es auf seine historischen
Funktionen zu reduzieren. Jetzt möchte ich die Gegenrichtung einschlagen und die Aura
wieder aufbauen – mit Hilfe einiger Abbildungen aus Beethoven-Autographen. Vergleichen wir zunächst ein Autograph von Mozart mit einem von Beethoven (Abb. 1 und 2).
An der Seite aus *Così fan tutte* erkennt man sofort die Funktionalität der Niederschrift:
Mozart schreibt oft ziemlich schnell und relativ klein, so daß viele Takte auf eine Seite
passen. Die Korrekturen sind sauber ausgeführt, damit sie das Schriftbild nicht verunstal-
ten. Die Schrift muß deutlich sein, damit das Autograph gut lesbar ist – nicht nur für
Mozart selbst, sondern auch für andere. Das Autograph ist nicht nur Kompositionsniederschrift, sondern es soll auch praxistauglich sein. Es rechnet offensichtlich weder damit,
alsbald grundlegend geändert, noch demnächst abgeschrieben oder gedruckt zu werden.

Ganz anders Beethovens Autographe. Von ihnen sehen viele aus wie dieses: nur drei
Takte stehen auf der Seite; zwischen den Noten bleibt viel freier Platz. Auf den ersten
Blick ist nichts Bedeutungträchtiges zu entdecken. Dagegen erkennt man gleich: diese
Niederschrift ist ein Arbeitsmanuskript; sie fixiert nur ein Durchgangsstadium der Kom-
position. Sie wartet regelrecht darauf, ausgearbeitet zu werden. Sogar der Schriftduktus
wirkt unbestimmt, offen, vorläufig. Das, was man von einem Beethoven-Autograph er-
wartet – daß sich in ihm das Werk manifestiert – das findet auf dieser Seite keinerlei
Bestätigung. Eher könnte man es aus dem funktionalen Mozart-Autograph herauslesen.

Einige Seiten weiter sieht Beethovens Autograph so aus (Abb. 3): Beethoven hat hier
in die ursprüngliche Notierung ziemlich heftig hineinkorrigiert. Die beiden ersten Takte wurden gestrichen; dann wurde die Streichung jedoch wieder rückgängig gemacht
(Schlangenlinie am oberen Rand). Der dritte Takt wurde unterteilt, so daß zwei neue
Takte eingeschoben werden konnten, die aber auch sofort korrigiert wurden. Wäh-

Abb. 1: Mozart: *Così fan tutte*: Erste Seite von Guglielmos ausgetauschter Arie *Rivolgete a lui lo sguardo* (Biblioteka Jagiellońska Kraków: Mus. ms. autogr. W. A. Mozart 588).[4]

rend die Singstimmen (Leonore, Florestan, Rocco) fast ungeschoren blieben,[5] wurden Streicher und Bläser mehrfach geändert, so daß die neuen, gültigen Lesarten von den eliminierten manchmal schwer zu trennen sind. Mozart hat bei seinen wenigen Korrekturen offenbar zuerst eine Entscheidung getroffen und sie dann in sein Manuskript eingetragen (nach dem zweiten Takt streicht er die Hörner, die damit aus der Arie auch wirklich verschwinden). Beethoven korrigiert dagegen mehrfach hin und her. Nicht nur die ursprüngliche Niederschrift repräsentiert ein Durchgangsstadium, sondern auch die Korrekturen erwecken durch das Schriftbild den Eindruck des Vorläufigen. Beethoven behandelt das Autograph fast wie eine Skizze; er probiert aus, notiert, was er gerade denkt und revidiert es alsbald wieder, schreibt eine neue Version, die abermals korrigiert wird. Allerdings ist er dabei auf der abgebildeten Seite nicht so weit in das Komponieren versunken, daß er nicht auch noch an die Lesbarkeit der Notierung denkt. Denn im Vergleich zu manch anderem Manuskript hat er die Korrekturen hier noch ausgesprochen ordentlich und ‚diszipliniert‘ eingetragen.

    Das abgebildete Manuskript ist das – einzige! – Autograph des Terzetts. Beethoven hat

---

[4]   Abgebildet nach dem Faksimile in der Neuen Mozart-Ausgabe, Band II/5/18: Così fan tutte, S. XXXIII.

[5]   Der Text stammt deutlich aus zwei verschiedenen Schichten: in der ersten ist die Schrift klein und funktional (z. B. Leonores „du [ursprünglich: den] armer Mann“); in der späteren zweiten wesentlich größer (Florestan: „dich mir geschikt“ und Rocco: „der arme Mann“).

Abb. 2: Beethoven: *Fidelio*: Terzett *Euch werde Lohn in bessern Welten* (Staatsbibliothek zu Berlin: Mus. ms. autogr. Beethoven 3)

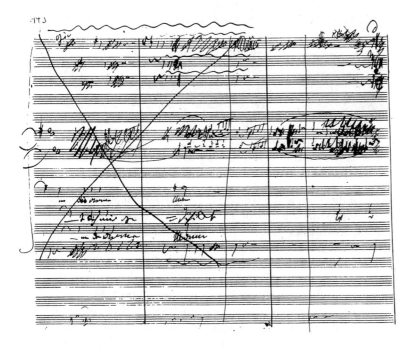

Abb. 3: Beethoven: *Fidelio* (wie Abb. 2)

die Komposition selbst nicht noch einmal abgeschrieben, quasi ins Reine gebracht. Was
hier als Version post correcturam steht, ist die Uraufführungsfassung des Terzetts. Nach
diesem Manuskript hat ein Kopist eine Abschrift angefertigt, die dann die Vorlage für alles
weitere, auch für das Aufführungsmaterial war. Beethoven hatte also Kopisten, die solche
Manuskripte entziffern, die den ‚Autorwillen‘ daraus ziemlich fehlerfrei eruieren konnten. Diese Mühe brauchen wir uns daher nicht zu machen; wir brauchen nicht einmal zu
kontrollieren, ob der Kopist alles richtig gelesen hat, denn das hat Beethoven bereits getan. Interessant sind hier aber nicht nur die schließlich gültige Version, sondern auch die
ursprüngliche Niederschrift und vor allem die verschiedenen Korrekturschritte, denn sie
geben Einblick in Beethovens musikalische Gedankenwelt, in den Kompositionsprozeß,
in die Absichten und Gründe der kompositorischen Entscheidungen.

Von der Kopistenabschrift, die nach dem Autograph angefertigt wurde, haben sich in
diesem Fall nur zwei Fragmente erhalten. Bei anderen Nummern sind meistens die vollständigen Manuskripte überliefert. Hier blieben die Fragmente erhalten, weil Beethoven
sie 1814 für die erneute Revision wieder verwandte.

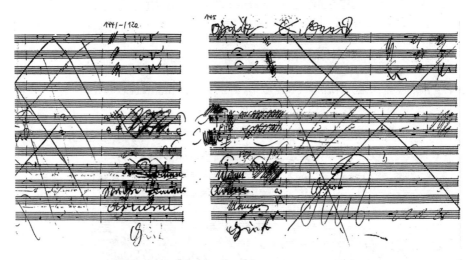

Abb. 4: *Fidelio*: Fragment aus dem Terzett *Euch werde Lohn in bessern Welten* (Beethoven-Haus, Bonn, Slg.
H. C. Bodmer: Mh 48, S. 4–5)

Die Abbildung zeigt dieselben fünf Takte, die im Autograph auf einer Seite standen.
Das Endergebnis des Autographs läßt sich mit Hilfe dieser Kopie also mühelos entziffern.
Dort waren die beiden ersten Takte gestrichen; der 3. und der 4. Takt waren eingeschoben. Jetzt sind der 1., der 4. und der 5. Takt gestrichen. Die beiden verbliebenen Takte 2
und 3 hat Beethoven sehr energisch korrigiert. Die dicke, übertünchende Schrift macht
den Eindruck, als habe er sich von der eigenen, inzwischen etwa achteinhalb Jahre alten Version distanzieren wollen – als handle es sich um die unreife Komposition eines
Schülers, der der ‚Meister‘ durch souveräne, große Striche ein geniales Profil aufprägt.
Bei Beethovens erneuter Korrektur fragt man sich abermals: wer konnte das noch lesen?
Aber es gab wieder Kopisten, die das konnten. Der Abschrift der beiden übriggebliebe-
nen Takte sieht man von Beethovens wildem Wirken nichts mehr an:

Abb. 5: *Fidelio*: Abschrift des Terzetts (Beethoven-Haus, Bonn, Slg. H. C. Bodmer: Mh 47, T. 120/21).

Die korrigierte Abschrift (Abb. 4) ist gleichsam das Autograph der endgültigen Version dieser Takte. Entsprechendes gilt für den weitaus größten Teil des *Fidelio*. Die Grundlage für die Überlieferung bildeten dagegen die Kopistenabschriften dieser ‚Autographe' (Abb. 5), die Beethoven noch einmal durchgesehen, korrigiert und dadurch legitimiert hat.

Im Souvenir-Shop der Berliner Staatsbibliothek (in unmittelbarer Nachbarschaft des Tagungsortes) kann man eine Postkarte mit einer Farbabbildung aus dem Autograph der 5. Symphonie erwerben. Das Autograph befindet sich nämlich im Besitz der Staatsbibliothek. Die Seite, die dort abgebildet ist, zeigt die Takte 344 bis 355 des Scherzos, d. h. den auskomponierten Übergang zum letzten Satz.

Anders als das Autograph des Terzetts aus dem *Fidelio* ist das der 5. Symphonie tatsächlich eine Werkniederschrift, die nicht ein Durchgangsstadium, sondern sozusagen das vorläufige Endstadium enthält, das bereits einen hohen Grad an Verbindlichkeit hat. Auch die Symphonie ließ Beethoven noch einmal abschreiben und korrigierte die Abschrift, bevor die Komposition in den Druck ging. Die Quellenfolge ist die gleiche wie bei der Klaviersonate op. 101: Autograph → Abschrift → Originalausgabe. Und wieder ist die Abschrift verloren gegangen; sie ist im Zweiten Weltkrieg verbrannt. Auch hier ist seither die Hauptquelle die Originalausgabe. Auf Beethovens Anweisungen wurden in ihr sogar noch nach dem Erscheinen Plattenkorrekturen vorgenommen.

Die Faszination, die das Autograph ausübt, scheint davon unberührt. In unserem Beispiel wecken zunächst die Notizen auf den drei unteren Systemen die Neugier: es sind Entwürfe zu den darüber in Partitur geschriebenen Takten. Alsdann fordert das Aufspüren der letzten kompositorischen Schicht, wie stets, in besonderer Weise die kriminalistischen Neigungen der Philologen heraus. Aber eigentlich ist das hier nur noch ein Spiel, denn die Lösung liegt ja schon vor – nämlich in der Originalausgabe. Faszinierend ist – das

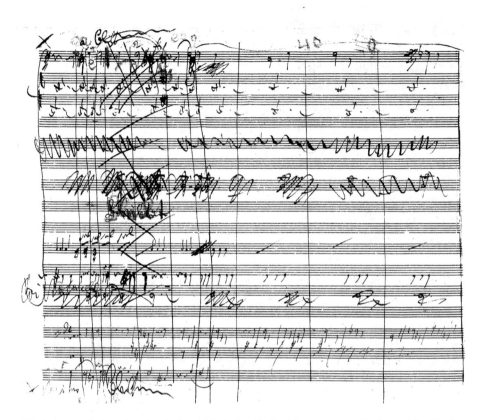

Abb. 6: Autograph der 5. Symphonie (Staatsbibliothek zu Berlin: Mus. ms. autogr. Beethoven Mendelssohn-Stiftung 8)

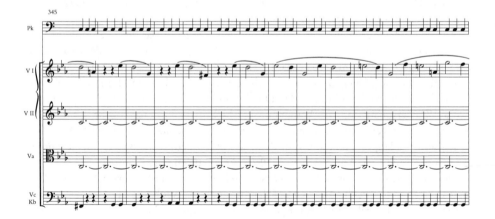

Abb. 7: Dieselbe Stelle aus einer Neuausgabe (hrsg. von Peter Gülke, Leipzig, Edition Peters, 1977)

läßt sich über die Symphonie und im wesentlichen auch über Beethovens Manuskripte hinaus verallgemeinern – nicht in erster Linie die Erforschung des Autorwillens, sondern die Erfahrung der Komposition als Vorgang – der Nachvollzug der Gedanken, die Beethoven sich gemacht haben könnte. Ursprünglich sollten an diesem Übergang Oboen (5. System), Fagotte (7. System) und Hörner (5. System von unten) mitwirken. Durch die Streichung der Bläser wurde der Klang völlig verändert. Es blieb der reine Streichersatz, in dem die Verschiebungen der Violinen und die verwirrende, ins Taumeln geratende Zeitmessung von Pauke und Bässen das Geschehen bestimmen.

Die Takte 348 und 349 hat Beethoven erst notiert, dann gestrichen und schließlich durch die charakteristische Anweisung „bleibt" (oberhalb und unterhalb der Akkolade und in der Mitte dick mit Rötel) und durch die bekannten Schlangenlinien wieder in Kraft gesetzt. Daß er hier unsicher war, hat gute Gründe, denn es geht um das Timing: wie lange darf dieser Übergang dauern, wenn er genau die Wirkung erzielen soll, die Beethoven sich vorstellt? Der Satz ist denkbar schlicht: ein Kreisen weniger Töne über der tiefen, kaum gegliederten Klangfläche, die nicht viel mehr ist als ein dumpfes Geräusch. Sieht man die moderne Ausgabe, so kommt man nicht auf die Idee, daß Beethoven hier Schwierigkeiten gehabt haben könnte. Um so aufschlußreicher ist das Autograph: Offensichtlich hatte er eine sehr genaue Vorstellung davon, was er an dieser Stelle darstellen wollte, so daß die Ausführung nicht so oder so ähnlich sein konnte, sondern die Vorstellung präzise verwirklichen sollte. Daher die umständlichen Korrekturen.

Welches Beethovens Vorstellung war, ist im nachhinein dadurch, daß die Ausführung geglückt ist, klar erkennbar: Es wird ein musikalisches Sujet abgeschlossen, zur völligen Ruhe gebracht, in die Zeitlosigkeit, in die Unendlichkeit geschickt, und indem dies geschieht, wird gleichzeitig eine neue Bewegung, eine neue Idee, ein neuer Satz geboren. Der berühmte Übergang und der strahlende Einsatz des Finale wurden oft programmatisch interpretiert: „Tod und Auferstehung des Helden", „durch Nacht zum Licht" und ähnlich. Er läßt sich auch als rein musikalische Gestalt interpretieren: Beethoven führt beispielhaft vor, wie man einen Durchgang vom Scherzo zum Schlußsatz oder von der Krisis zum lieto fine gestaltet. Aber angesichts des Autographs scheint es, als seien diese Interpretationen alle irgendwie papieren, eben nur vom Neudruck ausgegangen. Das Autograph scheint viel mehr zu sagen und das Verständnis der Stelle deutlicher zu machen.

★

Die Rolle, die Beethovens Autographe in den Quellenkonstellationen seiner Werke spielen, ist sehr charakteristisch. Das Schriftbild, die Art der Notierungen, die zahlreichen Korrekturen und die teils flüchtigen, teils dick überschriebenen, oft rücksichtslos wirkenden Eintragungen verleihen den Manuskripten eine graphische Prägnanz und Autorität, die sie aufgrund des Textes, den sie überliefern, jedenfalls für eine wissenschaftliche Edition, gar nicht haben. Die Prämissen der wissenschaftlichen Edition gehen aber gleichfalls auf Beethoven zurück: auf die Werkästhetik, die sich an seiner Instrumentalmusik entwickelte und auf die wie selbstverständlich vertretene Vorstellung, daß nur der endgültige Text, die fertige, abgeschlossene Komposition zu drucken, für alle Zeiten zu bewahren und quasi der Ewigkeit zu übergeben sei. Diese Auffassung hat auch Beethoven selbst bereits mit Macht durchgesetzt. Und gerade deshalb überliefern (in der Regel) seine Originalausgaben den Werktext und (noch) nicht die Autographe.

Gleichwohl beginnt zu Beethovens Zeit – und in der Musik besonders durch ihn – eine ‚Geschichte des Autographs‘, die zurückwirkt (etwa auf die Einschätzung und Bewahrung der Bach-Autographe in den ersten Jahrzehnten des 19. Jahrhunderts) und die sich in der Weise fortsetzt, daß auch die Komponisten selbst ihre Eigenschriften mit einer Art Nimbus umgeben. So hat etwa Robert Schumann bereits seinen eigenen Werkniederschriften Opus-Zahlen gegeben. (Als Opus galt bis dahin nur eine gedruckte Komposition.) Mit der Aura, die Komponisten-Autographe zunehmend umgaben, entstand jedoch keineswegs eine Vereinheitlichung der Funktion hinsichtlich der Textkonstitution. Im Gegenteil: Wie schon bei Beethoven, so fordern die Eigenschriften der folgenden Komponistengenerationen erst recht ihre je eigene Erforschung und Einordnung ein. Eine zentrale Gemeinsamkeit liegt jedoch darin, daß die Autographe zurück vom fertigen Werk in den Kompositionsvorgang führen und dadurch Einblicke in den Entstehungsprozeß und in die Entscheidungen des Komponisten geben, die für den musikalischen und analytischen Zugang grundlegend sein können. Wie die wissenschaftliche Edition mit der substanz- und informationsreichen Überlieferungsschicht umgehen könnte, ist eine bisher kaum diskutierte Frage, die gerade durch die Werkedition eher zugedeckt als geöffnet wird.

Reinmar Emans

Quellenmischung von Partitur und Stimmen in der Neuen Bach-Ausgabe

Ein legitimes Verfahren der Edition?

Quellenmischung ist in der modernen Editionsphilologie in Verruf gekommen. Aus unterschiedlichsten Perspektiven und Fachrichtungen wurde gegen ein Editionsverfahren Einspruch erhoben, bei dem durch die Mischung unterschiedlicher Quellen sozusagen ein ‚ideales‘ Werk herausgegeben wurde, ein Werk, welches zumeist in dieser Form nie existiert hat.[1] Quellenmischungen wurden jedoch – wenngleich heute nur noch mit mehr oder weniger großen Vorbehalten – zugelassen, sobald die Quellenüberlieferung unvollständig war und die Originalquellen verschollen waren. Dann nämlich dienen u. U. mehrere Quellen der Edition insofern als Grundlage, als durch Filiation die verschollene Materhandschrift rekonstruiert werden muß. Für die meisten Kantaten Johann Sebastian Bachs hingegen sind auch Originalquellen überliefert und müssen nicht mehr rekonstruiert werden. Und dennoch bereitet selbst eine vollständige Überlieferung nicht selten ebenfalls Probleme, die aus dem Herstellungsprozeß eines musikalischen Werkes resultieren. Hier erscheint es sinnvoll, den Herstellungsgang kurz zu skizzieren:

Charakterisierung des Schreibvorganges im Hause Bachs

Als erstes begann Bach mit der Niederschrift der Komposition in eine Partitur; gegebenenfalls nutzte er hierzu Skizzen, von denen einige direkt in der Partitur als sogenannte Vorabskizzen festgehalten sind.[2] Allzu üppig freilich ist das überlieferte Skizzenmaterial nicht, wobei die Frage immerhin diskutiert werden kann, ob dies lediglich an der – für diesen Bereich – schlechten Überlieferungssituation liegt oder ob Bachs Werkkonzeption fast ausschließlich im Kopf entstand.[3] Die Entstehung von Vorabskizzen jedenfalls verdankt sich wohl vorwiegend dem Umstand, daß der Schreibprozeß immer an den Stellen kurzfristig unterbrochen wurde, an denen der Komponist in seiner Partitur umblättern mußte. Hier nämlich hätte sich bei sofortiger Fortsetzung nach dem Blättern die noch frische und nicht getrocknete Tinte auf der gegenüberliegenden Seite abgedrückt. Um gleichwohl den einmal gefaßten musikalischen Gedanken trotz der Zwangspause nicht zu verlieren, bot sich eine kurze Skizzierung auf möglicherweise noch freigebliebenen Systemen oder unterhalb des letzten Systems – dann meist in der platzsparenden Tabulaturschrift – an; hieran konnte Bach dann nach der Zwangspause ohne größere

---

[1] Vgl. hierzu u. a. Herbert Kraft: Editionsphilologie. Darmstadt 1990, insbesondere Kapitel IV: Lesarten, Varianten und Überlieferungsfehler. Die Konstituierung des Textes, S. 39ff.

[2] Vgl. hierzu Robert Lewis Marshall: The Compositional Process of J. S. Bach. Princeton 1972.

[3] Diese Frage wird ausführlicher diskutiert von Alfred Dürr: Schriftcharakter und Werkchronologie bei Johann Sebastian Bach. In: Bericht über die Wissenschaftliche Konferenz zum V. Internationalen Bachfest der DDR in Verbindung mit dem 60. Bachfest der Neuen Bachgesellschaft. Hrsg. von Winfried Hoffmann und Armin Schneiderheinze. Leipzig 1988, S. 283–289.

Probleme anknüpfen. Aufgrund der zahlreichen Korrekturen lassen sich diese Partituren als Kompositionspartituren einschätzen. Der Schriftduktus ist eher rasch und flüchtig und unterscheidet sich in zahlreichen Nuancen deutlich von eher kalligraphisch gehaltenen Abschriften durch den Komponisten. In der Regel sind Korrekturen mehr oder weniger adhoc-Korrekturen, da Bach die bei Wiederaufführungen nötigen Änderungen nur selten auch in die Partituren übertrug. Da es meistens wohl darauf ankam, die musikalischen Ideen rasch von Kopf zu Papier zu bringen und sich beim Schreibvorgang nicht zu ‚verzetteln‘, enthält eine Kompositionspartitur zunächst einmal nur die allernotwendigsten Informationen und Handlungsanweisungen. Es fehlen beispielsweise oft noch Instrumentenangaben, so daß nicht erkennbar ist, ob Instrumente colla parte geführt werden sollen; Verzierungen sind offenbar dem Innehalten im Schreibfluß zu verdanken und entsprechend eher selten. Artikulationsbezeichnungen sind allenfalls andeutungsweise enthalten, wobei Bach hin und wieder zu Beginn eines Satzes quasi ein Artikulationsmodell skizziert, das jedoch nach wenigen Takten aufgegeben wird; danach erscheinen Artikulationsbezeichnungen allenfalls noch sporadisch. Continuobezifferungen beschränken sich zumeist – falls sie überhaupt eingetragen sind – ebenfalls auf nur wenige Takte.

Nach Fertigstellen der Partitur (manchmal auch schon vorher) beauftragte Bach einige Schüler und /oder Familienangehörige damit, aus der Partitur Aufführungsstimmen zu ziehen. Meist begann der sogenannte Hauptkopist mit der Arbeit, indem er den (mehr oder weniger) kompletten einfachen Stimmensatz schrieb, d. h. alle Stimmen, die für die Kopienahme unmittelbar die Partitur benötigten. Dubletten sowie die mehrfach notwendigen Continuo-Stimmen gehörten diesem Arbeitsgang nicht an. Mit der Herstellung dieser Stimmen wurde in der Regel – um Zeit einzusparen – sofort begonnen, wenn die zugehörige Hauptstimme fertiggestellt war. Dubletten sind entsprechend fast immer – wenn man so will – bereits abhängige Quellen zweiten Grades.[4] Der Ausgangspunkt also wäre die Partitur, davon abhängig sind die Hauptstimmen, und von diesen wiederum stammen die Dubletten ab. Wenn Bach in Zeitnot geraten war, modifizierte er dieses Verfahren ein wenig. In Kantaten mit einem vierstimmigen Schlußchoral bestand z. B. die Möglichkeit, die duplierenden Instrumentalhauptstimmen aus den Vokalstimmen zu ziehen. Sie benötigten nicht die Partitur. Oder es ist wie in BWV 42, „Am Abend aber desselbigen Sabbaths" zu beobachten, daß Bach die Partitur entweder zu einem Zeitpunkt für die Stimmenherstellung zur Verfügung stellte, als der Schlußsatz noch nicht notiert war, oder aber, daß er seinen Hauptschreiber anwies,[5] den kurzen Schlußsatz zugunsten anderer Arbeiten zurückzustellen. Denkbar wäre auch, daß die Stimmen unmittelbar nach ihrer Herstellung für eine Probe benötigt wurden; hierfür wäre der Schlußchoral zunächst entbehrlich gewesen, der dann später von dem zweiten Hauptschreiber, in diesem Fall Johann Heinrich Bach, nachgetragen wurde. Eine andere Möglichkeit zur Beschleunigung des Herstellungsvorganges bestand darin, einzelne Bogen bereits vor Abschluß der Komposition an die Kopisten weiterzugeben. Erkennbar ist dies häufig dann,

---

[4]   Daß eine aufgrund dieser rein äußerlichen Abhängigkeiten abhängige Stimme nicht immer auch eine zweitrangige Quelle sein muß, zeigt sich besonders dort, wo – wie in BWV 9 – Bach eigenhändig die Violindublette schrieb. Als Vorlage diente ihm nachweislich die von einem seiner Schreiber angefertigte Hauptstimme.

[5]   In diesem Fall handelt es sich um Johann Andreas Kuhnau.

wenn ein Bogen mitten in einem Satz endet und sich die Schreiber der Stimmen genau an dieser Stelle ablösen.[6] Zeitnot führt also u. U. zu etwas modifizierten Herstellungsverfahren, die aber hinsichtlich der grundsätzlichen Abhängigkeiten zwischen Partitur und Stimmen einerseits sowie zwischen Hauptstimmen und Nebenstimmen andererseits keine Veränderungen bedingen.

Es dürfte außer Frage stehen, daß die Stimmensätze, die für eine Aufführung unter Bach benötigt wurden, ebenso wie die Kompositionspartitur die Intention des Autors zwar transportieren, nicht aber mit dieser gleichzusetzen sind; sie sind autorisiert, die Kompositionspartitur immer aktiv, die Stimmen manchmal aktiv, mitunter aber auch nur passiv. Von einer aktiven Autorisation der Stimmen läßt sich dann sprechen, wenn Bach diese revidierte oder er gar einzelne Stimmen selber schrieb. In zahlreichen Fällen allerdings lassen Stimmensätze keinerlei Revisionsspuren von Bach erkennen; sie sind entsprechend nur passiv autorisiert. Die Bachschen Revisionen sind graduell sehr unterschiedlich. Sie können sich auf einige (zumeist nicht alle!) Korrekturen von Abschreibfehlern beschränken, sie können aber auch durch Änderungskorrekturen zu neuen Fassungen führen. Typisch für derartige Modifikationen sind Veränderungen eines Motivs, die dann auch bei Parallelstellen vorgenommen wurden; daß dabei häufig einzelne Parallelstellen übersehen wurden, sei nur am Rande erwähnt. Je nach Qualität und Quantität derartiger, dann eben nicht mehr allein auf einzelne Stellen beschränkter Modifikationen läßt sich in der Tat in einigen Fällen von ‚neuen‘ Fassungen sprechen.

Während die Partitur im Grunde die Werkidee darstellt, repräsentieren die Stimmen die Möglichkeiten der jeweiligen Aufführung. Die notwendige Erweiterung durch ein deutliches Mehr an Handlungsanweisungen macht die Stimmen zugleich auch problematisch. So wissen wir in der Regel nicht, ob Abweichungen, Präzisierungen oder Ergänzungen der Artikulationsanweisungen wirklich immer auf Bach zurückgehen. Die Abweichungen könnten auch daraus resultieren, daß der Schreiber nicht genau wußte, wie die fragliche Stelle in der Partitur gemeint war. Er hat dann eben einfach seine Interpretation zu Papier gebracht und ganz optimistisch darauf vertraut, daß Bach die fragliche Stelle noch in Ordnung bringen würde. Oder er ging vielleicht aus gewissen Erfahrungen heraus davon aus, daß sich ohnehin kaum einer der Instrumentalisten an die Artikulationsanweisungen halten würde, bzw. daß Bach in der Probe – falls denn eine stattfand – mündlich die entsprechenden Anweisungen gab. Präzisierungen und Ergänzungen, die als eine Korrekturebene erkennbar sind, können grundsätzlich ebenfalls auf Eigenmächtigkeiten des Schreibers zurückgehen, wenngleich hierbei eher anzunehmen ist, daß Bach diese veranlaßt hat. Wie Alfred Dürr in seinem lesenswerten Aufsatz „De vita cum imperfectis"[7] für den Stimmensatz der *Matthäus-Passion* gezeigt hat, sind trotz einer durchgehenden Revision durch Bach und sogar zwei nachweisbaren Aufführungen aus diesen Stimmen hinreichend viele Fehler im Aufführungsmaterial stehengeblieben, die jede heutige Aufführung platzen lassen würden.[8] Neben den ‚richtigen Fehlern‘ dürf-

---

[6]   Die Weitergabe einzelner Bogen an die Schreiber vor Fertigstellung der Partitur läßt sich beispielsweise nachweisen in BWV 9. S. hierzu: Johann Sebastian Bach. Neue Ausgabe sämtlicher Werke. Serie I. Bd. 17.2. Hrsg. von Reinmar Emans. Kritischer Bericht. Kassel etc. 1993, S. 135.

[7]   In: Studies in Renaissance and Baroque Music in Honor of Arthur Mendel. Hrsg. von Robert L. Marshall, Kassel u. a. 1974, S. 243–253; Wiederabdruck in: Alfred Dürr: Im Mittelpunkt Bach. Ausgewählte Aufsätze und Vorträge. Hrsg. vom Kollegium des Johann-Sebastian-Bach-Instituts. Kassel u. a. 1988, S. 158–166.

[8]   Ebenda, insbesondere S. 161–165.

ten die Stimmen den Sängern und Spielern hinsichtlich der Artikulation besonders häufig Kopfzerbrechen bereitet haben – und den heutigen Editoren geht es nicht viel anders. Immerhin müssen sie nachholen, was Bach unterließ, nämlich aus Originalpartitur und Originalstimmen durch eine abschließende Redaktion die Drucklegung vorzubereiten, das bis dahin in zwei Quellen ‚versteckte' Werk also zu einem mehr oder weniger endgültig formulierten zu machen. Und hierzu sind Eingriffe in das nur ungenau bezeichnete Akzidentelle des Werkes nötig. So weisen die meisten Stimmen in sich gravierende Inkonsequenzen und zahllose Ungenauigkeiten auf, die selbst dann, wenn man als Herausgeber z. B. die Bogenlängen bei jeweils identischen musikalischen Figuren nicht einander angleichen würde, immer wieder die Frage aufkommen ließen, bei welcher Note denn eigentlich der Bogen beginnt und an welcher er endet. Der oben beschriebene Herstellungsgang der Stimmen ermöglicht nun, zusätzlich bei einigen Stimmen die Dubletten zur Beratung heranzuziehen, die ja schließlich trotz ihrer Abhängigkeit von den Hauptstimmen sogar aktiv autorisiert sein können. Doch meist werden die Unsicherheiten des Herausgebers durch den Vergleich nur noch verstärkt. Gleiches gilt im übrigen für die Partien, bei denen mehrere Instrumente colla parte geführt sind. Die größere Zahl der Vergleichsparameter wirkt sich meist eher ungünstig auf die mentale Verfassung des Editors aus, denn sie läßt die Frage nach der Gültigkeit der akzidentellen Zeichen nur noch dringlicher und unlösbarer erscheinen.[9]

Erschwerend bei diesem düsteren Kapitel der Editionsphilologie kommt hinzu, daß sich bei der Eintragung eines einzelnen Zeichens, welches zudem nur sehr wenig Möglichkeiten zu einer individuellen und somit im nachhinein leicht zu differenzierenden Formung zuläßt, kaum je die unterschiedlichen Schreiberhände unterscheiden lassen. Stammt der fragliche Bogen nun vom Kopisten, oder wurde er bei der Revision von Bach nachgetragen? Gehört er überhaupt zu der Erstaufführung, oder fand eine Revision erst angesichts einer Wiederaufführung des Werkes statt? Einige Schreiber versuchten – wahrscheinlich unwillkürlich –, die Schriftzüge ihres Lehrers zu imitieren; mag diese Mimikry von Bach auch besonders geschätzt worden sein, in der Editorenzunft erfreut sie sich verständlicherweise keiner großen Beliebtheit, läßt sie doch – je nach Geschicklichkeit des imitierenden Schreibers – häufig nicht mehr die sichere Unterscheidung zwischen autographem und nicht-autographem Zusatz zu. Einer der ausgefeiltesten Mimikristen war – neben Anna Magdalena Bach – der Hauptschreiber Christian Gottlob Meißner, dessen Abschriften bis weit in unser Jahrhundert hinein für Autographe Bachs gehalten wurden. Wenn Meißner bei einem Stimmensatz als Schreiber mitwirkt, ist auch heute noch grundsätzlich Vorsicht geboten, da seine Schrift nur aufgrund eines etwas anderen Gesamtduktus von der Bachs unterscheidbar ist. Bei Einzelzeichen oder gar Verzierungen und Bögen – um gar nicht vom Artikulationspunkt zu sprechen – ist eine definitive Entscheidung darüber, ob diese von Bach stammen oder aber von Meißner, schier unmöglich. Mit Hilfe von Tintenspektralanalysen würden sich zwar wahrscheinlich sowohl unterschiedliche Schreiberhände als auch unterschiedliche zeitliche Ebenen besser trennen lassen, allein: derzeit harrt diese bereits an Einzelbeispielen erprobte Analyse auf die Zeiten, in denen die Bibliotheken es zulassen werden, daß ‚ihre' Manuskripte mit einer derartigen Methode untersucht werden können.

---

[9] Hierzu Georg von Dadelsen: Die Crux der Nebensache. Editorische und praktische Bemerkungen zu Bachs Artikulation. In: Bach-Jahrbuch 1978, S. 95–112.

Soweit die übliche Situation der Werküberlieferung. Immerhin etwa die Hälfte aller Bachschen Kantaten ist sowohl in autographer Partitur als auch in Stimmen überliefert, so daß die Frage, welche dieser Quellen nun eigentlich das Werk repräsentiert, durchaus von Bedeutung für die Edition ist.

Wie aber stellt sich allgemein die Editionswissenschaft zu diesem Problem? Soviel sei vorweggenommen: Eigentlich gar nicht. Der Ausgangspunkt für die germanistische Editionswissenschaft ist zweifellos ein anderer, da hier unterschiedliche Zustände eines Werkes in der Regel nicht aus der Notwendigkeit von dezidierteren Handlungsanweisungen resultieren. Vergleichbar wäre die Situation allenfalls beim Sprechtheater, für das neben den eigentlichen Textbüchern auch Rollenbücher erstellt wurden. Soweit ich sehe, ist aber das aus einer derartigen Quellenüberlieferung resultierende Problem in der germanistischen Editionstheorie bislang so gut wie nicht reflektiert worden.[10] Überhaupt herrscht eher ein methodisches Durcheinander, wobei ein allgemeiner Konsens nur in einzelnen Ansätzen zu finden sein dürfte. Als konsensfähige Methode zumindest in der musikwissenschaftlichen Editionsphilologie gilt zweifellos die vor allem von Karl Lachmann für die Altphilologie entwickelte Quellenbewertung.[11] Die neuen, primär in den angelsächsischen Ländern entwickelten literaturwissenschaftlichen Editionsmethoden höhlen allerdings diese Methode inzwischen – wie mir scheint nicht zuletzt durch den verstärkten Einsatz von EDV – allmählich aus. Letztlich nämlich scheint die Speicherkapazität des Computers eine fundierte Quellenbewertung überflüssig zu machen, kann man sich doch im Grunde nach der einmal erfolgten (diplomatisch getreuen) Eingabe aller Quellen jede Abweichung innerhalb der Quellen anzeigen und beliebige Textebenen ausdrucken lassen.[12]

Gleichwohl: Die Recensio gilt nach wie vor bei eigentlich allen historisch-kritischen Musikeditionen als Basis, um letztlich die Quelle zu ermitteln, die das Werk am zuverlässigsten repräsentiert.[13] Um einen geeigneten Archetypus zu gewinnen, werden abhängige Quellen, die entsprechend keine abweichende Fassung überliefern können, eliminiert. Vorlagen und Abschriften werden so – oft mit Hilfe eines Stemmas – geschieden. Übrig bleibt im optimalen Fall die ,Mutterhandschrift', die dann die Grundlage für die Edition bietet.

Diese Methode greift also vorwiegend dann, wenn die autorisierte Handschrift verschollen ist und durch jüngere Textzeugen rekonstruiert werden muß. Nun können wir zwar bei den Bachschen Kantaten relativ leicht den Nachweis führen, daß die autographe Partitur meistens die Mutterhandschrift darstellt, von der alle anderen Quellen abgelei-

---

[10] Anders dagegen die angloamerikanische Editionsphilologie; vgl. hierzu S. 105f.

[11] Vgl. Sebastiano Timpanaro: Die Entstehung der Lachmannschen Methode. 2., erweiterte und überarbeitete Auflage. Hamburg 1971.

[12] Vgl. hierzu den Aufsatz von Wernfried Hofmeister: Die Edition als ,offenes Buch': Chancen und Risiken einer Transponierungs-Synopse, exemplarisch dargestellt an der Dichtung *Von des todes gehugede* des sog. Heinrich von Melk. In: Produktion und Kontext. Beiträge der Internationalen Fachtagung für germanistische Edition im Constantijn Huygens Instituut, Den Haag, 4. bis 7. März 1998. Hrsg. von H. T. M. van Vliet. Tübingen 1999 (Beihefte zu editio, Bd. 13), S. 23–39.

[13] Die gewichtige Funktion, die dieser Methode beigemessen wird, spiegelt sich auch darin wider, daß im Vorwort zu den Editionsrichtlinien musikalischer Denkmäler und Gesamtausgaben, hrsg. von Georg von Dadelsen, Kassel u. a. 1967, S. 7–16, fast ausschließlich die Lachmannsche Methode beschrieben wird. Die Edition nach dem Codex optimus hingegen wird lediglich für ganz bestimmte Überlieferungssituationen in Betracht gezogen (S. 14).

tet sind; der – zumindest der Lachmannschen Methodik nach – konsequente Schritt, nämlich die Stimmen als abhängige Quelle nicht mehr zu berücksichtigen, aber wird – zumindest in der Neuen Bach-Ausgabe – nicht vollzogen. Aus guten Gründen natürlich, die ich vorher ja bereits dargestellt habe. Wir haben eben einfach zwei Quellen, die aus unterschiedlichem Kalkül heraus entstanden und entsprechend unterschiedlich angelegt sind. Zudem könnte man sich die Frage stellen, ob Stimmen, die unter der direkten (oder selbst auch indirekten) Aufsicht des Komponisten geschrieben sind, wirklich als ,abhängige' Quellen gewertet werden können. Zumeist reichen die Abweichungen zwischen diesen beiden Quellen nicht aus, um von zwei unterschiedlichen Fassungen zu reden, oder um die heute von der Germanistik favorisierte Darstellung als 'work in progress' zu rechtfertigen. Der finanzielle und editorische Aufwand wäre unangemessen groß und der Geldgeber wahrscheinlich nicht von derartigen Expansionen zu überzeugen, zumal letztlich auch der Benutzer dann nur noch einen Notentext vorgesetzt bekäme, der allenfalls für wissenschaftliche Fragestellungen, nicht aber für eine etwaige Aufführung taugen würde. Wie aber sollte man dann mit den in sich jeweils aus unterschiedlichen Gründen ,unperfekten' Primärquellen eines Werkes umgehen? Thematisiert wurde das Problem der geeigneten Darstellung in einem Notentext – soweit ich sehe – erstmalig und wohl auch einmalig in den Editionsrichtlinien der Haydn-Gesamtausgabe. Für diese Ausgabe steht das Autograph eindeutig „an der Spitze der Wertskala"[14] und bildet – wenn es denn erhalten ist – für die Edition die Hauptquelle, der authentische Abschriften und Drucke als Nebenquellen folgen – bei dieser Terminologie wird mehr oder weniger bewußt bereits auf die problematische Kategorie ,abhängige Quelle' verzichtet. Diese Nebenquellen sollen ebenfalls kollationiert werden, um gegebenenfalls den Text der Hauptquelle zu verbessern oder zu ergänzen. Während derartige Verbesserungen primär im Kritischen Bericht abzuhandeln sind, werden die Ergänzungen durch unterschiedliche Klammerungen im Notenband bereits kenntlich gemacht.

Ganz ähnlich übrigens war die Alte Bach-Gesamtausgabe – wenngleich auch nicht von Anfang an – verfahren. Während in den ersten Kantatenbänden der Unterschied zwischen Partitur und Stimmen jeweils mit unterschiedlicher Gewichtung in den Vorworten lediglich angesprochen wurde, scheint insbesondere der Herausgeber Wilhelm Rust rasch ein Sensorium dafür entwickelt zu haben, daß eine derartige Kontamination der Quellen methodisch zumindest nicht ganz unproblematisch ist. Moritz Hauptmann und Otto Jahn waren im Vorwort des ersten Bandes der Alten Bach-Gesamtausgabe noch dezidiert der Meinung, daß die Partitur (die Urschrift) der Edition zugrundegelegt werden sollte: „In diese Ausgabe sollen alle Werke Bach's aufgenommen werden, welche durch sichere Ueberlieferung und kritische Untersuchung als von ihm herrührend nachgewiesen sind. Für jedes wird wo möglich die Urschrift oder der vom Componisten selbst veranstaltete Druck, wo nicht, die besten vorhandenen Hülfsmittel zu Grunde gelegt, um die durch die kritisch gesichtete Ueberlieferung beglaubigte echte Gestalt der Composition herzustellen. Jede Willkür in Aenderungen, Weglassungen und Zusätzen ist ausgeschlossen."[15] Wie jedoch die Originalstimmen behandelt werden sollen, bleibt bei diesem Vorwort unklar. Immerhin wird der Vorzug dieses Aufführungsmaterials deutlich gesehen: „Wer die

---

[14] Ebenda, S. 82.
[15] Johann Sebastian Bachs Werke. Hrsg. von der Bach-Gesellschaft zu Leipzig. 1850–1904 (im folgenden als BG bezeichnet), Bd. 1, S. IV.

Originalpartituren S. Bach´s kennt, die sehr flüchtige, vielfach corrigirte und überschriebene, oft schwer zu entziffernde Schrift derselben, wird nicht in Abrede sein, dass solche Stimmen, die zu grossem Theil von S. Bach´s Hand selbst geschrieben, und wo dies nicht der Fall ist, von ihm revidirt, berichtigt und mit Vortragsbezeichnung versehen worden sind, zur Herstellung einer vollständigen, die Intention des Componisten unzweideutig dargelegten Partitur dem Autographon derselben immer weit vorzuziehen sind."[16] Bis auf den Umstand, daß die weiter unten ausgeführte Behauptung „Wir treffen fast nie eine Stimme von denen die zur Musikaufführung unter seiner Leitung gedient haben, in der nicht die für die Redaction immer sehr erfreulichen und dem Geschäft Sicherheit leistenden Schriftzüge der Hand S. Bach´s sich gewahren lassen" etwas zu optimistisch ist, trifft die Einschätzung der Hauptquellen sicherlich zu. In Band 5 modifizierte bzw. präzisierte Wilhelm Rust bereits das zugrundegelegte editorische Verfahren, wohl bemerkend, daß die Stimmen für einen optimalen Text unentbehrlich sind: „Wo nun Partitur und Stimmen von einander abweichen, da ist nur dann den Stimmen der Vorzug gegeben worden, wenn die Abweichung von J. S. Bach selbst herrührt."[17] So plausibel diese Entscheidung auch sein mag, sie setzt voraus, daß man die Änderungen und Zusätze Bachs auch als solche erkennt, was nach dem oben beschriebenen Herstellungsprozeß der Stimmen mitunter zumindest problematisch sein dürfte und in der Folge sicherlich zu Fehlentscheidungen geführt haben wird. Wie stark die Quellenbewertung Einfluß auf den edierten Notentext haben kann, wurde dann vollends deutlich, als es galt, in Band 12.1 den Notentext der *Johannes-Passion* vorzulegen. Hier sah sich der Herausgeber veranlaßt, der Edition eine Bemerkung der „Redaction" voranzustellen. Ausschlaggebend hierfür war die Tatsache, daß in den Bänden zuvor die Originalstimmen sukzessive immer stärkere Berücksichtigung gefunden hatten; bei der *Johannes-Passion* aber mußte dieses Prinzip wieder aufgegeben werden, da die Originalpartitur einen neueren Entwicklungsstand als die Stimmen aufwies. Viele verbesserte Lesarten des Teilautographs nämlich sind nicht mehr in die Stimmen übernommen worden.

> Nach Gewinnung einer klaren und bestimmten Einsicht in die näheren Verhältnisse des ausführlich besprochenen Materials konnte die Art und Weise der Redaction nicht zweifelhaft sein. Während bei Abweichungen zwischen Originalpartitur und Originalstimmen in den meisten Fällen diese die späteren und verbesserten Lesarten aufweisen, so liegen hier die Verhältnisse grade umgekehrt. Für Herstellung des Grundtextes musste die Originalpartitur ausschliessliche Quelle bleiben. Die Originalstimmen durften dagegen nur zur Aushülfe herangezogen werden.[18]

Sie dienten der Präzisierung des Notentextes hinsichtlich der Instrumentierung, der Generalbaßbezifferung sowie der Korrektur von Fehlern im nicht konsequent durchrevidierten abschriftlichen Teil der Partitur, zudem aber auch der

> Ergänzung mancher Vortragszeichen und Auszierungen. Vortragszeichen finden sich erst in dem abschriftlichen Theile der Originalpartitur weniger häufig, während der autographe auch in dieser Beziehung die Stimmen bei weitem überflügelt. Die den Stimmen entlehnten Triller

---

[16] BG (wie Anm. 15), Bd. 1, S. XIII.
[17] BG (wie Anm. 15), Bd. 5, S. XXXI. Diese Anmerkung bezieht sich allerdings zunächst nur auf die *Rats- wahlkantate* BWV 29.
[18] BG (wie Anm. 15), Bd. 12/1, S. XX.

und Vorschläge haben wir durch besondere Zeichen markiren lassen [...] In Rücksicht auf das
‚frühere' Entstehen der Stimmen hielten wir die Aufnahme dieser Zeichen nur in ‚unterschiedlicher' Gestalt für gerechtfertigt.[19]

Man gelangte also mit der Edition der *Johannes-Passion* erstmalig zu einer typographischen
Unterscheidung zwischen Partitur und Stimmen. Die Neue Bach-Ausgabe hingegen verzichtete grundsätzlich auf derartige typographische Differenzierungen, was sich insbesondere bei der Edition der *Johannes-Passion* nachteilig auswirkte. Trotz der zumindest ideellen Trennung der Fassungen wurde auch hier die *Johannes-Passion* in einer kontaminier-
ten Fassung vorgelegt, was zu der Forderung Christoph Wolffs[20] führte, die Fassung der
Originalstimmen (samt fremdschriftlichem Partiturteil) sowie die des autographen Parti-
turteils separat zu veröffentlichen, was wiederum von Alfred Dürr aus ebenfalls plausiblen
Gründen abgelehnt wurde.[21] Man sieht: Aus editorischer Sicht ist die Johannes-Passion
ein Prüfstein, der eben auch die Herausgeber der Alten Bach-Ausgabe zu weiterreichen-
den methodischen Reflexionen gezwungen hatte. Und immerhin begann man nun in der
Folgezeit ab Band 12/2 (1863), die aus den Stimmen übernommenen Verzierungszeichen
grundsätzlich typographisch zu differenzieren, übertrug dieses Verfahren also auch auf die
methodisch einfacher zu bewältigenden Kantateneditionen. Letztlich bestand der Kompromiß dementsprechend darin, der Edition die Mutterhandschrift, also die Originalpartitur, zugrundezulegen und aufgrund der wesentlichen Nebenquelle(n) zu verbessern,
wobei diese Verbesserungen bzw. Ergänzungen typographisch verdeutlicht wurden. Es
ist also genau das gleiche Verfahren, das die Haydn-Ausgabe in ihren Richtlinien angestrebt hatte.

Bei den Editionsrichtlinien der Neuen Bach-Ausgabe sucht man nach derartigen methodischen Überlegungen vergeblich, obgleich auch hier natürlich die Quellenbewertung eigentlicher Ausgangspunkt für die editorischen Entscheidungen ist. Der edierte
Notentext allerdings setzt sich meist sowohl aus der Originalpartitur als auch aus den
Originalstimmen zusammen, die trotz der nachweisbaren Abhängigkeit von der Partitur
als vollgültige Quellen berücksichtigt werden. Dabei müßten die Stimmen, würde man
wirklich der Methode Lachmanns folgen, eigentlich bis auf die autographen Zusätze und
Verbesserungen als Codices descripti eliminiert werden. Man sucht also strenggenommen
gar nicht die Materquelle, nach der zu edieren ist, sondern verfährt eher im Sinne einer –
allerdings auf wenige Quellen als Vorlage eingeschränkten – eklektizistischen Methode.
Damit aber verstößt die Neue Bach-Ausgabe gegen einen von der germanistischen Editionsphilologie behaupteten Editionsgrundsatz, nach dem kein Text hergestellt werden
dürfe, den der Autor so nicht geschrieben hat.[22]

Die Unterschiede der beiden Originalquellen werden in der Regel lediglich im Kritischen Bericht nachgewiesen, was für denjenigen, der wissen will, wie entweder die Partitur oder aber die Stimmen eigentlich inhaltlich aussehen, mit einem nicht unbeträcht-
lichen Arbeitsaufwand verbunden ist. Begründbar ist ein derartiges Vorgehen, welches

---

[19] Ebenda.

[20] Christoph Wolff: Diskussionsbeitrag in: Bach im 20. Jahrhundert. Bericht des Symposiums Kassel 1984.
Hrsg. von Kurt von Fischer. Kassel u. a. 1985, S. 13f.

[21] Alfred Dürr: Die Johannes-Passion von Johann Sebastian Bach. Kassel usw. 1988, S. 25f.

[22] Vgl. Hans Werner Seiffert: Untersuchungen zur Methode der Herausgabe deutscher Texte. Berlin 1963,
S. 108.

letztlich zur Edition eines ‚idealen‘, so in keiner der Quellen enthaltenen Werkes führt, natürlich nicht mit der Methode Lachmanns; maßgeblich vielmehr ist die Erkenntnis, daß weder Partitur noch Stimmen im eigentlichen Sinne das Werk repräsentieren. Dabei überliefern sie gleichwohl das Werk an sich, jedoch mit den ihnen jeweils eigenen Intentionen und Gesetzlichkeiten. Da sie nur aufgrund ihrer unterschiedlichen Zielgerichtetheit voneinander abweichen – ohne daß durch diese Abweichungen die eigentliche Werksubstanz gefährdet wäre –, scheint es eben doch legitim, ja sogar zwingend geboten, aus diesen Primärquellen ein ‚ideales‘ Werk zu konstruieren. Ein Zweifel darüber, ob ein solches wirklich auch von Bach intendiert gewesen sei, dürfte nur bei wenigen Herausgeberentscheidungen entstehen. Dabei erscheint allerdings ohnehin die Frage berechtigt, ob bei der Edition musikalischer Werke überhaupt mit dem Begriff der Autorintention operiert werden sollte, da diese normalerweise aus den Quellen gar nicht in vollem Maße greifbar werden dürfte. Entsprechend wäre Bernhard Appels Plädoyer für eine kritische Quellenkontamination nur zu bekräftigen: „Der Edierte Text kann bei Musikwerken nur gewonnen werden durch textkritische Konjunktion aller relevanten autorisierten Quellen, das aber heißt, durch bewußte und begründete ‚Kontamination‘ verschiedener, nahezu stets varianter Quellen. Die überlieferten Quellen sollen dabei keinesfalls willkürlich miteinander vermischt werden“.[23] Der Querstand zu den literaturwissenschaftlichen Forderungen erklärt sich dabei nicht durch mangelnde Reflexion auf der einen oder der anderen Seite, sondern allein durch die unterschiedlichen Funktionen der Hauptquellen und der daraus resultierenden unterschiedlichen Werküberlieferung. Problematisch allerdings wird das Verfahren wiederum dadurch, daß in vielen historisch-kritischen Gesamtausgaben nur unter Zuhilfenahme des Kritischen Berichts und nicht bereits aufgrund des edierten Notentextes erkennbar wird, welcher der beiden Primärquellen der Herausgeber folgt. Das ab Band 12/1 in der Alten Bach-Ausgabe gewählte Verfahren, grundsätzlich die Partitur der Ausgabe zugrundezulegen und die aus den Stimmen übernommenen Abweichungen typologisch zu differenzieren, scheint der Überlieferungssituation eher gerecht zu werden als der Notentext der Neuen Bach-Ausgabe, der die Quellenebenen typographisch nivelliert und dem Benutzer allzu leicht eine Abgeschlossenheit und Endgültigkeit des vorliegenden Werkes suggeriert.

Wenig Beachtung schenkten bislang die musikwissenschaftlichen Editionsprojekte in Deutschland der sogenannten Copytext-Theorie, die in Amerika durch Sir Walter Greg und Fredson Bowers vor allem anhand von Dramen[24] entwickelt und durch James Thorpe und Philip Gasekell modifiziert wurde, und die möglicherweise einen Ausweg aus dem angesprochenen Dilemma der Methodendiskussion weisen könnte. Diese Theorie – die heute für die Erstellung literarischer Editionen weitestgehend abgelehnt wird – geht davon aus, daß selbst autographe Quellen nicht in vollem Umfang die Autorintention widerspiegeln und insofern grundsätzlich ‚verderbt‘ seien. Entsprechend müsse

---

[23] Bernhard Appel: Kontamination oder wechselseitige Erhellung der Quellen? Anmerkungen zu Problemen der Textkonstitution musikalischer Werke. In: Der Text im musikalischen Werk. Editionsprobleme aus musikwissenschaftlicher und literaturwissenschaftlicher Sicht. Hrsg. von Walther Dürr, Helga Lühning, Norbert Oellers und Hartmut Steinecke. Berlin 1998 (Beihefte zur Zeitschrift für deutsche Philologie, Bd. 8), S. 39.

[24] Interessanterweise entspricht die Werküberlieferung dieser Gattung ja am ehesten der des musikalischen Werkes, wodurch eben auch die methodischen Voraussetzungen weitgehend vergleichbar sind.

der Grundtext durch Heranziehung anderer Quellen ‚verbessert' werden.[25] Die Bach-
quellen, ja allgemein die meisten musikalischen Quellen, geben dieser Theorie recht.
Die Autorintention kann nur ansatzweise in den Quellen fixiert werden, da das Ziel des
Autors nicht in der Niederschrift, sondern im Erklingen der Komposition bestand. Erst
jenseits der Zeichen, erst im Vollzug konnte (und sollte) sich letztlich die Autorintention
manifestieren.[26]

Natürlich soll der Herausgeber auch innerhalb der Copytext-Theorie die für die Edition beste Quelle zugrundelegen, aber welche ist dies im musikalischen Bereich? Greg
differenzierte in substanzielle und akzidentelle Varianten und hielt – anders als den durch
Filiation gewonnenen Codex optimus – diejenige Quelle für die beste, die hinsichtlich
des Akzidentellen der Autorintention am nächsten kommt. Dies wäre – bezogen auf die
Quellen von Musikwerken – nun eben nicht die Partitur, sondern der Stimmensatz. Die
Argumentation für eine solche Quelle als Copytext ist m. E. plausibel: Substanzielle Fehler lassen sich sehr viel leichter erkennen und entsprechend emendieren, z. T. auch unter
Hinzuziehung einer weiteren autorisierten Quelle. Akzidentelle Fehler – und das lehrt
in der Tat auch die editorische Erfahrung – fallen sehr viel weniger auf. Die beiden Ebenen ‚substanziell' (= Partitur) und ‚akzidentell' (= Stimmen) decken sich also hinreichend
deutlich mit dem Überlieferungsbefund bei Bach. Man könnte entsprechend grundsätzlich die Stimmen zur Editionsgrundlage erwählen und bei Notenfehlern auf die Partitur
rekurrieren. Das Hauptproblem stellt sich dann allerdings wiederum in der Darstellungsweise; wie bei der Neuen Bach-Ausgabe, die im Grunde genommen – ohne je auf die
Copytext-Theorie zu rekurrieren – methodisch so verfährt, sind die unterschiedlichen
Schichten im Notenband kaum typographisch zu differenzieren.

Nähme man hingegen umgekehrt die Partitur als eigentliche Editionsgrundlage, dann
ließen sich – wie in der Alten Bach-Ausgabe – die durch Hinzuziehung der Stimmen
gewonnenen akzidentellen Zusätze sehr wohl kenntlich machen. Dem Vorwurf des Eklektizismus jedoch ließe sich so auch nur scheinbar entgehen. Allerdings ist ein derartiger
Eklektizismus in der Überlieferungssituation des musikalischen Werkes begründet und
bedarf eigentlich keiner Rechtfertigung. Überlegenswert jedoch ist, ob das editorische
Verfahren so gewählt sein sollte, daß bereits im Notentext die unterschiedlichen Über-
lieferungsebenen ersichtlich werden. Oder kann man auf eine derartige Differenzierung
grundsätzlich verzichten, weil aus ihr keine Erkenntnisse über das Werk an sich zu erwarten sind? Eine Methodendiskussion also sollte zum einen stärker als bisher eine Annäherung an die Copytext-Theorie versuchen und zum anderen klären, welches der oben
beschriebenen Verfahren dem zu edierenden musikalischen Werk am ehesten gerecht
würde.

---

[25] Vgl. hierzu auch James Thorpe: Principles of Textual Criticism. San Marino (Kalifornien) 1972, S. 193ff.
[26] Wohl erstmalig wies Bernhard Appel (wie Anm. 23), auf die methodischen Parallelen hin.

Walther Dürr

Verfahrensweisen bei der Mischung ungleichwertiger Quellen

Um ‚Verfahrensweisen‘ soll es im folgenden gehen – nicht um grundsätzliche Überlegungen. Die häufig gestellte Frage, ob Quellenmischung überhaupt legitim ist,[1] und gar bei ungleichwertigen Quellen, soll hier nicht neuerlich diskutiert werden: Es wird vorausgesetzt, daß es Fälle gibt, in denen dies unabdingbar ist (sonst erübrigte sich die Auseinandersetzung mit Methoden), auch wenn unbestritten bleibt, daß Quellenmischung, wenn immer es geht, vermieden werden muß. Die im folgenden behandelten Beispiele sollen aber auch zeigen, daß dies eben nicht immer möglich ist, daß bei der Edition von Musikwerken, die auch der musikalischen Praxis zugänglich sein sollen (bei der Edition historischer oder literarischer – auch musikalischer – ‚Dokumente‘ mag das anders sein), selbst die Mischung ungleichwertiger Quellen geboten sein kann, immer dann nämlich, wenn anders eine Komposition im weiten Sinne unvollständig, d. h. unspielbar wird. Ein für die Praxis brauchbarer Notentext sollte doch alle für die Aufführung relevanten, in den Quellen überlieferten Informationen bieten, auch wenn sich diese Informationen in sekundären Quellen finden. Unter einem solchen Notentext verstehe ich dabei grundsätzlich gedruckte Seiten der Neuausgabe, die der Spieler vor Augen hat, den fortlaufenden Notentext also, *ossia*-Systeme und auf den entsprechenden Seiten angefügte Fußnoten. Nur in besonderen Fällen können sie durch Bemerkungen im Kritischen Bericht ersetzt werden, auch wenn dieser in den Notenband integriert ist. Unvollständig kann ein Notentext sein, wenn entweder die Hauptquelle oder alle Quellen die Noten selbst unvollständig überliefern, aber auch wenn sie nachlässig geschrieben sind (wenn etwa Artikulations- und diakritische Zeichen ganz oder weitgehend fehlen); er kann schließlich im hier verstandenen Sinne auch dann ‚unvollständig‘ sein, wenn einzelne zeitgenössische Quellen Spielanweisungen überliefern, die für uns heute notwendig sind, die aber nicht vom Autor stammen.

Wenn nun ‚Verfahrensweisen‘, Techniken, in den Vordergrund gestellt werden, dann nicht zum wenigsten auch, um deutlich zu machen, daß grundsätzliche theoretische Überlegungen in einer so ‚technisch‘ ausgerichteten Wissenschaft wie der von der Edition in der Regel aus der editorischen Praxis abzuleiten sind, daß die Theorie die Praxis also nicht präjudizieren sollte. Es sind allerdings gleichwohl Begriffe zu klären. Daher möchte ich zunächst erläutern, um welche Quellentypen es sich im folgenden handeln soll und wie sie sich zueinander verhalten.

---

[1] „Jede Art der Textkompilation gilt uns als editorische Todsünde" (Norbert Oellers: Authentizität als Editionsprinzip. In: Der Text im musikalischen Werk. Editionsprobleme aus musikwissenschaftlicher und literaturwissenschaftlicher Sicht. Hrsg. von Walther Dürr, Helga Lühning, Norbert Oellers, Hartmut Steinecke. Berlin 1998, S. 47). Siehe hierzu in diesem Band die Beiträge von Reinmar Emans und Salome Reiser; vgl. auch etwa Siegfried Scheibe u. a.: Vom Umgang mit Editionen. Eine Einführung in Verfahrensweisen und Methoden der Textologie. Berlin 1988, S. 45f., 80f.

Ungleichwertige Quellen verhalten sich zueinander grundsätzlich in vier verschiedenen Arten. Zu unterscheiden sind dabei folgende Situationen (überlieferte Quellen sind gerade, verschollene kursiv gesetzt):

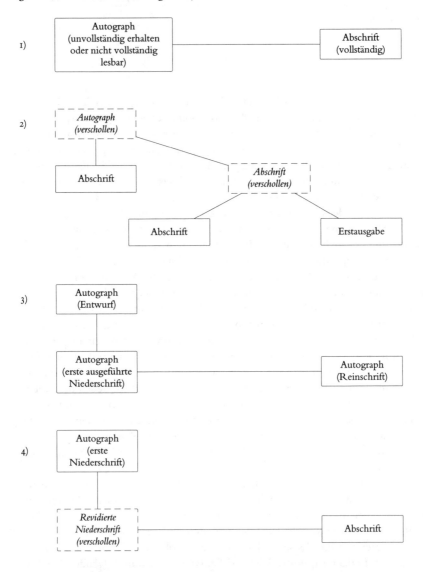

ad 1) Dies ist der einfachste Fall: Das Autograph ist alleinige Vorlage für den gesamten darin überlieferten Notentext, die Abschrift für alles Fehlende (sind mehrere Abschriften überliefert, dann gilt sinngemäß das unter 2) Gesagte). Gibt die Abschrift hingegen für Partien, die das Autograph überliefert, zusätzliche Hinweise zur Aufführungspraxis (etwa Tempoangaben, die im Autograph fehlen, Verzierungen u. ä.), dann ist zu prüfen, inwieweit sie für die Spielweise des Autors oder auch nur seiner Zeit verbindlich sein mögen.

Ist dies der Fall, dann sollten sie dem Spieler mitgeteilt werden, wenn auch wohl nicht im Notentext selbst, sondern etwa in Gestalt von Fußnoten. Diese mögen gegebenenfalls auch nur auf den ‚Kritischen Apparat' verweisen, in dem solche Hinweise erläutert werden.[2]

ad 2) Dies ist der häufigste zur Debatte stehende Fall. Der Text des verschollenen Autographs ist aus Abschriften und Erstausgaben zu erschließen. Dabei liegen jedoch nicht alle Quellen auf einer Überlieferungsebene: Eine Abschrift leitet sich unmittelbar vom Autograph ab, für die beiden anderen Quellen ist ein Zwischenstadium anzunehmen. In diesem Falle müssen zwar alle drei Quellen für die Edition berücksichtigt werden, doch dürfen sie nicht gleich behandelt werden. Vermutlich – das hängt jeweils auch von der Zuverlässigkeit der Abschriften und des Druckes ab – wird man die unmittelbar vom Autograph kopierte Handschrift zur Hauptquelle machen, einzelne Zeichen und vielleicht auch Noten gegebenenfalls aus den beiden anderen – in sich gleichrangigen – Quellen ergänzen, dies jedoch als Ergänzung kennzeichnen.

ad 3) Die drei Autographe spiegeln unterschiedliche Entwicklungsstufen eines Werkes. In diesem Fall sollte auf Quellenmischung grundsätzlich verzichtet werden. Allerdings: ‚grundsätzlich' heißt bekanntlich: Manchmal darf oder soll man doch. Im allgemeinen wird man wohl seiner Edition die Reinschrift zugrundelegen und die Varianten im ‚Kritischen Apparat' mitteilen – wenn man nicht (falls die Varianten bedeutsam genug sind) alle drei Quellen für sich publiziert. Es kann jedoch auch sein, daß bei der oft recht mechanisch abgefaßten Reinschrift (wenigstens gilt das so für Schubert) Flüchtigkeitsfehler auftreten (falscher oder unvollständiger Notentext), die man aufgrund der früheren Niederschrift korrigieren sollte. Ergänzungen sind dann natürlich wieder als solche zu kennzeichnen.

ad 4) Schwierig wird es, wenn zwar ein Kompositionsmanuskript existiert, daneben aber eine Abschrift von fremder Hand, deren Varianten vermuten lassen, daß ihr ein vom Autor revidierter, inzwischen verschollener Notentext zugrundeliegt. Sind die Varianten nicht so erheblich, daß sich ein vollständiger Abdruck beider Fassungen lohnt, dann hängt es wohl sehr von der Zuverlässigkeit der Abschrift ab, ob man diese (als Zeugen für eine vermutete ‚Fassung letzter Hand') oder nicht doch das Autograph als Hauptquelle wählt. In jedem Fall wird man die Lesarten der einen Quelle an der anderen überprüfen, im einzelnen immer wieder einmal auf die Nebenquelle zurückgreifen müssen.

★

Was das alles im konkreten Fall heißen mag, sei an einem Schubertschen Lied diskutiert, an der *Fahrt zum Hades* (D 526). Es handelt sich dabei um ein im Januar 1817 entstandenes Lied auf einen Text von Schuberts Freund Johann Mayrhofer, ein Lied, mit dem eine ganze Serie von sogenannten ‚Antikenliedern' beginnt, die Mayrhofers Zusammenarbeit mit Schubert recht eigentlich erst begründen.[3]

---

2   Der Begriff ‚Kritischer Apparat' steht hier für im Notenband enthaltene Anmerkungen zur Textrevision (in der Neuen Schubert-Ausgabe als Anhang „Quellen und Lesarten" gegeben), denen auch ein separater Kritischer Bericht zur Seite stehen kann (in der Neuen Schubert-Ausgabe enthält dieser etwa die Überlegungen zur ‚Recensio').

3   Vgl. hierzu das Vorwort zu Franz Schubert. Neue Ausgabe sämtlicher Werke. Serie IV, 11 (Lieder. Band 11). Hrsg. von Walther Dürr. Kassel etc. 1999, S. XV ff.; dort auch weiterführende Literatur.

Die für die Edition des Liedes *Fahrt zum Hades* bedeutsamen Quellen sind folgende:[4]

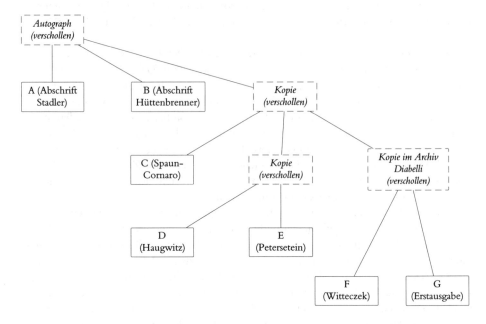

Das Autograph des Liedes – oder die Autographe: bei Schubertschen Liedern ist immer mit der Möglichkeit zu rechnen, daß es mehrere Autographe gegeben hat – ist seit langer Zeit verschollen. Für die Edition stehen uns sechs relevante Abschriften und die Erstausgabe zur Verfügung. Hypothetische Quellen sind wieder kursiv, existierende Quellen mit Buchstaben und in chronologischer Folge bezeichnet.

Vom verschollenen Autograph sind unabhängig voneinander und direkt die Manuskripte A und B abgeschrieben. A steht im dritten Heft der Liedabschriften von Schuberts Jugend- und Schulfreund Albert Stadler.[5] Den Zeitpunkt der letzten Niederschrift in seinem Heft hat Stadler selbst angegeben: „1817". Es enthält Lieder, die zwischen Oktober 1816 und Sommer 1817 entstanden sind. Die Abschrift dürfte daher nicht lange nach der Komposition des Liedes angefertigt sein. Stadlers Abschriften sind im allgemeinen recht sorgfältig, gelegentliche Flüchtigkeitsfehler sind jedoch ebensowenig auszuschließen wie Fehlinterpretationen. Vor allem aber ist in solch frühen Abschriften – Abschriften, die unmittelbar nach der ersten Niederschrift eines Liedes angefertigt wurden – damit zu rechnen, daß der Komponist selbst nachträglich in seinem Manuskript noch einiges änderte. Das gilt in unserem Fall – mit abnehmender Wahrscheinlichkeit

---

4   Das Stemma – und auch aufgrund welcher Überlegungen zusätzliche Quellen ausgeschieden wurden – sei hier nicht näher begründet, man vgl. dazu den separaten Kritischen Bericht zum genannten Liederband (erscheint Tübingen 2002). Ein Stemma ist übrigens nicht in jedem Fall aus den Quellen für ein einzelnes Lied allein abzuleiten – manches, wie etwa die Hypothese einer verschollenen Kopie im Archiv Diabelli – ist ein Erfahrungswert aufgrund des Vergleichs sehr vieler Lieder mit ähnlichem Stemma.

5   Liederalbum mit dem Titel: Franz Schuberts Gesänge. Heft. II und dem Zusatz „Stadler. 1817". Universitätsbibliothek Lund: Slg. Taussig (H. 40:3), S. 25–32 (vgl. Siegfried Mühlhäuser: Die Handschriften und Varia der Schubertiana-Sammlung Taussig in der Universitätsbibliothek Lund. Wilhelmshaven 1981, S. 62).

– natürlich für alle noch zu Lebzeiten Schuberts entstandenen Kopien, d. h. also für die Vorlagen zu allen Quellen außer zu der für F und G.

Die Abschrift B, angefertigt von Schuberts Freund Josef Hüttenbrenner, steht zu Beginn eines Heftes mit vier Liedern von Johann Mayrhofer,[6] von denen eines (*Antigone und Oedip*) zunächst als Stichvorlage für die im August 1821 erschienene Originalausgabe des Liedes dienen sollte. Wahrscheinlich sollten ursprünglich auch die übrigen Lieder des Heftes zum Druck gehen (das letzte des Heftes erschien dann auch bereits ein Jahr später). Es ist also anzunehmen, daß sie nicht nur sorgfältig geschrieben sind, sondern vielleicht auch unter den Augen des Komponisten. In der fraglichen Zeit wohnten Hüttenbrenner und Schubert in derselben Straße, und Hüttenbrenner kümmerte sich um die ‚Geschäfte‘ des Komponisten. Die Abschriften A und B sind somit in jeder Hinsicht gleichwertig, allerdings in deutlichem zeitlichen Abstand voneinander geschrieben. Varianten von B gegenüber A könnten also durchaus auf Eingriffe des Komponisten (etwa spätere Korrekturen des Notentextes, die Schubert meist mit Bleistift einzutragen pflegt) zurückgehen. Der Charakter der Varianten in diesem konkreten Fall macht dies aber eher unwahrscheinlich.

Die Abschrift C steht in Band 2 einer größeren Abschriftensammlung, die einst im Besitz der Schwestern Henriette und Josefine von Spaun war.[7] Die Provenienz der Sammlung ist ungewiß – möglicherweise hat der Vater der beiden Schwestern, Anton von Spaun, sie angelegt, der mit Schubert über seinen Bruder Josef in Verbindung stand. Sie ist zwischen 1821 und 1825 entstanden, die Kopie der *Fahrt zum Hades* sicherlich später als Hüttenbrenners Kopie – jedenfalls geht sie nicht unmittelbar auf das Autograph zurück, sondern – wie Bindefehler in C, D, E zeigen – auf eine ‚verschollene Kopie‘, die freilich auch eine Reinschrift Schuberts sein könnte. Die Abschrift ist – wie die meisten der Sammlung – vergleichsweise flüchtig geschrieben, insbesondere im Hinblick auf Artikulation und Dynamik.

Etwa zu derselben Zeit wie C ist – für den Grafen Karl Haugwitz in Náměšť[8], vermutlich in dessen Auftrag – die Abschrift D entstanden. Haugwitz selbst hat – das ist ein Erfahrungswert – die für ihn geschriebenen Lieder oft überarbeitet, einzelnes geändert, Tempobezeichnungen eingefügt, die aber jeweils als Änderungen erkennbar sind. Die im ganzen sorgfältige Abschrift diente ihm hier als Vorlage für ein Arrangement des Liedes für Baß und Streichquintett (das im folgenden nicht weiter berücksichtigt wird). Die eventuellen Änderungen sind daher vor allem als Notizen für die Bearbeitung zu verstehen und in sich also nicht konsequent.

Vermutlich im Dezember 1826 hat der spätere Forstbeamte und dilettierende Liederkomponist Johann Peterstein Schubert kennengelernt und unmittelbar darauf begonnen,

---

6   Liederheft mit *Fahrt zum Hades, Liedesend* (D 473), *Antigone und Oedip* (D 542), *Wie Ulfru fischt* (D 525), ‚Schubert-Mappe‘ von Frau Maria Ruckenbauer-Weis-Ostborn, Graz, Nr. 35; vgl. Walther Dürr: Franz Schuberts Werke in Abschriften: Liederalben und Sammlungen. Neue Schubert-Ausgabe VIII,8. Kassel etc. 1975, S. 129.

7   Die Sammlung ist heute im Besitz von Dr. Christoph Cornaro, Wien. Vgl. Walther Dürr, Franz Schuberts Werke in Abschriften (wie Anm. 6), S. 42.

8   Die Grafen Haugwitz, auch Karl Wilhelm, der Sohn des Gründers der Schloßkapelle in Náměšť, Heinrich Wilhelm, waren mit Johann Michael Vogl befreundet. Vgl. Walther Dürr, Franz Schuberts Werke in Abschriften (wie Anm. 6), S. 140ff. und 148. Die Abschrift mit dem Titel *Fahrt zum Hades Cantate für die Baß=Stimme mit Begleitung des Pianoforte von Schubert* befindet sich heute im Mährischen Museum Brünn (A 15897).

dessen Lieder abzuschreiben (die er zuvor bereits als Drucke gesammelt hatte). Das Manuskript E hat er selbst datiert (21.12.1826).[9] Es ist ziemlich flüchtig geschrieben. Andere Abschriften Petersteins zeigen – auch zahlreiche – Änderungen nach dem eigenem Gusto des Schreibers, selbst Eingriffe in den Notentext. Sie sind daher mit Vorsicht zu beurteilen; für den zu edierenden Text selbst sollten sie (wie hier auch die Abschrift für Haugwitz) nur dann herangezogen werden, wenn eine Lesart auch in anderen Quellen eindeutig bezeugt ist: Der Notentext ist dafür zu unzuverlässig. Die Abschriften D und E dienen jedoch in jedem Falle als Zeuge für die Rezeption des Liedes, als Beleg dafür, wie man seinerzeit mit einem solchen Lied umgegangen ist, was feststand und was veränderbar war.

Die größte bekannte Sammlung von Abschriften Schubertscher Lieder hat Johann Wilhelm Witteczek angelegt, in dessen Hause – seit etwa 1826 – auch immer wieder Schubertiaden stattfanden. Witteczek hat zunächst Schubertsche Erstausgaben gesammelt, nach seinem Tode aber auch sämtliche ihm erreichbaren noch ungedruckten Lieder und Kammermusikwerke abschreiben lassen, darunter auch – in Band 25 seiner Sammlung – die Abschrift F.[10] Die Vorlagen dazu fand er meist im Archiv des Verlegers von Schuberts Nachlaß, Diabelli & Co., z. T. handelte es sich dabei um Originalmanuskripte, meist aber um Abschriften davon, die im Verlagsarchiv im Hinblick auf eine spätere Veröffentlichung gesammelt wurden. Das bedeutet: die Vorlagen für die in der Regel sehr sorgfältigen Witteczekschen Abschriften waren oft transponiert, nicht selten sind Parallelstellen angegeglichen, ist die Notation lesbarer gemacht.

Die hypothetische Vorlage für F in Diabellis Archiv war dann sicher auch Stichvorlage für die im Juli 1832, nicht lange nach der Niederschrift von F, in Heft 18 des ‚Nachlasses‘ erschienene Erstausgabe des Liedes.[11] Die Ausgabe selbst – Quelle G – wurde freilich im Korrekturvorgang noch weiter redigiert. Dabei ist es prinzipiell auch möglich, daß der Verleger im Einzelfall (für uns hier ist das unwahrscheinlich) auf das Autograph noch einmal zurückgegriffen hat, um unklare Stellen zu klären und Stichfehler zu überprüfen. Es kann also manchmal durchaus sein, daß eine postume Ausgabe, trotz des verwickelten Abhängigkeitsverhältnisses, für bestimmte Stellen die einzige authentische Lesart bietet.

F und G erheben beide den Anspruch, einen korrekten Text zu bieten, der nicht nur für private Zwecke, sondern als Dokumentation für den Freundeskreis (F)[12] bzw. für ein breites Publikum (G) bestimmt war, dem man – wie es in einer Verlagsankündigung vom 6. Februar 1830 heißt – „eine gleichartig ausgestattete Gesamtausgabe" zur Verfügung

---

9   Es findet sich in Heft 28 seiner Liedersammlung, Bl. 12v–13r: *Fahrt zum Hades*, heute im Besitz des Wiener Schubertbundes, vgl. Walther Dürr, Franz Schuberts Werke in Abschriften (wie Anm. 6), S. 59.

10 Die Abschriftensammlung, nach Witteczeks Tod zunächst im Besitz von Schuberts Freund Josef von Spaun, befindet sich heute im Archiv der Gesellschaft der Musikfreunde Wien (als ‚Sammlung Witteczek-Spaun‘, ohne Signatur). Bd. 25 der Sammlung ist wohl Anfang 1832 geschrieben, darin auf S. 98–105: *Fahrt zum Hades*, vgl. Walther Dürr, Franz Schuberts Werke in Abschriften (wie Anm. 6) S. 75, 79.

11 Hierzu Walther Dürr: Franz Schuberts nachgelassene musikalische Dichtungen. Zu Diabellis „Nachlaßlieferungen" und ihrer Ordnung. In: Festschrift Wolfgang Rehm zum 60. Geburtstag. Hrsg. von Dietrich Berke und Harald Heckmann. Kassel etc. 1989, S. 214–225.

12 Witteczek hat seine Abschriften zunächst natürlich für seinen eigenen Gebrauch anfertigen lassen (das belegen die zahlreichen Transpositionen), er hat aber auch mehrfach Fragmente (nicht zu Ende geführte oder unvollständig ausgearbeitete Kompositionen) abschreiben lassen – das zeigt sein Interesse an einer möglichst vollständigen, Schuberts Schaffen im Ganzen dokumentierenden Sammlung.

stellen wollte.[13] Der Text bei Witteczek und in den Heften des ‚Nachlasses' ist daher teils sorgfältig geschriebenes Dokument der Vorlage (u. U. auch mit Transpositionsangabe), teils sorgfältig redigierte Denkmalausgabe.

Danach sind der Edition als ‚Vorlagen' die Quellen A und B zugrundezulegen – nicht nur eine von beiden, da keine fehlerfrei ist, auch nicht eine deutlich zuverlässiger als die andere. Die Lesarten von A und B sind an C zu überprüfen (im Kritischen Apparat der Neuen Schubert-Ausgabe als „weitere Quelle" bezeichnet); auch F und G sind zu Rate zu ziehen (das gilt im Einzelfall selbst für D und E: Sie vermögen eine Lesart in C zu bestätigen – singuläre Varianten in diesen beiden Quellen allerdings können allenfalls auf Ausführungsmöglichkeiten hinweisen). Was das konkret bedeutet, soll an einigen Beispielen gezeigt werden, an denen dann auch praktische ‚Verfahrensweisen' diskutiert werden.

1. Varianten des Notentextes

In der Notenschrift lassen sich seit altersher, aber im Verlaufe der Geschichte immer deutlicher, zwei Schichten unterscheiden. Die erste, primäre, umfaßt die Notenzeichen selbst, Zeichen, die Tonhöhe und Tondauer (zumindest in Schuberts Zeit) eindeutig festlegen. In der zweiten Schicht kommen Angaben zur Ausführung hinzu.[14] Um 1800 achten die Kopisten in der Regel sorgfältig auf die Zeichen der ersten Schicht, mit denen der zweiten gehen sie flüchtiger um. So stellen uns Varianten des Notentextes im allgemeinen nicht vor unerwartete Schwierigkeiten. Es handelt sich hier meist um Lesefehler oder Flüchtigkeiten der Schreibweise. Sie sind meist leicht als solche erkennbar – dennoch stellen sich gelegentlich Zweifel ein: dort, wo (aufgrund der musikalischen Grammatik) nicht eindeutig zwischen ‚richtig' und ‚falsch' unterschieden werden kann.

So stehen in Takt 12 des Liedes in A, C und F (nicht punktierte) halbe Noten ohne Achtel-Abbreviatur, in den übrigen Quellen, vor allem auch in B, finden sich regelmäßige Triolenfiguren, wie bereits zuvor in Takt 1–11 und dann wieder in T. 12–17 (siehe Bsp. 1). Man nimmt zunächst an: Die Lesart von Takt 12 in A, C und F beruht auf einem Flüchtigkeitsfehler (wohl schon in Schuberts eigener Niederschrift – derartige Fehler sind in Schuberts Autographen nicht selten) oder eher noch auf einem Lesefehler der Kopisten (die Punktierungen und der Abbreviaturstrich könnten im Autograph undeutlich geschrieben sein – vielleicht aufgrund einer Korrektur).

Andererseits ist aber auch zu bedenken: Die Unterbrechung der Akkordrepetitionen in Takt 12 ist sehr wirksam und vom Text her durchaus begründbar: Das Wort „weit" wird nicht nur hervorgehoben, sondern auch gleichsam gemalt in plötzlicher Leere – allerdings nur in Takt 12, nicht aber bei der Wiederholung des Wortes in Takt 13. Der Lesart von A, C, F wäre dann – auch als einer ‚lectio difficilior' – Glauben zu schenken. Nun wiederholt aber Schubert den Beginn des Liedes am Ende, mit einigen leichten Veränderungen, die jedoch weder die Harmonik noch die Bewegungsstruktur berühren. Dort nun – in Takt 77 – werden die Akkordrepetitionen in keiner Quelle unterbrochen, sie

---

[13] Anzeige im Allgemeinen musikalischen Anzeiger Wien; vgl. *Franz Schubert. Dokumente 1817–1830. Erster Band: Texte.* Hrsg. von Till Gerrit Waidelich. Tutzing 1993, S. 570.

[14] Vgl. hierzu etwa das Kapitel Notation und Aufführungspraxis, in: *Schubert Handbuch.* Hrsg. von Walther Dürr und Andreas Krause. Kassel und Stuttgart 1997, S. 91.

Bsp. 1

standen so sicher bereits im Autograph. Das ist bemerkenswert, denn die Unterbrechung der Akkordrepetition ist von so großem Effekt, daß Schubert, hätte er sie beabsichtigt, sie sicher auch bei der Wiederholung der Stelle verlangt hätte.

Es scheint danach, als beruhe die Lesart von Takt 12 in A, C und F wohl doch auf einem Irrtum. Allerdings ist ein Irrtum, eine Flüchtigkeit Schuberts bei der Wiederholung der Passage auch nicht völlig auszuschließen. Dem Musiker sollte daher die Möglichkeit gegeben werden, sich auch für die ungewöhnlichere Lesart zu entscheiden. In der Neuen Schubert-Ausgabe ist deshalb der Notentext in Takt 12 nach den Quellen B, D, E, G gegeben, in einer Fußnote wird aber die ausgeschiedene Lesart mitgeteilt und in dem Kritischen Apparat des Bandes diskutiert.[15] Der Umstand, daß die beiden Hauptquellen für das Lied hier eine unterschiedliche Lesart überliefern, zwingt jedenfalls zur Quellenmischung, zum bestätigenden Rückgriff auf Quellen einer unterschiedlichen Überlieferungsebene.

Ein zweites Beispiel: In Takt 6 verteilt Schubert durch Bogensetzung den Text „[Cy]pres-sen" nach A auf 3+1 Viertel, nach C–G auf 2+2 Viertel; in B findet man in Takt 6 einen wahrscheinlich irrtümlich gesetzten Bogen zum ganzen Takt, damit wäre die Lesart A gestützt. Bei der Wiederholung der Passage sind in

Bsp. 2

Takt 71 in A und B jeweils 3+1 Viertel gebunden, in C, D, E, G jeweils 2+2 Viertel (in F entsprechend, doch fehlt der Bogen für das 3.–4. Viertel, sicher nur irrtümlich) (s. Bei-

---

15 Lieder, Bd. 11 (wie Anm. 2), S. 79 und 262.

spiel 2). Wenn C tatsächlich – wir hielten das für denkbar – auf eine Reinschrift Schuberts zurückgeht, dann darf die Lesart 2+2 nicht verschwiegen bzw. in den Variantenapparat verbannt werden, wo sie für die musikalische Praxis verloren ist. Es ist nicht nur die üblichere Bindung (was eher gegen diese Lesart spräche), sie entspricht auch der halbtaktigen Struktur der Klavierbegleitung. Da die Lesart 3+1 besser bezeugt und in unseren ‚Vorlagen' überliefert ist, erscheint sie im Haupttext, die Lesart 2+2 sollte aber in einer Fußnote mitgeteilt werden (so in der Neuen Schubert-Ausgabe). Nur solche ‚Offenheit' für Varianten im Notentext beugt der Annahme vor, es gebe einen einzigen, verbindlichen und korrekten Text.

Schließlich: In Takt 23 findet sich in den Quellen C–G eine Zäsur in der Singstimme.

Bsp. 3

Ähnlichen Zäsuren begegnet man nicht selten in den von Schuberts Sängerfreund Johann Michael Vogl für seine eigenen Bedürfnisse angefertigten Liedabschriften – man weiß, es fiel ihm mit zunehmendem Alter immer schwerer, lange Passagen auf einen Atem zu singen. Es ist daher denkbar, daß die gemeinsame Vorlage für C–G Korrekturen und Eingriffe Vogls aufweist.[16] Um eine vollständige Abschrift Vogls dürfte es sich allerdings nicht gehandelt haben, dazu ist die Anzahl sängertypischer Varianten zu gering. War die verschollene Vorlage für C–G eine Kopistenabschrift mit Voglschen Eintragungen, dann bezeugt die angeführte Variante lediglich eine zeitgenössische Sängerpraxis. War es aber eine Reinschrift Schuberts, die ihrerseits eine Voglsche Singart reproduzierte, dann könnte man diese auch für autorisiert halten: Daß Schubert auf Vogl derart reagierte, ist verschiedentlich bezeugt. So berichtet Anselm Hüttenbrenner von der berühmten Aufführung des *Erlkönig* am 7. März 1821 im Kärntnertortheater: „Bei der diesfälligen Probe schaltete Schubert auf Vogls Verlangen hie und da einige Takte in der Klavierbegleitung ein, damit der Sänger mehr Gelegenheit habe, sich zu erholen".[17] Schubert hat diese Einfügungen mit Rötel in das Autograph eingetragen und dann auch in die Erstausgabe des *Erlkönig* übernommen. Es ist daher, so scheint mir, durchaus legitim, auch in unserem Lied die möglicherweise von Vogl herrührende Variante in einer Fußnote mitzuteilen, obwohl sie sich in keiner der Hauptquellen findet. Anders als in den beiden vorigen Beispielen könnte man sich allerdings darauf beschränken, den Sachverhalt im Kritischen Apparat zu beschreiben – in der Annahme, daß es den Sängern heute an der fraglichen Stelle wohl kaum an Atem mangeln dürfte.

---

[16] Die zu Beginn des Beispiels mitgeteilte Variante aus F, G gehört nicht dazu – die Lesart dürfte auf einem Irrtum beruhen.

[17] Schubert. Die Erinnerungen seiner Freunde. Hrsg. von Otto Erich Deutsch. Leipzig ²1966, S. 214.

2. Varianten der Dynamik und Artikulation

In der Quelle A – und nur dort – stößt man auf eine merkwürdige Variante in Takt 3: Zum unteren System der Klavierstimme sind dort *staccato*-Punkte gesetzt. Da Kopisten (anders als Verleger) damals in der Regel Zeichen gegenüber ihrer Vorlage zwar nicht hinzufügten, jedoch häufig ausließen, ist man zunächst versucht, den so vereinzelt überlieferten *staccato*-Punkten doch Glauben zu schenken, zumal die in diesem Takt neu einsetzende Viertel-Bewegung dadurch unterstrichen wird (s. Beispiel 4). Ein Blick auf Quelle B macht da allerdings stutzig: Anstelle der *staccato*-Punkte stehen dort Striche, die die Verlängerung der 8va-Notation anzeigen. Möglicherweise war auch im Autograph die untere Oktave nicht ausgeschrieben. Stadler hat das in seiner Abschrift dann selbständig ‚normalisiert‘, dabei aber die Verlängerungsstriche als *staccato*-Zeichen umgedeutet – und zwar nur für den einen Takt, in dem sie ihm plausibel schienen. ‚Normalisiert‘ war dann wohl auch die Vorlage für die Quellen C–G, jedoch ohne die Stadlersche Umdeutung der Zeichen – die Lesart B wird damit bestätigt, ein Versehen in dieser Quelle erscheint ausgeschlossen. Hier verweist uns der Vergleich der Quellen auf Elemente der Schreibpsychologie (die bei der Beurteilung von Lesarten immer wieder eminent wichtig sind) und zeigt zugleich, wie uns die Beschränkung auf eine einzige Hauptquelle, so sorgfältig sie auch sein und so sinnvoll sie hier auch erscheinen mag, in die Irre führen kann.

Bsp. 4

Eine komplizierte Situation zeigt uns Takt 14. In der zweiten Takthälfte taucht dort in den Quellen C, F und G ein Winkel auf, und zwar in C als *crescendo*-Winkel geschrieben, in F und G als *decrescendo*-Winkel (siehe Beispiel 5). Bei der Wiederholung der Partie fehlt in den Takt 13–17 entsprechenden Takten 78–82 jegliche Dynamik. Der *crescendo*-Winkel in C deutet darauf hin, daß in der für C–G gemeinsamen Vorlage ein undeutliches dynamisches Zeichen stand, wohl kaum aber ein Crescendo-Zeichen (wegen des *cresc.* in Takt 13 und der Rückkehr zum *p* in Takt 14). Es liegt nahe, eine doppelte Schwell-Dynamik anzunehmen, die mit der Deklamation des Textes („von der schönen Erde" bzw. „von der *schönen* Erde") zusammenhängt, wobei in der zweiten, kürzeren Formulierung an die Stelle des *Decrescendo*-Winkels ein Akzent tritt. Ein Betonungswechsel, wie er hier auftritt,[18] ist bei Schubert nicht selten, ja vielleicht gar ein Stilmerkmal in Passagen, wo nicht nur das Substantiv, sondern auch das zugehörige Adjektiv affektiv aufgeladen sind.

---

[18] In diesem Lied ist der durch die Dynamik bezeichnete Betonungswechsel übrigens durch die Deklamation aufgefangen: Beim erstenmal ist auch „schönen" betont (durch den Spitzenton und Dehnung), beim zweitenmal auch „Erde" (durch Melisma und Dehnung).

	13	14	15	16
A	(p) cresc.		p $<$ $>$	p
B	(p)		$<$ $>$	
C	(p) cresc.	$<$	p $<$ $>$	p
F	(p) cresc.	$>$	p $<$ $>$	p
G	(p) cresc.	$>$	p $<$ $>$	p

Bsp. 5

Es ist natürlich merkwürdig, daß das Zeichen in unseren beiden Hauptquellen fehlt. Vielleicht hat es Schubert erst in die Reinschrift eingefügt (wenn es sie überhaupt gegeben hat?). Vielleicht aber haben es auch beide Kopisten, Stadler und Hüttenbrenner, ausgelassen: Dynamische Zeichen werden ja – als der zweiten Schicht der Notation zugehörig – sehr viel sorgloser behandelt, als etwa Notenzeichen. Jedenfalls ist nicht anzunehmen, daß der Kopist von C entgegen unserer prinzipiellen Erwartung sein Zeichen eigenmächtig eingefügt hätte – dafür gibt es in den zahlreichen Abschriften der Sammlung Spaun-Cornaro sonst nirgends irgendwelche Belege (hingegen weite Strecken, in denen auf dynamische Zeichen überhaupt verzichtet wird). Es ist daher anzunehmen, daß in Takt 13 ein Winkel bereits in der Vorlage für C gestanden hat, möglicherweise von Schubert geschrieben, daß er vielleicht auch in der Vorlage für A und B zu finden war (und von den Kopisten übersehen wurde), daß es sich aber nicht um einen *crescendo*-, sondern um einen *decrescendo*-Winkel (oder einen Akzent) gehandelt hat, wie ihn F und G überliefern: Die Analogie zu Takt 14 spricht dafür. Dennoch kann der Editor ihn nicht ohne weiteres in seinen Text übernehmen: Er fehlt ja in seinen ‚Vorlagen‘ und auch für die Vorlage von C–G ist zwar seine Existenz, nicht aber seine Funktion (*cresc.* oder *decresc.*) gesichert. In Editionen, in denen ‚Zutaten des Herausgebers‘ (etwa Analogie-Ergänzungen) gekennzeichnet werden, gibt es jedoch die Möglichkeit, einen *decrescendo*-Winkel als Herausgeber-Ergänzung einzutragen (damit ist er unmittelbar als nicht aus der Vorlage stammend erkennbar) und diese Ergänzung im Kritischen Apparat zu begründen. So verfährt in diesem Fall die Neue Schubert-Ausgabe.

Zwei kleinere Beispiele mögen das Bild vervollständigen. In der Abschrift D finden sich in den Takten 46–47 und 52–55 im oberen System des Klaviers Bögen bei den Triolenfiguren. Da die Bögen in keiner anderen Quelle wiederkehren und der Kopist des Grafen Haugwitz seine Vorlage

Bsp. 6

auch sonst offenbar recht selbständig interpretiert, sind diese Bögen vom Kopisten vermutlich frei hinzugesetzt. Allerdings: Im Nachspiel zu dieser Passage, Takt 56–57 (dort spielt nur das Klavier, und es ist nicht selten, daß Schubert Solopartien genauer bezeichnet als Partien, in denen sich das Instrument der Vortragsweise des Sängers anzupassen hat), finden sich – ganztaktige – Bögen in den Quellen A und C, also sicher einst auch im Autograph. Wahrscheinlich bedeuten diese Bögen: Die ganze Passage ist *legato* zu spielen. Diese Spielpraxis hat der Kopist für Haugwitz durch seine Bögen auch für die Takte 46–57 angedeutet. Die Bögen können natürlich nicht in den Notentext übernommen werden, aber ein deutlicher Hinweis darauf gibt solche zeitgenössischen Deutungen an den Ausführenden heute weiter. Das ist selbstverständlich nicht ‚Quellenmischung'. Zwischen dieser und einfacher Bereitstellung von Material in einer ‚offenen Ausgabe' ist jedoch nicht immer leicht zu unterscheiden.

In Takt 69 – mit diesem Takt beginnt die Wiederholung des Anfangsteils – unterscheidet sich die Formulierung (wenn auch nicht die Bedeutung) der Tempobezeichnung in den einzelnen Quellen: In A steht „Wie oben", in C „Wie Anfangs", in D, F, G „Tempo 1mo". B und E haben keine Tempoangabe. Denkbar ist, daß Schubert „Wie oben" geschrieben hat. Das wäre dann (wie meistens in solchen Fällen, da es sich um eine für eine Reprise eigentlich selbstverständliche Anweisung handelt) flüchtig geschrieben, kaum lesbar. Der Kopist der Vorlage für C (oder der Kopist von C selbst, wenn dessen Vorlage von Schubert selbst geschrieben war) hätte daraus „Wie Anfangs" gemacht: Das erste Wort konnte er noch lesen, das zweite hat er geraten. In der Druckvorlage wurde das schließlich – den Begriff italienisch standardisierend – zu „Tempo primo". Der Editor wird daher, einer seiner beiden Hauptquellen ebenso folgend wie Schuberts Usus, „Wie oben" schreiben und den Sachverhalt im Kritischen Apparat beschreiben.

Unsere Beispiele haben – so scheint mir – deutlich gezeigt, daß in einer Ausgabe, die auch für die Praxis brauchbar sein soll, Quellenmischung unerläßlich ist. Dabei stehen dem Herausgeber aber verschiedene Möglichkeiten des Umgangs mit Lesarten und Varianten zur Verfügung: Er kann sie in den Haupttext aufnehmen (auch als *ossia*-Lesart: davon war hier allerdings nicht die Rede), er kann sie in Fußnoten mitteilen oder als ‚Ergänzungen' kennzeichnen und damit dem Ausführenden unmittelbar zur Verfügung stellen, er kann sie im Kritischen Apparat verzeichnen und diskutieren, in der Hoffnung, der Musiker werde diesen zur Kenntnis nehmen (wobei, wie gesagt, vorausgesetzt wird, daß dieser ‚Apparat' im Notenband selbst enthalten ist). Der unveränderte Abdruck nur einer einzigen Quelle, als historisches Dokument, ist in unserem Beispiel jedenfalls offenbar kein gangbarer Weg.

Joachim Veit, Frank Ziegler

Webers Klavierauszüge als Quellen für die Partituredition von Bühnenwerken?

Mit einem Exkurs zur Geschichte des Klavierauszugs

1.

„Der Klavierauszug ist ein nahezu vergessenes Thema der Musikwissenschaft." – Diese Bemerkung in der 1983 erschienenen Dissertation von Helmut Loos[1] gilt nach wie vor. Lediglich Marlise Hansemann (1943)[2] und Joachim-Dietrich Link (1984)[3] haben sich eingehender mit diesem Gegenstand beschäftigt, beide Arbeiten erweisen sich aber in vieler Hinsicht als ebenso revisionsbedürftig wie die darauf beruhenden Artikel neuerer Lexika.[4] So führt der Versuch einer Bestimmung des Stellenwerts der Weberschen Klavierauszüge rasch zu Fragen, die sich anhand der bisherigen Literatur nicht beantworten lassen, oder zu Antworten, die in Widerspruch zu diesen Untersuchungen stehen. Einer darüber hinausgehenden detaillierten Beschäftigung mit dem Problem, inwieweit Webers Klavierauszüge sinnvoll auch als Quellen für die Edition seiner Bühnenwerke herangezogen werden können, muß daher eine kritisch-sondierende Bestandsaufnahme der Geschichte des Klavierauszugs vorausgehen. Die entsprechenden Ausführungen im zweiten Teil dieses Beitrags, die sich vornehmlich auf statistische Feststellungen beschränken, erheben dabei keinerlei Ansprüche auf Vollständigkeit, versuchen jedoch, einige Irrtümer der älteren Literatur zu korrigieren bzw. Anregungen für eine differenziertere Betrachtung zu geben, um so das Thema auch unabhängig vom Gegenstand Weber in den Blick zu nehmen. Auf der Basis dieses Exkurses wird schließlich im dritten Teil anhand ausgewählter Beispiele eine Antwort auf die Frage nach dem 'Nutzen' der Klavierauszüge für die Edition von Webers Bühnenwerken versucht.

Marlise Hansemann bezeichnete in ihrer Dissertation von 1943 den Klavierauszug zu Webers frühem Einakter *Abu Hassan* als eine der „ersten bedeutsamen künstlerischen Leistungen" auf diesem Gebiet:

> Mit diesem Auszug haben wir eine wahrhaft künstlerische N e u s c h ö p f u n g und nicht mehr

---

[1] Helmut Loos: Zur Klavierübertragung von Werken für und mit Orchester des 19. und 20. Jahrhunderts. München u. Salzburg 1983 (Schriften zur Musik. Bd. 25), S. 5; vgl. ähnlich auch Thomas Hauschka: „aufs Clavier zu setzen". Klavierauszüge und Klavierfassungen von Wolfgang Amadeus Mozart. In: Mozart-Jb. 1991. Bd. 1, S. 438: „Die Frühgeschichte des Klavierauszuges hat bisher in der musikwissenschaftlichen Literatur nur wenig Beachtung gefunden [...]".

[2] Marlise Hansemann: Der Klavier-Auszug von den Anfängen bis Weber. Borna / Leipzig 1943.

[3] Joachim-Dietrich Link: Der Opern-Klavierauszug in Geschichte und Gegenwart. Diss. masch. Greifswald 1984.

[4] Zu nennen sind hier: Richard Schaal: Artikel „Klavierauszug". In: Die Musik in Geschichte und Gegenwart (im folgenden: MGG). Bd. 7. Kassel etc. 1958, Sp. 1120–1129 (im wesentlichen damit übereinstimmend auch sein Artikel „Zur Geschichte des Klavierauszuges". In: Musica 15, 1961, S. 355–359); überarbeitet und erweitert von Klaus Burmeister. In: MGG. 2. Auflage. Bd. 5. Kassel etc. 1996, S. 313–326; ferner Artikel „Klavierauszug". In: Riemann. Musiklexikon. 12. Auflage. Bd. 3. Mainz 1967, S. 465.

bloß eine Funktion seines musikalisch technischen Könnens vor uns. Der Weber'sche Kl.A. zu Abu Hassan eröffnet eine neue Ära auf dem Gebiet der Klavier-Bearbeitungen; mit diesem Zeitpunkt beginnt sich der Kl.A. Eigenleben und als schon bewußt geformter Gattungsbegriff Selbständigkeit zu erobern.[5]

Schon mit seinem nächsten Opern-Klavierauszug, dem zum *Freischütz*, habe Weber sogar das „Musterbeispiel des zukünftigen romantischen Klavier-Auszugs" geschaffen,[6] indem er nicht nur die gesamte Klaviertastatur für die Wiedergabe benutzte, sondern sich unterschiedlichster Anschlagsarten, zahlreicher dynamischer Zeichen, Vortragsangaben, Pedalvorschriften, szenischer Anweisungen und Instrumentationsangaben bediente.[7]

Diese bemerkenswerte Hochschätzung der Klavierauszüge Webers blieb seit Hansemann fester Bestandteil der jüngeren Darstellungen.[8] Noch 1996 heißt es im Artikel „Klavierauszug" in der neuen MGG:

> Webers Klavierauszüge stellen [...] eine wahre Weiterentwicklung dar. Als Musterbeispiel für einen neuen künstlerischen Anspruch kann seine Übertragung des *Freischütz* (1821) angesehen werden. [...] Erstmals wird das klanglich fixierte Gesamtbild der Partitur in einer wirklich befriedigenden Weise auf das Klaviersystem reduziert.[9]

Zu fragen ist, ob Webers Klavierauszügen tatsächlich ein derart hoher Stellenwert zukommt und inwiefern das Bild vom Klavierauszug als einem getreuen Konzentrat der Partitur oder gar einer ‚künstlerischen Neuschöpfung' im anderen Medium historisch gesehen tatsächlich durchgängig als Leitvorstellung galt.

Liest man Rezensionen oder Erörterungen der Probleme des Klavierauszugs aus den ersten Jahren des 19. Jahrhunderts, begegnet immer wieder ein ähnliches Bild, wonach Klavierauszüge als „Kupferstiche nach Gemälden" bezeichnet werden, die als deren „Surrogat unverhältnismäßig ärmlicher" und kaum „zur Darstellung des Originals zureichend" seien.[10] Schon 1801 hieß es innerhalb einer Besprechung von Franz Danzis *Mitternachtsstunde* in der Allgemeinen musikalischen Zeitung:

> Klavierauszüge von Opern sind Kupferstiche nach grossen Tableau's. Je mehr das Gemählde durch sein Kolorit sich auszeichnet; je mehr die Musik von dem hat, was man i h r Kolorit nennen kann: je weniger lässt sich über den g a n z e n Geist und f e i n e r n Sinn des Kunstwerks nach jenen, mit Gewissheit entscheiden.[11]

---

[5] Hansemann, Der Klavierauszug (wie Anm. 2), S. 99.

[6] Ebenda, S. 101.

[7] Ebenda, S. 101–102. Die Bemerkungen gipfeln in der Feststellung: „C. M. v. Weber wollte das Klavier Orchester spielen lassen; damit hat er eine besondere Art des Klavier-Auszugs geschaffen, der gesamten Gattung zu einem Höhepunkt in der Entwicklung verholfen und dem anbrechenden Zeitalter der Romantik den Hauptbeitrag und die Hauptanregung zu den ungeahnten Arrangement-Möglichkeiten geliefert" (S. 102).

[8] Auch die Auswahl der abgebildeten Beispiele blieb an die Vorlagen Hansemanns gebunden. Bereits im Faksimile-Anhang ihrer Arbeit sind Auszüge aus den handschriftlichen Auszügen zu Johann Friedrich Agricolas *Cleofide* (1754), Christoph Willibald Glucks *Cythère assiégée* (1759) und Johann Adam Hillers *Lisuart und Dariolette* (1768) sowie Webers gedruckter *Freischütz*-Auszug (1821) abgedruckt, die in beiden Auflagen der MGG als Abbildungen Verwendung finden.

[9] MGG 2. Auflage. Bd. 5, Sp. 317–318; vgl. dazu auch MGG 1. Auflage. Bd. 7, Sp. 1124.

[10] Zitate aus dem Aufsatz „Ein Scrupel bei unsern Klavierauszügen". In: Berliner Allgemeine Musikalische Zeitung (im folgenden: BAMZ). Jahrgang 3, Nr. 38, 20. September 1826, S. 308.

[11] Allgemeine musikalische Zeitung (im folgenden: AmZ) 4, Nr. 12, 16. Dezember 1801, Sp. 188.

Man war sich also zu Beginn des 19. Jahrhunderts der Beschränkungen des Mediums bewußt, und die Rezensenten werden nicht müde zu betonen, daß sich eine Oper nach dem Klavierauszug eigentlich nicht adäquat beurteilen lasse.

Andererseits zeigt sich eine erstaunliche Einmütigkeit hinsichtlich der wichtigsten Anforderungen, die an einen Klavierauszug zu stellen seien. Kein Rezensent vergißt, die Spielbarkeit und Übersichtlichkeit eines Auszugs als wesentlichsten Gesichtspunkt herauszustellen. Damit rückt als ein entscheidender Faktor der Abnehmerkreis dieses Verlagsproduktes ins Blickfeld, ein Abnehmerkreis, der bis weit ins 19. Jahrhundert hinein der gleiche blieb: Von Anfang an war der Klavierauszug eine Publikation für private Zirkel oder allenfalls für Privattheater, kann also nicht mit den heutigen Maßstäben gemessen werden.

Dieser Gesichtspunkt ist für die Bewertung des Verhältnisses von Klavierauszug und originaler Partiturvorlage außerordentlich wichtig: Nicht detailgenaue Wiedergabe des Vorgefundenen ist das Ziel, sondern dessen Zuschnitt auf die Fähigkeiten und Anforderungen der ‚Kunden‘. So heißt es 1822 in einer Besprechung von Friedrich Ernst Fescas *Cantemire* in der AmZ:

> Hier haben wir den Auszug; mithin das Werk, für Musik liebende, für Musik übende Privatgesellschaften eingerichtet. Bestehen diese Gesellschaften aus Mitgliedern, die Geschicklichkeit genug besitzen, um es gehörig auszuführen: so werden sie nicht wenig Genuss davon haben. Auch der Accompagnirende muss sehr geschickt seyn; denn er bekömmt genug und satt zu thun.[12]

Die Zusammenfassung von Singstimmen in einem System in Breitkopfs Klavierauszug des *Mosè in Egitto* von Rossini wird beispielsweise gerügt, weil damit „Gesellschaften, die die Ensembles am Pianoforte singen wollen sich die Stimmen ausschreiben lassen" müßten.[13] Umgekehrt übt die Zielgruppe auch Einfluß auf die Auswahl der in Klavierauszug zu setzenden Stücke aus. So wird 1827 Joseph Wolframs Oper *Die bezaubernde Rose* deshalb als für einen Klavierauszug gut geeignet bezeichnet, weil dieses Werk keine „fortlaufenden Ensemblestükke" enthalte, „die, ohne Handlung, am Pianoforte fast immer langweilen und auch nicht mit vielen Personen, die auf dem Zimer selten zusammen zu bringen, besetzt" sei.[14] In ähnlicher Weise forderte 1815 der Rezensent des Klavierauszugs der Paerschen *Agnese*:

> Das Entscheidende und Wesentliche solch einer Musik muss im Gesange, und nicht in der Orchesterpartie liegen [...], die Ensembles, Duette und allenfalls Terzette [...] dürfen nicht zu zahlreich, nicht zu lang, und nicht die allein vorstechenden Sätze seyn; dasselbe gilt von den Chören [...][15]

---

[12] AmZ 24, Nr. 51, 18. Dezember 1822, Sp. 833; Nachweise aller im folgenden genannten Klavierauszüge im Anhang, vgl. S. 160ff.

[13] AmZ 25, Nr. 48, 26. November 1823, Sp. 786.

[14] AmZ 29, Nr. 43, 24. Oktober 1827, Sp. 722.

[15] AmZ 17, Nr. 23, 7. Juni 1815, Sp. 392; aus rein praktischen Gründen – damit mehrere Personen problemlos aus einem Auszug lesen können – möchte er auch das Zusammenziehen von Gesangsstimmen in ein System verbieten.

Noch um 1830 wird der Klavierauszug in erster Linie als „Mittel der Unterhaltung ge-
übter Sänger und Sängerinnen am Pianoforte"[16] betrachtet, wie z. B. aus Gottfried Wilhelm Finks Besprechung des Klavierauszugs von Lindpaintners *Vampyr* hervorgeht:

> wir reden [...] nur allein von der Beschaffenheit der einzelnen Sätze, wie sie als gesellschaftli-
> che, am Pianoforte vorzutragende Stücke zur Unterhaltung der vielen Freunde opernmässiger
> Musik, unserer Ansicht nach, wirken, und solchen Gesang liebende Abendgesellschaften ange-
> nehm unterhalten dürften. Dazu sind ja auch eigentlich Klavierauszüge da.[17]

Der Aspekt der Werktreue oder der möglichst unveränderten Kondensierung der Partitur im neuen Medium bleibt somit nebensächlich oder wird sogar als nicht am Markt
orientierter Maßstab abgelehnt.

Es ist auffallend, daß Momente der Werktreue bis ins Detail erst wichtig werden, als
die Funktion des Klavierauszugs sich zu verändern beginnt. Diese Veränderungen hängen
offensichtlich mit einer zunehmenden Ausrichtung des Mediums auf professionelle Ab-
nehmer zusammen, resultieren aber wesentlich auch aus dem Wandel der musikalischen
Faktur der Bühnenwerke selbst.[18]

Diese entscheidenden Veränderungen lassen sich gut ablesen an einem Beitrag *Über
Clavierauszüge überhaupt*, den Gottfried Weber 1825 in der Cäcilia veröffentlichte.[19] Bei
ihm wird die Funktion des Auszugs nun eine doppelte: Zum einen bleibt der Aspekt
der „leichteren Ausführbarkeit selbst in ganz beschränkten häuslichen Kreisen" gewahrt,
wobei „die Auffassung des Originalwerkes selbst durch den Vorgenuss des Auszuges vorbereitet, gesichert und erleichtert" werden könne, zum anderen aber lasse sich der Klavierauszug „auch als sehr bequemes Souffleurbuch gebrauchen – so wie [für] die Corre-
petitoren sowohl als [für] die Sänger zu bequemster Einlernung der Parte", bis hin zur
Möglichkeit, statt der fehlenden Partitur, ersatzweise „einen zur Direction dienenden
Clavierauszug" zu benutzen.[20]

In diesem Zusammenhang stellt Gottfried Weber eine Reihe von weiteren Forderungen an den Klavierauszug:

1. Es müsse Wert auf „Vollständigkeit, und zwar in jeder Beziehung dieses Wortes"[21]
   gelegt werden. D. h. es müssen a) das ganze Werk, b) das ganze Textbuch, c) auch
   die Bühnenanweisungen in den musikalischen Nummern mit abgedruckt werden.[22]
   Hierbei verweist er auf das Beispiel des *Freischütz*-Auszugs: Im Zulehnerschen fehlen

---

[16] AmZ 32, Nr. 28, 14. Juli 1830, Sp. 450 (innerhalb einer Besprechung des bei Lau in Berlin erschienenen
Klavierauszug von Karl Gottlieb Reissigers *Libella*).

[17] AmZ 31, Nr. 19, 13. Mai 1829, Sp. 313, Hervorhebung der Verf.

[18] So heißt es z. B. 1826 in dem oben zitierten Aufsatz der BAMZ (vgl. Anm. 10), S. 308, in den heutigen
Opern sei „das ganze Orchester [...] nicht der Begleiter und unterthänige Diener der Singstimme sondern
in dem reichen Drama Person, wie diese [...] So weit war man aber vor Heidn, Mozart, Beethoven und
allenfalls Gluck nicht gekommen". Daher müsse der Klavierauszug „das Orchester möglichst ersetzen".

[19] Cäcilia 3, Heft 9, 1825, S. 23–72.

[20] Ebenda, S. 25–26. In diesem Zusammenhang sei auf eine Ankündigung in Simrocks Auszug von Joseph
Weigls *Schweizer-Familie* verwiesen, wo es auf S. 1 heißt: „Von dieser so allgemein beliebten Oper habe
ich für Deutschland den Versuch gemacht, nebst dem Klavier=Auszuge, alle Instrument=Stimmen ausgeschrieben, abzudrucken; so dass man die ganze Oper sogleich vollständig aufführen kann". – Auch bei
diesem vermutlich einmaligen Verfahren sollte also der Klavierauszug als Partitursersatz dienen.

[21] Ebenda, S. 27.

[22] Ebenda, S. 27–31.

in der Wolfsschluchtszene die Bühnenanweisungen, so daß kein Verständnis für das musikalische Geschehen aufkommen könne.[23]

2. Die Klavierbegleitung sei so einzurichten, daß sie „als Surrogat der vollen Orchesterbegleitung, diesem ihrem Vorbilde möglichst nahe komme".[24] Wenn der musikalische Satz in der Partitur zu reichhaltig sei, solle man auswählen, was am „effectuirendsten, gerade hier charakteristisch und daher am wenigsten entbehrlich" sei; „kleine Nötchen" könnten dem schwächeren Spieler zeigen, was er weglassen könne.[25]

3. Empfiehlt er, möglichst oft „beizuschreiben, welches Orchester-Instrument eben diese oder jene Stelle [...] vorzutragen hat", und die Bezeichnung bestimmter Vortragsarten oder Spielanweisungen mit aufzunehmen. Damit würde der Auszug auch als Dirigierhilfe nutzbar.[26]

4. In Recitativen sei eine ggf. noch vorhandene Bezifferung auszusetzen.[27]

5. Jeder Singpart solle möglichst auf einem eigenen System erscheinen.[28]

Als ein Beispiel für die weitgehende Verwirklichung seiner Forderungen nennt Gottfried Weber den Klavierauszug von Carl Maria von Webers *Euryanthe*, in dem allerdings die Instrumentationsangaben noch fehlten, „ein Mangel, welcher sich wenigstens bei künftigen Abdrücken fernerer Exemplare noch leicht nachbessern liesse".[29]

Auch hier wird also Carl Maria von Weber – von einem seiner engsten Freunde – die Vorbildlichkeit und Innovationskraft seiner Klavierauszüge bescheinigt. Wie verhält es sich aber im einzelnen mit den Neuerungen, die Weber zugeschrieben werden? Waren seine Klavierauszüge – historisch gesehen – wirklich so innovativ?

2.

Eine angemessene Antwort auf diese Frage setzt eine Betrachtung der Entwicklung einiger der als besonders fortschrittlich angesehenen Aspekte dieser Form bis um 1820 voraus.[30] Von der Prägung des Begriffes ‚Clavierauszug' durch Johann Adam Hiller um 1765[31] bis zu dem zitierten Artikel Gottfried Webers 1825 hatten sich die Anforderungen an und die Vorstellungen von einem Klavierauszug grundlegend gewandelt, was

---

[23] Ebenda, S. 31–32; vgl. dazu den *Freischütz*-Auszug „mit leichter Clavier-Begleitung eingerichtet von Karl Zulehner", S. 68–81.

[24] Ebenda, S. 33.

[25] Ebenda, S. 33 bzw. 35.

[26] Ebenda, S. 35–36.

[27] Ebenda, S. 36.

[28] Ebenda, S. 36–37. Im Zusammenhang mit dem unterlegten deutschen Text zu Händels Oratorium *Josua* (im Klavierauszug Berlin: Trautwein) stellt Gottfried Weber die Forderung, auch den originalen englischen *Urtext* mit abzudrucken (ebenda, S. 42).

[29] Ebenda, S. 50; zur nachträglichen Einfügung von Instrumentationsangaben vgl. S. 143f.

[30] Im folgenden werden die behandelten Klavierauszüge nur mit Kurztitel zitiert, genauere Nachweise finden sich in der alphabetisch geordneten Liste im Anhang des Beitrags.

[31] Hiller verwendet diesen Terminus bereits im *Vorbericht* zur *Cantate auf die Ankunft der hohen Landesherrschaft*: „Die Welt mag darüber urtheilen, ob ich gleich, zu meiner Beruhigung, ihr lieber die ganze Partitur [der Kantate], statt eines bloßes Clavierauszuges vorgelegt hätte". Vgl. dagegen die Datierung bei Hansemann, Der Klavier-Auszug (wie Anm. 2), S. 2–3 (1777 in Georg Bendas *Walder*) bzw. bei Link, Der Opern-Klavierauszug (wie Anm. 3), Bd. 1 (Textteil), S. 9: Nach Link spricht Hiller 1768 in seiner Vorrede zu *Lottchen am Hofe* erstmals von einem „für das Clavier gemachten Auszug". Link bespricht auf derselben Seite seiner Arbeit auch Hillers Kantate von 1765, schreibt aber irrtümlich, dort sei nur von einem „Auszug", nicht von einem „Clavierauszug" die Rede.

sicherlich auch mit wesentlichen Neuerungen im Klavierbau innerhalb dieser Umbruch-periode zusammenhängt. Die Entwicklung bis zu Carl Maria von Weber verläuft dabei keineswegs so geradlinig, wie dies die Literatur zum Thema vermuten lassen könnte, zeigt aber doch einige durchgehende Tendenzen. Dabei erweisen sich die Forderungen, die Gottfried Weber 1825 an einen Klavierauszug stellt, durchaus nicht als Neuerun-gen, sondern als Bündelung verschiedener progressiver Ansätze, die nun als allgemein verbindlich durchgesetzt werden sollen. Das Augenmerk sei im folgenden nicht auf die Qualität der Umsetzung der Partitur, sondern auf eher ‚formale‘ Details gelenkt: Voll-ständigkeit, Gesamt-Anlage, Genauigkeit der Bezeichnung, Spielbarkeit, Angaben zur Instrumentation sowie zur szenischen Umsetzung u. a. m. Der kaum zu überschauende Umfang der Klavierauszug-Produktion zu Ende des 18. und Beginn des 19. Jahrhunderts läßt dabei nur Stichproben zu, die sich zudem vorwiegend auf den deutschsprachigen Er-scheinungsraum beschränken; die Einführung von Neuerungen läßt sich somit nicht in jedem Fall zweifelsfrei datieren, wohl aber auf einen bestimmten Zeitraum eingrenzen.

2.1 Vollständigkeit des Klavierauszugs

Der Begriff ‚Auszug‘ ist in der Frühzeit durchaus noch doppeldeutig zu verstehen. Zu-nächst bezeichnet das ‚Ausziehen‘ die Beschränkung auf die wesentlichen Parameter der Musik, bestimmt von den Möglichkeiten der Ausführung auf dem Klavier; andererseits wird nicht selten nur eine Auswahl besonders beliebter Nummern ‚herausgezogen‘, die Erfolg beim Publikum verspricht.[32] Dieser Auswahl-Gedanke ist freilich untergeordnet und spielt in der theoretischen Auseinandersetzung mit dem neuen Genre keine Rol-le, auch nicht in Johann Georg Lebrecht Wilkes *Musikalischem Handwörterbuch*, das den „Clavier=Auszug" wie folgt definiert: „Heißt wenn mehrere Notenstimmen in wenige Notenlinien also zusammen gezogen worden sind, daß man sie auf dem Clavier, als ein vor sich selbst bestehendes harmonisches Ganzes, vortragen kann".[33]

So stehen in der zweiten Hälfte des 18. Jahrhunderts Klavierauszüge, die ein Werk weitgehend vollständig überliefern und wohl eher den ‚Kenner‘ ansprechen, neben je-nen Auswahl-Ausgaben, die dem ‚Liebhaber‘ zur Unterhaltung im privaten Kreise die-nen. Von den drei Klavierauszügen etwa, die kurz nacheinander von Carl Ditters von Dittersdorfs *Apotheker und Doktor* (auch: *Doktor und Apotheker*) herauskamen, ist nur der erste (vom Komponisten bearbeitete) vollständig.[34] Rellstab rechtfertigt die Kürzungen seiner Ausgabe auf Blatt iv des Vorworts: „Das Finale im ersten Act ist ganz beybehalten worden, da es sehr viele kleine niedliche Arietten enthält. Das Quintett im zweyten Act ist, weil es nur in Handlung besteht, ganz weggeblieben, und vom Schlußfinale hat man nur einen Theil genommen, weil es derselbe Fall wie beym Quintett ist".

[32] Link, Der Opern-Klavierauszug (wie Anm. 3), Bd. 1, S. 9f. mißt diesem Auswahl-Gedanken in der Frühzeit des Klavierauszugs (Hiller) sogar eine Priorität bei der Begriffsbildung zu.
[33] Musikalisches Handwörterbuch oder kurzgefaßte Anleitung, sämmtliche im Musikwesen vorkommende, vornehmlich ausländische Kunstwörter richtig zu schreiben, auszusprechen und zu verstehn [...]. Wei-mar 1786, S. 26f.
[34] Dem Schott-Nachdruck fehlen das I. Finale, das Sextett im II. Aufzug und das II. Finale bis auf den Schluß-chor *Victoria*, der Rellstab-Ausgabe dasselbe Sextett und Teile des II. Finale (daraus nur Duetto Rosa-lia / Gotthold und Schlußchor).

Die Vollständigkeit wird erst ab ca. 1800 ein wesentliches Qualitätsmerkmal eines Klavierauszuges. Immer öfter weisen Verleger (auf dem Titelblatt) und Rezensenten (in ihren Besprechungen) darauf hin, wenn ein Werk ungekürzt erscheint. Die AmZ würdigt noch 1814, daß Friedrich Schneiders Ausgabe von Peter Winters *Das unterbrochene Opferfest* bei Breitkopf & Härtel alle musikalischen Nummern enthält: „Die Vollständigkeit, mit welcher selbst diejenigen Stücke aufgenommen wurden, die fast auf allen Theatern weggelassen werden, verdient eben hier um so mehr Dank".[35] Der Druck von Auswahl-Ausgaben findet freilich parallel zu den kompletten seine Fortsetzung, nicht zuletzt aus finanziellen Erwägungen. Der Auszug derselben Oper bei Friedrich Hofmeister (ca. 1817/18) beschränkt sich auf die „vorzüglichsten Arien, Duetten u.s.w." und dürfte mit einem Preis von 1 Reichstaler und 12 Groschen einen größeren Abnehmerkreis gefunden haben als der umfangreichere Breitkopfsche zu 5 Reichstalern. Auch die Klavierauszug-Erstdrucke von Beethovens *Leonore* und Webers *Silvana* geben noch eine Auswahl – ohne dies auf dem Titelblatt anzugeben. Bei Beethoven fehlen die Ouvertüre und die Finali, bei Weber einige größer besetzte Ensemble- oder Chornummern (etwa das fulminante II. Finale), sämtliche Tänze, aber auch einige Solonummern.

Genaugenommen sind allerdings noch weit über Webers Zeit hinaus fast alle Ausgaben von Dialog-Opern unvollständig: zwar werden die musikalischen Nummern überwiegend komplett abgedruckt, doch die gesprochenen Texte fehlen nahezu überall; sie unterlagen viel zu stark der zeitgenössischen Bearbeitungspraxis, um sie als festen Bestandteil des Werks in die Ausgaben aufzunehmen. Ausnahmen sind selten, so etwa der Klavierauszug zu Johann Gottlieb Naumanns *Orpheus und Euridice* (1787) mit in den Gesamtverlauf integrierten Dialogen und zusätzlich einem kompletten Libretto, das dem Auszug vorgeheftet ist. Der Abdruck der kompletten Texte auf separaten Seiten als Beilage zum Klavierauszug ist auch bei anderen Cramer-Ausgaben zu finden, etwa bei Johann Abraham Peter Schulz' Chören und Gesängen zu Racines *Athalia*, aber auch bei Ausgaben des Verlages Breitkopf & Härtel, so beispielsweise bei Henri Montan Bertons *Die tiefe Trauer* oder Johann Christian Ludwig Abeilles *Peter und Ännchen*.[36] Die AmZ-Rezension zu Bertons Werk betont denn auch:

> Sehr lobenswerth ist die Einrichtung des Werkchens, dass man auch den Dialog der nicht übel gerathenen Uebersetzung beygedruckt hat, wie es die Franzosen bey ihren gestochenen Partituren zu machen pflegen. So ist man ja erst im Stande, das Ganze zu verstehen, und denen, die es beym Pianoforte singen wollen, wird das Lesen des Dialogs an sich schon Vergnügen machen, und ihr Vernügen an der Musik vermehren.[37]

---

[35] AmZ 16, Nr. 31, 3. August 1814, Sp. 524.

[36] Leipzig: Breitkopf & Härtel, Verlagsnummer (im folgenden: VN) 318 (1810); vgl. dazu AmZ 12, Nr. 65, 26. Dez. 1810, Sp. 1053: „Rec.[ensent] hat aber mit dem Text näher bekannt werden können, weil er ganz, mit Dialog, der Musik vorgedruckt ist – ein sehr guter Gedanke des Verlegers, den ihm, ausser den Theater-Directionen, besonders auch die Privattheater verdanken werden, welche nun dies kleine, leichte Werkchen, allenfalls nur unter Begleitung eines guten Pianoforte, aufführen können [. . .]".

[37] AmZ 6, Nr. 15, 11. Jan. 1804, Sp. 246f. – Wenn Gottfried Weber in seinem Cäcilia-Beitrag also bemerkt, daß die Forderung nach Integration des Operntextbuchs in den Klavierauszug vor ihm „noch von Niemanden auch nur als Wunsch und Vorschlag ausgesprochen worden" (Weber, Über Clavierauszüge, wie Anm. 19, S. 38), so kannte er offensichtlich die vorstehend genannten Drucke nicht.

2.2   Anzahl der Systeme und Schlüsselung

Das in Wilkes Definition betonte „vor sich selbst bestehende harmonische Ganze" beschreibt Hillers Klavierauszug: Wichtig sind ihm Harmonietreue und rhythmische Präzision, der Satz ist jedoch äußerst ‚dünn'. Im *Vorbericht* seiner *Cantate auf die Ankunft der hohen Landesherrschaft* (Leipzig 1765) vertritt Hiller in einem umfangreichen Absatz zur Anlage eines Klavierauszuges folgende Position:

> Es ist wahr das Clavier bedarf eigentlich nur zwo Linien; aber ich halte es allemal für eine sehr unbequeme Arbeit, wenn man Singestücken mit Instrumenten begleitet, auf zwo Linien zusammen zieht. Der Setzer und der Spieler sind in gleicher Verwirrung. Man muß entweder viel kleine Schönheiten des Accompagnements aufopfern, oder sie mit kleinen Nötchen unter, über und zwischen den Hauptnoten hinein zwingen; wie undeutlich und beschwerlich dieses für den Spieler sey, wird ein jeder wissen, der dergleichen Arbeiten vor den Augen gehabt hat. Wenn ich aber voraussetze, daß es einem Musicliebhaber, und nur mäßigem Clavierspieler nicht an der Kenntniß des Violinschlüssels fehle, der heut zu Tage beym Claviere eben so gewöhnlich ist als der Discantschlüssel; wenn ich ferner überzeugt bin, daß drey Linien sich noch eben so bequem übersehen lassen als zwo: so habe ich vielleicht nicht besser thun können, als drey Linien zu wählen, um auf der obersten das Accompagnement in seinem Zusammenhange, auf der zweyten die Singestimme allein, und auf der dritten den Baß unvermischt vorzustellen. In dieser Gestalt vertritt ein Auszug zugleich die Stelle der Partitur, wenigstens bey der Aufführung eines Stücks, und in einer Privatgesellschafft können sich eine, zwo auch drey Personen zugleich damit beschäfftigen. Einigen Liebhabern zu gefallen habe ich noch die Bezifferung des Generalbasses beygefügt.

Diese Bemerkungen gelten für die Kantate, die weitgehend wie beschrieben auf je drei Systemen wiedergegeben wird (Abb. 1) – ausgenommen natürlich die rein instrumentale *Sinfonia* und die Rezitative[38] –, nicht jedoch für Hillers Bühnenwerke. Dort bestimmt die im *Vorbericht* der Kantate kritisierte Form der Zusammenfassung auf zwei Systemen, die auch bei Liedern der Zeit üblich war, weitgehend das Bild: In den Gesangsnummern werden die Singstimme(n) und die rechte Hand des Pianisten in einem System (im Sopranschlüssel) notiert.[39] Dabei wird das Accompagnement im wesentlichen auf Vor-, Zwischen- und Nachspiele reduziert; kleine Stichnoten geben zusätzlich zu den Gesangs-Passagen kürzere instrumentale Einwürfe wieder. Diese Zusammenfassung hat freilich einen großen Nachteil: alle Singstimmen (auch die Tenöre und Bässe) müssen im Sopranschlüssel notiert werden (was andererseits für den Laien das Notenlesen fraglos erleichtert). Die von Hiller für die Kantate favorisierte dreisystemige Aufzeichnungsform (mit Sopranschlüssel für die Singstimmen, Violin- und Baßschlüssel für das Klavier[40]) hat er selbst in seinen Bühnenwerken selten angewendet.[41]

---

[38] In den Rezitativ-Teilen ist zur Singstimme (mit stimmgerechter Schlüsselung) ausschließlich der Baß mit Bezifferung notiert.

[39] Der Sopranschlüssel wird dabei auch in den rein instrumentalen Sätzen, wie z. B. der Ouvertüre verwendet.

[40] In der *Sinfonia* setzt Hiller das Klavier im Sopran- und Baßschlüssel. Innerhalb der Kantate ist außerdem die Baß-Partie des Greises im Baßschlüssel notiert.

[41] Im Klavierauszug zur *Jagd* (1771) ist das Klavier lediglich in einer Nummer (S. 55f.) auf zwei separaten Systemen notiert, die die Gesangsstimme umrahmen (das Klavier bleibt im Sopranschlüssel notiert), im *Dorfbalbier* (1771) sogar nur auf einer einzigen Seite (S. 15), dort allerdings mit der ‚modernen' Abfolge der Systeme: Singstimme – rechte Hand – linke Hand.

Abb. 1: Johann Adam Hiller, *Cantate auf die Ankunft der hohen Landesherrschaft*, Leipzig: Bernhard Christoph Breitkopf und Sohn (1765), S. 31, Ende der Arie „Wenn tief zu deinen Füßen"

In dem Bestreben, den Orchestersatz möglichst vollstimmig auf das Klavier zu übertragen, erweist sich die herkömmliche Form der Notation auf zwei Systemen jedoch bald als unzulänglich, und neue Möglichkeiten der Wiedergabe werden gesucht. Exemplarisch stehen im Klavierauszug von Johann Heinrich Rolles Oratorium *Abraham auf Moria* (1777) verschiedene Notierungsformen nebeneinander (Abb. 2 und 3): Über weite Strecken hat sich das Klavier gegenüber den Singstimmen emanzipiert und ist mit obligater Stimmführung auf zwei eigenen Systemen (unter der Singstimme) notiert, dann aber wechselt das Bild wieder zu älteren Formen mit Generalbaßbezifferung bzw. Kopplung der rechten Hand des Pianisten an die Gesangsstimme. Damit ist ein Wechsel der Schlüsselung verbunden: In den Chor-Nummern werden Sopran-, Alt-, Tenor- und Baßschlüssel sowohl für Chor- als auch für Solostimmen verwendet, in den Solonummern kehrt Rolle aber zur herkömmlichen Form der Notation im Sopran- und Baßschlüssel zurück, d. h. Partien, die in den Chornummern stimmgerecht bezeichnet waren,[42] werden nun im Sopranschlüssel gesetzt.[43]

---

[42] Nämlich Isaak im Altschlüssel, Abraham im Tenorschlüssel und Theman im Baßschlüssel.

[43] Vereinzelt begegnen interessante Übergangsformen. Im Klavierauszug von Georg Bendas *Romeo und Julie* (1784), der ebenfalls noch die rechte Hand des Pianisten und die Gesangsstimme in einem System mit

Abb. 2: Johann Heinrich Rolle, *Abraham auf Moria*, Leipzig: Johann Gottlob Immanuel Breitkopf (1777), S. 13:
Ende des Chores der Hirten und Hirtinnen „Heilig, heilig, heilig Gott" und Beginn des Rezitativs der
Sara „Ach, meine Kinder!"

Am Beispiel der Klavierauszüge Carl David Stegmanns läßt sich die Tendenz zur Aus-
weitung der Systeme gut nachvollziehen: Der *Kaufmann von Smirna* (1773) kommt noch
durchgehend mit zwei Systemen aus; im *Deserteur* (1775) werden die Singstimmen in Duetten und Ensemblestücken auf zwei bis drei Systeme verteilt, und in einer Solonummer
erhält das Klavier kurzzeitig (S. 86f.) zwei separate Systeme, das System der Singstimme
verläuft dazwischen. Im *Triumpf der Liebe* (1796) schließlich ist das Klavier fast durchgängig auf zwei Systemen unter den Singstimmen notiert.[44]

Sopranschlüssel zusammenfaßt, jedoch nach Bedarf bis zu vier Singstimmen hinzufügt, ist ein Duett zwischen Laura und Kapellet so notiert, daß in der 4-taktigen Einleitung die rechte Hand im mittleren System
(Kapellet) beginnt (während die Oberstimme pausiert), beim Einsatz des Kapellet aber im oberen System
fortgesetzt wird (mit dem Zusatz „Cembalo"); dieser Wechsel wiederholt sich sogar (vgl. S. 37f.). Zu Beginn des III. Aktes wird dann beim *Trauergesang hinter dem Theater* das Klavier durchgängig auf zwei Systeme
gesetzt (S. 33ff.; für die rechte Hand wird dabei weiterhin der Sopranschlüssel verwendet). Hinzu kommen
fünf auf eigenen Systemen notierte Gesangsstimmen: Canto 1, Canto 2, Alto, Tenor, Basso, jeweils mit den
entsprechenden Schlüsseln.

[44] Nur auf fünf Seiten im Finale zum II. Akt sowie auf einer Seite im III. Akt wird ausschließlich aus Platzgründen eine Singstimme im System der linken Hand des Pianisten wiedergegeben. In Nr. 21 (IV. Akt)

Abb. 3: J. H. Rolle, *Abraham auf Moria*, S. 51: Rezitativ Isaak, Abraham und Solo Themani „Der Herr sey deine Zuversicht"

findet sich ein zusätzliches System „Violino con Sordino"; die Bezeichnung (sonst durchgängig „Cembalo") wechselt in dieser Nummer zwischen „Harmonica" und „Fortep.[iano]".

Noch die Klavierauszüge zu Johann Friedrich Reichardts *Erwin und Elmire*,[45] *Jery und Bätely* und *Geisterinsel* wechseln zwischen der Zusammenfassung von Singstimme(n) und rechter Hand des Pianisten einerseits und zwei selbständigen Systemen für das Klavier andererseits; ebenso Webers Lehrer Georg Joseph Vogler in seinem Klavierauszug zu *Hermann von Unna* (um 1800), der allerdings bereits durchgängig den Violinschlüssel verwendet (Abb. 4).

Zu den frühesten Klavierauszügen mit durchgehend zwei Klavier-Systemen gehören die Cramersche Bearbeitung der *Athalia*-Musik von Johann Abraham Peter Schulz (1786) sowie zwei der genannten Auszüge von Dittersdorfs *Apotheker und Doktor* von 1787[46] (Abb. 5). Danach verfährt ein Großteil der Klavierauszüge auf diese Art, unabhängig vom Verlag: z. B. 1791 Dittersdorfs *Hieronymus Knicker* bei Breitkopf & Härtel und Mozarts *Don Giovanni* bei Schott, 1793 Mozarts *Zauberflöte* sowohl bei Johann Julius Hummel als auch bei Nikolaus Simrock.[47]

Die moderne Form, das Klavier durchgängig auf zwei eigenständigen Systemen unter den Singstimmen im Violin- und Baßschlüssel als Wiedergabe des Orchesters und nicht als bloße Verdoppelung der Singstimmen zu notieren sowie jeder Gesangsstimme ein eigenes System zuzuordnen, setzt sich gegen 1790 als relativ verbindlich durch. Bei der Schlüsselung der Gesangsstimmen erfolgt dabei zunächst ein genereller Wechsel zum Violinschlüssel, der nun in allen Gesangsstimmen[48] (auch in den Bässen) verwendet wird.[49]

Daß die übrigen Schlüssel eine geringe Rolle spielen, hängt vermutlich mit der Rücksichtnahme auf die musikalische Praxis zusammen. So bemerkt Hummel in seiner Ausgabe der *Zauberflöte* (1793), daß „Liebhabern [...] der Tenor Schlüssel fremd ist" und

---

[45] Vgl. dazu auch Tafel 20 und 21 bei Hansemann, Der Klavier-Auszug (wie Anm. 2).

[46] Wien: Gottfried Friederich (vgl. Tafel 18 und 19 bei Hansemann, Der Klavier-Auszug, wie Anm. 2) und der Nachdruck Mainz: B. Schott, in dem aus Platzgründen im Schlußchor zwei bis drei Singstimmen in einem System zusammengefaßt sind.

[47] Ausnahmen bestätigen hier wie meist die Regel: Der Berliner Verlag Rellstab bleibt mit seinen Auszügen der älteren Tradition treu. In seinen Ausgaben von Dittersdorfs *Apotheker und Doktor* sowie Glucks *Iphigénie en Tauride* (1789) und *Alceste* (1796) bleibt das Klavier an die Gesangsstimme gebunden, mit Stichnoten für den Orchesterpart angereichert. Wenn Rellstab in der *Alceste* die rechte Hand in einem eigenen System notiert, dann rahmen die beiden Klaviersysteme – wie bereits in Hillers *Jagd* und Stegmanns *Deserteur* – die Singstimme ein (Abb. 6). In der zweiten Auflage des Auszugs von *Doktor und Apotheker* begründet Rellstab in der ersten Arie des II. Aufzugs (S. 77) sein Festhalten an der alten Form der Verbindung von Singstimme und Klavierpart folgendermaßen: „Eigentlich sollte diese Arie drey Zeilen haben; Um aber dem Käufer der nach Bogen bezahlt, so viel wie möglich zu liefern, ist die Begleitung in der obern Zeile, und die Singstimme in der untern über den Baß gelegt worden. Beym Dreyachttheiltact ist die Singstimme in der obersten Zeile".

[48] Freilich bleibt der Sopranschlüssel für die Singstimmen vereinzelt noch länger in Gebrauch, so z. B. in der Ausgabe von Beethovens *Fidelio*, Wien: Artaria und Comp.

[49] So z. B. in Schulz' *Aline, Reine de Golconde* (1790), Mozarts *Don Giovanni* bei Schott (1791), Dittersdorfs *Das Rothe Käppchen*, ebenfalls bei Schott (1792), oder Mozarts *Zauberflöte* bei Simrock (1793). Einer der frühesten Klavierauszüge, der den Sopran- durch den Violinschlüssel ersetzt, ist der zu Mozarts *Entführung aus dem Serail*, arrangiert von Abbé Starck (1785/86). Dort findet in einigen Fällen auch bereits der Baßschlüssel für die Singstimmen Verwendung: generell für die Chor-Bässe und einmal (Terzett Nr. 7, S. 40–46) auch für Osmin. Um 1793 verwendet Reichardt in *Erwin und Elmire*, dem ersten Band der Reihe *Musik zu Göthe's Werken*, noch durchweg die alte Form der Schlüsselung, entschuldigt sich aber mit einer Anmerkung: „Den Dilettanten zu Gefallen sind alle drei Stimmen hier im Discantschlüssel abgedruckt worden". Im dritten Band der Reihe, dem Auszug zu *Jery und Bätely* (ca. 1793), ist dann allerdings das Klavier, sobald es separat notiert wird, mit Violin- und Baßschlüssel bezeichnet, die Singstimmen verwenden Sopran- und Baßschlüssel.

Abb. 4: Georg Joseph Vogler, *Hermann von Unna*, Leipzig: Breitkopf & Härtel (um 1800), S. 21: Ende der Romanze der Ida „Die du sinkend unter Schmerzen" und Beginn des Chors „Himmel, von unserm Sizze"

Abb. 5: Carl Ditters von Dittersdorf, *Apotheker und Doktor*, Wien: Gottfried Friedrich (1787), S. 101: Ausschnitt
aus dem Finale Nr. 12 „Ha poz Pulver und Kanonen"

selbiger in den „Discant Schlüssel übersetzt" werden müsse. Zu den eher seltenen Ausgaben, die den Tenorschlüssel dennoch verwenden, gehören Dittersdorfs Auszug von
Apotheker und Doktor bei Friederich in Wien (1787, vgl. Abb. 5), Kunzens *Fest der Winzer*
(1798),[50] Bertons *Tiefe Trauer* (1803), Hellwigs Ausgabe der Gluckschen *Iphigénie en Tauride* (1812),[51] Johann Peter Samuel Schmidts Auszug der Gluckschen *Armide* (1813)[52] und
Beethovens *Fidelio* (1814). Noch seltener findet man den Altschlüssel, so in einer Nummer von Cherubinis *Lodoïska* (1804) im Chor (S. 45–49). Dagegen verwendet Weber
in seinem Auszug von Voglers *Samori* (1805) für die Singstimmen Sopran-, Alt-, Tenor-
und Baßschlüssel. Auch in der *Silvana* (1812) findet in Ensemblesätzen der Tenorschlüssel
noch Verwendung.[53]

Die ‚moderne' Form der Schlüsselung der Singstimmen (Sopran, Alt und Tenor mit
Violin-, Bässe mit Baßschlüssel) entwickelt sich erst allmählich in Zusammenhang mit
dem Wechsel in der Bezeichnung der Bässe. Zwar gibt es – wie erwähnt – einige frühe
Ausgaben, die für Singstimmen in Baßlage den Baßschlüssel benutzen, darunter Ditterdorfs *Hieronymus Knicker* (1791)[54] und Reichardts *Jery und Bätely* (1793),[55] doch blieb nach

---

[50] Die Partie des Jürgen ist fast durchgängig im Violinschlüssel notiert, nur in einem Terzett (S. 69f.) im Tenorschlüssel.
[51] Tenorschlüssel nur in Chören S. 43ff. und 105ff.
[52] Tenorschlüssel „ausschließlich in den Chören" (S. 21–43, 85–88, 91–93, 96–101, 112, 115–117, 145–150).
[53] Die Partie des Philipp (= Albert) hat grundsätzlich Tenorschlüssel; Rudolph ist hingegen überwiegend im
    Violinschlüssel notiert, wechselt aber in Nr. 18 zum Tenorschlüssel. Inkonsequent ist auch die Partie des
    Krips bezeichnet, der zwischen Violin- und Baßschlüssel wechselt.
[54] Partien Knicker und Filz.
[55] Partie des Vaters.

Abb. 6: Christoph Willibald Gluck: *Alceste*, Berlin: Rellstab, VN 217 (1796), S. 23: Ausschnitt aus Akt I, Szene 3, Grand Prêtre / Choeur: „Dieu puissant, écarte du trône"

1790 zunächst die Notation aller Singstimmen im Violinschlüssel die Regel. Erst zwischen 1800 und 1810 setzt sich der Baßschlüssel bei der Singstimmen-Notation durch und wird allgemein verwendet: z. B. 1799 in Reichardts *Geisterinsel*, 1801 in Abeilles *Amor und Psyche*, 1803 in Bertons *Die tiefe Trauer* und 1804 in Cherubinis *Lodoïska*. Um 1820 hat sich die heute geläufige Art der Schlüsselung – abgesehen von dem Oktavierungskürzel der kleinen ‚8' unter dem Violinschlüssel des Tenors – dann allgemein durchgesetzt; ihr folgt der Großteil der Klavierauszüge: 1819 *Abu Hassan*, 1821 *Freischütz* (Schlesinger), 1822 *Faust* von Spohr, 1823 *Euryanthe*, 1824 Spohrs *Jessonda*. Bei hohen Baß-Partien bleibt allerdings die Wahl zwischen Violin- und Baßschlüssel offen; so ist Scherasmin im deutschen Auszug des Weberschen *Oberon* generell im Violinschlüssel notiert; in der englischen Ausgabe wechselt er zwischen Violin- und Baßschlüssel. Webers *Preciosa* (1821) verwendet ebenso wie Spontinis *Olympia* (1822) nochmals den Tenorschlüssel.[56]

2.3 Soloinstrumente und Particell-Auszüge

Zu den Ausnahmen von der um 1790 weitgehend standardisierten Anlage gehören auch die gelegentlichen Darstellungen des Orchesterparts auf mehr als zwei Systemen. Dies

---

[56] In der *Preciosa* für den Chor-Tenor, in der *Olympia* für die Partie des Cassander (wechselnd im Violin- oder Tenorschlüssel).

51

Abb. 7: Carl Maria von Weber, *Silvana*, Berlin: Schlesinger, VN 51 (1812), S. 51: Beginn der Scene Nr. 7
Rudolph und Silvana: „Willst du nicht diesen Aufenthalt"

betrifft in der Regel die Aufnahme solistisch verwendeter Instrumente in einer oder mehreren Nummern des Klavierauszugs. Bereits in einigen Werken Hillers ist dem Klavier
das jeweils in der entsprechenden Nummer verwendete Soloinstrument hinzugefügt, so
im Einakter *Die Muse* von 1771,[57] im *Aerndtekranz* von 1772[58] oder in der *Jubelhochzeit*
von 1773.[59] Diese Stimmen sollten vermutlich durch Melodie-Instrumente besetzt und
nicht im Klavier angedeutet werden (wofür auch die Verwendung des instrumentenspezifischen Schlüssels spricht).

In Reichardts *Erwin und Elmire* (1793) erscheinen zu Beginn des II. Akts (S. 63ff.) zusätzlich zu den beiden Klaviersystemen im System der Singstimme mehrfach Einwürfe
des Fagotts bzw. der Flöte (S. 98 nochmals Oboe).[60] Vermutlich soll der Pianist an diesen
Stellen in einer Art leichtem Partiturspiel die drei Systeme zusammenfassen. In Webers
Silvana-Klavierauszug von 1812 ist in der Nr. 7 zusätzlich das Solo-Cello in einem eigenen System notiert (Abb. 7). Diese Form liegt hier besonders nahe, da das Cello in dieser
Nummer den Part der stummen Titelheldin vertritt, deren Äußerungen musikalischgestisch dargestellt werden.[61]

Anders in der Nr. 9 der Kantate *Kampf und Sieg*: Weber gelingt es nicht, die gesamte
motivisch-thematische Substanz des Orchesters im Klaviersatz darzustellen. Er läßt des

---

[57] Gemeinsam mit Hillers *Dorfbalbier* erschienen; auf S. 61–65 separates System für „Oboe o Flauto solo".

[58] Auf S. 30–35 separates System für die durchgängig verwendete „Flauto (Solo)", auf S. 45–46 separates System für „Violino (Solo)".

[59] Auf S. 91 „Minuetto II. per l'Oboe"; Notation (hier ohne Singstimme) trotzdem auf zwei Systemen.

[60] Vgl. dazu Tafel 21 bei Hansemann, Der Klavier-Auszug (wie Anm. 2).

[61] In Nr. 13, in der im Orchestersatz der Solo-Oboe eine ähnlich korrespondierende Funktion zukommt,
verzichtet Weber im Klavierauszug hingegen auf die Darstellung in einem separaten System. Die Oboe ist
in den Klaviersatz integriert, aber entsprechend gekennzeichnet. Dies hängt vermutlich mit der nicht mehr
eindeutig dialogisierenden Struktur dieser Nummer zusammen, bei der am Anfang auch eine Solo-Viola
verwendet ist und die Oboe sogar abschnittsweise als reine Klangverstärkung eingesetzt wird.

halb an der problematischen Stelle (S. 41) folgende Bemerkung in den Klavierauszug ein-
rücken:

> Da es ausser den Gränzen eines Klavier Auszuges lag, die in allen Blase Instrumenten liegende
> Melodie des erhabenen God save the King mit denen die Schlacht fortrasenden Violin und
> Bässe Figuren zu verbinden, so hat der Componist etwas im Effect ähnliches dem Piano Forte
> gegeben, und obige Figuren blos als Notiz für den Kunstfreund bei gefügt.

Besagte Figuren der Violinen und Bässe, die das fortdauernde Schlachtengetümmel darstellen, werden in zwei separaten Systemen über den beiden Systemen für das Klavier
wiedergegeben, sind aber nicht mitzuspielen; der auszuführende Klavierpart beschränkt
sich auf das akkordisch ausgesetzte *God save the King* in der rechten und Akkord-Tremoli
der linken Hand.[62]
　　Einfluß auf den Wandel in der Gestaltung des Klavierauszugs hatten möglicherweise auch die Particell-Auszüge, die in der Literatur nicht immer klar von den Klavierauszügen unterschieden werden.[63] Ob z. B. der Wechsel zum eigenständigen Klaviersy-
stem mit Violin- und Baßschlüssel auch mit der Entwicklung dieser Particell-Auszüge
zusammenhängt, ist eine noch nicht untersuchte Frage. Um ein solches, leicht mit einem Klavierauszug zu verwechselndes Particell handelt es sich z. B. bei der mit kostbarer
Ausstattung 1780 in Leipzig herausgegebenen *Cora* von Johann Gottlieb Naumann. Die
Instrumentalstimmen umschließen hier die Singstimmen, dabei sind in der Oberstimme
im Violinschlüssel die beiden Violinen (gelegentlich mit Viola) und im Baß-System Violoncello und Baß (z. T. auch Violen) zusammengefaßt. Typische Streicherfiguren und die
gelegentlich großen Abstände zwischen Violine 1 und 2 oder zwischen den Baßstimmen
belegen, daß es sich hier nicht um einen auf dem Tasteninstrument wiederzugebenden
Auszug handelt (Abb. 8). Außerdem kommen in zwei Nummern zusätzlich auf einem
eigenen System notierte (Solo-)Instrumente hinzu.[64] Dem Zweck des Auszugs entsprechend werden sowohl die Wechsel der Instrumentation und der Bühnenbilder angegeben
als auch Artikulation, Dynamik und sogar Spielweise sorgsam bezeichnet. Handelte
es sich nicht um ein Particell, sondern um einen Klavierauszug, wären hier bereits nahezu alle Neuerungen des Weberschen Auszugs ausgebildet. Es wäre daher sicherlich
aufschlußreich, die Entwicklung dieser Ausgabenform neben der des Klavierauszugs zu
untersuchen, um eventuelle Wechselwirkungen festzustellen. Im Rahmen der vorliegenden Betrachtungen blieb diese Form des Auszugs, die sich ähnlich auch in Naumanns
Amphion-Particell (1784) findet,[65] unberücksichtigt.

---

[62]　Ähnlich verfährt Weber in Nr. 3 der *Preciosa*, wo in T. 88–92 (S. 17) neben der in der rechten Hand des Klaviers wiedergegebenen Flötenstimme zusätzlich die Solostimme der Violine im darüber liegenden System
im Kleinstich angegeben ist.

[63]　So behandelt Hansemann den Bendaschen *Walder* (Gotha: Ettinger, 1777) als Klavierauszug, obwohl es sich
um einen „Clavierauszug nebst Begleitung einiger Instrumente", also genau genommen um ein Particell
handelt, das einige Besonderheiten, z. B. hinsichtlich der Instrumentenbezeichnung, aufweist (vgl. Hansemann, Der Klavier-Auszug, wie Anm. 2, S. 2 bzw. 62).

[64]　Vgl. S. 130: 5 Systeme: Violini – Oboi, Flauti e Clarinetti – Chor der Priesterinnen (2 Systeme mit Sopranschlüssel) – Basso bzw. S. 173: 4 Systeme: Violini – Oboè – Cora – Fagotto e Basso.

[65]　Das Orchester ist in jeder Nummer auf zwei bis vier Instrumente reduziert (im Wechsel Violinen, Flöte,
Oboe, Fagott, Basso). In zwei Nummern mit solistischen Instrumenten (Violine bzw. Oboe) ist auch ein
„Cembalo" besetzt. Dabei ist das obere System der Cembalo-Stimme in der Ouvertüre mit Sopran- und
in einer späteren Nummer zunächst mit Violinschlüssel bezeichnet (ab Einsatz der Singstimmen wird wie-

Abb. 8: Johann Gottlieb Naumann, *Cora*, Particell, Leipzig: in der Dykischen Buch Handlung, 1780, S. 109,
Ausschnitt aus Szene II/5, Zulma und Alonzo: „Komm, laß dein Blut die Gottheit versöhnen!"

2.4 Artikulatorische und dynamische Bezeichnungen

In den frühen Klavierauszügen werden artikulatorische und dynamische Bezeichnungen
noch äußerst sparsam verwendet. Die Zusammenfassung von Singstimme und rechter
Hand des Pianisten in einem System erzwingt einen weitgehenden Verzicht auf zusätzliche Bezeichnungen. So werden in Stegmanns Auszug von *Erwin und Elmire* von 1776
nur die Ouvertüre und einige Vor-, Zwischen- und Nachspiele der Gesangsnummern
konsequenter mit Angaben zur Artikulation und Phrasierung versehen (kurze *legato*- und
portato-Bögen; *staccato* überwiegend mit Strich, seltener mit Punkt; statt Akzent-Zeichen
generell *sf*), bevorzugt in der rechten, weniger in der linken Hand. Ansonsten ist die
Bogensetzung überwiegend an der Silbenverteilung der Singstimme orientiert. Auch bei
den rein instrumentalen Partien behält allerdings die leichte Ausführbarkeit oberste Priorität (vgl. dazu auch den folgenden Abschnitt 2.5).

---

derum im Sopranschlüssel notiert); Violine, Flöte, Oboe und Bässe sind in den instrumentenspezifischen
Schlüsseln, die Singstimmen im Sopran-, Tenor- und Baßschlüssel notiert.

Abb. 9: Wolfgang Amadeus Mozart, *Die Zauberflöte*, Bonn: Simrock, VN 4 (1793), S. 3: Beginn der Ouvertüre

Dagegen kann Hiller in seiner *Cantate auf die Ankunft der hohen Landesherrschaft* von 1765 aufgrund der überwiegend dreisystemigen Aufzeichnung Artikulation und Phrasierung weit sorgfältiger behandeln. Die rechte Hand ist nicht nur in den rein instrumentalen Passagen, sondern auch während des Gesangs sehr differenziert bezeichnet (*staccato* hier nur mit Strich, Punkte ausschließlich zu *portato*-Bögen; *legato*-Bögen maximal zweitaktig), und auch die linke Hand wird, sobald sie sich aus der reinen Generalbaß-Funktion löst, gleichberechtigt behandelt. Die Mehrzahl der Bühnenwerke mit durchgängiger Notation auf zwei Systemen hält allerdings an der vergleichsweise sparsamen Bezeichnung innerhalb der Gesangspassagen fest – dieses Erscheinungsbild prägt viele Ausgaben dieser Zeit.[66]

Auch hier macht sich ab ca. 1790 ein Umdenken bemerkbar. Mit dem Wechsel zur überwiegend dreisystemigen Notation erscheinen eine Reihe bemerkenswert sorgfältig bezeichneter Klavierauszüge: z. B. 1790 Friedrich Ludwig Aemilius Kunzens *Holger Danske* bei Søren Jørgensen Sønnichsen[67] und 1793 Mozarts *Zauberflöte*, bearbeitet von Friedrich Eunike, bei Simrock (Abb. 9). Die linke Hand, ihrer Generalbaßfunktion ent-

---

[66] Eine Ausnahme bilden wiederum die Particell-Auszüge, z. B. Naumanns *Amphion* von 1784, der sich in der Bezeichnung des Notentextes durch größere Partiturtreue auszeichnet und teils schon mehrtaktige *legato*-Bögen benutzt, auszuführen freilich auf der Violine bzw. dem Baß, nicht auf dem Cembalo. Hiller setzt im Klavierauszug seiner *Jubelhochzeit* von 1773 im *Minuetto II. per l'Oboe* zweimal einen dreitaktigen *legato*-Bogen, denkt dabei aber wohl ebenfalls eher an die Ausführung mit Blas- als mit Tasteninstrument.

[67] Nur an wenigen Stellen wird in Gesangsnummern noch die alte Form der zweisystemigen Notation verwendet.

hoben, emanzipiert sich von der Vorherrschaft der Melodie in der rechten, und sogar während des Gesangs werden motivisch hervortretende Instrumental-Passagen über weite Strecken mit Artikulations-Angaben versehen. Auch wenn sich diese Tendenz keinesfalls generalisieren läßt, setzt sich um die Wende zum 19. Jahrhundert doch eine gewissenhaftere Angabe von Phrasierung und Artikulation als allgemein verbindlich durch.

Weber verfährt bei der Bezeichnung bekanntermaßen recht sorgfältig, sieht man von der ungenauen Gültigkeitsdauer (Beginn und Ende) der Bögen ab, die aber bereits in Webers Partituren nicht immer zweifelsfrei zu bestimmen ist und deshalb den Stechern zur Zeit Webers ähnliche Schwierigkeiten bereitet haben dürfte wie modernen Editoren. Ein typisches Merkmal der Partituren Webers, die sehr weiträumig gesetzten Phrasierungsbögen, zeichnen – in etwas geringerem Maße – auch seine Klavierauszüge aus, so besonders zum *Freischütz*,[68] zu *Euryanthe*[69] und *Oberon*,[70] aber auch schon zu früheren Werken.

Unter den Angaben zur Dynamik dominieren in der Frühzeit des Klavierauszuges Kontrast- bzw. Echowirkungen (meist Wechsel zwischen *f* und *p*). Genauere Differenzierungen bilden die Ausnahme, allerdings sind die Zeichen für *ff* und etwas seltener *pp* und *mf* von Beginn an gebräuchlich. Die immer wieder zu lesende Feststellung, Webers Lehrer Georg Joseph Vogler habe die *crescendo*- und *decrescendo*-Gabeln in den Klavierauszug eingeführt,[71] ist falsch. Er verwendet sie zwar in seinem *Hermann von Unna* (1800) sehr häufig,[72] *crescendo*-Gabeln finden sich aber viel früher in Klavierauszügen; Vogler könnte sie in Kopenhagen kennengelernt haben.[73] Bereits in den Cramer-Ausgaben von Schulz' *Athalia* und Naumanns *Orpheus* (Kiel 1786 bzw. 1787) begegnen die Gabeln im Druckbild, danach auch in Cramers Klavierauszug von Schulz' *Aline, Reine de Golconde*, erschienen 1790 in Kopenhagen bei Sønnichsen. Der Verleger, bei dem auch Voglers *Hermann* erschien, übernimmt diese Form in zahlreiche seiner Publikationen der 1790er Jahre: z. B. in Kunzens *Holger Danske* (Abb. 10), *Fest der Winzer*, *Erik Ejegod* und *Festen i Valhal*. Aber auch deutsche Verlage benutzen in dieser Zeit *crescendo*- und *decrescendo*-Gabeln; sie finden sich vereinzelt schon im *Apotheker und Doktor* von Dittersdorf (bei Friederich, Schott und Rellstab 1787 bzw. 1789/1792), häufiger in den in ihrer Anlage eher konservativen Rellstabschen Gluck-Ausgaben (*Iphigénie en Tauride* 1789 und *Alceste* 1796), in Reichardts *Erwin und Elmire* der Neuen Berlinischen Musikhandlung (1793), Stegmanns *Triumpf der Liebe* bei Nicolovius (1796) sowie in etlichen Publikationen von Simrock, dessen Klavierauszügen bezüglich Anlage und Bezeichnung eine Vorreiter-Rolle zugebilligt werden muß: Mozarts *Zauberflöte* (1793), Antonio Salieris *Axur* (1796), Mozarts *Don Giovanni* (1797), Méhuls *Joseph* und Peter Winters *Labyrinth* (1798). Bemerkenswert ist die Verwendung der *crescendo*- / *decrescendo*-Gabeln in Méhuls *Joseph* auch insofern,

---

[68] Vgl. etwa die Ouvertüre oder die Wolfsschlucht-Szene.

[69] Vgl. besonders Beginn Nr. 15 (S. 153) und die gesamte Nr. 17 (S. 167–170).

[70] Vgl. Cavatina der Rezia Nr. 19 in der Schlesinger-Ausgabe (S. 123): Bogen T. 1–6 im Gegensatz zur kleingliedrigen Bezeichnung in der englischen Ausgabe.

[71] Vgl. Hansemann, Der Klavier-Auszug (wie Anm. 2), S. 94.

[72] Vgl. ebenda, Tafel 26.

[73] Allerdings findet sich ein ausgiebiger Gebrauch der *crescendo*- und *decrescendo*-Gabeln bereits in dem um 1790 zu datierenden, handschriftlichen Klavierauszug von Voglers 1787 in München uraufgeführter Opera seria *Castore e Polluce* (Klavierauszug von Francesco Joan, Hessische Landes- und Hochschulbibliothek Darmstadt, Mus. ms. 1063f). In diesem Auszug ist zudem die Artikulation mit großer Sorgfalt bezeichnet.

Abb. 10: Friedrich Ludwig Aemilius Kunzen, *Holger Danske*, Kopenhagen: Søren Jørgensen Sønnichsen (1790),
S. 33: Anfang der 3. Szene, Oberon: „Velkommen unge Helt"

als in diesem Klavierauszug bereits simultan gegenläufige Dynamik in beiden Händen verwendet und dabei sogar Liegetöne durch Gabeln bezeichnet sind (Abb. 11). Ausgeschriebenes *crescendo / decrescendo* bzw. Gabeln werden in der Mehrzahl der folgenden Klavierauszüge gleichrangig nebeneinander benutzt.

2.5 Spielbarkeit

Der fortschreitenden Vollstimmigkeit des Klavierauszugs, der immer mehr Abbild des musikalischen Geschehens in der Partitur wird, ist ein nicht zu umgehendes Regulativ entgegengestellt: die Ausführbarkeit. Christian Gottlob Neefe gibt daher in seiner Ausgabe von Salieris *Axur* bei Simrock eine Nummer in zwei Klavier-Fassungen wieder (S. 91): ein *Accompagnement wie es in der Partition steht* und ein *Accompagnement für Clavier Liebhaber*. Der Erleichterung für den weniger geübten Pianisten sollen wohl auch die gelegentlich anzutreffenden Fingersätze dienen, so in der bereits genannten Ausgabe von Voglers *Hermann von Unna* und in Webers *Samori*-Auszug, aber auch im Klavierauszug

Abb. 11: Etienne Nicolas Méhul, *Joseph*, Bonn: Simrock, VN 74 (1798), S. 80: Beginn des Duetts Nr. 10 Jacob / Benjamin: „O toi! le digne appui d'un père" / „Du bist die Stütze deines Vaters"

zu Bernhard Anselm Webers Singspiel *Die Wette* und in Schmidts Auszug der *Armide* von Gluck.[74] Das Dilemma, zwischen Partiturtreue und leichter Ausführbarkeit einen Kompromiß finden zu müssen, bringt auch Johann Daniel Sander auf S. 1 des Vorworts seiner 1808 erschienenen Ausgabe von Glucks *Iphigénie en Aulide* zum Ausdruck:

> Man hat den gegenwärtigen Klavierauszug lieber zu vollstimmig, als zu leer machen wollen; denn für Anfänger gehören Glucks Opern nicht, sondern nur für geübtere Klavierspieler, und besonders für Sänger und Sängerinnen, denen die Natur, ausser einem feinen Gehör, auch ein fühlendes Herz gegeben hat.[...] Der Unterzeichnete weiss sehr wohl, dass es bei manchen Stellen dieses Klavierauszuges nur einem Clementi oder Wölfl möglich ist, auch die unter den grösseren Noten stehenden kleinen mitzuspielen: aber man kann die letztern auch weglassen.

Weniger fingerfertigen Musikliebhabern empfiehlt Sander daher, sich mit einer begleitenden Violine oder durch das Spiel zweier Pianisten „mit drei Händen" zu behelfen. Dabei sind Sanders Anforderungen an den Pianisten bis auf wenige Ausnahmen gewiß nicht hoch (Abb. 12), wie bereits der Rezensent der AmZ bemerkt: „Hrn. S.[ander]s Besorgnis, die er in der Vorrede [...] äussert, ist, bey dem, w a s und w i e man jetzt in Deutschland fast allgemein Pianoforte spielt, gewiss zu weit getrieben und unnöthig".[75] Die kleinen Stichnoten in beiden Klaviersystemen dienen hier nicht mehr wie in älteren

---

[74] Auf den letzten beiden Seiten dieses Klavierauszugs wird bei Tonwiederholungen wechselnder Fingersatz gefordert.

[75] AmZ 10, Nr. 49, 31. August 1808, Sp. 777.

Abb. 12: Christoph Willibald Gluck, *Iphigenie in Aulis*, Berlin: Johann Daniel Sander (1808), S. 70: Ausschnitt aus Akt I, Szene 9, Achille / Iphigénie: „En croirai-je mes yeux!" / „Täuscht mich ein Traum auch nicht?"

Klavierauszügen, die die Singstimme und die rechte Hand des Pianisten in einem System zusammenfaßten, zur Unterscheidung von Gesangslinie und Instrumentalpartie, sondern gelten ad libitum je nach Schulung des Ausführenden.[76]

Solche Auswahlmöglichkeiten zwischen verschiedenen Varianten setzen sich allerdings nicht durch; Standard bleibt für lange Zeit ein recht konventioneller Satz im ‚Sonatinen-Format' mit Spielfiguren wie gebrochenen Dreiklängen, Skalenbewegungen, Oktavgängen, Terz- und Sextparallelen, Akkordrepetitionen etc. Auch Webers Klavierauszüge zu Voglers *Samori* sowie zu *Silvana* und *Abu Hassan* fügen sich in diesen Kontext ein, stellen allerdings wegen der bisweilen recht vollgriffigen Akkorde sicherlich höhere Ansprüche an den Ausführenden. Doch sie stehen nicht allein: die Tendenz zu einer größeren Dichte des Satzes bezüglich der motivischen wie auch der harmonischen Struktur sowie zur Ausnutzung der gesamten Tastatur zeigen auch andere Klavierauszüge der Zeit, etwa von Cherubinis *Lodoïska*, Friedrich Schneiders Bearbeitung von Spontinis *Vestalin* sowie der Auszug von Beethovens *Fidelio*, letzterer besonders im Vergleich zu dem noch leichter gestalteten *Leonoren*-Auszug von Carl Czerny. Die Auszüge zu Webers drei großen Opern *Freischütz*, *Euryanthe* und *Oberon* markieren in dieser Hinsicht gewiß einen Höhepunkt der Entwicklung bis zu diesem Zeitpunkt, erscheinen jedoch nicht unvorbereitet, sondern bündeln vielmehr verschiedene progressive Tendenzen – darin sind sie den programmatischen Ausführungen Gottfried Webers vergleichbar. Die drei Klavierauszüge verlangen vom Pianisten einige Fertigkeit, sind jedoch nicht ‚virtuos' wie die Solo-Klavierliteratur des Komponisten. Die Spielbarkeit bleibt – im Gegensatz zu späteren Wagner-Klavierauszügen wie Karl Tausigs *Meistersinger*-Bearbeitung – oberstes Gebot; Weber löst seinen Anspruch, „mit möglichster Treue und Stimmenfülle doch dem Ausführenden keine zu großen Schwierigkeiten in den Weg" zu legen,[77] beispielhaft ein. Partiturnähe und leichte Ausführbarkeit sind im Grunde bis in unsere Zeit die beiden Positionen, zwischen denen der Klavierauszug vermitteln muß. Max Abraham reagierte im November 1879 auf eine Kritik von Friedrich Wilhelm Jähns an den Weber-Klavierauszügen bei Peters: „meine Klavierauszüge sind nicht für Musiker, die sich die Partitur ansehen mögen, sondern für das musikalische Volk bestimmt und deshalb ist es von der höchsten Wichtigkeit, daß die Klavierbegleitung leicht spielbar ist".[78]

2.6 Wiedergabe des Klangbildes

Zum Bemühen, das Partiturbild im Klavierauszug abzubilden, gehört auch eine Differenzierung in klanglicher Hinsicht. Relativ früh finden sich Versuche, die Orchesterlagen nachzuvollziehen: die Bässe werden oktaviert, häufig nur mittels einer kleinen ‚8' unter dem System, in der rechten Hand werden ganze Passagen mit Oktavierungsvermerk versehen, die linke wechselt zwischen Baß- und Sopranschlüssel. Auch Angaben zur Instrumentation begegnen in den Klavierauszügen schon recht früh. Wenn in Rolles

---

[76] Diese Art der Differenzierung meint auch Gottfried Weber in seinem Aufsatz in der Cäcilia (wie Anm. 19), S. 35. Insofern kann Hansemanns Ansicht, in den kleinen Nötchen lägen die eigentlichen Wurzeln des heutigen Klavier-Auszugs (Hansemann, Der Klavier-Auszug, wie Anm. 2, S. 22, vgl. auch S. 51) allenfalls für die älteren Drucke gelten.

[77] Vgl. Webers Rezension von Ludwig Hellwigs Klavierauszug der Gluckschen *Iphigénie en Tauride* (Schlesinger 1812) in: Zeitung für die elegante Welt, 1812, Nr. 199, 5. Oktober.

[78] Brief an Jähns vom 26. November 1879, Staatsbibliothek zu Berlin, Weberiana Cl. X, Nr. 504.

Abb. 13: Fr. L. A. Kunzen, *Holger Danske*, Kopenhagen: Søren Jørgensen Sønnichsen (1790), S. 3: Mittelteil (Larghetto) der Ouvertüre

Abraham auf Moria (1777) Begriffe wie „senza Accomp." oder „Tasto solo" Verwendung finden, so ermöglichen diese wenigstens eine Vorstellung von der Ausführung des Continuo. Regelrechte Instrumentenangaben findet man sporadisch bereits 1765 in Hillers *Cantate auf die Ankunft der hohen Landesherrschaft*,[79] 1784 in Friedrich Bendas Kantate *Pygmalion*, häufiger 1787 in dessen Singspiel *Orpheus*, dann bereits sehr ausführlich 1790 in Kunzens *Holger Danske* (Abb. 13), 1796 bzw. 1797 in Neefes Ausgaben des *Baum der Diana* von Vicente Martín y Soler, des *Axur* und des *Don Giovanni* bei Simrock,[80] 1799 in Reichardts *Geisterinsel*, 1808 in der *Iphigénie en Aulide* bei Sander (Abb. 12), ca. 1810 in Bernhard Anselm Webers *Deodata* sowie 1812 in der *Vestalin* bei Kühnel. Neefe weist 1796 im Nachwort seiner *Figaro*-Ausgabe bei Simrock (S. 229) speziell darauf hin, daß „hin und wieder die nöthige Anzeige der eintretenden obligaten Blasinstrumente geschehen [sei], damit dieser Klavierauszug in Ermangelung einer vollständigen Partition zum Dirigieren und einstudieren gebraucht werden könne. Eben darum hat man auch das pizzicato, col'arco, con sordini &c: angezeigt" – ein Hinweis auf die beginnende Umwandlung des Klavierauszugs in ein Medium für professionelle Kreise, wie sie Gottfried Weber noch 1825 forderte. Blättert man allerdings im Neefeschen Auszug, so fällt auf, daß dieser Anspruch nur selten eingelöst wird – lediglich in vier Nummern der Oper finden sich entsprechende Angaben.

Das Ziel, im Klavierauszug das Partiturbild möglichst getreu abzubilden, setzt sich nicht als verbindlich durch. Viele Ausgaben verwenden entsprechende Instrumentations-Bezeichnungen eher sporadisch, teils auch nur in Einzelfällen, wie die Simrocksche *Zauberflöte* (1793) und die Rellstab-Ausgaben von *Doktor und Apotheker* (1789) und *Alceste* (1796), oder sie verzichten gänzlich darauf, etwa noch der *Fidelio* bei Artaria (1814). Ein eingeschränkter Gebrauch findet sich z. B. in Simrocks Klavierauszug der *Cantemire* von

---

79   In der *Sinfonia* (S. 1) sind jeweils einmal „Viola" bzw. „Bassi" angegeben.
80   Jedoch nicht 1798 in der *Entführung aus dem Serail* bei Simrock.

Fesca, in der die Instrumente des Orchesters nur dort angegeben werden, „wo diese obligat sind oder sonst etwas darauf ankommt".[81]

Bei Weber finden sich in der *Silvana*-Ausgabe von 1812 nicht durchgängig Angaben zur Instrumentation.[82] Abgesehen von der genaueren Bezeichnung der Instrumente in den Auszügen von *Abu Hassan*, *Freischütz* und *Preciosa* sowie der Kantate *Kampf und Sieg* sind in jenen der Ouvertüre zu *Turandot*, der *Jubelkantate*, der *Jubel-Ouvertüre* und vier der Konzert- bzw. Einlagearien[83] nur sporadisch Instrumentenangaben zu finden, im *Euryanthe*-Klavierauszug ausschließlich im III. Akt; im Auszug zur Kantate *Der erste Ton* und zwei weiteren Arien[84] fehlen sie ganz. Auch in den beiden *Oberon*-Klavierauszügen fehlte ursprünglich die Instrumentationsbezeichnung, wie Friedrich Rochlitz für die Schlesinger-Ausgabe in seiner Beurteilung in der AmZ kritisch anmerkt:

> Der Klavierauszug [...] enthält Alles, was er enthalten konnte, und ohne unspielbar oder auch nur zu spielen sehr schwer zu seyn; aber Eines enthält er nicht: nämlich die Andeutung der Instrumentation, wenigstens da, wo sie eine besondere und auf den eigenthümlichen Klang einzelner Instrumente wesentlich berechnet ist. Letztes ist aber, wie bekannt, in Webers Opern sehr oft, doch bey keiner in dem Maasse der Fall, als beym Oberon.[85]

Der Verlag reagierte prompt: wenige Nummern später liest man in der AmZ folgende redaktionelle Notiz:

> In der Recension des Weber'schen Oberon, No. 15 und 16 dieser Zeitung, ist getadelt worden, dass im Klavierauszuge die Angabe der eigentlichen Instrumentation fehle; welche Angabe eben bey diesem Werke vorzüglich nöthig gewesen wäre. Die Verlagshandlung, die Gerechtigkeit dieses Tadels anerkennend, hat dies Fehlende genau in den Platten nachtragen lassen, und die jetzt verkäuflichen Exemplare enthalten jene Angabe.[86]

Diese Abweichung vom Erstdruck des Klavierauszuges geht also nachweislich nicht auf eine Anregung Webers zurück.

Eine Möglichkeit klanglicher Differenzierung ermöglicht auch der Einsatz der Pedale. Angaben dazu finden sich bereits in den Klavierauszügen zu Méhuls *Joseph* bei Simrock (1798) und Breitkopf & Härtel (1809) – dort jeweils nur zu dem berühmten Chor-Gebet *Dieu Israel* – sowie in der *Vestalin* bei Kühnel (1812), der *Armide* bei Schlesinger (1813), ausführlicher dann im *Fidelio* bei Artaria (1814). Weber nutzt diese Möglichkeit

---

[81] Vgl. Besprechung in der AmZ 24, Nr. 51, 18. Dezember 1822, Sp. 833f.

[82] Der Verlag Schlesinger ergänzte in der postumen Ausgabe von 1828 (VN 1421) etliche solcher Hinweise, wie auf dem Titelblatt ausdrücklich hervorgehoben wird: „Neue Ausgabe mit Bemerkung der Instrumente nach der Partitur". Vgl. dazu auch die Rezensionen in der AmZ 30, Nr. 32, 6. August 1828, Sp. 517ff. bzw. der BAMZ 4, Nr. 47, 21. November 1827, S. 378.

[83] *Misera me!* Jähns-Verzeichnis Nr. 121 (Friedrich Wilhelm Jähns: Carl Maria von Weber in seinen Werken. Berlin 1871. Reprint Berlin 1967, im folgenden: JV); *Signor, se padre sei* JV 142; *Ha! Sollte Edmund selbst der Mörder sein?* JV 178; *Non paventar mia vita* JV 181.

[84] *Il momento s'avvicina* JV 93 sowie *Was sag ich?* JV 239.

[85] AmZ 29, Nr. 15, 11. April 1827, Sp. 273.

[86] AmZ 29, Nr. 24, 13. Juni 1827, Sp. 416; Exemplar des Schlesinger-Erstdrucks mit nachgetragenen Instrumentenbezeichnungen: Staatsbibliothek zu Berlin, N. Mus. 4338.

ausschließlich in der *Jubel-Ouvertüre* (1820) sowie in *Preciosa* (1821) und *Euryanthe* (1823),[87] zeitgleich Rossini in *La gazza ladra* (1820) und Spontini in der *Olympia* (1822).

2.7   Vortragsbezeichnungen und Metronomangaben

Wirklich maßstabsetzend sind Webers Klavierauszüge hinsichtlich der über die Angaben zu Tempo und Dynamik hinausgehenden Vortragsbezeichnungen. Offensichtlich war ihm die Differenzierung spezieller Ausdruckswerte und klanglicher Details besonders wichtig. Zwar findet man schon in früheren Klavierauszügen Termini mit Aussagewert für den Klang wie *calando, mancando* oder *perdendosi*[88] bzw. Tempo-Bezeichnungen, die auch den Ausdruck charakterisieren: *Andante grazioso, Adagio cantabile, Maestoso marziale,* aber bei Weber kommt eine ganze Palette von Begriffen hinzu, die auch seine Partituren kennzeichnen: *con anima, leggiermente, dolcissimo, tranquillo, molto legato, con tenerezza, con tutto fuoco ed energia, a piacere, agitato, pesante, lusingando, stringendo, marcato, con fierezza* u. a. m.

In anderer Hinsicht zeigt sich Weber jedoch nicht in einer Vorreiterrolle: hinsichtlich der Metronom-Angaben. Er stand dieser Art der in Frankreich bereits etablierten genauen Festschreibung der Tempi sehr skeptisch gegenüber[89] und verzichtete daher in Partituren und Klavierauszügen generell darauf. Andere Auszüge der Zeit nutzen diese Möglichkeit hingegen, so z. B. Spontinis *Olympia* (1822) und *Nurmahal* (1825), Spohrs *Jessonda* (1824) und Meyerbeers *Crociato in Egitto* (1825).

2.8   Szenenanweisungen und Nebentext

Waren bei allen vorher genannten Punkten zumindest Entwicklungstendenzen erkennbar, wird die Wiedergabe von Handlungsort (Bühnenbild) und szenischen Abläufen im Klavierauszug über den gesamten betrachteten Zeitraum sehr unterschiedlich gehandhabt. Georg Anton Bendas Melodramen *Ariadne auf Naxos, Medea* und *Pygmalion* messen den Angaben zum szenischen Ablauf – sicherlich gattungsbedingt – größere Bedeutung zu, ebenso die Ausgabe von Naumanns *Orpheus und Euridice* bei Cramer (1787), verschiedene Sønnichsen-Auszüge (*Aline* von Schulz 1790, *Erik Ejegod* von Kunzen 1798) und schließlich Salieris *Axur* bei Simrock (1796) mit Angaben zu Dekorationen und Verwandlungen. Andere Klavierauszüge beschränken ihre Zusätze im wesentlichen auf Hinweise zum Bühnen-Geschehen in besonders aktionsreichen Nummern; z. B. im *Fidelio* (1814, Kerkerszene). Einen eigenen Weg beschreitet Johann Christian Ludwig Abeille im Klavierauszug seines Singspiels *Amor und Psyche*, wo jedem Aufzug eine Zusammenfassung der Handlung vorangestellt wird. Auch Weber verfährt in dieser Hinsicht unterschiedlich; in *Silvana* (1812), *Abu Hassan* (1819) und *Oberon* (Schlesinger 1826) bezeichnet

---

87   Pedalangaben finden sich auch im Klavierauszug zum 2. Klarinettenkonzert JV 118 (Berlin: Schlesinger, VN 1240a, Staatsbibliothek zu Berlin, Weberiana Cl. IV B, Mappe XIII, Nr. 1248); es gibt allerdings keinen sicheren Beleg, daß die Auszüge zu den beiden Klarinettenkonzerten auf Weber zurückgehen; die Pedalangaben scheinen hier vielmehr eine Verlegerzutat zu sein.

88   Z. B. in Carl Ditters von Dittersdorf: *Apotheker und Doktor*. Wien: Gottfried Friedrich, 1787.

89   Vgl. dazu Heinrich Aloys Praeger: Einige Bemerkungen über den rhythmischen Vortrag von karakteristischen Gesangstücken, von C. M. v. Weber. In: BAMZ 4, Nr. 28, 11. Juli 1827, S. 218.

er szenische Abläufe eher sporadisch, in *Silvana* vorrangig Aktionen der stumm agierenden Titelheldin. Ausführlicher sind die Angaben in *Freischütz* und *Preciosa* (1821) und besonders reich in der *Euryanthe* (1823). Ebenso verfahren die Partitur-Handschriften der genannten Werke.

Dort, wo das Szenische genauer dokumentiert ist, hängt das offensichtlich mit dem engeren Verhältnis von Szene und Musik zusammen, wie dies Gottfried Webers Kritik an der Wiedergabe der Wolfsschlucht-Szene in Zulehners Klavierauszug verdeutlicht. Vergleichbares sieht 1825 der Kritiker der AmZ in Meyerbeers *Il Crociato in Egitto*: Im Ricordischen Klavierauszug sei erfreulicherweise neben der Instrumentation auch „das Scenische, wo es nicht aus dem Texte des Gesanges von selbst hervorgeht und doch zum rechten Verständnisse der Musik nöthig ist, überall angegeben", obgleich der Rezensent die Häufung der Kunstmittel in dieser Oper, „im Gesange sowohl, als im Orchester, und auch in scenischem Apparat und anderen bühnengerechten Hülfsmitteln", eher kritisch betrachtet.[90] Weber steht also auch mit dieser Neuerung nicht allein.

Zeigt sich somit, daß Webers Klavierauszüge keineswegs als isolierter Höhepunkt dieses spezifischen Arrangements von Opernwerken angesehen werden können, sondern daß viele charakteristische Elemente seiner Klavierauszüge längst vorbereitet waren und er in einigen Bereichen lediglich Vorhandenes übernimmt und bündelt, in anderen sogar die ihm zugeschriebenen Neuerungen (z. B. Instrumentenangaben und Pedalbezeichnung) nur vereinzelt benutzt, so bleiben dennoch einige auffallende Merkmale – besonders seines weit verbreiteten *Freischütz*-Auszugs –, die für die nachfolgenden Generationen vorbildlich wurden (z. B. ausführliche Vortragsbezeichnung und Szenenanweisungen).

Das ungemein Anregende, das die Zeitgenossen in den Klavierauszügen Webers sahen, dürfte sich darin aber kaum erschöpfen, sondern muß damit zusammenhängen, daß es Weber gelungen ist, spezifische Wesensmerkmale seiner Musik im Klaviersatz angemessen wiederzugeben, und zwar durch die musikalische Faktur, die Auswahl der wiederzugebenden Stimmen, durch Beschränkung auf Wesentliches und durch ein ausgewogenes Verhältnis zwischen klaviertypischer Wiedergabe der Partitur und Ausführbarkeit am Klavier. Diese Eigenheiten lassen sich nur durch gründliche Analysen und Vergleiche von Partituren und Klavierauszügen erfassen. Umgekehrt stellt sich damit auch die Frage nach der Relevanz des Klavierauszugs als Quelle für die Edition einer Opernpartitur. Antworten auf diese Frage können im folgenden lediglich in einigen Aspekten angedeutet werden.

3.

Ein Beispiel aus dem Klavierauszug zu *Abu Hassan* kann illustrieren, daß Webers Klaviersatz keineswegs eine bloße Zusammenfassung des Orchestersatzes im Klavier darstellt, sondern sich seine Klangvorstellung im neuen Medium entwickelt und so zu scheinbar frappierenden Ergebnissen führen kann. In Takt 26–30 aus dem sogenannten ‚Schlüssel-Terzett' Nr. 7 (vgl. Abb. 14a–c) zeigt der Klavierauszug eine Reduktion des Orchestersatzes, die zunächst grob vereinfachend anmutet und an die ältere Form schlichter Auszüge

---

[90]   Zitate nach AmZ 27, Nr. 39, 28. September 1825, Sp. 648 u. 651.

Abb. 14a: Carl Maria von Weber, *Abu Hassan*, Schlüssel-Terzett Nr. 7 „Ich such' in allen Ecken", T. 26–30. Klavierauszug, Bonn: Simrock, PN 1661 (1819), S. 51–52.

Abb. 14b: Autograph A₁: Privatbesitz

Abb. 14c: Autograph A₂: Landes- und Hochschulbibliothek Darmstadt, Mus. ms. 1164, T. T. 25–29

erinnert. Bei genauerem Hinsehen ist festzustellen, daß Weber in der Partitur[91] den Begleitapparat des Orchesters dynamisch sehr fein differenziert: Zu dem bei Seite singenden Paar Fatime und Abu Hassan (*piano*) und dem im Kabinett eingeschlossenen Wechsler Omar (*forte*) treten Hörner und Violinen im *piano*, damit kontrastieren die Bratschen- / Cello-Figuren im *fortissimo* (mit zusätzlichen Akzenten zu Beginn jeder Gruppe). Diese Figuren verdeutlichen plastisch die Angst des gefangenen Omar und bilden den musikalischen ,Vordergrund' – nur diesen gibt nun das Klavier in der Originallage der Bratsche wieder, zusätzlich an den Schwerpunkten von (aus der Violoncell-Stimme abgeleiteten) Vierteln gestützt. Das Klavier stellt also die Angst Omars in den Mittelpunkt, zu einer weiteren Differenzierung der Begleitung wäre das Instrument an dieser Stelle kaum in der Lage. Folgerichtig scheint es auch, daß Weber angesichts dieser Reduktion auf eine identische dynamische Bezeichnung der Baß-Figur verzichtet, da diese in der herangezogenen Lage des Klaviers ohnehin deutlich hervortritt und eine zusätzliche Anhebung der Lautstärke sogar zu einer Verzerrung des Gesamtklangs führen dürfte.

Trotz seiner scheinbaren Simplizität erreicht der Klavierauszug damit eine adäquate Umsetzung der Klangwirkung – die Dynamik wird an die Klanglichkeit des neuen

---

[91] Autograph 1: Privatbesitz. Die Numerierung der Autographe entspricht den Angaben bei Jähns, Carl Maria von Weber in seinen Werken (wie Anm. 83), S. 126f. Jähns hat das Autograph aus Familienbesitz fälschlich als das ältere Manuskript angesehen und daher mit Autograph 1 bezeichnet.

Mediums angepaßt. Auch wenn hier also die Dynamik der Partitur nicht getreu im Klavierauszug abgebildet wird, stützt dieser doch letztlich die Annahme einer sehr bewußten Hervorhebung der Bratschen-/Cello-Figur im Orchestersatz, ohne eine genaue Festlegung der Dynamik zu erlauben.[92] (Daß in der Partitur die beiden *ff* in den Unterstimmen nicht versehentlich gesetzt sind, zeigen sowohl die Parallelstellen als auch das in diesem Falle erhaltene zweite Autograph der Oper.[93])

Für editorische Entscheidungen bei der Partituredition von Bühnenwerken sind die eigenen Klavierauszüge Webers also offensichtlich nur mit sehr großer Vorsicht zu benutzen. Dies zeigt auch ein Blick in die bisher vorliegenden Editionen, die in sehr unterschiedlicher Weise auf Klavierauszüge als Quellen zurückgegriffen haben.

Während Ernst Rudorff in den Partiturausgaben der *Euryanthe* (1866)[94] und *Preciosa* (1878)[95] sowie später Ludwig Karl Mayer in seiner innerhalb der alten Gesamtausgabe erstellten Edition der *Preciosa* (1939)[96] die Klavierauszüge nicht berücksichtigten, haben sowohl Willibald Kaehler bei *Silvana* (1928)[97] als auch Kurt Soldan und Joachim Freyer in ihren Ausgaben des *Freischütz* (1926 bzw. 1976)[98] in unterschiedlichster Weise die Auszüge benutzt. Für Kaehler sind die *Silvana*-Auszüge von 1812 und 1828 zwar als Quellen nur zweitrangig, werden aber dennoch „zu genauestem Vergleiche [...] herangezogen".[99] Im Revisionsbericht hält er vereinzelt Abweichungen hinsichtlich Phrasierung, Dynamik, Appoggiaturen und Tempobezeichnung nicht nur fest, sondern benutzt sie sogar zur Revision des Notentextes – allerdings meist gerechtfertigt durch ähnliche Abweichungen in handschriftlichen Quellen. Sehr unkritisch geht dagegen Joachim Freyer mit diesem Medium um. Die in seinem Revisionsbericht zum *Freischütz* unter den Siglen C1 bis C4 aufgelisteten vier Frühdrucke des Klavierauszugs[100] werden in einigen Fällen für

---

[92] Umgekehrt nivelliert der Klavierauszug der *Euryanthe* an einigen Stellen die Differenzierung der dynamischen Angaben des Autographs (Sächsische Landesbibliothek / Staats- und Universitätsbibliothek Dresden, Mus. 4689-F-37). Zu Beginn des Duetts Nr. 13 („Hin nimm die Seele mein") spielen die hohen Streicher (Violinen 1, 2, Viole) *piano*, zu den Akkordbrechungen des Violoncello schreibt Weber aber *forte* vor (sogar in ausgeschriebener Form: „Violonc: forte". Bei der Wiederaufnahme dieser Stelle in Nr. 25 (*Animato*) haben alle Streicher außer den Celli ein *mf*, der Chor *piano*, die Bläser *pp* und die Violoncelli dagegen *ff*. Der Erstdruck des Klavierauszugs vereinheitlicht die Dynamik: im ersten Fall (S. 115) fehlt ohnehin eine zusätzliche Angabe, im zweiten Fall (S. 217) steht nur ein *mf*. Auch von der differenzierten Dynamik der Anfangstakte des Duetts Nr. 7 ist im Klavierauszug (S. 60) nur wenig übernommen.

[93] Autograph 2: Hessische Landes- und Hochschulbibliothek Darmstadt, Mus. ms. 1164, vgl. Abb. 14c.

[94] Vgl. Euryanthe. Grosse romantische Oper in drei Aufzügen. Dichtung von Helmine von Chezy geb: Freyinn von Klencke, in Musik gesetzt von Carl Maria von Weber. Berlin: Verlag u. Eigenthum der Schlesinger'schen Buch- u. Musikhandlung Rob. Lienau: S. 4791 (1866).

[95] Preciosa. Musik von C. M. v. Weber. Partitur. Berlin: Schlesinger'sche Buch- & Musikalienhandlung (Rob. Lienau), Wien: Carl Haslinger, PN: S. 1093 (1878).

[96] Carl Maria von Weber: Musikalische Werke. 2. Reihe: Dramatische Werke. III. Band. Preciosa. Eingeleitet und revidiert von Ludwig K. Mayer, Braunschweig: Henry Litolff's, 1939.

[97] Ebenda, II. Band. A: Rübezahl (Bruchstücke). B: Silvana, eingeleitet und revidiert von Willibald Kaehler. Augsburg: Dr. Benno Filser, 1928

[98] Der Freischütz. Romantische Oper in drei Aufzügen von C. M. von Weber. Partitur. Nach dem Autograph der Preussischen Staatsbibliothek zu Berlin herausgegeben von Kurt Soldan. Leipzig: C. F. Peters, 1926; Carl Maria von Weber. Der Freischütz. Romantische Oper in drei Aufzügen. Text von Friedrich Kind. Nach den Quellen herausgegeben von Joachim Freyer. Leipzig: Edition Peters, 1976.

[99] Silvana, rev. von W. Kaehler (wie Anm. 97), Vorwort, S. XIV.

[100] C1: Schlesinger, PN 1078 (1821), C2: Schlesinger: *Il Franco Arciero*, PN S. 1078 [nach 1830], C4: Schlesinger, PN S. 5267 [laut Nova-Verzeichnis 1847] und C3: Cappi & Diabelli, VN 935 [1821, nach dem SchlesingerAuszug]. Freyer schreibt dazu: „Die Quellen C [d. h. die Klavierauszüge] waren nur bedingt zu nutzen, am

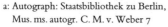

a: Autograph: Staatsbibliothek zu Berlin,   b: Klavierauszug. Berlin: Schlesinger, PN 1078
   Mus. ms. autogr. C. M. v. Weber 7   (1821)

Abb. 15: Carl Maria von Weber, *Der Freischütz*, Romanze und Arie des Ännchen Nr. 13: „Einst träumte meiner
   sel'gen Base", T. 14–15

die Ergänzung dynamischer Zeichen oder von Bogensetzungen herangezogen – obwohl
die Quellen C2 bis C4 nicht autorisierte, in zwei Fällen sogar postume Drucke sind.

In dieser Hinsicht blieb Kurt Soldan korrekter: Er zog nur den Erstdruck des Klavierauszugs zu Rate,[101] ergänzte allerdings in etlichen Fällen Dynamik, Phrasierung und
Artikulation, Tempoangaben, Vorzeichen u. a. Einige der Entscheidungen, die er auf der
Grundlage des Vergleichs mit dem Klavierauszug fällte, sind dabei durchaus bedenkenswert. Dazu zwei Beispiele:

1. In Takt 15 der Romanze des Ännchen steht im Autograph[102] bereits auf der 2. Note

---

    ehesten noch für dynamische Ergänzungen [...], da sie in ihrer damaligen Funktion kein Spiegelbild der
    Partitur sein wollten" (Freischütz 1976, wie Anm. 98, S. 264).

[101] In seinem Vorwort zur Ausgabe heißt es S. VI: „Nicht immer konnte der Wille des Meisters klar festge
    stellt werden, da Webers Autograph, so sorgfältig er auch geschrieben ist, stellenweise doch die Möglichkeit
    anderer Deutung zuläßt. Ein Teil dieser konnte durch den ersten, von Weber selbst angefertigten Klavier
    auszug, der zu einer weiteren Prüfung hinzugezogen wurde, geklärt werden."

[102] Staatsbibliothek zu Berlin, Mus. ms. autogr. C. M. v. Weber 7; vgl. Faksimileausgabe. Hrsg. von Georg
    Knepler. Leipzig: Peters, 1978.

a: Autograph: Staatsbibliothek zu Berlin,
Mus. ms. autogr. C. M. v. Weber 7

b: Klavierauszug. Berlin: Schlesinger, PN 1078 (1821)

Abb. 16: Carl Maria von Weber: *Der Freischütz*, Finale Nr. 16: „Schaut, o schaut", T. 391–393

der Singstimme ein f', im Klavierauszug noch ges' (Abb. 15a–b, 2. Takt). Da die Note f mit dem noch liegenden ges der Klarinetten kollidiert, scheint hier die Klavierauszugfassung eine sinnvolle Korrektur zu bieten.[103]

2. In Takt 393 des Finale Nr. 16 (Abb. 16a–b) steht im Alt in der autographen Partitur als 1. Note eine Halbe a', im Klavierauszug ist diese in zwei Viertel a'-g' aufgelöst. Zugleich wird der Ton b' auf der letzten Zählzeit des vorausgehenden Takts im Klavierauszug zu a' korrigiert. Klanglich sind beide Varianten möglich. Soldan bezieht sich in seinem Klavierauszug offensichtlich auf die Tatsache, daß der Alt in diesen Takten mit Violine 2, Flöte 2 und Oboe 1 *colla parte* geführt ist und diese Stimmen durchgehende Viertel haben. In Webers Autograph ist allerdings an dieser Stelle nur der Chor notiert und für die Orchesterstimmen lediglich eine Ausschreibanweisung nach den parallelen Takten der Ouvertüre vermerkt. Soldan muß bei seiner Entscheidung also davon ausgegangen sein, daß Weber der Unterschied zwischen seiner Niederschrift der Chorstimmen und den zu wiederholenden Orchestertakten nicht bewußt war, so daß er eine angleichende Korrektur vornahm. Man kann aber den Quellenbefund auch genau umgekehrt interpretieren: Die abweichende Notation des Vokalsatzes könnte als Hinweis verstanden werden, die hier nicht notierten Orchesterstimmen entsprechend anzupassen.

Sobald solche Abweichungen jedoch in einem Grenzbereich zwischen offensichtlichem Fehler und noch möglicher Variante liegen, wird eine Entscheidung für die Fassung des Klavierauszugs problematisch. Bereits jenseits dieser Grenze liegen alle Veränderungen

---

[103] Entsprechend haben sowohl Soldan als auch Freyer diese Korrektur übernommen.

Abb. 17a: Carl Maria von Weber: *Abu Hassan*, Gläubiger-Chor Nr. 3: „Geld! Geld! Geld!", T. 31–36. Autograph A2: Landes- und Hochschulbibliothek Darmstadt, Mus. ms. 1164

der Dynamik, Artikulation oder Phrasierung – hier bietet der Klavierauszug meist keine
oder nur trügerische Hilfen. Hierzu zwei Beispiele aus Webers einaktigem Singspiel *Abu
Hassan*:

1. Die jeweils *colla parte* mit den Singstimmen geführten Streicher in dem kurzen
Fugato-Abschnitt des Gläubiger-Chors Takt 31–36 (Abb. 17a–c) sind im Darmstädter
Abu-Hassan-Autograph (A2) durch Striche bezeichnet (die nach gegenwärtigem Erkennt-
nisstand bei Weber ein deutliches Absetzen, vermutlich mit Strichwechsel, meinen), im
anderen Autograph (A1)[104] fehlt dagegen diese, zu den Singstimmen kontrastierende Artikulation. Der Klavierauszug scheint stattdessen die *legato*-Phrasierung der Singstimmen
zu übernehmen,[105] und fügt im 5. Thementakt sogar einen *legato*-Bogen zu, der nicht von
den Singstimmen abgeleitet werden kann und im Gegensatz zu dem korrespondierenden

---

[104] Die Numerierung der Autographe entspricht den Angaben bei Jähns, Carl Maria von Weber (wie Anm. 83),
   S. 126f. Es sei nochmals daran erinnert, daß die Numerierung der Quellen nicht der Chronologie entspricht,
   vgl. Anm. 83.

[105] Sofern man die Übernahme im 2. Thementakt als fortzusetzende Phrasierungsvorschrift auffaßt.

Abb. 17b: Autograph A1: Privatbesitz, T. 30–36

Abb. 17c: Klavierauszug. Bonn: Simrock, PN 1661 (1819), S. 24, T. 30–37

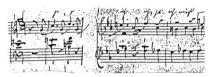

b: Stichvorlage zum Klavierauszug: Österr. Nationalbibliothek Wien, S. m. 3268, T. 42–45

a: Autograph A1: Privatbesitz, T. 41–45

c: Klavierauszug. Bonn: Simrock, PN 1661 (1819), S. 24, T. 41–45

Abb. 18: Carl Maria von Weber: *Abu Hassan*, Gläubiger-Chor Nr. 3

Takt im Autograph steht. Eine Erklärung dürfte schwer zu finden sein, der Klavierauszug trägt hier jedenfalls eher zur Verwirrung denn zur Klärung bei.

2. Wenige Takte später versieht Weber die Violinstimme in der parodistischen Eng-führung des Themenkopfs bei der Textstelle „und ich! und ich!" (Takt 42–44, vgl. Abb. 18a–c) mit Akzenten auf den Taktschwerpunkten, die jeweils durch Intervallsprung erreicht werden (verstärkt durch Akzente in den Hörnern). Im Klavierauszug sind hier die Auftakte eigenartigerweise durch *legato*-Bögen an die Hauptzeit angebunden. Ein Blick in die Stichvorlage des Klavierauszugs[106] zeigt, daß Weber hier zusätzlich die Akkorde der Unterstimme mit Strichen versehen hat, die in der Druckfassung fehlen. Die Verbindung beider Stimmen in dieser Form ergibt aber auf dem Klavier einen Effekt, der der Wir-kung der Orchesterfassung vergleichbar sein dürfte. Weber wählt also eine Artikulation, die aus den Möglichkeiten des Instruments entwickelt ist – eine Rückübertragung in die Partitur wird damit unzulässig.

Dennoch kann der Klavierauszug bei entsprechend sorgsamer Abwägung der Eigen-tümlichkeiten der verschiedenen Quellenarten in etlichen Fällen der Partituredition dien-

---

[106] Österreichische Nationalbibliothek, Musiksammlung, S. m. 3268 [A/Weber, C. M. v. 1].

a: Autograph A1: Privatbesitz, T. 22–25

b: Klavierauszug. Bonn: Simrock, PN 1661 (1819), S. 58, T. 20–25

Abb. 19: Carl Maria von Weber: *Abu Hassan*, Terzetto e Coro Nr. 8: „Ängstlich klopft es mir im Herzen"

lich sein. Einige mögliche Verwendungen bei der Edition von Webers Bühnenwerken seien im folgenden kurz skizziert:[107]

1. Der Klavierauszug als Mittel zur Datierung von Partitur-Handschriften:
Im zweiten Partiturautograph des *Abu Hassan* sind im Vorsatz zum Terzett mit Chor für die Bühnenmusik nachträglich in anderer Tinte „Clarinetti in C. Piatti e Triangulo [...] e Fagotti" eingefügt. Bei der Frage nach der zeitlichen Datierung dieser Zusätze kann der Klavierauszug zunächst nicht weiterhelfen, da am Anfang keine Instrumente angegeben sind. Im weiteren Verlauf ist jedoch ein Einsatz der Bühneninstrumente durch die Angabe „Oboi / Corni" bezeichnet – beide Angaben finden sich so ebenfalls im zweiten Autograph, dort sind aber die zusätzlichen Systeme und Vorsätze für das erweiterte Instrumentarium nachträglich mit angegeben (Abb. 19a–b, die Tintenfarbe ist in der Abbildung leider nicht unterscheidbar). Da der Klavierauszug von 1819 noch die ursprüngliche Fassung gibt, sind die Eingriffe also später zu datieren. Zugleich lassen sich

---

[107] Aus Raumgründen kann dabei jeweils nur ein charakteristisches Beispiel abgedruckt werden.

damit die bislang nachgewiesenen vier zeitgenössischen Partiturabschriften des Werkes in zwei Gruppen teilen: In den Abschriften aus Coburg[108] und Stockholm[109] fehlen die zusätzlichen Instrumente der Bühnenmusik noch, dagegen sind sie in die Partituren aus Kopenhagen[110] und Hamburg[111] bereits integriert, letztere sind also mit großer Wahrscheinlichkeit erst nach 1819 entstanden.

2. Der Klavierauszug als Mittel zur Datierung nachträglicher Eingriffe in die Partitur: In der Arie Nr. 2 des *Abu Hassan* (Abb. 20a–d, Takt 54–58) gibt es in Takt 54–57 des zweiten Autographs (A1) drei nachträgliche Korrekturen, die z. T. erst beim Vergleich mit der ersten Kompositionsniederschrift (A2) auffallen. Die Änderung in der Führung der Viola-Stimme von Takt 54 ist im Klavierauszug übernommen (sie muß also vor 1819 vorgenommen sein), die Änderung der Singstimme in Takt 56 (3. Note: d statt e) – offensichtlich eine Korrektur fremder Hand – dagegen nicht,[112] die dritte Veränderung im Auftakt zu Takt 57 der Violine 2 läßt sich anhand des Klavierauszugs nicht beurteilen, da beide Töne in dem Akkord ohnehin enthalten sind. – Während hier nur bedingt Datierungen möglich sind, kann z. B. Webers nachträglicher Vermerk einer Wiederholung der Takte 119/120 der Ouvertüre eindeutig erst nach 1819 erfolgt sein, da diese Wiederholung im Klavierauszug fehlt.

3. Der Klavierauszug als Hilfe bei der Ergänzung fehlender Tempo-Vorschriften, Satztitel oder Szenenanweisungen: In der autographen Partitur der *Preciosa*[113] fehlen bei einigen Nummern Satzbezeichnungen oder Tempoangaben. Die Bezeichnung der Nr. 7 im Klavierauszug als „Fröliche Musik /: hinter der Scene :/" gibt neben dem Titel einen wichtigen Hinweis für die szenische Anordnung, der im übrigen mit den Angaben des Textbuches übereinstimmt. Der nur im Klavierauszug zu findende Titel der Nr. 9 („Spanische National Tänze") gibt eine über die Textvorlage hinausgehende Information, die auch für die Partituredition von Bedeutung ist. Schließlich ist im Ballo Nr. 4 (ebenfalls ein nur im Klavierauszug überlieferter Titel) der Soloeinsatz in Takt 25ff. als „Solo der Preciosa" bezeichnet – hier wird eine szenische Bemerkung des Textbuches präzisiert, so daß eine Übernahme dieser Bezeichnung in die Partitur zu erwägen wäre. Im Erstdruck des *Euryanthe*-Klavierauszugs sind sämtliche szenischen Anweisungen des Partiturautographs[114] getreu übernommen. Hier könnten jene Passagen, die in Webers Partiturhandschrift durch Kriegsschäden unlesbar bzw. schwer entzifferbar geworden sind, im Zweifelsfalle mit Hilfe des Klavierauszugs entziffert oder ergänzt werden.

4. Der Klavierauszug als Mittel zur Klärung zweifelhafter dynamischer Angaben (bei entsprechend behutsamer Bewertung): Zu Anfang der *Preciosa*-Ouvertüre ist der Kontrast der Tutti-Takte mit dem in reduzierter Besetzung eingeschobenen zweitaktigen Motiv der Holzbläser in der dynamischen Bezeichnung des Autographs nicht mitvollzogen

---

[108] Landesbibliothek Coburg, TB Op 157.

[109] Stockholm, Stiftelsen Musikkulturens Främjande, MMS 1470.

[110] Kopenhagen, Det Kongelige Bibliotek, C I, 342.

[111] Staats- und Universitätsbibliothek Hamburg, M A / 256.

[112] Allerdings läßt sich diese Änderung dennoch vage datieren: Die Korrektur findet sich in der handschriftlichen Stichvorlage des Klavierauszugs (dessen Singstimme von Friederike Koch kopiert wurde). Möglicherweise hat sie die Korrektur auch in die Partitur übertragen, Weber sie aber vor der Drucklegung rückgängig gemacht.

[113] Staatsbibliothek zu Berlin, Mus. ms. autogr. C. M. v. Weber WFN 1.

[114] Sächsische Landesbibliothek / Staats- und Universitätsbibliothek Dresden, Mus. 4689–F–37.

a: Autograph A1: Privatbesitz, T. 54–58

b: Autograph A2: Darmstadt, Mus. ms. 1164,
T. 54–58

c: Klavierauszug. Bonn: Simrock, PN 1661 (1819), S. 16, T. 54–57

d: Stichvorlage zum Klavierauszug: ÖNB Wien, S. m. 3268, T. 54–60

Abb. 20: Carl Maria von Weber: *Abu Hassan*, Arie des Abu Hassan Nr. 2: „Was nun zu machen?"

a: Autograph: Staatsbibliothek zu Berlin, Mus. ms. autogr. C. M. v. Weber WFN 1

b: Klavierauszug. Berlin: Schlesinger, VN 1089 (1821), S. 3

Abb. 21: Carl Maria von Weber: *Preciosa*, Beginn der Ouvertüre, T. 1–8

(Abb. 21a). Der Klavierauszug setzt zu den beiden eingeschobenen Takten jedoch jeweils ein *piano* (Abb. 21b). Da auch im Klavier Vollgriffigkeit mit *unisono*-Oktavenführung wechselt, wäre dieser Zusatz nicht nötig, wenn nur ein Kontrast der Besetzung wirksam sein sollte. Allerdings legt auch die in der Partitur nach dem zweitaktigen Motiv nur in den beteiligten Holzbläsern (Klarinette, Fagotte: Takt 5) wiederholte *fortissimo*-Vorschrift die Annahme nahe, daß eine Zurücknahme der Lautstärke auch im Orchestersatz beabsichtigt ist, so daß eine entsprechende Herausgeber-Ergänzung hier durch den Befund des Klavierauszugs gestützt würde. (Sie wird im übrigen durch eine von Weber autorisierte Partiturkopie bestätigt.)

5. Der Klavierauszug als Entscheidungshilfe bei der Beurteilung von Artikulationsanweisungen (ebenfalls nur bei entsprechend vorsichtiger Bewertung): In der autographen Partitur der *Preciosa*-Ouvertüre ist in Takt 195 und 197 (Abb. 22a) das Motiv der Bläser (fallende Dreiklangsbrechung in Vierteln mit zwei nachfolgenden Achteln) mit Akzenten bzw. Staccato-Punkten bezeichnet, beim ersten Auftreten in der Violine Takt 194 bleibt das gleiche Motiv aber unbezeichnet. In Webers Klavierauszug wird bereits der Takt 194 mit dieser Artikulation versehen, also nicht unterschieden (Abb. 20b). Dies könnte ein Indiz dafür sein, daß Weber die Artikulation in der Partitur Takt 194 lediglich vergessen

a: Autograph: Staatsbibliothek zu Berlin, Mus. ms. autogr. C. M. v. Weber WFN 1

b: Klavierauszug Berlin: Schlesinger, VN 1089 (1821), S. 9

Abb. 22: Carl Maria von Weber: *Preciosa*, Ouvertüre, T. 194–198

hat. Zu bedenken ist aber, daß in der Partitur Streicher und Bläser wechseln, während
Weber im Klavierauszug Takt 194ff. die Motive der Streicher wiedergibt und auf die
taktweise versetzte Imitation der Bläser verzichtet. Der Herausgeber wird also allein aufgrund des Klavierauszugs nicht zu einer Entscheidung kommen können.

Die vorstehenden Beispiele zeigen, daß der Klavierauszug bei Weber nur in sehr indi-
rekter oder ‚eigener‘ Weise Auskunft über Details der Partitur gibt. Während Tonhöhen
und -dauern, rhythmische Gestalt, Tempo- und Instrumentenbezeichnung, Szenenanweisungen usw. in Partitur und Klavierauszug gewöhnlich identisch sind, kann es bei
Dynamik, Phrasierung und Artikulation eine Fülle von Abweichungen geben, die mit
den Bedingungen des jeweiligen Klangmediums zusammenhängen. In diesem Bereich
sollte der Klavierauszug also nicht oder nur mit größter Vorsicht als Entscheidungshilfe
herangezogen werden. Mit diesem eigenständigen Charakter der Klavierauszüge Webers

(und sicherlich auch vieler seiner Zeitgenossen und Nachfolger) hängt es aber zusammen, daß eine Berücksichtigung der Klavierauszüge im Lesartenverzeichnis einer Partiturausgabe nur sehr eingeschränkt sinnvoll ist. Sobald einzelne Elemente der Musik von spezifischen Voraussetzungen des Klangmediums bestimmt werden, liefern sie keine (oder nur noch schwer interpretierbare) Hinweise für den entsprechenden Parameter des anderen Mediums. Die Weber-Gesamtausgabe wird daher zwar die Klavierauszüge mit in die zu prüfenden Quellen eines in Partitur überlieferten Werkes einbeziehen, sie im Kritischen Apparat aber nur in sehr eingeschränkter Weise dokumentieren. Vielmehr sollen sie als eigenständige ‚Fassung' eines Werkes in einem anderen Klangmedium auch innerhalb der Gesamtausgabe separat vorgelegt werden. Daß dies gerechtfertigt ist, wird von keinem geringeren als E. T. A. Hoffmann bestätigt: Als er im Juni 1822 den Rechtsstreit zwischen Webers Berliner Verleger Adolph Martin Schlesinger und dem Wiener Maximilian Joseph Leidesdorf um dessen Veröffentlichung eines eigenen Klavierauszugs des *Freischütz* schlichtete, bezeichnete er den Wiener Auszug nicht als Nachdruck, sondern erkannte einen, auch juristisch bedeutsamen Unterschied zwischen beiden Auszügen: „[...] die Webersche Art, Klavierauszüge zu machen, hat nehmlich etwas ganz Eigenthümliches und Geniales, wogegen der Wiener Auszug ganz nach dem gewöhnlichen Schlendrian gearbeitet ist".[115]

Liste der im Text genannten gedruckten Klavierauszüge (mit Quellenangaben)*

Abeille, Johann Christian Ludwig: Amor und Psyche. Ein Singspiel in 4 Aufzügen von F. K. Hiemer. in Musik gesetzt, und für das Klavier eingerichtet von L. Abeille, Augsburg: Gombart, VN 318 (1801), Exemplar: D–B (Mus. O. 6523)

Beethoven, Ludwig van: Fidelio. Eine grosse Oper in 2 Aufzügen, Wien: Artaria und Comp., VN 2327–2343 (1814), Exemplar: D–B (Mus. Kb 273 R)

—: Leonore. Oper in 2 Aufzügen. [Klavierauszug von Carl Czerny], Leipzig: Breitkopf & Härtel, VN 1450 (1810), Exemplar: D–B (Mus. Kb 273/1)

Benda, Friedrich: Orpheus. Ein Singspiel in 3 Aufzügen. Berlin: Im Verlage des Autors. Gedruckt und in Commission in der Rellstabschen verbesserten Musikdruckerey, VN 9 (1787), Exemplar: D–B (Mus. O. 6733/1)

—: Pygmalion, eine Cantate. Dessau: Auf Kosten der Verlagscasse und zu finden in Leipzig in der Buchhandlung der Gelehrten, o. VN (1784), Exemplar: D–B (DMS 218670)

Benda, Georg Anton: Ariadne auf Naxos, ein Duodrama. Leipzig, im Schwickertschen Verlage, o. VN (1778), Exemplar: D–B (Mus. O. 6740/3 R)

—: Medea. Leipzig, im Schwickertschen Verlage, o. VN (1778), Exemplar: D—B (Mus. O. 6741 R)

—: Pygmalion. Ein Monodrama. Leipzig, im Schwickertschen Verlage, o. VN (1780), Exemplar: D–B (N. Mus. ant. pract. 217)

—: Romeo und Julie, eine Oper in drey Akten. Zweite Auflage, Leipzig: im Verlag der Dykischen Buchhandlung, o. VN (1784) (am Ende Vermerk: Leipzig, gedruckt bey Johann Gottlob Immanuel Breitkopf), Exemplar: D–DT (Mus-n 3616)

Berton, Henri Montan: Le grand Deuil. Opéra en un Acte / Die tiefe Trauer. Operette in Einem Aufzuge. Leipzig: Breitkopf & Härtel, o. VN (1803), Exemplar: D–B (DMS O. 62464)

Cherubini, Luigi: Lodoïska, eine heroische Oper in 3 Akten. Leipzig: Hoffmeister & Kühnel, VN 326 u. 403 (1804), Exemplar: D–B (DMS 1530)

Danzi, Franz: Die Mitternachtsstunde, eine komische Oper in 3 Aufzügen. Bonn: N. Simrock, VN 114 (1801), Exemplar: D–B (Mus. O. 7078)

---

[115] Vgl. E. T. A. Hoffmann: Juristische Arbeiten. Hrsg. und erläutert von Friedrich Schnapp. München o. J., S. 520.

* Bibliothekssiglen: D–B = Staatsbibliothek zu Berlin, Musikabteilung; D–DT = Lippische Landesbibliothek Detmold.

Dittersdorf, Carl Ditters von: Apotheker und Doktor. Eine deutsche komische Opera. Wien, gedrukt bei
Gottfried Friederich, Inhaber der Edlen v. Schönfeldischen Buchdrukerei, o. VN (1787), Exemplar: D–B
(DMS 1717)

—: Apotheker und Doktor, eine deutsche komische Opera. Mainz: B. Schott, VN 60 (1787), Exemplar: D–B
(DMS 1717/4) [= Nachdruck der Wiener Ausgabe]

—: Doctor und Apotheker, eine komische Oper in 2 Acten. Berlin: Rellstabsche Musikhandlung (1789), 2.
Auflage, VN 43 (ca. 1792), Exemplar: D-B (DMS 1717/3)

—: Hieronymus Knicker, eine komische Oper in 2 Aufzügen. Klavierauszug von Siegfried Schmiedt, Leipzig:
Breitkopfische Buchhandlung, o. VN (1791), Exemplar: D–B (Mus. O. 7122/1)

—: Das Rothe Käppchen. Oper. Klavierauszug von Ignaz Walter, Mainz: Schott, VN 161 (1792), Exemplar:
D–B (Mus. O. 17977 R)

Gluck, Christoph Willibald: Alceste. Tragédie en 3 Actes. Arrangé pour le Clavecin par Jean Charles Fréderic
Rellstab, Berlin: Rellstab, VN 217 (1796), Exemplar: D–B (Mus. Kg. 141/7)

—: Armide, grosse heroische Oper in 5 Akten. Vollständiger Klavierauszug bearbeitet [...] von Johann Philipp Schmidt, Berlin: A. M. Schlesinger, VN 75 (1813), Exemplar: D–B (Mus. Kg. 145/8)

—: Iphigénie en Aulide. Tragédie lyrique en 3 Actes. Frei übersetzt und in einen Auszug zum Singen bei dem
Pianoforte gebracht von J. D. Sander, Berlin: Johann Daniel Sander, o. VN (1808), Exemplar: D–B (Mus.
Kg 153/8) (nur 1. Akt)

—: Iphigénie en Tauride. Tragédie en 4 Actes. Arrangée pour le Clavecin par Jean Charles Fréderic Rellstab,
Berlin: Magazin de Musique de Rellstab, VN 54 (1789), Exemplar: D–B (Mus. Kg. 158/2)

—: Iphigenie in Tauris, tragische Oper in 4 Akten. Vollständiger Klavierauszug von [...] Ludwig Hellwig,
Berlin: Schlesinger, VN 50 (1812), Exemplar: D–B (Mus. Kg 157/5)

Hiller, Johann Adam: Der Aerndtekranz, eine comische Oper in drey Acten. Leipzig: Johann Friedrich Junius,
o. VN (1772), Exemplar: D–B (Mus. O. 9758/1 R)

—: Cantate auf die Ankunft der hohen Landesherrschaft. Leipzig: Bernhard Christoph Breitkopf und Sohn
(1765), Exemplar: D–B (Mus. O. 10268/1)

—: Der Dorfbalbier, eine comische Operette in zween Acten, und Die Muse, Ein Nachspiel in einem Acte,
Leipzig: Bernhard Christoph Breitkopf & Sohn, o. VN (1771), Exemplar: D–B (Mus. O. 9757/1)

—: Die Jagd, comische Oper in 3 Acten. Leipzig: Bernhard Christoph Breitkopf & Sohn, o. VN (1771),
Exemplar: D–B (Mus. O. 10259/1)

—: Die Jubelhochzeit, komische Oper in 3 Acten. Leipzig: Johann Friedrich Junius, o. VN (1773), Exemplar:
D–B (Mus. O. 10253/1)

Kunzen, Friedrich Ludwig Aemilius: Erik Ejegod. Opera i 3 Akter. Sat i Musik og indrettet for Klaveret af
[...] Kunzen, Kopenhagen: Sønnichsen, o. VN (1798), Ausgabe mit dänischem Text, Exemplar: D–B
(DMS O. 70484)

—: Das Fest der Winzer oder die Weinlese. Oper in 3 Acten. Fürs Klavier eingerichtet von [...] Kunzen,
Kopenhagen: Sønnichsen, o. VN (1798), Ausgabe mit deutschem Text, Exemplar: D–B (N. Mus. O. 125)

—: Festen i Valhal. Prolog. Sat i Musik og indrettet for Klaveret af [...] Kunzen, Kopenhagen: Sønnichsen,
o. VN, Ausgabe mit dänischem Text, Exemplar: D–B (DMS O. 70483)

—: Holger Danske. En Opera i tre Acter. indrettet for Klaveret af Frederik Ludevig Æmilius Kunzen, Kopenhagen: Søren Jørgensen Sønnichsen, o. VN (1790), Ausgabe mit dänischem Text, Exemplar: Musik-
wissenschaftliches Institut der Universität Kiel (Rara)

Martin y Soler, Vicente: L'Arbore de Diana / Der Baum der Diana, comische Oper in 2 Acten Klavierauszug
von Christian Gottlob Neefe, Bonn: Nikolaus Simrock, VN 27 (1796), Exemplar: D–B (Mus. O. 12287
R)

Méhul, Etienne Nicolas: Joseph, Opéra en 2 Actes. Bonn: N. Simrock, VN 74 (1798), Exemplar: D–B (Mus.
Km 141/9)

—: Joseph, Oper in 3 [!] Akten. Leipzig: Breitkopf & Härtel, VN 1420 (1809), Exemplar: D–B (Mus. Km 141)

Meyerbeer, Giacomo: Il Crociato in Egitto. Mailand: Gio. Ricordi, diverse VN für Einzelnummern (1825),
Exemplar: D–B (DMS O. 79084), unvollständig

Mozart, Wolfgang Amadeus: Die Entführung aus dem Serrail [!]. Ein komisches Singspiel in 3 Aufzügen. arrangiert von Abbé Starck, Mainz: B. Schott, VN 44 (1785/86), Exemplar: D–B (Mus. Km 583/14)

—: L'enlèvement du Serail (Die Entführung aus dem Serail), Opéra en 3 Actes. Arrangé pour le Clavecin par
C. G. Neefe, Bonn: Simrock, VN 76 (1798), Exemplar: D–B (Mus. Km 583/10)

—: Il Dissoluto Punito ossia il Don Giovanni, Dram[m]a giocoso. messa per il Piano Forte Del Carlo Zulehner, Mainz: B. Schott, VN 138 (1791), Exemplar: D–B (Mus. Km 579/32), 2. Abzug (laut Gertraut
Haberkamp, Die Erstdrucke der Werke von Wolfgang Amadeus Mozart, Tutzing 1986, Textband, S. 293)

—: Dom [!] Juan oder Der steinerne Gast, Oper in 4 Aufzügen. Klavierauszug von C. G. Neefe, Bonn:
Nikolaus Simrock, VN 42 (1797), Exemplar: D–B (Km 579/23)

—: Le Nozze de [!] Figaro / Die Hochzeit des Figaro. Eine Comische Oper in 4. Aufzügen. Klavierauszug
  von C. G. Neefe, Bonn: Nikolaus Simrock, VN 28 (1796), Exemplar: D–B (Mus. Km 587/11), 4. Abzug
  (laut Gertraut Haberkamp, a. a. o., Textband, S. 258)

—: Die Zauberflöte. Grosse Oper in 2 Aufzügen. Berlin: Johann Julius Hummel, VN 842 bzw. 846 (1793),
  Exemplar: D–B (55 Apr 4)

—: Clavier Auszug von Mozarts Zauberfloete [deutsche Oper in 2 Akten] Klavierauszug von Friedrich Eunike, Bonn: N. Simrock, VN 4 (1793), Exemplar: D–B (N. Mus. 4400)

Naumann, Johann Gottlieb: Amphion, eine Oper [Particell], Dresden, hrsg. von Leopold Neumann, 1784,
  Exemplar: D–B (Mus. O. 10577)

—: Cora. Eine Oper. [Particell] Leipzig: in der Dykischen Buch Handlung, 1780, Exemplar: D–DT (Mus-n
  3784)

—: Orpheus und Euridice, eine Oper. hrsg. von Carl Friedrich Cramer, Kiel, beim Herausgeber, o. VN
  (1787), Exemplar: D–B (DMS O. 72860)

Reichardt, Johann Friedrich: Erwin und Elmire, Singspiel in 2 Acten. Berlin: Im Verlage der Neuen Berlinischen Musikhandlung, o. VN, Exemplar: D–B (Mus. 9836 (1) R)

—: Die Geisterinsel, Singspiel in 3 Akten. Berlin in der neuen berlinischen Musikhandlung, o. VN (1799),
  Exemplar: D–B (N. Mus. 4742)

—: Jery und Bätely, Singspiel in 1 Aufzuge. Berlin: im Verlage des Autors, o. VN (ca. 1793) (= Musik zu
  Göthe's Werken, Bd. 3), Exemplar: D–B (Mus. 9836 (3) R)

Rolle, Johann Heinrich: Abraham auf Moria, ein musikalisches Drama. [...] als ein Auszug zum Singen beym
  Klaviere hrsg. von Johann Heinrich Rolle, Leipzig: Johann Gottlob Immanuel Breitkopf, o. VN (1777),
  Exemplar: D–B (Mus. O. 1261 5 R)

Rossini, Gioacchino: La gazza ladra. Melodramma in due Atti. / Die diebische Elster. Klavierauszug von C.
  Zulehner, Bonn, Köln: Simrock, VN 1706 (1820), Exemplar: D–DT (Mus-n 3461)

Salieri, Antonio: Axur, Koenig von Ormus, Oper in 4 Aufzügen. Klavierauszug von C. G. Neefe, Bonn:
  Nikolaus Simrock, VN 30 (1796), Exemplar: D–B (Mus. O. 10443)

Schulz, Johann Abraham Peter: Aline, Reine de Golconde, Opéra en 3 Actes. arr. pour le Clavecin par [...]
  Schulz, Kopenhagen: Sønnichsen, o. VN (1890); Text französisch und deutsch, Exemplar: D–B (Mus.
  9789 R)

—: Chöre und Gesänge zu Athalia von Racine. Klavierauszug von Schulz, Kiel: beim Herausgeber, o. VN
  (1786), Exemplar: D–B (Mus. O. 7723/1)

Spohr, Louis: Faust: Romantische Oper in 2 Aufzügen. Klavierauszug von P. Pixis, Leipzig: C. F. Peters, VN
  1688 (1822), Exemplar: D–B (Mus. 6598/1)

—: Jessonda, Grosse Oper in 3 Aufzügen. Klavierauszug von Ferdinand Spohr, Leipzig: C. F. Peters, VN 1801
  (1824), Exemplar: D–B (DMS 21695/2)

Spontini, Gaspare: Nurmahal oder das Rosenfest von Caschmir, lyrisches Drama in 2 Abtheilungen. Klavierauszug vom Comp.[onisten], Berlin: A. M. Schlesinger, VN 1332 (1825), Exemplar: D–B (Mus. 13272/1
  R)

—: Olympia, grosse Oper in 3 Acten. Klavierauszug vom Comp.[ponisten], Berlin: A. M. Schlesinger, VN
  1158 (1822), Exemplar: D–B (Mus. 13277)

—: La Vestale, Tragédie lyrique en 3 Actes. Klavierauszug von Friedrich Schneider, Leipzig: Ambrosius
  Kühnel, VN 945/947/956 (1812), Exemplar: D–B (DMS O. 5805/4)

Stegmann, Carl David: Der Deserteur, Operette in 3 Akten. Klavierauszug von Stegmann, Leipzig, Königsberg: Gottlieb Lebrecht Hartung, o. VN (1775), Exemplar: D–B (Mus. O. 17517)

—: Erwin und Elmire, Schauspiel mit Gesang. Leipzig, Königsberg: auf Kosten des Autors, o. VN (1776),
  Exemplar: D–B (DMS O. 69105 R)

—: Der Kaufmann von Smirna, komische Operette in 1 Aufzuge. Berlin, Königsberg: Georg Jacob Decker
  und Gottlieb Leberecht [!] Hartung, o. VN (1773); Exemplar: D–B (N. Mus. ant. pract. 104)

—: Der Triumpf der Liebe oder: das kühne Abentheuer, Feenoper in 4 Aufzügen. Klavierauszug von Stegmann, Königsberg: Friedrich Nicolovius, o. VN (1796), Exemplar: Staatliches Institut für Musikforschung,
  Berlin (VIII Steg 2/1R)

Vogler, Georg Joseph: Hermann von Unna. Schauspiel in fünf Akten. Mit Chören und Tänzen. Leipzig:
  Breitkopf & Härtel, o. VN (um 1800) (zuvor bei Sønnichsen in Kopenhagen erschienen), Exemplar:
  Bibliothek der Hansestadt Lübeck, Musikabteilung (K. 11)

—: Samori, grosse heroische Oper in 2 Akten. [Klavierauszug von C. M. v. Weber], Wien: Artaria und
  Comp., VN 1715 (1805), Exemplar: D–B (Weberiana Cl. IV A, Bd. 72, Nr. 605)

Weber, Bernhard Anselm: Deodata. Klavierauszug vom Autor, Berlin: Adolph Martin Schlesinger, o. VN (ca.
  1810), Exemplar: D–B (N. Mus. 3783)

—: Die Wette, Singspiel in 1 Aufzuge. Berlin: Rudolph Werckmeister, VN 86 (1807), Exemplar: D–B (N. Mus. O. 534)

Weber, Carl Maria von: Abu Hassan. Oper in einem Act. (JV 106) Vollständiger Clavierauszug vom Componisten, Bonn: Nikolaus Simrock, VN 1661 (1819), Exemplar: D–B (Weberiana Cl. IV A, Bd. 29, Nr. 59)

—: Ah! Se Edmondo. Scena ed Aria per il Soprano. (JV 178) Berlin: Schlesinger, VN 1428 (ca. 1827), Exemplar: D–B (Weberiana Cl. IV B, Mappe II, Nr. 683)

—: Der erste Ton. Gedicht von Rochlitz, mit Musik zur Declamation. (JV 58) Bonn: Simrock, VN 779 (1811), Exemplar: D–B (Weberiana Cl. IV A, Bd. 43, Nr. 76)

—: Euryanthe. Grosse romantische Oper in 3 Aufzügen. (JV 291) Vollständiger vom Componisten verfertigter Clavier=Auszug, Wien: S. A. Steiner und Comp., VN 4519 (1823), Exemplar: D–B (Weberiana Cl. IV A, Bd. 36a, Nr. 65)

—: Der Freischütz. Romantische Oper in 3 Aufzügen. (JV 277) Klavier Auszug vom Componisten, Berlin: Schlesinger, VN 1078 (1821), Exemplar: D–B (Mus. Kw 230/13) (späterer Abzug)

—: Der Freischütz.Romantische Oper in 3 Aufzügen. (JV 277) mit leichter Clavier-Begleitung eingerichtet von Karl Zulehner, Mainz, Paris: Schott, VN 1719 (1822); Exemplar: D–B (Weberiana Cl. IV A, Bd. 33a)

—: Il momento s'avvicina. (Rezitativ und Rondo für Sopran). (JV 93) Offenbach: Giov. André, VN 3007 (1812), Exemplar: D–B (Weberiana Cl. IV B, Mappe III, Nr. 728)

—: Jubelkantate (JV 244) für das Piano-Forte arrangirt von Carl Maria von Weber, Berlin: Schlesinger, VN 1658 (ca. 1831) (nach Webers Stichvorlage), Exemplar: D–B (Weberiana Cl. IV A, Bd. 46, Nr. 83 / 83a)

—: Jubel-Ouvertüre (JV 245) Klavierauszug vom Componisten, Berlin: Schlesinger, VN 1049 (1820), Exemplar: D–B (DMS 51 961/8)

—: Kampf und Sieg. Cantate. (JV 190) Klavierauszug vom Componisten, Berlin: Schlesinger, VN 215 (1816), Exemplar: D–B (Weberiana Cl. IV A, Bd. 44, Nr. 80)

—: Misera me! Scena ed Aria d'Atalia (für Sopran). (JV 121) ridotta per il Pianoforte da Carlo Maria di Weber, Berlin: Schlesinger, VN 287 (1818), Exemplar: D–B (Weberiana Cl. IV B, Mappe II, Nr. 681)

—: Non paventar mia vita. Scene ed Aria dell'Opera Ines de Castro (für Sopran). (JV 181) ridotta per il Pianoforte da Carlo Maria di Weber, Berlin: Schlesinger, VN 1282 (ca. 1825), Exemplar: D–B (Weberiana Cl. IV B, Mappe II, Nr. 687)

—: Oberon. Romantische Oper in drey Akten. (JV 306) KlavierAuszug vom Componisten, Berlin: A. M. Schlesinger, VN 1376 (1826), Exemplar: D–B (Weberiana Cl. IV A, Bd. 38, Nr. 68)

—: Oberon, or the Elf King's Oath. The Popular Romantic and Fairy Opera. Arranged, with an Accompaniment for the Piano Forte, by Carl Maria von Weber, London: Welsh & Hawes, VN 3106-3121/3126 (1826), in englischer Sprache, Exemplar: D–B (Weberiana Cl. IV A, Bd. 38a)

—: Preciosa. Romantisches Schauspiel in 4 Akten. (JV 279) Klavier-Auszug vom Componisten, Berlin: Schlesinger, VN 1089 (1821), Exemplar: D–B (Mus. O. 18 229)

—: Signor, se padre sei. Scena ed Aria d'Ines de Castro per il Tenore, con Cori. (JV 142) Berlin: Schlesinger, VN 1271 (ca. 1825), Exemplar: D–B (Mus. 7661)

—: Silvana, heroisch-komische Oper in drei Akten. (JV 87) Klavierauszug vom Komponisten, Berlin: Schlesinger, VN 51 (1812), Exemplar: D–B (Weberiana Cl. IV A, Bd. 26, Nr. 56)

—: Silvana. Romantische Oper in 3 Aufzügen. (JV 87) Klavierauszug vom Componisten. Neue Ausgabe mit Bemerkung der Instrumente nach der Partitur, Berlin: Schlesinger, VN 1421 (1828), Exemplar: D–B (Weberiana Cl. IV A, Bd. 27, Nr. 57)

—: Ouverture aus der Oper [recte: Schauspielmusik zu] Turandot. (JV 75) für das Pianoforte eingerichtet von Carl Maria v Weber, Berlin: Schlesinger, VN 468 (1818), Exemplar: D–B (Weberiana Cl. IV B, Mappe VII, Nr. 971)

—: Was sag ich? Szene und Arie für Sopran. (JV 239) Berlin: Schlesinger, VN 1282 (ca. 1825), Exemplar: D–B (Weberiana Cl. IV B, Mappe II, Nr. 687)

Weigl, Joseph: Die Schweizer-Familie, eine lyrische Oper in 3 Aufzügen. Bonn: N. Simrock, VN 778 (ca. 1815), Exemplar: D–B (Mus. O. 8305)

Winter, Peter (von): Der Zauberfloete zweiter Theil: Das Labyrinth, oder der Kampf mit den Elementen, Oper. Klavierauszug von J. Henneberg, Bonn: Nikolaus Simrock, VN 86 (1798), Exemplar: D–B (Mus. 16191/3 R)

—: Das unterbrochene Opferfest, Oper in 2 Aufzügen. Klavierauszug von Friedrich Schneider, Leipzig: Breitkopf & Härtel, VN 1873, Exemplar: D–B (DMS O. 26378/2)

—: Das unterbrochene Opferfest, Oper in 2 Acten. Leipzig: Friedrich Hofmeister, VN 516 (ca. 1817/1818), Exemplar: D–B (DMS O. 26378)

Ullrich Scheideler

Die Bedeutung von Particell und Klavierauszug für die Arnold Schönberg Gesamtausgabe

am Beispiel des Monodrams *Erwartung* op. 17

1.

Im Unterschied zu Gesamtausgaben, die für die Edition eines Werkes oft ohne Autograph auskommen müssen oder nur eine einzige vom Komponisten geschriebene Quelle heranziehen können, steht die Ausgabe sämtlicher Werke Arnold Schönbergs[1] (kurz: Arnold Schönberg Gesamtausgabe) häufig vor dem Problem, daß sie es mit mehreren autographen Quellen zu tun hat – Quellen, die sich allerdings gelegentlich widersprechen. Von diesen einander widersprechenden Lesarten sind alle Parameter des Tonsatzes betroffen, also sowohl dynamische und agogische Vorschriften sowie Phrasierungszeichen als auch die Tonhöhe und der Rhythmus. Die unterschiedlichen Lesarten können im wesentlichen zwei Ursachen haben. Entweder sind sie Revisionen der zunächst getroffenen kompositorischen Entscheidungen (so daß die ursprüngliche Lesart durch die neue Lesart entwertet wurde), oder sie stellen versehentliche Fehler dar, die beim Ab- bzw. Ausschreiben der Quelle unterliefen und vom Komponisten weder hier noch später bemerkt wurden.[2] Das editorische Problem entsteht nun dadurch, daß oft der Lesart nicht anzusehen ist, in welche der beiden Kategorien sie fällt. Oder anders gesagt: Es ist nicht immer klar, ob Schönberg eine Änderung als Komponist vorgenommen hat oder ob sie ihm als Kopist nur irrtümlich unterlaufen ist.

Die Entscheidung darüber, wie mit solchen konkurrierenden Lesarten umzugehen ist, wird dabei von Faktoren beeinflußt, die auf unterschiedlichen Ebenen angesiedelt sind. Sie ist abhängig

1. von der Grundsatzentscheidung über die philologische Verfahrensweise,
2. von der Quelle bzw. Quellenart, in der eine abweichende Lesart auftritt,
3. vom Werk und seiner Kompositionstechnik,
4. von der Art bzw. vom Inhalt der Abweichung.

Die allgemeinen Voraussetzungen und Probleme der philologischen Verfahrensweise, nach deren Grundsätzen ein Notentext ediert wurde, können hier nur knapp gestreift werden.[3] Es geht dabei – grob gesprochen – vor allem um die Frage, ob man das Werk

---

[1] Arnold Schönberg. Sämtliche Werke. Unter dem Patronat der Akademie der Künste, Berlin. Begründet von Josef Rufer. Hrsg. von Rudolf Stephan. Mainz / Wien 1966ff. Die Ausgabe erscheint in zwei Reihen. Inhalt der Bände der Reihe A sind die Notentexte der vollendeten Werke sowie unter bestimmten Bedingungen auch einzelner Fragmente. Die Bände der Reihe B enthalten den Kritischen Bericht der jeweils im Band der Reihe A vorgelegten Werke, die Wiedergabe der dazugehörigen Skizzen, einen Abriß der Werkgeschichte (einschließlich eines Dokumentenanhangs) sowie den Abdruck von Frühfassungen vollendeter Werke und von Werkfragmenten (einschließlich eines Kritischen Berichts).

[2] Eine dritte Möglichkeit, nämlich, daß es sich um gleichberechtigte, also alternative Lesarten handelt, läßt sich für Schönberg wohl ausschließen.

[3] Siehe dazu ausführlich Georg Feder: Musikphilologie. Darmstadt 1987, S. 56ff. oder James Grier: The critical editing of music. Cambridge 1996, S. 98ff.

in seinem Ausgangszustand oder in seiner (möglicherweise davon abweichenden) lebendigen Überlieferungsgestalt edieren möchte. Dies wird nicht nur dann besonders akut, wenn das Autograph verloren ist, man also vor der Alternative steht, aus den vorhandenen Quellen das Autograph zu rekonstruieren (so die genealogische Methode) oder aber eine insgesamt konsistent erscheinende Quelle zu edieren, die in einigen Lesarten möglicherweise vom Autograph abweicht (so – mit unterschiedlichen Akzentsetzungen – die codex-optimus-Methode und die copy-text-Methode). Eine Entscheidung darüber ist auch davon abhängig, ob bzw. inwieweit bei Varianten überhaupt Aussicht besteht, die Autorintention zweifelsfrei ermitteln zu können. Denn ist dies wenig aussichtsreich, so ediert man – zumindest dann, wenn es periphere Teile des Textes betrifft – besser einen insgesamt als zuverlässig eingeschätzten Text, als sich in jedem Einzelfall neu entscheiden zu müssen. Der Anteil an Quellenmischung kann daher je nach Verfahrensweise sehr unterschiedlich ausfallen.

Die Arnold Schönberg Gesamtausgabe hat sich zum Ziel gesetzt, alle verfügbaren Quellen mittels Kollationierung auszuwerten und so den vom Komponisten intendierten Notentext zu erschließen. Sie differenziert ferner ihre Editionsprinzipien gemäß der Quellenart und unterscheidet zwischen Werkedition (für vollendete Werke sowie ihnen gleichgestellte Fassungen und Fragmente), Inhaltsedition (für Fragmente) und Quellenedition.[4] Stehen für eine Werkedition mehrere Quellen zur Auswahl, so gewinnen die Quellenart und der Status, den der Komponist ihr im Entstehungsprozeß des Werkes beigemessen hat, zentrale Bedeutung. Es leuchtet unmittelbar ein, daß die Lesart einer autographen Reinschrift der einer Skizze vorzuziehen ist. Denn die Skizze ist per definitionem unfertig und vorläufig, während die Reinschrift schon durch ihr Schriftbild anzeigt, daß – zumindest im Moment des Niederschreibens – ein zum Abschluß gekommener Kompositionsprozeß fixiert worden ist. Schönberg hat im Laufe des Kompositions- und Drucklegungsprozesses eines Werkes gewöhnlich an einer Fülle von Quellen mitgewirkt, entweder unmittelbar als Komponist oder Kopist oder mittelbar bei der Überprüfung der Kopierarbeiten, der Korrekturlesung oder der Überwachung der Drucklegung. In den ersten Bereich fallen die Skizzen, die ‚Erste Niederschrift‘,[5] die autographe Partiturreinschrift, die meist, wenn auch nicht immer, als Stichvorlage für den Druck diente, außerdem Klavierauszüge, seltener Stimmen, schließlich die sogenannten Handexemplare, also jene Drucke, die sich in Schönbergs Besitz befanden und die er – mehr oder weniger systematisch – auf Fehler hin untersuchte (teilweise in Zusammenhang mit von ihm dirigierten Aufführungen). Bisweilen hat Schönberg Fehlerlisten angefertigt, die für eine spätere Auflage herangezogen werden sollten. In den zweiten Bereich, den der Überwachung von fremder Hand angefertigter Quellen, fallen die Abzüge, die der Verlag dem Komponisten zum Korrekturlesen sandte (manchmal haben auch Schüler unter Schönbergs Aufsicht Korrektur gelesen) oder auch Abschriften, die geprüft wurden.[6]

Neben der Differenzierung der Quellen gemäß Schönbergs unmittelbarer oder nur

---

[4] Näheres dazu im Vorwort zu den Bänden der Reihe B.

[5] Als ‚Erste Niederschrift‘ wird jene Quelle bezeichnet, in der Schönberg den Notentext eines Werks erstmals vollständig notierte, wenngleich in noch flüchtiger und nicht immer endgültiger Form. Sie stellt also das Zwischenglied zwischen den Skizzen und der Reinschrift dar.

[6] Nicht zu jedem Werk hat Schönberg auch sämtliche Quellen dieses Stammbaums angefertigt, und nicht immer sind alle Quellen auch lückenlos überliefert.

mittelbarer Beteiligung lassen sich diese noch nach einem zweiten Prinzip unterteilen, das Schönbergs Doppelfunktion als Komponist und Kopist berücksichtigt. Als vorgeordnete und sowohl für Schönberg als auch den Editor zentrale Quellen sind solche zu bewerten, in denen Schönberg nicht nur als Kopist, sondern zugleich auch in seiner Rolle als Komponist auftrat. Zu ihnen zählen die Erste Niederschrift, die autographe Partiturreinschrift, die Korrekturabzüge und der Druck. Sie repräsentieren die entscheidenden Stadien bei der Formung der endgültigen Werkgestalt. Ihnen stehen die nachgeordneten Quellen gegenüber, also solche Quellen, die nur Kopien oder Einrichtungen der zentralen Quellen sind (also etwa Stimmen oder der Klavierauszug). Hier war Schönberg ausschließlich Kopist. Singuläre Lesarten, die in den nachgeordneten Quellen auftauchen, sind gewöhnlich zu vernachlässigen, weil sie – selbst wenn sie auf Schönberg zurückführbar sind – in der Regel als Abschreibversehen zu bewerten sind. Nur in ganz seltenen Fällen können sie, wie am Beispiel des autographen Klavierauszugs zu *Erwartung* zu zeigen sein wird, doch Aufschluß über die – vermutlich – gemeinte Lesart geben.

Bei den vorgeordneten Quellen erweist sich als schwierigstes Problem der Übergang von der Ersten Niederschrift zur autographen Partiturreinschrift. Die Erste Niederschrift nahm im Kompositionsprozeß keine fest definierte Rolle ein – und dies macht es so schwer, ihren Quellenwert zu bestimmen. Grob kann man sagen, daß in der Ersten Niederschrift der Skizzierungs- und Kompositionsprozeß insofern einen Abschluß fand, als das Werk nun erstmals vollständig notiert vorliegt. Das Attribut ‚vollständig‘ bezieht sich dabei in der Regel auf die Anzahl der Takte sowie auf Tonhöhen[7] und Rhythmus, in Orchesterwerken ferner auf die Instrumentation. Nur flüchtig und unvollständig sind dagegen meist diejenigen Parameter notiert, die dem Sekundärtext angehören, also Dynamik, Phrasierung, Agogik etc., ferner bei Vokalmusik der Text, wenn es ein Textbuch oder eine Textquelle gab. Bei Kammermusikwerken ist die Erste Niederschrift bereits als Partitur, bei Orchesterwerken als Particell mit entsprechenden Instrumentationsangaben angelegt. Das Schreibmaterial ist meist Bleistift, und es gibt viele Korrekturen. Äußerlich macht die Quelle nicht unbedingt den Eindruck eines bereits abgeschlossenen Kompositionsprozesses. Wenn Schönberg aus der Ersten Niederschrift die Partiturreinschrift gewann, so war damit kein ausschließlich mechanischer Akt, sondern eine erneute kreative, schöpferische Tätigkeit verbunden. Das leuchtet unmittelbar für diejenigen Parameter ein, die bisher noch unvollständig notiert waren (z. B. Dynamik, Phrasierung). Sie mußten jetzt endgültig fixiert werden. Dieser Prozeß griff aber auch auf die eigentlich schon fixierten Parameter über: So konnte eine dynamische Festlegung eine Änderung der Instrumentation nach sich ziehen (die Entscheidung, eine Stelle im *forte* spielen zu lassen, konnte etwa zur Folge haben, weitere Instrumente am Vortrag zu beteiligen).[8] Was also in der Ersten Niederschrift kompositorisch zum Abschluß gekommen zu sein schien, wurde jetzt wieder in Frage gestellt, revidiert, verändert. Und davon konnten auch die Tonhöhen betroffen sein. Auf der anderen Seite handelte es sich beim Ausschreiben der

---

[7] Bei chromatischen Auf- und Abstiegen fehlen allerdings manchmal einzelne Vorzeichen.

[8] In *Erwartung* hat die als Particell notierte Erste Niederschrift beispielsweise in T. 23 als einzige dynamische Vorschrift *f* für 1. Oboe, 1. Horn, 1. Trompete. Die 32stel-Figur am Taktende war hier nur mit der Instrumentenzuordnung Br. [= Bratsche] versehen. Offensichtlich hatte die beim Ausschreiben der Partiturreinschrift getroffene Entscheidung, diese Figur *ff* spielen zu lassen, auch die Instrumentationsänderung zur Folge, da in der Partiturreinschrift neben den Bratschen auch alle 1./2. Geigen diese Töne spielen.

Partitur natürlich auch um eine mechanische Tätigkeit – mit all ihren potentiellen Fehlerquellen. Die Erste Niederschrift war dafür besonders anfällig, da sie ein im Detail bisweilen unübersichtliches Notenbild besitzt, das selbst für seinen Autor Anlaß zu Mißverständnissen und Fehlinterpretationen bieten konnte. Die Lesartendiskrepanzen, die im Verhältnis von Erster Niederschrift zu Partiturreinschrift auftreten, können also die Folge einer kompositorischen Änderung oder aber ein Kopistenfehler, also ein Abschreibversehen sein. Hat man einmal die Grundsatzentscheidung für die genealogische Methode getroffen, so ist dann eine genaue Prüfung des Einzelfalls erforderlich, die sowohl die Kompositionstechnik des Werkes als auch die Art und die Umstände der Abweichung berücksichtigt.

Im Bewußtsein Schönbergs hatte die Erste Niederschrift eine offenbar ambivalente und keineswegs festgelegte Stellung inne. So wurden Änderungen in der autographen Partiturreinschrift, die mit großer Sicherheit als Revisionen zu bewerten sind, entweder gar nicht oder nur unvollständig auch in die Erste Niederschrift eingetragen. Somit konnte die Erste Niederschrift für Schönberg eine Funktion als Referenzquelle zur Entscheidung über richtige und falsche Lesarten natürlich nur unzulänglich erfüllen. Auf der anderen Seite gibt es aber Fälle, in denen Schönberg der Ersten Niederschrift doch eine recht starke Stellung zugebilligt hat. In den *Variationen für Orchester* op. 31 war es beim Ausschreiben der Partitur aus der Ersten Niederschrift zu einer Vielzahl von Schreibversehen gekommen. Diese falschen Lesarten fanden auch Eingang in den Druck. Im Handexemplar sind diese Fehler teilweise korrigiert, wobei stets die Lesart der Ersten Niederschrift wiederhergestellt wurde. In anderen Fällen wurden zusätzliche Änderungen im Handexemplar sogar noch in die Erste Niederschrift rückübertragen. Zumindest für dieses Werk der 20er Jahre hat Schönberg im Hinblick auf die Tonhöhen der Ersten Niederschrift einen hohen Quellenwert zugemessen.[9]

Auch wenn der autographe Klavierauszug nur zu den nachgeordneten Quellen gehört, so kann er in wenigen Ausnahmefällen doch Bedeutung für die Edition erlangen. Von eigenen Werken hat Schönberg als pianistischer Amateur nur selten einen Klavierauszug angefertigt und noch seltener zur Drucklegung vorgesehen: Veröffentlicht wurde allein der Klavierauszug zur Oper *Von heute auf morgen* op. 32. Im Falle der *Erwartung* hat Schönberg zwar einen kompletten Klavierauszug hergestellt, doch wurde später der Klavierauszug Eduard Steuermanns gedruckt.[10] Schönberg stand Klavierauszügen meist skeptisch gegenüber, weil wesentliche Momente der Musik, nämlich Polyphonie und Klangfarbe, hier notwendigerweise nur sehr unvollkommen zur Geltung kommen konnten. So äußerte Schönberg gegenüber seinem Verleger Emil Hertzka von der Universal-Edition in bezug auf *Pierrot lunaire*:

> Pierrot lunaire kann nur in Partitur erscheinen! Ein Klavierauszug ist undenkbar! [...] (später vielleicht ein 4-händiger, oder für 2 Claviere, aber ein 2-händiger ist undenkbar bei dieser Po-

---

[9] Für *Erwartung* ist der Sachverhalt weniger eindeutig. Einerseits sind viele Änderungen, die beim Ausschreiben der Partitur vorgenommen wurden, in der Ersten Niederschrift nicht verzeichnet. Andererseits enthält die Erste Niederschrift neben der Bleistiftgrundschicht zusätzliche Eintragungen mit schwarzer Tinte, die wohl im Zusammenhang mit der Partitur entstanden, sowie Eintragungen mit roter Tinte, die sicher erst während der Drucklegung (beim Lesen der Korrekturabzüge) vorgenommen wurden. (Vgl. auch Anm. 37.)

[10] Der Klavierauszug Eduard Steuermanns zu *Erwartung* erschien 1923 bei der Universal-Edition. Zur Oper *Die glückliche Hand* scheint Schönberg keinen eigenen Klavierauszug angefertigt zu haben. 1923 kam bei der Universal-Edition ein Klavierauszug für zwei Klaviere heraus, den ebenfalls Steuermann verfaßt hatte.

lyphonie!). Denn wenn ein solches Werk nicht in Partitur erscheint, ist es begraben, wie das Beispiel meiner Orchesterlieder beweist, die nur aus diesem Grund nicht aufgeführt werden, weil kein Dirigent nach Clavier-Auszügen meiner Werke einen deutlichen Eindruck haben kann, wie diese Werke eigentlich gehen! Mehr noch aber bei diesen Werken, wo die Farbe alles, die Noten gar nichts bedeuten; wo also nur die Partitur über das Werk Aufschluß giebt !![11]

Klavierauszüge waren, so scheint es, für Schönberg vor allem Hilfsmittel zum Einüben einer Partie; allenfalls konnten sie einem Dirigenten einen unvollkommenen Klangeindruck verschaffen. Diese Haltung scheint sich auch in den Quellen selbst niederzuschlagen. Zwar ist etwa im Falle von *Erwartung* die autographe Reinschrift des Klavierauszugs sehr akkurat geschrieben, doch steht die Qualität des Notentexts im Widerspruch zur äußerlichen Darstellung: schon der erste Akkord enthält einen falschen Ton,[12] und auch der Rest ist relativ fehlerhaft. Die Annahme, daß hier bewußt Änderungen gegenüber der Vorlage vorgenommen wurden (möglicherweise aus spieltechnischen Gründen), läßt sich nur in ganz seltenen Fällen plausibel machen. Vielmehr scheint die Fehlerhaftigkeit darauf zurückzuführen sein, daß einerseits die Reinschrift sehr rasch angefertigt wurde und andererseits der Klavierauszug dem Dirigenten nur einen ersten und notwendigerweise ungenauen Eindruck des Werks vermitteln sollte. Auch die Singstimme ist nicht, wie man vielleicht aufgrund der Einübefunktion der Quelle vermuten könnte, genauer oder sorgfältiger bezeichnet. Im Gegenteil: Sie enthält sogar Textvarianten. Aus diesem Grunde ist der autographe Klavierauszug für die Edition nur unter Vorbehalt eine maßgebliche Quelle.

Dem Klavierauszug hätte dann eine größere Bedeutung zukommen können, wenn seine Vorlage die Erste Niederschrift gewesen wäre. In diesem Fall besäße man zwei Quellen, die von der Ersten Niederschrift abgeschrieben wären (Partiturreinschrift und Klavierauszug), und Abschreibfehler in einer der beiden Quellen ließen sich relativ sicher bestimmen. In der Tat liegt es auf den ersten Blick nahe, den Klavierauszug aus der Ersten Niederschrift zu gewinnen: Diese besitzt als Particell bereits eine klavierauszugsähnliche Struktur; und nicht zuletzt hätte sich Schönberg das Rücktransponieren der Klarinetten in D, A und B oder der Hörner und Trompeten ersparen können, wenn er statt auf die Partitur auf das – untransponierte – Particell zurückgegriffen hätte. Wie man aber zumindest im Falle von *Erwartung* sehr leicht zeigen kann, wurde der Klavierauszug nach der Partitur angefertigt, da er bei Abweichungen zwischen Erster Niederschrift und Partitur fast immer der Partitur folgt.[13] Welcher Grund könnte Schönberg bewogen haben, diesen komplizierten Weg zu gehen? Da formale Gründe wie solche der Praktikabilität ausscheiden (diese hätten ja umgekehrt für einen Rückgriff auf die Erste Niederschrift gesprochen), dürften inhaltliche Gründe ausschlaggebend gewesen sein. Daß Schönberg den Klavierauszug aus der Partitur ausschrieb, dürfte die Annahme bestätigen, daß im Bewußtsein des Autors der Notentext der Ersten Niederschrift durch den der Partitur überholt wurde, die Erste Niederschrift ihren Rang als maßgebliche Quelle somit eingebüßt

---

[11] Brief Schönbergs an Emil Hertzka vom 5. 7. 1912. Zitiert nach: Arnold Schönberg: Pierrot lunaire. Hrsg. von Reinhold Brinkmann. Mainz und Wien 1995 (Sämtliche Werke, Reihe B, Bd. 24/1), S. 233.

[12] Der von 2./3. Klarinette und 4. Horn zu Beginn von T. 1 gespielte Akkord – klingend fis/c'/f' – wurde als Quartenakkord g/c'/f' notiert.

[13] Außerdem gibt es in T. 241 (zweite Takthälfte) und 246 (6. Achtel) Transpositionsfehler. Schönberg hatte die Klarinetten in A als Klarinetten in B und die Trompeten untransponiert gelesen.

hatte. Schwierig sind daher solche Einzelfälle zu beurteilen, in denen der Klavierauszug von der Partitur abweicht und dabei gleichzeitig die Lesart der Ersten Niederschrift bestätigt bzw. wiederherstellt.[14]

2.

Das Monodram *Erwartung* steht am Ende einer sehr produktiven Phase des Schönbergschen Komponierens, die mit dem Übergang zur Atonalität im zweiten Streichquartett im Jahre 1908 eingesetzt hatte. Die wichtigsten in dieser Zeit geschriebenen Werke sind die *Klavierstücke* op. 11 (Februar, August 1909), der Liederzyklus *Das Buch der hängenden Gärten* op. 15 (bis Mai 1909), die *Fünf Orchesterstücke* op. 16 (Mai bis August 1909), schließlich *Erwartung* op. 17 (August bis Oktober 1909). Das anschließend begonnene Bühnenwerk *Die glückliche Hand* op. 18 wurde bald zugunsten der *Harmonielehre* unterbrochen und erst im November 1913 beendet.

Schönberg hat sich bei *Erwartung* sehr rasch um die Aufführung wie die Drucklegung bemüht. Die Uraufführung war für das Frühjahr 1910 – also bereits wenige Monate nach Beendigung der Partitur – in Mannheim geplant, kam aber aus verschiedenen Gründen nicht zustande.[15] Weitere Versuche, das Werk an einer Bühne unterzubringen, hat Schönberg bis 1914 unternommen, doch führten diese in keinem Fall zum Erfolg. So ist es erst 1924 in Prag unter Alexander Zemlinsky herausgekommen. Mit der Drucklegung gab es ähnlich große Schwierigkeiten, auch wenn Schönberg schließlich schneller zum Ziel gelangte. Spätestens Anfang 1910 hatte der Komponist der Universal-Edition Mitteilung von der Fertigstellung der *Erwartung* gemacht, doch entschloß man sich, zunächst andere Werke Schönbergs zu drucken. Als 1913 noch immer kein Termin für das Erscheinen ins Auge gefaßt war, bot Schönberg das Monodram weiteren Verlagen an, ohne jedoch eine positive Reaktion zu erhalten. Schließlich wurde im Juni 1914 bei der Universal-Edition mit dem Druck begonnen. Durch den Beginn des Ersten Weltkriegs verzögerte sich die Fertigstellung, so daß das Werk erst im Frühjahr 1917 tatsächlich erscheinen konnte.

Die Schwierigkeit hinsichtlich der Bewertung von Lesartendifferenzen zwischen Erster Niederschrift (im folgenden: B) und autographer Partiturreinschrift (im folgenden: C) besteht vom stemmatologischen Gesichtspunkt aus darin, daß neben C keine weitere Quelle direkt auf B zurückgeht.[16] Wäre dies der Fall, so könnten Abschreibfehler und vor

---

[14] Die Erstellung des Klavierauszugs vollzog sich in *Erwartung* allerdings in zwei Phasen, die zusätzliche Probleme der Quellenkritik mit sich bringen. Zunächst wurde auf separaten Blättern allein der Klaviersatz vollständig skizziert, während die Singstimme – mit einer Ausnahme – weggelassen wurde. Um dann eine Reinschrift anzufertigen, mußte Schönberg auf zwei Quellen zurückgreifen: für den Klaviersatz auf die zuvor skizzierte Niederschrift, für die Singstimme auf die Partitur, da nur in ihr der zu singende Text lückenlos und in allen Details notiert war. Gleichwohl gibt es einige Textvarianten, die sich nur schwer mit diesem Szenario in Einklang bringen lassen. Möglicherweise hat Schönberg für die Singstimme, insbesondere deren Text, auch auf andere Quellen zurückgegriffen.

[15] Über die Planungen sind wir hauptsächlich durch den Briefwechsel zwischen Schönberg und Artur Bodanzky, dem damaligen Dirigenten des Mannheimer Nationaltheaters und Jugendfreund Schönbergs unterrichtet. Die Absetzung des Stückes hatte wohl zwei Ursachen: einerseits den Intendantenwechsel (Carl Hagemann verließ das Theater zum Ende der Spielzeit 1909/1910), andererseits die Schwierigkeit, nach der Absage von Martha Winternitz-Dorda eine geeignete Sängerin zu finden.

[16] Die Erste Niederschrift wird unter den Archivnummern 2367–2386 im Arnold Schönberg Center in Wien aufbewahrt. Die autographe Partiturreinschrift befindet sich in der Pierpont Morgan Library in New York.

allem versehentliche Auslassungen von bewußten Änderungen deutlicher unterschieden werden. (Wäre also z. B. in B bei einer Note ein Akzent vorhanden, der in C fehlt, so könnte die Lesart einer dritte Quelle, die ebenfalls auf B zurückgeht, darüber Aufschluß geben, welches die Autorintention ist: Fehlt der Akzent auch in dieser Quelle, so handelt es sich offensichtlich um eine Änderung gegenüber B; ist der Akzent aber wieder notiert, so wurde er wahrscheinlich in C nur vergessen.) Da aber alle übrigen Quellen (Stimmen, Klavierauszüge) unmittelbar oder mittelbar von Quelle C abschreiben, werden notwendigerweise nur deren Lesarten reproduziert. Von seiten der Quellenfiliation ist also kein Aufschluß über richtige oder falsche Lesarten im Verhältnis von B zu C zu erwarten. Somit erhalten für die Entscheidung bei Lesartendiskrepanzen nun musikalische Argumente ein größeres Gewicht. Allerdings besteht für die Musik um 1910, die unter Schlagworten wie ‚freie Atonalität‘ oder ‚aphoristischer Stil‘ subsummiert wird, das Problem, daß Kriterien, mit deren Hilfe eine Unterscheidung von falschen und richtigen Tonhöhen möglich ist, nur schwer auszumachen sind. Gegenüber dem Vorwurf der willkürlichen Setzung der Töne hat Schönberg zwar sein Formgefühl ins Spiel gebracht, das ihn mit derselben Unerbittlichkeit wie zuvor einen Ton setzen lasse, doch war er nicht in der Lage die Regel anzugeben, nach der dies geschehe.[17] Schönberg begann denn auch schon bald nach dem Übergang zur Atonalität mit der Suche nach einem neuen Ordnungssystem, dessen Ergebnis bekanntlich die Zwölftontechnik darstellt. In Musik, die sich der Zwölftontechnik bedient, kann nun immerhin zwischen einem systemkonformen und einem systemfremden Ton unterschieden werden.

Schönbergs zwischen 1908 und 1922 entstandene Musik birgt also die doppelte Schwierigkeit, daß sie zum einen auf keinem harmonischen System mehr beruht und auf der anderen Seite sich sehr dezidiert zum aphoristischen Komponieren bekennt, einem Komponieren also, das Forderungen nach Zusammenhang etwa in Form motivischer Korrespondenzen negiert. In einem Brief an Feruccio Busoni hat Schönberg seine Ästhetik dieser Jahre wie folgt dargelegt:

> Ich strebe an: Vollständige Befreiung von allen Formen, von allen Symbolen des Zusammenhangs und der Logik, also: weg von motivischer Arbeit. [...] Und diese Buntheit, diese Vielgestaltigkeit, diese Unlogik, die unsere Empfindungen zeigen, diese Unlogik, die die Associationen aufweisen, die irgend eine aufsteigende Blutwelle, irgend eine Sinnes- oder Nerven-Reaktion aufzeigt, möchte ich in meiner Musik haben. [18]

---

[17] In der *Harmonielehre* berief sich Schönberg auf die Kategorien Phantasie, Gehör und Formgefühl. Ihnen sei ein Vorzug vor allen theoretischen Erwägungen einzuräumen: „Mein Gehör hatte: ja gesagt – aber das Gehör ist doch eines Musikers ganzer Verstand!" (Arnold Schönberg: Harmonielehre. Wien ⁷1967, S. 490). Später hat Schönberg immer wieder den das Formgefühl hervorgehoben, so in der Diskussion im Berliner Rundfunk (in: Gesammelte Schriften 1. Hrsg. von Ivan Vojtěch. S. 272ff., insbesondere S. 277) und in der Analyse der *Vier Lieder* op. 22 für Gesang und Orchester (in: Gesammelte Schriften 1, S. 286ff., insbesondere S. 287: „Und ich mußte mir sagen, und durfte es vielleicht: mein an den besten Meistern geschultes Formgefühl, meine in so und so vielen Fällen erprobte musikalische Logik, müssen mir dafür Gewähr bieten, daß, was ich schreibe, formal richtig und logisch ist, auch wenn ich es nicht sehen kann."). Noch in dem postum erschienenen Buch *Die formbildenden Tendenzen der Harmonie* hat Schönberg die These vertreten, daß es eines Tages eine Theorie geben werde, die Regeln von diesen Kompositionen ableitet (vgl. Arnold Schönberg: Die formbildenden Tendenzen der Harmonie. Aus dem Englischen übertragen von Erwin Stein. Mainz 1954, S. 190).

[18] Undatierter Brief (August 1909) von Arnold Schönberg an Feruccio Busoni. Zitiert nach: Briefwechsel zwischen Arnold Schönberg und Feruccio Busoni: 1903–1919 (1927). Hrsg. von Jutta Theurich. In: Beiträge zur Musikwissenschaft 19, 1977, S. 171.

Im Zusammenhang mit diesem assoziativen Komponieren steht die Vorstellung, daß die Musik unmittelbarer, in gewisser Hinsicht auch unbewußter Ausdruck des Subjekts sei, der sich authentisch vor allem im ersten Einfall zeige. Konsequenterweise hegte Schönberg großes Mißtrauen gegenüber längeren Vorarbeiten sowie nachträglichen Änderungen. Für viele Werke dieser Zeit – auch für *Erwartung* – fehlen folglich längere Skizzen, und die Endfassung unterscheidet sich oft nur wenig von der Ersten Niederschrift. In seiner Harmonielehre hat Schönberg dies folgendenmaßen beschrieben:

> [...] ich will es doch nicht unterlassen, einige geringfügige Erfahrungen und Beobachtungen, die sich mir aus der Betrachtung der fertigen Werke ergeben haben, aufzuzeichnen. [...] Ich entscheide beim Komponieren nur durch das Gefühl, durch das Formgefühl. Dieses sagt mir, was ich schreiben muß, alles andere ist ausgeschlossen. Jeder Akkord, den ich hinsetze, entspricht einem Zwang einer unerbittlichen, aber unbewußten Logik in der harmonischen Konstruktion. Ich habe die feste Überzeugung, daß sie auch hier vorhanden ist; mindestens in dem Ausmaß, wie in den früher bebauten Gebieten der Harmonie. Und ich kann als Beweis dafür anführen, daß Korrekturen des Einfalls aus äußerlich formalen Bedenken, zu denen das wache Bewußtsein nur zu oft geneigt ist, den Einfall meist verdorben haben. Das beweist für mich, daß der Einfall zwingend war, daß die Harmonien, die dort stehen, Bestandteile des Einfalls sind, an denen man nichts ändern darf.[19]

Wer Schönbergs Musik dieser Jahre analysiert, kommt jedoch schnell zu dem Ergebnis, daß auch sie nicht frei von konstruktiven Elementen ist.[20] So gibt es Motive, die wiederholt oder real sequenziert werden, ferner ganz traditionell gebaute Ostinati. Hier scheint auch ein richtiger von einem falschen Ton unterscheidbar. Allerdings – und dies macht die Sache verwickelt – stehen solche systematisch gebauten Segmente stets unter dem Vorbehalt eines Eingriffs durch den Komponisten. Nicht selten gibt es transponierte Wiederholungen, in denen eine Figur doch eine andere Intervallstruktur aufweist und die Quellenlage eindeutig ist.[21] In *Erwartung* sind, im Gegensatz zu Ostinati, die eine große Rolle spielen, sequenzartige Passagen sehr selten. Sie beschränken sich oft auf nur wenige Wiederholungen, und ihre Intervallstruktur wird dabei fast immer verändert.[22]

---

[19] Schönberg, Harmonielehre (wie Anm. 17), S. 498–499.

[20] An wichtigen, nicht immer unumstrittenen Arbeiten, die sich insbesondere mit der musikalischen Struktur von *Erwartung* beschäftigen, seien genannt: Jan Maegaard: Studien zur Entwicklung des dodekaphonischen Satzes bei Arnold Schönberg. Kopenhagen 1972. Bd. 2, S. 312–437; Elmar Budde: Arnold Schönbergs Monodram *Erwartung* – Versuch einer Analyse der ersten Szene. In: Archiv für Musikwissenschaft 36, 1979, S. 1–20; Jose Maria Garcia Laborda: Studien zu Schönbergs Monodram *Erwartung* op. 17. Laaber 1981.

[21] So weist im Klavierstück op. 11 Nr. 1 in den Takten 38 und 42–44 die Sechzehntelfigur in den Mittelstimmen zunächst stets die Intervallfolge große Sekunde abwärts, kleine Sekunde aufwärts, kleine Terz abwärts auf. In T. 44 ist das letzte Intervall zweimal zur großen Terz verändert. Damit geht auch eine Änderung des Verhältnisses zur Oberstimme einher, da das Intervall zwischen dem ersten Ton der Mittelstimmenfigur und der Oberstimme jetzt eine kleine Terz statt einer großen Terz ist. In op. 11 Nr. 2 ist der erstmals in T. 16 (1.–5. Note) erklingende Baßaufgang zunächst aus den Intervallen reine Quinte, übermäßige Quarte, kleine Terz, reine Quarte zusammengesetzt (siehe T. 18, 40, 42). Die transponierte Wiederholung in T. 42 (6.–10. Note) aber vertauscht die beiden letzten Intervalle. Von Sequenz oder transponierter Wiederholung macht in hohem Maße auch der Liederzyklus *Das Buch der hängenden Gärten* op. 15 Gebrauch. In Nr. 11 (*Als wir hinter dem beblümten Tore*) besitzt die das Stück einrahmende Baßfigur (T. 1, 20–21) zunächst immer die Intervallstruktur kleine Sekunde, kleine Sekunde, große Terz. Nur in T. 20–21 ist die mittlere Figur abweichend strukturiert.

[22] Vgl. T. 276 in den 2. Geigen, wo die mittlere Figur als zweite Note f' statt fis' bringt, oder T. 412–413 in der Celesta. In ihrer Intervallstruktur sehr unregelmäßig sind T. 227–228 (Holzbläser) und T. 275 (1. Geige). Hier wäre zu fragen, inwieweit der Sequenzbegriff noch sinnvoll verwendet werden kann.

Aber auch Ostinati können hier ihre feste Struktur durchbrechen. Interessant erscheint in dieser Hinsicht das Harfenostinato in Takt 258–260, das aus den sechs Tönen d'–g'– dis''–e''–cis''–ais' gebildet ist. Beim ersten Auftreten der Figur lautet die zweite Note aber e'. (In dieser Form wird das Ostinato dann in der 1. Flöte, Takt 259–260, gespielt.) Da die Quellen in diesem Punkt eindeutig sind, gibt es an der Korrektheit der Lesart keinen Zweifel. Was Schönberg veranlaßt haben könnte, das strenge ostinate Prinzip an diesem Punkt zu durchbrechen, ist unklar. Möglicherweise betrachtete er die ersten beiden Harfentöne (d'–e') als Nachhall der Singstimme (fes'–d').[23]

Da also jegliche Systematik unter dem Vorbehalt ihrer Durchbrechung steht, ist für den Einzelfall nichts gewonnen: stets kann der vom System einer bestimmten Intervallfolge abweichende Ton doch als Lizenz intendiert sein. Auch ist es unmöglich, bestimmte Fälle von vornherein auszuschließen: Sukzessive oder simultane Oktaven sind zwar ausgesprochen selten, aber sie kommen doch ebenso vor wie etwa Dur- oder Molldreiklänge und sind daher höchstens ein Plausibilitätsargument für eine bestimmte Lesart.[24]

3.

Nach diesen Vorüberlegungen sollen im folgenden an ausgewählten Beispielen aus dem Monodram *Erwartung* Lesartendifferenzen zwischen Erster Niederschrift (B) und autographer Partiturreinschrift (C) diskutiert werden. Dabei geht es ausschließlich um Tonhöhen. Lesarten des autographen Klavierauszugs sowie anderer Quellen werden nur dann berücksichtigt, wenn sie zur Entscheidung neue Gesichtspunkte beitragen.[25]

Die Beispiele sind nach folgenden systematischen Gesichtspunkten ausgewählt:

1. Änderungen, die wahrscheinlich eine Revision der ursprünglichen Lesart darstellen;
2. Zeichen, die beim Ausschreiben der Partitur möglicherweise vergessen oder übersehen wurden;
3. Zeichen, die beim Ausschreiben der Partitur möglicherweise falsch zugeordnet wurden;
4. eine mögliche Fehlkonjektur;

---

[23] Listen der Ostinati in *Erwartung* finden sich in Laborda, Studien (wie Anm. 20), S. 156, 158f., 160–162 und 164. Daß das Wiederaufgreifen von Tönen Beziehungen zwischen den Phrasen oder Motiven stiften kann (etwa der Ton cis'' am Beginn des Stückes in Oboe, Harfe und Singstimme), wird besonders von Elmar Budde betont. Ein sehr deutliches Beispiel für das Aufgreifen eines Motivs findet sich in T. 206: Oboen und Klarinetten wiederholen hier das Motiv der Frau in T. 204. Durch die ganze Passage ab T. 201, in der dieses Motiv in zahlreichen Varianten polyphon durchgeführt wird, wird somit versinnbildlicht, wie der eine Gedanke („Nicht tot sein, mein Liebster") die Frau und ihr gesamtes Denken immer mehr gefangen nimmt.

[24] Simultane Oktaven gibt es aufgrund der Polyphonie wie der Vielstimmigkeit der Klänge sogar recht häufig, wobei die Oktaven u. a. immer dann kurzfristig auftreten, wenn sich eine Stimme über einem liegenden Klang bewegt. Sukzessive Oktaven bleiben hingegen die Ausnahme und sind dann meist, weil sie unterschiedlichen Phrasen angehören, als totes Intervall zu betrachten. Dur- oder Molldreiklänge werden stets durch weitere Töne eingefärbt. Allerdings gibt es einige Stellen, an denen sie aufgrund der homogenen Klangfarbe deutlicher hervortreten, so der A-Dur Klang in den Hörnern in T. 10 oder der g-Moll Klang in den Flöten in T. 15.

[25] Die Reinschrift des autographen Klavierauszugs befindet sich in Privatbesitz, dessen Konzept-Niederschrift wird im Arnold Schönberg Center in Wien aufbewahrt (Archivnummer 2387–2400). Ebenfalls im Arnold Schöberg Center liegen der von Schönberg durchgesehene erste Korrekturabzug der Partitur sowie das Autograph des Klavierauszugs von Eduard Steuermann (Erste Niederschrift und Partiturreinschrift s. Anm. 16).

5. ein möglicher Tranpositionsfehler;
6. drei unklare Fälle.

3.1 Änderungen, die wahrscheinlich eine Revision der ursprünglichen Lesart
darstellen

Daß Schönberg trotz seiner anderslautenden Darstellung in der *Harmonielehre* beim Ausschreiben der reinschriftlichen Fassung noch eine Reihe von Tonhöhen änderte, läßt
sich beim Vergleich von Erster Niederschrift und autographer Partiturreinschrift leicht
feststellen. Daß es sich dabei meist nicht um Abschreibfehler, sondern um eine Revision
der ursprünglichen Lesart handelt, wird einerseits durch die große Anzahl der Änderungen, andererseits durch ihren rationalen Charakter nahegelegt. In der Regel lassen sich
nämlich Gründe für die neuen Varianten angeben.

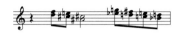

a: Erste Niederschrift (B)   b: Autographe Partiturreinschrift (C),
                                       in F notiert

Bsp. 1:[26] Arnold Schönberg: *Erwartung*, T. 327, 1.–4. Horn

Wie häufig in *Erwartung* werden in den Takten 326–328 die Instrumente, hier die
Hörner, parallel geführt. Dabei bleibt das Intervall stets dasselbe (Terz), doch wechselt
im Unterschied zu anderen Stellen mehrmals seine Größe. Beim Ausschreiben der Partiturreinschrift kam es gegenüber der Ersten Niederschrift in drei Fällen zu Änderungen
in der Tonhöhenordnung: in C lauten die erste und zweite Note g'–fis' (notiert als d"–
cis") und das letzte Achtel es' (notiert als b') statt in B ges'–f' und e'. Während die Größe
der Terzen in Takt 327 zwischen 1./3. Horn und 2./4. Horn in B unregelmäßig wechselt
(+ + - + + + - ; + = große Terz, - = kleine Terz),[27] ist sie in C nun vereinheitlicht (- -
- + + + +) und damit an die Tendenz von Takt 326 (nur große Terzen) und Takt 328
(nur kleine Terzen) angepaßt. Die gleich dreifach abweichende Lesart läßt eine zufällige,
unbeabsichtigte Änderung (etwa als Transpositionsfehler) unwahrscheinlich erscheinen.
Offensichtlich strebte Schönberg ein Klangbild an, das sich durch einen höheren Grad
der regelmäßigen Strukturierung, somit einen homogeneren Charakter auszeichnet.

Allerdings hat Schönberg nicht immer die klanglich homogenere Variante bevorzugt. Bisweilen wurden auch einfache Strukturen durch komplexe Strukturen ersetzt.
In Takt 386 hat Schönberg die beiden Geigen erneut in Terzen gekoppelt. Auch hier
sind beim Ausschreiben der Partiturreinschrift Töne geändert worden (Bsp. 2). Die erste und zweite Figur sind in beiden Quellen gleich, und die Terzen sind komplementär

---

[26] Hier wie in allen folgenden Notenbeispielen werden in der Regel nur die Tonhöhen wiedergegeben. Auf
den Abdruck des Sekundärtextes (Artikulation, Dynamik etc.) wird dagegen meist verzichtet. Fehler in der
rhythmischen Notation sind stillschweigend verbessert, Schlüssel wurden ergänzt. Manchmal sind Stimmen,
die für die Diskussion unerheblich waren, weggelassen. In diesen Fällen wurden – eckig geklammerte –
Pausen hinzugefügt.

[27] Wie in B das vorletzte Achtel der Unterstimme (2. und 4. Horn) zu lesen ist, ist unklar, da Schönberg kein
Akzidens notierte. Die Note ist somit als f oder fis deutbar.

c: Erste Niederschrift (B)

d: Autographe Partiturreinschrift (C)

Bsp. 2: Arnold Schönberg: *Erwartung*, T. 386 1./2. Geige

zueinander angeordnet (- + + bzw. + - -). In der Ersten Niederschrift wird die letzte Figur von den beiden Geigen gleichmäßig im Abstand einer kleinen Terz gespielt. Sie bildet also einen Gegensatz zum Vorherigen. In der autographen Partitur werden aus dem Strukturprinzip der ersten beiden Figuren hingegen andere Konsequenzen gezogen. Durch die Änderung des zweiten und vierten Tons der letzten Figur (as" zu a" und ges" zu g") folgen nun abwechselnd kleine und große Terzen aufeinander, ist also gewissermaßen das Prinzip der Komplementarität der ersten beiden Figuren auf die letzte Figur übertragen.[28]

3.2 Zeichen, die beim Ausschreiben der Partitur möglicherweise vergessen oder übersehen wurden

Zeichen, die in einer vorgeordneten Quelle notiert wurden, in einer von ihr abhängigen chronologisch späteren Quelle jedoch fehlen, stellen den Editor vor besondere Probleme. Denn im Gegensatz zu Zeichen, die ersetzt oder neu eingefügt werden, bleibt aufgrund des passiven Charakters der Änderung die Unsicherheit, ob sie vom Autor auch wirklich intendiert worden ist. Hier ist einerseits die Quellensituation zu beachten, andererseits die Art des Zeichens. Kann man sich vorstellen, daß Schönberg beim Abschreiben Noten vergißt? Christian Martin Schmidt nimmt dies für *Moses und Aron* an.[29] Er kann dabei

---

[28] Daß der Grund für die Änderung die Vermeidung von Oktavverdoppelungen gewesen sein könnte, ist unwahrscheinlich, da sowohl gis (= as) als auch a in der Celesta erklingen. Auch innerhalb der Phrase von 1. und 2. Geige in T. 386 werden Töne wiederholt. Durch die Änderung ergibt sich allerdings in der 1. Geige eine stärkere Betonung der Ganztonleiter, die nun das komplette Material der letzten fünf Töne liefert. Ein ähnlicher Fall liegt in T. 412–413 in der Celesta vor. Die Fassung von B weist im oberen System durchgängig große Terzen als Zusammenklänge der jeweiligen Spitzentöne auf. In C wurde bei der ersten und letzten Phrase der jeweils erste Zusammenklang geändert (notiert ces"'/es"' zu c"'/es"' und a"/cis"' zu b"/des"'). In T. 303 hingegen wurde in den beiden Geigen aus dem ehemals (in B) sehr inhomogenen Klangbild (nur die Außenstimmen gingen streng chromatisch aufwärts) nun (in C) eine chromatische Bewegung, die sich in allen vier Stimmen gleichmäßig vollzieht.

[29] Schmidt hält es für wahrscheinlich, daß im I. Akt in T. 779 die 1. Geige und im II. Akt in T. 973 die 1./2. Flöte vergessen wurde. Vgl. Arnold Schönberg: Moses und Aron. Hrsg. von Christian Martin Schmidt. Mainz und Wien 1980 (Sämtliche Werke. Reihe B. Bd. 8), S. 55 und S. 84.

allerdings auf die besondere Quellensituation verweisen, da Schönberg von der Ersten Niederschrift eine Reinschrift nur in Form eines Particells, nicht jedoch einer Partitur anfertigte. Auch in *Erwartung* sind einige Noten entfallen.[30] Wenngleich nicht ausgeschlossen werden kann, daß dies unbeabsichtigt geschah, so ist doch aufgrund der Tatsache, daß Schönberg sowohl einen Klavierauszug anfertigte als auch die Drucklegung überwachte, eine solche Annahme eher unwahrscheinlich. Auch wenn man berücksichtigt, daß außer der Partiturreinschrift keine andere Quelle auf die Erste Niederschrift direkt zurückgeht, scheint es doch schwer vorstellbar, daß Schönberg die fehlenden Töne nicht aufgefallen wären. Je unscheinbarer das Zeichen ist, desto höher dürfte die Wahrscheinlichkeit sein, daß es nur versehentlich entfiel. Dabei ist allerdings die allgemeine Tendenz zu berücksichtigen: So enthält beispielsweise im Bläserquintett op. 26 die Erste Niederschrift noch eine Fülle von Vortragsangaben und Artikulationszeichen, die die Reinschrift nicht mehr aufweist.[31] Hier ist eher davon auszugehen, daß das Ausschreiben der reinschriftlichen Partitur mit einer Revision der Vortragsbezeichnungen einherging. (Von dieser Revision blieb allerdings der Bereich der Tonhöhen ausgenommen.)

Die Erste Niederschrift von *Erwartung* weist deutlich weniger Vortragsbezeichnungen als die Partiturreinschrift auf, so daß von dieser Seite der Edition fast keine Schwierigkeiten erwachsen.[32] Vor welchen Problemen man im Bereich der Tonhöhen steht, soll im folgenden an zwei Beispielen diskutiert werden, in denen einmal ein Vorzeichen, einmal eine Hilfslinie entfallen ist.

Satzprinzip der in Beispiel 3 wiedergegebenen Passage ist die Überlagerung mehrerer Schichten. Die beiden Oboen bewegen sich in Halbtonschritten aufwärts, die beiden Violoncelli in Halbtonschritten abwärts. Der Gerüstsatz der Geigen und Bratschen beschreibt eine steigende Ganztonleiter (in den Geigen mit intervallisch unregelmäßig gebauten Zwischengliedern). Schließlich gibt es noch zwei Stimmen (1. Horn und Kontrabaß), deren Tonhöhenstruktur keine Systematik aufweist. Die Quellen B und C unterscheiden sich im Hinblick auf einen Ton, nämlich den Schlußton des 2. Violoncellos, der in B mit einem ♯ versehen ist, folglich fis lautet, in C hingegen ohne Vorzeichen notiert ist und daher als f zu lesen ist. Damit ist aber in C die regelmäßige Abfolge in Halbtonschritten am Ende durchbrochen.[33]

Bei dem Versuch, die Frage nach der intendierten Lesart zu beantworten, gilt es, musikalische wie notationstechnische Überlegungen zu berücksichtigen. Unter notationstechnischen Erwägungen läßt sich fragen, ob es sinnvoll erscheint, nach einem durchgängig chromatischen Abstieg einen Ganztonschritt ohne Warnungsakzidens (also ♮) zu

---

[30] In T. 38 war dem Akkord von 3. Oboe, Englisch Horn und 4. Horn noch die Bratsche mit dem Ton f beigefügt. In T. 404 traten zur 1. Geige noch Oboe, Kleine Klarinette und Trompete mit weiteren Tönen im selben Rhythmus hinzu; außerdem sollten alle Geigen die später nur von der 1. Geige gespielten Töne spielen. In T. 417 (nach Akkoladenwechsel in B) war schließlich der Akkord d'/f'/a'/cis" als punktierte halbe Note mit drei *tremolo*-Strichen, für die zweite Takthälfte dann ein Abbreviaturzeichen notiert. Sehr wahrscheinlich sollte dieser Akkordteppich von den beiden Geigen gespielt werden.

[31] Aus der Fülle der zusätzlichen Lesarten in der Ersten Niederschrift von Opus 26 seien nur einige wenige Beispiele vom Beginn des 1. Satzes angeführt: In T. 7 hat das Fagott in der zweiten Takthälfte eine *crescendo*-Gabel, in T. 10 die Flöte bei 2. Viertel ein *p*, ebenso das Fagott in T. 12 bei der ersten Note.

[32] Bereits sehr genau sind oft Dynamik und Bögen notiert. Allein in der Singstimme ist an einigen Stellen eine dynamische Bezeichnung plaziert, die in der Reinschrift fehlt.

[33] Ein Auflösungszeichen erscheint auch nicht im Druck der Partitur. Schönbergs Klavierauszug verzichtet an dieser Stelle auf die Stimme des Violoncellos.

a: Erste Niederschrift (B), ohne Singstimme

b: autographe Partiturreinschrift (C), 1./2. Oboe, Violoncello

Bsp. 3: Arnold Schönberg: *Erwartung*, T. 184–187

notieren. Die Tatsache, daß die Abweichung (Ganztonschritt) von einem vorher aufgestellten Prinzip (Halbtonschritt) nicht durch ein eigenes Zeichen (Warnungsakzidens) angezeigt wird, macht jedenfalls mißtrauisch und entspricht nicht Schönbergs sonstigen Notationsgepflogenheiten. Musikalisch spricht gegen den Ton f, daß er bereits in zwei anderen Stimmen vorkommt (1. Oboe und Kontrabaß) und das regelmäßige Prinzip auch in keiner anderen Stimme durchbrochen wird. Daß strukturell zwischen den beiden chromatisch fortschreitenden Stimmen Oboe und Violoncello eine quasi-tonale Akkordverbindung A-Dur / d-Moll intendiert ist, scheint ebenfalls wenig wahrscheinlich.[34] All diese Überlegungen legen die Vermutung nahe, daß Schönberg an dieser Stelle im 2. Violoncello fis und nicht den Ton f gemeint hat. Als Gegenargument könnte allerdings der Hinweis auf die Ganztönigkeit des Schlußklanges in den Streichern ins Feld geführt werden, die nur mit dem Ton f zu erlangen war.

In Beispiel 4 fällt eine Antwort auf die Frage, welcher der konkurrierenden Lesarten man den Vorzug geben soll, deshalb besonders schwer, weil eigentlich keine musikalischen Kriterien für die Entscheidung herangezogen werden können. In Quelle C ist in Takt 268 der letzte Ton der 1. Geige mit einer Hilfslinie weniger notiert, lautet also e''' statt – wie in B – g'''. Solche auf eine unterschiedliche Anzahl von Hilfslinien zurückführbare Abweichung von Quellen gibt es in Schönbergs Werken häufiger. Im Falle von dodekaphonischen Werken läßt sich dabei zeigen, daß die spätere Lesart in der Re-

---

[34] Tonale Relikte spielen in *Erwartung* so gut wie keine Rolle. Sie betreffen nur den Aufbau der Akkorde mittels Terzschichtung, nirgends jedoch quasi funktionsharmonische Fortschreitungen. Siehe dazu auch Schönbergs eigenen Versuch in der *Harmonielehre* (wie Anm. 17), S. 499–500, den Akkord in Takt 382f. im Sinne der Funktionsharmonik, nämlich als auflösungsbedürftig, zu deuten.

a: Erste Niederschrift (B)

b: Autographe Partiturreinschrift (C)

Bsp. 4: Arnold Schönberg: *Erwartung*, Takt 266–268, 1.Geige

gel diejenige ist, die einen falschen Reihenton produziert, so daß ein Abschreibversehen angenommen werden kann.[35] Manchmal läßt sich diese Annahme durch *colla parte* geführte Stimmen, andere Quellen oder Schönbergs eigene Korrekturen untermauern oder gar belegen. Wie aber entscheidet man, wenn weder Reihen noch motivische Analogien oder auch *colla-parte*-Spiel zur Entscheidungsfindung herangezogen werden können? Daß weder strukturelle Ähnlichkeiten noch motivische Korrespondenzen und Analogien hier weiterhelfen, macht diese Stelle deutlich. Denn die beiden Phrasen der Sologeige (T. 266/267 und T. 267/268) sind zwar einander ziemlich ähnlich und verwenden auch annähernd denselben Tonvorrat – prominent ist der Halbtonschritt, in der Regel abwärts geführt –, doch gehen die Übereinstimmungen nicht so weit (etwa in Form von Sequenz oder anderen Verfahren der Ableitung), daß daraus Schlüsse für die eine und gegen die andere Lesart gezogen werden könnten.[36] Auch die umliegenden Motive scheinen wenig geeignet, die Sache zu klären. Ist das Motiv der 1. Trompete ein verzerrtes Echo der zweiten Phrase der Sologeige? Denn immerhin teilt es am Ende – wenngleich eine None tiefer – den Tonvorrat mit der Sologeige, und seine Schlußnoten d"–cis"–d" (notiert als e"–dis"–e") könnten als Indiz genommen werden, um sich im Analogieschluß für dieselbe Tonfolge e'''–dis'''–e''' (statt zum Schluß g''') zu entscheiden. Doch ist die rhythmische Formung und daher auch der Charakter zu unterschiedlich, um beide Phrasen sinnvoll aufeinander zu beziehen.

3.3   Zeichen, die beim Ausschreiben der Partitur möglicherweise falsch zugeordnet wurden

Obwohl das Notenbild der Ersten Niederschrift einen insgesamt überschaubaren Eindruck vermittelt, gibt es doch Passagen, die unübersichtlich und daher mißverständlich

---

[35] Als Beispiele seien die Oper *Moses und Aron* und die *Variationen für Orchester* op. 31 angeführt: in *Moses und Aron*, I. Akt, T. 761, Vcl III, 1. Note: d' statt h (im Violinschlüssel); T. 798, 1./2. Gg, 6. Note: d"" statt h"'; II. Akt, T. 196, 1. Gg: a"' statt f"' (von Schönberg selbst später korrigiert); T. 236, 1. Gg, 2. Note: f"' statt a"'; in op. 31, T. 325, 1./2. Gg, 3. Note: c"' statt a"'; T. 452, 1. Fl, 2. Note: e"' statt g"'; T. 484, 1. Fl, 1. Gg, 4. Note: ces"'/h" statt es"'/dis"'; T. 519, Cel, 3. Note: his"' statt dis"".

[36] Strukturell gesehen läßt sich wohl g"' leichter als e"' begründen, wenn man annimmt, daß beide Phrasen der 1. Geige dieselben Töne nur in anderer Reihenfolge enthalten und die zweite Phrase eine erweiterte Fassung der ersten Phrase darstellt.

notiert sind. Das liegt unter anderem daran, daß Schönberg die Notationskonventionen, wie sie für Partituren gelten, hier weniger strikt handhabt. *Crescendo*-Gabeln stehen nicht einheitlich unter dem System, beziehen sich manchmal auch auf zwei Systeme, und auch andere Zeichen haben keine feste Position. Wichtiger aber ist, daß bei dem sehr gedrängten Notenbild ein Zeichen – insbesondere auch Vorzeichen – sowohl horizontal als auch vertikal mitunter recht weit entfernt vom Bezugsobjekt plaziert ist, so daß es etwa bei Akkorden oder bei der Vielstimmigkeit des Satzes oft einer bestimmten Note nicht eindeutig zugeordnet werden kann. Als Beispiel für eine neue Lesart, die möglicherweise durch diese Unübersichtlichkeit nur versehentlich produziert wurde, kann der Takt 201 herangezogen werden (Bsp. 5). Er macht zugleich nochmals klar, welch geringe Aussagekraft motivische Korrespondenzen für die editorische Entscheidung haben.

a: Erste Niederschrift (B)   b: autographe Partiturreinschrift (C)

Bsp. 5: Arnold Schönberg: *Erwartung*, T. 201, Baßklarinette, 1./2./3. Fagott, Kontrafagott

Die Tonhöhe des letzten Achtels ist in den Quellen B und C unterschiedlich: B notiert dis, C hingegen d (im Kontrafagott ausdrücklich mit ♮). Ein Leseversehen ist deshalb nicht auszuschließen, weil in B noch die Fagotte auf demselben System notiert sind: und diese spielen beim vorletzten triolischen Achtel den Ton d (mit ♮ notiert). Es stehen also in B zwei unterschiedliche Vorzeichen vor dem zweimal notierten Stammton d. Da das ♯ am weitesten links steht und das ♮ unmittelbar vor den Noten plaziert wurde, ist es vorstellbar, daß Schönberg aus Versehen das ♮ falsch zuordnete bzw. auf beide Noten bezog. Andererseits ist das ♯ so groß und auffällig notiert, daß es wohl kaum übersehen werden konnte. Weil ein Lesefehler also möglich, aber nicht unbedingt zwingend ist, kann man fragen, ob denn musikalische Gründe diese Änderung sinnvoll erscheinen lassen. Der nach dem *molto rit.* (Takt 200) neu einsetzende Abschnitt ist durch imitatorische Satztechnik charakterisiert. Das Motiv von Baßklarinette und Kontrafagott wird ein Viertel später von 1. Oboe und 1. Geige aufgegriffen. Auch die Phrase des Violoncellos in Takt 203 sowie der 4. Posaune und Baßtuba in Takt 204–205 lassen sich auf dieses Motiv zurückführen. Die Übereinstimmung beschränkt sich allerdings vor allem auf die rhythmische Ebene (punktiertes Viertel – Achtel, wobei in Takt 203 die erste Note durch den synkopischen Einsatz verkürzt wird), nicht jedoch die Tonhöhenverläufe, die allein in ihrer Kontur eine gewisse Ähnlichkeit zeigen. Allerdings bleibt offen, ob auch der

Halbtonschritt zwischen der jeweils ersten und zweiten Note des Motivs als konstitutiv zu betrachten ist. Auf der anderen Seite erscheint eine Änderung von dis zu d wenig einleuchtend, da auf diese Weise gleich dreimal (in der Singstimme, in den Fagotten, in Baßklarinette/Kontrafagott) dieser Ton erklingt, was der Tendenz zur Vermeidung von Verdoppelungen widerspricht. Auch die Tatsache, daß die 1. Klarinette in Takt 203 – notiert, nicht klingend – genau dieselben Töne wie Baßklarinette und Kontrafagott in Takt 201/202 (wenngleich in anderer Reihenfolge) spielt, könnte angesichts der von Imitationen bestimmten Textur als Argument für den Ton dis herangezogen werden.

3.4 Eine mögliche Fehlkonjektur

Als Schönberg *Erwartung* endlich zum Druck geben konnte, waren seit der Komposition gut fünf Jahre vergangen. Schönberg hat die Partiturreinschrift vermutlich in der ersten Hälfte des Jahres 1914 leicht revidiert, einige weitere Änderungen wurden während der Korrekturlesung des im Herbst 1914 gesandten Abzugs in die Partiturreinschrift eingetragen.[37] Daß nach so langer Zeit – scheinbar – mißverständliche Lesarten Anlaß zu Fehlkonjekturen boten, erscheint einleuchtend oder doch immerhin möglich, wofür der folgende Fall als Beispiel dienen soll.

a: Erste Niederschrift (B),
   1. Oboe

b: Autographe Partiturreinschrift
   (C), 1. Oboe

c: Autographer Klavierauszug,
   rechte Hand

d: 1. Korrekturabzug, 1. Oboe; ♯
   vor letzter Note, darunter
   geschriebenes x und Rand-
   bemerkung von Schönbergs
   Hand

Bsp. 6: Arnold Schönberg: *Erwartung*, T. 100

Schönberg hat in diesem Takt das 3. Viertel in der 1. Oboe mit unterschiedlichen bzw. ohne Vorzeichen notiert. Da derselbe Stammton als dis" schon als 2. Achtel vorkommt, ergeben sich für das 3. Viertel unterschiedliche Lesarten, nämlich wahlweise d" oder dis". Die Lesart, die Anlaß zu Mißverständnissen gab, war die der Partiturreinschrift C. Hier

---

[37] Unter den Änderungen in C, die während der Korrekturlesung vorgenommen wurden, befinden sich solche, die Schönberg im ersten Korrekturabzug als Manuskriptfehler bezeichnete. Damit sind Lesarten gemeint, die von den Notenstechern aufgrund eines Fehlers der als Stichvorlage fungierenden Partiturreinschrift (C) falsch gestochen worden waren. In einem Fall (in T. 235 fehlte in der Baßklarinette bei der 4. Note ein ♮) geht der Fehler bereits auf die Erste Niederschrift (B) zurück. Schönberg hat ihn in dieser Quelle nachträglich mit roter Tinte korrigiert. Diese Korrektur sowie weitere Indizien belegen, daß Schönberg auch in diesem relativ späten Stadium gelegentlich noch immer B berücksichtigte. In den anderen als Manuskriptfehler bezeichneten Fällen stellte Schönberg in C zwar die Lesart von B wieder her, doch war für die Berichtigung nicht unbedingt eine Konsultation von B erforderlich.

war das Auflösungszeichen, das beim 3. Viertel in B noch notiert war, entfallen, ohne durch ein neues Akzidens ersetzt zu werden: die Note war also dem Buchstaben nach von d" zu dis" verändert. Doch kann man zweifeln, ob dies auch die von Schönberg gemeinte Lesart ist, da er sonst in der Regel bei alterierten Tönen das Vorzeichen auch dann wiederholt, wenn dazu keine Notwendigkeit besteht.[38] Der Ton d" wurde zunächst auch ohne Akzidens gestochen, ehe Schönberg im ersten Korrekturabzug ein ♮ ergänzte. Ob er die Ergänzung lediglich aus formalen Gründen vornahm (um Unsicherheiten über eine Tonhöhe vorzubeugen, die in seinen Augen schon feststand – also nicht mehr die Quellen konsultierte) oder eine bewußte Entscheidung gegen Quelle B fällte, ist nicht festzustellen. Wie Schönberg noch 1909/1910 die Lesart der Quelle C an dieser Stelle verstand, läßt sich allerdings anhand des Klavierauszugs (unter der Bedingung, daß er aus C und nicht aus B ausgeschrieben wurde) ablesen: Schönberg notierte hier d", ausdrücklich wieder mit Auflösungszeichen. Es erscheint daher die Annahme nicht unplausibel, daß es sich bei Schönbergs Ergänzung im ersten Korrekturabzug um eine Fehlkonjektur handelt.

3.5 Ein möglicher Transpositionsfehler

Auch wenn es der gängigen Vorstellung von handwerklicher Souveränität eines Komponisten widerspricht, so lassen sich doch in Schönbergs Œuvre Fälle aufzeigen, in denen dem Komponisten nachweislich oder vermutlich Fehler beim Transponieren unterlaufen sind. Die Transposition wurde einerseits notwendig bei der Ausschrift der untransponierten Ersten Niederschrift zur Partitur,[39] andererseits in umgekehrter Richtung bei der Anfertigung des Klavierauszugs nach eben dieser Partitur. Aus seinen Werken ist bekannt, daß Schönberg gerade bei der Transposition von Instrumenten in B, die er mit den Gegebenheiten im Tenorschlüssel notierter Stimmen verwechselte, Fehler unterliefen.[40] Ob dies der Grund für die unterschiedlichen Lesarten der Trompetenstimme in Takt 225 von *Erwartung* sein könnte (Bsp. 7), soll im folgenden diskutiert werden.

Ähnlich wie in den Notenbeispielen 1 und 2 ist es auch hier das Prinzip der Terzenkoppelung, das die beiden Trompeten aneinanderkettet. In der Fassung von B folgen auf die große Terz fis'/ais' nur noch kleine Terzen. Beim Ausschreiben der Partitur (C) hat Schönberg die ersten Töne enharmonisch vertauscht, dem Instrument gemäß transponiert und dabei die große Terz zu einer kleinen Terz verändert, indem er as'/ces" (also klingend ges'/heses' = fis'/a') notierte. Man könnte annehmen, daß Schönberg auch hier nach dem Prinzip der Systematisierung verfuhr und die Änderung aus Gründen der größeren Einheitlichkeit vornahm, da in der Fassung von C nun die gesamte Phrase der

---

[38] Vergleiche etwa T. 19 (Frau), T. 26 (Frau), T. 44 (1./2. Oboe). In T. 98 entfiel in 1. Oboe das ♮ vor dem zweiten dis" erst im Druck. Sowohl in B als auch in C ist es noch notiert.

[39] Erst seit der 1924 veröffentlichten *Serenade* op. 24 enthielten die Partituren keine transponierenden Instrumente mehr.

[40] Nimmt man als Maß den Violinschlüssel, so ergibt sich als Relation zwischen Notiertem und Erklingendem sowohl im Tenorschlüssel als auch bei den in B gestimmten Instrumenten das Intervall der Sekunde (im Tenorschlüssel allerdings zusätzlich eine Oktave nach unten zu denken): Der Ton c steht in beiden Fällen also an der Stelle, wo im Violinschlüssel der Ton d notiert ist. Während aber im Tenorschlüssel das Vorzeichen sich natürlich nicht ändert, kommt es bei der Transposition gegenüber den erklingenden Tönen in einigen Fällen zu Vorzeichenwechseln, nämlich bei es, e, b und h, die als f, fis, c und cis notiert werden müssen.

a: Erste Niederschrift (B),   b: Autographe Partiturreinschrift   c: Autographer Klavierauszug,
   1./2. Trompete   (C), 1./2. Trompete, in B no-   rechte Hand
                                      tiert

d: Klavierauszug Eduard   e: Klavierauszug Eduard
   Steuermanns (Auto-   Steuermanns (Druck),
   graph), linke Hand   linke Hand

Bsp. 7: Arnold Schönberg, *Erwartung*, T. 225

Trompeten in kleinen Terzen gespielt wird. Indes gibt der Klavierauszug Veranlassung,
diese Möglichkeit in Zweifel zu ziehen. In ihm sind nämlich die ersten Töne erneut im
Intervall einer großen Terz, allerdings enharmonisch vertauscht, als ges'/b' notiert. Auch
hier gibt es verschiedene Möglichkeiten, diesen Sachverhalt zu deuten. Entweder hat
Schönberg in diesem Fall den Klavierauszug nach der Ersten Niederschrift ausgeschrieben; oder aber es handelt sich um einen – doppelten – Transpositionsfehler. In diesem
Fall hätte Schönberg erstens beim Ausschreiben der Partitur falsch transponiert (indem
er Stimmung in B mit dem Tenorschlüssel verwechselte, also irrtümlicherweise das Vorzeichen nicht änderte) und zweitens im Klavierauszug falsch rücktransponiert, so daß
durch den doppelten Fehler nicht nur die ursprüngliche Lesart wiederhergestellt wurde, sondern die eigentlich gemeinte Lesart aufgedeckt wird. Daß die Stelle alles andere
als eindeutig war, zeigt schließlich der Klavierauszug Eduard Steuermanns. Das Autograph, das auch als Stichvorlage für den Druck diente, lautet noch fis'/a'. Auf dem Weg
zur Druckfassung (Korrekturabzüge scheinen sich nicht erhalten zu haben) ist dies aber
noch geändert worden, so daß wieder die große Terz fis'/ais' erscheint. Auch musikalisch
scheint der Ton ais überzeugender, da der Ton a an dieser Stelle (zusammen mit dem Ton
d) einer anderen Instrumentenschicht (Flöte, Oboe, Harfe, Celesta) zugeordnet ist.

3.6   Drei unklare Fälle

Ließen sich in den vorangegangenen Beispielen meistens Gründe für die Bevorzugung
einer der beiden alternativen Lesarten angeben, die auch mit dem Quellenbefund zur
Deckung gebracht werden konnten, so sollen abschließend drei Fälle kurz skizziert werden, in denen für die Änderungen bisher keine überzeugenden Gründe gefunden werden
konnten und auch die verschiedenen Quellen ein diffuses Bild bieten.

    Die Sachlage in Beispiel 8 ist verwirrend, weil der Klavierauszug, der bei zwischen
B und C divergierenden Lesarten fast immer der Fassung von C, nicht aber der von B
folgt, hier genau umgekehrt verfährt. In der 3. Klarinette erscheinen in C die zehnte und
elfte Note gegenüber B vertauscht (notiert f–e, also klingend d–cis, gegenüber des–d).
Als Erklärung für die Übereinstimmung von Klavierauszug und B bleiben zwei Möglichkeiten: Entweder schrieb Schönberg, um sich die Mühe der Rücktransposition zu

a: Erste Niederschrift (B), 3. Klarinette

b: Autographe Partiturreinschrift (C), 2./3. Klarinette, in A notiert

c: Autographer Klavierauszug, linke Hand, Ausschnitt

Bsp. 8: Arnold Schönberg, *Erwartung*, T. 148

ersparen, an dieser Stelle den Klavierauszug ausnahmsweise nicht nach C, sondern nach B aus und kehrte auf diese Weise zu einer Lesart zurück, die er in C – versehentlich oder absichtsvoll – bereits geändert hatte. Eine zweite Möglichkeit ist die Annahme, daß er den Klavierauszug von C abschrieb und aus Nachlässigkeit dabei einen Fehler produzierte, der nur zufällig mit der früheren Fassung aus B übereinstimmt. Für diese Annahme spricht die relativ große Fehlerhäufigkeit des Klavierauszugs, die sich in diesem Takt noch an anderer Stelle manifestiert, da auch die erste Note der letzten Sextolengruppe im Klavierauszug falsch notiert ist (es statt richtig e). Auch wenn hinsichtlich der Zuverlässigkeit des Klavierauszugs Skepsis angebracht ist, so deutet doch ein anderer Gesichtspunkt darauf hin, daß dessen mit B übereinstimmende Lesart die von Schönberg tatsächlich intendierte ist. Sie genügt nämlich dem editorischen Grundsatz, daß die lectio difficilior die wahrscheinlichere Lesart ist (auch wenn bei vom Autor selbst geschriebenen Quellen wegen der Doppelfunktion als Komponist und Kopist diese Regel nicht umstandslos Anwendung finden kann). Denn zweifellos ist die Fassung von C die lectio facilis, weil auf diese Weise die Sextolengruppe (7.–12. Note) in zwei analog gebaute Hälften zerfällt (es–d–ges; d–des–f).[41]

Ein ähnlicher Fall wie in Beispiel 8 liegt auch in Beispiel 9 vor. Auch hier zeigt der Klavierauszug eine abweichende Lesart, deren Deutung und mögliche Rückschlüsse ungewiß sind. Die in den Klangteppich eingestreuten Klarinettenfiguren zeigen – mit Ausnahme des Schlußtons – in B dieselbe Gestalt: die Figur von Takt 93 wird in Takt 95 untransponiert sowie eine Quinte tiefer wiederholt. Allerdings ist diese Übereinstimmung der Figuren das Ergebnis einer Korrektur, da die erste Figur statt mit der Sechzehntel-

---

[41] Beim Ausschreiben der Partitur kam es in T. 148 zu einer weiteren Änderung, die vermutlich durch die unübersichtliche Notation in B verursacht wurde. Das Tremolo bei Taktbeginn in den 2. Geigen lautet in B ♯ cis'/♮ e', in C aber ♮ c'/♮ e'. Allerdings stand in B das ♯ sehr weit links noch vor dem Taktstrich und das ♮ sehr tief, so daß der Bezug leicht verlorengehen konnte.

a: Erste Niederschrift, 3. Klarinette, Baßklarinette

b: Autographe Partiturreinschrift, 3. Klarinette, Baßklarinette, in A bzw. in B notiert

c: Autographer Klavierauszug, linke Hand, Ausschnitt

Bsp. 9: Arnold Schönberg, *Erwartung*, T. 93–95

pause zunächst mit einer Sechzehntelnote d begann. In C sind bei der ersten Figur die ersten beiden Töne vertauscht, sonst ist alles unverändert. Die Änderung in C könnte auf die Ersetzung der ersten Note durch die Pause in B zurückführbar sein, da auf diese Weise der ursprünglich vorgesehene aufsteigende Beginn des Motivs gewahrt bleibt. Der Klavierauszug folgt zwar im Hinblick auf die erste Figur der Quelle C, gleicht aber auch die zweite Figur daran an: wie in B haben nun erste und zweite Figur dieselbe Gestalt. Daß der Klavierauszug die Form des Motivs von Takt 95 an die von Takt 93 angleicht, dürfte mit der beim Abschreiben oft zu beobachtenden Neigung zur Vereinfachung zusammenhängen (lectio facilis), wäre also ein Versehen. Könnte es aber auch ein Indiz dafür sein, daß – gegen C – alle Motive doch dieselbe Form haben sollen?

Im folgenden letzten Beispiel ist die Quellenlage deshalb diffus, weil sich nicht nur Erste Niederschrift und Partiturreinschrift widersprechen, sondern auch die beiden von Schönberg angefertigten Klavierauszüge (Niederschrift und Reinschrift; vgl. Bsp. 10).

Diese Stelle gibt sowohl unter musikalischen als auch unter quellenkritischen Gesichtspunkten Rätsel auf. Während Schönberg in Takt 315 beim dritten Sechzehntel in der Ersten Niederschrift noch h" notierte, schrieb er in der autographen Partiturreinschrift hingegen his". Diese Lesart übernahm er auch in die Niederschrift des Klavierauszugs, wechselte jedoch beim Ausschreiben der Reinschrift erneut zu h". Wie kann man die abweichenden Lesarten erklären, und welcher Ton entspricht nun der Autorintention? Eindeutig beantworten lassen sich die Fragen deshalb nicht, weil auch hier nicht klar ist, ob bzw. wo es sich um eine kompositorische Änderung oder um einen Kopistenfehler handelt. Die Fassung der Quelle C (und der Niederschrift des Klavierauszugs) erscheint

a: Erste Niederschrift (B), 1./2. Geige

b: Autographe Partiturreinschrift, 1./2. Geige

c: Niederschrift des Klavierauszugs, rechte Hand

d: Autographer Klavierauszug, rechte Hand

Bsp. 10: Arnold Schönberg, *Erwartung*, T. 314f.

im Kontext des Werkes ungewöhnlich, da exakte Wiederholungen von Tonhöhen – außerhalb des Ostinatos – sonst nur selten vorkommen.[42] Demnach wäre ein Abschreibversehen anzunehmen, das in der Reinschrift des Klavierauszugs richtiggestellt wurde. Ungeklärt blieb dann aber, warum Schönberg den Fehler nicht auch in der Partitur korrigierte. Umgekehrt kann man sich aber auch vorstellen, daß die geänderte Lesart in C auf eine kompositorische Entscheidung Schönbergs zurückgeht, die wiederum abweichende Lesart in der Klavierauszugsreinschrift hingegen als Kopistenfehler zu klassifizieren wäre, wobei dessen Übereinstimmung mit der Ersten Niederschrift hier nur als Zufall anzusehen wäre.

★

An den Beispielen sollte gezeigt werden, auf welch unsicherem Terrain man sich im Falle der *Erwartung* bei Tonhöhendifferenzen zwischen Erster Niederschrift und Partiturreinschrift bewegt. Letztlich sind es Plausibilitätserwägungen (oder man könnte auch von Indizienbeweisen sprechen), die eine Entscheidung zugunsten einer bestimmten Lesart herbeiführen. Das heißt, es bleibt ein mehr oder weniger großer Rest an Unsicherheit.

---

[42] Als Beispiele seien genannt T. 30–32 (Klarinette) und T. 204 / 206 (Frau und Oboe / Klarinette).

Welche Konsequenzen hat dieser Sachverhalt für die Edition? Sie sind für den Editor und den Benutzer der Ausgabe unterschiedlich. Der Editor hat zu erwägen, ob angesichts der Schwierigkeit, angemessene und griffige Kriterien bei der Entscheidung über richtige und falsche Lesarten zu finden, sich als Ausweg ein Rückzug auf eine andere philologische Verfahrenweise als sinnvoll erweisen könnte. Es böte sich an, hier auf die copy-text-Methode zurückzugreifen: zu folgen wäre grundsätzlich der Hauptquelle, und nur in den eindeutigen Fällen, in denen diese eine falsche Lesart enthält, wird eine andere Quelle herangezogen. Das würde voraussetzen, daß man sich darüber verständigt, was eindeutige Fälle sind. Entschiede man sich für den Druck als Hauptquelle, so würde sich die Bedeutung der Ersten Niederschrift auf einen dokumentarischen Wert beschränken. Über die abweichenden Lesarten der Ersten Niederschrift würde man im Zusammenhang einer Quellenbeschreibung zwar berichten, in die Ausgabe fänden sie hingegen keinen Eingang. Unter den Bedingungen der genealogischen Methode hingegen würde die Erste Niederschrift aufgewertet, selbst wenn man auch hier den Druck als Hauptquelle nominieren würde. Denn bei Lesartendifferenzen zwischen Erster Niederschrift und Druck respektive autographer Partiturreinschrift würde ersterer immer dann der Vorzug gegeben, wenn ihre Lesart die wahrscheinlich (nicht jedoch: sicher) vom Komponisten intendierte ist.

Wie auch immer die Entscheidung ausfällt, so macht sie doch klar, daß die als richtig klassifizierten Lesarten letztlich das Ergebnis einer – subjektiven – Interpretation sind. Der Editor kann nur die Alternativen sowie die Kriterien seiner Entscheidung offenlegen. Hier kommt nun der Benutzer ins Spiel. Gerade die Arnold Schönberg Gesamtausgabe, die von dem Grundsatz ausgeht, daß der vorgelegte Notentext nicht Teil, sondern Ergebnis der kritischen Sichtung der Quellen ist und daher auf jede graphische Differenzierung (Kleinstich, Einklammerung etc.), die den Quellenbefund kenntlich macht, verzichtet, kann bei unbefangener Betrachtung leicht zu der Ansicht verleiten, der Notentext sei in allen Momenten gleichermaßen gesichert. Daß dies nicht der Fall ist, kann man sich aber nur durch die Benutzung der Kritischen Berichte vor Augen führen. Benutzung aber schließt ein, daß die Entscheidung des Editors hinterfragt wird und gegebenenfalls auch verworfen werden kann.[43] Insofern ist – um den Titel des Beitrags von Martina Sichardt[44] zu variieren – nicht der Editor der Vollender, sondern der Leser, Benutzer und Spieler.

---

[43] Reinhold Brinkmann hat in dem 1995 vorgelegten Kritischen Bericht zu Schönbergs *Pierrot lunaire* (Sämtliche Werke. Reihe B. Bd. 24,1. Mainz und Wien 1995) im Rahmen der Textkritischen Anmerkungen unterschiedliche Lesarten nicht nur dann diskutiert, wenn zwischen den Quellen keine Übereinstimmung herrschte, sondern auch dann, wenn die Lesart ‚nur‘ kompositorisch zweifelhaft erschien. Dieses Vorgehen war von der ausdrücklichen Intention bestimmt, „Hinweise für Musizierende [zu] geben und zu Überlegungen vor allem der ausführenden Musiker an[zu]regen, dort mit abweichenden Lesarten zu experimentieren, wo editorische Philologie aufgrund ihrer mit guten Gründen fixierten Regeln nicht eingreifen kann und will." (S. 142)

[44] Im vorliegenden Band, S. 63–82.

III. Fassungsfragen

Reinmar Emans

Lesarten – Fassungen – Bearbeitungen

Probleme der Darstellung – Probleme der Bewertung

In der Editionsphilologie kommt den Schlagwörtern ‚Lesarten' und ‚Fassungen' seit jeher eine bedeutende Rolle zu. Durch sie soll ausgedrückt werden, daß der Komponist – aus welchem Grund auch immer – erneut Hand an sein Werk gelegt hat, um die für ihn in diesem Moment als nötig erachteten Änderungen einzubringen. In diesem Sinne sind derartige Änderungen stets auch authentisch, müssen also innerhalb einer Kritischen Edition angemessen gewürdigt werden. Diesen authentischen Änderungen zwangsläufig untergeordnet sind die autorisierten Lesarten bzw. Fassungen. Die autorisierten Änderungen können unterschiedliche Ursachen haben. Wenn beispielsweise Bach seine gerade fertiggestellte Kompositionspartitur an seine Schüler weiterreicht, um daraus die für die Aufführung benötigten Stimmen abschreiben zu lassen, dann können grundsätzlich Abweichungen gegenüber dem authentischen Notentext entstehen. Bei der Revision der Stimmen hatte Bach dann die Möglichkeit, jede Abweichung zu überprüfen und zu entscheiden, ob diese mit seiner Autorintention verträglich ist. Daß Bach kein guter Redaktor des Stimmenmaterials war und vielleicht, da er bei der Aufführung selbst zugegen war und manche Fehler zurechtrücken konnte, an einem durchgehend korrekten Notentext auch gar nicht in dem Maße interessiert war, wie wir es uns heute wünschen, steht auf einem anderen Blatt. Zumindest hätte er grundsätzlich die Möglichkeit zur Korrektur gehabt; wenn er diese nicht genutzt hat, so kann dies (muß aber nicht) bedeuten, daß er die abweichenden Lesarten gebilligt hat.[1]

Der Herausgeber versucht, einen möglichst authentischen Notentext herzustellen. Wie jeder weiß, ist der Spielraum bei Noteneditionen viel geringer als etwa bei reinen Texteditionen. Dies liegt nicht zuletzt daran, daß die Noteneditionen – wie es in zahlreichen Editionsrichtlinien heißt – auch der Praxis dienen sollen. Die Musikpraxis jedoch ist vor allem an Editionen interessiert, die den Fluß des Lesens nicht über Gebühr durch diakritische Zeichen oder allzu viele oder umfangreiche Ossia-Lesarten behindern. Schließlich ist der Lesefluß unabdingbar für eine kontinuierlich fortschreitende Aufführung. Dem Editor eines Textes in einer historisch-kritischen Ausgabe hingegen wird man es kaum vorwerfen, wenn er den Lesefluß dadurch beeinträchtigt, daß er bei Korrekturstellen die einzelnen Korrekturschichten diplomatisch mehr oder weniger getreu wiederzugeben versucht. Zudem kann sich der Leser einer Textedition sehr viel stärker mit den Bedeutungen einzelner diakritischer Zeichen beschäftigen, was entsprechend zu manchen in dieser Hinsicht überfrachteten Editionen geführt hat. Die Darstellungsre-

---

[1] Zur Differenz zwischen authentischen und autorisierten Texten siehe insbesondere Norbert Oellers: Authentizität als Editionsprinzip. In: Der Text im musikalischen Werk. Editionsprobleme aus musikwissenschaftlicher und literaturwissenschaftlicher Sicht. Hrsg. von Walther Dürr, Helga Lühning, Norbert Oellers und Hartmut Steinecke. Berlin 1998 (Beihefte zur Zeitschrift für Deutsche Philologie, Bd. 8), S. 43–57.

striktionen bei Noteneditionen scheinen also unter dem genannten Aspekt der kontinuierlichen Lesbarkeit eher sinnvoll, zumindest solange, wie Lesartenunterschiede und ggf.
für das Verstehen der Kompositionsgenese wichtige Korrekturen im Kritischen Bericht
mitgeteilt werden.

Sind einzelne divergierende Lesarten von größerem Umfang, so stellt sich zwar auch
im Kritischen Bericht die Frage nach einer adäquaten Darstellung, letztlich aber läßt sich
hier relativ pragmatisch verfahren. Probleme bereitet allenfalls die unklare Abgrenzung
von Lesart und Fassung. Während das, was als Lesart definiert wird, durchaus im Kritischen Bericht abgehandelt werden kann, sollte eine Fassung eigentlich im Notentext
greifbar sein. Daß insbesondere im 17. und 18. Jahrhundert jedes aufzuführende Werk
auf die jeweilige Aufführungssituation zugeschnitten wurde, ist hinreichend bekannt.
Daß daraus aber mannigfache editorische Probleme entstehen, bleibt häufig unbedacht.
Wollte Bach eine Kantate wieder aufführen, deren ursprüngliche Fassung die Mitwirkung etwa eines Flauto piccolo vorsah, so mußte er – was offenbar häufiger geschah –
den Part umbesetzen, sobald kein geeigneter Spieler zur Verfügung stand. Mit der Um-
besetzung freilich war es meist nicht getan: Der Part mußte an das andere Instrument
angepaßt werden, was zu durchaus einschneidenden Veränderungen führen konnte. Die
Veränderungen erfolgten also nicht aus dem Bedürfnis des Komponisten nach einer möglichst korrekten Fassung, die seine Intentionen soweit darstellt, daß sich von einer Fassung
letzter Hand sprechen ließe; dieser Begriff meint ja bis heute eher idealisierend den optimalen Stand der Vermittlung von Autorwille in Notenschrift. Georg von Dadelsen hat
bereits 1961 deutlich darauf hingewiesen, daß die Fassung letzter Hand eben nicht immer den verbindlichen Zustand eines Textes darstellt.[2] Für die Neue Bach-Ausgabe hatte
dies schon deswegen mitunter Konsequenzen, weil derartige aufführungspraktische Umarbeitungen häufig nicht erkennen lassen, ob mit der bzw. den neuen Stimmen die alten
ungültig wurden oder ob ein größerer Besetzungsapparat ein Mehr an Stimmen notwendig bzw. möglich machte. Häufig also sind die früheren Fassungen eindeutiger belegbar,
wobei freilich in Kauf genommen werden muß, daß manche Korrekturen Bachs keiner
der jeweiligen Fassungen eindeutig zugeordnet werden können.

Nach heutigen terminologischen Usancen meint unser dritter Begriff: ‚Bearbeitung‘
eine wie auch immer geartete Veränderung eines Werkes durch einen Dritten. Hierbei
bleibt unerheblich, ob die Bearbeitung das Original qualitativ reduziert oder durch Verbesserungen eher adelt. Meist scheinen, unabhängig von der Bearbeitungsqualität, die
Bearbeitungen unter dem Namen des Komponisten tradiert zu werden. Es gibt jedoch
auch Einschränkungen: Da nämlich in Musikhandschriften des 18. Jahrhunderts häufig
der Komponist ungenannt bleibt, erfolgten zahlreiche Autorenzuweisungen erst später.
War der Schreiber bekannt, so hielt man diesen zunächst einmal für den Autor. Derartige
Fehlzuschreibungen mögen häufiger als bislang angenommen der Grund dafür sein, daß
Bearbeitungen unter dem Namen des Bearbeiters überliefert werden.

Unter dem Aspekt der sinnvollen, aber auch zu problematisierenden Differenzierung
der Begriffe ‚Fassung‘ und ‚Bearbeitung‘ möchte ich im folgenden einige Gedanken zu
einem Werkkorpus ausbreiten, mit dem ich mich im Rahmen der Edition innerhalb

---

[2] Georg von Dadelsen: Die „Fassung letzter Hand" in der Musik. In: Acta Musicologica XXXIII, 1961,
S. 1–14, insbesondere S. 13.

der Neuen Bach-Ausgabe seit längerem beschäftige: den etwa 220 Orgelchorälen, deren Autorschaft im weitesten Sinne ungesichert ist, deren Überlieferung aber zumindest teilweise unter dem Namen Johann Sebastian Bach erfolgt ist. Einige Stücke lassen auf den ersten Blick erkennen, daß es sich bei ihnen keinesfalls um Originalkompositionen Bachs handeln kann. Bereits die ersten Takte des unter der Nr. 153 im Thematischen Katalog der Orgelchoräle zweifelhafter Echtheit angeführten Choralvorspiels mit ihrer Seufzer-Motivik und den Terz- bzw. Sextenketten weisen unmißverständlich auf eine Entstehungszeit dieser Bearbeitung, die nach Bachs Tod liegen dürfte:

Bsp. 1

Erst bei einem zweiten Blick auf den Notentext wird die Heterogenität derartiger Stücke deutlich. In der Regel mit Einsatz der Choralmelodie wechselt abrupt die stilistische Ebene. Die Floskeln des Modernen treten zurück zugunsten einer kontrapunktischen Strenge, die – da unerwartet – aufhorchen läßt.

Bsp. 2

Hier handelt es sich also offenkundig um die Choralbearbeitung um *O Mensch, bewein dein Sünde groß,* BWV 622, aus dem Orgelbüchlein handelt. Abgesehen von der Hinzufügung des Vorspiels hat der ungenannte Bearbeiter – denn um einen solchen dürfte es sich hier zweifellos handeln – die Substanz des Bachschen Choralvorspiels weitgehend unangetastet gelassen. Die verzierte Choralmelodie wird lediglich in Takt 16 zugunsten einer Angleichung an Takt 8 geändert; die beiden Mittelstimmen werden zu einer zusammengefaßt und das Pedal erfährt einige wenige rhythmische Veränderungen. Die Vorlage, die uns zum Glück im Autograph erhalten ist, ermöglicht uns im Grunde erst, die Bearbeitungstechnik zu erkennen und nachzuvollziehen. Nun gibt es aber innerhalb der Choralvorspiele mit ungesicherter Autorenzuweisung etwa 10 Stücke, die nach dem gleichen Modell gearbeitet zu sein scheinen. Bei diesen allerdings ist keine Vorlage für die Choralabschnitte bekannt. Da bei BWV 622 das Original erhalten ist, reduziert sich der Wert dieser Bearbeitung für uns; sie ist allenfalls ein Dokument der Bachrezeption. Wie aber steht es bei denjenigen Stücken, deren Vorlage wir nicht kennen? Sollte man wirklich auf einen Abdruck in einer Gesamtausgabe verzichten, nur weil es sich um eine apokryphe Bearbeitung handelt? Immerhin stellen sie möglicherweise, vorausgesetzt, die Choralabschnitte stammen auch hier von Bach, die einzigen, wenn auch korrumpierten Zeugen für die verschollenen Vorlagen dar.

Bei dem Gesamtkorpus der Choralvorspiele incerter Autorenzuweisung findet sich eine andere Gruppe, bei deren Überlieferung mehrere Namen ins Spiel kommen. Beschränkt man sich auf die Stücke, die sowohl unter dem Namen Johann Pachelbel als auch Johann Sebastian Bach überliefert sind, so zeigt sich beim Kollationieren rasch, daß es zwei Überlieferungsstränge gibt, die relativ konsequent entweder Pachelbel oder Bach als Autor nennen. Ebenso rasch zeigt sich allerdings auch, daß beide Stränge unterschiedliche Musik überliefern. Diese Unterschiede auch der Überlieferung lassen sich am plausibelsten erklären, wenn man Pachelbel als den originären Komponisten und Bach als dessen Bearbeiter ansieht. Häufig basiert die unter dem Namen Bach tradierte Fassung zwar auf den ersten Takten der zu vermutenden Vorlage, wird aber insgesamt verlängert oder mindestens durch einige wenige Eingriffe in die Harmonik in m. E. sehr geschickter, zugleich aber auch zurückhaltender Weise modernisiert. Unterstellt man auch hier wieder, daß die Autorenzuweisungen der Quellen nicht gänzlich beliebig und willkürlich zustandekamen, so gehören derartige Bearbeitungen durch Bach zwar nicht unbedingt zum Hauptwerkkorpus; sie fügen jedoch dem Bach-Bild einen nicht unwesentlichen Aspekt hinzu, der nicht vernachlässigt werden sollte. Hinsichtlich dieser Werkgruppe sei die Frage erlaubt, ob sich nicht hinter zahlreichen der eher altertümlich wirkenden Stücke, die zumindest auch Bach zugeschrieben sind, manche Bearbeitung durch Bach verbirgt. Endgültige Gewißheit könnte man nur durch das Auffinden der Originalkomposition erlangen.

Trotz der scheinbar eindeutigen terminologischen Differenzierung der Begriffe ‚Fassung‘ und ‚Bearbeitung‘ können sich hinsichtlich ihrer Zuordnung ausgesprochen schwerwiegende Probleme ergeben. Immer dann, wenn die Editionsrichtlinien vorsehen, daß lediglich Fassungen, nicht aber Bearbeitungen in einer historisch-kritischen Ausgabe Platz beanspruchen dürfen, laufen wir Gefahr, wichtige Aspekte des Werkes aus den Augen zu verlieren. Nicht immer nämlich erweisen sich die sogenannten Fassungen als Fassungen im strengen Sinne; und manche scheinbare Bearbeitung entpuppt sich nach freilich aufwendigen Untersuchungen als Fassung. Wie schnell so etwas gehen kann, sei anhand der Fassungen bzw. Bearbeitungen des Choralvorspiels *Herr Jesu Christ, dich zu uns wend* demonstriert.

In Schmieders Bach-Werke-Verzeichnis von 1950 sind noch zwei als BWV 655b und 655c geführte Fassungen des Chorals *Herr Jesu Christ, dich zu uns wend* verzeichnet, die im revidierten Verzeichnis von 1990 jedoch fehlen und in den Anhang verbannt wurden. Grund hierfür dürfte das negative Pauschalurteil von Hans Klotz innerhalb des Kritischen Berichts zu Band IV/2 der Neuen Bach-Ausgabe gewesen sei. Klotz urteilte über BWV 655b: Es sei „eine Einrichtung von fremder Hand und stammt vermutlich aus dem 19. Jh. [...] [Z4] ist vor 1837, J5 und J3 sind um 1839 angefertigt, alle drei Hss.

enthalten auch sonst viel Zweifelhaftes und Unechtes."[3] Bei Z4 handelt es sich um eine verschollene Quelle aus der Sammlung Schelble-Gleichauf, bei J5 um zwei Sammelbände P 311 und P 312, bei J3 um die Sammelhandschrift P 285. Ergänzend sei hinzugefügt, daß auch die Oxforder Sammelhandschrift C 55 auf S. 134 diese Variante enthält. Die Fassung BWV 655c ist ebenfalls in P 285 enthalten; hier urteilt Klotz zwar ein wenig vorsichtiger, wenn er schreibt: „Der Hersteller von BWV 655c setzt ebenfalls Bachs Leipziger Fassung BWV 655 voraus; er ist im ganzen ästhetisch versierter als der Verfasser von BWV 655b."[4] Aber auch dabei schwingt das Unbehagen über die Unzuverlässigkeit der Quellen mit. Bei einer derart geführten ‚quellenkritischen‘ Argumentation konnte sich lediglich eine von Johann Tobias Krebs geschriebene, als Frühfassung eingestufte Variante (= BWV 655a) neben der im Autograph vorliegenden, auf etwa 1739–1742 zu datierenden Leipziger Fassung (= BWV 655) als authentische Fassungen behaupten. Aber sollte eine Wertung wie die von Klotz wirklich dazu angetan sein, eine Komposition bzw. deren Fassungen aus dem grundlegenden Werkverzeichnis zu tilgen? Man darf an der Zuverlässigkeit einer ‚Methode‘ zweifeln, die sich fast ausschließlich auf intuitive und geschmäcklerische Urteile stützt.

Abgesehen von diesen insgesamt vier Fassungen liegen über diesen Choral noch vier weitere, von Klotz und Schmieder nicht berücksichtigte Fassungen (oder Bearbeitungen?) vor, die sämtlich allein in der im Johann-Sebastian-Bach-Institut Göttingen verwahrten sogenannten Sammlung Scholz überliefert sind. Allen vier Fassungen gemeinsam ist die von BWV 655, 655a–c abweichende Tonart F-Dur. Auffallend ist zudem, daß alle hinsichtlich einer Motivvariante von BWV 655 mit BWV 655c verwandt zu sein scheinen (vgl. Terz-Quart- bzw. Quintsprung in Lauffigur sowie Synkopierung):

Bsp. 3: BWV 655c

Bsp. 4: BWV 655, Variante aus der Sammlung Scholz

Da Leonhard Scholz 1720 in der Nähe Nürnbergs getauft wurde und 1798 starb, steht außer Zweifel, daß diese Motivvariante nicht erst im 19. Jahrhundert entstanden sein dürfte, wie Klotz vermutete. Es wird angenommen, daß Scholz bereits in der ersten Hälfte des 18. Jahrhunderts seine Sammlung initiierte. Zwar liegt bislang noch keine eingehende Untersuchung zu dieser Sammlung vor, doch deuten die im Zusammenhang mit den Kompositionen zweifelhafter Echtheit durchgeführten Kollationierungen darauf hin, daß Scholz die gleichen Quellen zur Verfügung standen wie Johann Nepomuk Schelble, dessen Abschriften, da sie verschollen sind, jedoch lediglich annähernd rekonstruiert werden können.

---

[3] Johann Sebastian Bach. Neue Ausgabe sämtlicher Werke. Serie IV. Bd. 2. Kritischer Bericht. Kassel etc. 1957, S. 70.

[4] Ebdenda, S. 72.

Doch betrachten wir zunächst einmal die unterschiedlichen Fassungen und ihr Verhältnis zueinander etwas näher. Selbst die zweifelsfrei von Bach stammende Fassung BWV 655 enthält manche Auffälligkeiten, die – wäre die Überlieferung anders – möglicherweise als für Bach eher untypisch eingeschätzt würden. Die zu Beginn auftretende Dreiklangsfigur im Pedal-Baß, die den zugrundeliegenden Choral lediglich zitiert, erscheint derart häufig, daß es schon ein wenig einfallslos wirkt. Hinzu kommt der in Takt 52 erst ungewöhnlich spät einsetzende Choral, der dann ohne weitere Zwischenspiele durchgeführt wird. Die – wenn man einmal von den Schreitbässen in den Takten 30–42 absieht – nicht gerade sehr aussagekräftige Baßstimme nun wird in der Fassung BWV 655c die ersten 20 Takte lang beibehalten, wobei jedoch das Einleitungsmotiv der Oberstimmen leicht abgewandelt und durch eine Synkopenbildung rhythmisch verschärft wird, eine Variante, die in ähnlicher Weise auch die Fassungen der Sammlung Scholz aufweisen (s. o.). Ab Takt 20, 2. Zählzeit, folgen in BWV 655c knapp zwei Takte Überleitung mit neuen, aber auch in BWV 655 ähnlich vorhandenen Spielfiguren:

Bsp. 5

Ab Takt 22, 3. Note mündet diese Fassung dann wieder in die bei BWV 655 als Zwischenspiel mit abschließender Kadenz fungierenden Takte 49–51, worauf noch einmal analog zu Takt 52 der authentischen Fassung der Motivbeginn wiederholt, nach einem Takt jedoch umgebogen wird zu den $3^{1}/_{2}$, beiden Fassungen gemeinsamen Schlußtakten. Vor allem also ist die Fassung BWV 655c durch das Fehlen dessen charakterisiert, was den Orgelchoral als solchen ausweist, nämlich die gestalterische Zusammenführung von Choralmelodie und frei erfundenen Stimmen. Daß sich eine Bearbeitung nun in die Richtung Choralbearbeitung mit Choral zu Choralbearbeitung ohne Choral entwickelt haben soll, wirkt unglaubwürdig. Allenfalls eine verstümmelte Überlieferung könnte zu einem solchen Ergebnis geführt haben, wenngleich es schwer vorstellbar ist, daß ausgerechnet die choralabhängigen Teile fehlten, die hingegen in allen anderen Fassungen enthalten sind. Auf alle Fälle bleibt es ein Rätsel, wie Hans Klotz diese Fassung gegenüber BWV 655b als „ästhetisch versierter" bezeichnen konnte. Im übrigen findet sich ein ähnlicher Fall bei BWV 664 (*Allein Gott in der Höh sei Ehr*); hier fehlt ebenfalls in einer Quelle (Berlin BB Mus. ms. 30377) die Choralmelodie. In Hinblick auf den Choral jedenfalls ist die angeblich aus dem 19. Jahrhundert stammende Fassung BWV 655b der autorisierten Fassung näher verwandt; lediglich das auf 7 Takte verkürzte freie Vorspiel sowie die beiden Schlußtakte weichen in diesen beiden Fassungen voneinander ab. Das Verhältnis und die Intention der beiden Bearbeitungen BWV 655b und 655c ist also diametral entgegengesetzt.

Die in der Sammlung Scholz enthaltenen Bearbeitungen, von denen eine den handschriftlichen Nachtrag „Telemann" enthält, zeichnen sich, abweichend von den anderen
vor allem darin aus, daß die Baßstimme – möglicherweise, weil der Umfang sonst B̲–c'''
gewesen wäre – lediglich die Choralweise enthält. Drei der vier Scholzschen Varianten
entsprechen einander weitgehend und unterscheiden sich lediglich in manchen Kleinig-
keiten, in größerem Umfang jedoch in der Oktavlage der Begleitstimme. Bei der vierten
hingegen wird das in den anderen Versionen 11 Takte lange Vorspiel auf 3 Takte ge-
kürzt, und die Zwischenspiele werden auf das Allernötigste beschränkt. Dieses Vorgehen
rechtfertigt sich durch die ansonsten doch etwas dünn wirkende Zweistimmigkeit der
Vor- und Zwischenspiele, die in BWV 655 ja auch nur durch die Dreiklangsbrechungen
der Baßstimme und den wenigen von ihr ausgehenden rhythmischen Impulsen kaschiert
wurde.

Versucht man nun, aus den insgesamt acht Fassungen eine relative Fassungschronologie zu rekonstruieren, so zeigt sich, daß die in der Sammlung Scholz befindlichen Fassungen mutmaßlich
noch vor die durch Krebs überlieferte Frühfassung
BWV 655a zurückgehen. Für diese anzunehmen-
de Urfassung charakteristisch ist zum einen das Fehlen des Basses, weswegen die beiden Oberstimmen weitgehend anders geführt waren als in den
mutmaßlich späteren Fassungen. Das Einleitungs-

Bsp. 6

motiv war durch die abspringende Terz, die auch in Takt 2 und 3 genutzt wird, und die
Synkopierung charakterisiert; letztere spielt ohnehin eine relativ dominante Rolle in der
jeweils begleitenden Oberstimme. Rudimentär ist dieses Verfahren im übrigen auch in
Takt 67 von BWV 655 zu erkennen. Ob die unterschiedlichen Fassungen innerhalb der
Handschriften Scholz auf verschiedene Quellen zurückgehen, muß offenbleiben. Denkbar wäre hier, daß Scholz z. T. selbst als Bearbeiter tätig war. Möglicherweise deutet die in
den drei Langfassungen zu beobachtende Unsicherheit hinsichtlich der Oktavlage darauf
hin, daß die Vorlage für Scholz eine Quelle in Tabulaturnotation gewesen sein könnte.
Über eine durch BWV 655c repräsentierte Zwischenfassung, bei der das Anfangsmotiv
noch den Terzsprung enthält, der nun aber für die Folgetakte nicht mehr genutzt wird,
dürfte die Niederschrift von BWV 655 erstellt worden sein. Probleme bereitet nun jedoch die Tatsache, daß die in der Krebsschen Handschrift P 802 tradierte Frühfassung
BWV 655a einen von BWV 655c und der endgültigen von Bach reinschriftlich in P 271
eingetragenen Fassung BWV 655 abweichenden Schluß enthält (vgl. NBA IV/2, S. 145).
Am plausibelsten gelänge die Einordnung dieser Fassung, wenn man annähme, daß die
Varianten in BWV 655a auf Krebs zurückgehen; dann freilich handelt es sich hier mithin
nicht um eine Werkfassung, sondern um eine Bearbeitung. Beweisen lassen sich Eingriffe in die Werkstruktur von BWV 655 jedoch nicht hinreichend sicher. Zu konstatieren
bleibt allerdings, daß sich in den Handschriften aus dem Walther-Kreis immer wieder
Werkvarianten finden, die möglicherweise auch daraus resultieren, daß sich insbesondere Walther bei der Kopienahme nicht immer pedantisch an seine Vorlage hielt. Um
nun BWV 655a trotz der immer wiederkehrenden Quintparallelen (so z. B. bereits in
Takt 2) noch als Werkfassung zu retten, müßte man annehmen, daß die abweichen-

de Schlußbildung der sogenannten Frühfassung auf eine später dann wieder von Bach verworfene Zwischenfassung zurückgeht. Dann wäre die endgültige Fassung von Bach möglicherweise erst während der sauberen Niederschrift in P 271 hergestellt worden, ein Verfahren, welches bei Bach hin und wieder anzutreffen ist.

Problematisch hinsichtlich einer stemmatischen Einordnung bleibt auch die Fassung BWV 655b, die letztlich durch Vertauschung des Stimmeneinsatzes Änderungen in Vorspiel und Zwischenspielen notwendig machte. Gleichwohl bleibt diese – wie oben skizziert – nahe am Original und könnte durchaus einen kurzfristigen Entwicklungsstand der Komposition widerspiegeln. Zwar können bei BWV 655b gewisse Zweifel kommen, ob einige Wendungen wirklich von Bach stammen – hierbei wäre vor allem an Takt 2 und die beiden Schlußtakte zu denken:

Bsp. 7

Der Gesamtduktus ist jedoch durchaus Bachisch, und die wenigen untypischen Stellen könnten Emendationen von Korruptelen darstellen. Die stilistische Einschätzung durch Klotz und die damit verbundene Datierung ins 19. Jahrhundert jedenfalls ist keinesfalls zu rechtfertigen.

★

Derartige Fassungs- bzw. Bearbeitungsprobleme finden sich bei den Incerta relativ häufig, und es ist zu vermuten, daß zumeist die Basis zum Ausschluß aus der NBA nicht trägt. Zugleich zeigt das oben diskutierte Beispiel, daß allenfalls die Verbindung von philologisch-textkritischer und stilkritischer Methode zu einigermaßen fundierten Ergebnissen führen kann, die freilich immer noch zahlreiche Unwägbarkeiten und Unsicherheiten der Einschätzung enthalten. Außerdem sollte aufgezeigt werden, daß selbst da, wo Originalfassungen vorhanden sind, nicht immer klar zwischen Fassung und Bearbeitung zu differenzieren ist. Und wieviel unklarer zu fassen ist ein derartiges Abhängigkeitsverhältnis, wenn es kein Autograph gibt oder gar der Autor selbst nicht feststeht. Für die Edition der Werke mit ungesicherter Autorenzuweisung aber spielt gerade die Einordnung eine gewichtige Rolle, zumindest solange, wie Bearbeitungen aus den Historisch-Kritischen Gesamtausgaben verbannt bleiben.

Walburga Litschauer

Zu den drei Fassungen des zweiten Satzes von Schuberts Klaviersonate in Des / Es (D 568)

Entstehungsgeschichte und Überlieferung

Klaviermusik hat in Schuberts Schaffen einen besonderen Stellenwert: Das erste Werk, das wir kennen, ist eine 1810 entstandene Fantasie für Klavier zu vier Händen (D 1); zu den letzten Kompositionen des Jahres 1828 zählen drei große Klaviersonaten (D 958–960). Obwohl Schubert von Anfang an Klaviermusik schrieb, begann er mit dem Komponieren von Sonaten nur zögernd und langsam. Seine ersten Versuche in dieser Gattung sind in mehreren Fassungen überliefert, die in dem Band *Klaviersonaten I* der Neuen Schubert-Ausgabe erstmals komplett veröffentlicht wurden.[1]

Besonders viele Varianten gibt es zu der Sonate D 568, von der sowohl eine Fassung in Des- als auch eine in Es-Dur existiert. Mit diesem Werk hat sich Schubert besonders intensiv auseinandergesetzt. Als erste Vorarbeit dazu kann vermutlich eine – allerdings nur fragmentarisch überlieferte – Version des zweiten Satzes in d-Moll angesehen werden, die man bisher der Es-Dur-Fassung zuordnete.[2] Diese Version umfaßt 63 Takte und bricht vor dem Einsatz der Reprise ab. Sie ist in einem undatierten Autograph auf den Außenseiten eines auseinander getrennten Doppelblattes überliefert, das auf den Innenseiten das ebenfalls undatierte Lied *Ich liebe dich, so wie du mich* von Ludwig van Beethoven enthält (WoO 123). Als Anhaltspunkt für die Entstehungszeit von Schuberts Niederschrift kann ein Vermerk von Anselm Hüttenbrenner herangezogen werden, nach dem Hüttenbrenner am 14. August 1817 in den Besitz einer Hälfte dieses Doppelblattes kam. Schubert wiederum hatte Beethovens Handschrift möglicherweise von Salieri erhalten und ihre unbenutzten Außenseiten dann wohl irrtümlich für seine eigene Niederschrift verwendet.[3] Dies könnte übrigens ein rein äußerlicher bzw. technischer Grund gewesen sein, warum er die Komposition am Beginn der vierten Seite abbrach. Nachdem er nämlich die Takte 1–59 auf die Vorderseite des Doppelblattes notiert hatte, mußte er beim Umwenden feststellen, daß die Innenseiten bereits beschrieben waren. Er sah sich daher gezwungen, die Takte 60–63 auf die Rückseite zu notieren, nach denen er das Stück allerdings in der ersten Akkolade abbrach. Das auf diese Weise ,verdorbene' Doppelblatt trennte er später in zwei Hälften, wovon er die schlechtere bzw. weniger interessante Hälfte an Hüttenbrenner weitergab, das andere Blatt mit dem Beginn von Beethovens

[1] Neue Schubert-Ausgabe. Serie VII / 2. Bd. 1: Klaviersonaten I. Vorgelegt von Walburga Litschauer. Kassel etc. 2000.

[2] Otto Erich Deutsch: Franz Schubert. Thematisches Verzeichnis seiner Werke in chronologischer Folge. Neuausgabe in deutscher Sprache. Kassel etc. 1978 (Neue Schubert-Ausgabe. Serie VIII. Bd. 4), S. 329 und Maurice J. E. Brown: Towards an Edition of the Pianoforte Sonatas. In: Maurice J. E. Brown: Essays on Schubert. London 1966, S. 204. – Das Autograph dieser Komposition befindet sich im Archiv der Gesellschaft der Musikfreunde in Wien, Signatur: A 13.

[3] Vgl. dazu: Otto Erich Deutsch: Das Doppelautograph Beethoven – Schubert. In: Neues Beethoven-Jahrbuch V. Braunschweig 1933, S 23.

Lied auf der einen und seiner eigenen Komposition auf der anderen Seite jedoch für sich behielt. Da es sich bei diesem Autograph um ein Kuriosum der österreichischen Musikgeschichte handelt, sei noch kurz über sein weiteres Schicksal berichtet: 1872 kamen beide Blätter in den Besitz von Johannes Brahms, der sie der musikinteressierten Öffentlichkeit erstmals 1892 auf der Wiener Internationalen Theater- und Musikausstellung präsentierte. Im Jahr darauf machte er das durch seine Sachkenntnis wieder vereinigte und mit seinem Besitzvermerk versehene Manuskript dem Archiv der Gesellschaft der Musikfreunde zum Geschenk, wo es als ‚Drei-Meister-Autograph‘ einen besonderen Stellenwert hat.[4]

Schubert plante seine Komposition in dieser ‚Urfassung‘ zunächst als separates Klavierstück. Dies läßt sich an der ursprünglich in die Mitte gesetzten Überschrift (*Andante*) erkennen, die später durchgestrichen und links durch den korrigierten Kopftitel *Andantino* ersetzt wurde.[5] Das Autograph zeigt weitgehend den Charakter einer Reinschrift, woraus man ableiten kann, daß ihm wohl noch eine weitere, heute verschollene Niederschrift vorausging. Für die Annahme, daß es sich bei diesem Fragment jedenfalls um eine vermutlich im Frühjahr 1817 entstandene Vorarbeit zu den beiden späteren Fassungen in cis- und in g-Moll handelt, spricht seine zum Teil noch unklare Schreibweise. Auffallend ist auch, daß die wenigen in dem Fragment aufscheinenden Korrekturen in den beiden anderen Fassungen bereits berücksichtigt sind.

Schuberts Ringen um die Komposition dieser Sonate läßt sich auch an der Konzeption und Ausführung ihrer ersten, dreisätzigen Fassung in Des-Dur erkennen, zu der folgende Quellen überliefert sind: Ein mit „Juni 1817" datiertes unvollständiges Autograph der ersten Niederschrift im Hochformat, das den ersten Teil des ersten Satzes umfaßt;[6] der zweite Teil dieses Satzes findet sich in einem zweiten Autograph im Querformat;[7] weiters eine unvollständige Reinschrift mit dem Titel „Sonate II", die ebenfalls mit „Juni 1817" datiert ist und im dritten Satz am Ende eines vollständig beschriebenen Blattes abbricht.[8] Ein weiteres Blatt mit der Fortsetzung dieses Satzes dürfte verloren gegangen sein. Den Charakter einer Reinschrift zeigt dieses Autograph allerdings nur bis zum Einsatz der Reprise im dritten Satz; daraus kann man schließen, daß die erste Niederschrift – von der uns ja lediglich der erste Satz bekannt ist – wohl nur bis zu dieser Stelle ausgeführt war.

Auch hier lassen sich zwischen der ersten Niederschrift und der ausgeführten Reinschrift markante Unterschiede feststellen: So ist die endgültige Fassung um drei Takte länger als die erste Version. Auffallend sind auch die unterschiedlichen Tempobezeichnungen (in der ersten Niederschrift: *Allegro*, in der ausgeführten Fassung: *Allegro moderato*) sowie mehrere Abweichungen in Artikulation und Dynamik.

In seinen 1854 für Franz Liszt verfaßten *Bruchstücken aus dem Leben des Liederkomponisten Franz Schubert* schreibt Anselm Hüttenbrenner über eine Sonate in Cis-Dur von Schubert:

> Diese war so schwer gesetzt, daß er [Schubert] sie selbst nicht ohne Anstoß spielen konnte. Ich exerzierte selbe drei Wochen hindurch fleißig und trug sie dann ihm und mehreren Freunden

---

4   Ebenda, S. 22 und 25f.
5   Vgl. dazu das Faksimile in: Neue Schubert-Ausgabe: Klaviersonaten I (wie Anm. 1), S. XIX.
6   Musiksammlung der Wiener Stadt- und Landesbibliothek, Signatur: MH 14.943/c.
7   Ebenda, Signatur: MH 86/c.
8   Ebenda, Signatur: MH 162/c.

vor. Er dedizierte sie mir hierauf und übersandte sie einem ausländischen Verleger; er erhielt sie jedoch mit dem Bedeuten zurück, daß man eine so abschreckend schwierige Komposition nicht zu veröffentlichen sich getraue, da nur wenig Absatz zu gewärtigen wäre.[9]

Da von Schubert keine Sonate in dieser Tonart überliefert ist, dürfen wir annehmen, daß Hüttenbrenner damit wohl die Sonate in Des-Dur meinte. Über ein Angebot dieser Sonate an einen ausländischen Verleger und eine von Schubert beabsichtigte Widmung an Hüttenbrenner ist allerdings nichts bekannt.

Wie bereits erwähnt, gibt es von dieser Sonate noch eine zweite, viersätzige Fassung in der erleichterten Tonart Es-Dur. Diese Fassung hat Schubert vermutlich erst für eine geplante Veröffentlichung bei dem Wiener Verleger Anton Pennauer komponiert. Da hier keine autographen Quellen oder andere Anhaltspunkte zur Datierung überliefert sind, läßt sich ihre Entstehungszeit nicht genau feststellen. Ihre Erstausgabe erschien jedenfalls erst im Mai 1829 unter dem Titel *Troisième Grande Sonate*. Dieser Titel bezieht sich auf die zuvor publizierte *Seconde Grande Sonate* in D-Dur (D 850 / op 53, erschienen im April 1826 bei Artaria) und deren Vorgängerin, die Anfang 1826 ebenfalls bei Pennauer veröffentlichte *Première Grande Sonate* in a-Moll (D 845 / op. 42). Als vierte dieser ‚großen‘ Sonaten hatte Schubert ursprünglich die Sonate in G-Dur (D 894 / op. 78) zur Veröffentlichung vorgesehen – sie wurde im April 1827 dann allerdings noch vor der *Troisième Grande Sonate* bei Tobias Haslinger unter dem Titel *Fantasie, Andante, Menuetto und Allegretto* publiziert.[10]

In der Schubert-Forschung wird häufig angenommen, daß Schubert die Des-Dur-Fassung der Sonate D 568 bereits unmittelbar nach ihrer Vollendung in eine zweite Fassung in Es-Dur umgearbeitet habe.[11] Man vermutet, daß diese Umarbeitung im November 1817 erfolgt sei und stützt sich dabei auf die beiden in diesem Monat entstandenen Scherzi in B- und in Des-Dur (D 593), die als Vorstudien zum eingefügten dritten Satz in der Es-Dur Fassung dieser Sonate angesehen werden. Für eine später erfolgte Umarbeitung spricht jedoch die Tatsache, daß Schubert 1817 noch keine Aussicht auf die Veröffentlichung eines seiner Werke hatte und damals auch keine andere Komposition auf eine solche Weise bearbeitete. Auffallend sind an dieser Umarbeitung, bei der es sich ja nicht nur um eine Transposition, sondern weitgehend um eine Neukomposition handelt, vor allem die Modulationen in den Durchführungsteilen des ersten und letzten Satzes. Derart ausgearbeitete Modulationen finden sich allerdings erst in Werken aus Schuberts letzten Lebensjahren.[12]

Die drei Fassungen im Vergleich

Bei einem Vergleich der drei Fassungen des zweiten Satzes fallen zunächst deren unterschiedliche Tonarten auf: Während die abgebrochene ‚Urfassung‘ in d-Moll steht, wurde

[9]   Otto Erich Deutsch: Schubert. Die Erinnerungen seiner Freunde. Leipzig 1957, S. 212.

[10] Vgl. dazu Walburga Litschauer: Vorwort zu: Neue Schubert-Ausgabe. Serie VII / 2. Bd. 3: Klaviersonaten III. Kassel etc. 1996, S. X f.

[11] Vgl. etwa Maurice J. E. Brown: An Introduction to Schubert's Sonatas of 1817. In: The Music Review 12, 1951, S. 39 und David Goldberger: Vorwort zu: Neue Schubert-Ausgabe. Serie VII / 2. Bd. 4: Klavierstücke I. Kassel etc. 1988, S. XV.

[12] Vgl. dazu Martin Chusid: A Suggested Redating for Schubert's Piano Sonata in E flat Major, op. 122. In: Schubert-Kongreß Wien 1978. Bericht. Graz 1979, S. 40.

für die erste ausgeführte Version cis-Moll und für die zweite g-Moll verwendet. Für die beiden vollendeten Fassungen stellt sich die Frage, in welchem Verhältnis ihre Tonart zur jeweiligen Grundtonart der ganzen Sonate steht. Bei dem cis-Moll der ersten Version handelt es sich um die Molltonika von Des-Dur, von der aus nach E-, H- und A-Dur moduliert wird. Diese Tonarten stehen zur Grundtonart Des-Dur des Satzzyklus allerdings in einem dissonierenden Verhältnis.[13] Die Transposition des Satzes nach g-Moll, der Dominantparallelen von Es-Dur, stellt in der zweiten Fassung dann ein klares Verhältnis zur Grundtonart und zum Satzzyklus der ganzen Sonate her. Trotzdem muß für diesen Satz der dunkle Charakter von cis-Moll – und für die ganze Sonate die Tonart Des-Dur – Schuberts ursprüngliches Klangideal gewesen sein. Dies hat auch Johannes Brahms so empfunden, der nach den Erinnerungen von Eusebius Mandyczewski „ganz selig" war, als das zunächst verschollene Autograph der Des-Dur-Fassung wieder auftauchte; die Es-Dur-Fassung soll ihm nämlich gar nicht gefallen haben.[14]

Markante Abweichungen zwischen den drei Fassungen lassen sich auch in der Agogik feststellen. Diese betreffen bereits die Tempobezeichnungen: Wie oben erwähnt, wurde jene der ‚Urfassung' von *Andante* in *Andantino* korrigiert; sowohl in der ersten als auch in der zweiten Version findet sich dann die Bezeichnung: *Andante molto*.

Besonders viele Abweichungen kann man in den Takten 39–43 erkennen, die zum zweiten Thema überleiten:

a: ‚Urfassung'

b: Erste Fassung

c: Zweite Fassung

Bsp. 1: Schubert, Klaviersonate D 568

---

[13]   Vgl. dazu Andreas Krause: Die Klaviersonaten Franz Schuberts. Form. Gattung. Ästhetik. Kassel etc. 1992, S. 28.

[14]   Deutsch, Doppelautograph (wie Anm. 3), S. 26f.

Im Vergleich zu den beiden späteren Versionen erscheint die ‚Urfassung' hier eher schlicht, und ihr musikalischer Fluß läuft ohne Unterbrechung seinem Ziel entgegen. In der ersten vollendeten Fassung werden diese Takte durch eine Fermate und ein *ritardando* in Takt 40 sowie eine *a tempo*-Anweisung in Takt 42 stärker gegliedert. Noch stärker ist diese Gliederung dann in der zweiten Fassung ausgeführt, in der in Takt 41 eine zweite Fermate hinzu gesetzt wird. Das in Takt 39 dem ersten Akkord der rechten Hand vorangestellte Arpeggio und die sowohl in diesem als auch in Takt 40 eingefügten Füllnoten verleihen den beiden vollendeten Fassungen mehr Gewicht. Ihre stärkere Gliederung wird zusätzlich durch die ergänzte (bzw. geänderte) Dynamik und den Akzent zur rechten Hand bei *a tempo* unterstrichen.

Bemerkenswerte Unterschiede zwischen den drei Fassungen kann man weiters in der Gestaltung des zweiten Themas (Takt 43–50) feststellen:[15] Auch hier zeigt die ‚Urfassung' ein noch nicht sehr ausgearbeitetes Erscheinungsbild, das in der Melodiestimme durch fortlaufende Sechzehntelfiguren der linken Hand geprägt wird. Sowohl in der ersten als auch in der zweiten vollendeten Version tritt dieses Thema dann in punktierter Rhythmisierung auf. In den Takten 47 bis 50 fällt eine andere Verteilung der Stimmen auf, mit der Schubert das musikalische Geschehen in den beiden ausgeführten Fassungen vereinfachte: Indem er im Baß die untere Oktave wegließ, konnte er hier die restlichen Stimmen auf beide Hände verteilen. Hingewiesen sei schließlich noch auf die dynamische Differenzierung der drei Fassungen: Während die ‚Urfassung' polternd im *forte* beginnt und keinen Übergang zum *piano* in T. 47 zeigt, wird *forte* in den beiden späteren Versionen jeweils zweimal nach einem *crescendo*-Winkel in den Takten 44 und 46, *piano* ebenfalls zweimal nach einem *decrescendo*-Winkel in den Takten 45 und 47 erreicht. Die in den beiden späteren Fassungen ergänzte Dynamik bewirkt somit eine stärkere Gliederung dieser Stelle.

Zusammenfassend läßt sich sagen, daß die Konturen des Stücks von Fassung zu Fassung stärker heraus gearbeitet werden. Ein Vergleich der drei Versionen dieses Satzes gewährt sowohl dem Wissenschaftler als auch dem Praktiker aufschlußreiche Einblicke in den Kompositionsprozeß eines der Hauptwerke in Schuberts frühem Sonatenschaffen.

---

[15] Vgl. dazu: Neue Schubert-Ausgabe: Klaviersonaten I (wie Anm. 1), S. 114, 129 und 195.

Ullrich Scheideler, Ralf Kwasny, Ulrich Krämer

Entwurf – Revision – Bearbeitung

Zum Problem der Fassungen im Schaffen Arnold Schönbergs

Werke in verschiedenen Fassungen sowie Bearbeitungen spielen im Œuvre Arnold Schönbergs eine nicht geringe Rolle.[1] Grundsätzlich lassen sich dabei die folgenden drei Kategorien unterscheiden:
1. eigene Werke in unterschiedlichen Besetzungen;
2. eigene Werke in Frühfassungen und revidierten Fassungen respektive Neuausgaben;
3. Bearbeitungen fremder Werke.

Die Edition von unterschiedlichen Fassungen und Bearbeitungen im Rahmen der Arnold Schönberg Gesamtausgabe steht dabei im wesentlichen vor zwei Problemfeldern:
1. In welcher Darbietungsform sollen die Fassungen Eingang in die Gesamtausgabe finden?
2. Welche Editionsprinzipien sind den Fassungen zugrunde zu legen?

Die editorischen Entscheidungen, die aus der Antwort auf diese beiden Fragen resultieren, haben auf mehreren Ebenen zugleich unmittelbare Auswirkungen auf die musikalische Praxis, und zwar zum einen ganz elementar im Hinblick auf die Veröffentlichung der Fassung als solcher, und zum andern im Hinblick auf Details der Lesarten. Als Darbietungsform stehen der Gesamtausgabe mehrere Möglichkeiten zur Verfügung:
– Alle Fassungen werden im Notentext abgedruckt;
– nur eine Fassung wird als Notentext wiedergegeben, die abweichenden Lesarten der übrigen werden aufgelistet;
– die Existenz weiterer Fassungen wird bloß erwähnt, ohne auf Details einzugehen (letzteres betrifft vor allem die Bearbeitungen Schönbergscher Werke aus dem Schülerkreis).

Eine Entscheidung über die Darbietungsform ist relativ leicht für die unter 1. und 3. aufgelisteten Werke zu treffen: In der Regel wird bei alternativen Besetzungen eigener Werke sowohl die Originalfassung als auch die Bearbeitung, bei Instrumentationen oder Klavierreduktionen fremder Werke allein Schönbergs Fassung abgedruckt (obwohl es bei sehr entlegenen Stücken, etwa bei dem *Lied der Walküre* von Heinrich von Eycken, für den Benutzer durchaus wünschenswert sein könnte, auch die Vorlage präsentiert zu bekommen). Weniger einfach wird die Sache bei denjenigen Werken, die in Frühfassungen und revidierten Fassungen vorliegen. Hier gilt es, formale und inhaltliche Kriterien bei der Festlegung der Darbietungsform zu berücksichtigen. Zunächst muß man sich darüber Klarheit verschaffen, wann überhaupt von einer Fassung im engeren Sinn die Rede sein kann. Die Verwendung des Begriffs ‚Fassung' ist nur dann sinnvoll, wenn sie sich auf etwas Abgeschlossenes bezieht. Der Kompositionsprozeß muß also in ein definitives Sta-

---

[1] Vgl. Anhang, S. 219ff.

dium vorgedrungen sein. Alle anderen Quellen – wie etwa Skizzen und Entwürfe – sind als Vorstufen, nicht aber als Fassung zu betrachten. Auch eine sogenannte Erste Nieder-schrift[2] ist daher, obwohl ihre Lesarten nicht selten Eingang in die Werkedition finden, nicht als ‚Fassung' zu bewerten. Denn sie bietet zwar den Notentext im Hinblick auf die Tonhöhe bereits mehr oder weniger vollständig, ist aber im Hinblick auf Dynamik und Phrasierung noch unvollständig. Sie stellt im Kompositionsprozeß eine Zwischen-stufe dar, die – ihrem Wesen nach – noch offen für Änderungen, Differenzierungen und Modifizierungen in allen Bereichen des Tonsatzes ist. Erst mit der Reinschrift ist ein – erstes – definitives Stadium der Komposition erreicht. Aus diesem Grund werden in der Regel Lesarten der Ersten Niederschrift, die von der Reinschrift oder vom Text der Ge-samtausgabe abweichen, zwar in bisweilen langen Listen aufgezählt, nicht aber wird der Notentext selbst abgedruckt. Anders verhält es sich, wenn zwei oder gar mehr Partitur-drucke desselben Werks vorliegen, bei denen ausdrücklich von einer revidierten Fassung die Rede ist (also mehr als nur Druckfehler beseitigt wurden). Dieses Problem stellt bzw. stellte sich u. a. bei der symphonischen Dichtung *Pelleas und Melisande* op. 5, der *Kammer-symphonie* op. 9 und den *Gurre-Liedern*. All diese Werke erschienen schon bald nach der Erstveröffentlichung in von Schönberg revidierten Neuausgaben. Soll die Gesamtausgabe beide Fassungen abdrucken, oder kann sie sich damit begnügen, die Abweichungen der frühen Fassungen aufzulisten? Soll sie also der Praxis nur eine oder beide Fassungen zur Verfügung stellen?

Generelle Verfahrensweisen lassen sich hier kaum angeben. Abzuwägen ist zunächst zwischen Anschaulichkeit einerseits und Praktikabilität andererseits. Keinem Benutzer ist damit gedient, unkommentiert zwei nahezu übereinstimmende Ausgaben vorgelegt zu bekommen, deren Differenzen er sich unter einer Fülle von identischen Lesarten erst mühsam erschließen muß. Umgekehrt aber nützt es keinem Leser, wenn er durch lange Listen erfährt, in welchen Punkten die erste Auflage sich von der zweiten unterschei-det, wenn er durch einen vergleichenden Blick auf den Notentext sich dies schneller und leichter veranschaulichen könnte. Der Darstellungsmodus wird somit vom Umfang der abweichenden Lesarten abhängig sein. Während bei *Pelleas und Melisande* eine Liste aufgrund der überschaubaren Anzahl der Änderungen genügte, wurde die Frühfassung der *Kammersymphonie* separat abgedruckt. Bei den *Gurre-Liedern* werden die Früh- und Erstfassungen ebenfalls als Notentext veröffentlicht.

Hat man sich als Herausgeber entschieden, auch die Frühfassung im Notentext zu publizieren, kommt die oben erwähnte zweite Überlegung ins Spiel: Welche Editions-prinzipien sollen an diese Fassung angelegt werden? Diese Frage stellt sich auch für die unter 1. und 3. aufgelisteten Fassungen bzw. Bearbeitungen. Um es an einem drastischen Beispiel zu veranschaulichen: Wenn man Schönbergs Instrumentationen von Johann Se-bastian Bachs Choralvorspielen oder des Klavierquartetts op. 25 von Johannes Brahms edieren will, muß man dann eine textkritische Ausgabe der zugrunde liegenden Werke herstellen oder konsultieren? Hätte also – pointiert gefragt – die Arnold Schönberg Ge-samtausgabe warten müssen, bis die entsprechenden Bände in der Bach- bzw. Brahms-Gesamtausgabe vorliegen? Um diese Fragen beantworten zu können, sei zunächst auf die

---

2   Vgl. dazu im vorliegenden Band den Aufsatz von Ullrich Scheideler: Die Bedeutung von Particell und Kla-vierauszug für die Arnold Schönberg Gesamtausgabe am Beispiel des Monodrams *Erwartung* op. 17, S. 166, Anm. 5.

jedem Band der Reihe B[3] beigegebenen Editionsprinzipien hingewiesen. In ihnen heißt es:

> Die Gesamtausgabe nimmt für sich in Anspruch, eine wissenschaftliche zu sein und doch der musikalischen Praxis zu dienen. Resultiert aus dem ersten Anspruch die Forderung, das überlieferte Quellenmaterial lückenlos zu erfassen und kritisch auszuwerten, so aus dem zweiten, die Kompositionen, deren Aufführung möglich und intendiert ist, in einer Form vorzulegen, die der praktischen Realisierung förderlich ist.

Der am Schluß genannte Aspekt ist für das Fassungsproblem wichtig. Wenn die Frage berücksichtigt wird, ob eine Aufführung intendiert ist, so wird implizit nach dem Autorwillen im Hinblick auf die Praxis gefragt. In denjenigen Fällen, in denen aber eine Frühfassung durch eine revidierte Fassung ersetzt wurde, ist erstere doch wohl durch Schönberg für ungültig erklärt worden, ihre Aufführung mithin nicht mehr intendiert. In der Gesamtausgabe wird die Frühfassung folglich nicht mehr als Werk, sondern nur noch als Quelle behandelt. Richtschnur für deren Veröffentlichung ist aber nicht eine kritische Revision, sondern die Absicht, die Quelle möglichst unverändert wiederzugeben. Lediglich offenkundige Fehler werden – mit entsprechender Angabe im Kritischen Bericht – korrigiert. Für das Verhältnis von Fassung, Edition und musikalischer Praxis kommt somit dem Werturteil des Komponisten maßgebliche Bedeutung zu. Diese Kategorie ist aber weder selbstverständlich noch unumstritten. Ob der Editor die Einschätzung des Komponisten für verbindlich erachtet oder aber sich vor ihr emanzipiert, wird sowohl vom herauszugebenden Werk als auch von den Richtlinien der jeweiligen Gesamtausgabe abhängig sein – mit den entsprechenden Konsequenzen für die Darstellungs- und Editionsform des Notentextes. Die starke Stellung von Schönbergs Werturteil innerhalb der Gesamtausgabe hat zugleich Konsequenzen für die Editionsrichtlinien der Bearbeitungen fremder Werke. Die von Schönberg verwendete Vorlage wird hier von den Herausgebern stets als eine Quelle betrachtet, hinter die nicht weiter zurückgegangen zu werden braucht. Sie ist aufgrund der Tatsache, daß Schönberg sie als Ausgangspunkt seiner Bearbeitung für brauchbar hielt, für den Editor gewissermaßen unantastbar geworden. Eine kritische Revision des bearbeiteten Werkes kann daher entfallen. Beseitigt werden allein offenkundige Fehler, die von Schönberg nicht korrigiert wurden.

Es bleiben abschließend die für die Editionsprinzipien relevanten Überlegungen bei der Bearbeitung eines eigenen Werkes für eine von der Originalfassung abweichende Besetzung knapp anzudeuten. Die grundlegende Frage ist, ob man die Fassungen primär als eigenständig betrachtet, oder diese sich sozusagen zu einem Werkkomplex zusammenschließen, innerhalb dessen sie aufeinander Bezug nehmen. Im ersten Fall wird man differierende Lesarten nicht beseitigen, im zweiten Fall hingegen weitestmögliche Angleichung vornehmen.[4] Generelle Antworten sind auch hier schwierig. Sicher wird man für Schönberg annehmen können, daß der Bereich der Tonhöhe in der Regel nicht Gegenstand der Bearbeitung gewesen ist. (Allenfalls abweichende Oktavlagen oder die Auslassung von Tönen kommt vor.) Deshalb sind etwa im Fall der Oper *Von heute auf morgen* abweichende Tonhöhen im Klavierauszug gemäß der Partitur korrigiert worden. Und da

---

[3] Zur Schoenberg-Gesamtausgabe siehe Scheideler, Die Bedeutung (wie Anm. 2), S. 165, Anm. 1.

[4] Vgl. dazu auch unten die Ausführungen zum Auszug für Klavier zu vier Händen der *Kammersymphonie* op. 9.

dieser Klavierauszug eher eine Reduktion der Partitur als eine auf (leichte) Spielbarkeit abzielende Klavierfassung darstellt, sind ihre Lesarten auch in den Details identisch. (Das geht sogar auf Kosten der Spielbarkeit.) Hier sind Originalgestalt und Bearbeitung also unmittelbar aufeinander bezogen. Andere Werke weisen ein lockereres Verhältnis der Fassungen zueinander auf. Ein interessantes Beispiel stellen in dieser Hinsicht die *Fünf Orchesterstücke* op. 16 aus dem Jahre 1909 dar, die 1920 für Kammerorchester bearbeitet wurden. 1922 wurde die Orchesterfassung revidiert. Sollen nun die Revisionen, die ja später als die Bearbeitung vorgenommen wurden, auch in der Kammerorchesterfassung berücksichtigt werden? Das setzt eine Entscheidung darüber voraus, ob diese revidierten Lesarten zum gesamten Werkkomplex in all seinen Fassungen gehören oder aber von Fassungen auszugehen ist, deren Entstehungszeitpunkt so essentiell ist, daß eine Vermischung mindestens für unangebracht, wenn nicht gar für unzulässig gehalten wird. Man kann für beide Thesen Argumente finden und wird dabei sein Urteil auch von der Art und dem Umfang der Revisionen abhängig machen (vgl. dazu Bd. 13 B, S. 196ff.). Im Fall der *Fünf Orchesterstücke* op. 16 hat der Herausgeber Nikos Kokkinis sich die erste These zu eigen gemacht. Er hat nicht nur offenkundige Fehler, die Schönberg bei der Bearbeitung 1920 stehen ließ, wohl aber 1922 für die revidierte Fassung korrigierte, in der Fassung für Kammerorchester ebenfalls verbessert, sondern auch in der Kammerfassung fehlende – oder ausgelassene – Stimmen gemäß der Orchesterfassung ergänzt. Daß man diese Entscheidung auch anders hätte treffen können, erscheint unmittelbar einleuchtend und macht deutlich, wie sehr die musikalische Praxis bisweilen von – zwar plausiblen, aber doch keineswegs zwingenden – editorischen Vorentscheidungen des Herausgebers abhängen kann. Das Verhältnis von Komponist, Herausgeber und Interpret, von Fassung, Edition und musikalischer Praxis bildet somit ein Netz, das durch vielfältige Fäden oder Zuordnungen verknüpft ist. Daß dieses Netz jedoch nicht starr, sondern in hohem Maße flexibel ist, haben die Ausführungen wenigstens zu skizzieren versucht. Vollständig erschließt es sich erst durch die Kritischen Berichte.

Ullrich Scheideler

Fassungen und Bearbeitungen der *Kammersymphonie* op. 9

Wenn von dem Problem der Fassungen bei Schönberg die Rede ist, rückt wohl kein zweites Werk so sehr ins Blickfeld wie die *Kammersymphonie* op. 9, ein Werk, das in einer bemerkenswerten Anzahl von Fassungen und Bearbeitungen – teils fremder Hand – vorliegt.[5] In der folgenden tabellarischen Übersicht sind die verschiedenen Fassungen und Bearbeitungen respektive die zu Schönbergs Lebzeiten erschienenen Ausgaben zusammengestellt:

Frühfassung

Partiturreinschrift	datiert: 25. 7. 1906
Auszug für Klavier zu vier Händen	Entstehungszeit: 1907
Fragmentarische Bearbeitung für Klavierquintett	datiert: 13. 2. 1907
Erstdruck der Partitur	1912

Revidierte Fassung

Neudruck der Partitur („Verbesserte Ausgabe")	1914, [2]1918, [3]1921
Frühe Orchesterfassung	Entstehungszeit: 1914
Korrekturabzug der Orchesterfassung	1922

Fassung letzter Hand

Studienpartituren (mit identischem Notentext):	
Philharmonia-Partitur	1923
Studienpartitur der Universal-Edition	1924

***Kammersymphonie* für Orchester bearbeitet op. 9 B**

Erstdruck der Partitur	1936

Wie bereits der Übersicht zu entnehmen ist, greifen hier beide Varianten unterschiedlicher Fassungen – die Revision unter Beibehaltung der Originalbesetzung und die Bearbeitung für eine andere Besetzung – ineinander: Einerseits wurde die originale Partitur in der Besetzung für 15 Solo-Instrumente mehrfach einer Revision unterzogen, andererseits liegt das Werk auch in eigenständigen Alternativfassungen vor, den beiden unterschiedlichen Orchesterfassungen aus den Jahren 1914 und 1935. Die Revision der *Kammersymphonie* in der Solo-Besetzung verdankt sich dem Entschluß, zu einer Deutlichkeit der Darstellung zu gelangen, an der es der Frühfassung gebrach: Der Erstdruck von 1912 (erschienen im Januar 1913) und die „Verbesserte Ausgabe" von 1914 sind Stadien auf dem Weg zur Fassung letzter Hand, der Studienpartitur von 1923/24. Folglich

---

[5]   Die Schönberg-Gesamtausgabe berücksichtigt nur die authentischen Bearbeitungen, nicht die größtenteils in der Universal-Edition publizierten Bearbeitungen fremder Hand: Auszug für Klavier zu zwei Händen von Eduard Steuermann, Auszug für Klavier zu vier Händen von Felix Greissle, Bearbeitung für Klavierquintett (alternativ für das *Pierrot*-Ensemble: Flöte, Klarinette, Geige, Violoncello und Klavier) von Anton Webern. Der bislang nicht gedruckte Auszug für Klavier zu vier Händen von Alban Berg wird in der Musiksammlung der Österreichischen Nationalbibliothek aufbewahrt (Signatur F 21 Berg 91).

liegt diese Partitur der Edition in der Gesamtausgabe als Hauptquelle zugrunde. Problematisch ist dagegen der Status der beiden Alternativfassungen für Orchester, weil Schönberg selbst zumindest die späte, unter der Opuszahl 9 B veröffentlichte wohl als eine Art Fassung letzter Hand angesehen hat. Jedenfalls hat er sich mehrfach explizit gegen die Solo-Besetzung ausgesprochen. Ein solches Werturteil des Komponisten ist freilich nur als Dokument von Interesse und kann nicht Leitlinie für eine innere Rangfolge der Edition sein. Gleichwohl spiegelt die vom Herausgeber getroffene Entscheidung darüber, ob die Fassung eines Werkes im jeweiligen Band der Reihe A oder B erscheint, ein für den Benutzer der Ausgabe – mithin die Praxis – relevantes eigenes Werturteil.[6] Die Fassungen und authentischen Bearbeitungen bestehen, gewichtet durch diese editorische Vorentscheidung, nebeneinander, so daß die *Kammersymphonie* in insgesamt sechs verschiedenen, dabei fünf vollständigen Textfassungen vorgelegt wird:

1. Fassung für 15 Solo-Instrumente (in Bd. 11 A, hrsg. von Christian Martin Schmidt)
2. Fassung des Erstdrucks (in Bd. 11,1 B, hrsg. von Christian Martin Schmidt)
3. Auszug für Klavier zu vier Händen (in Bd. 5 A, hrsg. von Christian Martin Schmidt)
4. Fragmentarische Bearbeitung für Klavierquintett (in Bd. 11,2 B, hrsg. von Christian Martin Schmidt)
5. Frühe Orchesterfassung (in Bd. 11,3 B, herauszugeben von Ulrich Krämer)
6. *Kammersymphonie* für Orchester bearbeitet op. 9 B (in Bd. 12 A, hrsg. von Nikos Kokkinis)

Auszug für Klavier zu vier Händen

Als chronologisch dem Erstdruck der Partitur vorangehende Quelle seien hier einige Bemerkungen über Schönbergs eigenen Auszug für Klavier zu vier Händen vorausgeschickt, der bereits 1973 im Rahmen der Gesamtausgabe erstveröffentlicht worden ist. Dieser Edition liegt die Originalfassung zugrunde, d. h. die spätere Revision der Partitur wurde nicht auf eine chronologisch frühere Bearbeitung rückbezogen.

Im Kritischen Bericht wird als terminus ante quem für die Entstehung das Jahr 1912 genannt. Diese Datierung basiert auf dem philologischen Befund, daß der Erstdruck der Partitur nicht Vorlage für den Klavierauszug gewesen sein kann. Zieht man nun einige unveröffentlichte Briefdokumente hinzu, die damals noch nicht ausgewertet werden konnten, so läßt sich der Entstehungszeitraum des Klavierauszugs relativ genau auf Anfang 1907 eingrenzen. Die Anregung dazu gab anscheinend Max Marschalk, der Schönbergs ersten Verlag, den Verlag Dreililien in Berlin, leitete. Schönberg beabsichtigte, nachdem der Wiener Dirigent Ferdinand Löwe das Werk abgelehnt hatte, Oskar Fried für eine Aufführung der *Kammersymphonie* in Berlin zu interessieren. Diesbezüglich schrieb Marschalk im November 1906 an Schönberg:

> Ihre Kammersinfonie habe ich übrigens dem Fried angezeigt. Sie täten gut, wenn Sie mir die Partitur, sobald Sie sie werden entbehren können, einschicken würden. Für ausserordentlich notwendig halte ich es einen Klavierauszug zu zwei oder vier Händen beizulegen.[7]

---

6 Vgl. dazu den Abschnitt Editionsprinzipien in den Bänden der Reihe B.
7 Brief ohne Datum, Library of Congress, Washington, D. C. – Fried plante seit Mitte 1906 die Berliner Erstaufführung von Schönbergs symphonischer Dichtung *Pelleas und Melisande* op. 5, die schließlich aber erst am 31. 10. 1910 stattfand.

Marschalk betrachtete einen Klavierauszug, wie auch aus anderen Briefen hervorgeht, in erster Linie nicht als Spielvorlage, sondern eher als Substrat der Partitur und Lesehilfe. Nach einer späteren Bemerkung Marschalks war der Klavierauszug dann Mitte März 1907 fertiggestellt.[8] Schönberg hat daraufhin sowohl die Partiturreinschrift als auch den Klavierauszug an den Verlag gesandt. Unter Einbeziehung des Datums, mit dem die fragmentarische Bearbeitung der *Kammersymphonie* für Klavierquintett datiert ist (13. 2. 1907), liegt die Vermutung nahe, daß beide Bearbeitungen in dichter zeitlicher Nähe entstanden sind.

Der Vermerk, den Schönberg auf der ersten Seite des Klavierauszugs in einer Laune der Unzufriedenheit angebracht hat, scheint die Annahme zu stützen, daß es sich vornehmlich um eine technisch schwer realisierbare Partiturreduktion handelt: „Das ist alles viel zu überladen!!! Immer nur halb so viel Stimmen!!" Trotzdem zeigen die Fülle aufführungsbezogener Eintragungen und der allgemeine Erhaltungszustand (Verschmutzung der unteren Ecken vom Umblättern), daß aus dieser Quelle oft gespielt worden sein muß.[9] Bei den insgesamt drei Aufführungen im Verein für musikalische Privataufführungen in Wien und der einen, die im Prager Verein nachfolgte, gab man jedoch stets der Bearbeitung von Eduard Steuermann, der damit selbst als Virtuose hervortrat, den Vorzug.[10]

Kammersymphonie für 15 Solo-Instrumente op. 9 – Besetzung und Sitzordnung

Nachdem Schönberg Ende 1916 die bereits zweimal unterbrochene Arbeit an der *Zweiten Kammersymphonie* op. 38 wiederaufgenommen hatte und Alexander Zemlinsky brieflich darüber berichtete, äußerte er sich auch über die Besetzungsfrage der *Kammersymphonie* op. 9:

> Ich glaube, das ist doch ein Irrtum, diese Solobesetzung der Streicher gegen soviele Bläser. Es fehlt nämlich eine Möglichkeit: kein einziges Instrument, keine einzige Gruppe kann im vollen Tutti <u>dominierend</u> über dem Ganzen stehen. Die Musik ist aber so erfunden, daß das nötig wäre. [...] Wahrscheinlich werde ich eben auch die I. einmal für Orchester umarbeiten![11]

Als Schönberg dies niederschrieb, hatte er aber bereits, wie ein entsprechender Hinweis in der revidierten Partitur von 1914 zeigt, die frühe Orchesterfassung seit zwei Jahren eingerichtet. Und wenn man will, kann man darüber hinaus von einer noch früheren ‚Orchesterfassung' sprechen, die durch die im Erstdruck der Partitur von 1912 erteilte Lizenz existierte, bei Aufführungen in großen Sälen die Besetzung den äußeren Gegebenheiten anzupassen. Die entsprechenden Vermerke in den beiden Partituren lauten wie folgt:

---

[8] 13. 3. 1907, Library of Congress: „Den vierhändigen Klavierauszug der Kammersinfonie habe ich ihm [Fried] angezeigt; ich bitte Sie nunmehr ihn zu schicken."

[9] Vgl. die Quellenbeschreibung in Bd. 5 B, S. 85.

[10] Vgl. dazu Walter Szmolyan: Die Konzerte des Wiener Schönberg-Vereins. In: Schönbergs Verein für musikalische Privataufführungen. Hrsg. von Heinz-Klaus Metzger und Rainer Riehn. München 1984 (Musik-Konzepte 36), S. 101–114, hier S. 107f., sowie Ivan Vojtěch: Die Konzerte des Prager Vereins. Ebd., S. 115–118, hier S. 116.

[11] 13. 12. 1916. Zitiert nach: Alexander Zemlinsky. Briefwechsel mit Arnold Schönberg, Anton Webern, Alban Berg und Franz Schreker. Hrsg. von Horst Weber. Darmstadt 1995 (Briefwechsel der Wiener Schule. Bd. 1), S. 159f.

[Erstdruck 1912:]
Bei Aufführungen in Kammermusiksälen sind alle Instrumente einfach (Solo) zu besetzen. Für große Säle dagegen nehme man eine orchestermäßige Anzahl von Streichern und verdopple, an Stellen wo es nötig ist, auch die Bläser.

[Revidierte Partitur 1914:]
Alle Streicher ganz vorne in der ersten Reihe, die Holzbläser in der zweiten, die Hörner ganz hinten. Die Baßinstrumente beisammen.
   Bei Aufführungen in Kammermusiksälen sind alle Instrumente einfach (Solo) zu besetzen. Die Aufführung in großen Sälen ist nur nach einer eigens hiefür eingerichteten Partitur zulässig, welche der Verlag über Wunsch zur Verfügung stellt.

Anders als im Erstdruck hat Schönberg in der revidierten Partitur eine konkrete Sitzordnung für die 15 Solo-Instrumente vorgeschrieben, die dann in der zehn Jahre später erschienenen Studienpartitur noch einmal geringfügig modifiziert wurde.[12] In bezug auf die Alternativbesetzung wird deren konkrete Ausführung in der revidierten Partitur nicht mehr dem Interpreten anheimgestellt, sondern durch den Komponisten in „einer eigens hiefür eingerichteten Partitur" bestimmt.

   In dem berühmten sogenannten Skandalkonzert, das am 31. März 1913 im Großen Musikvereinssaal in Wien stattfand, hat Schönberg die Kammersymphonie in großer Besetzung dirigiert. Durch ein Schreiben an Erhard Buschbeck, den Obmann des das Konzert veranstaltenden Akademischen Verbandes für Literatur und Musik, ist man über das dort verwendete Stimmenmaterial relativ genau informiert.[13] Demnach bestand das Streichorchester aus jeweils 7 Geigenpulten, jeweils 5 oder 6 Bratschen- und Violoncellopulten und 4 oder 5 Kontrabaßpulten. Zählt man die 10 Solo-Bläser hinzu, ergibt sich also eine Orchesterstärke von ungefähr 60 Musikern.

   Nach dieser von Schönberg geleiteten Aufführung scheint die Notwendigkeit, die Kammersymphonie in Orchesterkonzerten in großer Besetzung zu spielen, außer Frage gestanden zu haben. Zemlinsky, der das Werk im Januar 1916 in Prag aufführen wollte, schrieb jedenfalls an Schönberg in diesem Sinne: „Deine Kammersymphonie mache ich natürlich mit Streichorchester."[14] Auf Bitten Schönbergs, der nach schlechten Erfahrungen mit Pelleas und Melisande op. 5 und Pierrot lunaire op. 21 in Prag vorerst keinen Skandal mehr provozieren wollte, wurde dieser Aufführungsplan jedoch fallengelassen.

   Schönbergs Angaben zur Sitzordnung und Besetzung in der Studienpartitur bieten im Vergleich zur ersten revidierten Partitur einige Modifikationen und Ergänzungen. Unter 1. ist eine Vorschrift angefügt, die die problematische Klangbalance zwischen Streichern und Bläsern betrifft: „Die Bläser dürfen aber nicht eine Stufe höher sitzen, weil sie die Streicher sonst decken." Allerdings ist die erste Reihe nicht mehr ausschließlich den Streichern vorbehalten, da die Flöte vorgezogen wird und die vormalige Außenposition der Bratsche einnimmt, welche statt dessen in der Mitte vor dem Podest des Dirigenten postiert ist.

   Die Anweisung zum Verhältnis zwischen Besetzung und Saalgröße ist aus der Partitur von 1914 unverändert übernommen (s. o.).

---

[12] Vgl. die endgültige Sitzordnung in Bd. 11 A, S. [2].
[13] Postkarte vom 5. 4. 1913. Vgl. Ernst Hilmar: Arnold Schönbergs Briefe an den Akademischen Verband für Literatur und Musik in Wien. In: Österreichische Musikzeitschrift 31, 1976, S. 273–292, hier S. 288.
[14] Ohne Datum [September 1915]. Zitiert nach Zemlinsky, Briefwechsel (wie Anm. 11), S. 144.

Neu ist die unter 3. gegebene Erläuterung:

Die Stimmen decken sich in den Vortragsbezeichnungen nicht vollkommen mit der Partitur. Der Autor hat nämlich gelegentlich einiger von ihm einstudierter Aufführungen Eintragungen gemacht, deren Überdeutlichkeit den Instrumentalisten das Phrasieren erleichtert. Im Partiturbild aber würden solche Zeichen leicht übertrieben wirken und zu falscher Auffassung führen. In direktem Widerspruch jedoch stehen Partitur und Stimmen nirgends.

Die Diskrepanz zwischen Partitur und Stimmen war also das Resultat praktischer Erfahrungen, womit insbesondere jene berühmten zehn öffentlichen Proben gemeint sein dürften, die Schönberg im Juni 1918 in Wien leitete. In diesen Proben griff er übrigens wieder auf die Solo-Besetzung zurück.

Die 1920 erschienenen korrigierten Stimmen weichen also in vielen Bereichen – Agogik, Dynamik, Artikulation usw. – sowohl von der 1914 erschienenen revidierten Partitur als auch von der späteren Studienpartitur ab. Sie bilden einen eigenen Filiationszusammenhang und waren daher für die Edition der *Kammersymphonie* in der Gesamtausgabe nur als Nebenquelle in Einzelfällen von Bedeutung.

Erstdruck und Revision

Bereits anderthalb Jahre nach dem Erstdruck brachte die Universal-Edition die von Schönberg revidierte Fassung der Partitur heraus und kennzeichnete diese auf der ersten Umschlagseite deutlich als „Verbesserte Ausgabe" (erschienen im Mai 1914). Geht man der Frage nach, worin die Tendenz dieser Umarbeitung bestand, was Schönberg an der Faktur des Werkes also verbesserungsbedürftig erschien, so zeigt sich insbesondere eines: Die Änderungen des Notentextes zielen auf klangliche Transparenz und auf Deutlichkeit der instrumentalen Einzelstimme. Wenn Schönberg noch Jahre später als „Hauptschwierigkeit bei der Kammersymphonie [...] die große Polyphonie" anführte,[15] so kann man die revidierte Partitur von 1914 als den Versuch betrachten, diese Schwierigkeit, die in der klanglichen Umsetzung besteht, zu meistern. Die übersteigerte instrumentale Dichte, die die Fassung des Erstdrucks kennzeichnet, steht in spürbarer Weise im Widerspruch zur Deutlichkeit der klanglichen Darstellung, die die komplizierte Faktur des Werkes einfordert. Schönberg war daher gehalten, die überladene Instrumentation aufzulichten und vor allem Stimmverdopplungen radikal zu streichen. Das dieser Revision unterzogene Handexemplar des Erstdrucks ist mit zahlreichen verschiedenfarbigen Eintragungen versehen und diente dem Verlag als Korrekturvorlage für die revidierte Partitur von 1914.[16] Durch den Wiederabdruck der Erstdruckfassung im Rahmen der Gesamtausgabe wird jedem Interessierten die Möglichkeit geboten, den Vergleich im Detail nachzuvollziehen und weiterzuführen. Es wäre vielleicht sogar ein wünschenswertes Experiment, einmal beide Fassungen nebeneinander zu spielen.

---

[15] Brief an Pierre Ferroud vom 31. 8. 1922. Zitiert nach: Arnold Schoenberg. Briefe. Hrsg. von Erwin Stein. Mainz 1958, S. 77.

[16] Zu Einzelbeispielen hinsichtlich der Änderungen vgl. Reinhold Brinkmann: Die gepreßte Sinfonie. Zum geschichtlichen Gehalt von Schönbergs Opus 9. In: Gustav Mahler. Sinfonie und Wirklichkeit. Hrsg. von Otto Kolleritsch. Graz 1977 (Studien zur Wertungsforschung. Bd. 9), S. 133–156, hier S. 135f.

Frühe Orchesterfassung 1914 (1922)

Durch den entsprechenden Vermerk in der revidierten Partitur von 1914 hat Schönberg auf die Existenz einer von ihm eingerichteten und als verbindlich betrachteten Partitur für Aufführungen in Orchesterbesetzung hingewiesen. Da sich diese frühe Orchesterfassung ausschließlich pragmatischen Erwägungen verdankt und demzufolge nur auf klangliche Verstärkung durch große Streicherbesetzung und Verdopplungen bei den Bläsern abzielt, kann von einer tiefgreifenden Bearbeitung nicht gesprochen werden.

Dasjenige der Handexemplare, das zu diesem Zweck herangezogen wurde, hat Schönberg mit dem Titel „Bearbeitung für Orchester" bezeichnet und mit roter Tinte eingerichtet. Abbildung 1 zeigt Seite 3, die erste Notenseite dieser Partitur.

Am unteren Rand der Seite befindet sich eine Eintragung, durch die die Art der Bearbeitung erläutert wird:

> Die roten Noten beziehen sich stets auf das 2. (resp. 3.) Instrument. Die gedruckten schwarzen sind vom 1. zu spielen.[17]

Die Eintragungen in der Instrumentenleiste zeigen deutlich das einfache Prinzip der instrumentalen Klangverstärkung: die Flöte ist dreifach besetzt (2. Flöte auch kleine Flöte), Oboe, Klarinette und Fagott sind zweifach besetzt. Englisch Horn, kleine Klarinette, Baßklarinette und Kontrafagott bleiben solistisch besetzt. Die Anzahl der Hörner wird verdoppelt. Auch die relative Stärke der Streichergruppen ist angegeben.

Bereits am Anfang des Werkes ist sichtbar, wie Schönberg verfährt, um auch bei großer Besetzung die nötige Transparenz zu gewährleisten: Einerseits wird der Themenvortrag verstärkt (2. Fg., T. 6–9), andererseits werden Verdopplungen bei gehaltenen Noten differenziert und zurückgenommen, um die Hauptstimmen nicht zu verdecken. (Vgl. T. 8f., wo bei den Holzbläsern die übergebundene halbe Note [resp. punktierte Viertelnote] in den Zusatzinstrumenten auf eine Achtelnote verkürzt wird.)

1922 war eine Ausgabe dieser Bearbeitung in der Universal-Edition geplant. Der Korrekturabzug mit Eintragungen von Erwin Stein und Erwin Ratz, der von Schönberg persönlich revidiert wurde, trägt den Eingangsstempel der Druckerei Waldheim-Eberle vom 13. Juli 1922.[18] Warum die Drucklegung dann schließlich nicht zustande kam, ist nicht bekannt. Die Schönberg-Gesamtausgabe wird daher die Erstveröffentlichung dieser Fassung bieten.

Kammersymphonie für Orchester bearbeitet op. 9 B

Folgt man loyal dem Werturteil des Komponisten, so gerät man spätestens angesichts der Orchesterfassung aus dem Jahr 1935 in Schwierigkeiten. Denn es scheint problematisch, die späte Bearbeitung für Orchester als Revision der frühen aus dem Jahr 1914 aufzufassen und diese dadurch als überholt zu betrachten. Zunächst darf nicht übersehen werden, daß Schönberg in der amerikanischen Zeit aus naheliegenden Gründen bestrebt war, das Copyright für seine Werke zu erneuern. Diesbezüglich schrieb er an Alfred Kalmus, der nach dem Tode Hertzkas die Verlagsgeschäfte der Universal-Edition mit führte:

---

[17] Die erste, gestrichene Version dieser Anmerkung lautet: „Wo keine (rote) Anmerkung etwas anderes vorschreibt, ist immer nur der gedruckte 1. (Solo-) Bläser gemeint!"

[18] Das Exemplar wird heute in der Wiener Stadt- und Landesbibliothek aufbewahrt (Signatur MH 14963).

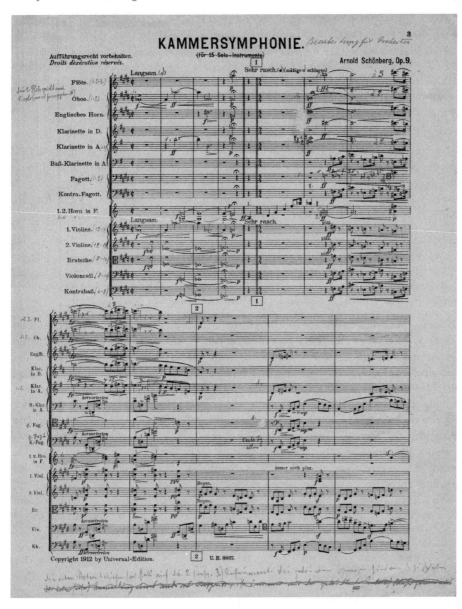

Abb. 1: *Kammersymphonie* op. 9, Für Orchester eingerichtetes Handexemplar des revidierten Neudrucks 1914, S. 3 (Arnold Schönberg Center, Wien).

> Ich bin bereit, von der Verklärten Nacht, den Gurreliedern und der Kammersymphonie neue Partituren, Neubearbeitungen herzustellen, welche dann zum Copyright angemeldet werden können und nicht bloß in Amerika, sondern auch in Europa weiter an Stelle der Erstausgaben verwendet werden sollen. Diese Bearbeitungen würden die Aufführungsschwierigkeiten [...] auf einen Bruchteil reduzieren, so daß [...] die Kammersymphonie endlich ihren Platz im Konzertleben einnehmen könnte.[19]

Nicht allein aus urheberrechtlichen, sondern auch aus ästhetischen Gründen scheinen die Neufassungen älterer Werke somit als Fassungen letzter Hand geplant worden zu sein. Da Schönberg sich mit der Universal-Edition jedoch nicht einigen konnte, erschien die Bearbeitung der *Kammersymphonie* für großes Orchester schließlich im Verlag G. Schirmer, Inc., New York.

Schönberg hat am 27. Dezember 1935 in Los Angeles selbst die Uraufführung dirigiert und in einem Brief an Anton Webern darüber berichtet. Über den Status der Neufassung heißt es darin:

> Die klingt jetzt vollkommen klar und plastisch, vielleicht ein bißchen zu laut, was daran liegt, dass ich mich nicht genug vom Original weggetraut habe, obwohl ich es stellenweise mußte, weil der ausgesprochene Kammerstyl sich meistens nur schwer in einen Orchesterstyl verwandeln liess. Fürs Orchester ist sie nun auch wesentlich leichter.[20]

Damit ist aber auch die Problematik angesprochen, die die Neufassung überschattet: Die Faktur des Werkes ist nun einmal kammermusikalisch. Um dennoch zu einem dichteren Orchestersatz zu gelangen, hat Schönberg nicht nur die Besetzung erweitert und die Instrumentation geändert, sondern stellenweise auch neue Nebenstimmen hinzukomponiert. Darin besteht der prinzipielle Unterschied zwischen op. 9 B und der ersten Bearbeitung für Orchester aus dem Jahr 1914: In der frühen Orchesterfassung ist weder der Tonsatz noch die instrumentale Klangfarbe der originalen Solo-Besetzung angetastet. Die klangliche Verstärkung erfolgt ausschließlich durch Mehrfachbesetzung und Differenzierung der ursprünglichen Dynamik.

Schönbergs Hoffnung, daß sich die *Kammersymphonie* in ihrer neuen Gestalt durchsetzen und „ihren Platz im Konzertleben einnehmen könnte", hat sich nicht erfüllt, denn bis zu seinem Todesjahr 1951 ist diese Fassung überhaupt nur viermal aufgeführt worden. Man übertreibt wohl kaum mit der Behauptung, daß op. 9 B auch heute für die Praxis nur eine untergeordnete, wenn überhaupt eine Rolle spielt.

Ralf Kwasny

---

[19]   28. 10. 1934, Wiener Stadt- und Landesbibliothek. Vgl. auch den Teilabdruck in Bd. 12 B, S. XVI.
[20]   15. 1. 1936, Wiener Stadt- und Landesbibliothek.

Schönbergs *Gurre-Lieder* und das Problem der Fassungen

Nicht nur aufgrund ihrer Dimensionen, sondern auch in Hinblick auf die Frage der Fassungen stellen die *Gurre-Lieder* eine besondere Herausforderung an die Editionspraxis dar. Dies mag zunächst verwundern, da es ja – sieht man einmal von der Steinschen Bearbeitung für reduziertes Orchester ab – keine autorisierten Alternativfassungen des gesamten Werks gibt. Auch die Quellenlage ist auf den ersten Blick unproblematisch: Außer einer Vielzahl von Skizzen existiert eine zusammenhängende Erste Niederschrift und die autographe Partiturreinschrift, die nicht nur als unmittelbare Vorlage für die 1912 als Faksimile der Handschrift erschienene Studienpartitur diente, sondern auch die Stichvorlage für die Neuausgabe von 1920 abgab. Darüber hinaus sind eine Reihe von Handexemplaren sowohl der Erstausgabe als auch des Neudrucks überliefert. Problematisch ist dagegen die editorische Umsetzung der verschiedenen Vor- und Zwischenstufen innerhalb dieser Primärquellen.

1. Die Erste Niederschrift, d. h. die eigentliche Komposition der *Gurre-Lieder* entstand mit kleineren Unterbrechungen zwischen März 1900 und dem Frühjahr 1901. Eine Besonderheit der Überlieferung liegt darin, daß Schönberg eine Reihe von Liedern zunächst als eigenständige Nummern konzipierte. Im Gegensatz zur ‚durchkomponierten‘ Endfassung schließen die meisten Lieder des ersten Teils – und zwar alle Liebeslieder mit Ausnahme der drei mittleren jenes Abschnitts, der sowohl in Jacobsens Gedichtzyklus als auch noch in der Ersten Niederschrift die Überschrift *Beisammen* trägt – mit einer mehr oder weniger ausgedehnten Schlußkadenz. Außerdem fehlen in diesem Stadium der Konzeption noch das Vorspiel, die instrumentalen Überleitungen und das großangelegte Zwischenspiel vor dem *Lied der Waldtaube*, das den I. Teil beschließt. Diese reinen Instrumentalstücke entstanden in einem relativ späten Stadium der Komposition, das Zwischenspiel möglicherweise sogar erst während der Ausarbeitung der Partitur. In diesem Zusammenhang hat Schönberg dann auch einige der Lieder aus dem ersten Teil überarbeitet und – wo nötig – noch einmal ganz neu geschrieben.

Für die Edition stellt sich nun die Frage, ob es sich bei den frühen Entwürfen um selbständige Versionen handelt, die innerhalb der Gesamtausgabe entsprechend zu berücksichtigen sind, oder ob hier bloße Vorstufen vorliegen, die zwar von musikhistorischem Interesse sind und daher dokumentiert werden müssen, die aber nicht den Rang einer eigenständigen Fassung beanspruchen können. Hier führte erst die Ablösung von Überklebungen innerhalb der Ersten Niederschrift, die im vergangenen Herbst auf Anregung der Arnold Schönberg Gesamtausgabe vom Arnold Schönberg Center in Wien durchgeführt wurde, zu einer Entscheidung. Die abgelösten Partien zeigen nämlich neben einigen kleineren Überarbeitungen im III. Teil auch eine vollkommen eigenständige Frühfassung des nur aus einem einzigen Lied bestehenden II. Teils samt einer ebenfalls überklebten Revision dieses Entwurfs (Abbildung 2). Die beiden Fassungen enthalten für etwa die Hälfte des Liedes ganz neues Material, das vor allem auch in Hinblick auf seine zentrale Stellung – es vermittelt zwischen den beiden unterschiedlichen Sphären des ersten und dritten Teils – eine grundlegende Wandlung in der Konzeption des gesamten Zyklus erkennen läßt.[21] Aus diesem Grund wird innerhalb der Reihe B der Gesamtaus-

---

[21] Vgl. hierzu Ulrich Krämer: Der König als Narr: Zur Frühfassung von Schönbergs „Gurre-Liedern". In:

Abb. 2: *Gurre-Lieder*, Erste Niederschrift: Frühfassung des II. Teils (Arnold Schönberg Center, Wien)

gabe ein zusätzlicher Notenband mit den Frühfassungen all jener Lieder erscheinen, die ursprünglich als Klavierlieder konzipiert worden sind. Obwohl Schönberg – wie sich anhand der frühesten Skizzenblätter zweifelsfrei nachweisen läßt – von Anfang an plante, den gesamten Gedichtzyklus zu vertonen, stehen diese Frühfassungen möglicherweise in Zusammenhang mit jenem von Zemlinsky erwähnten Klavierliederwettbewerb des Wiener Tonkünstlervereins,[22] der sich aufgrund der Vereinsberichte für das Jahr 1900 auch tatsächlich nachweisen läßt. Nach Schönbergs eigenem Bekunden scheiterte seine Teilnahme dann jedoch daran, daß er die Frist für das Einreichen der Lieder versäumte.[23] Aus diesem Grund wäre es auch verfehlt, von ‚der Frühfassung‘ der *Gurre-Lieder* zu sprechen. Vielmehr handelt es sich um Frühfassungen einzelner Lieder, die Schönberg innerhalb des ihm zu dieser Zeit am meisten vertrauten Idiom komponiert hat und die ihm so den Einstieg in die Komposition des Riesenwerks erleichterten.[24]

2. Ähnlich kompliziert, wenn auch auf ganz unterschiedliche Weise, ist die Quellensituation auch in Hinblick auf die Partiturreinschrift, an der Schönberg mit Unterbrechungen zwischen August 1901 und Herbst 1903 arbeitete, die er dann angesichts der Ungewißheit, das Werk überhaupt jemals aufführen zu können, ganz liegenließ und erst im Sommer 1910 wiederaufnahm. Abgeschlossen wurde die Partitur erst im November des folgenden Jahres mit der Instrumentation des Schlußchors.

In den folgenden Jahren hat Schönberg die *Gurre-Lieder*-Partitur aufgrund der Erfahrungen in den von ihm zum Teil selbst geleiteten Aufführungen mehrfach überarbeitet. Diese Überarbeitungen haben ihre Spuren in Gestalt von sogenannten ‚Retuschen‘, d. h. nachträglichen Eintragungen, vor allem Streichungen, im Autograph hinterlassen, das aufgrund seines großen Formats lange zu Dirigierzwecken verwendet wurde.[25] Für diese Retuschen verwendete Schönberg unterschiedliche Farbstifte, was sich aus der Notwendigkeit ergab, daß die Änderungen ja auch in das Stimmenmaterial übertragen werden mußten. So läßt sich beispielsweise aufgrund der erhaltenen Verlagskorrespondenz sowie eigenhändiger Korrekturlisten nachweisen, daß die grünen Eintragungen unmittelbar nach der ersten von Schönberg selbst geleiteten Aufführung am 6. März 1914 in Leipzig vorgenommen wurden und somit die Grundlage für die am 12. und 13. Dezember 1914 geplante, dann jedoch durch den Kriegsausbruch vereitelte Aufführung in Amsterdam abgaben.

Nicht alle Farbstifteintragungen innerhalb der Partitur gehen jedoch auf Schönberg selbst zurück. So hat Franz Schreker, der Dirigent der Uraufführung, seine Dirigiereintragungen in dunkelblauem Stift vorgenommen. Sie heben sich sowohl farblich als auch im Duktus der Handschrift deutlich von Schönbergs eigenen Dirigiereintragungen

---

Werk und Geschichte. Musikalische Analyse und historischer Entwurf. Festschrift Rudolf Stephan zum 75. Geburtstag. Hrsg. von Thomas Ertelt. Berlin 2002.

[22] Alexander Zemlinsky: Jugenderinnerungen. In: Arnold Schönberg zum 60. Geburtstag, 13. September 1934. Wien 1934, S. 35.

[23] Dika Newlin: Schoenberg Remembered: Diaries and Recollections (1938–76). New York 1980, S. 225.

[24] Vgl. hierzu auch Ulrich Krämer: Oratorium oder Liederzyklus? Zur Entstehung von Schönbergs ‚Gurre-Liedern‘. In: Arnold Schönberg in Berlin. Bericht zum Symposium (28.–30. September 2000). Hrsg. von Christian Meyer. Wien 2001, S. 86–103.

[25] Vgl. die beiden Faksimiles in: Arnold Schönberg. Sämtliche Werke. Unter dem Patronat der Akademie der Künste, Berlin begründet von Josef Rufer. Hrsg. von Rudolf Stephan unter der Mitarbeit von Reinhold Brinkmann, Richard Hoffmann, Leonard Stein und Ivan Vojtěch. Reihe A, Bd. 16: Gurre-Lieder für Soli, Chor und Orchester. Hrsg. von Ulrich Krämer. Mainz / Wien 2001, S. X–XI.

ab. Außerdem weist die Partitur eine Vielzahl an ebenfalls blauen Eintragungen auf, deren Urheber Schönbergs Schüler Josef Polnauer ist. Polnauer war von Sommer 1911 bis Kriegsausbruch auf Schönbergs Empfehlung für die Korrekturabteilung der Universal-Edition tätig und hatte während der Proben zur Uraufführung der *Gurre-Lieder* unter der Leitung Franz Schrekers alle Retuschen und Korrekturen, die Schönberg noch in letzter Minute anbrachte, in sein eigenes Exemplar der Faksimileausgabe von 1912 eingetragen. (Dieses Exemplar ist heute Bestandteil der Moldenhauer-Collection der Library of Congress). Schönberg hat dann im Anschluß an die Aufführung auf der Grundlage einer von Polnauer angelegten Liste weitergehende Änderungen vorgenommen, die jener dann wiederum in die autographe Partitur sowie in die Orchesterstimmen übertragen hat. Diese Retuschen dürften demnach bereits in den Aufführungen in Leipzig und Wien im März 1914 zur Anwendung gekommen sein. Wichtiger ist in diesem Zusammenhang allerdings, daß die in der Faksimileausgabe von 1912 überlieferte Originalfassung der Partitur nie zur Aufführung gelangt ist, sondern bereits zum Zeitpunkt der Uraufführung durch eine vom Komponisten autorisierte retuschierte Fassung ersetzt wurde.

Für die Gesamtausgabe stellt sich nun die Frage, ob und vor allem in welcher Form die durch die verschiedenen Farbstifte voneinander unterschiedenen ‚Fassungen' der Partitur – d. h. die Zwischenstufen zwischen der Originalfassung und der sämtliche Revisionsstufen in sich vereinenden Ausgabe von 1920 – zu dokumentieren sind. Obwohl die Rekonstruktion von bestimmten Konzertereignissen eine interessante und legitime Bereicherung des heutigen Konzertangebots darstellt, kommt natürlich schon aufgrund der Größe und des Umfangs der Partitur eine Parallelausgabe der verschiedenen Fassungen nicht infrage. Statt dessen hat sich der Herausgeber dazu entschlossen, die Faksimile-Ausgabe von 1912, die ja dem Partiturautograph ante correcturam und damit der ‚Originalfassung' entspricht, als eigenen Faksimile-Notenband innerhalb der Reihe A erscheinen zu lassen. Dies hat nicht nur den Vorteil, daß der textkritische Apparat des B-Bandes stark entlastet wird, sondern auch den, daß die von der ‚Fassung letzter Hand', d. h. dem eigentlichen Gesamtausgabentext, am weitesten entfernte Version als eigenständiger Notentext im Rahmen der Gesamtausgabe verfügbar ist. Die progressiv fortschreitenden Revisionen und Korrekturen werden in Form von Listen auf der Grundlage des Faksimiles wiedergegeben und können – bei Bedarf – auch für die Praxis genutzt werden. In diesem Zusammenhang ist ja nicht nur die nie zuvor aufgeführte Originalfassung von Interesse, sondern auch Schönbergs Retuschen als solche, da sie die Möglichkeiten bieten, bei der im Fall der *Gurre-Lieder* notwendigen Anpassung der Partitur an die jeweiligen Aufführungsverhältnisse auf authentische, d. h. auf den Komponisten selbst zurückgehende und in einem konkret nachweisbaren Zusammenhang miteinander stehende Varianten zurückzugreifen. Aus diesem Grund erscheint es auch geboten, die sich aus den einzelnen (Farb-) Schichten der unterschiedlichen Revisionsstufen ergebenden Informationen in den Lesartenlisten zu erhalten, damit der jeweilige Revisionszusammenhang erkennbar bleibt.

Die *Gurre-Lieder* werden also aufgrund der Besonderheiten innerhalb der Primärquellen im Rahmen der Gesamtausgabe in drei unterschiedlichen Notenbänden veröffentlicht: 1. In einem ersten Band der Reihe A mit dem ‚offiziellen' Notentext der Gesamtausgabe, über den in den Textkritischen Anmerkungen Rechenschaft abgelegt wird. 2. In einem zweiten Band der Reihe A mit dem faksimilierten Nachdruck der Erstausgabe von 1912. Und 3. in einem zusätzlichen Band der Reihe B mit den frühen Klavierfassungen einiger Lieder. Sollte innerhalb der Laufzeit der Gesamtausgabe – wie jüngst im Fall der *Erwartung* – der von Schönberg selbst angefertigte, heute jedoch verschollene Klavierauszug der *Gurre-Lieder* wieder auftauchen, ist diese Aufstellung um einen weiteren Band zu ergänzen.

Ulrich Krämer

Anhang
Fassungen und Bearbeitungen im Œuvre Arnold Schönbergs[26]

1. Eigene Werke in unterschiedlichen Besetzungen

Opus 4: *Verklärte Nacht*
– Fassung für Streichsextett (1899/1905)
– Fassung für Streichorchester (1917)
– Fassung für Streichorchester (1943)

Opus 8: *Sechs Orchesterlieder*
– Opus 8 Nr. 1: unvollständige Fassung für Singstimme und Klavier (1903)
– Fassung für Singstimme und Orchester (1903–1905)

Opus 9: *Kammersymphonie*
– Fassung für 15 Solo-Instrumente (1906/1912)
– Fassung für Orchester (1914/1922)
– Fassung für großes Orchester (Opus 9 B) (1936)
– Auszug für Klavier zu vier Händen (1907)
– Fassung für Klavierquintett (Fragment, 1907)
– [zu den Revisionen der Kammerfassung siehe II.]

Opus 10: *II. Streichquartett*
– Fassung für Streichquartett (1907/1908)
– Fassung für Streichorchester (1919)
– Fassung für Streichorchester (1929)

Opus 16: *Fünf Orchesterstücke*
– Fassung für großes Orchester (1909/1922)
– Fassung für Kammerorchester (1920)
– Fassung für Standard-Orchester (1949)

Opus 17: *Erwartung*
– Originalfassung (1909/1914)
– eigenhändiger Klavierauszug (1909/1910)

Opus 31: *Von heute auf morgen*
– Originalfassung (1929)
– eigenhändiger Klavierauszug (1929)

---

[26] Fragmente bleiben weitgehend unberücksichtigt. Vgl. dazu auch die Übersicht in: Beat Föllmi: Tradition als hermeneutische Kategorie bei Arnold Schönberg. Bern etc. 1996, S. 221ff.

Opus 38: *Zweite Kammersymphonie*
– Fassung für kleines Orchester (1907/1908/1939)
– Fassung für zwei Klaviere (Opus 38 B) (1942)
Opus 41: *Ode to Napoleon Buonaparte*
– Fassung für String Quartet, Piano and Reciter (1942)
– Fassung für String Orchestra, Piano and Reciter (1942)
Opus 43: *Theme and Variations*
– Fassung für Full Band (Opus 43) (1943)
– Fassung für Orchestra (Opus 43 B) (1943)
Gurre-Lieder
– Originalfassung (1900–1911)
– Klavierauszug (vor 1904) (verschollen)
– *Lied der Waldtaube* aus den *Gurre-Liedern*, Bearbeitung für Singstimme und Kammerorchester (1922)

2.   Eigene Werke in Frühfassungen und revidierten Fassungen

Opus 1: *Zwei Gesänge*
– Fassung in c-Moll/Es-Dur bzw. es-Moll/Ges-Dur (1898)
– Fassung in h-Moll/D-Dur bzw. d-Moll/F-Dur (bis 1903)
Opus 3: *Sechs Lieder für eine mittlere Singstimme und Klavier*
– Opus 3 Nr. 3, 5, 6: 1. Fassung (1899/1903/1900)
– Opus 3 Nr. 3, 5, 6: 2. Fassung (1903)
Opus 5: *Pelleas und Melisande*
– Fassung für großes Orchester (1911)
– revidierte Neuausgabe (1920)
Opus 6: *Acht Lieder für eine Singstimme und Klavier*
– einige Lieder in bis zu drei Fassungen überliefert
Opus 8: *Sechs Orchesterlieder*
– Opus 8 Nr. 2: Frühfassung (1904)
– Opus 8 Nr. 2: revidierte Fassung (?)
– für den Druck revidierte Fassung (1913)
Opus 9: *Kammersymphonie*
– Fassung für 15 Solo-Instrumente (1906/1912)
– 1. revidierte Neuausgabe (1914)
– 2. revidierte Neuausgabe (1923/1924)
Opus 16: *Fünf Orchesterstücke*
– Fassung für großes Orchester (1909)
– revidierte Neuausgabe (1922)
Opus 38: *Zweite Kammersymphonie*
– Frühfassung (1907/1908)
– Endfassung (1939)
Gurre-Lieder
– Frühfassungen für Singstimme und Klavier (1900/1901)
– Fassung für Soli, Chor und Orchester (1900–1911)

– revidierte Neuausgabe (1920)

3. Bearbeitungen fremder Werke

Orchestrationen:
– Johann Sebastian Bach: Choralvorspiele (*Komm, Gott, Schöpfer, Heiliger Geist*; *Schmücke dich, o liebe Seele*)
– Johann Sebastian Bach: Präludium und Fuge Es-Dur
– Ludwig van Beethoven: *Adelaide* op. 46 (verschollen)
– Johannes Brahms: Klavierquartett g-moll op. 25
– Heinrich von Eyken: *Lied der Walküre* op. 16 Nr. 3
– Carl Loewe: *Der Nöck*
– Heinrich Schenker: *Vier Syrische Tänze* (verschollen)
– Franz Schubert: *Ständchen*; *Die Post*; zwei *Suleika-Lieder* (verschollen)
– Bogumil Zepler: *Mädchenreigen* op. 33
Klavierauszüge:
– Albert Lortzing: *Der Waffenschmied*
– Gioacchino Rossini: *Il barbiere di Siviglia*
– Franz Schubert: *Rosamunde*
– Alexander Zemlinsky: *Sarema*
Bearbeitungen für Aufführungen im Verein für musikalische Privataufführungen:
– Gustav Mahler: *Lieder eines fahrenden Gesellen* (für kleines Ensemble)
– Gustav Mahler: *Lied von der Erde* (Fragment, für kleines Ensemble)
– *Santa Lucia* (für Geige, Bratsche, Violoncello, Mandoline, Gitarre und Klavier)
– Franz Schubert: *Ständchen* (für [Singstimme], Klarinette, Fagott, Mandoline, Gitarre und Streichquartett)
– Johann Strauß: *Rosen aus dem Süden* op. 388 (für Klavier, Harmonium und Streichquartett)
– Johann Strauß: *Lagunenwalzer* op. 411 (für Klavier, Harmonium und Streichquartett)
– Johann Strauß: *Kaiser-Walzer* op. 437 (für Flöte, Klarinette, Streichquartett und Klavier)
Volksliedbearbeitungen:
– *Drei Volkslieder* (für vierstimmigen gemischten Chor a cappella)
– *Vier Volkslieder* (für eine Singstimme und Klavier)
– *Drei Volkslieder* (für vierstimmigen gemischten Chor a cappella)
Freie Umarbeitungen:
– Matthias Georg Monn: *Concerto per Clavicembalo* (als *Konzert für Violoncello und Orchester D-Dur*)
– Georg Friedrich Händel: *Concerto grosso* op. 6 Nr. 7 (als *Konzert für Streichquartett und Orchester B-Dur*

Thomas Ahrend, Friedrike Wißmann, Gert Mattenklott

Die Hanns Eisler Gesamtausgabe

1. Die Edition der Noten

Der Komponist Hanns Eisler hat neben ‚Werken' im emphatischen Sinne zahlreiche Kompositionen hinterlassen, bei denen mehr als ihre autonome Textgestalt die Funktion im Vordergrund stand. Unter diese ‚angewandte Musik' fallen Vokalmusikstücke in unterschiedlicher Besetzung, jeweils zu konkreten Anlässen geschrieben bzw. neu bearbeitet, sowie Bühnen- und Filmmusiken. Überschneidungen zwischen Kompositionen mit zweckorientierter Funktion und ‚Werkcharakter' sind häufig.

Die Edition der Kompositionen innerhalb der Hanns Eisler Gesamtausgabe[1] unternimmt den Versuch, die Aspekte seiner kompositorischen Tätigkeit in ihrer Vielgestaltigkeit zu erfassen und zu dokumentieren. Die sich hieraus ergebenden Probleme sind zahlreich. Auf eines sei im folgenden näher eingegangen: die Siglenvergabe bei komplexer Quellenlage.

Die charakteristischen Eigenarten der musikalischen Produktion Hanns Eislers haben Konsequenzen auch für die Beschaffenheit der Quellen und die Art und Weise, wie sie sich dem philologisch Arbeitenden darbieten.[2] Die daraus entstehenden Probleme sind selbst Spuren eines wechselseitigen Verhältnisses von kompositorischer, musikalisch-ausführender und editorischer Praxis in ihren unterschiedlichen historischen Stadien: Der kompositorischen Praxis folgt eine musikalisch-ausführende, die ihrerseits eine editorische voraussetzt (Erstellung von Aufführungsmaterial usw.). Nicht zeitgenössische Editionen (wie z. B. historisch-kritische Gesamtausgaben) können versuchen, diese unterschiedlichen Praktiken in ihren Abhängigkeiten zu durchleuchten, und so einen Text erstellen (in Noten, Einleitung und Kritischem Bericht), der idealerweise die jeweiligen

---

[1] Der erste Band im Rahmen der Edition der Gesammelten Werke Hanns Eislers (EGW) wurde 1968 von Nathan Notowicz publiziert, dem Archivleiter des Hanns-Eisler-Archivs der Deutschen Akademie der Künste zu Berlin. Manfred Grabs führte die Gesammelten Werke nach dessen Tod weiter und setzte gleichfalls die Sammlung und Katalogisierung der Primär- und Sekundärquellen fort. Betreut von Grabs und dessen Nachfolger Eberhardt Klemm erschienen bis 1989 drei weitere Noten- sowie fünf Schriftenbände beim VEB Deutscher Verlag für Musik Leipzig. Nach 1989 erwarb das Land Berlin den Eisler-Nachlaß und stellte ihn der neugegründeten Stiftung Archiv der Akademie der Künste Berlin zur Verfügung. Zur Fortsetzung der Gesamtausgabe wurde 1994 die Internationale Hanns Eisler Gesellschaft e. V. in Berlin gegründet. Seit 1998 gibt es die Arbeitsstelle der Hanns Eisler Gesamtausgabe (HEGA) am Fachbereich Germanistik der Freien Universität Berlin.

[2] Der größte Teil des Nachlasses von Hanns Eisler befindet sich im Hanns-Eisler-Archiv innerhalb des Musikabteilung der Stiftung Archiv der Akademie der Künste Berlin. Nicht unerwähnt soll bleiben, daß eine Ende der 90er Jahre abgeschlossene neue Verzeichnung der dort aufbewahrten musikalischen Quellen die philologische Arbeit sehr erleichtert. Vgl.: Inventar der Musikautographe im Hanns-Eisler-Archiv. Zusammengestellt von Christiane Niklew, Daniela Reinhold und Helgard Rienäcker. In: Hanns Eisler. 's müßt dem Himmel Höllenangst werden. Hrsg. von Maren Köster. Hofheim 1998 (Archive zur Musik des 20. Jahrhunderts, 3), S. 201–297.

Belange der vorangegangenen Praktiken transparent macht und diese je nach den Interessen der neuen Praxis berücksichtigt. Für diese Kritik benötigt der Editor ein geeignetes Maß an Theorie, die es ihm ermöglicht, seine Ergebnisse in systematischer und auch den argumentativen Standards der ,scientific community' genügenden Form zu präsentieren.

Gerade hinsichtlich einer systematischen Darstellung bietet die Quellenlage bei Eisler besondere Schwierigkeiten: Allgemein läßt sich sagen, daß die Quellen häufig sehr durchmischt sind – und die Art und Weise der Mischung ist eben gerade Spur der historischen Praktiken, der sie ihre Entstehung verdanken. In vielen Quellen finden sich autographe Teile und Abschriften fremder Hand nebeneinander, so daß von einer gesamten Quelle entweder als Autograph oder als Abschrift zu sprechen, in diesen Fällen nicht sinnvoll ist. Auch finden sich innerhalb einer Quelle mitunter mehrere Textzeugen unterschiedlichster Art zu einem Text (z. B. eine autographe Niederschrift und eine Abschrift fremder Hand zu einer Nummer neben Autographen oder Abschriften zu anderen, aber nicht allen Nummern einer aus mehreren Nummern bestehenden Komposition). Hinzu kommt, daß Textzeugen häufig mehrere Fassungen des Textes repräsentieren. Ein weiteres Problem bieten bestimmte ,moderne' Reproduktionstechniken, insbesondere bei Quellen, die als Fotokopie überliefert sind: Bei Korrekturspuren in diesen Quellen, muß unterschieden werden, ob sie auf Kopiervorlage oder auf Kopie vollzogen wurden. Eine Entscheidung über den Quellenwert von Eintragungen auf Kopie ist oftmals schwierig (z. B. wenn die Kopie möglicherweise postum als Aufführungsmaterial benutzt wurde), eine Bestimmung der Handschrift von Eintragungen auf Kopiervorlage aufgrund der eventuellen schlechten Kopierqualität manchmal unmöglich.

Die hier allgemein skizzierte Art der Quellen produziert Probleme insbesondere terminologischer Art, konkret: hinsichtlich der Siglenvergabe.

Bei der Arbeit an derzeit laufenden Editionen innerhalb der Hanns Eisler Gesamtausgabe wurde deswegen ein System der Siglenvergabe entworfen, das den beschriebenen Problemen Rechnung zu tragen versucht. Grundlage ist dabei eine Trennung zwischen den Siglen für einerseits ,bibliographische' Quellen und andererseits ,inhaltliche' Einheiten innerhalb dieser Quellen.

Quellensiglen bestehen – wie gewohnt – aus Versalien, die der chronologischen Abfolge entsprechend alphabetisch vergeben werden (**A**, **B**, **C** usw.). Inhaltsiglen haben eine syntaktische Form, die aus drei Stellen besteht:

1. einer Kombination aus Versal und Minuskel, die als Abkürzung für die Beschaffenheit der betreffenden Einheit steht (**Sk** = Skizze, **Ag** = Autograph, **Fh** = Fremde Hand, **Dr** = Druck);

2. einer ersten Ziffer, welche die Zuordnung der betreffenden Einheit innerhalb einer mehrsätzigen oder aus mehreren Nummern bestehenden Komposition bezeichnet (z. B. **Sk1** = Skizze zum 1. Satz, **Ag2** = Autograph zu Nr. 2, **Fh3** = Abschrift fremder Hand von Nr. 3);

3. einer zweiten Ziffer (von der ersten durch einen Schrägstrich abgetrennt), welche die chronologische Reihenfolge der inhaltlichen Einheiten jeweils zu einem Satz bzw. einer Nummer bezeichnet (z. B. **Sk1/1** = Skizze zum ersten Satz und früheste überlieferte Einheit zu diesem Satz überhaupt, **Ag2/3** = Autograph zu Nr. 2 und chronologisch dritte Einheit zu Nr. 2, **Fh4/6** = Abschrift fremder Hand von Nr. 4 und chronologisch sechste Einheit zu Nr. 4).

Werden Quellensiglen und Inhaltsiglen zusammen genannt, sollten sie durch einen Doppelpunkt voneinander getrennt sein, um den notwendigen Bezug immer deutlich zu machen (z. B. **D:Ag4/5** = Autograph zu Nr. 4 und chronologisch fünfte Einheit zu Nr. 4 in der Quelle **D**).

Verschollene Quellen bzw. Inhaltseinheiten werden durch eckige Klammern gekennzeichnet (z. B. **[I]**, **[Fh3/10]**, **[R]:[Ag2/1]**).

Daneben können Inhaltsiglen mit folgenden Zusätzen versehen werden:

^{F}:	Fotokopie (z. B. **T:Ag2/1^{Fi}** = die erste Fotokopie der verschollenen Einheit **[Ag2/1]** in Quelle **T**)
^{PA} / ST u. a.:	Partitur, Stimmensatz u. a. (z. B. **FhST2/3** = Stimmensatz von fremder Hand zu Nr. 2)
( ):	unvollständig (z. B. **FhST13/3$^{(F)}$** = unvollständige Fotokopie eines Stimmensatzes, **Fh$^{(ST)}$13/3^F** = Fotokopie eines unvollständigen Stimmensatzes)

Die Quellenübersicht zu der derzeit im Entstehen begriffenen Edition der Bühnenmusik Eislers zu Bertolt Brechts *Die Rundköpfe und die Spitzköpfe* sieht diesem System entsprechend folgendermaßen aus:

A   Skizzen und Niederschriften verschiedenen Inhalts; darin enthalten: Autograph von *Kamrad Kasper* (Ouvertüre: fol. 25^v–27^r: **Ag0/1**). Stiftung Archiv der Akademie der Künste Berlin, Hanns-Eisler-Archiv (HEA 949).

B   Abschrift [Hs. Borgers] von *Kamrad Kasper* (Ouvertüre: fol. 1^v–3^v: **Fh0/2**). Stiftung Archiv der Akademie der Künste Berlin, Hanns-Eisler-Archiv (HEA 124).

C   Skizzen zu Nr. 4 (**Sk4/1**) und 5 (**Sk5/1**). Stiftung Archiv der Akademie der Künste Berlin, Bertolt-Brecht-Archiv (BBA 249/27–28).

D   Skizzen zu Nr. 1 (**Sk1/1–11**), 3 (**Sk3/1–2**), 5 (**Sk5/2–4**), 9 (**Sk9/1–2**) und 14 (**Sk14/1**); Skizzen zum Klavierauszug von Nr. 5 (**Sk5/8–12**); darin auch enthalten: Skizze [Hs. Ratz] zum Klavierauszug von Nr. 5. Stiftung Archiv der Akademie der Künste Berlin, Hanns-Eisler-Archiv (HEA 943).

E   Skizze zu Nr. 7 (**Sk7/1**). Stiftung Archiv der Akademie der Künste Berlin, Bertolt-Brecht-Archiv (BBA 249/63).

F   Skizzen verschiedenen Inhalts; darin enthalten: Skizze zu Nr. 3 (**Sk3/3**). Stiftung Archiv der Akademie der Künste Berlin, Hanns-Eisler-Archiv (HEA 964).

G   Autographe Partituren (Fassung 1934) von Nr. 1 (**Ag1/12**), 4 (**Ag4/2**), 5 (**Ag5/7**), 6 (**Ag6/1**), 7 (**Ag7/2**), 8 (**Ag8/1**) und 9 (**Ag9/4**) – Referenzquellen der betreffenden Nummern; Skizzen zu Nr. 5 (**Sk5/5–6**) und 9 (**Sk9/3**); Abschrift [Hs. Wewerka] der „Ouverture" zu *Kamrad Kasper*, vermutlich als Hintergrundmusik zur Fassung 1934 von *Die Rundköpfe und die Spitzköpfe* (**Fh0/3**) – Hauptquelle Anhang. Stiftung Archiv der Akademie der Künste Berlin, Hanns-Eisler-Archiv (HEA 940).

H   Autographe Partituren (Fassung 1934) von Nr. 3 (**Ag3/5**), 11 (**Ag11/4**), 13 (**Ag$^{(Fh)}$13/6**), 14 (**Ag14/2**) und 16 (**Ag16/1**) – Referenzquellen von Nr. 3, 13, 14 und 16; Skizzen zu Nr. 3 (**Sk3/4**), 11 (**Sk11/1–3**) und 13 (**Sk13/1–5**). Stiftung Archiv der Akademie der Künste Berlin, Hanns-Eisler-Archiv (HEA 941).

[I]   Klavierauszug (Bearbeitung 1934/Ratz) von Nr. 1 (**[Fh1/13]**), 3 (**[Fh3/6]**), 4 (**[Fh4/3]**), 5 (**[Fh5/13]**), 6 (**[Fh6/2]**), 7 (**[Fh7/3]**), 8 (**[Fh8/2]**), 9 (**[Fh9/5]**), 11 (**[Fh11/5]**), 13 **[Fh13/7]**), 14 (**[Fh14/3]**) und 16 (**[Fh16/2]**). Verschollen. (Siehe den Brief Eislers an Brecht vom 14. April 1934: „Ich bin sehr fleißig, Ratz arbeitet bereits an den ersten Klaviersätzen. Sobald wie es technisch möglich haben Sie ein Musikexemplar für London."[3] Siehe auch **D:Sk5/8–12** und die in **D** enthaltende Skizze von Ratz zum Klavierauszug von Nr. 5.)

J   Abschrift [Hs. Wewerka] des Klavierauszugs (Bearbeitung 1934/Ratz) von Nr. 6 (**Fh6/3**). Stiftung Archiv der Akademie der Künste Berlin, Hanns-Eisler-Archiv (HEA 556).

K   Abschrift [Hs. A] des Klavierauszugs (Bearbeitung 1934/Ratz) von Nr. 1 (**Fh1/14**), 3 (**Fh3/7**), 4 (**Fh4/4**), 5 (**Fh5/14**), 6 (**Fh6/4**), 7 (**Fh7/5**), 8 (**Fh8/3**), 9 (**Fh9/6**), 11 (**Fh11/7**), 13 (**Fh13/8**), 14 (**Fh14/4**) und 16 (**Fh16/3**). Stiftung Archiv der Akademie der Künste Berlin, Hanns-Eisler-Archiv (HEA 942).

L   Abschrift [Hs. A] des Klavierauszugs (Bearbeitung 1934/Ratz) von Nr. 1 (**Fh1/15**), 3 (**Fh3/8**), 4 (**Fh4/5**), 5 (**Fh5/15**), 6 (**Fh6/5**), 7 (**Fh7/6**), 8 (**Fh8/4**), 9 (**Fh9/7**), 13 (**Fh13/9**), 14 (**Fh14/5**) und 16 (**Fh16/4**); Abschrift [Hs. Wewerka] des Klavierauszugs (Bearbeitung 1934/Ratz) von Nr. 7 (**Fh7/4**) und 11 (**Fh11/6**). Stiftung Archiv der Akademie der Künste Berlin, Hanns-Eisler-Archiv (HEA 178).

M   Abschrift [Hs. B und C] des Klavierauszugs (Bearbeitung 1934/Ratz) von Nr. 1 (**Fh1/16**), 3 (**Fh3/9**), 4 (**Fh4/6**), 5 (**Fh5/16**), 6 (**Fh6/6**), 7 (**Fh7/7**), 8 (**Fh8/5**), 9 (**Fh9/8**), 11 (**Fh11/8**), 13 (**Fh13/10**), 14 (**Fh14/6**) und 16 (**Fh16/5**). Stiftung Archiv der Akademie der Künste Berlin, Hanns-Eisler-Archiv (HEA 179).

N   Abschrift [Hs. Wewerka] der Partitur (Fassung 1934) von Nr. 13 (**Fh13/11**). Stiftung Archiv der Akademie der Künste Berlin, Hanns-Eisler-Archiv (HEA 807).

[O]   Abschrift [Hs. Wewerka] der Partituren (a. c.: Fassung 1934; p. c.: Fassung 1962) von Nr. 1 ([**Fh1/17**]), 3 ([**Fh3/10**]), 4 ([**Fh4/7**]), 5 ([**Fh5/17**]), 6 ([**Fh6/7**]), 7 ([**Fh7/8**]), 8 ([**Fh8/6**]), 9 ([**Fh9/9**]), 11 ([**Fh11/9**]), 13 ([**Fh13/12**]), 14 ([**Fh14/7**]) und 16 ([**Fh16/6**]). Verschollen. (Siehe die Fotokopien verschiedener Teile aus [O] in **P, Q, AF, AG** und **AH**.)

P   Fotokopie von Nr. 1 (**Fh1/17**^{Fi} a. c.) und 4 (**Fh4/7**^{Fi}) aus [O]. Stiftung Archiv der Akademie der Künste Berlin, Hanns-Eisler-Archiv (HEA 1707).

Q   Fotokopien verschiedener Werke Eislers; darin enthalten: unvollständige Fotokopie (**Fh11/9**$^{(F)i}$) von [O]:[**Fh11/9**]. Stiftung Archiv der Akademie der Künste Berlin, Bertolt-Brecht-Archiv (BBA 2019/01–21).

[R]   Klavierfassung von Nr. 2 ([**Ag2/1**]). Verschollen. (Siehe den Brief Eislers an Brecht vom 24. August 1936: „das ist der zweite brief den ich heute schreibe und das zweite lied das ich heute wegschicke. [...] diese beiden lieder habe ich jetzt nur für ein klavier gemacht. der bearbeiter soll das für 2 klaviere ganz kabarettmässig aussetzen, wobei beim ersten lied der blues charakter und beim zweiten lied der bänkel charakter herauskommen soll."[4] Beim erwähnten „ersten lied" handelt es sich offensichtlich um Nr. 2, beim „zweiten lied" um Nr. 12 [siehe **S:Ag12/1**].)

S   *Sieben Lieder über die Liebe* (Zusammenstellung ca. 1954); darin enthalten: Klavierfassung von Nr. 2 (**Ag2/5**) und 12 (**Ag12/1**). Stiftung Archiv der Akademie der Künste Berlin, Hanns-Eisler-Archiv (HEA 564).

T   Bearbeitung für Ges. und zwei Klaviere (Bearbeitung 1936/Roger-Henrichsen) von [Hs. Roger-Henrichsen] Nr. 1 (**Fh1/18**), 2 (**Fh2/2**), 4 (**Fh4/8**), 5 (**Fh5/18**), 6 (**Fh6/8**), 7 (**Fh7/9**), 8 (**Fh8/7**), 9 (**Fh9/10**), 11 (**Fh11/10**), 12 (**Fh12/2**), 14 (**Fh14/8**) und 16 (**Fh16/7**); gekürzte Bearbeitung für Ges. und zwei Klaviere [Hs. D] von Nr. 11 (**Fh11/11**). Stiftung Archiv der Akademie der Künste Berlin, Bertolt-Brecht-Archiv (BBA 1136/01–42).

U   Klavierfassung von Nr. 2 (**Ag2/3**). Stiftung Archiv der Akademie der Künste Berlin, Hanns-Eisler-Archiv (HEA 1090).

---

[3]   Stiftung Archiv der Akademie der Künste Berlin, Bertolt-Brecht-Archiv.
[4]   Ebenda.

V   Klavierfassung von Nr. 2 (**Ag2/4**). Stiftung Archiv der Akademie der Künste Berlin, Hanns-Eisler-Archiv (HEA 476).

W   *Lieder und Kantaten*. Band 1, Leipzig ^{1}1956; darin enthalten: Klavierauszug (Bearbeitung 1934/Ratz) von Nr. 9 (**Dr9/11^1**) und 11 (**Dr11/12^1**).

X   *Lieder und Kantaten*. Band 2, Leipzig ^{1}1957; darin enthalten: Klavierauszug (Bearbeitung 1934/Ratz) von Nr. 2 (**Dr2/6^1**), 3 (**Dr3/11^1**), 5 (**Dr5/19^1**), 6 (**Dr6/9^1**), 12 (**Dr12/3^1**), 13 (**Dr13/13^1**) und 16 (**Dr16/8^1**).

Y   *Lieder und Kantaten*. Band 4, Leipzig ^{1}1958; darin enthalten: Klavierauszug (Bearbeitung 1934/Ratz) von Nr. 14 (**Dr14/9**).

Z   *Lieder und Kantaten*. Band 1, Leipzig ^{2}1961; darin enthalten: Klavierauszug (Bearbeitung 1934/Ratz) von Nr. 9 (**Dr9/11^2**) und 11 (**Dr11/12^2**).

AA   *Lieder und Kantaten*. Band 2, Leipzig ^{2}1961; darin enthalten: Klavierauszug (Bearbeitung 1934/Ratz) von Nr. 2 (**Dr2/6^2**), 3 (**Dr3/11^2**), 5 (**Dr5/19^2**), 6 (**Dr6/9^2**), 12 (**Dr12/3^2**), 13 (**Dr13/13^2**) und 16 (**Dr16/8^2**)

AB   Skizze zu Nr. 11 (**Sk11/13**). Stiftung Archiv der Akademie der Künste Berlin, Hanns-Eisler-Archiv (HEA 824).

AC   Autographe Partituren (Fassung 1962) von Nr. 2 (**Ag$^{(PA)}$2/7**), 11 (**Ag11/14**) und 12 (**Ag$^{(PA)}$12/4**) – Referenzquellen für die betreffenden Nummern; Skizze zu Nr. 12 (**Sk12/5**). Stiftung Archiv der Akademie der Künste Berlin, Hanns-Eisler-Archiv (HEA 176).

AD   Skizzen zu „Das neue Iberinlied" (**Sk8a/1–2**). Stiftung Archiv der Akademie der Künste Berlin, Hanns-Eisler-Archiv (HEA 808).

[AE]   Abschrift [Hs. E] der Partituren (Fassung 1962) von Nr. 2 (**[Fh2/8]**), 11 (**[Fh11/15]**) und 12 (**[Fh12/6]**). Verschollen. (Siehe die Fotokopien aus [AE] in AF, AG und AH.)

AF   Fotokopie von Teilen aus [O]: Nr. 1 (**Fh1/17^{F2}** p. c.), 3 (**Fh3/10^{F1}** p. c.), 4 (**Fh4/7^{F2}**), 5 (**Fh5/17^{F1}** p. c.), 6 (**Fh6/7^{F1}**), 7 (**Fh7/8^{F1}** p. c.), 9 (**Fh9/9^{F1}** p. c.), 13 (**Fh13/12^{F1}**), 14 (**Fh14/7^{F1}**) und 16 (**Fh16/6^{F1}**); Fotokopie von Teilen aus [AE]: Nr. 2 (**Fh2/8^{F1}**) und 12 (**Fh12/6^{F1}**); darin auch enthalten: Fotokopie eines Probedrucks von Nr. 11 aus geplanter EGW-Edition (ca. 1986, Hrsg. Manfred Grabs). Stiftung Archiv der Akademie der Künste Berlin, Hanns-Eisler-Archiv (HEA 1643).

AG   Fotokopie von Teilen aus [O]: Nr. 1 (**Fh1/17^{F3}** p. c.), 3 (**Fh3/10^{F2}** p. c.), 4 (**Fh4/7^{F3}**), 5 (**Fh5/17^{F2}** p. c.), 6 (**Fh6/7^{F2}**), 7 (**Fh7/8^{F2}** p. c.), 8 (**Fh8/6^{F1}** p. c.), 9 (**Fh9/9^{F2}** p. c.), 13 (**Fh13/12^{F2}** [p. c.]), 14 (**Fh14/7^{F2}**) und 16 (**Fh16/6^{F2}**) – Hauptquelle der betreffenden Nummern; Fotokopie von [AE]: Nr. 2 (**Fh2/8^{F2}**), 11 (**Fh11/15^{F1}**) und 12 (**Fh12/6^{F2}**) – Hauptquelle der betreffenden Nummern; darin auch enthalten: Fotokopie von Abschrift der „Ouverture" zu *Kamrad Kasper*, vermutlich als Hintergrundmusik zur Fassung 1934 von *Die Rundköpfe und die Spitzköpfe*, aus G (**Fho/3^F**). Stiftung Archiv der Akademie der Künste Berlin, Hanns-Eisler-Archiv (HEA 1645).

AH   Fotokopie von Teilen aus [O]: Nr. 1 (**Fh1/17^{F4}** p. c.), 3 (**Fh3/10^{F3}** p. c.), 4 (**Fh4/7^{F4}**), 5 (**Fh5/17^{F3}** p. c.), 6 (**Fh6/7^{F3}**), 7 (**Fh7/8^{F3}** p. c.), 8 (**Fh8/6^{F2}** p. c.), 9 (**Fh9/9^{F3}** p. c.), 13 (**Fh13/12^{F3}** [p. c.]), 14 (**Fh14/7^{F3}**) und 16 (**Fh16/6^{F3}**); Fotokopie von [AE]: Nr. 2 (**Fh2/8^{F3}**), 11 (**Fh11/15^{F2}**) und 12 (**Fh12/6^{F3}**). Henschelverlag Berlin.

[AI]   Stimmen (Fassung 1962) [Hs. E und F] von Nr. 1 (**[FhST1/19]**), 2 (**[FhST2/9]**), 3 (**[FhST3/12]**), 4 (**[FhST4/9]**), 5 (**[FhST5/20]**), 6 (**[FhST6/10]**), 7 (**[FhST7/10]**), 8 (**[FhST8/8]**), 9 (**[FhST9/12]**), 11 (**[FhST11/16]**), 12 (**[FhST12/7]**), 13 (**[FhST13/14]**), 14 (**[FhST14/10]**) und 16 (**[FhST16/9]**). Verschollen. (Siehe die Fotokopien von Teilen aus [AI] in AJ, AK und AL.)

AJ   Fotokopie von Teilen der Stimmen aus [AI]: Nr. 1 (**Fh$^{(ST)}$1/19^{F1}**), 2 (**FhST2/9^{F1}**), 3 (**Fh$^{(ST)}$3/12^{F1}**), 4 (**Fh$^{(ST)}$4/9^{F1}**), 5 (**FhST5/20^{F1}**), 6 (**FhST6/10^{F1}**), 7 (**FhST7/10^{F1}**), 8 (**Fh$^{(ST)}$8/8a^{F1}**), 9 (**Fh$^{(ST)}$9/12^{F1}**), 11 (**FhST11/16^{F1}**), 12 (**Fh$^{(ST)}$12/7^{F1}**), 13 (**FhST13/14$^{(F)1}$**),

14 (Fh^{ST} 14/10^{F_1}) und 16 (Fh^{ST} 16/9^{F_1}). Stiftung Archiv der Akademie der Künste Berlin, Hanns-Eisler-Archiv (HEA 1644).

AK Fotokopie von Teilen der Stimmen aus [AI]: Nr. 1 ($Fh^{(ST)}$ 1/19^{F_2}), 2 ($Fh^{(ST)}$ 2/9^{F_2}), 3 ($Fh^{(ST)}$ 3/12^{F_2}), 4 ($Fh^{(ST)}$ 4/9^{F_2}), 5 ($Fh^{(ST)}$ 5/20^{F_2}), 6 ($Fh^{(ST)}$ 6/10^{F_2}), 7 ($Fh^{(ST)}$ 7/10^{F_2}), 8 ($Fh^{(ST)}$ 8/8a^{F_2}), 9 ($Fh^{(ST)}$ 9/12^{F_2}), 11 ($Fh^{(ST)}$ 11/16^{F_2}), 12 ($Fh^{(ST)}$ 12/7^{F_2}), 13 ($Fh^{(ST)}$ 13/14^{F_2}), 14 ($Fh^{(ST)}$ 14/10^{F_2}) und 16 ($Fh^{(ST)}$ 16/9^{F_2}). Deutscher Verlag für Musik Leipzig.

AL Fotokopie von T (Fh1/18^F, Fh2/2^F, Fh4/8^F, Fh5/18^F, Fh6/8^F, Fh7/9^F, Fh8/7^F, Fh9/10^F, Fh11/10–11^F, Fh12/2^F, Fh14/8^F und Fh16/7^F). Fotokopie der Chorstimme [Hs. E] aus [AI] von Nr. 8 ($Fh^{(ST)}$ 8/8b^{F_3}). Stiftung Archiv der Akademie der Künste Berlin, Hanns-Eisler-Archiv (HEA 177).

AM Pesni, ballady, satiričeskie kuplety, Moskau 1962; darin enthalten: Klavierauszug (Bearbeitung 1934/Ratz) von Nr. 11 (Dr11/17).

Die Quellensiglen geben einen Überblick der groben chronologischen Abfolge. Die Inhaltsiglen geben Aufschluß über die genaue Zusammensetzung der Quellen und der Beschaffenheit der jeweiligen Einheiten. Sie differenzieren darüber hinaus die Chronologie der Quellensiglen. So enthält z. B. S inhaltliche Einheiten sowohl aus den dreißiger (S:Ag12/1) als auch aus den fünfziger Jahren (S:Ag2/5). Die vorgelegte Übersicht akzentuiert damit, daß in S:Ag12/1 eine Vorlage für T:Fh12/2 erhalten ist. Dagegen wird durch die Einordnung von AL hinter [AI] hervorgehoben, daß diese Quelle eine sonst nicht vorhandene Fotokopie (AL:$Fh^{(ST)}$ 8/8b^{F_1}) aus der verschollenen Quelle [AI] enthält.

Auf folgende Punkte sei noch im besonderen eingegangen:

a) Die syntaktische Form der Inhaltsiglen. Die auf den ersten Blick komplizierte Erscheinungsform erweist sich bei näherer Beschäftigung doch als übersichtlich. Grundsätzlich werden nur drei verschiedene Kombinationen von Versal und Minuskel verwendet, welche die Einheiten hinsichtlich ihrer Schriftform charakterisieren (**Ag, Fh, Dr**); die vierte Kombination **Sk**, die dagegen eine eher inhaltliche Charakterisierung der betreffenden Einheiten darstellt, läßt sich in der Regel als eine Sonderform von **Ag** begreifen. Diese ,sprechenden' Kürzel um weitere Aspekte zu erweitern (z. B. Kürzel für konkrete Schreiber bei Abschriften von fremder Hand), ist problematisch, da sie das Zeichenrepertoire u. U. erheblich vergrößern und somit die ,Faßlichkeit' der Siglen gefährden würden.

b) Das Problem der chronologischen Einordnung. Nicht immer wird eine exakte chronologische Einordnung einer Quelle bzw. einer Einheit darin möglich sein (z. B. bei Skizzen). Die jeweils dritte Stelle, also die zweite Ziffer, der Inhaltsiglen wird dann nach anderen Gesichtspunkten zu vergeben sein (z. B. die Einordnung innerhalb der Folge eines angenommenen ,idealen' Arbeitsprozesses und hierbei im Vergleich mit zeitlich genau bestimmbaren Einheiten). Verzichtet werden kann auf sie jedoch in keinem Fall, da sie die inhaltlichen Einheiten identifikatorisch bezeichnet.

c) Das Problem der verschiedenen Fassungen bzw. Bearbeitungen: Die Fassungen bzw. Bearbeitungen, die auch die Bühnenmusik zu *Die Rundköpfe und die Spitzköpfe* aufgrund verschiedener aufführungspraktischer Bedingungen aufweist, unterscheiden sich auch in der Anzahl und Reihenfolge der einzelnen Nummern innerhalb der gesamten Komposition. (Die vorgelegte Übersicht bezieht sich auf die Fassung 1962.) So fehlen z. B. in der Fassung 1934 Nr. 2 und Nr. 12, Nr. 3 ist in der Fassung 1934 Nr. 11 u. a. Die jeweils zweite Stelle, also die erste Ziffer, der Inhaltsiglen kann sich hier nur auf eine bestimmte Fassung beziehen. Auf die Nennung von Quellen, die – in erster Linie – eine frühere Fassung bzw. Bearbeitung als die jeweils zu edierende repräsentieren, kann jedoch nicht verzichtet werden, da diese u. U. als Referenzquellen für die Edition der späteren Fassung herangezogen werden müssen. So lassen sich z. B. viele Abschreibefehler der Quelle [O], die post correcturam für die meisten in ihr enthaltenen inhaltlichen Einheiten die Fassung 1962 wiedergibt – und in verschiedenen Fotokopien erhalten ist –, nur anhand ihrer Vorlagen **G** und **H** eindeutig als Fehler erkennen. Ein Vergleich der Siglen zwischen den Editionen verschiedener Fassungen wird somit auf Konkordanzen zurückgreifen müssen.

Abschließend sei noch erwähnt, daß bei einigen Kompositionen Eislers die Quellenlage allerdings wesentlich einfacher als die hier dargestellte ist. Das vorgestellte System der Siglenvergabe muß innerhalb der Gesamtausgabe nicht dogmatisch angewendet, sondern kann flexibel gehandhabt werden.

Thomas Ahrend

2. Die Edition der Schriften

Johann Faustus von Hanns Eisler

Vilém Flusser diskutiert in seinem Buch *Die Schrift. Hat Schreiben Zukunft?* die Hypothese, daß dem Schreiben das Lesen vorausgehe. Obschon es ja logisch erscheine, daß zum Lesen zunächst etwas Geschriebenes vorliegen müsse, widerspricht Flusser dieser Annahme und erklärt das Schreiben als sekundäres Phänomen, da es selbst eine „Lesart" sei. Denn Lesen (von legere, legein) meine nichts anderes als Selektion. Und beim Schreiben – wie auch beim Lesen – würden Schriftzeichen ausgewählt, um anschließend „zu Zeilen gefädelt zu werden."[5] Mit der Feststellung, daß diese Verfahrensweise dem Körnerklauben von Hühnern durchaus ähnlich sei, kommt Flusser zu folgender Überlegung:

> Nicht alles ist klaubbar: Es gibt Unleserliches. Aber alles kann zerpickt werden, um nachher geklaubt werden zu können. Es kommt dabei auf die Schärfe des pickenden Schnabels an, und die Wissenschaft wetzt diesen Schnabel immer feiner. Formuliert man jedoch die der Wissenschaft zugrundeliegende Erkenntnistheorie auf diese Weise, dann kommen Bedenken. Der Schnabel soll zerpicken, um nachher klauben zu können. Wird der Schnabel immer feiner, dann werden die Körner immer kleiner, bis sie nicht mehr geklaubt werden können. Hat also die Wissenschaft alles zu Körnern durchkalkuliert, die sie nicht mehr klauben kann, dann ist die Welt wieder unleserlich geworden.[6]

Mit Vilém Flussers anekdotischer Wissenschaftskritik ist auch die aktuelle Diskussion um Inhalt und Form historisch-kritischer Editionen assoziierbar.[7] Die Hanns Eisler Gesamtausgabe bleibt von diesen Fragen nicht unberührt. Der kritische Umgang mit den Quellen steht im Kontext der wissenschaftlichen Editionen kaum mehr zur Disposition, wohl

---

5 Vilém Flusser: Die Schrift. Hat Schreiben Zukunft? 4. Auflage. Göttingen 1992, S. 79.
6 Ebenda, S. 80.
7 Vgl. hierzu u. a. Ulrich Ott: Dichterwerkstatt oder Ehrengrab? Zum Problem der historisch-kritischen Ausgaben. Eine Diskussion. In: Jahrbuch der deutschen Schillergesellschaft 34, 1990 und Walther Dürr: Überlegungen zur Edition von Musik und Text. In: editio 8, 1994, S. 39–52.

aber die Darstellungsform des edierten Textes und des Kritischen Berichts. Zudem soll auch in der Festschreibung der Editionsrichtlinien eine gewisse Vorsicht gegenüber positivistischen Systembildungen obwalten. Für die historisch-kritische Edition der Schriften Hanns Eislers tritt in diesem Kontext die Frage nach der Legitimation literaturwissenschaftlicher Standards bei der Wiedergabe der verbalen Zeugnisse hinzu. Claudia Albert formuliert in ihrem Aufsatz „Probleme der Darstellung. Wünsche der Germanisten an die Editoren" das Anliegen, „nicht zum puren Rezipienten eines vorgeblich vorhandenen Textsinnes" degradiert, sondern „zur Einsicht in dessen Konstitution und (die Grenzen der) Variabilität"[8] geführt zu werden.

Der Text *Johann Faustus*

> In der Oper wird es von Volksliedern, Versen von Hans Sachs und ähnlichem Volksgut nur so wimmeln. Das ist, wie Du sehr richtig bemerkst, unbedingt notwendig. Ich bin nicht ein Gymnasialprofessor in Pension, der ein Drama – spät aber doch – der staunenden Mitwelt offerieren will, sondern ein Komponist, der sich einen Text baut und dazu Vorlagen nimmt.[9]

Diese Passage aus einem Brief Eislers an Bertolt Brecht charakterisiert die Faktur des Eislerschen Librettos. Als Komponist richtet sich Eisler einen Text ein, der reich an Zitaten und stofflichen Transmissionen ist. Er verlegt seine Geschichte vom *Johann Faustus* in die Zeit der Bauernkriege und rekurriert, so wie viele Komponisten des zwanzigsten Jahrhunderts, nicht in erster Linie auf den Goetheschen *Faust*, sondern zieht ganz unterschiedliche Faust-Texte heran. Eine dieser Textvorlagen ist das *Puppenspiel vom Doktor Faust*, dem Eisler verschiedene Personenkonstellationen ebenso wie ihre rhetorischen Figuren und die so körperhaften Chiffren entnimmt. Auch die innere Struktur des Puppenspiels ist in dem Libretto aufgehoben. Was den Komponisten besonders interessiert, sind die holzschnittartigen Personenzeichnungen und ihre burlesken, scharfen Pointen. Die stofflichen Filiationen schließen auch Verse aus der Liedsammlung *Des Knaben Wunderhorn*, historische Dokumente über Hans Sachs, Martin Luther und Thomas Münzer, sogar Zeilen aus Enzyklopädien oder historische Zusammenfassungen der Bauernkriege ein. Der vom Buchdrucker Spies veröffentlichten *Historia von D. Johann Fausten* entstammt die ‚Confessio', ein Kernstück des Librettos, das in der *Historia* unter *Oratio ad Studiosos* vorgetragen wird.

Eislers Montage-Prinzip ist sowohl für seine Ton- wie auch für seine Wortkompositionen kennzeichnend. Der Text Eislers birgt insgesamt eine Stilistik, die zu offensichtlich an seine kompositorischen Verfahren erinnert, als daß sie auf ihre rein literarischen Aspekte verkürzt werden könnte.

---

[8] Claudia Albert: Probleme der Darstellung. Wünsche der Germanisten an die Editoren. In: Der Text im musikalischen Werk. Editionsprobleme aus musikwissenschaftlicher und literaturwissenschaftlicher Sicht. Hrsg. von Walther Dürr, Helga Lühning, Norbert Oellers und Hartmut Steinecke. Berlin 1998 (Beihefte zur Zeitschrift für Deutsche Philologie), S. 74ff.

[9] Brief von Eisler an Brecht vom 27. 8. 1951, Bertolt-Brecht-Archiv 725/65–66.

Zur Edition des *Johann Faustus*

Die Arbeit am Text *Johann Faustus* reicht, so besagt es die Druckvorlage, bis zum 14. Juli 1952. Das Libretto ist zu diesem Zeitpunkt nicht abgeschlossen, wovon schon der Fragment gebliebene Notentext zeugt. Daß Eisler aber am *Johann Faustus* auch nach dessen Veröffentlichung noch arbeitet, zeigen unter anderem die vom Komponisten überarbeiteten Handexemplare. Die Frage nach der Textgenese, ebenso wie die nach seiner Zugehörigkeit zu einer Gattung, ist im Falle des Eislerschen Librettos besonders komplex.

Das Material zum *Johann Faustus* umfaßt ca. 2000 Blatt. Neben den Handexemplaren Eislers befinden sich verschiedene Typoskript-Fassungen im Hanns-Eisler-Archiv, darunter die Druckvorlage, die mit Anweisungen für den Setzer versehen ist. Zwei Typoskripte mit autographen Korrekturen und handschriftlichen Eintragungen seines Freundes und Mitarbeiters Bertolt Brechts sind im Bertolt-Brecht-Archiv aufgehoben.[10]

Wenn in der Rezeption des Eislerschen Librettos immer wieder die Positionen konfrontiert werden, ob Eisler ein Lesestück geschrieben oder ein Libretto verfaßt habe, das nur auf der Bühne und in Zusammenhang mit der Musik aufgehe, stellt sich freilich die Frage, von welchem Libretto *Johann Faustus* die Rede ist. Die verschiedenen Fassungen des Librettos haben auch unterschiedliche Intentionen des Textes. Im Druck des Aufbau-Verlages sind zum Beispiel wesentliche Textteile gestrichen, die in früheren Fassungen ausführlich vorlagen. Auch die musikalischen Einteilungen sind dieser veröffentlichten Fassung nicht mehr zu entnehmen.

Die historisch-kritische Edition des *Johann Faustus* erfolgt in zwei Bänden, die historisch-chronologisch eingerichtet sind und das Werk von den Skizzen, Entwürfen und früheren Fassungen bis zur ,Fassung letzter Hand' darstellen.

Als Hauptquellen dienen die drei Handexemplare des Komponisten. Eisler benutzte die Erstausgabe aus dem Aufbau-Verlag. Zwei der drei mit autographen Eintragungen versehenen Drucke befinden sich im Hanns-Eisler-Archiv (HEA), Stiftung Akademie der Künste Berlin. Eines davon ist aus dem Nachlaß des Komponisten (A), ein weiteres entstammt dem Nachlaß Hans Bunges und kann seit Januar 2000 im HEA eingesehen werden (B). Erst seit September diesen Jahres kennen wir ein weiteres Handexemplar, das ebenfalls autographe Einträge aufweist (C). Mit dem Auffinden dieser Exemplare hat sich natürlich auch das Problem der Hauptquelle verschoben. Um eine Quellenmischung im edierten Text zu vermeiden, werden Lesarten und Varianten nicht im Haupttext, sondern im Kritischen Bericht dargestellt.

Von besonderem Interesse ist, gerade mit Blick auf die editionsspezifischen Entscheidungen, die Frage nach Faktur und Kontext des Materials sowie die Suche nach stofflichen Filiationen und Spuren, die den Texten eingeschrieben sind. Zu wenig wurde bislang die Genese des *Johann Faustus* bedacht, auch bei so zentralen Themen wie etwa der Diskussion um den Status dieses Textes.

---

[10] Ein Vorabdruck des Textes erfolgte in der Zeitschrift Sinn und Form 4, 1952, Heft 6, S. 23–58. Nicht lange danach erschien der Text Ende 1952 im Berliner Aufbau-Verlag. Es gibt ferner einen Druck des Kölner Verlags Kiepenheuer und Witsch (o. J.), einen Abdruck des Librettos in: Theater heute vom 8. Mai 1974 (Heft 5, S. 37–49), schließlich die von Hans Bunge besorgte Ausgabe von 1983, die im Berliner Henschel-Verlag erschienen ist, und eine Wiederauflage des Textes durch den Leipziger Verlag Faber und Faber aus dem Jahr 1996.

Bei der Bewertung und Auswahl der Hauptquelle konkurrieren also drei im Prinzip
gleichrangige Drucke um die Nobilitierung zur Hauptquelle. Zudem gibt es die Druckvorlage, die als Typoskript erhalten ist, sowie andere Typoskript-Fassungen, die dem
späteren Druck ebenfalls sehr weitgehend entsprechen. Dabei steht die Quellenbewertung unter den oben skizzierten Voraussetzungen zur Diskussion. Wichtig schienen uns
vor allem zwei unterschiedliche Perspektiven:

– die mögliche Wiedergabe der Grundschicht des Druckes als eine autorisierte Fassung
,letzter Hand' oder
– die diplomatische Edition, bei der die autographen Korrekturen mit Hilfe diakritischer
Zeichen im edierten Text mitgelesen werden können.

Die Frage nach Systematik und Art der Korrekturen kann in diesem Fall nur unzurei-
chende Hilfestellung bieten, da sowohl verschiedene Eintragungen als auch identische
Korrekturen in den Handexemplaren vorkommen: Während in Handexemplar A aus-
führlichere Korrekturen vorgenommen wurden, sind in B ganze Szenen ausgeführt, die
als Einlage dem Druck beiliegen. Es gibt in A Korrekturen, die in B nicht vorkommen,
in B dagegen Eintragungen, die nicht in A übernommen sind, und auch fast identische
Einträge in A und B. Das Handexemplar C hat wieder Korrekturen, die sich von A und
B grundsätzlich unterscheiden:

In A sind zahlreiche Eintragungen vorgenommen, so zum Beispiel auf S. 13:

(Nach einer Pause:) ~~Ich kehrte gern zurück.~~] Streichung mit blauer Tinte, durch Unterpunktion
                                                    mit Bleistift wieder aufgehoben

während die Handexemplare B und C hier ohne handschriftliche Eintragungen sind.

Quasi identische Eintragungen (die sich nur in dem Zeilenfall unterscheiden) sind in
A und in B auf der Seite 17 des Druckes vorgenommen.

A: ⌈Ein Schluck für | unsern Helden.⌉]   autographe Eintragung mit Bleistift, rechts neben dem
                                           gedruckten Text notiert
B: ⌈Ein Schluck | für unsern Helden⌉]   autographe Eintragung mit Bleistift, rechts neben dem
                                           gedruckten Text notiert

Mit Bezug auf diese Quellenlage stellt sich nun die Frage, wie es vermieden werden
kann, dem Leser die Fiktion eines ,abgeschlossenen' Werkes zu suggerieren. Während
man mit der Publikation des ,glatten' Drucktextes Gefahr läuft, spätere Korrekturen zu
marginalisieren, würden bei einer diplomatischen Edition die autographen Eintragungen vielleicht zu stark herausgestellt und so auf Kosten des zu Lebzeiten veröffentlichten
Druckes gehen. Zwangsläufig scheinen hier auch Ansprüche der Quellenedition mit solchen an einen praktikablen Theatertext nur schwer kompatibel.

Der *Johann Faustus* sollte schon in den 80er Jahren kritisch ediert werden. Die Vorbereitungen zu dieser Edition unternahm Hans Bunge, der 1983 einen Text in der ,Fassung
letzter Hand' publizierte. Bunge lagen die Handexemplare A und B vor, deren autographe Eintragungen Eingang in seine Edition gefunden haben. Problematisch an dieser
Edition ist aus unserer Sicht, daß die autographen Eintragungen weder im edierten Text
noch im Kommentarteil ausgewiesen sind. Der Leser erhält so den Materialstand einer
möglichen Fassung letzter Hand, aus der er die nachträglich eingefügten Korrekturen

nicht erkennen kann. Claudia Alberts Votum, die Edition möge dem Leser einen textkritischen Umgang ermöglichen, bleibt hier ungehört.

Die Edition des *Johann Faustus* zeigt die Genese des Textes von den frühesten Notizen
bis zu den letzten Einträgen des bereits publizierten Werkes. Die Entscheidungen der
Herausgeber sollen dabei so transparent wie möglich bleiben. Es ist wünschenswert, daß
durch die historisch-kritische Edition die Texte Eislers für die wissenschaftliche Auseinandersetzung ‚klaubbar' und für eine mögliche Theaterarbeit brauchbar würden.

Friederike Wißmann / Gert Mattenklott

IV. Edition und musikalische Praxis

Werner Breig

Die Editionsgeschichte der *Geistlichen Chormusik* von Heinrich Schütz

1. Der rezeptionsgeschichtliche Rahmen

In den Jahren 1647 bis 1650 erreichte Heinrich Schütz' Aktivität in der Publikation seiner musikalischen Werke ihren Höhepunkt. Nach achtjähriger Pause[1] erschienen in rascher Folge drei große Werksammlungen, denen der Komponist die Opus-Zahlen 10 bis 12 zuordnete. Die Außenpositionen bildeten 1647 und 1650 die Teile II und III der vokal-instrumentalen *Symphoniae sacrae*, dazwischen steht 1648 die Sammlung *Musicalia ad Chorum Sacrum, Das ist: Geistliche Chor-Music*, eine Serie von 29 Motetten in der traditionellen, damals schon nicht mehr aktuellen kontrapunktischen Kompositionsweise ohne Generalbaß. Schütz wies diesem Opus in seinem Vorwort den pädagogischen Zweck zu, die

> angehenden Deutschen Componisten anzufrischen / das [...] Sie [...] diese harte Nuß (als worinnen der rechte Kern / und das rechte Fundament eines guten *Contrapuncts* zusuchen ist) aufbeissen / und darin ihre erste Proba ablegen möchten.

Vom Originaldruck sind heute noch 16 Exemplare nachweisbar;[2] das Werk gehört demnach offenbar zu den in seiner Zeit erfolgreichen Publikationen von Schütz. Die Widmung richtete sich an „Der Churfürstlichen Stadt Leipzig wohlverordnete Herren Bürgermeister und Rathmanne" und galt zugleich dem dortigen „berühmten Chore", d. h. dem Thomanerchor, zu dessen Repertoire es einen Beitrag bilden sollte. Trotz dieser Zueignung konnte die *Geistliche Chormusik* sich im Motettenrepertoire der Lateinschulen keinen die Zeiten überdauernden Platz erringen, sondern teilte das Schicksal des Vergessenwerdens mit dem Gesamtwerk ihres Schöpfers.[3]

Erst das im 19. Jahrhundert neu erwachende Interesse an alter Musik lenkte Schütz' Werken, und damit auch der *Geistlichen Chormusik*, wieder größere Aufmerksamkeit zu. Carl von Winterfeld, der 1834 im Zusammenhang seiner dreibändigen Giovanni-Gabrieli-Monographie die erste größere Darstellung über Schütz' Œuvre vorlegte, ging allerdings auf die *Geistliche Chormusik* eher beiläufig ein, da er in ihr kein Schützsches Werk von eigenem, unverwechselbaren Charakter erkannte:

> Die fünf-, sechs- und siebenstimmigen, begleiteten und unbegleiteten Gesänge, die es enthält, gleichen in ihrem Baue denen seines Lehrers [Giovanni Gabrieli], in der Auffassung und dem durch dieselbe bedingten Gebrauche einzelner Kunstmittel stimmen sie meist [mit] seinen eignen, geistlichen Gesängen vom Jahre 1625 [d. h. den *Cantiones sacrae*] überein.[4]

---

[1] Die letzten vorangegangenen Drucksammlungen waren die beiden Teile der *Kleinen geistlichen Konzerte* (1636 und 1639).

[2] Nachweise in Répertoire international des sources musicales A/1 unter S 2294.

[3] Einen kurzen Abriß der Rezeptionsgeschichte von Schützens Musik gibt Otto Brodde in seinem Buch: Heinrich Schütz – Weg und Werk. Kassel [etc.] ²1979, S. 273ff.

[4] Carl von Winterfeld: Johannes Gabrieli und sein Zeitalter. 3 Bde. Berlin 1834. Bd. 2, S. 196.

Diese Einschätzung ist wohl auch der Grund dafür, daß unter den Notenbeispielen im dritten Band[5] kein einziges Beispiel aus der *Geistlichen Chormusik* zu finden ist. Dennoch sind Winterfelds Musikbeispiele auch in unserem Zusammenhang von hohem Interesse, denn seine editionstechnischen Entscheidungen waren von späteren Schütz-Editoren zur Kenntnis zu nehmen und haben somit auch auf die Editionsgeschichte der *Geistlichen Chormusik* eingewirkt.

Abgesehen von wenigen Einzelwerken in Sammlungen des 19. Jahrhunderts rückte die *Geistliche Chormusik* erst durch Philipp Spittas Gesamtausgabe (1889) in das Blickfeld der musikalischen Öffentlichkeit. Interessanterweise betrachtete Spitta die Veröffentlichung dieses Werkes nicht nur als einen Dienst an der Forschung, sondern er versuchte es gleichzeitig auch für die Praxis zu erschließen. Es waren gerade die beiden motettischen Opera Schützens, die *Cantiones sacrae* und die *Geistliche Chormusik*, die Spitta auch in Stimmenausgaben vorlegte. Er erwartete, daß „die Organe hierfür [für die Wiederbelebung von Schütz' motettischen Werken] [...] die in unserer Zeit überall reichlich entstehenden Kirchen- oder sonstigen *A cappella-Chöre* sein" würden.[6]

Die gestiegene Bedeutung des a-cappella-Singens, die zu Spittas Bevorzugung der beiden Motettensammlungen von Schütz geführt hatte,[7] verband sich einige Jahrzehnte später mit der aufblühenden Schütz-,Bewegung', was zur Folge hatte, daß die *Geistliche Chormusik* seit den 1920er Jahren zu einem der zentralen Werke Schützens und darüber hinaus der älteren Chormusik überhaupt aufstieg. In diesem Kontext entstanden zwei Editionen (Wilhelm Kamlah bei Bärenreiter, Kurt Thomas bei Breitkopf & Härtel), die das Werk einer neuen Einstudier- und Aufführungspraxis zugänglich machten, zugleich aber auch – vor allem durch die Weglassung des Generalbasses – den Blick auf das Opus, so wie Schütz es veröffentlicht hatte, verengten. Eine seit den späten 1960er Jahren publizierte Neuausgabe (Günter Graulich bei Hänssler) ergriff die Chance, diese Mängel zu korrigieren, ohne andererseits darauf zu verzichten, den Notentext den modernen Lesegewohnheiten anzupassen.

Dem seit Spitta bestehenden Interesse der musikalischen Praxis ist es zu verdanken, daß die *Geistliche Chormusik* das am häufigsten edierte Opus von Schütz geworden ist. Sie stellt somit einen exemplarischen Fall dar, an dem der Wandel der Editionstechnik für die Musik von Schütz und darüber hinaus für die Musik des 17. Jahrhunderts allgemein studiert werden kann.

2. Der Originaldruck

2.1 Allgemeines

Den Beginn der Editionsgeschichte der *Geistlichen Chormusik* als Gesamtwerk und den Bezugspunkt aller späteren Ausgaben markiert der Originaldruck, der 1648 als Schützens

---

[5] Ebenda, Bd. 3, S. 82–98 und 139–155.

[6] Philipp Spitta: Vorwort zu: Heinrich Schütz. Sämtliche Werke (im folgenden abgekürzt: SGA). Bd. 4: Cantiones sacrae. Leipzig 1887. S. XXII.

[7] Zur Entwicklung des deutschen Chorwesens im späten 19. Jahrhundert, die Spitta vor Augen stand, siehe Friedhelm Brusniak: Artikel ,Chor'. In: Die Musik in Geschichte und Gegenwart. Zweite, neubearbeitete Ausgabe. Hrsg. von Ludwig Finscher (im folgenden: MGG²). Sachteil. Bd. 2, Sp. 800–809.

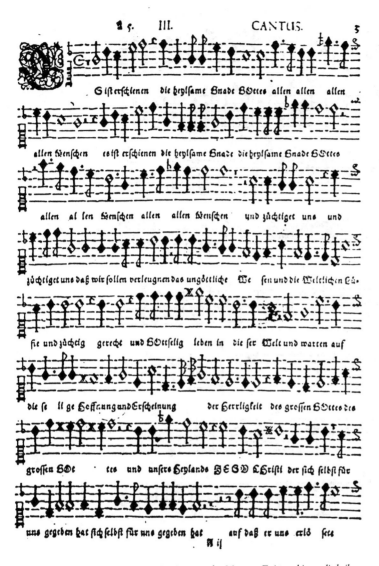

Bsp. 1: Originaldruck, *Cantus*, S. 3, Beginn von der Motette *Es ist erschienen die heilsame Gnade Gottes*

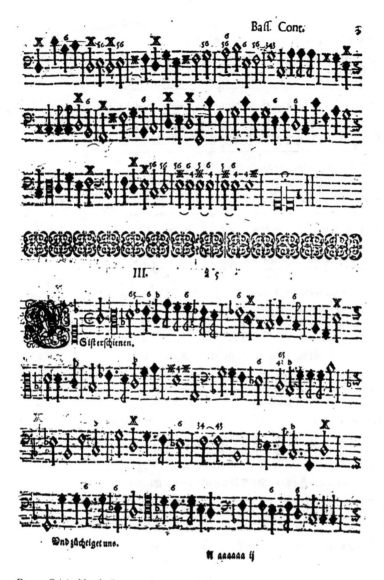

Bsp. 2: Originaldruck, *Bassus continuus*, S. 3, Schluß von der Motette *Er wird sein Kleid in Wein waschen* und Beginn von *Es ist erschienen die heilsame Gnade Gottes*

„Opus Undecimum" in Dresden veröffentlicht wurde. (Bereits 1630 war als Einzeldruck die Frühfassung der Motette *Das ist je gewißlich wahr* [Nr. 20, SWV 388] erschienen, die Schütz auf den Tod des Leipziger Thomaskantors Johann Hermann Schein im Dezember 1629 komponiert hatte.) Als Verleger ist der Dresdner Hoforganist Johann Klemm genannt, gedruckt wurde das Werk in der Dresdner Hofbuchdruckerei von „Gimel Bergens [...] Seel. Erben".[8]

Der Notenteil enthält 29 Stücke, von denen Nr. 1–12 fünfstimmig, Nr. 13–24 sechsstimmig und Nr. 25–29 siebenstimmig sind. Die Stimmen sind auf sieben Stimmbücher verteilt: sechs für die Sänger (bzw. Instrumente) und eins für den Basso continuo. Das sechste Stimmbuch, betitelt „Sextus et Septimus", enthält für die siebenstimmigen Stücke jeweils zwei Stimmen auf gegenüberliegenden Seiten. In den Nummern 24 und 26–29 sind einige Stimmen ohne Textunterlegung geblieben und als „Instrumentum primum" („...secundum" usw.) bezeichnet; außerdem gibt es textierte Stimmen, die wahlweise instrumental oder vokal auszuführen sind. (Im folgenden wird, wenn es sich um den Komplex der obligaten Stimmen handelt, vereinfachend von „Vokalstimmen" gesprochen.)

Die Vokalstimmen (Beispiel 1 zeigt den Beginn des Cantus der Motette *Es ist erschienen die heilsame Gnade Gottes* SWV 371[9]) sind, wie üblich, ohne metrische Gliederungsstriche notiert, was den Vorteil hat, daß jeder rhythmische Wert durch eine einzige Note – eventuell mit einem Verlängerungspunkt – dargestellt werden kann. Striche stehen nur dann, wenn eine Abschnittsgliederung anzuzeigen ist, so beim möglichen Wechsel zwischen „omnes" und „soli" (siehe Bsp. 4, Systeme 2, 3 und 5). Die Textunterlegung ist durchweg eindeutig, was durch die vorherrschende syllabische Deklamation begünstigt wird. Wiederholungen von Textteilen sind meist ausgeschrieben, nur selten steht das Wiederholungszeichen „ij". Satzzeichen fehlen fast durchweg, auch die heute übliche Abtrennung von Textwiederholungen durch Kommata findet sich nicht. Silbentrennungsstriche werden nur bei längeren Melismen gesetzt. Einzelheiten der Orthographie wechseln von Stimme zu Stimme, aber auch oft innerhalb der gleichen Stimme bei Wiederholungen.[10]

Der Bassus continuus (Beispiel 2) ist durch Abteilungsstriche gegliedert, die durch das System gezogen sind; im binären Metrum (Tempus imperfectum) stehen sie im allgemeinen im Abstand einer Brevis, in der Proportio tripla im Abstand einer perfekten Longa. Gelegentlich sind die Abstände auch größer, besonders bei längeren Notenwerten, ohne daß sich exakte Regeln dafür ausmachen ließen. (Genaueres dazu unten in Abschnitt 2.4.) – Die Bezifferung entspricht den zeitüblichen Gepflogenheiten.[11]

---

[8] Zur Dresdner Druckerfamilie Berg (Bergen) siehe Dagmar Schnell: Artikel ‚Bergen, Berg, Montanus'. In MGG². Personenteil. Bd. 2 (1999), Sp. 1250f.

[9] Diese Motette dient auch für die folgenden Editionsvergleiche als Hauptbeispiel. Herrn Dr. Conrad Wiedemann, dem Direktor der Handschriftenabteilung der Murhardschen Bibliothek Kassel und Landesbibliothek (Abteilung der Gesamthochschulbibliothek; im folgenden abgekürzt: LB Kassel), danke ich für die freundliche Genehmigung von Abbildungen nach dem Kasseler Exemplar des Originaldrucks sowie nach der handschriftlichen Quelle, die als Beispiel 3 reproduziert ist.

[10] Eine diplomatisch treue Wiedergabe des Gesangstextes wird aus diesen Gründen von keiner Neuausgabe angestrebt. Es besteht offenbar stillschweigendes Einvernehmen darüber, daß damit einer Nebensache des Originaldrucks ein nicht gerechtfertigtes Interesse zugewendet würde, zumal da Schütz' Vertonungen als Quellen für die zugrundeliegenden (meist der Lutherbibel entnommenen) Texte keine Bedeutung haben.

[11] Vgl. Gerhard Kirchner: Der Generalbaß bei Heinrich Schütz. Kassel [etc.] 1960 (Musikwissenschaftliche Arbeiten 18).

Bsp. 3: Nr. 18 *Die Himmel erzählen die Ehre Gottes*; Frühfassung, Anfang der *Sexta vox* (Landesbibltiothek und Murhardsche Bibliothek der Stadt Kassel: Mus. 2° Ms. Mus. 50 f)

Bsp. 4: Nr. 18 *Die Himmel erzählen die Ehre Gottes*; Originaldruck, Stimme *Sextus et Septimus*, S. 8, Anfang des *Sextus*

Der Notentext ist im sog. ‚einfachen Typendruck'[12] ausgeführt. Bei dieser Technik können Achtel und Sechzehntel nicht gebalkt werden, wie es in Handschriften üblich war. (Alle Neuausgaben verwenden im Einklang mit den Handschriften der Schützzeit Balken für die Notierung von Instrumentalstimmen und von vokalen Melismen.)

2.2 Zur Vorgeschichte des Druckes

Wir wissen nichts über die Arbeitsgänge, die dem Druck vorangingen. Der Drucker dürfte die Vorlage in Form von Einzelstimmen erhalten haben, zu deren Anfertigung Schütz sicherlich Kopisten in Anspruch nahm. Vermutlich hatte die Vorlage das Aussehen der für die praktische Ausführung bestimmten Stimmensätze Schützscher Werke, wie wir sie vor allem in den Beständen der Kasseler Bibliothek finden. Ein direkter Vergleich ist anhand der Motette *Die Himmel erzählen die Ehre Gottes* (Nr. 18, SWV 386) möglich, von der sich eine handschriftliche Fassung erhalten hat.[13] Die Beispiele 3 und 4 zeigen den Anfang des Sextus (Cantus II) in beiden Quellen.

---

12 Vgl. Axel Beer: Artikel ‚Notendruck'. In: MGG². Bd. 7 (1997), Sp. 433–450, speziell Sp. 443.
13 LB Kassel, 2° Ms. Mus. 50f. Die Handschrift ist um die Mitte der 1630er Jahre entstanden und überliefert eine Frühfassung (SWV 455), die von Schütz vor der Drucklegung innerhalb der *Geistlichen Chormusik* stark umgearbeitet wurde.

Was den Stimmen, die an die Druckerei geliefert wurden, voranging, kann nur vermutet werden, da im Normalfall Dokumente des Kompositionsprozesses nicht aufbewahrt wurden. Glücklicherweise gibt es aber ein Werk von Schütz, in dessen Entste-
hungsvorgang wir Einblick nehmen können, nämlich den *Dialogo per la Pascua* (Osterdialog) mit dem Textanfang „Weib, was weinest du" (SWV 443), von dem sich eine teilweise autographe Partitur erhalten hat.[14] Joshua Rifkin hat gezeigt, daß in dieser Quelle, die
lange Zeit für ein Autograph gehalten wurde, nur der Kopftitel und die Textunterlegung
von Schützens Hand stammen,[15] während die Noten von einem Kopisten geschrieben
wurden. Wahrscheinlich hat Schütz zunächst – auch hierin folgen wir Rifkin – einen
Entwurf angefertigt, der nicht oder nicht vollständig textiert war.[16] Von diesem (nicht
erhaltenen) Entwurf hat ein Kopist eine Reinschrift der Noten hergestellt (es ist die in
Kassel erhaltene Partitur), die dann von Schütz eigenhändig textiert wurde, zwar nicht
durchgehend, aber doch soweit, daß alles Fehlende durch Analogie eindeutig zu erschließen war. Aus dieser Partitur konnten Stimmen kopiert werden, die dann vom Schreiber
vollständig zu textieren waren.

Zwar ist die Partitur von SWV 443 unter den erhaltenen Schütz-Quellen ein Einzelfall. Bedenkt man aber, daß Schütz, als er dieses Werk schrieb, bereits ein erfahrener
Komponist war – er hatte schon mindestens vier große Druckwerke veröffentlicht[17] –
dann ist es wahrscheinlich, daß sich bei ihm bereits ein standardisierter Arbeitsprozeß
herausgebildet hatte. So liegt es nahe, sich den Entstehungsprozeß der *Geistlichen Chormusik* analog vorzustellen.

2.3   Zur aufführungspraktischen Bestimmung

Die Frage, an welche Ausführenden sich das Werk richtet, beantwortet Schütz mit frei-
lassenden Formulierungen, jedoch nicht ohne eine gewisse Richtung anzugeben. Die
heute gängige deutsche Bezeichnung *Geistliche Chormusik* wird auf dem Titelblatt als
Übersetzung des am Anfang stehenden lateinischen Obertitels *Musicalia ad Chorum Sacrum* eingeführt. Die Formulierung „ad Chorum Sacrum" weist auf einen Schülerchor
vom Typus der Leipziger Thomaner hin. Dieser Chor wird von Schütz in der Widmung
an den Bürgermeister und die Ratsherren der Stadt Leipzig ausdrücklich angesprochen.
Der größere Teil der Stücke ist, wie Schütz in der Vorrede schreibt, „zum Pulpet" bestimmt; das bedeutet, daß die Stimmbücher auf das große Pult gestellt werden, um das
sich die Ausführenden versammeln. (Ein vierseitiges Pult ist auf dem bekannten, häufig
reproduzierten Conradschen Stich der Dresdner Hofkapelle zu sehen.) Aus den Stimm-

---

[14] LB Kassel, 2° Ms. Mus. 49x. Eine Faksimile-Ausgabe dieser Handschrift erschien 1965 mit einem Vorwort
     von Werner Bittinger im Bärenreiter-Verlag Kassel [etc.].

[15] Joshua Rifkin: Weib, was weinest du und Veni, sancte Spiritus – Zwei Dresdner Schütz-Handschriften in
     Kassel. In: Heinrich Schütz im Spannungsfeld seines und unseres Jahrhunderts. Hrsg. von Wolfram Steude.
     Teil 1. Leipzig 1987 (Jahrbuch Peters 1985), S. 81–98.

[16] Von diesem Entwurf vermutet Rifkin, daß er „ebenfalls im Partiturformat stand" (ebenda, S. 82), da der
     Kopist, hätten ihm nur Stimmen vorgelegen, kaum zu einer so exakten Raumplanung in der Lage gewesen
     wäre, wie sie die Partitur zeigt. Wahrscheinlicher ist indessen, daß die Vorlage eine ‚Tabula compositoria',
     wohl in der Art eines Particells, war. Das würde erklären, daß für die Textunterlegung eine neue Handschrift
     angefertigt werden mußte.

[17] Wir gehen dabei von Rifkins Datierung auf die Zeit zwischen 1627 und 1632 aus (Rifkin, Zwei Dresdner
     Schütz-Handschriften, wie Anm. 15, S. 82).

büchern, die auf dem Pult liegen, soll von „einem / beydes mit *Vocal-* und *Instrumental*-Stimmen besetzten vollen Chore" musiziert werden. Der „volle Chor" entspricht auch der traditionellen Besetzung für Kompositionen im strengen Motettenstil. In zwei Stücken hat Schütz Solo-Tutti-Wechsel angeben, und zwar in *Die Himmel erzählen die Ehre Gottes* (Nr. 18, SWV 386) und in *Das ist je gewißlich wahr* (Nr. 20, SWV 388). Diese konzertanten Besetzungselemente sind vermutlich dadurch zu erklären, daß beide Stücke in früheren Fassungen schon in den 1630er Jahren existiert haben.

Als Variante nennt Schütz die einfache Besetzung jeder Stimme, bei der die Stimmen des Satzes „nicht *dupliciret, Tripliciret, &c.* Sondern in *Vocal-* und *Instrumental*-Partheyen vertheilet" und „in die Orgel [. . .] Musiciret", d. h. mit Generalbaßbegleitung ausgeführt werden. Für diese Art der Besetzung eignen sich besonders die am Ende der Sammlung stehenden Stücke, die nicht in allen Stimmen textiert sind.[18]

Ein spezielles Problem verbindet sich für Schütz mit der Generalbaß-Stimme, die als Basso seguente geführt ist, d. h. sich – mit gewissen Freiheiten – der jeweils tiefsten Vokalstimme anschließt. Schon auf dem Titelblatt teilt Schütz mit, daß der Bassus generalis „auff Gutachten und Begehren" – zu ergänzen ist: „des Verlegers und des Druckers" –, „nicht aber aus Nothwendigkeit" beigegeben sei. Und in der Vorrede wird betont, daß es sich bei der *Geistlichen Chormusik* um ein Werk „ohne Bassum Continuum" handelt. In ähnlicher Weise hatte sich Schütz auch 1625 im Originaldruck der *Cantiones sacrae* von der Generalbaß-Stimme distanziert, die ihm der Buchhändler aufgezwungen hatte.[19] Schon damals hatte er den Organisten empfohlen, die Stimmen in Partitur oder Tabulatur zu bringen, um den polyphonen Satz mitspielen zu können. Ähnlich spricht Schütz in der Vorrede zur *Geistlichen Chormusik* die Hoffnung aus, daß der Organist „in dieses mein ohne *Bassum Continuum* eigentlich auffgesetztes Wercklein / wohl und genaw mit einzuschlagen Beliebung haben / und solches in die Tabulatur oder Partitur abzusetzen sich nicht verdriessen lassen wird".

2.4   Zur metrischen Gliederung

Ein editionstechnisches Problem, das in den Neuausgaben in unterschiedlicher Weise gelöst worden ist, besteht in der metrischen Gliederung (modern gesprochen: in der Takststrichsetzung). Um die verschiedenen editorischen Entscheidungen, die wir antreffen werden, beurteilen zu können, ist es wesentlich, den Sinn der originalen Notationsweise zu verstehen.

Der Originaldruck verfügt über zwei Mittel zur Darstellung des Metrums: das Mensurzeichen und die Abteilungsstriche. Die geltende metrische Ordnung ist für das binäre Metrum durchweg mit dem (nicht durchstrichenen) Zeichen C angezeigt; beim Eintritt der Proportio tripla steht das Zeichen $^3/_1$ Das C-Zeichen besagt, daß es sich um den Tactus alla Semibreve handelt, bei dem die erste Minima (Halbe) „in depressione', die zweite ‚in elevatione' gesungen wird. Es herrscht also jene metrische Ordnung, die von Michael Praetorius als „madrigalische Art" beschrieben wird.[20] In dieser Ordnung stellt

---

[18]   Die vorstehenden Angaben zur Besetzung stellen eine Interpretation von Schütz' Hinweisen in der Vorrede dar, die nicht ganz klar formuliert sind.

[19]   „Bibliopola [. . .] Bassum istum Generalem mihi extorsit."

[20]   Michael Praetorius: Syntagma musicum. Bd. III. Wolfenbüttel 1619. Faksimile-Ausgabe. Hrsg. von Wili-

die Semibrevis die größte musikalisch relevante metrische Einheit dar;[21] d. h. es gibt im zweizeitigen Metrum keine durchgehend geltenden Ordnungen, die mehrere Semibreven umfassen.

Dieser Aussage scheint die Continuo-Stimme zu widersprechen, deren Abteilungsstriche durchweg in größeren Abständen gesetzt sind. In der Regel schließen zwei Striche im binären Metrum eine Brevis-Einheit ein, gelegentlich auch Einheiten von drei oder vier Semibreven. Nicht immer ist eindeutig zu erkennen, welche Einheiten abgegrenzt werden sollen; anscheinend werden oftmals eigentlich ‚gemeinte' Abteilungsstriche nicht gesetzt, wenn durch einen Zeilenwechsel, einen Schlüsselwechsel oder einen durch Mensur- bzw. Proportionszeichen angezeigten Metrumswechsel eine deutliche optische Zäsur gesetzt wird. (Als unumstößliche Regel ist aber zu erkennen, daß niemals eine einzelne Semibrevis-Einheit durch einen Strich geteilt wird.)

Nun läßt sich leicht zeigen, daß die Brevisgliederung vielfach in Widerspruch zu den Zeitstrukturen gerät, die in den Vokalstimmen komponiert sind. Dies sei zunächst an einer Stelle der Motette *So fahr ich hin zu Jesu Christ* (Nr. 11, SWV 379) demonstriert (Beispiel 5; die Vokalstimmen sind, um Notenteilungen zu vermeiden, durch Mensurstriche gegliedert, während der Continuo mit der Strichsetzung des Originaldrucks wiedergegeben ist). Hier wird die Partie „So schlaf ich ein und ruhe fein" nach 7 Semibrevis-Takten transponiert wiederholt, so daß das zweite Sequenzglied sich zu der Brevisfolge anders verhält als das erste: daß der Schlußklang auf „fein" zunächst ‚in tempore' eintritt (Takt 30), bei der Wiederholung aber ‚cum tempore' (Takt 37),[22] ist nur die Konsequenz daraus, daß die gesamten siebentaktigen Abläufe unterschiedliche Positionen in bezug auf die Tempus-Einheiten einnehmen. Entsprechendes läßt sich auf engerem Raum in der Motette *Selig sind die Toten* (Nr. 23, SWV 391) beobachten, wo in den Takten 40–45 das zweimalige „Ja, der Geist spricht" in zwei Dreitaktgruppen vertont ist. Der – um einen späteren Ausdruck zu gebrauchen – ‚Ritmo di tre battute' der Oberstimmen hindert nicht daran, daß in der Notierung der Continuo-Stimme der ‚Ritmo di due battute' weitergeführt wird.

Auf der anderen Seite wird in der Continuo-Stimme die Abfolge von Brevis-Einheiten an zahlreichen Stellen durchbrochen, ohne daß eine Änderung des rhythmisch-metrischen Gefüges erkennbar wäre. In unserem Beispielstück, der Motette Nr. 3, stehen zweimal zwischen zwei Abteilungsstrichen drei statt zwei Semibreven (Takt 9–11[23] und 70–72), einmal sind es sogar vier Semibreven (Takt 30–33); und außerdem fehlt vor der Schlußlonga der eigentlich zu erwartende Strich. Allen diesen Unregelmäßigkeiten entspricht im Verlauf der Obligatstimmen nichts.

Aus all dem geht hervor: Die Abteilungsstriche im Bassus continuus drücken nicht die metrische Struktur der Musik aus, sondern haben den praktischen Zweck, dem Organi-

---

bald Gurlitt. Kassl [etc.] 1958 (Documenta musicologica I/15), S. 51. Zu den Wurzeln dieses rhythmischen Typus in der italienischen Kompositions- und Theoriegeschichte des 16. Jahrhunderts vgl. Uwe Wolf: Notation und Aufführungspraxis – Studien zum Wandel von Notenschrift und Notenbild in italienischen Musikdrucken der Jahre 1571–1630. Kassel 1992, S. 22–27.

[21] Ein Indiz dafür ist auch Praetorius' Angabe, daß in einem Stück des madrigalischen Typus „nicht groß daran gelegen / obs *in Tempore,* oder *cum Tempore finiret*" (Praetorius, Syntagma musicum, wie Anm. 20, S. 50), d. h. ob der Schluß auf der zweiten oder der ersten Semibrevis eines Tempus eintritt.

[22] Siehe die vorige Anmerkung.

[23] Beispiel 2, zweites System von Nr. 3. – Stellenangaben erfolgen stets nach Semibrevis-‚Takten'.

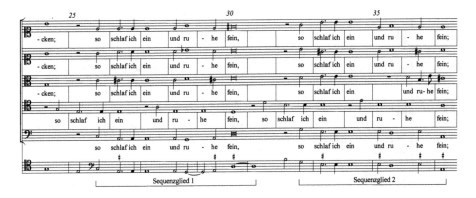

Bsp. 5: Nr. 11 *So fahr ich hin zu Jesu Christ,* T. 24–37

sten zu rascher Orientierung zu verhelfen. Wünschenswert war dies erstens im Hinblick auf die Realisierung der Bezifferung – harmonische Verläufe sind mit Hilfe der Gliederungsstriche leichter überblickbar –, zweitens aber deshalb, weil die Continuo-Stimme auch als Direktionsstimme dienen sollte. Die Verbindung zwischen Gliederungszeichen und Taktgebung ist an einer Stelle der Continuo-Stimme von Schütz' *Zwölf Geistlichen Gesängen* expressis verbis hergestellt; und zwar heißt es in einer *Erinnerung,* die der *Deutschen Litanei* SWV 428 vorangestellt ist: „Wo fern auch ein Tact dabey vor nöthig erachtet wird / so kann derselbe nach dem *Basso Continuo* gegeben werden / welcher in seine *Tempora* abgetheilet zufinden ist." Abweichungen von der Regel der Brevisgliederung wurden anscheinend nicht als störend empfunden, solange die Übersichtlichkeit nicht beeinträchtigt wurde.[24]

Schütz selbst dürfte sich um die Positionierung der Abteilungsstriche in der Continuo-Stimme (auch abgesehen davon, daß er im vorliegenden Falle am Continuo an sich erklärtermaßen kein Interesse hatte) nicht gekümmert haben. Sie sind nicht Teil der Komposition, sondern ein benutzerorientiertes Hilfsmittel. Dennoch sind sie ein Teil der Quelle, die die einzige Grundlage der Edition ist. Daß sich daraus Zielkonflikte ergeben können, liegt auf der Hand.

3. Eine Konstruktion: Die ‚Basispartitur'

Für den folgenden Vergleich verschiedener Editionsmethoden soll der Anfang der Motette *Es ist erschienen die heilsame Gnade Gottes* (Nr. 3, SWV 371) dienen; aus diesem Stück stammen auch die als Beispiel 1 und 2 wiedergegebenen Faksimile-Abbildungen.

Bevor wir uns den publizierten Editionen zuwenden, sei ein Übertragungstypus konstruiert, der in den von uns untersuchten Editionen nicht vorkommt, von dem aus aber die Eingriffe der Editoren in den Quellentext leichter anschaulich werden und der hier

---

[24] Philipp Spitta war schon durch seine Beobachtungen anhand der Quellen der *Psalmen Davids* (1619) zu dem Ergebnis gekommen, „dass diese vertical durchgezogenen Linien nur ganz allgemein der Übersichtlichkeit dienen sollten. Was unsere modernen Taktstriche andeuten, dass die von ihnen umschlossenen Noten eine gewisse in sich geordnete musikalische Einheit sind, wird durch jene Gruppirungslinien nicht bezeichnet" (Vorwort zu SGA (wie Anm. 6), Bd. 2, 1886, S. IX).

Bsp. 6: Nr. 3 *Es ist erschienen die heilsame Gnade Gottes*; Basispartitur

als ‚Basispartitur' bezeichnet wird (Beispiel 6). Der Anfang von Motette Nr. 3 ist dabei ohne substantielle Eingriffe spartiert. Gliederungsstriche sind nur da gesetzt, wo sie auch in der Quelle stehen, d. h. im vorliegenden Falle nur im Bassus continuus. Die Akzidentiensetzung richtet sich streng nach den Originalstimmen; d. h. Wiederholungen und Widerrufe von Akzidentien stehen nur dort, wo sie die Quelle hat, und das Auflösungszeichen wird nicht verwendet. (Die Stufe h, Takt 4 in Altus und Bassus continuus, ist also quellengetreu mit einem Erhöhungszeichen geschrieben.) Da keine Taktstriche hinzugefügt sind, ist es auch möglich, die Mehrtaktpausen originalentsprechend wiederzugeben (Tenor und Bassus am Anfang des Stückes). Die Abweichungen vom Originaldruck beschränken sich auf folgende Maßnahmen:

– Der Notentext wird nicht in Stimmen angeordnet, sondern in Partitur wiedergegeben.

- Aus herstellungstechnischen Gründen sind Schlüssel, Noten- und Pausenzeichen, Akzidentien und Generalbaßbezifferung mit den heute üblichen Zeichenformen wiedergegeben.
- Pausenzeichen, die im Originaldruck in der Nähe der benachbarten Noten stehen, haben die heute übliche Position im Notensystem erhalten.
- Der Text ist in moderner Orthographie und mit den heute üblichen Interpunktionszeichen wiedergeben, und die Silben eines Wortes sind durch Striche verbunden.
- Mehrere Bezifferungszeichen für eine Note des Continuo werden vertikal mit den zugehörigen Noten der Vokalstimmen koordiniert.
- Zur leichteren Orientierung und Verweisung sind die Semibrevis-Einheiten über dem obersten System mit einer Ziffernleiste durchgezählt.
- Auf Angaben in den Einzelstimmen, die sich durch die Partitur erübrigen, ist verzichtet worden, so auf die Angabe „a 5." am Kopf des Stückes und auf Textmarken im Continuo.
- Nicht übernommen sind die Custoden am Ende der Systeme.

Es ist denkbar, daß eine Partitur dieser Art bei Musikern, die sich spezialisiert mit der Wiedergabe von älterer Musik befassen, auf Interesse und Sympathie stößt. Denn sie hält sich streng an den Notentext der Quelle und macht lediglich das gesamte Stimmengewebe in Partiturform sichtbar. Daß Übertragungen dieses Typus nie veröffentlicht worden sind, liegt zweifellos daran, daß der Kreis der Interessenten dafür zu klein ist. Denn die originalen Schlüssel werden heute sogar von Kirchenmusikern und Musikwissenschaftlern, zu deren Ausbildung die Beschäftigung mit historischer Notation gehört, nicht immer fließend gelesen, und das Fehlen von Taktstrichen erschwert Laienchören das Absingen. Als eine extrem quellennahe Übertragung sei aber diese ‚Basispartitur' dem Gang durch die publizierten Neuausgaben vorangestellt. Sie ist gleichsam das verschwiegene Thema, von dem jede Edition eine Variation darstellt. Jede Abweichung von der Basispartitur ist eine gewollte Änderung, die dazu dienen soll, den Notentext für die Lese- und Musiziergewohnheiten späterer Zeiten zu erschließen.

4. Eine Fiktion: Die Edition von Carl von Winterfeld

Bereits ein halbes Jahrhundert vor dem Erscheinen von Spittas Schütz-Gesamtausgabe legte Carl von Winterfeld 1834 in Band 3 seiner Gabrieli-Monographie eine Reihe von teils umfangreichen Beispielen aus Werken von Schütz in Partiturform vor.[25] Zwar ist dabei die *Geistliche Chormusik* nicht berücksichtigt, doch lassen sich aus den auf 24 Seiten ausgebreiteten Beispielen aus Schütz' Œuvre die Editionsprinzipien gut erkennen, die Winterfeld für diese Musik als angemessen betrachtete. Es fällt nicht schwer, anhand der von Winterfeld edierten Werke und Werkausschnitte eine analoge Übertragung des Anfangs unseres Beispielstückes *Es ist erschienen* herzustellen (Beispiel 7).

Gegenüber dem Original hat Winterfeld die Akzidentiensetzung neuerem Gebrauch insofern angepaßt, als er das Auflösungszeichen benutzt (Takt 4, Altus und Bassus continuus) und Warnungsakzidentien setzt (Takt 4, Quintus). Im Continuo ist die Plazierung mehrerer Bezifferungszeichen für eine Note nicht immer mit der entsprechenden

---

25 Carl von Winterfeld, *Johannes Gabrieli und sein Zeitalter* (wie Anm. 4), Bd. 3, S. 139ff.

Bsp. 7: *Es ist erschienen die heilsame Gnade Gottes*; Übertragung nach den Editionsprinzipien von Carl von Winterfeld

Stimmführung koordiniert, sondern ahmt gelegentlich auch das Notenbild der Originalstimme nach (3. Takt der zweiten Akkolade).

Der wichtigste Unterschied gegenüber der Originalnotation ist die Einführung von Taktstrichen, die durch die ganze Akkolade einschließlich des Continuo durchgezogen sind. Die Taktgröße bemißt Winterfeld offenbar nach dem satztechnischen Befund. Während er für Motetten im Stile antico (Palestrina, Lassus, Andrea Gabrieli) die Brevis als Einheit wählt, werden Kompositionen, deren rhythmische Struktur am Madrigal orientiert ist (erkennbar an den zahlreichen Achteln und gelegentlichen Sechzehnteln) nach Semibreven gegliedert;[26] zu diesem Typus gehören alle von Winterfeld wiedergegebenen

---

[26] Das gilt für die binäre Gliederung; Abschnitte in der Proportio tripla werden ohne Verkürzung der Notenwerte im $^3/_1$-Takt notiert.

Stücke von Schütz. Da sich Winterfeld in einem Kapitel des zweiten Bandes ausdrücklich mit der Zeitordnung der Musik des 16. und 17. Jahrhunderts beschäftigt hat (wenn auch ohne Erörterung editionstechnischer Fragen),[27] dürfte diese Entscheidung mit voller Absicht getroffen worden sein. Offenbar um der Einheitlichkeit der Strichsetzung willen hat Winterfeld die Continuo-Stimme in die Sembrevis-Gliederung der Vokalstimmen mit einbezogen, was zur Folge hat, daß die Position der Abteilungsstriche, wie sie in der Originalstimme stehen, aus der Edition nicht hervorgeht.

Die Taktstrichgliederung verlangte Entscheidungen für die Behandlung grenzüberschreitender Notenwerte. Winterfeld vermied in den meisten Fällen die Verwendung des Haltebogens[28] und setzte stattdessen Verlängerungspunkte nach dem Taktstrich, während Noten, die zu gleichen Teilen in zwei Takte gehören, auf den Taktstrich zu stehen kommen. (Für beides finden sich Beispiele in den beiden letzten Takten der ersten Akkolade.)

Philipp Spitta hat das Gabrieli-Buch Carl von Winterfelds gekannt. Wenn er sich in seiner Gesamtausgabe nicht an Winterfelds Editionstechnik anschloß, so war dies – auch wenn er sich nicht auf eine ausführliche Diskussion einließ[29] – eine bewußte Entscheidung.

5. Philipp Spittas Ausgabe in den *Sämtlichen Werken* (Breitkopf & Härtel 1889)

Die erste Neuausgabe der *Geistlichen Chormusik* erschien 1889 als Band 8 von Philipp Spittas Gesamtausgabe bei Breitkopf & Härtel. Beispiel 8 zeigt den Anfang der Motette Nr. 3. Wie auch in den anderen Bänden dieser Ausgabe ist die Tendenz zu erkennen, nur so viel von der originalen Notation preiszugeben, wie durch die Umsetzung in Partitur unbedingt nötig wurde. Die originalen Schlüssel sind ebenso wie die originalen Notenwerte bewahrt. Die Setzung von Akzidentien ist dem modernen Prinzip der taktweisen Geltung angeglichen worden, doch ist der alte Usus beibehalten, Erhöhungen und Erniedrigungen nicht durch Auflösungszeichen zu widerrufen, sondern durch ♭ bzw. ♯.

Der Text ist ausgeschrieben (d. h. die Abbreviatur „ij" ist aufgelöst) und nach modernem Brauch silbenmäßig unterlegt; die Textorthographie ist entsprechend den damaligen Regeln modernisiert.

Der Basso continuo ist selbstverständlich als Bestandteil des Quellentextes in die Partitur einbezogen worden, und zwar mit allen Schlüsselwechseln, die sich aus seiner Eigenschaft als Basso seguente ergeben. Nicht ediert sind die Textmarken, da sie in einer Partitur redundant sind.

Der gravierendste Eingriff in die Notierung des Originals ist, ähnlich wie in der Editionstechnik Carl von Winterfelds, die Setzung von Taktstrichen. Spitta hat seine Überlegungen zu diesem Thema im Vorwort zu Band 1 der Gesamtausgabe ausführlich darge-

---

[27] Die Rhythmik der älteren Tonmeister. Bd. 2, S. 124–147.
[28] Das geschah freilich nicht konsequent; die Gründe für das jeweilige Verfahren sind nicht eindeutig zu erkennen.
[29] Winterfelds Behandlung der Schützschen *Cantiones sacrae* wurde von Spitta mit einer kurzen, abfälligen Bemerkung abgetan: „Winterfeld hat es [das Opus] nur oberflächlich betrachtet, und die Proben, welche er [. . .] mittheilt, sind wenig bezeichnend; zudem entbehren sie der Correctheit" (Vorwort zu SGA 4, wie Anm. 6, S. V). – Zu Spittas Auseinandersetzung mit Winterfelds Synkopendarstellung vgl. den folgenden Abschnitt.

III.

H.S.VIII.

Bsp. 8: *Es ist erschienen die heilsame Gnade Gottes*; Heinrich Schütz, Sämtliche Werke, hrsg. von Philipp Spitta, Bd. 8, 1889

legt. In der Tatsache, daß die Vokalstimmen keine Taktstriche aufweisen, sieht er einen adäquaten Ausdruck ihrer Führung und ihrer Stellung im Ganzes des Satzes:[30]

> [...] die Besonderheiten der Aufzeichnung sind nichts willkürliches, sie sind ein Ausdruck innerer Eigenthümlichkeiten. Es ist daher unumgänglich, sie bis zu einem gewissen Grade beizubehalten. [...] Der freiere Rhythmus der älteren Melodik, welche [...] sich durch die Redebetonungen leiten lässt, widerstrebt dem Zwange des Taktstrichs und der mechanischen Hervorhebung des guten und schlechten Takttheils. Am empfindlichsten macht sich dieser Zwang bei der sogenannten Syncope fühlbar: die Accentuirung des guten Takttheils in derselben ist dem Wesen jener alten Melodien durchaus zuwider und zerstört die im Wechsel der Betonung gelegene Schönheit. Die Folge dieser Erkenntnis müsste nun sein, dass man den modernen Gebrauch der Taktstriche sowohl in Partitur als in Stimmen unterliesse.

Damit ist eine grundsätzliche Position formuliert. Hätte Spitta sie in die editorische Praxis umgesetzt, so hätte seine Ausgabe weitgehend unserer ‚Basispartitur‘ geglichen. Doch Kompromisse waren nötig, denn es galt, zu vermeiden, „das Auge des Partiturlesers durch ein Zuviel des Ungewohnten zu befremden und ihm das Weiterlesen zu verleiden." In der Bereitschaft zu solchem Entgegenkommen sah sich Spitta dadurch bestärkt, daß auch in Partituren der Schützzeit Abteilungsstriche zur Erleichterung des Lesens verwendet wurden, wenn auch nur zu dem Zwecke, „dem Auge Unterscheidungslinien und so dem Ganzen eine gewisse Übersichtlichkeit zu verschaffen". Bedauernd resümiert Spitta:

> [...] alles was wir wissen, genügt doch bei weitem nicht, um darauf hin die Reconstruction einer Schützschen Partitur wagen zu können. Es wird vor der Hand nichts übrig bleiben, als im wesentlichen die moderne Partiturform anzuwenden.[31]

Für die Gliederung der Partitur wählte Spitta einen anderen Ansatzpunkt als Winterfeld. Offenbar lag ihm daran, keinen Abteilungsstrich zu setzen, der nicht aus dem Originaldruck abzuleiten war. Deshalb ging er von den originalen Abteilungsstrichen des Bassus continuus aus, die er gleichzeitig zum Maßstab für die ‚Taktstrich‘-Setzung der Obligatstimmen machte. Die dadurch entstehenden metrischen Einheiten umfassen meist eine Brevis, manchmal aber auch 1½ oder zwei Breven. In der Mitte der zweiten Akkolade unseres Beispiels ist, entsprechend der Continuo-Stimme, eine Einheit von 1½ Breven entstanden (Takt 9–11). Ähnlich ist auch die zweite in Motette Nr. 3 vorkommende Einheit dieser Größe (Takt 70–72) in Spittas Edition bewahrt; desgleichen ‚fehlt‘ auch quellengetreu ein Strich vor der Schluß-Longa.[32] In allen diesen Fällen hat die Unregelmäßigkeit der Strichsetzung keine Entsprechung in den Vokalstimmen.

---

[30] Dieses und die folgenden Zitate aus dem Vorwort zu SGA 1 (wie Anm. 6), S. VII.

[31] Die von Spitta beklagten Kenntnislücken haben sich in der Zwischenzeit nicht geschlossen. Doch könnte es seht gut sein, daß *die* Schützsche Partitur, die wir nur nachzuahmen brauchten, um die ideale Editionsform zu erhalten, überhaupt nicht gegeben hat. Stellt man sich die Kompositionsarbeit so vor, wie wir sie für den *Dialogo per la Pascua* hypothetisch skizziert haben, dann wäre Schütz von dem Ziel geleitet gewesen, auf möglichst ökonomische Weise das Aufführungsmaterial als eigentliches Endprodukt herzustellen. Die für spätere Zeiten selbstverständliche Vorstellung von einer – möglichst in Reinschrift hergestellten – Partitur als der eigentlichen, unentbehrlichen Existenzform eines musikalischen Werkes dürfte der Schützzeit fremd gewesen sein.

[32] Inkonsequenterweise ist allerdings zwischen den Takten 31 und 32 ein in der Originalstimme nicht stehender Strich eingefügt; offenbar hat Spitta den in der Mitte des Abschnittes stehenden Tenorschlüssel als Ersatz für einen Abteilungsstrich interpretiert.

Mit der Gliederung durch Taktstriche erhob sich auch die Frage, wie man taktstrich-überschneidende Notenwerten behandeln soll. Bei punktierten Noten schloß sich Spitta dem Verfahren Winterfelds an, den Verlängerungspunkt nach dem Taktstrich zu setzen, „wo es der Deutlichkeit halber anging“.[33] (Ein Beispiel dafür findet sich in der dritten Abteilung der ersten Akkolade.) Anders als Winterfeld verhielt er sich im Falle der zwei-teiligen synkopierten Werte:

> Um die Vortragsart der Syncope auch bei regelmässiger Anwendung der Taktstriche dem Auge deutlicher zu machen, hielt man im 17. Jahrhundert darauf, die betreffende Note so zu stellen, dass der Taktstrich mitten durch sie hinlief. Winterfeld hat in unserer Zeit diese Schreibweise wieder in Aufnahme zu bringen gesucht. Allein sie dürfte wenigstens bei Partituren doch nicht brauchbar sein. Die betreffende Note wird von ihrer eigentlichen Stelle fort auf die Grenze der Takte gerückt, somit die Übersichtlichkeit erschwert und der Zweck, den die Anwendung der Taktstriche zunächst verfolgt, theilweise vereitelt. Müssen einmal Taktstriche sein, dann ist es logischer, die Syncope in ihre Hälften zu zerlegen und diese durch einen Bindebogen zu vereinigen. So ist es denn auch in der vorliegenden Ausgabe gemacht worden.[34]

Spittas Schütz-Ausgabe hat sich bei Wissenschaftlern und Praktikern den Ruf der un-bestechlichen Sachlichkeit und Originaltreue erworben – einen Ruf, der sich aufgrund mancher Eigenmächtigkeiten der Editionen des 20. Jahrhunderts noch gefestigt hat. Viele sahen und sehen in ihr eine Art von Normal-Edition, die die Möglichkeit bietet, hinter die verschiedenen praktischen Ausgaben zurückzugehen und sich zu vergewissern, was Schütz ‚wirklich‘ geschrieben hat. Für die meisten Komponenten der originalen Notati-on trifft das sicherlich zu. Doch sollte man die Problematik nicht übersehen, die in Spittas Methode der rhythmischen Gliederung liegt. Sie sind eine Herausgeber-Entscheidung, die vertretbar ist, die sich aber nur bedingt auf die Notierung des Originaldrucks berufen kann. Wer freilich Spittas Editionsprinzipien kennt, kann den Text der Quelle in allen wesentlichen Zügen rekonstruiren.

Spittas Partiturausgabe ist primär zum Studium bestimmt, kann aber auch als Dirigier-partitur für Aufführungen dienen (siehe dazu Abschnitt 6). Für Chorsänger ist sie schon wegen ihres Formates ungeeignet; Einzelausgaben wurden nicht hergestellt.

6.   Die Stimmenausgabe von Philipp Spitta (Breitkopf & Härtel 1890)

Bereits ein Jahr nach dem Erscheinen des Gesamtausgaben-Bandes legte Philipp Spitta im Verlag Breitkopf & Härtel eine Ausgabe in Stimmen vor (Chorbibliothek Nr. 2284[35]), die dem praktischen Musizieren dienen sollte. Auf den Zusammenhang mit der Gesamt-ausgabe ist im Titel ausdrücklich durch den Vermerk „Stimmen – Im Anschluß an die Partitur der Gesammtausgabe“ hingewiesen. Der Dirigent sollte die Gesamtausgabe be-nutzen, die Chormitglieder sangen aus Stimmbüchern, von denen jedes das ganze Opus

---

[33] Vorwort zu SGA 1 (wie Anm. 6), S. VII.

[34] Ebenda.

[35] Ein Exemplar der heute nicht mehr im Handel erhältlichen Ausgabe konnte der Verfasser im Archiv des Verlages Breitkopf & Härtel (Wiesbaden) einsehen. Herr Dr. Sopart gewährte mir bereitwillige Hilfe bei der Benutzung dieser Edition, gestattete die Reproduktion von Beispielseiten aus den Ausgaben des Verlages Breitkopf & Härtel und stellte die Vorlagen dafür zur Verfügung. Für diese Unterstützung sei an dieser Stelle verbindlichst gedankt.

enthält. Es gibt vier Stimmbücher für die Stimmlagen Sopran, Alt, Tenor und Baß. Wenn Stimmlagen doppelt besetzt sind (dies ist vor allem in Sopran und im Tenor der Fall), dann sind beide Stimmen partiturmäßig untereinandergeschrieben (siehe Beispiel 9); in Nr. 24 sowie in den siebenstimmigen Stücken Nr. 27–29 sind sogar drei Stimmen in einem Stimmbuch zusammengefaßt. Ein eigenes Stimmbuch für den Generalbaß wurde nicht angefertigt; ein eventueller Continuospieler sollte wohl wie der Dirigent die Partiturausgabe benutzen.

Bsp. 9: *Es ist erschienen die heilsame Gnade Gottes*; Praktische Ausgabe von Philipp Spitta, 1890

Drei Jahre zuvor hatte Spitta schon eine – ebenfalls auf der Gesamtausgabe basierende – praktische Ausgabe von Schütz' *Cantiones sacrae* vorgelegt, über deren Editionsgrundsätze er sich damals in einem Anhang zum Vorwort der Partiturausgabe ausgesprochen hatte.[36] Mit diesen Darlegungen, die auch für die praktische Ausgabe der *Geistlichen Chormusik* fundierend sind, verfügen wir sozusagen über eine ,Theorie der praktischen Ausgabe' aus der Feder Spittas.

Daß die Sänger aus Einzelstimmen sangen, war damals selbstverständlich und brauchte nicht eigens erörtert zu werden. Ein Problem, das Spitta ausführlich bespricht, ist dagegen die Schlüsselung. Von den im Originaldruck vorkommenden Schlüsseln durfte er beim Publikum nur den Baßschlüssel als selbstverständlich vertraut betrachten (der Violinschlüssel kommt im Originaldruck der *Geistlichen Chormusik* fast gar nicht vor). So war für alle Stimmen außer dem Baß zu überlegen, in welcher Schlüsselung sie dem Sänger zugänglich gemacht werden sollten.[37]

Für den Sopran wählte Spitta den auch Laien vertrauten Violinschlüssel; er verbindet leichte Lesbarkeit mit der Möglichkeit, die original im C₁–Schlüssel stehenden Stimmen ohne viele Hilfslinien darzustellen. Den Violinschlüssel auch für den Alt anzuwenden, wie es heute üblich ist, hielt Spitta dagegen wegen des Umfanges dieser Stimme, die bei Schütz eine Männerstimme ist, für indiskutabel:

> Hätte man [...] die Altstimme mit dem Violin-Schlüssel versehen wollen, so würde sie an sehr vielen Stellen ein gradezu monströses Aussehen erhalten haben, und es ist sehr zu bezweifeln, ob nicht durch die Anwendung von drei und vier Hülfslinien die Bequemlichkeit völlig wieder aufgehoben wäre, welche die Anwendung des vertrauten Violin-Schlüssels für gewisse Sänger oder Sängerinnen an anderen Stellen vielleicht mit sich geführt hätte.

Bliebe man bei der Voraussetzung, daß Chorsängern überhaupt nur Violin- und Baßschlüssel zuzumuten sind, so müßte man sich, um die ,monströsen' Hilfslinien zu vermeiden, zur abwechselnden Verwendung von Violin- und Baßschlüssel entschließen – nach Spittas Überzeugung einem „mechanischen und unkünstlerischen Mittel". Stattdessen hielt er es für angebracht, es „einmal mit der Anwendung des wirklichen Altschlüssels [zu] versuchen". Zur Rechtfertigung führte er aus,

> dass es nicht eigentlich unsre Concertchöre sind, welche sich mit der Wiederbelebung der *Cantiones sacrae* zu befassen haben würden. Die Organe hierfür werden vielmehr die in unserer Zeit überall reichlich entstehenden Kirchen- oder sonstige *A cappella*-Chöre sein. Da die gesangliche Schulung derselben nach ganz anderen Grundsätzen erfolgen muss, als diejenige der aus Dilettanten bestehenden Concertchöre, so dürfte es keine sehr grossen Schwierigkeiten bereiten, die Alte dieser Chöre auch wieder mit dem *C*-Schlüssel der dritten Linie vertraut zu machen.

Was die Notierung der Tenorstimmen betrifft, so wäre der nach unten oktavierende Violinschlüssel in Frage gekommen, der schon damals in Opern und oratorischen Werken in Gebrauch war. Dieses Verfahren lehnte Spitta allerdings auf das entschiedenste ab:

---

[36] Bemerkungen zu der neuen Stimmen-Ausgabe. In: SGA 4 (wie Anm. 6), S. XXI–XXIV.

[37] Wir beschränken unsere Darstellung hier auf die Hauptschlüsselung der *Geistlichen Chormusik*, das heißt die zu dieser Zeit bereits normal gewordene Tiefschlüsselung C₁/C₃/C₄/F₄. Für die in Chiavetten notierte Motette *Also hat Gott die Welt geliebt* SWV 380 sowie für die gemischt vokal-instrumentalen Stücke am Schluß des Opus sind die Verhältnisse etwas komplizierter.

Der Gebrauch des Violin-Schlüssels für die Altstimme ist insofern wenigstens rationell, als das jedemalige Tonzeichen die Lage, welche der Ton im System hat, wirklich ausdrückt. Der im Violin-Schlüssel geschriebene Tenor muss aber um eine Octave tiefer gesungen werden, um die beabsichtigte Tonlage zur Erscheinung zu bringen. Wenn moderne Componisten den Tenor dennoch so notiren, so ist das ihre Sache. Dass aber bei dem Herausgeber keine Neigung bestand, die richtige Aufzeichnung der alten Musik durch Nachgiebigkeit gegen einen ganz unvernünftigen Gebrauch zu verfälschen, wird man wohl begreiflich finden.[38]

So blieb nur die Entscheidung, auch für den Tenor den originalen Schlüssel beizubehalten – eine Entscheidung, für die mit der Notierung des Altus im C-Schlüssel gewissermaßen der Weg gebahnt war. Im Gesamtergebnis finden sich also in der praktischen Ausgabe meist die originalen Schlüssel wieder, mit Ausnahme des Violinschlüssels für den Sopran.[39] Allerdings vermied Spitta die seltener vorkommenden F-Schlüssel auf der dritten bzw. fünften Linie (Bariton- bzw. Subbaßschlüssel); er ersetzte sie im allgemeinen durch den Baßschlüssel; in einem Fall (Nr. 29, dritte Stimme) schrieb er für den Baritonschlüssel den Tenorschlüssel.

In der Setzung der Akzidentien kam Spitta den modernen Lesegewohnheiten entgegen, indem er – im Unterschied zur Partitur – für die Widerrufung einer Erhöhung oder einer Erniedrigung das Auflösungszeichen setzte.

In der Frage der Taktstrichsetzung hatte sich Spittas Meinung seit seinen grundsätzlichen Erwägungen zur Editionstechnik im Vorwort zu Band 1 der Gesamtausgabe (1885) geändert. Dort hatte er als rigorose editorische Konsequenz aus der taktstrichlosen Notation der Originalstimmen formuliert,[40]

dass man den modernen Gebrauch der Taktstriche sowohl in Partitur als in Stimmen unterliesse. Was letztere betrifft, so glaube ich in der That, dass man ohne Vorbehalt zu dem alten Gebrauche zurückkehren muss, will man den richtigen Vortrag jener Musik den Sängern nicht unbillig erschweren oder gar unmöglich machen.

Für die Partiturnotation hatte sich Spitta schon damals aus praktischen Gründen zur Taktstrichsetzung bereitgefunden. Für die Stimmenausgaben der *Cantiones sacrae* und der *Geistlichen Chormusik* holte er diesen Kompromiß nach, wobei er die Abteilungsstriche der Partitur in die Einzelstimmen übertrug. Da die Gesamtausgabe als Dirigierpartitur dienen sollte, so war dieses Verfahren wohl zwingend; ganz unproblematisch ist es jedoch nicht. In der Partitur ist die Übertragung der Continuo-Gliederung auf die Obligatstimmen für den Benutzer verständlich, da der „maß-gebende" Bassus continuus Teil des Notenbildes ist; in der Einzelstimme ist die Gliederung unmotiviert. Beispiel 9 beginnt

---

[38] Wie unzeitgemäß Spitta mit seiner Ablehung des Violinschlüssels für den Tenor war, zeigt sich etwa daran, daß Richard Wagner bereits 1860 an Karl Klindworth über geplante Arrangements aus dem *Rheingold* schreibt: „Es versteht sich, dass der Tenorschlüssel (im Gesang) überall in den Violinschlüssel transponiert wird." (21. April 1860; zitiert nach: Richard Wagner: Sämtliche Briefe. Bd. 12. Hrsg. von Martin Dürrer. Wiesbaden, Leipzig und Paris 2001. Nr. 104, S. 126.) – Freilich bereitet in einem Opern-Klavierauszug die Oktavierung weniger Orientierungsschwierigkeiten als in einer Chorpartitur. Eindeutigkeit wird durch die Hinzufügung der Ziffer 8 zum Violinschlüssel erzielt, die sich offenbar erst im 20. Jahrhundert eingebürgert hat.

[39] Es ist nicht ganz einzusehen, warum nicht auch die Sopranistinnen ihren Part aus dem C-Schlüssel hätten singen können; dies hätte die Möglichkeit geboten, für den größten Teil des Gesamtwerkes die originalen Schlüssel beizubehalten.

[40] Vorwort zu SGA 1 (wie Anm. 6), S. VI.

mit vier Takten im normalen Brevis-Umfang, auf die eine Einheit von drei Semibreven folgt – ein Taktwechsel, der weder in der originalen Notation vorgezeichnet noch in der metrischen Struktur des Satzes begründet ist.

Als Zutat für die Praxis enthält die Ausgabe Vortragsbezeichnungen. Mit ihrer Hinzufügung verfuhr Spitta, wie er in seiner *Vorbemerkung* ausführt,

> noch sparsamer [...] als in den *Cantiones sacrae*. Der Grund lag nicht nur in dem Wunsche, nach dieser Richtung lieber zu wenig als zu viel zu thun, sondern auch in dem Werke selbst. Die *Cantiones* stehen ihrem Stile nach dem weltlichen Madrigale um so viel näher wie die „Chormusik" der kirchlichen Motette: der Componist lässt hier die persönliche Empfindung vor der allgemeineren absichtlich etwas zurückweichen.

Den größten Teil der Vortragsbezeichnungen machen die Angaben zur Dynamik aus, die sich meist im Bereich zwischen *piano* und *forte* halten und nach dem Terrassen-Prinzip (nur am Beginn von neuen Abschnitten) wechseln. In seltenen Fällen werden auch extreme dynamische Grade nicht vermieden. So ist der ganze Schlußteil von *Das ist je gewißlich wahr* (SWV 388), beginnend mit „Gott, dem ewigen Könige ...", mit *ff* bezeichnet; Textstellen wie „so schlaf ich ein" in *So fahr ich hin* (SWV 379) und „sie ruhen" in *Selig sind die Toten* (SWV 391) haben die Bezeichnung *pp* erhalten; im *pianissimo* läßt Spitta auch in der Schlußpartie von *Viel werden kommen von Morgen und von Abend* (SWV 375) die Worte „und Zähneklappen" singen.

Sehr selten finden sich andere als dynamische Bezeichnungen: *espressivo* steht in *Unser keiner lebet ihm selber* (SWV 374) bei den Textworten „sterben wir"; *dolce* soll der Beginn von *Herzlich lieb hab ich dich, o Herr* (SWV 387) gesungen werden.

Tempoangaben hat Spitta im allgemeinen nicht für nötig gehalten. Nur am Ende von *Ich weiß, daß mein Erlöser lebt* (SWV 393) steht für den Abschnitt „ich und kein Fremder" die Vorschrift „langsam" – möglicherweise deshalb, um dem nur sieben Semibrevistakte ausmachenden Schlußabschnitt nach einer Tripla-Partie genügend Schlußkraft zu verleihen.

Die Stimmenausgabe von Spitta bildete jahrzehntelang für die musikalische Praxis den einzigen Zugang zur *Geistlichen Chormusik*. Sie wurde unmodern, als sich in der Singbewegung des 20. Jahrhunderts ein neues Ideal der Beschäftigung mit Chormusik durchsetzte, das Singpartituren erforderte. Aber noch in dieser Ära der Schütz-Edition schrieb Friedrich Blume, einer der Protagonisten der neuen Editionspraxis: „Erwähnt sei hier – was vielen Chorleitern unbekannt ist – daß es eine vollständige Stimmenausgabe der ‚Geistlichen Chormusik' und der ‚Cantiones sacrae' von Philipp Spitta [...] gibt. Sie stellt natürlich das beste Material dar, das man benutzen kann [...]."[41]

7.   Die praktische Ausgabe von Wilhelm Kamlah (Bärenreiter 1928–1935)

7.1   Wurzeln in der Praxis

War Spittas Stimmenausgabe der *Geistlichen Chormusik* ein Angebot an die Praxis, sich des Werkes anzunehmen, so ist die Ausgabe von Wilhelm Kamlah umgekehrt aus ei-

---

[41]   Friedrich Blume: Praktische Schütz-Ausgaben – ein Literaturbericht. In: Die Musikantengilde 7, 1929, S. 25–34 (Zit. S. 31).

ner bestehenden Praxis erwachsen, für die geeignetes Notenmaterial geschaffen werden mußte.

Im September 1925 begann Wilhelm Kamlah, damals Student der Musikwissenschaft und der Philosophie in Heidelberg,[42] mit dem Aufbau eines Chores, der sich im folgenden Jahr als ‚Heinrich-Schütz-Kreis' konstituierte.[43] Im Repertoire des Chores spielte von Anfang an Schütz' *Geistliche Chormusik* eine zentrale Rolle. Nachdem zunächst aus handschriftlichen Vorlagen gesungen wurde, konnte in den Jahren 1928 bis 1935 im Bärenreiter-Verlag Kamlahs Neuausgabe der *Geistlichen Chormusik* in Einzelheften erscheinen.[44] Daß Kamlah sich bei der Vorbereitung der Edition mit Friedrich Blume beraten hat[45], scheint nicht ohne Auswirkung auf die Gestaltung der Edition geblieben zu sein. Blume begann um die gleiche Zeit mit der Herausgabe der Reihe *Das Chorwerk* (Heft 1, das die *Missa Pange lingua* von Josquin Desprez enthält, erschien 1929); beide Editionen stimmen in wichtigen Grundsätzen (Einzelwerk-Partitur, moderne Schlüssel, Mensurstrich) überein.

Vorab sei ein Bericht eines Chormitgliedes zitiert, aus dem sich manches erklären läßt, was die Gestaltung der Kamlahschen Ausgabe kennzeichnet:

> Bei Schütz ging er [Kamlah] in der Regel vom Wort aus, das er auf seine Weise, unter Umständen auch unter Assistenz von diesem oder jenem interpretierte. Lateinische Texte wurden selbstverständlich übersetzt und dann Wort für Wort durchgegangen. Bei den fünf- und mehrstimmigen Schütz-Motetten ging er von den einzelnen Abschnitten aus: Oberchor, Unterchor, Tutti, dann der nächste Abschnitt. Jede einzelne Stimme wurde darauf befragt, was sie zu sagen hatte in Phrasierung, Lautstärke, Atemführung usw., dann mit der nächsten zusammengesetzt und schließlich in den Abschnitt eingefügt. Erst dann begann die Gestaltung der ganzen Motette [...] jeder einzelne sollte nicht nur Einzelstimme sein, sondern das ganze Stück begreifen und von daher seinen Part finden.[46]

7.2   Die Elemente der Editionstechnik

Vergleicht man Kamlahs Edition (Beispiel 10) mit dem Aufführungsmaterial, das Spitta den Chören etwa 30 Jahre vorher angeboten hatte, so ist zu erkennen, daß sich die Vorstellung von einer ‚praktischen Ausgabe' grundlegend geändert hatte. Wir zählen zunächst die editionstechnisch relevanten Merkmale der Ausgabe auf:

1. Was die Sänger in die Hand bekommen, ist nicht mehr ein Bändchen, in dem eine Stimme für das ganze Opus enthalten ist, sondern ein Heft, das eine Motette enthält,

---

[42]   Wilhelm Kamlah (1905–1976) war später Universitätslehrer im Fach Philosophie, zuletzt 1954–1970, als Ordinarius an der Universität Erlangen-Nürnberg.

[43]   Eine ausführlich dokumentierte Darstellung der Aktivitäten Wilhelm Kamlahs und seines Schütz-Kreises publizierte Ursula Eckart-Bäcker: Die Schütz-Bewegung – Zur musikgeschichtlichen Bedeutung des „Heinrich-Schütz-Kreises" unter Wilhelm Kamlah. Vaduz: Prisca-Verlag, 1987 (Beiträge zur Musikreflexion, H. 7). Erwähnt sei darüber hinaus als Primärquelle der detailreiche Bericht, den Wilhelm Kamlah selbst unter dem Titel „Der Anfang der Schützbewegung und der musikalische Progressismus" über die Wurzeln und die Frühzeit des Heinrich-Schütz-Kreises gab (in: Musik und Kirche 89, [1969], S. 207–213).

[44]   Im Advent 1928 erschienen die ersten Motetten als Einzelausgabe; der Vertrag zwischen dem Bärenreiter-Verlag und Wilhelm Kamlah über die Edition des Gesamtwerkes datiert erst vom 5. Juli 1929.

[45]   Eckart-Bäcker, Die Schütz-Bewegung (wie Anm. 43), S. 68.

[46]   Zitiert nach Eckart-Bäcker, Die Schütz-Bewegung (wie Anm. 43), S. 63.

Bsp. 10: *Es ist erschienen die heilsame Gnade Gottes*; Ausgabe von Wilhelm Kamlah, 1928

diese aber als Partitur. Einzelne Stimmen gibt es nicht mehr. Alle Mitwirkenden, einschließlich des Dirigenten, benutzen also das gleiche Notenmaterial.

2. Es werden keine C-Schlüssel mehr verwendet, sondern nur noch Violin- und Baßschlüssel, für den Tenor der oktavierte Violinschlüssel.

3. Der weitaus überwiegende Teil der Stücke (24 von 29) ist in eine höhere Lage transponiert. Daraus ergibt sich eine gewisse Annäherung an die Stimmenumfänge, die im gemischten Chor üblich sind, was besonders dem Alt zugutekommt.

4. Die Generalbaß-Stimme ist nicht in die Partitur aufgenommen worden.

5. Als metrische Einheit ist die Semibrevis (Ganze-Note) gewählt, als Gliederungsmittel der zwischen den Systemen stehende Mensurstrich.

6. Auf Vorschläge zur Dynamik wird verzichtet.

Alle diese Neuerungen stehen im Zusammenhang mit einer veränderten Auffassung vom Einstudieren und Aufführen von Chormusik. Dazu im einzelnen:

Zu Punkt 1: Das Musizieren aus der Partitur ist wohl die eingreifendste Neuerung von Kamlahs Edition gegenüber der praktischen Ausgabe von Spitta. Da dieses Thema eine etwas breitere Besprechung verdient, soll ihm ein Exkurs gewidmet werden (Abschnitt 8.).

Zu Punkt 2: Der ausschließliche Gebrauch von Violin- und Baßschlüssel trägt den Lesegewohnheiten der Musikliebhaber Rechnung. Jeder, der Klavier spielen gelernt hat, findet seine Stimme in einem ihm vertrauten Schlüssel vor. Die Verwendung des oktavierten Violinschlüssels für den Tenor war in den vorangehenden Jahrzehnten zur Norm geworden, so daß man sie nicht mehr wie Spitta als „unvernünftigen Gebrauch" empfand. Die nunmehr vollständige Eliminierung der C-Schlüssel ist aus praktischen Erwägungen zu verstehen. Doch sollte man den Verlust nicht übersehen, der damit eingetreten ist. Die originale Schlüsselordnung stellte ein System von Stimmen innerhalb eines gemeinsamen musikalischen Raumes adäquat dar, wobei jede Einzelstimme innerhalb ihres geschlüsselten Systems zentriert zur Erscheinung kam, d. h. so, daß das System Mitte, Extreme und Grenzüberschreitungen direkt anschaulich machte. Diese Anschaulichkeit ist verlorengegangen.

Zu Punkt 3: Mit der Wahl des Violinschlüssels für den Altus ist eine eindeutige Entscheidung darüber gefallen, welcher Stimmgattung des gemischten Chores diese Stimme zufällt: der tiefen Frauenstimme. Da die im Altschlüssel notierten Stimmen Schützens – nicht anders als die der Vokalpolyphonie des 16. Jahrhunderts – einen Normalumfang von *e* bis *a'* haben, liegen sie freilich für Frauenstimmen eigentlich zu tief. Um hier Abhilfe zu schaffen, hat Kamlah die Mehrzahl der Stücke nach oben transponiert (so auch unser Beispielstück).[47] Da die Transposition (abgesehen von einigen Sonderfällen am Ende des Opus) nur in die Obersekunde erfolgt, hält sich die Zahl der generellen Vorzeichen in Grenzen. Allerdings wird die Modalität als Bezugssystem des musikalischen Satzes verdunkelt.

Zu Punkt 4: Die Weglassung des Generalbasses kann sich auf Schütz' Angabe stützen, daß er „nicht aus Notwendigkeit, sondern auf Begehren" hinzugefügt worden ist; gleich-

---

47 Strenggenommen ist für ein A-cappella-Stück die Notierung von Transpositionen überflüssig, da ja in der gewünschten Tonhöhe angestimmt werden kann. Vermutlich wollte Kamlah die von ihm für richtig gehaltene Transposition schon durch das Notenbild ausdrücken, vielleicht auch der Gewohnheit mancher Chorsänger entgegenkommen, in der notierten Tonhöhe zu singen, d. h. nicht zu transponieren.

zeitig drückt sich darin eine eindeutige Entscheidung und Propagierung für die Ausführung *a capella*, d. h. ohne instrumentale Begleitung aus. Soll ein Stück unter Mitwirkung der Orgel ausgeführt werden (was ja zu den von Schütz beschriebenen Praktiken gehört), so muß dafür extra eine Stimme hergestellt werden.[48]

Zu Punkt 5: Da Kamlah den Generalbaß nicht mit in seine Partituren einbezog, bestand auch keine Veranlassung mehr, dessen Gliederung in Breven bzw. größere Einheiten zu übernehmen. Mit der Entscheidung für Semibrevis-Einheiten schloß sich Kamlah – ob bewußt oder unbewußt – dem Winterfeldschen Verfahren an. Die notentypographischen Mittel, deren sich Winterfeld bedient hatte, um die Aufspaltung taktstrichüberschreitender Notenwerte zu umgehen (Verlängerungspunkt nach dem Taktstrich, Setzung von langen Noten auf den Taktstrich) waren allerdings im Notendruck des 20. Jahrhunderts gänzlich außer Gebrauch gekommen. Kamlah verfügte für diesen Zweck über ein anderes Mittel: den sogenannten Mensurstrich, der hier zum erstenmal in der Schütz-Edition begegnet (siehe dazu Abschnitt 9.)

Zu Punkt 6: Aus dem oben zitierten Probenbericht ist zu erkennen, daß die Lautstärke nicht als ein primärer musikalischer Parameter verstanden werden sollte, der sich in einer der üblichen Bezeichnungen ausdrücken läßt. Sie hatte sich vielmehr wie von selbst zu ergeben aus der Beschäftigung mit der textierten Stimme, aus dem Verständnis dessen, ‚was sie zu sagen hatte‘. Angaben wie *forte* oder *piano* drücken rein musikalische Kategorien aus, in denen bei der Wiedergabe der Musik von Schütz gar nicht gedacht werden sollte.

7.3   Weiteres zur Partiturgestaltung

Erwähnenswert scheinen noch gewisse Merkmale der Edition, die nicht im engeren Sinne zur Editionstechnik gehören, aber das Gesicht der Ausgabe mit bestimmen:

1. Zur Auffindung von Stellen dienen nicht Taktzahlen, sondern eingekreiste Kleinbuchstaben an textlich-musikalischen Gliederungspunkten. Damit wird an die Tradition der Studien-Buchstaben in Instrumentalstimmen angeknüpft, jedoch in einer Weise, die zugleich eine Art Analyse des Aufbaues enthält. Das war für die Verständigung beim Proben ausreichend, ja es übte einen vom Herausgeber wohl gewünschten Zwang in der Richtung aus, daß beim Proben nach Sinneinheiten vorgegangen wurde.

2. Der Text ist nicht in Antiqua, sondern in Fraktur unterlegt. Damit ist die Assoziation an Wissenschaftliches, Theoretisches ausgeschaltet; stattdessen liest man den Schrifttypus, der für belletristische Literatur üblich war. Statt des Kommas wurde der alte Schrägstrich (‚Virgel‘) gesetzt, seinem Ursprung nach eine mehr rhetorische als grammatische Gliederung ausdrückend, auf jeden Fall aber mit der Assoziation des Altertümlichen behaftet. (In neueren Nachdrucken ist die Frakturschrift durch Antiqua ersetzt worden, was die Harmonie der graphischen Gestaltung der Ausgabe empfindlich stört.)

---

[48] Diese Lücke in der Kamlah-Ausgabe hat der Bärenreiter-Verlag später durch das Angebot einer separaten Orgelstimme (Intavolierungen von Neithardt Keller) zu schließen versucht. Die Verlagsankündigung (hier zitiert nach: Acta Sagittariana, 1976, S. 35) gibt dazu folgende Erläuterung: „Nachdem es feststeht, daß Schütz selbst keineswegs nur a cappella musiziert hat, können die mit diesen auch harmonisch abstützenden Instrumentalstimmen gebotenen Hilfen bedenkenlos eingesetzt werden, wodurch sich auch für kleiner besetzte Laienchöre Aufführungsmöglichkeiten ergeben."

3. Wohlüberlegt und wirkungsvoll ist die Gestaltung der Überschrift: Der über die ganze Seitenbreite gezogene Textanfang signalisiert von Anfang an den Zugriff auf das Ganze des folgenden Stückes, repräsentiert durch seinen Text. Kamlahs Edition ist, wie heute leicht zu sehen ist, zeit- und situationsgebunden, gleichzeitig aber von großer Klarheit, Einfachheit und Entschiedenheit in den Botschaften, die sie aussendet. Kurz gesagt: Sie hat Stil.

8.   Exkurs 1: Partitur oder Stimmen?

Der Übergang zum Musizieren aus Partituren, den Kamlah mit seiner Neuausgabe vollzog, ist paradigmatisch für eine neue ‚Kultur‘ des Chorsingens. Dieser Wechsel ist auch in zahlreichen anderen Ausgaben der Zeit dokumentiert, und heute ist die Partitur in der Hand der Chorsänger zur Selbstverständlichkeit geworden. (Bei Werken mit Orchester wird die Partitur durch den Klavierauszug ersetzt.)

An der Frage ‚Partitur oder Stimmen?‘ zeigt sich, in wie hohem Maße editionstechnische Entscheidungen aus historisch verschiedenen Musiziersituationen zu begreifen sind – sozusagen aus dem ‚Sitz im Leben‘. Für die Praxis der Schützzeit war eine Partitur für die Aufführung nicht nötig; deshalb wurde sie auch nicht veröffentlicht. Die Aufführung lag in den Händen von geschulten Sängern, gleich ob es sich um einen Schülerchor oder um Solisten der Hofkapelle handelte. Da es unwahrscheinlich ist, daß eine Probenarbeit im modernen Sinne stattgefunden hat – eine genaue Verständigung über Einsatzstellen inmitten eines Stückes war anhand der Stimmen kaum möglich –, müssen wir annehmen, daß jeder Mitwirkende seinen Part vor dem gemeinsamen Singen fehlerfrei beherrschte. Die von Schütz als Normalfall bezeichnete Aufführung am „Pulpet" führte zu einer kreisförmigen Aufstellung, bei der nicht nur der taktgebende Leiter gesehen werden konnte, sondern auch ein allgemeiner gegenseitiger Blickkontakt bestand. (Im heutigen Musikleben gibt es diese Musiziersituation noch in der Kammermusikpraxis, wobei allerdings durch Studienziffern in den Stimmen das Proben von Einzelstellen erleichtert wird.) Einen gewissen Informationsvorsprung hatte in der Schützzeit nur ein eventuell mitwirkender Organist aufgrund der Abteilungsstriche in seinem Stimmbuch. Wenn entsprechend Schütz' Vorschlag in den Vorworten der *Cantiones sacrae* und der *Geistlichen Chormusik* ein Organist aus einer selbst hergestellten Partitur oder Tabulatur mitspielte, so stützte er damit den vokalen Vortrag, ohne aber durch Zeichengebung das Ensemble beeinflussen zu können.

Daß im 19. Jahrhundert, als die ersten Schütz-Neudrucke erschienen, nicht Stimmensätze nachgedruckt, sondern Partituren veröffentlicht wurden, war die logische Konsequenz daraus, daß in der Zeit des Historismus Neuausgaben alter Musik zunächst einmal Studienmaterial zur Musikgeschichte waren. Erst aufgrund des Studiums von Partituren konnten Entschlüsse zu Aufführungen gefaßt werden, deren Ort dann nicht mehr der Gottesdienst war, sondern das ‚historische Konzert‘.[49] Das Aufführungsmaterial wurde

---

[49] Ein bekanntes Beispiel ist die von Johannes Brahms am 6. Januar 1864 in Wien veranstaltete Aufführung von Schütz' Konzert *Saul, Saul, was verfolgst du mich?* aus Teil III der *Symphoniae sacrae*, die durch die vollständige Partituredition im 3. Band von Carl von Winterfelds Giovanni-Gabrieli-Monographie (siehe Anm. 4) ermöglicht wurde. Zu den Umständen dieser Aufführung siehe Max Kalbeck: Johannes Brahms. Bd. II/1. Berlin 1908, S. 100f.

durch Ausschreiben von Stimmen aus den gedruckten Partituren gewonnen, sofern nicht neben der Partitur auch Stimmen veröffentlicht wurden, wie es bei beiden Motetten-Opera von Schütz im Gefolge der Breitkopfschen Gesamtausgabe der Fall war. Der Dirigent mußte über die Partitur verfügen; aus ihr erarbeitete er sich seine Vorstellung von der Interpretation, die er dann in den Proben auf die Chormitglieder übertrug.

Die Trennung zwischen einem Aufführungsleiter, dem als einzigem das Ganze gegenwärtig war, und Chorsängern als ausführenden Organen widersprach dem Musizierideal der Singbewegung. Deshalb kam in den 1920er Jahren der Editionstypus der Partitur-Einzelausgabe auf. Zwar konnte es auch jetzt einen Aufführungsleiter geben, doch er verfügte nicht über mehr Information als die Chormitglieder, die sich – wie man heute sagen würde – als ‚mündige Sänger‘ verstanden. Das Singen aus der Partitur gibt dem einzelnen Chormitglied die Möglichkeit, sich als Teil eines größeren Ganzen zu fühlen und die Aufführung des Werkes verständnisvoll mitzuvollziehen. Pausen in der eigenen Stimme werden nicht mehr mechanisch ausgezählt, sondern durch Verfolgen des Notentextes der aktiven Stimmen überbrückt. Nur auf der Basis allgemeiner Partiturkenntnis war eine Probentechnik möglich, wie sie in dem oben zitierten Bericht eines Sängers aus Kamlahs Heinrich-Schütz-Kreis plastisch beschrieben wird.

Die neue Art des Umganges mit Chormusik drückte sich äußerlich darin aus, daß nun nicht mehr im frontalen Gegenüber von Chor und Dirigent geprobt wurde, sondern im Kreis. Die damals entstehenden Ensembles nannten sich dementsprechend allgemein ‚Singkreis‘ oder – spezialisiert – ‚Madrigalkreis‘, ‚Heinrich-Schütz-Kreis‘ oder ähnlich. Das Musizieren im Kreis erinnert an die originale Pulpet-Aufstellung, jedoch mit dem Unterschied, daß jetzt alle einzelnen Mitwirkenden den partiturmäßigen Überblick über das Ganze haben.

Da die Partitur den ‚Kreis‘ nicht erzwingt, sondern auch das ‚frontale‘ Proben zuläßt, ist sie für jede Art des Studierens tauglich. Es sei denn, man ist daran interessiert, sich die historische Musiziersituation zur Erfahrung werden zu lassen, wobei dann das beste Mittel die Benutzung von Faksimilia der Originalstimmen ist – also eigentlich die Nicht-Edition. Es ist sicher nicht uninteressant, daß einer der Protagonisten der neuen Editionstechnik der 1920er Jahre, Friedrich Blume, bereit war, die Benutzung der Partitur für das praktische Musizieren kritisch zu betrachten. Er schrieb 1929:

> Ich möchte nicht unbemerkt lassen, daß ich – natürlich lediglich für die Zwecke praktischer Wiederaufführung alter Gesangsmusik – die Rückkehr zum Stimmbuch ohne Taktstrich für das Ideal halte. Ich bin überzeugt, daß kein heutiger Benutzer wirklich fähig ist, beim Singen aus einer Partitur das uns Heutigen eingeborene und angelernte Taktgefühl völlig auszuschalten. Hat man dagegen nur die Einzelstimmen vor sich, so ergibt sich deren Rhythmik für den Singenden leicht und zwanglos von selbst. Ich bin mir aber völlig bewußt, daß das eine Utopie ist; wir brauchen nun einmal die Partitur.[50]

---

[50] Friedrich Blume: Zur Notationsfrage. In: Die Musikantengilde 7, [1929], S. 121–126, Zit. S. 124)

9. Exkurs 2: Zum ‚Mensurstrich‘

9.1 Allgemeines

Ebenso wie Kamlahs Entscheidung für die Singpartitur stellt die Verwendung des ‚Mensurstrichs‘ eine Neuerung dar, die in der deutschen Editionstechnik seit den späten 1920er Jahre zu wachsender Bedeutung gelangt ist. Friedrich Blume kommentierte Kamlahs Verfahren in seiner Besprechung der ersten Hefte von Kamlahs Edition mit eindeutiger Zustimmung: „[...] unter Benutzung der sich heute einbürgernden, sehr zweckmäßigen ‚Mensurstriche‘ an Stelle der ‚Taktstriche‘ wird einfach und klar das Original wiedergegeben".[51]

Wilhelm Kamlah selbst erwähnt in einem Statement vom 3. November 1966[52] die „Einführung von Taktstrichen zwischen den Systemen", die er als „eine in dieser Art von mir damals erstmalig angewandte Schreibweise" bezeichnet. Gleichfalls lange Zeit post festum, wenn auch einige Jahre früher, hatte Heinrich Besseler die ‚Erfindung‘ des Mensurstrichs für sich in Anspruch genommen: In seiner Studie *Das musikalische Hören der Neuzeit* von 1959 teilte er mit, daß er in einem 1922 in Freiburg gehaltenen Notationskurs „zum erstenmal den Mensurstrich gelehrt" habe.[53]

Das Prinzip verbreitete sich bald, besonders in Ausgaben von Musik des 16. Jahrhunderts, und 1954 stellte Hans Albrecht fest: „Die Edition mit modernen Schlüsseln, Mensurstrichen und auf die Hälfte verkürzten Notenwerten könnte man geradezu als die deutsche Standardtechnik der Gegenwart bezeichnen."[54]

Diese Feststellung bezieht sich allerdings auf die Mensuralmusik des 15. und 16. Jahrhunderts, und für diese Epoche ist die Verwendung des Mensurstrichs in der Tat bis heute durch die Editionsrichtlinien des Erbe deutscher Musik festgeschrieben, während in der gleichen Editionsreihe für die Musik des Generalbaßzeitalters der Taktstrich vorgesehen ist.[55] Daß die Notierung mit Mensurstrich in die Schütz-Editionspraxis eingedrungen ist, dürfte daran liegen, daß die Serie der Ausgaben, die dann später in die Neue Schütz-Ausgabe übernommen worden sind, mit Kamlahs Edition der *Geistlichen Chormusik* begann, d. h. mit einem Werk, dessen Notenbild besonders stark von der Motettentradition geprägt ist.[56] Hätte man beispielsweise mit den *Symphoniae sacrae* begonnen und versucht, von da aus eine für das ganze Schützsche Œuvre passende Editionstechnik zu entwickeln, so wäre vielleicht der Gebrauch des Mensurstrichs auch für die *Geistliche Chormusik* gar nicht in Erwägung gezogen worden. Wenn im Blick auf die Schütz-Edition über die Angemessenheit des Mensurstriches diskutiert wird, dann geht es also nicht um das ge-

---

[51] Friedrich Blume, Praktische Schütz-Ausgaben (wie Anm. 41), S. 31.

[52] Dieses Dokument, das den Titel ‚Bericht über meine Heinrich-Schütz-Editionen im Bärenreiter-Verlag Kassel Wilhelmshöhe‘ trägt, wurde mir freundlicherweise von Herrn Dr. Ruprecht Kamlah (Erlangen) zugänglich gemacht.

[53] Zitiert nach: Heinrich Besseler: Aufsätze zur Musikästhetik und Musikgeschichte. Hrsg. von Peter Gülke. Leipzig 1978, S. 104–173, Zitat: S. 166, Anm. 23.

[54] Hans Albrecht: Artikel ‚Editionstechnik‘. In: MGG 3 (1954), Sp. 1109–1146 (Zitat: Sp. 1122).

[55] Editionsrichtlinien Musik. Im Auftrag der Fachgruppe Freie Forschungsinstitute in der Gesellschaft für Musikforschung hrsg. von Bernhard R. Appel und Joachim Veit. Kassel [etc.] 2000, S. 67 u. 72.

[56] Unter den Aspekten der Richtlinien des Erbe deutscher Musik (auf die die Editoren der Neuen Schütz-Ausgabe formell nicht verpflichtet sind), ließe sich deshalb zugunsten des Mensurstriches geltend machen, daß „Kompositionen im ‚stile antico‘ [...] gegebenenfalls nach den ‚Richtlinien für die Herausgabe mensural notierter Musik‘ behandelt werden können" (ebenda, S. 72).

samte Œuvre, sondern um die *Geistliche Chormusik* und vielleicht darüber hinaus um die anderen Werke in motettisch-madrigalischer Schreibweise.

Im folgenden sollen einige der Gesichtspunkte dargestellt werden, die in der kontorvers geführten Diskussion über den Mensurstrich eine Rolle gespielt haben. Auf Vollständigkeit wird kein Anspruch erhoben, und auf ein Schlußwort wird bewußt verzichtet.

9.2   Ein untriftiges Argument *für* den Mensurstrich.

Die Einführung des Mensurstrichs stand ursprünglich in Zusammenhang mit einem bestimmten Verständnis des Charakters der musikalischen Linien, die in den Quellen ohne Taktstrich notiert sind. Für Besseler drückten sich darin der ‚Stimmstrom‘ und die ‚Prosamelodik‘ der niederländischen Musik aus. 1929 bezeichnete er im Vorwort zu einer Edition den „gleichmäßig ruhige[n] Fluß der Einzelstimme“ und den „übermenschlich-gewaltigen Atem“ als zum „Wesen der niederländischen Rhythmik“ gehörig.[57] Während der Ausdruck ‚Stimmstrom‘ im Blick auf die Tendenz zur Engschrittigkeit und das Fehlen starker rhythmischer Konstraste in der von Besseler gemeinten Musik gerechtfertigt erscheint, ist es mißverständlich, wenn nicht irreführend, von ‚Prosamelodik‘ zu sprechen, da es zur Definition von sprachlicher Prosa gehört, daß es kein präexistentes rhythmisches Koordinatensystem gibt.[58] Offenbar unter dem Eindruck von Besselers Formulierungen ging dann Kurt Thomas noch einen Schritt weiter und sprach im Blick auf Schütz’ *Geistliche Chormusik* von „melodischen Linien, die ganz frei und ohne Bindung an ein Taktmaß schwingen“. Der Vorteil der Mensurstriche bestehe darin, daß sie „die Melodielinien und ihren freien Fluß nicht stören“.[59]

Kann man die Formulierungen Besselers noch als überspitzt und mißverständlich kritisieren, so ist Thomas’ Behauptung, daß die Notation ohne Taktstrich das freie „Fließen“ von Melodielinien „ohne Bindung an ein Taktmaß“ ausdrücke, schlicht falsch. Sie hält nicht stand vor den Ergebnissen der Palestrina-Analysen, die Knud Jeppesen um die gleiche Zeit vorlegte.[60] Aus ihnen läßt sich lernen, daß der lineare Verlauf von Einzelstimmen streng auf ein System von metrischen Wertigkeiten bezogen ist. Es handelt sich dabei nicht etwa um eine Eigentümlichkeit eines gleichsam klassizistisch regulierten persönlichen Stils von Palestrina, dem man einen freien Linienfluß der ‚Niederländer‘ entgegensetzen könnte. Allenfalls repräsentiert Palestrinas Stil eine besonders konsequent durchgehaltene Bindung an die Regeln des Verhältnisses zwischen Linie und Metrum. Doch diese Regeln beherrschen in den Grundzügen auch schon früher beispielsweise die Musik Josquins, gleichzeitig die geistlichen Werke Orlando di Lassos und vieler anderer und noch später – wenn auch in einem modifizierten Regelwerk – diejenige von Schütz. Wer für die Verwendung des Mensurstriches plädiert, sollte es ohne Berufung auf eine vermeintlich metrumfreie Linienführung tun.

---

[57]   Altniederländische Motetten von Johannes Ockeghem, Loyset Compère und Josquin des Prez. Hrsg. von Heinrich Besseler. Kassel: Bärenreiter, 1929.

[58]   Besseler hat später in seinem Bamberger Vortrag ‚Singstil und Instrumentalstil in der europäischen Musik‘ (in: Kongreßbericht Bamberg 1954. Kassel 1954. Wiederabdruck in der in Anm. 58 genannten Aufsatzsammlung) versucht, seinen Prosabegriff genauer zu definieren.

[59]   Vorwort zur Edition der *Geistlichen Chormusik* (vgl. unten, Abschnitt 10.).

[60]   Knud Jeppesen: Der Palestrinastil und die Dissonanz. Leipzig: Breitkopf & Härtel, 1925.

9.3   Ein untriftiges Argument *gegen* den Mensurstrich

Edward E. Lowinsky hat 1960 gegen die Verwendung des Mensurstrichs eingewendet, daß er unhistorisch sei.[61] Denn in den überlieferten Partituren des 16. Jahrhunderts seien durchgezogene Taktstriche verwendet und taktstrichüberschreitende Noten durch Notenteilung mit Haltebogen dargestellt worden.

Die Verwendung von Taktstrichen in den Partituren des 16. Jahrhunderts ist als Faktum unbestreitbar, und sie ist, wie die Partitur von Schütz' *Osterdialog* zeigt,[62] auch für die Schütz-Zeit nachgewiesen. Was aber ist daraus zu folgern? Die Partitur war im 16. und 17. Jahrhundert eine Hilfsnotation, die für den Kompositionsprozeß, für das Studium und für die Orgelbegleitung verwendet wurde. Die Verbreitung des Notentextes aber, sei es gedruckt oder handschriftlich, erfolgte in Stimmen, und die in Stimmen notierten Quellen sind in der Regel der Gegenstand der modernen Editionen. Heutige Editoren werden gewiß die Art, wie die Zeitgenossen die Stimmen in Partitur gebracht haben, mit Interesse zur Kenntnis nehmen. Ihre eigene editorische Verantwortung gegenüber der Primärquelle werden sie mit Recht nicht an die früheren Partiturschreiber delegieren wollen.

9.4   Ein triftiges Argument *gegen* den Mensurstrich

Während wir Lowinsky in der Frage, ob die historische Partiturpraxis als Maßstab für moderne Editionen gelten muß, widersprochen haben, scheint ein anderer Einwand, den er im gleichen Zusammenhang vorträgt, sehr bedenkenswert zu sein: daß nämlich die Rhythmusdarstellung der Originalstimmen in der Partitur mit Mensurstrich nur scheinbar getreu wiedergegeben werden kann. Während eine Stimme im Original einen kontinuierlichen Verlauf darstellt, ist sie in einer Partitur notwendigerweise auseinandergezogen. Die leeren Zwischenräume zwischen den Noten widersprechen dem klanglichen Eindruck. Die erneute Notierung einer gehaltenen Note nach einem Taktstrich drückt dagegen das Weiterklingen eines Tones angemessener aus:

> Continuing symbols stand for continuing sound; hence the tie connecting identical notes across the barline, an ingenious device invented by the score writers of the 16th century to suggest continuity while the breaking up of the note value facilitates measuring and proportioning it over two adjoining bars.[63]

9.5   Ein Argument *für* den Mensurstrich

Ganz allgemein macht es der Mensurstrich möglich, das Notenbild der originalen Stimmen in puncto Rhythmus beizubehalten. Man braucht sich also von der ‚Basis-Partitur' in dieser Hinsicht nicht zu entfernen; andererseits ermöglichen die zwischen die Systeme gesetzten Striche dennoch die metrische Orientierung.

---

[61] Edward E. Lowinsky: Early Scores in Manuscript. In: Journal of the American Musicological Society 13, 1960, S. 126–173.

[62] Siehe oben, Abschnitt 2.

[63] Lowinsky, Early Scores in Manuscript (wie Anm. 61), S. 168.

Die Nähe der Edition zum Original dient nicht nur der Gewissensberuhigung des Herausgebers, denn im originalen Notenbild prägen sich auch essentielle Züge der Komposition aus, die durch die Notierung mit Taktstrichen verunklart werden. In dem in Beispiel 11 zitierten Ausschnitt aus der Quintus-Stimme unseres Beispielstückes SWV 371 (Takt 24–27) tritt zweimal ein synkopenhaltiges Motiv auf den Text „und züchtiget uns" auf, und zwar im zeitlichen Abstand von sechs Halben. In Zeile a ist die taktstrichlose Notation der Quelle nachgebildet. Zeile b ist durch Mensurstriche gegliedert, die erkennen lassen, daß das Verhältnis des Motivs zur Semibrevis bei der Wiederholung anders ist als beim ersten Auftreten; die rhythmische Notation aber ist beide Male gleich, ebenso wie sie es im Originaldruck ist. In Zeile c ist der Taktstrich zur Gliederung benutzt, was nicht nur dazu führt, daß taktstrichüberschreitende Notenwerte geteilt werden müssen, sondern auch dazu, daß der gleiche Rhythmus unterschiedlich notiert werden muß. Die Partiturübertragung mit Mensurstrich kann rhythmische Kongruenzen bewahren, die bei der Darstellung mit Taktstrichen verlorengehen.

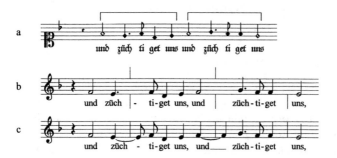

Bsp. 11: *Es ist erschienen die heilsame Gnade Gottes*; Quintus, T. 24–27

Von einer anderen Seite zeigt sich der Vorteil des Mensurstrichs in Beispiel 5 (siehe S. 247). Musikalisches Charakteristikum der hier zitierten Stelle ist die Verwendung von großen Notenwerten als Bild für ‚Ruhe'. Die extreme Verlangsamung des rhythmischen Fortschreitens zeigt sich im gehäuften Vorkommen von Semibreven und sogar von Breven. Beim Gebrauch von Taktstrichen müßten die Breven und ein Teil der Semibreven aufgeteilt werden, wodurch das Charakteristische des Notenbildes verlorenginge.

Im Blick auf Schütz' Textdeklamation in der *Geistlichen Chormusik* fällt schließlich auch ins Gewicht, daß die Taktstrichnotierung mit Überbindungen den Unterschied zwischen der syllabischen und der (in der *Geistlichen Chormusik* seltenen und als eine Art ‚Figur' verwendeten) melismatischen Textierung verunklart. In der Originalnotation hat bei syllabischer Deklamation eine Silbe ein Notenzeichen. In Beispiel 11c hat eine Silbe teils ein Notenzeichen, teils zwei, die mittels Haltebogen und Textstrichen als zusammengehörig bezeichnet werden müssen.

10.   Die praktische Ausgabe von Kurt Thomas (Breitkopf & Härtel 1930)

Als 1935 die Bärenreiter-Ausgabe der *Geistlichen Chormusik* abgeschlossen war, schrieb der Herausgeber Wilhelm Kamlah in seinem Vorwort zur Band-Ausgabe:

Sieben Jahre lang hat diese Veröffentlichung der ‚Geistlichen Chormusik' den ansteigenden Weg der Schützbewegung begleitet [...]. Die Ausgabe ist aus dem leibhaftigen, werbenden Musizieren hervorgewachsen und hat stetig neues Musizieren hervorgerufen, sie hat gar eine weitere Neuausgabe angeregt [...].

Die „weitere Neuausgabe", als deren Anreger sich Kamlah bezeichnet, war die von Kurt Thomas herausgegebene, die bei Breitkopf & Härtel erschien. Schon das zeitliche Verhältnis der beiden Editionen spricht dafür, daß Kamlah mit Recht ein Ursache-Wirkungs-Verhältnis sah: Die Breitkopf-Ausgabe wurde 1930 komplett in Einzelausgaben vorgelegt, also zwei Jahre nach dem Erscheinen der ersten Hefte der Bärenreiter-Ausgabe. Es scheint, als habe man im Hause Breitkopf & Härtel so rasch reagiert, um als der traditionelle Schütz-Verlag dem offensichtlich wachsenden Interesse der Praxis an der *Geistlichen Chormusik* auch mit einem eigenen Angebot begegnen zu können. Als Herausgeber wurde der junge Komponist, Musiktheoretiker und Chorleiter Kurt Thomas (1904–1973) gewonnen, der seit 1925 eine Professur für Chordirigieren und Musiktheorie an der Leipziger Musikhochschule bekleidete und dem Verlag Breitkopf & Härtel als Komponist einer A-cappella-Messe und einer Markus-Passion (Uraufführungen 1925 bzw. 1927) verbunden war.[64]

Thomas hat eine Reihe von Grundentscheidungen von Kamlahs Ausgabe übernommen (siehe Beispiel 12):

---

[64] Die Verhandlungen zwischen dem Verlag Breitkopf & Härtel und Kurt Thomas wurden offenbar in Leipzig mündlich geführt; der im Archiv des Verlages (Wiesbaden) befindliche Vertrag datiert vom 16. April 1930. Zu diesem Zeitpunkt dürften allerdings die Vorbereitungen für die Ausgabe schon einen gewissen Stand erreicht haben, denn bereits im August des gleichen Jahres korrespondierte Kurt Thomas aus seinem Urlaubsort Selva in Südtirol mit dem Verlag über die Korrekturen. Am 4. August sandte Thomas dem Verlag einen (heute nicht mehr nachweisbaren) Brief von Hans-Joachim Moser zur Information, in dem dieser ihn – offenbar auf Veranlassung des Bärenreiter-Verlages – zur Aufgabe der Editionsplanes zu bewegen versuchte. Thomas war betroffen: „Der Vötterle scheint ja maßlos in Sorge zu sein [...]. Ich bin auf große Polemiken gefaßt!" Der Verlagsprokurist Theodor Biebrich versuchte in seiner Antwort vom 7. August, Thomas zu beruhigen: „Den durch den Bärenreiter-Verlag veranlassten Brief über Schütz mussten wir ja erwarten. Jedenfalls sind 23 Motetten schon ausgestochen, die letzten werden noch vor Ablauf des August fertig. Bis längstens September liegt also das vollständige Werk vor. Die Anregung von Herrn Prof. M., die auf den Gesamtausgaben-Band hinausgeht, der dann von anderer Seite für den praktischen Gebrauch ausgenutzt wird, kann von der Herausgabe der Schützschen Chormusik nicht ablenken. Die Wiederherausgabe der Geistlichen Chormusik ist schon vor Jahren von uns geplant und immer wieder erwogen worden. Wir schwankten nur zwischen Wiederauflegung der Stimmenausgabe von Spitta und einem Neustich nach neuzeitlicher Art. Dass durch das Dazwischenkommen der Ausgabe des Bärenreiter-Verlages eine Doppelausgabe geschaffen wird, mag für den ersten Augenblick nicht angenehm sein; vielleicht ist sie zuguterletzt aber doch erwünscht, wie wir hoffen. Im übrigen muss ein Verleger von Nachdruckausgaben mit solchen Doppelausgaben rechnen." Biebrichs Brief erweckt den Anschein, das zeitliche Zusammentreffen der beiden Neuausgaben sei eher zufällig. Dem widerspricht eine Aufzeichnung von Wilhelm Kamlah aus dem Jahre 1969, in der er – in Abwehr von Karl Vötterles Anspruch auf die geistige Vaterschaft der Schützbewegung – festhielt: „Karl Vötterle wußte kaum etwas von Schütz, und erst nach langen Bemühungen [...] erklärte er sich bereit, dieses Motettenwerk in kleinen Lieferungen herauszubringen. Doch als der Verlag Breitkopf & Härtel, dadurch alarmiert – [Fußnote: So berichtete H. Zenck, der an jener Leipziger Verlagsbesprechung teilnahm] – das ganze Werk auf einmal veröffentlichte, beeilte sich nun auch der Bärenreiter-Verlag, durch die unerwartete Konkurrenz nun seinerseits alarmiert, und brachte 1935 den Gesamtband heraus." Die Korrespondenz zwischen Kurt Thomas und Theodor Biebrich befindet sich im Archiv des Verlages Breitkopf & Härtel (Sächsisches Staatsarchiv Leipzig); für die Genehmigung, daraus zu zitieren, danke ich dem Verlag. Die Darstellung von Wilhelm Kamlah ist in einer nachgelassenen Aufzeichnung enthalten, die mir Herr Dr. Ruprecht Kamlah (Erlangen) freundlicherweise zugänglich machte (siehe Anm. 52).

Bsp. 12: *Es ist erschienen die heilsame Gnade Gottes*; Ausgabe von Kurt Thomas, 1930

- Musiziert wird aus Einzelausgaben in Partiturnotierung;
- der Continuo ist im allgemeinen weggelassen (ausgenommen die Stücke mit nur partieller Textierung im Originaldruck);
- als Schlüssel werden nur Violinschlüssel (für den Tenor oktavierend) und Baßschlüssel verwendet;
- der Altus wird als tiefe Frauenstimme betrachtet;
- die metrische Gliederung erfolgt durch Mensurstriche (die hier ein wenig Abstand von den Notenlinien haben);[65]
- der Text ist in Frakturschrift unterlegt;
- melismatische Textierung ist durch Bögen verdeutlicht.

Was die Edition von Kurt Thomas von derjenigen Kamlahs unterscheidet, läßt sich teilweise als Rückbindung an die Tradition der früheren Ausgaben im Verlag Breitkopf & Härtel verstehen:
- Die originalen Schlüssel tauchen wenigstens noch in Form eines Vorsatzes auf;
- auf Transpositionen wird verzichtet;[66]
- die Taktstrichsetzung richtet sich nach der der Spittaschen Partitur innerhalb der Gesamtausgabe;
- es sind dynamische Angaben gesetzt.

Außerdem enthält die Ausgabe Zusätze für die Praxis:
- Der Titel wird durch die Bezeichnung der Stellung im Kirchenjahr ergänzt;
- es sind Atemzeichen gesetzt, und zwar | für tieferes Atmen („wirkliches Atmen und Absetzen"), ' für einen kurzen „Schnappatem – Stützatem – ohne Unterbrechung des Linienflusses";
- zum Auffinden von Stellen dienen Taktzahlen am Anfang der Akkoladen.

Versucht man die Gesamttendenz dieser Ausgabe zu beschreiben, so ergibt sich kein einheitliches Bild. Einerseits ist eine größere Nähe zum Originaldruck (bzw. zur Gesamtausgabe) angestrebt, die sich in der Mitteilung der originalen Schlüssel und in der Beibehaltung der originalen Tonhöhe äußert. An die Stelle von Kamlahs Abschnittgliederung durch eingekreiste Buchstaben ist die ‚objektivere' Zählung der Takte getreten.

Auf der anderen Seite hat der Chorleiter Thomas seine Aufführungsintentionen in Form von Metronomangaben, Dynamikzeichen und Atemzeichen mitgeteilt, wenngleich er im Herausgeberbericht diesen Bezeichnungen nur den Charakter von Vorschlägen zuerkennt, die die „volle Freiheit in der Ausführung" nicht beeinträchtigen sollen.

---

[65] Kurt Thomas gab dafür in seinem „Herausgeberbericht" eine Begründung, die etwas kryptisch anmutet: An die Stelle der „Taktstriche, die ja in damaliger Zeit noch ungebräuchlich waren, [...] treten senkrechte Orientierungsstriche, die nicht durch die Systeme hindurchgezogen sind und so die Melodielinien und ihren freien Fluß nicht stören, ein Prinzip, das in den letzten Jahren mehr und mehr in Anwendung kommt, hier aber noch dadurch an Klarheit gewinnen soll, daß die Orientierungsstriche nicht bis an das System heranreichen". Zur These vom ‚freien Fluß' der Melodielinien vgl. oben Abschnitt 9.2. Ob zwischen den Strichen und dem Liniensystem ein Abstand bleibt, ist gänzlich irrelevant für das, worauf es einzig ankommt: die Rhythmusdarstellung in den Stimmen. – In der drucktechnischen Ausführung sind die Mensurstriche in der senkrechen Ausrichtung und in den Abständen zu den Notensystemen ungleichmäßig; offenbar war der Verlag auf diese Aufgabe technisch nicht eingestellt.

[66] Das führt zu Problemen bei der Ausführung von tiefliegenden Stellen im Alt (in SWV 371 erreicht er den Ton d). Sie sollen laut Herausgeberbericht durch „gegenseitiges Aushelfen der Stimmen" gelöst werden, das durch die Partiturnotierung möglich ist.

Eine editorische Entscheidung von Kurt Thomas kann man schwer beschreiben, ohne sie zugleich zu kritisieren: es ist die Darstellung des Metrums. Thomas hat – abgesehen von der Ersetzung der durchgezogenen Taktstriche durch die Mensurstriche – durchweg die Gliederung von Spittas Gesamtausgabe übernommen, bei der die Abteilungsstriche der Continuo-Stimme auf die ganze Partitur übertragen waren. Sowohl Kamlah als auch Thomas ließen die Continuo-Stimme wegfallen, edierten also nur die im Originaldruck ohne metrische Gliederung gegebenen Obligatstimmen. Kamlah hatte aus dieser Situation die Konsequenz gezogen, daß die Gliederungseinheit aus den Obligatstimmen abgeleitet werden muß, und hatte dafür die Semibrevis-Gliederung gewählt. Thomas dagegen bevorzugte größere Einheiten.[67] Diese fand er in der Spitta-Ausgabe vor, deren Abteilungsstriche er übernahm, ohne daß ihre Quelle, nämlich der Basso continuo, in seiner Partitur auftauchte.

Als Bezeichnung des Metrums hatte Spitta, entsprechend dem Originaldruck, das Zeichen C gesetzt, was für ihn, ebenso wie für den Originaldruck, generell das binäre Metrum bezeichnete. Das gelegentliche Vorkommen von Einheiten, die länger waren als eine Brevis, bedeutete deshalb auch keinen Taktwechsel und war nicht durch ein neues ‚Taktzeichen‘ anzuzeigen. Kurt Thomas aber mißdeutete Spittas Taktstrichsetzung als Bezeichnung eines – im modernen Sinne verstandenen – ‚Vier-Halbe-Taktes‘ und schrieb deshalb das Taktzeichen ½. Das hatte die Konsequenz, daß Änderungen des Abstandes zwischen den Abteilungsstrichen als Taktwechsel ausgedrückt werden. So finden wir in der zweiten Akkolade einen Wechsel zum ½-Takt und eine anschließende Rückkehr zum ½-Takt. Dieses Verfahren ist besonders deshalb verwirrend, weil das Zeichen ½ auch zur Bezeichnung von Tripla-Abschnitten dient. Die Problematik der Übertragung der Generalbaß-Gliederung auf die Vokalstimmen hatte sich bereits in Spittas praktischer Ausgabe gezeigt. Durch Thomas' Mißverständnis von Spittas Gliederung als Taktwechsel entsteht ein falsches Bild von der metrischen Struktur der Stücke. Sofern der Chorleiter die Verhältnisse durchschaut, braucht das keine nachteiligen Folgen für die Praxis zu haben. Keinesfalls aber ist es dazu geeignet, den Benutzern ein richtiges Bild von der Sache zu vermitteln.

11.   Die Ausgabe von Günter Graulich (Hänssler 1969ff.)

Die jüngste Edition der *Geistlichen Chormusik* wurde von Günter Graulich als Teil der Stuttgarter Schütz-Ausgabe des Hänssler-Verlags (heute: Carus-Verlag Stuttgart) vorgelegt. Sie erschien in Einzelausgaben, die als Teile von Band 19 der Gesamtedition ausgewiesen sind (der freilich bisher nicht erschienen ist). Es handelt sich um eine Partiturausgabe; zusätzlich werden als Aufführungsmaterial Chorpartituren, Instrumentalstimmen und eine Basso-Continuo-Stimme angeboten. Die Einzelausgabe unseres Beispielstückes (Nr. 3, SWV 371) erschien 1969. Die erste Partiturseite ist als Beispiel 13 wiedergegeben.[68]

---

[67] Viele Chorleiter schlagen lieber vierteilige als zweiteilige Takte, da sie flüssigere und ausdrucksvollere Bewegungen ermöglichen.

[68] Herrn Günter Graulich danke ich für die freundlich erteilte Genehmigung zur Reproduktion im vorliegenden Zusammenhang.

Es ist erschienen die heilsame Gnade Gottes

Titus 2, 11-14
Geistliche Chormusik 1648, Opus 11 Nr. 3 (SWV 371)

Heinrich Schütz
1585-1672

Herausgeber: Günter Graulich
Generalbaßaussetzung: Paul Horn
English text by Roger Norrington

Bsp. 13: *Es ist erschienen die heilsame Gnade Gottes*; Ausgabe von Günter Graulich, 1969

Außer dem Notentext enthält jedes Heft einen Apparat, in dem u. a. Angaben zum Originaldruck, der Textwortlaut einer Stimme in der originalen Orthographie, der volle Wortlaut von Schütz' Vorrede sowie Hinweise zur Aufführungspraxis enthalten sind. Der gesamte Apparat ist auch in englischer Übersetzung wiedergegeben. Die Edition von SWV 371 enthält als Faksimile die Vorrede des Originaldrucks; in anderen Heften finden sich Noten-Faksimilia.

Als Grundtendenz der Ausgabe ist das Bestreben zu erkennen, möglichst vielen Benutzerinteressen zu dienen. Das zeigt sich schon am Vorsatz, der die originalen Schlüssel und Stimmenbezeichnungen sowie die Notenincipits (in einer an den Originaldruck angenäherten Notentypographie) enthält, zusätzlich aber eine an den heutigen Benutzer gerichtete Besetzungsangabe einschließlich der Tonumfänge der einzelnen Stimmen.

Die Stimmen sind in moderner Chorschlüsselung wiedergegeben, der Alt wie in allen Ausgaben des 20. Jahrhunderts im Violinschlüssel. Da die originale Tonhöhe beibehalten wird, zwingt das, ebenso wie in der Ausgabe von Kurt Thomas, zur Schreibung mit vielen (im Extremfall – beim Ton d in Takt 88 – vier) Hilfslinien.[69]

Unter den im 20. Jahrhundert erschienenen Ausgaben der *Geistlichen Chormusik* ist die Hänssler-Ausgabe diejenige, die den Mensurstrich aufgibt und stattdessen Taktstriche (und zwar für die einzelnen Systeme) im Abstand einer Semibrevis setzt – ein Verfahren, das auch in der Mehrzahl der Bände der Neuen Schütz-Ausgabe des Bärenreiter-Verlages angewendet wird. Die Edition befindet sich damit auch im Einklang mit den Regeln des Erbes deutscher Musik für Ausgaben von Musik des Generalbaßzeitalters. Notenwerte, die die Taktstrichgrenze überschreiten, werden in kleinere, durch Haltebogen verbundene Werte aufgeteilt. Umgekehrt wie bei Spitta (aber übereinstimmend dem Verfahren von Winterfelds) wird, um eine einheitliche Taktstrichsetzung in allen Stimmen der Partitur zu haben, auch der Basso continuo nach Semibreven gegliedert.[70]

Der Generalbaß ist in die Edition einbezogen; seine Ausführung ist durch eine Aussetzung in einfachem akkordischen Stil erleichtert. Der Verlauf der originalen Continuo-Stimme selbst ist auf zwei Systeme aufgeteilt; dies ermöglicht es, die wechselnde Schlüsselung der als Basso seguente geführten Stimme direkt aus dem Notentext erkennen zu lassen. Im Sopran- und Altschlüssel notierte Strecken des Continuo erscheinen im oberen System, das hauptsächlich für die Aussetzung bestimmt ist, Abschnitte im Tenor- bzw. Baßschlüssel stehen im unteren System. Noten, die original im Sopran- oder Tenorschlüssel stehen, sind nach oben gehalst, aus dem Alt- und Baßschlüssel übertragene Noten nach unten. Aus dem Notenbeispiel ist also zu erkennen, daß die erste Note des Continuo im Sopranschlüssel notiert ist; von der zweiten Note an wird der Altschlüssel verwendet, und mit der zweiten Note von Takt 10 beginnt ein Abschnitt im Baßschlüssel. Dieses Verfahren bringt den Vorteil, daß die Schlüsselwechsel direkt im Editionstext ausgedrückt sind; allerdings entspricht die Verteilung auf verschiedene Stimmlagen nicht dem Notenbild des Originals, in dem der Continuo als eine durchgehende Stimme dargestellt ist.

---

[69] Das Problem, daß der Alt sich nicht innerhalb des Umfangs einer tiefen Frauenstimme hält, wird in den Aufführungspraktischen Hinweisen nicht diskutiert.

[70] In späteren Editionen innerhalb der Stuttgarter Schütz-Ausgabe sind diejenigen Taktstriche, die mit originalen Gliederungsstrichen des Continuo zusammenfallen, durch Verlängerung über das System hinaus ausgezeichnet.

Eine unterlegte englische Übersetzung des Textes soll die Benutzung der Ausgabe im angelsächsischen Sprachbereich erleichtern. Im deutschen Text sind gelegentlich Retuschen angebracht; so ist im vorliegenden Stück die Wendung „und züchtig" durch „und *ehrbar*" ersetzt, offensichtlich um den Gleichklang der originalen Fassung mit „unzüchtig" auszuweichen. Die Änderung ist jedoch durch ihren Kursivdruck zu erkennen und kann, da der originale Text im Vorwort mitgeteilt ist, rückgängig gemacht werden.

Der Grundtenor der Ausgabe von Graulich ist Modernisierung. Ein historisches Notenbild findet sich nur im Vorsatz. Als Grundlage für die Analyse eignet sich die Ausgabe besser als die Kamlahs, da der gesamte Werktext einschließlich des Generalbasses dokumentiert ist und da durch den Verzicht auf Transposition die tonartliche Zuordnung unmittelbar klar wird.

12. Zwei Anhänge

1. In der folgenden Tabelle sind die wichtigsten editorischen Entscheidungen der besprochenen Editionen zusammengefaßt (wobei gewisse Vergröberungen in Kauf genommen werden müssen). Für die Editionen bzw. Herausgeber sind folgende Abkürzungen verwendet: ODr = Originaldruck; Wi = Editionstechnik Carl von Winterfelds; SpGA = Philipp Spitta, Gesamtausgabe; SpPrA = Philipp Spitta, Praktische Ausgabe; Ka = Wilhelm Kamlah; Th = Kurt Thomas; Gr = Günter Graulich.

Die meisten der verwendeten Abkürzungen erklären sich selbst; + und − stehen für ‚zutreffend' oder ‚nicht zutreffend'; ? steht für ‚nicht entscheidbar'.

Edition Jahr	ODr 1648	Wi 1834	SpGA 1889	SpPrA 1890	Ka 1928	Th 1930	Gr 1969
Stimmen oder Partitur	St	P	P	St	P	P	P[1]
B. c. Teil der Ausgabe	+	+	+	−	−	−	+
B. c. mit Aussetzung	−	−	−	−	−	−	+
Taktstrich[2] oder Mensurstrich	T (Bc.)[3]	T	T	T	M	M	T
Gliederung des binären Metrums nach Breven oder Semibreven	(B)[4]	S	= ODr	= SpGA	S	= SpGA	S
Tripla mit Notenverkürzung	−	−	−	−	+	+	+
Schlüssel modernisiert	−	−	−	(+)[5]	+	+	+
Alt als Frauenstimme verstanden	−	?	?	?	+	+	+
Transposition	−	−	−	−	+	−	−
Vortragsbezeichnungen	−	−	−	+	−	+	−
Unterlegte Text-Übersetzung	−	−	−	−	−	−	+[6]
Taktzählung	−	−	−	−	−	+	+

Anmerkungen: [1] Zusätzlich zur Gesamtpartitur: Chorpartitur und Instrumentalstimmen. − [2] Hier im Sinne von „durch das System bzw. die Akkolade gezogener Gliederungsstrich". − [3] Taktstriche nur im B. c. − [4] Brevis-Abstand, aber mit Ausnahmen. − [5] Nur Sopranschlüssel durch Violinschlüssel ersetzt. − [6] Übersetzung ins Englische unter dem Originaltext.

2. Die Substanz des zweiten Anhanges besteht in Beispiel 14, in dem der Anfang von Motette Nr. 3 in der Editionstechnik dargestellt ist, die der vom Verfasser vorbereiteten und in Kürze im Bärenreiter-Verlag erscheinenden Neuausgabe der *Geistlichen Chormusik* zugrundeliegt. Da − das hat unser Studium der Editionsgeschichte gezeigt − keine Aus-

3. Es ist erschienen die heilsame Gnade Gottes
SWV 371

Bsp. 14: *Es ist erschienen die heilsame Gnade Gottes*; Ausgabe von Werner Breig, in Vorbereitung

gabe zeitlos ist, wird es auch diese nicht sein. In welchem Maße Umnotierungen und Orientierungshilfen für unabdingbar nötig gehalten werden, kann sich nur an den Lese- und Musiziergewohnheiten orientieren, wie sie dem Herausgeber zur Zeit gegeben zu sein scheinen. Die Grundtendenz der Ausgabe besteht darin, so nahe wie möglich am Originaldruck zu bleiben.

Frank Heidlberger

Edition und musikalische Praxis

Carl Maria von Webers Werke für Klarinette und Orchester

Carl Maria von Webers Werke für Klarinette und Orchester[1] weisen eine durchgehende Aufführungstradition seit ihrer Entstehung im Jahre 1811 bis heute auf. Fast zwangsläufig muß diese in Relation zu Webers Gesamtwerk außerordentliche Kontinuität eine zwiespältige historische Beurteilung erfahren. Denn – pointiert formuliert – der Aufführungspraxis, die naturgemäß starken ästhetischen Wandlungen unterworfen ist, fällt das Werk selbst zum Opfer. Dies läßt sich zwar positiv ummünzen – im Sinne einer immer wieder neu zu gewinnenden künstlerischen Aktualität, die einem Werk geschichtliche Größe und Haltbarkeit verleiht. Doch aus der Sicht einer auf historische Originalität und kritisch nachvollziehbare Authentizität ausgerichteten Edition ist dieses ‚Haltbarkeitsdatum‘ schnell abgelaufen – zumal bei Solokonzerten, und besonders bei diesen, die primär auf die Belange, den Geschmack und die künstlerisch-technischen Fähigkeiten eines bestimmten Solisten ausgerichtet waren.

Carl Maria von Webers Freund Heinrich Joseph Baermann (1784–1847) verlangte nach Material, mit dem er seine erfolgreiche Klarinettistenkarriere – als Hofmusiker in München und als reisender Solist – kontinuierlich ausbauen konnte. Weber, der zum Zeitpunkt der Entstehung dieser Werke noch auf die Erlangung von Reputation angewiesen war und die Nobilitierung durch den Freund für sein eigenes berufliches Fortkommen einzusetzen trachtete, lieferte mithin ‚Gelegenheitswerke‘,[2] denen von vornherein ein gewisses Maß an gestalterischer Offenheit anhaftete. Inwiefern ihm Baermann konkrete technisch-virtuose Spielfiguren vorgab, demonstrierte oder empfahl – eine Praxis, die bei Konzertkompositionen keineswegs unüblich war –, läßt sich nicht explizit nachweisen. Als sicher gilt jedoch, daß Weber seinem Solistenfreund die beiden Konzerte in f-Moll und Es-Dur zur exklusiven Aufführung für die Dauer von etwa zehn Jahren überließ.[3] Erst 1822 gab Weber sie zum Druck,[4] während er über das *Concertino* in Es-Dur

---

[1] *Concertino* Es-Dur für Klarinette und Orchester, Weber-Werkverzeichnis (WeV) N. 9; Konzert für Klarinette und Orchester Nr. 1, f-Moll, WeV N. 10; Konzert für Klarinette und Orchester Nr. 2, Es-Dur, WeV N. 12. Hintergründe zur Geschichte und eine ausführliche Beschreibung der Quellen der hier diskutierten Werke sind vor allem meinem Aufsatz: Die langsamen Sätze der Klarinettenkonzerte Carl Maria von Webers: Stil – Quelle – Interpretation. In: Weber-Studien 3. Hrsg. von Joachim Veit u. Frank Ziegler. Mainz etc. 1996, S. 162–200, zu entnehmen. Eine aktualisierte und umfassend kommentierte Quellenbeschreibung dieser Werke wird im Kritischen Apparat meiner Edition der Klarinettenkonzerte innerhalb der Carl-Maria-von-Weber-Gesamtausgabe enthalten sein, die sich derzeit in Vorbereitung befindet (Erscheinungstermin voraussichtlich 2002)

[2] Tatsächlich waren sie Auftragswerke des Bayerischen Königs für dessen Hofkapelle und kamen in kurzer Folge im Frühjahr und Sommer 1811 in München zur erfolgreichen Uraufführung.

[3] Dies beweist die Liste der bislang nachweisbaren Aufführungen zwischen 1811 und 1826, die alle Baermann als Solisten ausweisen, vgl. Heidlberger, Die langsamen Sätze (wie Anm. 1).

[4] Tagebucheintrag vom 17. Oktober 1822: „durch Seidler an Schleßinger geschikt: *2 Clar: Con:* [...]“

selbst verfügte: Er gab es bereits 1812 dem Verleger Kühnel, der das Werk 1813 druckte;[5] zahlreiche Aufführungen verschiedener Solisten konnten bislang nachgewiesen werden,[6] so daß diesem Werk zu Webers Lebzeiten bereits eine weite Verbreitung und damit eine breit gestreute Öffentlichkeitswirkung zuteil wurde. Das führt zu einem schwerwiegenden Unterschied in der frühen Überlieferungsgeschichte dieser Werke. Waren die Konzerte mithin ,Verfügungsmasse' des Solisten, die dieser nach seinen Belangen aufführungstechnisch bearbeitete, mit Verzierungen, Kadenzen sowie eigenständigen Anweisungen der Artikulation und der Dynamik versah, kommt dem *Concertino* durch den frühen Druck unter Aufsicht des Komponisten und die damit verbundene geschichtsgültige Fixierung des Textes ein besonders großes Maß an Authentizität im Sinne der Autorintention zu.

Dieser fixierten und damit objektivierten Autorintention – sie kann gleichwohl beim Vortrag des einzelnen Solisten subjektive Züge annehmen, doch ändert dies nichts am Textstatus – steht bei den Konzerten eine subjektive Praxisintention (Baermanns Aufführungen und die daraus erwachsenden Folgen für den Notentext) gegenüber. Beide Intentionen können zwar, müssen aber nicht deckungsgleich sein. Entscheidend ist daher, daß der Quellenüberlieferung des *Concertino* historische ,Gültigkeit' zukommt, jener Überlieferung der Konzerte hingegen eine historische ,Variabilität', zumindest bis zum Druck der Werke.

★

Die historische ,Variabilität' der Klarinettenkonzerte führt uns zu drei Fragen, welche die vielschichtige Problematik eingrenzen:
– Welcher Grad der Übereinstimmung der Werkintention des Komponisten einerseits und der Praxisintention des Solisten andererseits ist hinsichtlich der Klarinettenkonzerte anzunehmen?
– Welche Indizien erschließen sich aus der philologischen Examination der Quellen?
– In welchem Verhältnis steht die spätere Rezeption dieser Werke (bis hin zur heutigen Musikpraxis) zu den als autorisiert anzusehenden Quellen?
Eine detaillierte Beantwortung dieser Fragen kann erst auf der Grundlage des Kritischen Apparates der Gesamtausgabe erfolgen, doch im gegebenen Rahmen eröffnet sich die Möglichkeit, einige Fakten und Aspekte anhand philologischer und analytischer Erwägungen exemplarisch zu diskutieren:

Aus Briefzeugnissen geht hervor, daß Baermann mit Webers Klarinettenkonzerten sehr variabel umging. Er präzisierte affektive Darstellungsmomente – dynamische Kontraste, Akzentsetzungen, Tempoführung, Verzierungen – und führte sogar eigene auskomponierte Kadenzen ein. Wohl variierte Baermann diese Zutaten improvisatorisch je nach gegebener Konzertatmosphäre, doch einige dieser Modifikationen, etwa eine

---

[5]   Briefnachweise: 23. September 1812: Weber sendet die Stichvorlage an Kühnel; 18. März 1814: Weber mahnt ein Belegexemplar an. Eine Druckanzeige findet sich in der *Zeitung für die elegante Welt.* Jg. 13. Nr. 136, 9. Juli 1813, Sp. 1087–1088.
[6]   Vgl. Heidlberger, Die langsamen Sätze (wie Anm. 1). Untersuchungen der Aufführungsnachweise des *Concertino* für die Jahre 1816 bis 1822 ergaben bisher folgende Solisten: ? [Vorname unbekannt] Farnik, ? Mejo, ? Schick, Franz Tausch, Caroline Schleicher.

Abb. 1: Weber, Klarinettenkonzert f-Moll, 1. Satz, Autograph 2 (Library of Congress, Washington D. C., Signatur ML 30.8b.W4, S. 17). Von der Originalseite 17 sind links nur die drei ersten Takte von Webers Hand sichtbar. Es folgt der Klebebund des von Baermann eingeklebten Blattes mit seiner eigenen Kadenz, zu der von dritter Hand eine Orchesterbegleitung hinzugefügt wurde. Der Notenanschluß ist durch ein Ø ... Ø in der oberen Notenzeile kenntlich gemacht.

ausgeprägte Agogik, verfestigten sich durch Ausnotierung oder Hinzufügung von Aus-führungsanweisungen zu einem (noten-)textlich fixierten Bestandteil des Werkes. Am Beispiel des ersten Satzes des f-Moll-Konzertes wird dies deutlich: In das Autograph, das Weber ihm überließ, klebte Baermann eine auskomponierte elftaktige Soloepisode ein, die den ersten Soloexpositionsteil, der mit einer Triolenpassage (Takt 139ff.) abschließt, um eine Sechzehntelpassage als virtuoses Steigerungsmoment erweitert (Abb. 1). Die-se Soloepisode nimmt eine spätere Sechzehntelbewegung quasi improvisatorisch voraus, die Weber zur Steigerung der Reprise dieses Soloteils aufsparte. Baermanns Ergänzung zerstört die ursprüngliche Proportion der rhythmischen Bewegung, denn Weber kom-ponierte eine Sechzehntelpassage (T. 198) nach einem Rückgriff auf die Triolenbewe-gung (T. 192) als virtuose Gestaltungsmittel innerhalb des ausgewogenen Formverlaufs des ersten Satzes. Die formale Architektur mit ihren virtuosen Elementen als Bestandteil einer höheren kompositorischen Ausdrucksidee wird durch Baermanns Ergänzung zum instabilen Gerüst einer willkürlichen Virtuosität um ihrer selbst und der Eitelkeit des Virtuosen willen degradiert, der sich in der ursprünglichen Ausgewogenheit der kompo-sitorischen Struktur nicht genügend zu glänzender Präsentation herausgefordert sieht.

Es ist ungeklärt, zu welchem Zeitpunkt Baermann diese Solokadenz schrieb, und vor allem wann er sie in das Autograph einfügte. Zwischen 1810 und 1820 sind mehrere Auf-führungen des Werkes gemeinsam mit Weber belegt, und es wäre interessant zu wissen, ob der Komponist Baermanns Zutat billigte. Aus philologischen Gründen ist dies zu verneinen, da Weber keinen entsprechenden Hinweis in sein eigenes Autograph übertrug und auch auf die Übernahme der Baermannschen Soloepisode im Erstdruck verzichtete.[7] Doch gerade in überlieferungsgeschichtlicher Hinsicht hatte diese Einklebung weitreichende Konsequenzen. Blieb der Erstdruck, der übrigens sehr fehlerhaft ist, ohne Folgen für die Überlieferung, war es seine Neuedition im Jahre 1867, auf der fortan die Angaben der Klarinettenkonzerte Webers basierten. Diese Neuedition – sie erschien wie der Erstdruck bei Schlesinger in Berlin – wurde von dem Sohn Heinrich Baermanns, Carl (1810–1885) besorgt, der nicht nur die Aufführungtradition seines Vaters zu bewahren gedachte, sondern seine eigene lange Erfahrung mit diesen Werken einbrachte. (Er war wie zuvor sein Vater Soloklarinettist der Münchener Hofkapelle und einer der großen Solisten- und Lehrerpersönlichkeiten des 19. Jahrhunderts.) Diese Ausgabe blieb bis weit in die zweite Hälfte des 20. Jahrhunderts hinein, und teilweise bis heute, maßgeblich für die Art und Weise der Aufführung Weberscher Klarinettenwerke. Von Carl Baermann und dessen Sohn, der an dieser Ausgabe mitarbeitete,[8] war kaum ein ‚historisch-kritisches‘ Editionsverständnis zu erwarten – im Gegenteil, sie nahmen nicht nur die textlich und praktisch vermittelten Ausführungsanweisungen Heinrich Joseph Baermanns in ihre Edition auf, sondern fixierten eine Textgestalt, die dem Virtuosenkonzert des späten 19. Jahrhunderts entsprach. Zweifellos kommt den drei Baermann-Generationen das Verdienst zu, durch ihre Vermittlung und Verbreitung für die nachhaltige Präsenz der Weberschen Werke im Musikleben gesorgt zu haben, doch eben nicht der Werke im Sinne der Autorintention, sondern letztlich willkürlicher ‚Bearbeitungen‘, die als Sediment einer jahrzehntelangen Familienüberlieferung im monumentalen Ausdrucksgebaren des späteren 19. Jahrhunderts gipfeln.

Wie diese Art der Überlieferung innerhalb der Familie Baermann vonstatten ging, zeigt der erst kürzlich bekannt gewordene Briefwechsel zwischen Carl Baermann (Vater) und dem Weber-Forscher Friedrich Wilhelm Jähns. Zwei Aussagen Carl Baermanns sind in unserem Zusammenhang von Interesse. Zum einen behauptet er zur ergänzten Soloepisode im ersten Satz des ersten Konzertes: „[sie] hat mein Vater componiert, ganz richtig fühlend, daß die vorhergehende kleine Triolen Passage zu kurz abschließt. Die nun neu hinzugefügte 16tel Passage ist jedoch nur eine Variante der früheren Triolen Passage, und hatte Webers volle Beistimmung[...]"[9]. Zum anderen meint sich Carl Baermann trotz der langen Zwischenzeit daran zu erinnern, daß das Autograph des ersten Konzertes, das sich im Besitz seines Vaters befand, das ursprüngliche Autograph gewesen sei: „Erstens schrieb Weber diese Partitur bei uns in München im Jahre 1811, zweitens weiß ich aus Mitteilungen meines Vaters, daß Weber ein paar Jahre später sich die Partitur

---

[7] Grundlage des Erstdrucks (in Stimmen, Berlin: Schlesinger, Plattennummer 1177, ca. 1825) scheint aufgrund zahlreicher Übereinstimmungen Webers eigenes Autograph zu sein, das dieser zu Archivzwecken angefertigt hatte (Staatsbibliiothek Preußischer Kulturbesitz, Berlin, Signatur Mus. ms. autogr. C. M. v. Weber WFN 11). Eine Kopistenabschrift, die als Stichvorlage gedient haben könnte, ist nicht bekannt.

[8] Carl Baermann jun. (1839–1913) erlangte als Pianist einige Berühmtheit. (Zur Editionsgeschichte der Baermannschen Weber-Ausgaben siehe auch Gerhard Allroggen in diesem Band, S. 194.)

[9] Brief Carl Baermanns von 30/31. 10. 1864. In: „Ich habe das Schicksal stets lange Briefe zu schreiben." Der Brief-Nachlaß von Friedrich Wilhelm Jähns in der Staatsbibliothek zu Berlin PK. Bd. 1: Die Briefe Carl Baermanns an Friedrich Jähns. Hrsg. von Eveline Bartlitz. Berlin 1999 (Weberiana – Mitteilungen der Internationalen Carl-Maria-von-Weber-Gesellschaft. Sonderheft. Bd. 8), S. 12.

von ihm zur Abschrift ausbat, drittens reiste Weber einige Jahre nach der Composition dieses Concertes mit meinem Vater zusammen, wo er von meinem Vater dieses Concert öfters hörte [...] und viertens lies mein Vater die beiden Concerte vom Weber in demselben Jahre in welchem sie componiert waren, auch einbinden, welchen Einband sie noch haben und in welchem Einband er dieselben auch an Weber zur Abschrift übersendete".[10] Immerhin liegen rund vierzig Jahre zwischen den Geschehnissen und dieser Berichterstattung, so daß Mythos und Fakten kaum zu unterscheiden sind. So steht der Behauptung, Weber habe zu einem späteren Zeitpunkt das in Baermanns Besitz befindliche Autograph zur Abschrift erbeten, der Vermerk in Webers Tagebuch entgegen, aus dem hervorgeht, daß Weber das Konzert für Baermann im Mai 1811 abgeschrieben hatte. Entweder irrt Carl Baermann, oder ein Urautograph, das Weber als Vorlage zur Baermann-Abschrift diente, ist verlorengegangen, und Weber sah sich zu einer späteren, sekundären, Abschrift gezwungen.

Diese Konfusion zeigt, welche Probleme bereits bei der Bewertung der autographen Quellen auftreten. Die Baermannschen Eintragungen bilden keineswegs die einzige Grundlage für die spätere Edition durch seinen Sohn. Ebensowenig weist Webers Autograph, das gerade aufgrund der Übereinstimmung hinsichtlich fehlerhafter und inkonsequenter Bezeichnungen als Vorlage des Erstdrucks angesehen werden muß, einen definitiven, aufführungspraktisch sinnvollen Notentext auf.[11] Die von Carl Baermann behauptete pauschale Autorisierung der Baermann-Fassungen durch Weber ist in keinem Fall durch Fakten zu belegen!

Aus der Konstellation Weber–Baermann entwickeln sich daher im Falle der beiden Konzerte (auch für das zweite Konzert liegen zwei autographe Partituren, der Erstdruck und die spätere Baermann-Ausgabe mit ihren Ergänzungen vor) zwei Überlieferungsstränge, die ihren historischen Bestand über einen langen Zeitraum unabhängig voneinander existieren, von der sich allerdings nur der Baermann-Strang überlieferungsgeschichtlich und damit ihm Bewußtsein der Ausführenden wie der Rezipienten verfestigt. Dieses Faktum muß daher als Ursache für das eingangs erwähnte Paradoxon angesehen werden, nach dem das Werk sich dadurch behauptet, daß es seiner eigenen Aufführungsgeschichte gleichsam zum Opfer fällt.

★

Die Stemmata (Abb. 2) geben einen Überblick über diese beiden Überlieferungsstränge und verdeutlichen die überlieferungsgeschichtlichen Unterschiede zwischen den beiden Konzerten einerseits und dem *Concertino* andererseits. Bei diesem sind, wie bereits angedeutet, die Verhältnisse klarer. Aufgrund der Stringenz der Quellengenese von einem einzelnem Autograph zu einem zweifelsfrei autorisierten Erstdruck können Rückschlüs-

---

[10] Brief Carl Baermanns vom 14. 5. 1868. In: Briefe Carl Baermanns (wie Anm. 9), S. 26.

[11] Eine Autopsie des ‚Baermann-Autographs' des ersten Konzertes in der Library of Congress (Washington D. C.) hat jüngst ergeben, daß Weber selbst Aufführungsanweisungen überarbeitet und sogar einige Modifikationen am Orchestersatz vorgenommen hat. Dies könnte auf seine Aufführungserfahrung mit Baermann hin erfolgt sein und würde die Problematik der philologischen Gewichtung der Autographe elegant lösen, wenn Weber nicht – was offensichtlich der Fall war – sein eigenes (unvollkommenes) Autograph als Grundlage für einen (nicht minder unvollkommenen) Erstdruck verwendet hätte. Dieser Widerspruch konnte bislang nicht gelöst werden.

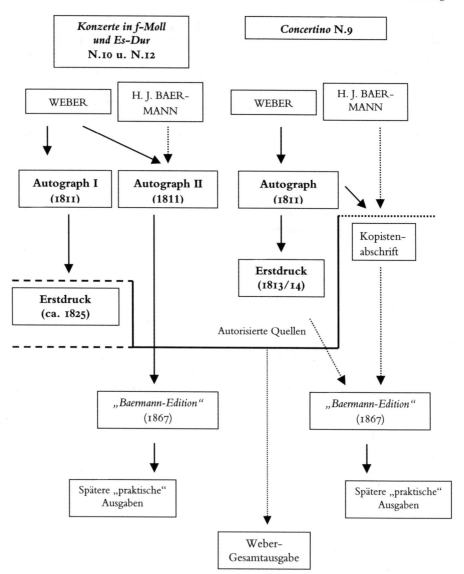

Abb. 2: Webers Werke für Klarinette und Orchester – Stemmata

se auf die Bewertung der Quellensituation der beiden Konzerte gezogen werden. Im folgenden soll daher das *Concertino* exemplarisch im Vordergrund analytischer, philologischer und aufführungspraktischer Erwägungen stehen.

Das Stemma zeigt, daß auch das *Concertino* nicht von der postumen Anverwandlung an Praxis und Ästhetik der Baermann-Tradition verschont blieb. Da im Falle des *Concertinos* die Autorisierung des Erstdruckes durch den Komponisten gesichert ist, legt der Vergleich zwischen Autograph und Erstdruck einerseits sowie zwischen Erstdruck und den späten Baermann-Ausgaben andererseits die Bearbeitungsgeschichte objektiv dar. Diese soll exemplarisch an drei Kategorien aufgezeigt werden:

1. Formale Organisation, Temporelationen
2. Konkretisierung und „Offenheit" der Ausführung der Solostimme
3. Differenzen im Notentext

1. Das *Concertino* gehört zwar äußerlich zu der im 19. Jahrhundert verbreiteten Kompositionsform der ‚Introduktion, Thema und Variationen', einer Modeform, die bis hin zu heilloser Trivialität verzerrt wurde, doch Webers Komposition erweist sich bei näherer Untersuchung als eine mehrschichtig strukturierte Konzertkomposition, die trotz ihrer Einsätzigkeit formale und poetische Vielfalt aufzuweisen hat. Die Ausarbeitung der langsamen Einleitung als ein stark von subjektiver Empfindung durchsetztes ‚dramatisches' Gebilde, die Steigerungsform, die sich vom fast naiv zu nennenden Andante-Thema aus entwickelt und die in der ‚langsamen' Variation mit Ausnützung der tiefen Lage der Klarinette ihren düsteren Kontrast findet, schließlich das *Allegro* im Sechsachteltakt, das als leichtfüßig-tänzerischer Schlußsatz mit einer eigenen Bewegung und Dynamik auftritt und damit einen nicht minder ‚dramatisch' beeinflußten Finalgestus aufweist. Dies alles sind Merkmale, die ein aufschlußreiches Wechselspiel von einsätziger Geschlossenheit und zyklischer Selbständigkeit der Binnenteile erkennen lassen. Mit dieser ‚multifunction-form' kann das *Concertino* für Klarinette – wie auch jenes in Ausdruck und Form vergleichbar angelegte Horn-*Concertino* – als Vorläufer jener Tradition des einsätzigen Konzerts gelten, die Weber zehn Jahre nach der Komposition des *Concertino* durch das Konzertstück für Klavier und Orchester begründete und die ihre Fortsetzung bei Mendelssohn, Schumann, Liszt bis hin zu Richard Strauss fand.

Tabelle 1 zeigt die Mehrschichtigkeit der formalen Architektur des *Concertino* in groben Zügen auf. Besonderes Augenmerk ist hierbei auf die formalen Schnittpunkte zu legen, vor allem die Zäsur zwischen ‚zweitem Satz' und ‚Schlußallegro' oder auch die durch Ausdruckskontraste und entsprechende harmonische sowie instrumentationstechnisch differenzierte Verfahrensweisen gekennzeichneten Übergänge von der Introduktion zum Thema und vom ‚ersten Satz' zum ‚langsamen Satz'.[12] Eine Coda, die als brillante Steigerung des virtuosen Moments dient, kann ebenfalls als typisch angesehen werden und findet sich gleichermaßen in den anderen einsätzig-multifunktional angelegten Werken Webers.

---

[12] Auf Notenbeispiele kann hier verzichtet werden, da das *Concertino* leicht zugänglich ist. Zur schnellen Orientierung sei mein Klavierauszug (Mainz: Schott, 2000), empfohlen, da dessen Solostimme auf dem Erstdruck als Hauptquelle beruht und ein Variantenverzeichnis einen detaillierten Überblick über das Verhältnis der Quellen zueinander ermöglicht. Der Klavierauszug der Baermann-Ausgabe ist hinsichtlich der späteren Carl-Baermann-Fassung ebenfalls aufschlußreich und leicht zugänglich (Musikverlag Lienau, Berlin).

Takt	1-37	38-53	54-72	73-95	96-111	112-124
Variation	Introduktion	Thema	Überleitung	1. Variation - Überleitung	2. Variation	Überleitung
Zyklus	Adagio ma non troppo	1. Satz Andante			Reprise (variat.)	
Sonatensatz	langsame Einleitung	Hauptthema	[Überleitung] Seitenthema	Durchfg. 1. Abschnitt	Durchfg. 2. Abschnitt	3.Abschnitt
Harmonie	c - G	Es	B	Es - c - B	Es	B

Takt	125-145	146	147-185	185-210	211-241
Variation	3. Variation		4. Variation	5. Variation mit Überltg.	6. Variation
Zyklus	2. Satz (langsam)	Ka-denz	3. Satz: Rondo 6/8 Allegro	Episodenthema	Coda
Sonatensatz	(Durchfg.) 4. Abschnitt		Reprise (variat.)		
Harmonie	Es		Es - B - G^7	C - B^7	Es

Tab. 1: Multifunktionales Formmodell des *Concertino* von Carl Maria von Weber

Es liegt nahe, daß der Praktiker besonders darauf zu achten hat, diese Formkonstel-lation als musikalisches Ausdrucksgebilde faßlich zu vermitteln. Die verschiedenen Edi-tionen dieses Werkes zeigen mithin eine unterschiedliche Informationsdichte hinsicht-lich der Tempo- und Ausdrucksbezeichnung der einzelnen Formteile und besonders der Übergangsstellen. Dies ist bereits bei den autorisierten Quellen zu beobachten. Webers Autograph weist wesentlich weniger Tempo- und Ausdrucksbezeichnungen auf als der Erstdruck. Die praktische Erfahrung bei der Aufführung und das zunehmende Bedürf-nis, mit dem Tempo auch den expressiven Gestus zu bestimmen, führten daher zu einer Konkretisierung dieser Angaben bereits in dem Moment, als der Komponist das Werk definitiv aus seinen Händen gab.

Tabelle 2 gibt einen Überblick über diese Entwicklung. Deutlich ist die Tendenz der Pointierung des jeweiligen Ausdruckscharakters zu erkennen: Schnelle Passagen fordern virtuose Geläufigkeit, langsame Tempi werden als noch langsamere und expressivere be-zeichnet, mittlere Tempi mit Attributen versehen, die den Ausdruckscharakter konkre-tisieren. Die Informationsdichte nimmt zudem im Verlauf des Werkes zu.

Die Unterschiede zwischen autorisiertem Erstdruck und Baermann-Ausgabe sind in dieser Hinsicht keinesweg so groß, wie aufgrund des Zeitabstandes anzunehmen wäre. Bezeichnend ist die Hinzufügung der *espressivo*-Angabe bei der Triolenvariation sowie der Zusatz *Lento* bei der Variation in tiefer Lage. Letztere stellt ein interessantes Beispiel für die Wandlung der Auffassung des Ausdrucks dar. Weber vermeidet eine Tempoan-gabe, er komponiert die langsame Bewegung aus und verlegt den Prozeß der Ausdrucks-

Takt / Formteil	Autograph	Erstdruck	Baermann-Ausgabe
T. 1: Beginn der langsamen Einleitung	*Adagio ma non troppo*	*Adagio ma non troppo*	*Adagio ma non troppo*
T. 38: Hauptthema	*Andante*	*Andante con anima*	*Andante con anima*
T. 60: Überleitung, schnelle Sechzehntel	—	*Poco piu vivo con fuoco*	*Poco piu vivo con fuoco*
T. 73: Triolenvariationen	—	—	*con esspress.* [!]
T. 96: Schnelle Sechzehntel	*con fuoco*	*con fuoco*	*Poco piu vivo*
T. 146: tiefe Lage	—	—	*Lento*
T. 163: schnelle Sechzehntel im 6/8-Takt	—	*risoluto. . . (T. 165) dol[ce]*	*risoluto. . .*
T. 211: gebrochene Dreiklänge in Sechzehnteln	—	*con fuoco*	*con fuoco*

Tab. 2: Weber, *Concertino für Klarinette und Orchester*, Tempo und Charakteranweisungen in verschiedenen Quellen

wandlung in die dynamische und instrumentatorische Gestaltung einer Überleitung: ein *fortissimo*-Orchestertutti mündet in einen Bläsersatz (Takt 116) mit stark abnehmender Dynamik, die schließlich zu einem *morendo* führt (Takt 120f.), das nur noch einen Paukentriller mit dreifachem *piano* zuläßt. Sind die Angaben der beiden Drucke daher Konkretisierungen und die des Baermann-Druckes zusätzlich in einzelnen Fällen redundant, stellt eine Änderung in letzterem eine Vergröberung gegenüber dem Erstdruck dar. Die Sechzehntelpassage im ⁶/₈-*Allegro* (ab Takt 163) wird im Erstdruck kontrastierend bezeichnet: zwei Takten *risoluto* stehen zwei Takte *dolce* gegenüber. Baermanns Verzicht auf die *dolce*-Angabe könnte aus praktischen Erwägungen erfolgt sein: die Phrasierung dieser schnellen Passage mit Akzent auf der jeweils fünften Note der wiederkehrenden Figur in Takt 165f. widerstrebt einer *dolce*-Ausführung.

Ein weiteres Problemfeld innerhalb dieser Fragestellung ist die formale Struktur: Baermann erweitert das Thema durch die Wiederholung des Vordersatzes. Er verwischt damit die Proportion der Liedform, ermöglicht dem Solisten jedoch ein größeres Maß an Gestaltung. Auch wird die Dominanz des Themas gegenüber den Variationen hervorgehoben. Doch gerade diese Dominanz wollte der Komponist offensichtlich vermeiden. Baermanns Wiederholungszeichen kehren das Herkömmliche, Klischeehafte an der Grundform ,Thema mit Variationen' hervor, Weber kam es dagegen offensichtlich mehr auf das kontrastreiche Ausdrucksspektrum der Gesamtform an.

Dieser Punkt wird auch von der Frage berührt, ob bei der Fermate Takt 146 eine improvisierte Kadenz zu spielen ist oder nicht. Keiner der Drucke sieht wörtlich eine solche vor. Auch in den Konzerten fehlen entsprechende Hinweise. Historisch erscheint es berechtigt, Webers kompositorische Idee aus der Perspektive des romantischen Kon-

zertsatzes zu betrachten, der kadenzhafte Abschnitte als auskomponierte Elemente enthält
und daher weniger improvisatorische Freiräume läßt. Ein Vergleich mit anderen Werken
Webers scheint dies zu belegen. Im Horn-*Concertino* komponiert Weber die analoge formale Position als mehrstimmige Hornkadenz aus (vor dem Beginn der Schluß-Polacca),
im Konzertstück für Klavier bildet ein auskomponiertes Klaviersolo den entsprechenden Übergang. Dieses Klaviersolo führt ein *Crescendo* aus, das mit einem *fortissimo*-Triller
abschließt und mit diesem den brillanten Einstieg in das *Presto gioioso* ermöglicht. Diese
antizipatorische Funktion wird auch im *Concertino* sichtbar, da die separierten Halbton-
bewegungen des Soloinstrumentes (Takt 144f.) den melodischen Gestus des folgenden
Allegro vorausnehmen. Sie erfüllen daher den gleichen Zweck wie die auskomponierten Kadenzen in den Vergleichswerken. Eine zusätzliche improvisierte Solokadenz, die
den besagten melodischen Bezug verschleiert und vor allem den sehr sparsam gestalteten
Übergang herauszögert und aufbläht, erscheint daher wenig angebracht. Von Heinrich
Joseph Baermann ist eine Kadenz handschriftlich überliefert, die genau diese Attribute
aufweist,[13] doch Carl Baermann verzichtete auf deren Publikation, da er sich erinnerte,
daß sein Vater nicht nur diese Version spielte, sondern je nach Gelegenheit verschiedene
Kadenzen improvisierte.[14]

    Der Übergang vom improvisierten Zusatz zum komponierten Formteil ist hier da-
her nicht bis zur letzten Konsequenz vollzogen, wie dies mit dem Baermann-Zusatz im
ersten Satz des f-Moll-Konzertes der Fall war. Doch hier wie dort ist Webers formale
Konzeption als primäre künstlerische Idee zu berücksichtigen, die eine Kadenz an den
entsprechenden Stellen nicht oder (im Falle des *Concertino*) nur sehr bedingt erlaubt bzw.
ermöglicht.

2. Die Solostimme des *Concertino* ist am stärksten den Wandlungen der Überlieferungsgeschichte unterworfen. Ausführungsanweisungen konkretisieren zunehmend die expres-
sive Substanz dieser Stimme, die der Komponist im Autograph und im Erstdruck im
Wesentlichen in der Stimmführung selbst fixierte, ohne die Artikulation und alle damit
zusammenhängenden Gestaltungselemente in allen Bereichen vorzuschreiben. Dort, wo
Weber nach einer exakten Artikulation, Dynamik und Akzentuierung verlangte, gab er
dies auch detailgenau an. Insofern sind nicht bezeichnete Läufe und Wendungen auch
als ‚frei' hinsichtlich der künstlerischen Gestaltung durch den Praktiker anzusehen (eine
Ausnahme hiervon machen Wiederholungs- und Analogstellen, die Weber in seinen Ar-
chivmanuskripten oft aus schreibökonomischen Gründen unbezeichnet ließ, wobei nicht
immer leicht zu entscheiden ist, welche Absicht ihn leitete. Gegenüber der bei Baermann
deutlich werdenden Tendenz, dieser Offenheit vielleicht wohlbegründete, aber aus einem anderen künstlerischen Verständnis resultierende, penible Anweisungen entgegen-
zusetzen, muß eine heutige Edition bestrebt sein, die Offenheit der originalen Konzeption zu konservieren. Wohl sind aufführungspraktische Hinweise zu Details der Artikulation und Dynamik angebracht, doch sie gehören in den Kritischen Apparat, nicht in den
Haupttext der historisch-kritischen Edition.[15] Im folgenden sollen einige Beispiele diese

---

[13] Vgl. deren Edition im Anhang meines zuvor (Anm. 12) erwähnten Schott-Klavierauszuges des *Concertinos*.
[14] Vgl. Brief an Friedrich Wilhelm Jähns, 30.-31. 10. 1864, Edition (wie Anm. 9), S. 10.
[15] Vgl. dazu das Vorwort zu meiner Klavierauszug-Edition (wie Anm. 12), in dem die Frage der Ausführung
    umfassend diskutiert wird.

Tendenzen der Überlieferungsgeschichte anhand der bereits vorgestellten drei Quellen, dem Autograph (A), dem Erstdruck (ED) und der Baermann-Edition (D) verdeutlichen.

Abb. 3a

In der langsamen Einleitung (Abb. 3a) ist vor allem die dynamische Gestaltung zunehmender Fixierung unterworfen. Der Abschnitt ab Takt 23 beschreibt in A einen Bogen von *pp* zu *f*, die dynamische Steigerung bleibt auf eine chromatische Aufwärtsbewegung beschränkt. Bereits in ED wird die Figur in Takt 24 einer weiteren Differenzierung unterzogen, D spannt auch über die Abschlußfigur in Takt 31 einen dynamischen Bogen. Des weiteren wird an diesem Beispiel die überbordende Figurierung in Baermanns Edition deutlich. Der chromatische Aufgang hat in A und ED nur auf dem ersten Ton einen Triller, D fügt einen zweiten über dem gis” in Takt 27 hinzu.[16] Doppelschläge in Takt 24 und 31 sind ebenfalls Zutaten in D, die in den autorisierten Quellen nicht vorkommen. Diese Details ließen sich beliebig fortsetzen, auffällig an diesem Beispiel ist jedoch, daß dieser Abschnitt bereits in den autorisierten Quellen sehr genau bezeichnet wird, was mit der exponierten Ausdrucksdichte der langsamen Einleitung zusammenhängt. Die definitive interpretatorische Vorstellung des Komponisten ist in diesem Abschnitt evident, Hinzufügungen mithin unangebracht.

Demgegenüber verwendet Weber nur sparsame Bezeichnungen dort, wo schnelle Läufe mit Wiederholungen eine flexible künstlerische Gestaltung durch den Solisten verlangen. Die *con fuoco*-Variationen sind in ihrer Ausführung in die Verantwortung des Interpreten insofern gelegt, als Tempowahl und spieltechnische Fähigkeit, tonliche und dynamische Prägnanz des einzelnen Spielers eine individuelle Phrasierung erfordern. Abbildung 3b zeigt die weitgehend unbezeichnete Passage ab Takt 96 in A und ED, wäh-

---

16 Außerdem demonstriert diese Stelle ein häufig auftretendes Mißverständnis zwischen Akzentzeichen (>) auf dem gis” in A und *decrescendo*-Gabel in ED und D.

Abb. 3b

rend Baermann um eine penible Festlegung wechselnder Phrasierungen bemüht ist. Webers Verzicht bedeutet keineswegs ein durchgehendes *staccato*, eher rechnet er an solchen Stellen mit gruppenweisem Zusammenfassen von vier bis acht Sechzehntelnoten unter einem Phrasierungsbogen. Baermanns auf Virtuosität ausgerichtetes Wechselspiel aus *legato* und *staccato* verrät eher den Instrumentallehrer, der diese Passage für eine möglichst abwechslungsreiche Phrasierungsübung nutzbar machen will.

Sensibilität ist nicht zuletzt in der Frage der Behandlung von Parallelstellen angebracht. Einerseits ist bei Weber gerade bei der Anfertigung von Archiv-Autographen eine Aufwandsersparnis offensichtlich, wenn er etwa den ersten Viertakter eines Themas genau mit Ausführungsanweisungen versieht, dessen Wiederkehr jedoch nicht. Hier dürfte in vielen Fällen eine analoge Anwendung anzunehmen sein. Andererseits bezeichnet er Abweichungen innerhalb analog wiederkehrender Taktgruppen sehr genau, wie die Triolenvariation, Takt 73ff. (Abb. 3c), zeigt. In A bleibt der erste Aufschwung zum a'',

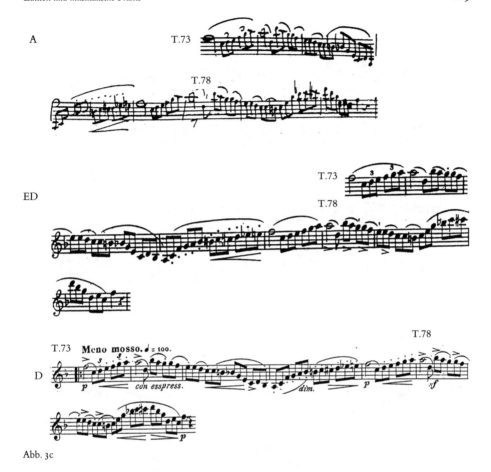

Abb. 3c

Takt 74, ohne Akzent, seine Wiederkehr, Takt 78, erhält jedoch eine exakt bezeichnete Akzentuierung. In ED wird dieser Kontrast noch verschärft, indem bei der Wiederholung nicht nur das a", sondern auch der mittlere Ton der folgenden Triolen mit Akzent versehen wird. Hinzu kommt in ED eine größere Genauigkeit in der Bezeichnung der Dynamik und der Artikulation. D erhöht zwar vermeintlich das Potential affektiver Gestaltungselemente, doch geht bei ihm der feinsinnige Kontrast der Akzentuierung zwischen Vorder- und Nachsatz verloren, denn bereits der Anfangsviertakter trägt Akzente auf den Hauptnoten.

3. Abschließend sei noch auf einige Differenzen im Notentext der drei Vergleichsquellen eingegangen, da sie die Frage von Edition und Aufführungspraxis von einer weiteren Seite beleuchten. Diese Differenzen sind die einzigen in dieser Komposition und betreffen den abschließenden Variationsteil im ⅜-Takt, der mit Dreiklangsbrechungen im *fortissimo* eingeleitet wird und den Zielpunkt der Steigerung dieses Schlußabschnittes hinsichtlich Virtuosität und dynamischer Stärke darstellt (Takt 211ff., Abb. 4). In diesem Abschnitt sind zwischen A und ED mehrere Schritte der Überarbeitung der Solostim-

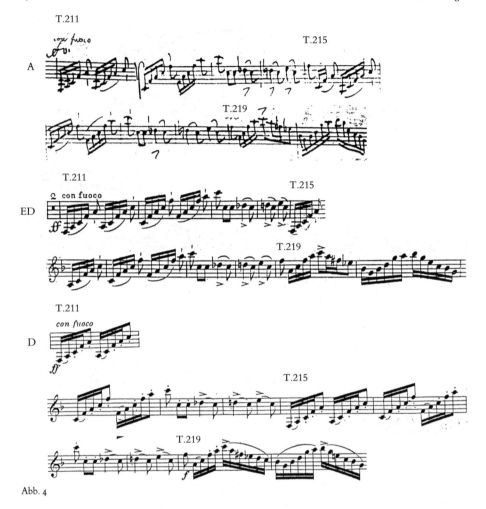

Abb. 4

me erkennbar. Zu Beginn steht in A eine Tonwiederholung des f statt der geradlinigen
Folge von Dreiklangstönen in den darauffolgenden Figuren. Diese Brechung des melodischen Flusses korrespondiert mit der Wiederholungsstelle in Takt 215: in A wird
der mehrfach angesetzte Aufschwung von c" aus (Takt 214) bis zum Grundton f" in
Takt 215 geradlinig fortgesetzt. Allerdings kollidiert dieser Grundton mit dem Neuansatz
der Dreiklangsfiguration: Erst nach einer Achtelnote f" springt die Figur in ihren anfäng-
lich aufgestellten Bewegungsfluß, der dadurch empfindlich gestört ist. In ED entscheidet
Weber sich für die melodische Geradlinigkeit der Dreiklangsfigur. Beide Ansätze folgen
dem Kontinuum der Akkordbrechung vom tiefen Grundton aus. Zwar verliert dadurch
der Aufschwung in Takt 214 seinen naheliegenden diastematischen Zielpunkt f", doch
dieser wird ohnehin zum Abschluß der Achttaktperiode (Takt 219) erreicht, so daß die
formale Konstitution der beiden Halbsätze auf diese Weise eine deutlichere Kontur erhält.

Der andere Fall betrifft die unmittelbar folgende Figur in Takt 219. Nach Erreichen des Grundtones f'' setzt eine Sechzehntelbewegung ein, die allerdings in Webers Version – A und ED zeigen dies übereinstimmend durch ein akzentuiertes Motiv aus Achteln und Sechzehnteln – unterbrochen wird. D gleicht diese rhythmische Variante an den Sechzehntelkontext an und nivelliert damit das gestalterische Moment der rhythmischen Bewegung zugunsten perlender ‚Geläufigkeit'. Hier zeigt sich, daß die bereits bei den Ergänzungen der Ausführungsanweisungen sichtbaren Tendenzen bis in die Gestaltung des Notentextes selbst hineinreichen können.

★

Zusammenfassend ist festzustellen, daß einerseits eine deutliche Konkretisierung des Notentextes hinsichtlich Ausführungsanweisungen und auch – wie das letzte Beispiel zeigte – hinsichtlich der Prägnanz der Melodik selbst erfolgte, als Weber das Autograph des *Concertino* für den Druck einrichtete, daß andererseits die späteren Baermannschen Zusätze in dessen Edition von 1867 eine oftmals sinnentstellende Überfrachtung des Ausdrucksgebarens des Soloinstrumentes darstellen. Für die kritische Edition kommt daher dem Erstdruck eine herausragende Bedeutung zu. Daß sich diese Feststellung nicht unmittelbar auf die Quellensituation der beiden Klarinettenkonzerte transferieren läßt, ist durch den späten und fehlerhaften Druck sowie durch das Vorhandensein zweier Autographe bedingt. Dennoch helfen die anhand des *Concertinos* gewonnenen Erkenntnisse über die Art und Weise der Einrichtung des Druckes, etwa die relativ häufige Hinzufügung von Charakterbezeichnungen wie *dolce* oder *con fuoco*, den Authentizitätsgrad der Erstdrucke der Konzerte, ihre philologische Zuverlässigkeit und editorische Relevanz, besser einzuschätzen. Vor allem aber wurde deutlich, welch enger Zusammenhang zwischen kompositorischer Idee, satztechnisch-melodischer Ausführung und aufführungspraktischer Erwägungen bei dieser Werkgruppe besteht, der bei einer entsprechenden Edition unbedingt berücksichtigt und diskutiert werden muß.

Gerhard Allroggen

Webers Klarinetten-Quintett: Edition und musikalische Praxis

Bericht über den Detmolder Meisterwerk-Kurs

Vorbemerkungen

Seit ungefähr zwei Jahren gibt es an der Hochschule für Musik in Detmold eine von
dem Klarinettisten Professor Hans-Dietrich Klaus ins Leben gerufene, regelmäßig statt-
findende fächerübergreifende Seminarveranstaltung, in der jeweils ein ‚Meisterwerk' der
Kammermusik im Mittelpunkt steht und in einem hochschulöffentlichen Kurs einstu-
diert wird. Das grundlegende Konzept von Klaus beruht auf der Überzeugung, daß
Kurse zur intensiven Vorbereitung von Musikern dann verfehlt sind, wenn darin ein
instrumentaltechnisches Ziel – die möglichst lupenreine Nachahmung eines ‚perfekten'
Vorbildes – im Vordergrund steht. Bei einer solchen Ausrichtung der Ausbildung ver-
kümmert zwangsläufig die musikalische Vorstellungskraft, die ein spezifisch musikalisches
Ideal einer Interpretation allererst entwerfen müßte, um dann die so gewonnenen Vorstellungen auch instrumentaltechnisch zu verwirklichen. Mit anderen Worten: der Musiker soll nicht wie ein Tierstimmenimitator etwas Fremdes möglichst täuschend nachah-
men (also eine als mustergültig betrachtete Konserve nachspielen), sondern sein eigenes
Bild des Werks entwerfen, um dieses dann technisch perfekt verwirklichen zu können.
Diese Voraussetzung der Arbeit hat die Konsequenz, daß die Mittel zur Entwicklung
einer eigenen Vorstellung des zu erarbeitenden Werks nicht allein aus dem Arsenal der
Instrumentaldidaktik gewonnen werden können. Klaus hat daher nicht nur Instrumentalisten, sondern auch Vertreter der musiktheoretischen Fächer und Musikwissenschaftler
zur Mitarbeit eingeladen. Das vorzubereitende Werk wird also auch von der formalen
und satztechnischen Seite her beleuchtet; insbesondere rücken auch gattungsgeschicht-
liche, mitunter sogar allgemein historische Aspekte und philologische Überlegungen ins
Blickfeld, wie die Quellenüberlieferung und die Kritik vorliegender Ausgaben.

    Die Arbeit an Carl Maria von Webers Klarinetten-Quintett, über die im folgenden
zu berichten sein wird, war freilich auch für die am Detmolder Meisterwerk-Kurs Beteiligten etwas Besonderes. Dr. Joachim Veit hatte zusammen mit dem Verfasser in einem musikwissenschaftlichen Hauptseminar zur Editionstechnik das Klarinettenquintett
zum Gegenstand der Untersuchungen gemacht und mit den Teilnehmern die Edition im
Rahmen der Weber-Gesamtausgabe vorbereitet. Nun lag es nahe, die Ergebnisse der Arbeit und noch ungelöste Probleme mit den Musikern zu diskutieren. Im darauf folgenden
Semester wurde daher das Klarinettenquintett Webers im Meisterwerkkurs abgehandelt,
und zwar auf der Grundlage der vorbereiteten Edition. Zugleich wurde zur Teilnahme
nicht nur innerhalb der Detmolder Hochschule aufgefordert. Daher kamen Gäste auch
von außerhalb, und zwar nicht nur Klarinettisten, sondern auch das Leverkühn-Quartett
der Berliner Hanns-Eisler-Hochschule, nach Detmold. So konnte das Werk von zwei

parallel arbeitenden Gruppen studiert werden, da auch ein Detmolder Streichquartett mitwirkte. Das Ergebnis der Arbeit wurde am Ende der mehrtägigen Blockveranstaltung in einem öffentlichen Konzert vorgestellt.

Webers Klarinetten-Quintett: Entstehungsgeschichte und Quellenüberlieferung

Die Komposition des Quintetts hat sich über einen Zeitraum von fast vier Jahren hingezogen. Weber hat das für den mit ihm eng befreundeten Münchner Klarinettisten Heinrich Joseph Baermann geschriebene Werk auf einer Schweizreise im September 1811 begonnen. In seinem Tagebuch sind wenige Tage nach Beginn der Komposition Arbeiten am dritten und ersten Satz notiert; beide waren laut Tagebuch Ende des Monats „scizzirt". Während einer gemeinsamen Konzertreise mit Baermann komponierte Weber im März 1812 in Berlin den langsamen Satz, der umgehend im Hause des Fürsten Heinrich Radziwill aufgeführt wurde. Das *Adagio* ist also der als erster vollendete Satz des Werks. Erst im März 1813 wurde der Kopfsatz fertiggestellt. Im April 1813 überreichte Weber die drei ersten Sätze des Quintetts in Wien seinem Freund Baermann zum Geburtstag; am 3. Mai 1813 wurden sie in Louis Spohrs Wiener Wohnung erstmals ausprobiert.

Weber hatte das Werk inzwischen seinem Berliner Verleger Adolph Martin Schlesinger versprochen und übersandte ihm auf sein Drängen im November 1814 die drei fertigen Sätze. Das Rondo wurde erst bei einem weiteren Aufenthalt in München Ende August 1815 vollendet. Einen Tag später wurde in privatem Kreis erstmals das ganze Werk aufgeführt. Der Druck erfolgte im Sommer 1816. Er war allerdings so fehlerhaft, daß Schlesinger den Komponisten im Sommer 1817 um eine Korrektur bat, die Weber nachweislich durchführte – allerdings blieben auch in der revidierten Auflage zahlreiche Fehler stehen.

Die Rezeptionsgeschichte des Werkes wird aber weniger durch den Erstdruck als durch die sogenannten ‚Baermann-Ausgaben' bestimmt, die angeblich die Fassung überliefern, in der Heinrich Baermann die Werke zusammen mit Weber (und mit dessen Zustimmung) musizierte. Dabei wird übersehen, daß diese Ausgaben erst von Baermanns Sohn Carl um 1869/1870 verfertigt wurden, d. h. über 55 Jahre nach Komposition des Quintetts und mehr als 20 Jahre nach dem Tod Heinrich Baermanns. Darf man angesichts dieser großen zeitlichen Distanz noch glauben, Carl Baermann habe hier die Interpretation seines Vaters authentisch überliefert? Jost Michaels hat vor einiger Zeit am Beispiel der Klarinetten-Konzerte verdeutlicht, daß die Interpretationen der Baermann-Ausgaben die Intentionen der authentischen Quellen teilweise verfälschen[1] – ähnliches ist auch im Falle des Klarinetten-Quintetts zu konstatieren, ohne daß hierauf im folgenden näher eingegangen werden kann.

Betrachtet man auf der Grundlage der langen Entstehungsgeschichte die damit verbundenen schriftlichen Zeugnisse, so müßten folgende, für eine Edition heranzuziehende Quellen überliefert sein (zwischenzeitlich verlorene Quellen in eckigen Klammern):[2]

---

[1] Jost Michaels: Überlegungen zu den Bearbeitungen der Klarinettenkompositionen von Carl Maria von Weber durch Heinrich Joseph und Carl Bärmann. In: Das Orchester 35/12, 1987, S. 1273–1282.

[2] Die Quellensiglen entsprechen den in der Weber-Gesamtausgabe gebräuchlichen Abkürzungen.

[A/sk (I, III)] Skizzen zum I. und III. Satz, Ende September 1811, Satz I dabei komplett skizziert (d. h. recte: A/ew (I))

[A/sk (II)]? möglicherweise Skizzen zum II. Satz im März 1812 in Berlin und / oder:

[A (II)] autographe Partitur des II. Satzes, im März 1812 in Berlin entstanden

[K^A–st (II)] Stimmenkopie für die Auffführung im Hause des Fürsten Radziwill in Berlin am 23. März 1812, vermutlich mit autographen Eintragungen oder ganz autograph

[A/ew (I)[oder: A (I) vollständiger autographer Entwurf oder autographe Partitur des I. Satzes, am 20. März 1813 in Prag vollendet

[A/wi (I–III) oder: K^A/wi (I–III)] Widmungsexemplar Satz I–III für Heinrich Baermann, überreicht am 13. April 1813 in Wien („das Quintett geschenkt bis auf das Rondo"), entweder als Autograph oder als Kopie mit autographen Eintragungen

[A–st oder: K–st] Stimmenkopie, aus der am 3. Mai 1813 in der Wohnung Spohrs in München „probiert" wurde

K^A/sv (I–III) Stichvorlage der Sätze I–III für Adolph Martin Schlesinger, übersandt am 28. November 1814, heute: Washington, Library of Congress

[A/sk (IV)] Skizzen zum IV. Satz, im August 1815 in München angefertigt

A ([I–] IV) Autograph des [I.–?] IV. Satzes, abgeschlossen am 25. August 1815 in München

[A–st oder: K–st (IV) oder: (I–IV)] Stimmenkopie für die häusliche Aufführung im August 1815 in München (Satzzahl nicht angegeben!)

ED–st Erstdruck Stimmen, Berlin: Schlesinger, VN: 189, PN: 183 (am 14. August 1816 an Heinrich Baermann versandt)

ED–st^{II} zweite Auflage der Stimmen (mit Korrekturen), Berlin: Schlesinger, VN 183, korrigiert von Weber im Juli 1817

weitere erhaltene Quellen (Auswahl):

A vollständige autographe Partitur, identisch mit obiger??, Berlin, Staatsbibliothek

ED$^+$–kl postumer Erstdruck des Klavierauszugs, Berlin: Schlesinger, PN: S. 183, Solostimme: 183

D–st (Baermann) Stimmendruck in der Fassung Carl Baermanns, Berlin: Schlesinger, PN: S. 183, Solostimme: S. 5589 A.

Von diesen zahlreichen Quellen standen nur noch folgende als für die Edition bedeutsame zur Verfügung:
− eine autographe Partitur Webers (die nicht eindeutig zu datieren ist),
− die von ihm korrigierten Stichvorlagen der Sätze I–III bzw. IV,
− der Stimmen-Erstdruck und die korrigierte Ausgabe dieses Druckes.
Bei der Bewertung dieser Quellen zeigte sich, daß die Stichvorlage zahllose Nachträge Webers enthält, die über das Autograph − das vermutlich nur als Abschrift für Webers eigenes Archiv gedacht war − hinausgehen und somit als Hauptquelle des Werkes gelten muß, zumal der Stecher die Vorlage oft verfälschend wiedergegeben hat. Es sind allerdings Webers Korrekturen in der zweiten Ausgabe der Stimmen mit zu berücksichtigen, die wiederum in einigen Einzelheiten von der Stichvorlage abweichen.

Konsequenzen der Quellenbewertung

Die Quellenbewertung zeitigt eine Folgerung, die den Praktikern oft schwer zu vermitteln ist: Wie in vielen Fällen bei Weber, so ist auch hier nicht das Autograph Hauptquelle des Werkes. Es ist lediglich eine Art ‚Gedächtnisstütze‘, die Weber für seine eigenen Bedürfnisse notierte und daher nur unzureichend auszeichnete. Wenn sich also bisherige, meist von Praktikern initiierte kritische Ausgaben der Klarinettenwerke Webers allein auf die Autographe stützten, so wurde dabei die Funktion dieser Quellen verkannt – die direkt als Vorlage für die Veröffentlichung gedachten Stichvorlagen wurden dagegen durchweg übersehen. Um die unterschiedliche Wertigkeit der Quellen wahrzunehmen, bedurfte es im Meisterwerk-Kurs lediglich der gegenüberstellenden Veranschaulichung durch Faksimiles.

Der Anfang des langsamen Satzes, der – korrespondierend mit der chronologischen Folge der Entstehung der Sätze – den Meisterwerk-Kurs eröffnete, diente zunächst dazu, das Bewußtsein für die Problematik des Lesens der notierten Texte zu wecken und die Differenzen zwischen den verschiedenen Quellen zu verdeutlichen (Abb. 1).

Im Autograph wird der Leser mit ungenauen Bogensetzungen konfrontiert: Wo enden z. B. die Bögen im Violoncello, oder wie sind jene der Klarinette gemeint? Muß die fehlende Dynamik zu Anfang ergänzt werden? Letzteres ist in Abbildung 1b, der Stichvorlage, zu erkennen: Hier hat Weber eigenhändig „*pp*“ in Violoncello und 2. Violine ergänzt, in der Takt 3 einsetzenden Viola aber bereits „*p*“ gesetzt. Die jeweiligen Sechzehntel-Umspielungsfiguren der zweiten Takthälfte sind in dieser Quelle nicht in ganztaktige Bögen einbezogen, sondern haben abweichend vom Autograph nur Gruppenbögen. Die Zeichen in Takt 4 würde man (außer im Violoncello) vielleicht als Akzente lesen – vor dem Hintergrund der autographen Vorlage ist aber eine Interpretation als *decrescendo* näherliegend. Der Violoncello-Bogen zu Anfang fehlt, stattdessen ist nach der Sechzehntel-Gruppe ein neuer Bogen (möglicherweise von Weber) gesetzt, der bis zum tiefen D in Takt 4 reicht. Dann folgen abweichend vom Autograph drei unterschiedlich lange Bögen, deren ungewisses Ende ebenfalls vom Autograph abweicht. Ist dabei der Bogen im Violoncello vor dem Zeilenwechsel so weit nach rechts gezogen, weil er eigentlich weiterreichen soll? Was bedeuten die eigentümlich jeweils schon vor der Note beginnenden Bögen? Lediglich Unachtsamkeit? Ist das was der Erstdruck z. B. im Violoncello daraus macht (Abb. 2), wirklich eindeutig so zu lesen?

Für die Teilnehmer des Kurses wurden diese (und andere) Probleme nicht abstrakt in Form von Anmerkungen eines Kritischen Berichts verdeutlicht, sondern durch die Gegenüberstellung der jeweiligen Quellen-Faksimiles. Die Diskussionen, die auf diese Weise bereits im vorausgehenden Editionsseminar in Gang gesetzt worden waren, wiederholten sich im Meisterwerk-Kurs, teils mit instrumentenspezifischen Aspekten (etwa der Frage des Bogenwechsels) angereichert. Auf diese Art und Weise wurde drastisch klar, daß jede Wiedergabe in einem neu gesetzten Notentext Interpretationen voraussetzt, und daß die dann hergestellte Partitur in vielen Fällen Unstimmigkeiten des Vorgefundenen beseitigt oder verdeckt.

Auch die Zwickmühle, in die der Herausgeber gerät, konnte an diesem Beispiel illustriert werden. In Takt 5–8 ist über der Violine II im Autograph ein großer Bogen gesetzt, der trotz ähnlich lautender Fortsetzung in Takt 9ff. fehlt; in Takt 13 steht ein eintaktiger

a: Autograph 2. Satz, Beginn

b: Stichvorlage 2. Satz, Beginn

Abb. 1: Anfang des langsamen Satzes

Abb. 2: Erstdruck der Violoncello-Stimme, 2. Satz, Beginn

Bogen, danach wieder kein Bogen. Klar ist, daß der erste Bogen nicht die Artikulation bezeichnet, denn im langsamen Tempo ist die Figur nicht in einem Bogenstrich spielbar. Gemeint ist also offensichtlich ein *sempre legato*, das auch über Takt 9ff. hinaus fortzusetzen ist. Wenn man dort einen Bogen ergänzen wollte, wie weit sollte dieser reichen? Soll in Takt 14 noch ein eintaktiger Bogen folgen? Erzeugt das aber optisch eine Gliederung, die so nicht gemeint ist? Will man sich hier möglichst wenig festlegen, könnte man darauf vertrauen, daß der Leser sich bei Betrachtung der Stelle selbst klar macht, daß kein Hin- und Herstreichen gemeint sein kann. Andernfalls könnte auch ein Herausgeberzusatz wie „[*simile*]" das Problem elegant lösen.

Daß bei Weber die gleiche Absicht in ganz unterschiedlicher Form im Notentext zum Ausdruck kommen kann, zeigt sich gerade im Falle der Bögen häufig. Zu Beginn des ersten Satzes z. B. (Abb. 3a) schreibt Weber für die Figur der Bratsche ,Brillen' mit Kürzeln und setzt zunächst eintaktige, dann auch einen offensichtlich zweitaktigen Bogen. Ebenso setzt er in der Violine I in Takt 16 einen eintaktigen Bogen und schreibt danach Kürzel – sind diese in jeweils eintaktige Bögen aufzulösen?

In der Stichvorlage hat der Kopist die halbtaktigen Brillenkürzel zu ganztaktigen ergänzt, den zweitaktigen Bogen der Bratsche aber (vermutlich wegen des Zeilenwechsels) unterbrochen, der Violinbogen fehlt. Im Erstdruck hat der Stecher die Brillen aufgelöst und jeweils eintaktige Bögen ergänzt; die Violine I blieb wie in der Vorlage unbezeichnet. Im von Weber korrigierten Erstdruck wurden dort aber Bögen ergänzt, und zwar in einer ebenfalls nicht ganz logischen Form (Abbildung 3b, Z. 2). Die Absicht dieser unterschiedlichen Bezeichnungen ist immer die gleiche: Es geht um ein *sempre legato* bzw. in der Violine I um ein *sempre portato*. Wenn dies klar ist, sind die dafür verwendeten Bogenlängen eigentlich unbedeutend. Einigermaßen sicher ist dabei, daß der Bogen im korrigierten Erstdruck auch nach dem Zeilenwechsel noch fortgesetzt werden müßte, d. h. vom Herausgeber ergänzt werden könnte. Ebenso dürfte auch der Anschluß am Ende des ersten Bogens nicht so gemeint sein, daß mit der 2. Note dieses Taktes ein Neuansatz hörbar sein soll, sondern der Bogen könnte mit gleichem Recht mitten im nächsten Takt enden und an gleicher Stelle ein neuer beginnen (oder es wären beide Bögen durch einen durchgehenden zu ersetzen). In Webers Doppelautographen oder im

a: Autograph, 1. Satz, Beginn (2. Akkolade)

b: korrigierter Erstdruck, Stimme der Violine I, 1. Satz, T. 1–25

Abb. 3: Anfang des 1. Satzes

Vergleich zu den Stichvorlagen findet man denn auch solche verschieden überlappenden Bogenformen nebeneinander.[3]

Auch in solchen Fällen wird von der Weber-Ausgabe ein uneinheitlicher Text der Hauptquelle übernommen, denn an diesen unterschiedlich langen Bogenformen erkennt der Leser sofort, daß es sich hier nicht etwa um Artikulationsbögen handelt, d. h. es dürfen nicht gleichmäßige Wechsel erfolgen, die ganz- oder halbtaktige Betonungen zur Folge hätten. Zugleich weckt dies die Aufmerksamkeit für ähnliche Formen in zeitgenössischen Quellen auch anderer Komponisten. Indem der Musiker zur Kenntnis nimmt, daß das Zeichen des Bogens sehr Unterschiedliches bedeuten kann, also nicht zwingend mit dem heutigen Verständnis übereinkommt, wird er aufmerksamer gegenüber dem im Text Vorgefundenen. Diese zunächst sperrig erscheinende Übernahme der Quellen-Notation wurde von den Teilnehmern des Kurses akzeptiert. Auch der künftige Benutzer der Gesamtausgabe wird sie hinnehmen – vorausgesetzt, er findet im Vorwort grundsätzliche Hinweise zur Verwendung und Interpretation von Bogenformen Webers.

---

[3] Vgl. dazu den Beitrag von Frank Heidlberger in diesem Band.

Zur Harmonik und Akzidentiensetzung

Zu den Besonderheiten der Unterrichtsmethode von Hans-Dietrich Klaus gehört das genaue Ausloten der Möglichkeiten, Dissonanzen im Zusammenspiel der Stimmen zur Geltung zu bringen. Dabei ist je nach vorgegebenem Satztempo stets die Frage zu stellen, wieweit die spezifische Farbe von Dissonanzen bei dicht aufeinanderfolgenden Harmoniewechseln oder schnellen Durchgängen noch wirksam werden kann. Unter Umständen werden die Wirkungen der Dissonanzen erst in einem langsameren Zeitmaß erfahrbar gemacht, und es ist dann Sache des Spielers zu entscheiden, wie viel von dieser Wirkung er in schnellerem Tempo noch bewahren kann, oder ob er nicht sogar sein Tempo so wählt, daß bestimmte Wirkungen hörbar bleiben.

Daher spielt die harmonische Analyse eines Stückes im Unterricht eine große Rolle. Bei dem Detmolder Meisterwerkkurs war es Aufgabe des Musiktheoretikers Hervé Laclau, die harmonischen Spezifika des Weberschen Klarinetten-Quintetts aufzudecken. Für ihn selbst überraschend zeigte sich eine teilweise sehr harsche harmonische Sprache; Weber nimmt oft auf engstem Raum chromatische Veränderungen vor, die zu harten Querständen führen können und in ihrer Schroffheit als bewußtes Ausdrucksmittel gesehen werden müssen, da die dissonanten Klänge häufig durch Akzente besonders hervorgehoben sind.

Dies gilt bei Weber auch für die sich in der Harmonik entfaltende melodische Linie. Wenn etwa ein einzelner (dissonanter) Ton eines Akkordes akzentuiert wird, so ist dies kein Einzelfall. Bei Weber kann sowohl der Einzelton in seiner besonderen Qualität als Dissonanz in einem ansonsten konsonanten Zusammenklang betont werden, andererseits aber auch die Dissonanz als Gesamtklang. Sein Spiel mit beiden Formen erfordert hinsichtlich der Akzentsetzung vom Editor besondere Aufmerksamkeit. In etlichen Fällen ist nämlich nicht ohne weiteres ersichtlich, ob nur dissonante Töne eines Akkordes hervorgehoben werden sollen oder der Akkord als Ganzes, ob also fehlende Akzente ergänzt werden müssen oder nicht. Umgekehrt könnte das isolierte Auftreten eines einzelnen Akzents in nur einer Stimme den Verdacht auf ein Versehen des Komponisten nahelegen.

Ähnliches gilt für die in diesem Zusammenhang auftretenden Probleme bei der Akzidentiensetzung: In den Streicherstimmen von Takt 44–54 des IV. Satzes (Abb. 4: Neuausgabe) wird z. B. ein C-Dur-Septakkord (gelegentlich mit None) als Klang entfaltet, und angesichts der Auflösungen des es" in e" in den Violinen in Takt 48ff. könnte man auf den Gedanken kommen, in Takt 49 im Abgang der Viola das es' genauso aufzulösen wie im Takt vorher in der Violine II, um somit den Querstand zur Klarinette, die ebenfalls e" hat, zu vermeiden. Oberflächliche Analyse könnte also an der Stelle zunächst dazu verführen, den überlieferten Text anzuzweifeln und Weber Unachtsamkeit zu unterstellen. Eine genauere Betrachtung der Stelle aber zeigt, daß Weber hier bei der Aneinanderreihung der Akkorde sehr wohl die Dissonanzbildungen im Auge hat. In den Quartschrittsequenzen der Takt 48–49 hält sich die Klarinette an die Oberstimme der Streicher und fügt auf unbetonter Zeit teils mit dem Baß konsonierende, teils dissonierende Töne ein. In Takt 49 häufen sich dabei erstmals die Dissonanzen: das nachschlagende e" dissoniert mit dem Baßton, das folgende c" ebenso, das nachschlagende d" dissoniert besonders mit dem es' der Bratsche; erst dann entspannt sich die Lage. Mit dem in Takt 50 einsetzenden

Abb. 4: Edition, 4. Satz, T. 44-54

Aufgang erhöht Weber den hier angedeuteten Dissonanzreichtum. Die Klarinettentöne auf den Schwerpunkten dissonieren nun zumeist mit den Baßtönen, aber auch mit der in unmittelbarer Nachbarschaft liegenden Violinstimme. Gleichzeitig treten a–b, b–c, c–d, d–e, e–f usw. auf, und diese Dissonanzen folgen nur durch die Zwischennote getrennt unmittelbar aufeinander. Wohl nicht zufällig führt diese Dissonanzenkette auch zu dem bisherigen melodischen Höhepunkt des Satzes in Takt 53/54 (der erst im letzten Teil des Satzes überschritten wird), bei gleichzeitiger Auseinanderfaltung des Klangspektrums. Hier zeigt sich im übrigen, daß querständige Wirkungen auch im Aufgang vorkommen (Takt 51 zu Beginn es'' in Klarinette, danach e'' in Violine I), also nichts Ungewöhnliches sind. Auch wenn das in Takt 50 im Baß auftretende es ohnehin die in der Bratsche im Vortakt aufkommenden Zweifel wieder beseitigt, so zeigt die harmonische Analyse doch – vor allem vor dem Hintergrund weiterer analytischer Befunde in diesem und in anderen Werken Webers –, daß man vor harmonisch Ungewohntem nie sicher sein kann und daher Konjekturen im vorgefundenen Quellentext nur mit äußerster Vorsicht anzubringen sind.

Ausgangspunkt für diese Fragen nach richtigen Akzenten oder Vorzeichen war eigentlich nicht Quellenkritik, sondern musikalische Analyse. Die Bedeutung der Akzente oder Vorzeichen müßte der Editor auch bei seiner eigenen Analyse im privaten Kämmerlein entdecken. Insofern konnte der Meisterwerk-Kurs nur Anregungen vermitteln oder von musiktheoretischer Seite Erkenntnisse bestätigen bzw. modifizieren. Das gleichzeitige klangliche Ausprobieren dieser Stellen aber machte die Töne in ihrer Bedeutung erfahrbar, und es erschließt sich unmittelbarer der musikalische Sinn – ein Prozeß, der allerdings auch trügerisch sein kann.

Notentext und Spieltechnik

Ein weiteres, diesmal spieltechnische Fragen berührendes Problem trat am Anfang des Finales auf: Zu der auftaktigen Skala des Rondothemas sind weder im Autograph noch in der Stichvorlage noch in den beiden Exemplaren des Erstdrucks Artikulationsangaben vermerkt – auch nicht bei den zahlreichen Wiederholungen in der Klarinette im Verlauf des Satzes. Eine einzige Ausnahme gibt es jedoch gleich beim ersten Auftreten im Autograph (siehe Abb. 5). Der Bogen von der letzten Note zur akzentuierten Eins des Folgetaktes und der Strich zu der 2. Note begegnen nur ein einziges Mal, sind aber genau so in die Stichvorlage übernommen, im Erstdruck jedoch weggelassen, so daß dort dieses Motiv im gesamten Satz gleich bezeichnet ist. Fast alle Klarinettisten kennen aber diese Stelle so, wie sie in der sogenannten Baermann-Ausgabe bezeichnet ist (Abb. 6), d. h. mit einem *legato* zu spielenden Aufgang, dessen letzte Note vor der durch Akzent gestauten Eins abgesetzt wird (die weit verbreitete Eulenburg-Ausgabe hat diese Form, allerdings meist ohne den Punkt, übernommen).

Abb. 5: Autograph, 4. Satz, Klarinette, Beginn

Abb. 6: Bärmann-Ausgabe, 4. Satz, Klarinette, Beginn

Die ‚nackte‘, unbezeichnete Tonfolge in Autograph und Stichvorlage wurde daher von den Praktikern zunächst mit großem Erstaunen zur Kenntnis genommen und eine

Interpretation mit voneinander abgesetzten Tönen rundweg als ‚unmöglich gemeint' abgelehnt. Nimmt man aber Webers Angabe im Autograph ernst, so widerspricht gerade die Bezeichnung des Übergangs vom 1. zum 2. Takt eklatant der Baermannschen: wo Baermann die Note kürzt und vor der akzentuierten absetzt, will Weber offensichtlich eine enge Verbindung der Skala mit dem Folgeton, sieht die Figur also als eng zusammengehörend an. Erster und zweiter Takt kontrastieren in der Artikulation, bei Baermann sind sie einander gleichgesetzt.

Trotz zaghafter Versuche waren die Klarinettisten zunächst nicht dazu zu bewegen, die originale Form, die auch Auswirkungen auf das Satztempo haben dürfte, ernsthaft auszuprobieren. Erst das Insistieren darauf, daß sowohl im Autograph als auch in der Stichvorlage die Stelle nicht ein einziges Mal durch einen Bogen bezeichnet ist und daß Weber in der Stichvorlage trotz zahlloser Nachträge nie diese Gestalt des Themas verändert hat, führte zum Nachdenken.

In diesem Zusammenhang war noch auf ein späteres Auftreten des Themas in den Streichern zu verweisen, wo sich in Takt 112 im Autograph nur in der 1. Violine folgende Variante findet (Abb. 7). Hier imitiert die Violine die Artikulation der Klarinette aus dem Vortakt. Diese Bezeichnung hat der Kopist im übrigen in die Stichvorlage übernommen, von wo

Abb. 7: Autograph, 4. Satz, Klarinette, Vl. 1,
T. 111–114

aus sie auch Eingang in den Erstdruck fand. Bemerkenswerterweise hat Weber diese Artikulation noch einmal eingetragen, und zwar im Fugato der Streicher Takt 156ff., hier nun in der Violine II für den gesamten Takt, aber erneut nur an dieser einen Stelle und wiederum so übernommen in Stichvorlage und Erstdruck.[4]

Was bedeutet dies? Ist es eine weitere denkbare Artikulation auch für die Klarinette? Zumindest hielt man diese Fassung bei den Klarinettisten für näherliegend als die völlig unbezeichnete und war auch eher bereit, sie zu übernehmen bzw. darin ein Plädoyer für eine nicht einheitliche Wiedergabe des Rondo-Themas zu sehen. Trotz der eindeutigen Quellen blieb diese Stelle bis zum Ende des Kurses umstritten; die Diskussionen veranlaßten den Klarinettisten aber immerhin dazu, im Konzert verschiedene Formen der Artikulation des Themas auszuprobieren – der Felsen des Widerstands begann also zu bröckeln.

Ein vergleichbares Problem gab es beim Hauptmotiv des Menuetto-Capriccio-Satzes. Die Akkordbrechung des Anfangs ist in unterschiedlicher Weise bezeichnet (Abb. 8). Im Autograph ist der Anfangston akzentuiert, der Bogen reicht bis zur Zielnote des Folgetakts. An späterer Stelle tritt das Motiv mit zusätzlichem Akzent auf der Zielnote, dann wieder ohne, dann mit *tenuto* und schließlich ganz ohne Akzent auf. Der Bogen ist dabei nicht immer so deutlich wie zu Anfang durchgezogen, z. T. vielleicht auch wegen des notierten „*ten:*" nicht.

---

[4] Baermann hat im übrigen an der ersten Stelle die Artikulation nicht übernommen, an der zweiten aber auch auf die nachfolgende Violine I übertragen. Genau so findet sich die Stelle in Eulenburgs Taschenpartitur wieder.

Abb. 8: Stichvorlage, 3. Satz, Klarinette, T. 1–6

Maßgeblich für die Edition sollte jedoch die Stichvorlage sein, die nun aber ein völlig anderes Bild bietet. Zu Anfang hat Weber hier ein „*f*" und einen Akzent auf dem Zielton ergänzt, an der zweiten Stelle jedoch nicht. Dort stehen zwei einander widersprechende Bögen. Hier scheint es so, als habe Weber den durchgehenden Bogen über dem System nachträglich ergänzt; möglicherweise stammt von ihm auch der erste Bogen in Takt 1.[5] Bei den nächsten Stellen hat Weber in der Stichvorlage zwar eine Triolen-3 ergänzt, ein „*po*" in „*fo*" korrigiert und „*tenuti*" bzw. „*f*" ergänzt, nie aber die immer kürzer gesetzten Bögen, über deren Ausdehnung man streiten kann, verändert. Der Erstdruck bewahrt diese Uneinheitlichkeit bzw. gibt sie z. T. mit neuen Varianten wieder (teils mit verlängert, teils mit verkürzt interpretierten Bögen). Weber hat hier in der korrigierten Auflage nicht eingegriffen.

Was liegt bei einer solchen Quellenlage also näher als ein Angleichen? Aber in welche Richtung? Zunächst war die Frage, ob die Akzentuierung der Zielnote innerhalb der Bindung überhaupt sinnvoll machbar ist – beide Formen erwiesen sich als gut spielbar, jede Lösung blieb also denkbar. Um die Diskussion über die Stelle in Gang zu setzen, hatten wir in der mit Studenten erarbeiteten Edition die Unterschiedlichkeit der Bezeichnung beibehalten. Dies entspricht im übrigen dem Prinzip der Weber-Gesamtausgabe, an schwierigen Stellen durch einen eher ‚sperrigen' oder ‚anstößigen' Notentext dem Benutzer eine Überprüfung der Textgrundlagen nahezulegen. Genau dies trat hier ein. Am Ende plädierten auch die Praktiker dafür, eine solche Stelle nicht leichtfertig in die eine oder die andere Richtung anzugleichen, sondern fühlten sich durch die unterschiedliche Bezeichnungsweise herausgefordert, selbst eine abweichende Lösung zu finden oder die Stelle nicht immer in gleicher Weise zu interpretieren.

Es bleibt in einem solchen Fall die Frage, ob die jeweilige Lösung ‚richtig' ist – aber es ist auch weiter zu fragen, ob es angesichts der Quellenlage überhaupt eine eindeutig ‚richtige' Lösung geben kann bzw. ob nicht vielmehr Webers Umgang mit diesen Stellen, bei denen es ja nur um Nuancen geht, einen gewissen Freiraum einschließt. Eins aber ist sicher: Eine Vereinheitlichung der Stelle und die Erwähnung der Varianten bloß im Kritischen Bericht hätte keinen Anstoß zur Diskussion bewirkt.

Eine problematische Stelle im langsamen Satz

Eine der interpretatorisch schwierigsten Stellen des Quintetts findet sich im langsamen Satz des Werkes. Es handelt sich um die jeweils wiederholten chromatischen Läufe der Klarinette durch fast drei Oktaven, die Weber an zwei Stellen eingefügt hat. In seinem Autograph ergibt sich folgendes Bild dieser beiden Stellen:

---

[5] Dieser Eindruck konnte zwischenzeitlich bei der Autopsie der Stichvorlage durch Frank Heidlberger, dem wir für seine Mühe sehr herzlich danken, bestätigt werden.

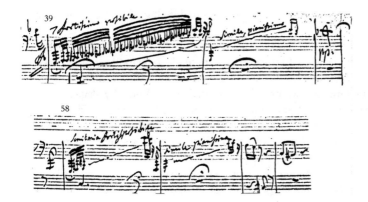

Abb. 9: Autograph, 2. Satz, Klarinette, chromatische Läufe a und b

Abb. 10: Stichvorlage, 2. Satz, Klarinette, chromatische Läufe a und b

Unklar bleibt bei der ersten Stelle der Übergang in den 2. Takt, das letzte Zweiund-dreißigstel steht schon jenseits des allerdings nach rechts umgebogenen Taktstrichs (rein rechnerisch sind in dem Takt ohnehin zu viele Werte). Der zweite, mit „*simile, pianissi-mo*" bezeichnete Takt läuft in zwei Sechzehntelnoten aus, die die Skala in langsamerem Tempo abschließen würden, bevor sich das ges der Klarinette im *pp* anschließt.

Die zweite Stelle in Takt 58ff. ist deutlicher; hier ist die den ersten Takt abschließende Zweiunddreißigstel-Gruppe noch in den Taktgrenzen belassen (der Auftakt zu der Figur von Takt 58 ist vermutlich nur irrtümlich als Sechzehntel notiert, da die Pause punktiert ist), im zweiten Takt stehen nun abschließend Zweiunddreißigstel und eine Sechzehntelpause.

Vergleicht man damit nun die Stichvorlage (Abb. 10), so fällt auf, daß der Kopist die (falsche) doppelte Punktierung zu Taktbeginn beseitigte, die unklare Position der letzten Noten ihn aber veranlaßte, die Zweiunddreißigstelpause und die folgende Note quasi vorschlagartig an den Beginn des zweiten Taktes zu stellen. Das Ende der Skala ist nun, an den Folgetakt angepaßt, nur noch stichnotenartig in Sechzehntelwerten notiert. Weber hat in diesem Takt ein „*a piacere*" zugefügt und außerdem am Ende des Taktes eine große Fermate über die drei letzten Töne gesetzt, zentriert über dem hohen b" (notiert c‴). Auch die Angabe „*Tempo*" bzw. „*a tempo*" in den Streichern stammt von ihm. Er hat damit offensichtlich die Veränderung des Kopisten abgesegnet. Die zweite Stelle blieb quasi unverändert, der falsche Auftakt ist allerdings korrigiert und wiederum die Angabe „*tempo*" von Weber ergänzt. Die falsche Lesung „*Simile*" statt „*Semitonia*" im ersten Takt hat Weber übersehen. Am unteren Rand merkt er aber ausdrücklich an: „NB: die Läufe durch die halben Töne müßen ausgeschrieben werden".

Betrachtet man die Wiedergabe der beiden Stellen im Erstdruck (Abb. 11a), so setzt dieser die Vorgaben der Stichvorlage mit kleinen Varianten um. Die Sechzehntel-Endnoten aber blieben (nun mit Bogen versehen und ebenfalls als kleine Noten), die Fermate ist jedoch auf das as" (notiert b") zentriert, die Fermate auf der tiefen Note fehlt. Die zweite Stelle ist hier ausgeschrieben, aus dem Zweiunddreißigstel-Auftakt zum zweiten Takt wurde aber fälschlich ein Achtelauftakt, am Anfang ist eine Fermate zugefügt.

Editorisch interessant wird es nun durch das Heranziehen des von Weber korrigierten Erstdrucks (Abb. 11b). An der ersten Stelle (T. 39) hat Weber zwar nicht eingegriffen, im zweiten Fall (T. 58ff.) wurde aber das falsche „*simile*" von Stecher ausgeklopft, das „*a piacere*" hinzugefügt und über der Pause jeweils eine Fermate ergänzt, die nun die beiden Figuren deutlicher trennt. (Den falschen Achtel-Auftakt hat Weber allerdings nicht bemerkt, oder er wurde nicht korrigiert.) Ebenso hat Weber in die falsche Notation der letzten Noten dieses chromatischen Laufs eingegriffen, wobei auch die Note as (notiert b) im Aufgang beseitigt wurde. Damit ist ein Fehler korrigiert, der die Klarinettisten verunsicherte: Da Weber im Autograph zur Verdeutlichung einen Auflöser über dem a notierte, wurde die Stelle im Aufgang mit as und in der Auflösung mit a gespielt.[6] Die Korrektur im revidierten Erstdruck macht deutlich, daß dies auf keinen Fall gemeint ist, und bezeichnenderweise findet sich dieser Fehler bei Baermann auch nicht. Der wiederum hat aber ebenfalls verändernd eingegriffen (Abb. 12), indem er an den beiden ersten Stellen jeweils am Taktende eine 16tel-Pause mit Fermate einfügte und die vorschlagsartige Note vor dem zweiten, tiefen d eliminierte. In gleicher Weise verfuhr er an der zweiten Stelle, glich die beiden also rhythmisch aneinander an. Die Wiederaufnahme des *tempo* mit der halben Note ges an der ersten Stelle (in Takt 41) wird durch Baermanns Eingriff also deutlich vom Vorherigen getrennt. Der unerwartete Ton kann so durch die Pause hervorgehoben werden. Auch dies ist eine festgefahrene interpretatorische Gewohnheit.[7]

---

[6] Vgl. Eulenburg oder die nach dem Autograph edierte Fassung von Günter Haußwald (revidiert von Wolfgang Meyer). Wiesbaden: Breitkopf & Härtel, 1989.

[7] Eulenburg hat zwar die Fermate auf der trennenden Pause weggelassen, die Pause aber ebenfalls übernommen. Sie findet sich auch in der Ausgabe Haußwald / Meyer, obwohl dort verschwiegen wird, daß sie im

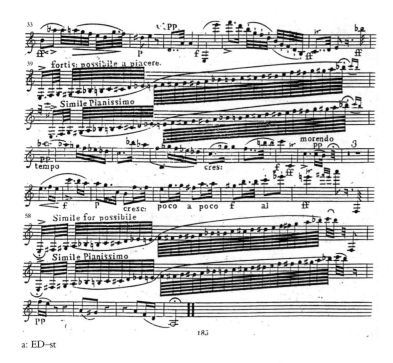

a: ED–st

b: korrigierter ED–st

Abb. 11: 2. Satz, Klarinette (2. Teil)

Abb. 12: Baermann-Ausgabe, 2. Satz, Klarinette (2. Teil)

Wir hatten bereits im Editionsseminar durch die Bewertung der Quellen den Fehler mit dem falschen Erniedrigungszeichen, das den Klarinettisten schon stets als seltsam aufgefallen war, beseitigen können, die Interpreten aber im übrigen völlig verunsichert. Die Suche nach der ‚richtigen' Lösung, die auch klanglich überzeugt, war außerordentlich schwierig. Möglicherweise kam zu diesem Zeitpunkt auch noch das Problem hinzu, daß wir in unserer Probe-Edition die Fermate im Aufgang nur auf as" gesetzt hatten (so wie im Erstdruck notiert), während doch die Stichvorlage (siehe Abb. 10) in diesem Punkt eine sehr viel suggestivere große Fermate über den letzten drei Tönen des ersten Taktes hat, die vielleicht bedeuten soll, daß alle drei im Tempo frei verbunden werden sollen.[8] Die durch den Erstdruck suggerierte Betonung des as" widerspricht eigentlich der im ganzen Satz zu beobachtenden Betonung des kleinen Sextintervalls, d. h. hier (die Oktaven ausgeklammert) der Intervallspannung d–b, die eher die Verzögerung auf dem b nahelegt, also der Stichvorlagen-Fassung nahekommt.

Ein fließender Übergang des Endes von Takt 40 in die halbe Note as" (klingend ges") wirkte dagegen bei den spontanen Versuchen des Meisterwerk-Kurses wenig überzeugend, was vielleicht (wie beim Beginn des Finales) daran lag, daß sich die Gewohnheit dagegen sperrte. Hier liegt eine große Gefahr der akustischen Verdeutlichung: Man muß sich davor hüten, vorschnell nach gewohnten Klangvorstellungen zu entscheiden. Unser Klarinettist, der im Konzert die Dehnung des as auch fälschlich auf das a der zweiten Stel-

Autograph fehlt; überhaupt stellt man häufig mit Schrecken fest, wie wenig man sich auf Lesartenverzeichnisse scheinbar kritischer Ausgaben verlassen kann.

8   Diese suggestiv große Fermatenform wurde dann auch in die endgültige Edition übernommen.

le kurz vor Schluß übertrug, entschloß sich denn auch zur gewohnten Abtrennung des *a tempo*. Seinem Spiel war aber die Suche nach einer passenden Umsetzung der Stelle deutlich anzumerken, und er wird sicherlich auf Grund des vorliegenden Textes zu weiteren, überzeugenderen Lösungsversuchen kommen.

Welche Folgen ergeben sich für die Edition? Eine wirklich eindeutige Lösung gibt es nicht, zumal man bedenken muß, daß keine Entwicklung Autograph – Stichvorlage – Erstdruck besteht, sondern daß das Autograph möglicherweise zeitlich neben oder gar nach der Stichvorlage anzusiedeln ist. Die Quellen erlauben durchaus unterschiedliche Auslegungen, z. B. auch der Frage, ob es sich in den ersten beiden Takten um Kleinstichnoten oder normale Werte handeln soll.

Der Text unserer Edition folgt an dieser Stelle der Lesart der Hauptquelle, also der Stichvorlage. Allerdings werden die von Weber im revidierten Erstdruck an der zweiten Stelle zugefügten Pausen-Fermaten mit vermerkt, indem sie als runde Klammerzusätze darauf verweisen, daß sie in einer anderen Quelle zu finden sind. Die Fermate am Taktbeginn wird dagegen als in der *simile*-Anweisung enthalten ungekennzeichnet gesetzt. Zugleich verweist an beiden Stellen eine Sternchen-Fußnote auf die Erläuterungen im Vorwort der praktischen Ausgabe bzw. im Kritischen Bericht der Gesamtausgabe. Hier wird der Leser also nur durch einen äußeren Zusatz auf eine Problemlage hingewiesen; die abweichenden Stellen sollen im Kritischen Bericht aber in diesem Falle mit Faksimiles erläutert werden, damit für den Leser deutlich wird, daß jede Umsetzung in neue Notation hier Interpretation bedeutet und daß z. B. die Entscheidung des Kopisten, die Pause und das Sechzehntel des ersten Taktes an den Beginn des zweiten zu versetzen, eine durchaus willkürliche Lesart ist (die Weber aber immerhin zugelassen hat).

Philologie und musikalische Praxis

Wir sind mit diesem Beispiel bei einer Kernfrage unseres Verständnisses als Editoren angekommen, die zugleich die Grenzen eines solchen Meisterwerk-Kurses aufzeigt. Daß die Veranstaltung im Schnittpunkt von Edition und musikalischer Praxis für beide Seiten wertvoll und nützlich ist, steht außer Frage. Als Editoren können wir die Chance nutzen, um für die Praktiker die von bisherigen Gewohnheiten abweichenden editorischen Lösungen zu begründen und durch die Quellen zu illustrieren. Dabei müssen wir ihnen den unterschiedlichen Aussagewert von Quellen verdeutlichen.

Dies mag ein letztes Beispiel veranschaulichen: Das Ende des I. Satzes von Webers Quintett erklingt in allen bekannten Interpretationen in einer Fassung, die auf Baermann zurückgeht (Abb. 13): der chromatische Lauf wird ins *piano* zurückgenommen, die Chromatik nach dem liegenden Zielton zum *crescendo* genutzt; das Anfangsmotiv erklingt damit im *forte*.

Autograph (Abb. 14) und Stichvorlage zeigen hier übereinstimmend eine völlig andere Fassung: der chromatische Lauf mündet *fortissimo* in den Zielton; der sich anschließende gedehnte Halbtonschritt vom b ins h wird *diminuendo* gespielt und das Hauptmotiv erklingt *pianissimo*. Die übereinstimmende Quellenlage und der Verweis darauf, daß das Motiv hier nur noch wie eine Art Erinnerung eingesetzt ist – dies war freilich eine inhaltliche Interpretation –, konnten die Praktiker diesmal von der ‚originalen‘ Version überzeugen. Die Quellenlage ist eindeutig, jede Abweichung des Interpreten Willkür.

Abb. 13: Baermann-Ausgabe, Ende 1. Satz, Klarinette

Abb. 14: Autograph, Ende 1. Satz, Klarinette

Anders das ausführlich besprochene Beispiel des chromatischen Laufes im II. Satz, wo der Sinn des Notierten nur schwer zu erschließen ist und die Quellen nicht komplementär zueinander sind, sondern einander widersprechen. Das praktische Ausprobieren der Varianten kann zwar bei der Verdeutlichung der Vorstellungen helfen, allzu leicht schleicht sich aber die Gefahr ein, daß man ein den Hörgewohnheiten entsprechendes Klangbild für das Richtige hält und daß alternative Lösungen (wie zu Beginn des Finalsatzes) dann nur halbherzig realisiert werden. Insofern hat diese ‚Hilfe' von Seiten der Praxis durchaus etwas Gefährliches – zur Begründung einer Entscheidung darf sie allemal nicht herangezogen werden.

Würde ein solcher Vorschlag aus der Praxis in dem Sinne benutzt, daß das ‚offensichtlich so und so Gemeinte' gegen den vorliegenden Textbefund ausgespielt wird, fiele der Editor hinter die Errungenschaften der modernen Editionswissenschaft zurück und konstruierte erneut ‚ideale Werkgestalten', die jetzt scheinbar durch die Praxis gerechtfertigt werden – wohlgemerkt durch den gegenwärtigen Stand einer erfahrungsgemäß sehr wandelbaren Aufführungspraxis. Dies soll kein blinder Appell für den alleinigen Glauben an das Faktische, im Text Gegebene sein (ein Autor kann irren und ein Leser ebenso). Es hat sich aber in unseren bisherigen, noch nicht allzu langfristigen Arbeiten gezeigt, daß gerade das Hinwegsetzen über das im Text Vorgefundene – etwa durch Angleichung an moderne Notationsgepflogenheiten – Erkenntnisse über die Bedeutung des in diesem Text Niedergelegten verhindern kann.

Hätten wir etwa von Anfang an die Vorschriften befolgt, Pausensetzung und Doppelhalsungen in Bläserstimmen anzugleichen, d. h. bei Solo-Vorschriften Pausen des zweiten Instruments zu tilgen und die Stellen ‚normal' zu behalsen, wäre es vermutlich nicht zu der Erkenntnis gekommen, daß *Solo* bei Weber teilweise etwas völlig anderes bedeutet als heute (auch wenn eine eindeutige Definition dieser Bedeutung bislang noch nicht möglich ist). Ebenso hätte das in der heutigen Notationspraxis übliche Tilgen redundanter dynamischer Bezeichnungen oder auch scheinbar sinnloser Abweichungen die Erkenntnis verhindert, daß dynamische Vorschriften bei Weber sehr unterschiedliche Aufgaben erfüllen können und keineswegs ‚absolut' gemeint sind.

All dies sind nur Nuancen der Interpretation, die aber zeigen, daß mit jedem Schritt der Anpassung an die moderne Notation etwas vom Gehalt des ursprünglich Notierten verloren zu gehen droht – deshalb auch das leidenschaftliche Plädoyer der Weber-Ausgabe, so dicht wie möglich an der jeweiligen Hauptquelle zu bleiben und lieber einen ‚sperrigen' Notentext zu präsentieren, der noch Spuren der Vieldeutigkeit oder Unbestimmtheit der Quellen bewahrt und dadurch zum ‚Stein des Anstoßes' für den Praktiker wird.

In dem Detmolder Meisterwerk-Kurs fanden wir ein überraschend offenes Ohr für dieses Konzept und wurden durch die Praktiker in unserem durchaus noch etwas unsicheren Kurs bestätigt. Nur muß man hinzufügen, daß wir ein durch die vorherigen internen Kurse in dieser Hinsicht sehr ‚aufgeklärtes' Publikum vor uns hatten und man nicht weiß, ob sich dies verallgemeinern ließe. Immerhin aber läßt sich im öffentlichen Musikleben ein wachsendes Bewußtsein für Fragen der Aufführungspraxis und damit auch der Interpretation der Texte beobachten. Dies berechtigt vielleicht zu der Hoffnung, daß die Gesamtausgaben in die Praxis wirken können, wenn sich die Editoren (und Verlage) stärker um die Vermittlung des Erarbeiteten bemühen. Veranstaltungen wie die Meisterwerk-Kurse sind eine gute Gelegenheit, für beide Seiten gewinnbringend dieses Vorhaben umzusetzen. Daß editorische Entscheidungen Wunder wirken, darf man freilich nicht erwarten.

Walther Dürr

Notation und Aufführungspraxis: Artikulation und Dynamik bei Schubert

Das war sicher eine für die Arbeit an der Neuen Schubert-Ausgabe entscheidende Erfahrung in unserem Tübinger Schubert-Archiv: Vor längerer Zeit bereits erhielten wir Besuch von einem Sänger und seinem Begleiter. Sie interessierten sich für das Autograph von Schuberts *Winterreise*, die sie gerade einstudierten, und darin speziell für das Lied *Letzte Hoffnung*, dessen Artikulation im Manuskript (das kannten sie aus einer Faksimile-Ausgabe[1]) ihnen rätselhaft erschien und widersprüchlich. Wie ernst, so fragten sie uns, sind wohl die Angaben im Autograph zu nehmen, wie präzise sind sie? Werfen wir einen Blick auf das Manuskript, genauer, auf das Vorspiel zu diesem Lied:

Abb. 1: *Winterreise, Letzte Hoffnung*, Autograph, S. 26

---

[1] Franz Schubert: Die Winterreise. Faksimile-Wiedergabe nach der Originalhandschrift. Kassel etc. 1955. Das Manuskript befindet sich heute in der Pierpont Morgan Library, New York (Cary Music Collection).

Schubert bezeichnet hier in den ersten beiden Takten in beiden Systemen jede Note bzw. jeden Akkord mit *staccato*-Punkten, sowie jedes erste Achtel einer Figur mit Akzenten. In den folgenden beiden Takten – Schubert wiederholt die zwei ersten tongetreu, aber in tieferer Lage – fehlen sowohl die *staccato*-Punkte als auch die Akzente. Dann beginnt das Ganze von vorn, in der ursprünglichen Lage; die Singstimme tritt hinzu, setzt aber um ein Achtel verschoben ein. Ein einzelner *staccato*-Punkt steht am Ende der ersten Akkolade; danach finden sich *staccato*-Punkte nur mehr bei den Zwischenspielen, jetzt aber teils ohne Akzente, teils mit verschobenen. In den Passagen, in denen auch der Sänger singt, stehen *staccato*-Punkte nur ein einziges Mal, in der untersten Akkolade.

Soll nun, lautete die Frage, der Klavierspieler die Takte 3–4 des Vorspiels anders spielen als die ersten beiden – weicher, getragener in der tieferen Lage? Dasselbe würde dann natürlich für all die Partien gelten, in denen der Sänger singt. Man war (wie heutzutage so oft) davon überzeugt, daß Schubert in einem Manuskript wie diesem – man sieht: es handelt sich um eine Reinschrift, die übrigens als Stichvorlage für die Originalausgabe[2] dienen sollte – doch sicher alles genau so bezeichnet hat, wie er es gespielt haben wollte.

Bei dem Versuch, die Frage zu beantworten, haben dann einige musikalische Überlegungen ebenso eine Rolle gespielt wie Beobachtungen am Manuskript – und beides, musikalische wie philologische Plausiblität, scheinen mir gewichtig, gleich gewichtig, wenn es um editorische Relevanz aufführungspraktischer Fragen geht. Zunächst gehe es um die musikalische Plausibilität:

1. Eine unterschiedliche Spielweise von Takt 3–4 gegenüber Takt 1–2 ließe sich rechtfertigen, wenn Schubert bei der Wiederholung in der tieferen Oktave nur die *staccato*-Punkte ausgelassen hätte: Die Akzente auf den jeweils ersten Achteln gehören ja zu der charakteristischen Figur ‚wirbelnder Blätter‘, die Schubert nicht nur durch die Akzente, sondern auch durch die Balkung deutlich bezeichnet. Hätte er in Takt 3–4 an eine Akzentverschiebung gedacht, dann hätte er mit Sicherheit nicht nur neue, andere Akzente gesetzt (wie er das dann in dem zweiten Zwischenspiel in der dritten Akkolade tut), sondern auch die Balkung geändert, normalisiert. Die Tatsache, daß er im Falle der Akzente darauf vertraut, daß der Spieler die Spielweise von Takt 1–2 weiter führt, läßt annehmen, daß das auch für die *staccato*-Punkte gelten soll.

2. Es ist nicht recht einzusehen, weshalb das Instrument gerade dann breiter, weniger deutlich artikulieren soll, wenn der Sänger hinzutritt – man sollte doch eher das Gegenteil erwarten: Das Instrument ist zurückzunehmen – und nach alter Weise pflegt Schubert ja auch bei Eintritt einer Solostimme die Wiederholung einer zuvor bereits gehörten *tutti*-Passage, hier die Klavierstimme, einen dynamischen Grad niedriger zu bezeichnen als zuvor. Das *pp* am Ende der ersten Akkolade steht dazu nicht im Widerspruch: *ppp* schreibt Schubert nur als kurzzeitige Rücknahme der Dynamik in einer generell mit *pp* bezeichneten Partie, niemals aber als Grunddynamik. Das *pp* bei Eintritt der Singstimme meint also, der Sänger solle hier *p* singen, also stärker als das Klavier, das Instrument aber keinesfalls lauter spielen als zuvor, lauter nicht, aber deutlicher – und das heißt: die Artikulation muß eher noch päziser sein als zuvor, auf das *staccato* darf man so wenig verzichten wie auf die synkopischen Akzente.

---

2   *Winterreise.* Von Wilhelm Müller. In Musik gesetzt für eine Singstimme mit Begleitung des Pianoforte [...]. Op. 89. Wien: Tobias Haslinger, 1828.

Entscheidend aber – so meine ich – sind dann doch die Beobachtungen am Manuskript.

1. Zu Beginn der zweiten Seite[3] treten plötzlich wieder *staccato*-Punkte auf, diesmal in einer Passage, in der auch der Sänger singt. Das bezeichnet natürlich keinen Wechsel der Artikulation – es sind vielmehr Warnzeichen. Nach dem Seitenwechsel – und auf ähnliches trifft man immer wieder in Schuberts Manuskripten – will der Komponist dem Spieler anzeigen, daß immer noch grundsätzlich *staccato* zu spielen ist. Von dieser Anweisung also kann man rückschließen auf die zuvor unbezeichneten Passagen: Die Artikulationszeichen in den ersten beiden Takten sind als Generalanweisung zu verstehen.

2. Dem scheinen nun aber die Zeichen in den Zwischenspielen zu widersprechen – allerdings nur auf den ersten Blick. Sehen wir uns die Zwischenspiele genauer an, dann folgen sie jeweils auf Takte, in denen *legato*-Figuren stehen. Die Generalanweisung wäre damit aufgehoben – der Komponist wiederholt daher die Zeichen.

Was sich so am Manuskript mit großer Sicherheit erkennen läßt, wirkt anders, wenn man als Quelle nur die Originalausgabe benutzt, eine Quelle, die jedenfalls die Grundlage für die Edition des Zyklus sein muß.[4] Hier erscheint das wiederholte *staccato* nicht mehr zu Beginn einer neuen Seite, sondern im vorletzten Takt der alten und führt so zu völlig neuen Schlußfolgerungen.

Angesichts einer Entwicklung, in der praktische Musiker einen gedruckten Notentext zunehmend wörtlich nehmen – und in noch höherem Grade gilt das für einen im Manuskript zugänglichen Text – stellt sich die Frage, wie ein solcher Text zu edieren ist, wenn man nicht nur dem Dokument ‚Autograph‘ (oder ‚Originalausgabe‘), sondern auch Schuberts Intentionen zu ihrem Recht verhelfen möchte. Den Sachverhalt so zu erläutern, wie ich das hier getan habe, wäre zwar wünschenswert – ist aber wenig ratsam: Nicht nur, weil er den Kritischen Apparat ins Unermeßliche aufblähen, sondern weil er, zum Teil eben deshalb, nicht gelesen würde. In der Neuen Schubert-Ausgabe haben wir die fehlenden Akzente und *staccato*-Punkte ergänzt und den Sachverhalt im Kritischen Apparat beschrieben. Befriedigend ist das allerdings nicht: Der Herausgeber müßte den Benutzer eigentlich doch in die Lage versetzen, über die Legitimität solcher Ergänzungen selbst zu urteilen. Das kann er aber nur, wenn er nicht nur den Notentext eines Werkes kennt, das er gerade studiert, sondern auch die Schreibgewohnheiten des Komponisten, mit dem er zu tun hat.

Für Schubert und seine Zeit wäre da zunächst folgendes festzuhalten: Der Komponist unterscheidet zwei Schichten der Notenschrift: eine substantielle und eine akzidentelle. Substanz sind die Noten selbst, ist der rhythmische, melodische und harmonische Verlauf einer Komposition. In einer Reinschrift (wie der, mit der wir uns bisher beschäftigt

---

3   Eine detaillierte Beschreibung des Manuskripts findet man im Kritischen Bericht zu Band IV der Liederserie der Neuen Schubert-Ausgabe (maschinenschriftlich vervielfältigt, Tübingen 1984, S. 165–173) und bei Walther Dürr: Schuberts ‚Winterreise‘. Zur Entstehungs- und Veröffentlichungsgeschichte. Beobachtungen am Manuskript. In: Festschrift Hans Joachim Kreutzer zum 65. Geburtstag. Hrsg. von Sabine Doering, Waltraud Maierhofer und Peter Philipp Riedl. Würzburg 2000, S. 301–315.

4   Schubert hat nachweislich auch für den zweiten Teil der *Winterreise* noch Korrektur gelesen: „Die Correctur von der zweiten Abtheilung der *Winterreise*, waren die letzten Federstriche des vor Kurzem verblichenen *Schubert*“, Verlagsanzeige in der Wiener Zeitung vom 30. 12. 1828 (s. Franz Schubert. Dokumente 1817–1830. Hrsg. von Till Gerrit Waidelich. Tutzing 1993, S. 466).

haben) stellen diese Noten den Editor kaum vor besondere Schwierigkeiten: sie sind diskret und eindeutig. In Entwürfen und Kompositionsmanuskripten kann dies anders sein – in der Eile der Niederschrift sind Zeichen gelegentlich ungenau plaziert, ein geschriebenes f kann auch als e oder g gelesen werden, Abbreviaturen u. ä. sind manchmal mißverständlich. Nicht immer ist klar, wie etwa ein Tremolo aufzulösen ist – so etwa, wenn Schubert bei der Niederschrift von *Am Meer* aus den Heine-Liedern (D 957) von sogenannten ‚Brillen‘ zu der abgekürzten Schreibweise nach Art des Streicher-Tremolos übergeht. Es ist dann nicht mehr völlig sicher, wie die Akkorde zu brechen sind.

Grundsätzlich aber ist auch in diesen Manuskripten die Lesung der ‚Noten‘ unstrittig. Hierin spiegelt sich eine alte Tradition: Die Kunstfertigkeit des Komponisten drückt sich in den Noten aus. Das ist, seit Jahrhunderten, ‚ars musica‘.[5] Diese ist auf den Vortrag von Musik, auf ihre Aufführung nicht nur nicht angewiesen, die Aufführung stört, verunklart auch ihre Strukturen. ‚Ars musica‘ ist eine imaginäre, vorgestellte, oder aber eine schriftliche Kunst. Eindeutigkeit der Schrift ist daher auch ihre Voraussetzung. Anders verhält es sich mit der akzidentellen Schicht der Notation von Musik, jener Schicht, in der dem Musiker Anweisungen für ihren Vortrag gegeben werden. Diese betreffen Fragen der Besetzung, des Tempos, der Dynamik und der Artikulation. Der Komponist weiß da, daß er selbst in solchen Fragen nicht frei entscheiden kann: Die Ausführung einer Komposition hängt von ihren Umständen ab, von Gelegenheit und Ort, von den Interessen und Fähigkeiten des Ausführenden und auch von den Erwartungen des Publikums. Zwar finden Angaben zur Ausführung seit dem späten 16. Jahrhundert zunehmend Platz in der Notation – aber es handelt sich im wesentlichen um Vorschläge des Komponisten an den Ausführenden, nicht um verbindliche Vorschriften (auch wenn der Komponist im Laufe der Zeit immer präzisere Angaben macht und auch immer mehr damit rechnet, daß sie auch beachtet werden). In der Notation selbst spiegelt sich dies alles vor allem darin, daß die Elemente der zweiten, akzidentellen Schicht – wenn überhaupt – flüchtiger, unpräziser, eben unverbindlicher geschrieben sind als die der ersten.

Betrachten wir dazu eine Seite aus der Partitur zu Schuberts Oper *Alfonso und Estrella*. Es handelt sich um ein Manuskript, dem möglicherweise Skizzen vorausgegangen sind, das aber dann als Kompositionsmanuskript niederschrieben ist.[6] Die Seite gehört zu Nr. 18 aus dem zweiten Akt, einer Arie mit Chor. Anders als in früheren Nummern der Oper sind verschiedene Stadien der Komposition in der Tintenfarbe, aber auch vom Typus der Korrekturen her, nicht zu unterscheiden. Die Partitur ist eilig geschrieben – wie oft rechnet Schubert damit, daß bei der Ausschrift der Stimmen für eine Aufführung (die es zu Lebzeiten Schuberts aber nicht gegeben hat) manches noch zu präzisieren wäre, doch verläßt er sich dabei auf die Erfahrung der Kopisten (vgl. Abb. 2).[7]

---

5   Vgl. Walther Dürr: Kompositionsverfahren und Aufführungspraxis. In: Schubert Handbuch. Hrsg. von Walther Dürr und Andreas Krause. Kassel und Stuttgart 1997, S. 78–111, hier: S. 91f.; s. auch Manfred Hermann Schmid: Schrift der Moderne und Musik der Vergangenheit. Zu Funktionsverschiebungen in der Notations- und Editionspraxis. In: Musik als Text. Bericht über den Internationalen Kongreß [...] Freiburg im Breisgau 1993. Hrsg. von Hermann Danuser and Tobias Plebuch. Kassel etc. 1998, S. 78–81.

6   Vgl. das Vorwort zu Franz Schubert: Alfonso und Estrella. Hrsg. von Walther Dürr. Neue Schubert-Ausgabe II,6. Kassel etc. 1993, S. X–XI, und den entsprechenden Kritischen Bericht (maschinenschriftlich, Tübingen 1999).

7   Dies geschah etwa für die Ouvertüre der Oper, die Schubert später für seine *Rosamunde* verwandt hat. Die für die Erstaufführung der *Rosamunde* geschriebenen Stimmen zeigen deutlich Schuberts Revision; vgl.

Abb. 2: *Alfonso und Estrella*, Autograph, Nr. 18: Arie des Mauregato, T. 110ff.

Da wären zunächst die Angaben zur Dynamik. Nach seiner Gewohnheit setzt Schubert
sie zur obersten Stimme jeder Instrumentengruppe und zum Baß oder auch nur zum
obersten und untersten System. So finden sich *forte*-Zeichen in Takt 111 bei Violine I für
die Streichergruppe, bei den Flöten für die Holz- und Blechbläser sowie bei den Celli und
Bässen. Nachträglich einsetzende Instrumente bleiben meistens unbezeichnet – so etwa
die Hörner in Takt 112, die Klarinetten und Fagotte in Takt 113. In einem *tutti*-Satz ist
das vergleichsweise unproblematisch. Auch in unserem Beispiel hatte Schubert wohl an
eine einheitliche Dynamik für alle Instrumente gedacht, doch ist ihm Differenzierung,
auch innerhalb einer Instrumentengruppe, keineswegs fremd (Abb. 3).

So finden wir etwa zu Beginn dieser Nummer die Angabe „*f*" bei Violine I für die
Streicher bzw. „*fz*" bei Celli und Bässen sowie, für die Holzbläser, bei den Oboen. In
Takt 2 steht dann ein „*p*" bei den Oboen, bei den nachträglich einsetzenden Flöten und
Klarinetten hingegen nur ein Akzent und das *piano* erst in Takt 3, gemeinsam mit den
Streichern und Bässen. Es ist unklar, ob Flöte und Klarinette *forte* einsetzen sollen, oder
doch bereits in zurückgenommener Dynamik: Der Akzent deutet darauf hin – in der
Regel nämlich setzt Schubert Akzente eher im Bereich des *piano*, auch des *mezzoforte*,
im Bereich des *forte* hingegen *fz*-Zeichen. So sollen die nachträglich einsetzenden Bläser

---

das Vorwort zu Alfonso und Estrella (wie Anm. 6), S. XI–XII, und Otto Biba: Einige neue und wichtige
Schubertiana im Archiv der Gesellschaft der Musikfreunde. In: Österreichische Musikzeitschrift 33, 1978,
S. 606f.

Abb. 3: *Alfonso und Estrella*, Autograph, Nr. 18, T. 1–6

vermutlich schwächer spielen als die Oboen und Fagotte zu Beginn, aber stärker als diese in Takt 2. Wir haben daher in der Neuen Schubert-Ausgabe darauf verzichtet, Flöte
und Klarinette für ihren Einsatz eine eigene Dynamik zu geben: Sie sollen sich einfügen
in den allgemeinen dynamischen Verlauf. Das „*fz*" freilich, das im Autograph bei den
Violoncelli steht, ist in der Neuausgabe in „*f*" geändert. Dem liegt folgende Überlegung
zugrunde: Schubert hat mit „*fz*" offenbar die Stimmen bezeichnen wollen, die – vor
dem Einsatz des *piano* – nur einen einzelnen Ton spielen; „*f*" hingegen steht bei den
Stimmen, die Figuren spielen. Das Violoncello nun ist parallel mit der Viola geführt; für
beide Instrumente gilt dieselbe Dynamik. Als er aber die Cellostimme schrieb, hatte er
vermutlich bereits den Baß im Sinn, denn die Violoncelli sind von den übrigen Streichern getrennt, aber mit den Bässen gemeinsam notiert (vorwiegend *colla parte* – wie hier
bereits in Takt 3). Da Schubert im übrigen zwischen „*fz*" und „*f*" oft überhaupt nicht
konsequent unterscheidet, beides markiert ja *forte*, hat er hier nicht versehentlich, aber
doch wohl irrtümlich das Zeichen des Basses in die Celli übertragen.

Kehren wir zurück zu der vorigen Passage (s. Beispiel 2): Daß Schubert den Einsatz
des *forte* in Takt 111 als *tutti*-Einsatz für alle Instrumente verbindlich versteht, ist offensichtlich. Daß dies auch für die in Takt 112 einsetzenden Hörner gilt, wird jedoch nur
durch das in Takt 114 folgende „*p*" für die Hörner gesichert. Der *piano*-Bereich nun beginnt zweifellos in Takt 113 – wann aber genau? Zwei *piano*-Marken sind angegeben – in
Violine I und in den Bässen. Das untere „*p*" steht bei der ersten Viertelpause, das obere

ungenau zu Taktbeginn. In unserer Ausgabe aber müssen wir die Zeichen genau plazieren (wenn wir nicht eine diplomatische Wiedergabe anstreben – das tut aber keine der großen Gesamtausgaben). Dabei gilt folgende Überlegung: Je eiliger und flüchtiger Schubert schreibt, desto mehr eilt er in seinen Gedanken dem Niedergeschriebenen voraus: Er tendiert daher dazu, dynamische Zeichen gewissermaßen ‚zu früh' zu setzen, nicht unter die Noten, sondern vor die Noten, für die sie gelten – manchmal bedeutend davor. Man sieht das deutlich am Ende der Zeile, beim *piano*-Einsatz der Flöten und noch deutlicher kurz davor, in Takt 114, beim Einsatz der Hörner. Wir sprechen da von ‚Vorausnotierung'. Das „*p*" in den Bässen gilt also nicht für das erste, sondern erst für das dritte Viertel. Eine ‚musikalische' Überlegung mag das bestätigen: Das g zu Beginn von Takt 113 ist Abschluß einer simplen IV–V–I-Kadenz auf der II. Stufe (g-moll in F-dur). Die Kadenz ist mit *forte* bezeichnet; der Abschluß gehört dynamisch zweifellos dazu. Hätte Schubert etwas anderes gewollt, einen Überraschungs-Effekt, ein *subito-piano*, dann hätte er nicht nur das „*p*" deutlich *vor* das g gesetzt, er hätte auch Flöte und Oboe entsprechend bezeichnet. Hier aber gilt: Das *piano* wird mit Rücksicht auf den Einsatz des Königs, Mauregatos, verlangt: „O sagt, ist zurück sie gekommen?" Er beginnt auf dem vierten Takt-Achtel. Und dieses vierte Achtel ist auch von der Violine *piano* zu spielen – nicht etwa bereits das zweite oder gar das erste Achtel. Das zeigt sich auch an der Bezeichnung der Figuren – wir sehen in Takt 111, daß Schubert das *f*-Zeichen vor Beginn der synkopisch einsetzenden Figur notiert. Entsprechend verfährt er bereits zu Beginn der Nummer, in Takt 5 bei der Violine I (siehe Abb. 3), und danach immer wieder. Eine dynamische Brechung der Figur kann daher auch in Takt 113 nicht beabsichtigt sein; wieder wäre dann eine präzisere Angabe zu erwarten gewesen. In der Neuen Schubert-Ausgabe haben wir in dieser Passage die dynamischen Zeichen daher zurechtgerückt.

Mit solch vorauseilender Notation der Dynamik hat auch zu tun, daß *crescendo*-Zeichen oft verwirrend gesetzt sind. Dabei ist zu bedenken, daß ein unterschiedlicher Beginn eines *crescendos* in einzelnen Instrumenten oder Instrumentengruppen wohl durchaus möglich, aber seltener ist als eine Differenzierung der Grunddynamik etwa zwischen melodieführenden und begleitenden Instrumenten. Im *tutti*-Satz ist demnach grundsätzlich ein einheitlicher Beginn anzunehmen. Weiter sollte der Editor – wenn er im *tutti*-Satz eine uneinheitliche Notation bewahrt – sich bewußt bleiben, daß er damit dem Musiker auch an jenen Stellen Indifferenz signalisiert, an denen Schubert zu differenzieren wünscht.

Das Beispiel 4 stammt aus dem Credo von Schuberts As-Dur-Messe. Es handelt sich um die ausgeführte Niederschrift eines zuvor bereits als Particell ausgearbeiteten Satzes, der in gewisser Weise Reinschrift-Charakter hat:[8] Das gilt für die Chorstimmen, den Instrumental-Baß und die mit diesen Stimmen *colla-parte* gehenden Bratschen und Bläser. Die Violinen dagegen sind vermutlich erst bei der Partitur-Ausarbeitung der Passage geschrieben und dann noch erheblich korrigiert worden. Zum Chor-Sopran, zu den Oboen und den Violinen hat Schubert ein „*cresc. poco a poco*" bzw. ein einfaches „*cresc.*" hinzugesetzt. Nun handelt es sich bei der Partie zugleich um ein sogenanntes ‚ausgeschriebenes', aus der wachsenden Orchesterbesetzung sich ergebendes *crescen-*

---

[8]   Siehe das Vorwort zu Franz Schubert. Messe in As. Neue Schubert-Ausgabe I,3. Hrsg. von Doris Finke-Hecklinger. Kassel etc. 1980, S. IX f., und die Beschreibung des Manuskripts im dazugehörigen Kritischen Bericht (maschinenschriftlich Tübingen 1981), S. 7ff.

Abb. 4: Messe in As, Autograph: Credo, T. 191ff.

do, dem Text „Et resurrexit tertia die" entsprechend. Die ganze Passage beginnt *piano* (Takt 187); den Chor begleiten nur die Streicher. Dann kommen Oboen und Fagotte hinzu (Takt 192), die Klarinetten (Takt 196), die Hörner (Takt 197). In Takt 200 ist *forte* erreicht, die Posaunen treten hinzu und zum *fortissimo* in Takt 205 verstärken das Orchester noch die Trompeten und ein Paukenwirbel. Es ist keine Frage, daß alle Instrumente an dem zugleich vorgeschriebenen „*cresc. poco a poco*" teilhaben, sobald sie eintreten – das ergibt sich auch aus der *colla-parte*-Führung der Instrumente mit den Singstimmen. Es ist kaum anzunehmen, daß die die Soprane verstärkenden Oboen das *crescendo* der Soprane erst zwei Takte später übernehmen, wie es das Partiturbild suggeriert. Vielleicht hängt Schuberts Schreibweise damit zusammen, daß die Oboen in Takt 194–195 ungeachtet jeder konkreten Vorschrift ein melodieabhängiges *crescendo* ausführen, das aber bei den Haltetönen in Takt 196 enden würde – das „*cresc.*" in Takt 196 hätte dann die Funktion eines Warnungszeichens: ,nein – nicht innehalten mit dem *crescendo*; das ist weiterzuführen!'

Somit scheint klar, daß wir ein einheitliches *crescendo* in einer Art *tutti*-Satz vor uns haben – unklar wäre nur, wo dieses *crescendo* einsetzen soll. Um dies zu entscheiden, haben wir erneut zu bedenken, daß Schubert die Stimmen aller Sänger und aller Instrumente gewissermaßen kopiert hat – außer denen der Violinen. Bei der Kopiatur ist Schubert nachweislich (man erkennt das an anderer Stelle aus der Art seiner Schreibfehler[9]) nur halb bei der Sache. Er trägt also auch *crescendi* ungefähr dort ein, wo sie im Entwurf standen, und überlegt es sich manchmal dann bei einer anderen Stimme neu (auch so lassen sich Differenzen in der Bezeichnung erklären). Bei der Niederschrift der neu komponierten Stimmen der Violinen hingegen ist er ganz beteiligt – wir sehen das an der dynamisch forteilenden Notation. So setzt er denn die *crescendo*-Marke nun dorthin, wo auch das effektive *crescendo* beginnt, unmittelbar nach dem Einsatz der Holzbläser, mit Takt 193. Dies belegt noch eine weitere Quelle, Schuberts autographe Orgelstimme: Dort steht das „*cresc. poco a poco*" an derselben Stelle wie in den Violinen. So hat es die Neue Schubert-Ausgabe dann auch verallgemeinert.

Abb. 5: *Alfonso und Estrella*, Autograph, Nr. 20, T. 12ff.

In dem dem Band beigegebenen Kritischen Apparat ‚Quellen und Lesarten' ist dazu vermerkt:[10] „Ob.: *cresc.* (nur *cresc.*) erst zu T. 196. Coro (S[oprano]): *crescendo a poco a poco* beginnt erst T. 194." Dies ist, so scheint mir, ein weiterer Beleg, wie wenig sich einem solchen, knapp gefaßten Apparat entnehmen läßt. Ohne genaue Kenntnis der Handschrift

---

[9] Siehe z. B. seine Korrekturen und Schreibfehler in den Reinschriften des Liedes *Romanze* (D 114), in Franz Schubert: Lieder. Band 7. Hrsg. von Walther Dürr. Neue Schubert-Ausgabe IV,7. Beiheft: Quellen und Lesarten. Kassel etc. 1979, S. 11f.

[10] Franz Schubert: Messe in As (wie Anm. 8), S. 422.

und der Notierungsgewohnheiten Schuberts lassen sich die Differenzen der Notierungs-
weise kaum beurteilen. Das zeigt sich vor allem auch – um ein letztes Beispiel aus dem
Bereich der Dynamik zu geben – an Schuberts so viel diskutiertem Akzentzeichen.[11] Wir
kehren dafür zu Schuberts Oper *Alfonso und Estrella* zurück. Das Zeichen hat eine Stan-
dardform, wie es etwa die als Abbildung 5 wiedergegebene Seite aus der Nummer 20
zeigen kann. Jeder Akzent ist steil aufwärts gerichtet und weist mit der Spitze auf die
zu betonende Note. Auch dies hängt wieder deutlich mit dem Impetus des Schreibens
zusammen: In Kompositionsmanuskripten sind die Akzente steiler, in Reinschriften und
Kopien oft eher wagrecht, wie ein *decrescendo*-Winkel. Das hängt natürlich auch vom
Raum ab, den der Komponist zwischen den Systemen hat. Akzente solcher Art gelten in
der Regel für einzelne Noten, oft aber auch für zwei oder drei Noten gemeinsam. Wir
sehen das in der Violino-I-Stimme: Die Akzente zu den Achtelfiguren entsprechen in der
Gestalt denen zu den Halben der Bläser, aber nicht nur in der Gestalt, sondern auch in der
Position: Sie haben nämlich dieselbe Funktion, markieren jeweils die zweite Takthälfte.
Hätte Schubert dabei jeweils nur das 1. Achtel der Figur betonen wollen, dann hätte er
vielleicht (jedenfalls in Reinschriften, kaum in Kompositionsmanuskripten wie diesem)
einen ganz kleinen Akzent zu eben dieser Note gesetzt, die Spitze hätte die zu betonende
Note bezeichnet. Hier hingegen stehen die Akzente unpräzise beim Balken. Ihre Länge
läßt vermuten, daß nicht die ganze Achtelgruppe zu betonen ist, aber eben auch nicht
nur ein einzelnes Achtel. Wir haben uns in der Neuen Schubert-Ausgabe entschieden, in
solchen Fällen die Akzente ebenfalls zu den Balken zu setzen, in der Hoffnung, daß die
Musiker das dann, vielleicht instinktiv, richtig deuten.

Schubert nun pflegt Akzente so lang auszuziehen, wie sie gelten sollen, manchmal über
mehrere Takte hin.[12] Ein berühmtes Beispiel dafür findet sich am Ende des letzten Satzes
der Großen C-Dur-Sinfonie (Abb. 6). Schubert schreibt hier einen über zwei Takte ausgedehnten Akzent in Verbindung mit einem „*fz*", der oft als *decrescendo*-Winkel gedeutet
wird, so als wolle Schubert den Satz im *piano* ersterben lassen. Das paßt aber überhaupt
nicht zur ‚poetischen Idee' dieser jubelnden Komposition.[13] Tatsächlich macht die Länge
des Akzents vielmehr deutlich, daß das *forzato* für das *unisono*-C wirklich auch bis zum
Ende der Symphonie gehalten werden soll.

Das Zeichen allerdings macht auch eines klar: Akzente und *decrescendo*-Winkel sind
bei Schubert oft nicht leicht zu unterscheiden. Schubert selbst sieht da wohl kaum einen
Unterschied, jedenfalls keinen von der Art, daß es sich lohnte, ihn in der Notation zu

---

[11] Vgl. Elizabeth Norman McKay: The Interpretation of Schubert's decrescendo Markings and Accents. In:
The Music Review 22, 1961, S. 108–111, und – zuletzt – David Montgomery: The Tenuto "Hairpin":
Evidence for a third Interpretation in the "Accent vs Decrescendo" Issue. In: Schubert durch die Brille, 24,
Jan. 2000, S. 89–94.

[12] Wie es scheint, entspricht dies einer allgemeinen Regel: Friedrich Starke (Wiener Pianoforte Schule.
Wien 1819, S. 14) schreibt, das Zeichen – ein „kleines Anschwellungszeichen", das heißt doch wohl ein
kleiner Akzent – daure so lange, wie das Zeichen selbst gezogen ist; vgl. dazu David Montgomery, The Tenuto "Hairpin" Evidence (wie Anm. 11) , S. 89f., der die Passage freilich etwas anders deutet (das Zeichen
ist ihm „a small attenuation sign").

[13] Vgl. David Montgomery: Performance Concerns and Criteria for Franz Schubert's Symphony in C major D 944. In: Schubert durch die Brille, 24. Jan. 2000, S. 95–126, hier: S. 98f. Zur Konzeption der Sinfonie s. auch Walther Dürr: Zyklische Form und „poetische Idee": Schuberts große C-dur-Symphonie. In:
Probleme der Symphonischen Tradition im 19. Jahrhundert. Hrsg. von Siegfried Kross und Luise Maintz.
Tutzing 1990, S. 455–470.

Abb. 6: Sinfonie in C, D 944, letzte Seite des Autographs

beachten: Auch ein *decrescendo* enthält für ihn immer einen Akzent; es bezeichnet sehr oft den Höhepunkt eines *crescendos*, nach dem die Dynamik entweder abrupt (das wäre ein Akzent) oder allmählich (das wäre ein *decrescendo*) zur Grunddynamik zurückfindet. Gelegentlich allerdings scheint es, als ob wir auch an der Notation ablesen können, welche dieser beiden Arten Schubert meint. Blicken wir etwa auf den Beginn des zweiten Satzes aus dem Streichquartett in B-dur (D 112) (Abb. 7). Schubert schreibt hier Rhomben (Takt 1 und Takt 5–6 in der Violine I), kombinierte *crescendo*-Winkel und Akzente (Takt 3–4 in Violine I, II) und einfache Akzente (Takt 2 in Viola und Violoncello); bei der Wiederholung der Passage in der zweiten Akkolade beobachten wir dieselben Differenzen: Sie beruhen also nicht auf Zufall. Die einfachen Akzente zielen auf den jeweils ersten Ton des Takt 2 (wir sehen, wie Schubert hier, in einer reinschriftartigen Partitur die Akzente präzise plaziert). Die Rhomben in Takt 1 und 5–6 stehen jeweils über Haltetönen, sie bezeichnen offenbar An- und Abschwellen, während die Akzente in Takt 4 von den vorausgehenden Schwelltönen deutlich abgesetzt sind. Der Unterschied der graphischen Gestalt spiegelt die unterschiedliche Vortragsweise – auch wenn Schubert darin selbst vielleicht gar keinen prinzipiellen Unterschied erkennt.

Es gibt da graduelle Abstufungen: In Takt 22 aus Nr. 19 im zweiten Akt von *Alfonso und Estrella* schreibt Schubert beispielsweise über dem System der Violine I einen abgewandelten Rhombus, auf ein Anschwellen zu einer punktierten Halben und einem betonten Viertel in chromatischer Progression folgt die Rückkehr in das *piano* mit dem

Abb. 7: Streichquartett in B, D 112, Autograph, 2. Satz, Beginn

ersten Achtel in Takt 23. Das ist nun weder ein *crescendo–decrescendo* wie zu Beginn des Streichquartettsatzes noch ein scharfer Akzent in unserem Sinne (denn die chromatische Progression soll ja in den Folgetakt führen), sondern etwas dazwischen, das sich im Druck unserer Ausgabe nicht wiedergeben läßt.[14] Wir haben uns für einen *decrescendo*-Winkel entschieden, der die innere Bindung der Takte erkennen läßt – in der Hoffnung, daß der Musiker den verminderten Akkord auf dem letzten Viertel in Takt 22 schon deutlich genug herausheben wird.

Wenden wir uns noch einigen Beispielen aus dem Bereich der Artikulation zu. Wie sehr gerade hier das optische Bild und Schreibtraditionen eine Rolle spielen, hat uns bereits die *Letzte Hoffnung* aus der *Winterreise* gezeigt (Abb. 1). Ich möchte das an der als Abbildung 5 wiedergegebenen Seite aus *Alfonso und Estrella* noch weiterführen. Man beachte die Bögen in der ersten Violine: Sie beginnen grundsätzlich beim zweiten Achtel eines Taktes und reichen bis zum ersten, mit einem *staccato*-Punkt versehenen Achtel des folgenden Taktes. Wirklich so geschrieben ist dies aber nur zweimal: in Takt 15–16 und 16–17. In den vorangehenden Takten hat Schubert die Bögen zunächst durchweg nur bis zum letzten Achtel eines Taktes geschrieben und sie nachträglich verlängert – oder auch

---

[14] Einige neuere Ausgaben, wie die Rossini-Ausgabe, haben daher neue Zeichen für die verschiedenen Arten von Akzenten entwickelt; s. das vom ‚comitato di redazione‘ der Edizione Critica delle opere di Gioacchino Rossini, Pesaro 1979ff., unterzeichnete Vorwort „Criteri dell'edizione".

einen zweiten Bogen gesetzt (so in Takt 14–15). Die Taktstrichgrenze ist für Schubert in der Tat eine psychologische Barriere. Er überwindet sie nur mit Anstrengung, und immer wieder entstehen so Widersprüche in der Bogensetzung zwischen parallel geführten Instrumenten. Sehen wir dazu das folgende Beispiel aus derselben Nummer der Oper:

Abb. 8: *Alfonso und Estrella*, Autograph, II. Akt, Nr. 20, T. 99ff.

In den Takten 99–101 zieht Schubert trotz Platzmangels (auch das ist übrigens ein häufiges Motiv für ungenau gesetzte Bögen) für die Flöte I einen einheitlichen Bogen über die ganze Melodiephrase, ebenso für das Fagott I; in der die Melodie der Flöte in der Unteroktave verdoppelnden Oboe I hingegen finden wir zwei Bögen, deren Länge sich aber nicht an der melodischen Phrase, sondern an den Taktgrenzen orientiert – vielleicht für den Beginn auch an der Artikulation der Oboe II, die Schubert möglicherweise schon im Sinn hatte, als er die Bögen der Oboe I schrieb: Die Oboe II muß wegen der Tonwiederholung am Taktende absetzen. Das gilt aber dann auch für die folgenden, mehrfach wiederholten g'. Am Ende der Seite beobachtet man etwas ähnliches: In den Takten 103–105 steht bei Fagott I ein großer, durchgezogener Bogen, in der Flöte I ein kürzerer, bis Ende Takt 104 reichender, und in Oboe I stehen zwei Bögen, die ebenfalls nur bis zum Ende von Takt 104 reichen.

Es ist offensichtlich, daß ein Herausgeber, der auch an die musikalische Praxis denkt, daran, daß der Musiker ja nach Stimmen spielt, denen er nicht entnehmen kann, wie sein Partner artikulieren soll, hier ausgleichen muß. Aber wie? Für die Takte 99–101 scheint dies klar zu sein: Der so mühsam gezogene Bogen in Flöte I zeigt das Gemeinte deutlich an (aber nur im Manuskript, nicht in der gedruckten Partitur), und das Zahlenverhältnis – zwei lange Bögen gegen einen kurzen – bestätigt das. Anders sieht es im zweiten Fall aus: Hier stehen zwei unterschiedliche, aber jeweils nur bis Taktende 104 reichende Bögen gegen einen längeren. Ich meine: der Herausgeber sollte sich auch hier für den langen Bogen entscheiden, und zwar: Erstens aufgrund einer prinzipiellen Überlegung: Es ist wahrscheinlicher, daß Schuberts Intentionen sich in den langen Bögen spiegeln, weil die Schreibtradition die kürzeren Bögen verlangt ('lectio difficilior'). Wenn er nachlässig schreibt, wird er eher kürzere Bögen setzen, die an den Taktstrichen enden, als solche, die darüber hinaus reichen. Zweitens spielt das Fagott die ganze, vom Sänger – dem König Mauregato – vorgegebene Melodie (mit einer kleinen Variante, einem Sext- statt einem Quartaufschwung am Ende); Flöten und Oboen treten nachträglich hinzu. Schubert dürfte daher die Stimme des Fagotts zuerst geschrieben und dabei auch überlegt haben, wie er die Stimme des Sängers für ein Instrument artikulieren soll. Dann hat er vermutlich die Partie in Flöte I und Oboe I übertragen und nun auf die Länge der Bögen keine großen Gedanken mehr verschwendet – woraufhin sie ihm zu kurz gerieten, in der Oboe zunächst noch kürzer als in der Flöte, weshalb er den Bogen durch einen Zusatzbogen noch verlängern mußte.

★

Aus all dem, scheint mir, ergibt sich folgendes: Schuberts Notenschrift ist zwar im Hinblick auf die eigentlichen Noten tatsächlich präzise; selbst ungenau plazierte Noten korrigiert er in der Regel (außer in Entwürfen, die ja nicht für Dritte, sondern nur für ihn selbst bestimmt sind). Angaben zu Artikulation und Dynamik, überhaupt zum Vortrag des Notierten, rechnen mit der Interpretation des Sängers oder Spielers, geben diesem weiten Raum. Schubert gibt etwa an, daß in einer bestimmten Passage ein *crescendo* auszuführen ist – wo dieses aber beginnt, ist ebenso unbestimmt, von Gelegenheit, Raum und Besetzung abhängig, wie die ohnehin nicht notierbare Stärke eines *crescendos*. Schuberts Schreibweise weist diese Beliebigkeit aus. Ähnliches gilt in manchen Fragen der Artikulation: Es ist bezeichnend, daß Schubert etwa in dem Kompositionsmanuskript des Liedes *Rastlose Liebe* bei einer Folge von gleichartigen Spielfiguren einige halbtaktig, andere ganztaktig, andere wieder zweitaktig bindet, dann aber in einer zweiten Niederschrift desselben Liedes auf präzise Zeichen ganz verzichtet und sie durch die einfache Angabe *sempre legato* ersetzt:[15] Der einzelne Bogen sollte offenbar nicht anzeigen, was, sondern nur, daß überhaupt gebunden werden sollte.

Es ist allerdings auch erkennbar, daß die Freiheit der Ausführung unterschiedlich groß ist. Unsere Beispiele haben vielleicht gezeigt, daß Schubert dynamische Generalanweisungen in der Partitur zwar nur als 'Rahmen' setzt, daß *fz*-Zeichen aber häufiger sind und Akzente fast bei jeder zu akzentuierenden Note bzw. jedem Stimmpaar stehen: Je mehr eine Anweisung auf eine einzelne Note bezogen ist, desto deutlicher rückt sie ein in den Bereich der Primär-Notation, wird Teil der Komposition im engeren Sinne – allerdings ohne jenen hohen Grad von Präzision in der Notation zu erreichen, den wir für die

---

[15] Vgl. Walther Dürr: Beobachtungen am Linzer Autograph von Schuberts „Rastlose Liebe". In: Historisches Jahrbuch der Stadt Linz 1970. Linz 1971, S. 215–230.

Noten selbst erwarten. Da spielen häufig Schreibtraditionen mit hinein, aber auch der Raum, der dem Komponisten in seinem Manuskript verbleibt, nachdem er die Noten selbst geschrieben hat.

Für den Editor bedeutet dies eine Gratwanderung: Er sollte Beliebigkeit kenntlich machen, wo diese gegeben ist, er sollte aber, wo Präzision gemeint ist, diese auch dort anzeigen, wo das Manuskript sie nicht hergibt, und er sollte schließlich im Gedächtnis behalten, daß die moderne ‚Aufführungspraxis‘ genaue Anweisungen erwartet. Feste Regeln lassen sich da kaum formulieren; entscheidend bleibt zweifellos – und wir haben damit ja auch immer wieder argumentiert – die musikalische Plausibilität.

Salome Reiser

Brahms' Notentext zwischen Werkgestalt und Aufführungsanweisungen

1.

Das Ineinandergreifen von Werkgestalt und Aufführungsanweisungen gehört für die neue Brahms Gesamtausgabe zu einer ihrer zentralen Problemfelder,[1] denn bereits Brahms selbst stand nicht nur als Komponist und Interpret, sondern auch als Editor seiner Werke vor dem Problem, zwischen Komposition und musikalischer Realisierung vermitteln zu müssen. Die Möglichkeiten einer solchen Vermittlung reflektierte er ausgiebig und zog daraus besondere editorische Konsequenzen, die im folgenden an einigen Beispielen dargelegt werden sollen. Darüber hinaus stellt sich die Frage, ob und inwieweit sich die von Brahms getroffenen editorischen Entscheidungen in die heutige Editionspraxis übernehmen lassen oder ob sie lediglich als historisches Phänomen zu betrachten und daher nicht im Notentext der neuen Brahms Gesamtausgabe, sondern im Rahmen des Kritischen Berichts zu dokumentieren sind.

2.

Vergegenwärtigt man sich die Aufzeichnungen der Clara-Schumann-Schülerin und Pianistin Fanny Davies, in denen diese ihre Begegnungen mit Brahms in den Jahren 1884–96 schildert, so hat es den Anschein, als wäre das Verhältnis zwischen Notentext und dessen musizierpraktischer Wiedergabe für Brahms selbst ein recht simples gewesen. Fanny Davies nämlich, die äußerst bemüht war, Brahms' Musizierweise so nahe wie möglich zu kommen, erhielt auf ihre Anfrage, wie sie denn seine Werke spielen solle, die lapidare Antwort: „Machen Sie es wie Sie wollen, machen Sie es nur schön."[2] Dies bedeutete jedoch keineswegs, daß Brahms der Interpretation seiner Werke gleichgültig gegenüberstand. So zeigt nicht zuletzt der Blick auf die Quellen fast aller seiner Kompositionen, daß es gerade die Anweisungen zur Aufführungspraxis waren, an denen er bis zuletzt feilte. Seine Änderungen reichten häufig bis hinein in die letzte Druckkorrektur und pendelten im Falle von Tempo- oder Ausdrucksanweisungen nicht selten zwischen zwei unterschiedlichen Angaben, meist Verfeinerungsstufen, hin und her. Welch hohen Stellenwert dieses dezidierte Ausklügeln aufführungspraktischer Angaben für ihn hatte, wird in einem Brief an Joseph Joachim deutlich, den Brahms am 18. Oktober 1876 nach einer Probe vor der Uraufführung des B-Dur-Streichquartetts op. 67 abfaßte:

---

[1]   Für zahlreiche anregende Diskussionen und Hinweise auf historische Werkeinspielungen in Zusammenhang mit der Erstellung dieses Beitrags danke ich sehr herzlich meinem Kollegen an der Kieler Brahms-Forschungsstelle, Dr. Michael Struck.

[2]   Fanny Davies: Some Personal Recollections of Brahms as Pianist and Interpreter. In: Walter Willson Cobbett: Cobbett's Cyclopedic Survey of Chamber Music. Bd. 1. London ³1964, S. 184.

Wenn ich nun mit vieler Freude denke, wie schön mein Quartett bei Euch klang, so kann ich nicht lassen anzumerken, daß an der Stelle im Scherzo [Notenbeispiel, T. 57f.] ja kein *scherzando* steht! Es darf dort nicht den Charakter ändern und muß ich wohl auch bezeichnen: *poco a poco tempo primo* (etwa zum 3ten Takt).

Verzeih, aber Du hast mir wohl gar nicht zugetraut, daß ich's so genau nehme und mir solche Feinheiten denke. Ich wenigstens komme mir immer sehr roh vor, wenn ich ausführe oder ausführen lasse. Beim Schreiben aber habe ich gar allerlei Delikatessen im Sinn![3]

In der 2. Serenade op. 16 war ihm die Verfeinerung der Dynamik sogar derart wichtig, daß er 13 Jahre nach Drucklegung des Werkes im November 1873 bei Simrock anfragte: „Könnten wir wohl in der A-Dur-Serenade die Bezeichnungen ernstlich revidieren? Die Herausgabe war seinerzeit so übereilt, daß es eine Schande ist, und ich nicht begreife, wie andre Direktoren das Stück überhaupt machen können. [...] Die Revision geht nur *f, p, cresc.* $\prec$ usw. an."[4] Letztlich weist die zum Jahreswechsel 1875/76 erschienene *Neue, vom Autor revidirte Ausgabe* des Werkes zwar nicht nur Korrekturen der dynamischen Angaben auf, sondern auch eine ganze Reihe von Tonänderungen, doch waren diese wohl mehrheitlich ebenfalls das Ergebnis klangtechnischer Erwägungen (so etwa im 1. Satz, T. 248–252, Kontrabaß; siehe Abb. 1). Die zweite Ausgabe der Serenade stellte also nicht, wie Brahms' Anfrage an Simrock suggerieren könnte, vordringlich Fehler oder Auslassungen einer übereilt entstandenen Erstausgabe richtig, sondern gründete auf den musizierpraktischen Erfahrungen, die Brahms in der Zwischenzeit durch die wiederholte Aufführung des Werkes sowie seine neuerliche kompositorische Auseinandersetzung mit dem Orchestersatz gewonnen hatte.[5]

Das besondere Gewicht, das Brahms auf die musikalische Umsetzung seiner Werke legte, spiegelt sich auch in seiner Gepflogenheit wider, ein neues Orchesterstück vor der Veröffentlichung zunächst in mehreren Konzerten aufzuführen und erst dann zu publizieren. Im Falle der 4. Symphonie war ihm dieses Prinzip bereits zur Routine geworden. Er erprobte das Werk auf einer Tournee mit dem Meininger Orchester mehrfach und verlieh die Aufführungsmaterialien darüber hinaus auch an andere Interpreten. Musiziert wurde dabei aus handschriftlichen Bläser-, Pauken- und Triangel-Stimmen, die Streicher verwendeten teils handschriftliche, teils von Simrock bereits im Druck vervielfältigte Materialien; hinzu kam die autographe Partitur. Aus ihr dirigierten neben Brahms auch Hans von Bülow, Hans Richter, Franz Wüllner und Joseph Joachim. Auf diese Weise erfuhr das Werk zwischen dem 25. Oktober 1885 und dem 10. Mai 1886 mindestens 22 Aufführungen, bevor das Notenmaterial, das nun zusätzliche, in Zusammenhang mit diesen Konzerten entstandene Eintragungen enthielt, endgültig zur Veröffentlichung an den Verlag ging. Da Brahms zudem die Publikation des Werkes überwachte, entsteht leicht der Eindruck, man habe es hier mit einem durchweg autorisierten, in hohem Maße schlüssigen Notenmaterial zu tun, das einer direkten Übernahme in die neue Brahms Gesamtausgabe keine größeren Schwierigkeiten bereiten sollte. Das Gegenteil ist jedoch

---

[3]   Brahms an Joachim, [Lichtental, 18. Oktober 1876]. Johannes Brahms. Briefwechsel. 16 Bde. Berlin 1906–
      1922. Reprint (der jeweils letzten Aufl.) Tutzing 1974. Bd. VI, S. 129f.

[4]   Brahms an Simrock, [Wien,] November [6. Dezember] 1873. Briefwechsel (wie Anm. 3), Bd. IX, hrsg. von
      Max Kalbeck, S. 159.

[5]   In der Zwischenzeit waren das 1. Klavierkonzert, die *Haydn-Variationen* und ein Großteil der Chorsymphonik entstanden; die 1. Symphonie wurde erst 1876 fertiggestellt.

Abb. 1: 2. Serenade A-Dur op. 16, 1. Satz, T. 248–264: Erstausgabe, Brahms' Handexemplar mit autographen Eintragungen (Archiv der Gesellschaft der Musikfreunde in Wien)

der Fall, denn Brahms nahm einerseits Zusatzeintragungen in der autographen Partitur vor, die sich nicht im Erstdruck finden, und bestand andererseits beim gedruckten Notenmaterial auf Divergenzen zwischen Partitur und Stimmen, so daß die Quellen zur 4. Symphonie keinen einheitlichen, sondern einen vielgestaltigen Notentext wiedergeben.

2.1   Zusatzeintragungen in der autographen Partitur

Für seine Aufführung des Werkes am 1. Februar 1886 in Berlin bat Joachim um Metronomzahlen zu den einzelnen Sätzen; auch sei er „überhaupt für jeden Wink für die Ausführung herzlich dankbar."[6] Brahms, der generell keine hohe Meinung von Metronomzahlen hatte,[7] begegnete dieser Bitte abschlägig: „Mit Metronom-Zahlen kann ich nicht dienen. Vielleicht schreibe ich noch einiges über Tempi usw. nach Berlin. Sonst mache das Stück, wie es Dir am besten gefällt [...]."[8] Wenige Tage später wies er Joachim jedoch auf zusätzliche Tempoangaben hin, die er mit Bleistift direkt in die autographe Partitur eingetragen hatte und die das heute in Zürich befindliche Autograph noch immer erkennen läßt. Darin verwahrte er sich beispielsweise am Ende des 1. Satzes gegen ein *accelerando*, indem er in Takt 495 anwies „(Nicht eilen bis zum Schluß! Anhalten!)".[9] Darüber hinaus nahm er zahlreiche weitere Eintragungen vor, als deren bedeutsamste wohl die Anmerkungen im 4. Satz angesehen werden können, mit denen er den Übergang von der 24. zur 25. sowie der 27. zur 28. Wiederkehr der chaconneartig wiederholten Baßlinie näher bezeichnete: Für Takt 193ff. notierte er *animato*, für Takt 217ff. *tranquillo*.[10] Robert Pascall, der die in der autographen Partitur befindlichen Angaben in einer Liste zusammengestellt hat,[11] versteht die *animato*-Anweisung wohl mit Recht als einen Tempowechsel, der durch das nachfolgende *tranquillo* wieder aufgefangen wird. Dies käme einer bemerkenswerten Zusatzinformation gleich, die sich ohne Brahms' Eintragungen nicht unmittelbar aus dem Notentext ergibt und daher als Einblick in Brahms' eigene interpretatorische Gestaltung des Werkes gelten kann. Einmal mehr bestätigt sich dabei jene Tendenz, die für Brahms' Musizieren mehrfach bezeugt ist:[12] Er hatte offenbar

---

[6] Joachim an Brahms, Berlin, 10. Januar [1886]. Briefwechsel (wie Anm. 3), Bd. VI, S. 216.

[7] Gegenüber Alwin von Beckerath hatte er einmal von einem „Abonnement auf Metronom-Angaben" gesprochen, das er eröffnen könne: „Sie zahlen mir was Gut's und ich liefere Ihnen jede Woche – andere Zahlen; länger nämlich wie eine Woche können sie nicht gelten bei normalen Menschen!" Letztlich hatte er nur sieben seiner Werke mit Metronomzahlen ausgestattet. Vgl. Robert Pascall: „Machen Sie es wie Sie wollen, machen Sie es nur schön." Wie wollte Brahms seine Musik hören? In: Johannes Brahms. Quellen – Text – Rezeption – Interpretation. Kongreßbericht Hamburg 1997. Hrsg. von Friedhelm Krummacher und Michael Struck in Verbindung mit Constantin Floros und Peter Petersen. München 1999, S. 15–29, besonders S. 22.

[8] Brahms an Joachim, [Wien, 17. Januar 1886]. Briefwechsel (wie Anm. 3), Bd. VI, S. 218.

[9] Vgl. Johannes Brahms. 4. Symphonie in e-Moll op. 98. Faksimile. Hrsg. von Günter Birkner. Adliswill und Zürich 1974. 1. Satz, S. 46.

[10] Ebenda, 4. Satz, S. 24 (T. 193) und S. 27 (T. 217).

[11] Pascall, Machen Sie es wie Sie wollen (wie Anm. 7), S. 24f.

[12] Über sein Dirigat und sein Klavierspiel existieren einige zeitgenössische Berichte; vgl. die Zusammenstellung bei Pascall, Machen Sie es wie Sie wollen (wie Anm. 7), S. 25–29. Auch die kurze Aufnahme des Ungarischen Tanzes Nr. 1, die er 1889 auf dem Edison-Phonograph eingespielt hat, belegt das auffallendste Charakteristikum seines Musizierens in eindrücklicher Weise.

eine Vorliebe für gemäßigt elastische Tempi;[13] dieses Verfahren scheint er auch in der
4. Symphonie angewandt zu haben.

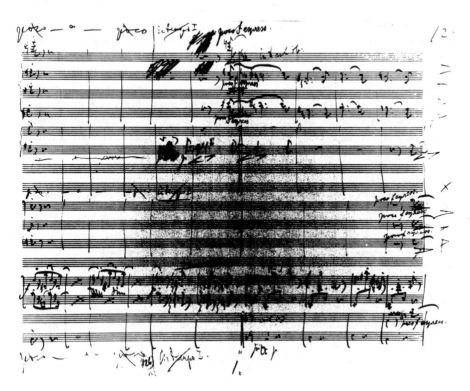

Abb. 2: 2. Klavierkonzert B-Dur op. 83, 4. Satz, T. 59–68: Autographe Partitur (Staats- und Universitätbiblio-
thek Hamburg Carl von Ossietzky)

Nur ein einziges weiteres Werk weist nach heutigem Kenntnisstand vergleichbare
Eintragungen auf: das 2. Klavierkonzert op. 83. Hier finden sich ebenfalls handschriftliche Zusätze in der autographen Partitur, die diesmal allerdings einer besonderen Aufführungssituation Rechnung trugen. Auch das 2. Klavierkonzert wurde vor seiner Drucklegung mehrfach erprobt (nachweisbar sind für die Zeit vom 9. November 1881 bis zum
22. Februar 1882 wiederum mindestens 22 Aufführungen aus dem Manuskript), doch
dirigierte Brahms in keinem der Konzerte selbst. Er übernahm stets den Klavierpart; die
autographe Partitur lag somit nicht ihm, sondern dem jeweiligen Dirigenten vor. Demzufolge geben die zusätzlichen Tempobezeichnungen auch nicht nur Auskunft darüber,
wie er selbst den Klavierpart seines Werkes interpretierte (dies ist etwa bei der Eintragung im 4. Satz, Takt 161–164, *un poco stringendo*, der Fall, auf das in Takt 165 *in tempo*
folgt). Seine handschriftlichen Zusätze finden sich vielmehr vorzugsweise in solchen Passagen, in denen Klavier- und Orchestereinsätze ineinandergreifen (Abb. 2). Brahms' Ein-

---

[13] Georg Henschel: Personal Recollections of Johannes Brahms. Boston 1907, S. 78f. Henschel berichtet, daß
Brahms seine agogischen Temposchwankungen als „Con discrezione" einschätzte. Vgl. auch Max Kalbeck:
Johannes Brahms. Berlin 1904–1914. Reprint (jeweils der letzten Aufl.) Tutzing 1976. Bd. III / 1, S. 240.

tragungen zielten daher offenbar ebenso darauf ab, das exakte Zusammenspiel zwischen Orchester und Solist zu regeln.

Ähnlich bemerkenswert wie die zusätzlichen Tempoangaben selbst erscheint auch der weitere Umgang, den Brahms für sie einforderte: Denn sowohl in der autographen Partitur des 2. Klavierkonzerts als auch in der 4. Symphonie tilgte er seine Eintragungen nachträglich wieder, wodurch sie nicht in den Druck gelangten; sie waren und blieben inoffiziell. Im Falle der 4. Symphonie sind sie als Dirigiereintragungen zu Brahms' eigener Orientierung zu werten, wie sie sich beispielsweise auch im gedruckten Handexemplar der 1. Symphonie erhalten haben.[14] Als verbindliche interpretatorische Vorgabe für andere Musiker sollten sie hingegen nicht dienen. Die nähere Absicht, die Brahms mit seinen Einzeichnungen verfolgte, erläuterte er gegenüber Joachim im Zusammenhang mit dessen Anfrage zur Aufführung der 4. Symphonie:

> Ich habe einige Modifikationen des Tempos mit Bleistift in die Partitur eingetragen.
>   Sie mögen für eine erste Aufführung nützlich, ja nötig sein. Leider kommen Sie dadurch oft (bei mir und andern) auch in den Druck – wo sie meist nicht hingehören.
>   Derlei Übertreibungen sind eben nur nötig, so lange ein Werk dem Orchester (oder Virtuosen) fremd ist. Ich kann mir in dem Fall oft nicht genug tun mit Treiben und Halten, damit ungefähr der leidenschaftliche oder ruhige Ausdruck herauskommt, den ich will. Ist ein Werk einmal in Fleisch und Blut übergegangen, so darf davon, nach meiner Meinung, keine Rede sein, und je weiter man davon abgeht, je unkünstlerischer finde ich den Vortrag. Ich erfahre oft genug bei meinen älteren Sachen, wie ganz ohne weiteres sich alles macht und wie überflüssig manche Bezeichnung obgedachter Art ist! Aber wie gern imponiert man heute mit diesem sogen. freien künstlerischen Vortrag und wie leicht ist das, mit dem schlechtesten Orchester und einer Probe! Ein Meininger Orchester müßte den Stolz darein setzen, das Gegenteil zu zeigen![15]

Diese letzte Aussage ist als eine Spitze gegen Hans von Bülow zu verstehen, der bis wenige Tage vor Abfassung des Briefes Leiter der Meininger Hofkapelle war[16] und dessen ausladend agogische Gestaltungsweise Brahms als ein Abzielen „auf Effekt" zutiefst mißbilligte.[17] Bülow verkörperte einen neuen Typus des Dirigenten,[18] der das Orchester ganz auf sich ausrichtete und es zum Instrumentarium seiner persönlichen musikalischen Darstellungskraft machte. Brahms hingegen hing der älteren Form der Orchesterleitung an und war mit Bülows subjektiver Auffassung des Dirigierens nicht einverstanden: „Sobald eine neue musikalische Phrase einsetzt, läßt er eine kleine Pause machen und wechselt auch gern ein wenig das Tempo. Ich habe mir das in meinen Symphonien ernstlich verbeten; wenn ich es haben wollte, würde ich es hinschreiben."[19] Indem Brahms seine Bleistifteintragungen nicht für den Druck freigab, zielte er also darauf ab, jede Über-

---

[14] Vgl. Johannes Brahms. Neue Ausgabe sämtlicher Werke. Serie I: Orchesterwerke. Bd. 1: Symphonie Nr. 1 c-Moll opus 68. Hrsg. von Robert Pascall. München 1996, S. 208.

[15] Brahms an Joachim, [Wien, 20. ? Januar 1886]. Briefwechsel (wie Anm. 3), Bd. VI, S. 220.

[16] Zwischen beiden war es zur Entfremdung gekommen, woraufhin Bülow unmittelbar nach Beendigung der Tournee sein Dirigat niederlegte.

[17] Brahms gegenüber Gustav Wendt, 1887. Vgl. Kalbeck: Johannes Brahms (wie Anm. 13), Bd. III /2, S. 495.

[18] Eine Unterscheidung der beiden damals geläufigen Dirigierformen hat Richard Wagner in seiner 1869 erschienenen Schrift „Über das Dirigieren" vorgenommen, wobei er eine konservative, auf Mendelssohn zurückgehende Richtung von der von ihm und vor allem Bülow vertretenen modernen abgrenzte; vgl. Pascall, Machen Sie es wie Sie wollen (wie Anm. 7), S. 23f.

[19] Brahms gegenüber Gustav Wendt, 1887 (wie Anm. 17).

pointierung des Notentextes, die der neueren freieren Interpretationsform Tür und Tor geöffnet hätte, zu vermeiden. Daß er auch zu Bülow, mit dem er häufig zusammen musizierte,[20] sagen konnte: „Bülow, Du kannst meine Sachen spielen wie Du willst",[21] setzt eine Niederschrift der Werke voraus, die möglichst keinen Anlaß zu einer übertriebenen agogischen Gestaltungsweise lieferte. Vor diesem Hintergrund wurde seine Niederschrift im Laufe der Zeit – insbesondere was Tempobezeichnungen anbelangt – zunehmend sparsamer, wie er selbst im Januar 1891 im Zusammenhang mit dem 2. Streichquintett op. 111 in einem Brief an Joachim vermerkte:

> Nun aber: wundere Dich nicht, wenn es genau so aussieht wie früher!
> Es ist mir eine alte Erfahrung, daß bei ersten Proben mancherlei an Bezeichnungen usw. nötig scheint, das überflüssig wird und nachteilig auf den Vortrag einwirkt, wenn ein Stück mehr gekannt ist und ruhig gespielt wird.
> Namentlich das Tempo angehend, ärgert mich manche genauere Angabe (rit. usw.) in meinen früheren Sachen.[22]

2.2   Zusatzangaben im Stimmenmaterial

Die Notentexte der Werke enthalten aber noch eine weitere Gruppe von Aufführungsanweisungen, die über den gedruckten Partiturtext hinausgehen. Bei ihnen nun legte Brahms dezidiert Wert darauf, daß sie im Druck veröffentlicht wurden, allerdings mit einer Einschränkung: sie sollten nur in den gedruckten Stimmen zu finden sein, nicht jedoch in der gedruckten Partitur. Erstmals nachweisbar sprach er seine Absicht am 19. Januar 1869 im Zusammenhang mit dem *Deutschen Requiem* gegenüber dem Verleger des Werkes, Jakob Melchior Rieter-Biedermann, aus: „Daß ich die Orchesterstimmen gar nicht sah, ist mir nicht ganz recht. Sie sind bisweilen z u gewissenhaft. In den Stimmen steht manchmal etwas, das absichtlich in der Partitur fehlt, und umgekehrt."[23] Auch seinen späteren Hauptverleger Fritz Simrock sowie dessen Lektor Robert Keller wies Brahms an, Divergenzen zwischen den beiden Quellentypen beizubehalten und – so im Falle der 1. Symphonie – „höchstens ein ? zu machen, nicht zu ändern".[24] Letztlich fällt jedoch nur ein Teil der zwischen Partitur und Stimmen zumeist zahlreich vorhandenen Divergenzen in diese Rubrik der von Brahms autorisierten Abweichungen, die ansonsten auf Kopisten- bzw. Stecherfehlern beruhen oder – vor allem in der frühen Streicherkammermusik – daraus resultieren, daß die Stimmen bisweilen ein früheres Werkstadium repräsentieren als die Partitur. Diese Diskrepanzen waren in der Regel nicht beabsich-

---

[20] Er vertraute Bülow nicht nur die Aufführung seiner Symphonie an, sondern musizierte auch unter dessen Dirigat, etwa in der Kombination, daß Brahms sein 2. Klavierkonzert spielte, während Bülow dirigierte (z. B. bei einem Konzert am 8. Januar 1882 in Berlin) und Bülow Brahms' 1. Klavierkonzert spielte, wobei Brahms dirigierte (z. B. am 9. Januar 1882 in Berlin).

[21] *Musikalisches Wochenblatt*, 7. Dezember 1899, S. 675. Zitiert nach: Hans von Bülow: Briefe und Schriften. Bd. VII: Briefe. Bd. VI. Hrsg. von Marie von Bülow. Leipzig 1907, S. 395.

[22] Brahms an Joachim, [Wien, 31. Januar 1891]. Briefwechsel (wie Anm. 3), Bd. VI, S. 263. Moser spricht fälschlicherweise von „Quartett" bzw. „Quartettstimmen", was gemäß Briefmanuskript in der Hamburger Staats- und Universitätsbibliothek Carl von Ossietzky jedoch als „Quintett" zu lesen ist und sich auf op. 111 bezieht.

[23] Brahms an Rieter-Biedermann, [Wien, 19.] Januar 1869. Briefwechsel (wie Anm. 3), Bd. XIV, S. 168.

[24] Brahms an Simrock, [Wien, 29. Mai 1877]. Briefwechsel (wie Anm. 3), Bd. X, S. 35f.

tigt, sondern spiegeln Versäumnisse im Publikationsprozeß wider. Bei den bewußt her-
beigeführten Divergenzen hingegen handelte es sich um eine spezifische Gruppe von
Abweichungen, die Brahms gegenüber Robert Keller bereits im Zusammenhang mit der
1. Symphonie im Jahr 1877 näher definierte:

> Um die Herausgabe nicht zu verzögern überlasse ich Ihnen allein in vollstem Vertrauen die
> Revision der Stimmen. Einige Abweichungen die vorkommen mögen, namentlich in der Be-
> zeichnung, werden Sie als absichtlich erkennen. So etwa ein überflüssiges espress. Auch setze ich
> wohl dort die verfl. ⌣ ⌐ statt ⌣ ⋯ oder *dim.* statt ⟩ über 2–3 Noten
> da letztere beiden Bezeichnungen heute von den Geigern durchaus falsch gedeutet werden."[25]

Die Ursache der mit seiner bevorzugten Notationsweise des *portato*-Zeichens einherge-
henden Mißverständnisse diskutierte er 1879 anhand des Violinkonzerts op. 77 ausführlicher mit Joachim. „Bis jetzt" habe er „den Geigern nicht nachgegeben, auch ihre verfluchten Balken ⌢⌣ nicht angenommen. Weshalb", so Brahms, „soll denn ⌢ bei uns
etwas anderes bedeuten als bei Beethoven?"[26] Joachim versuchte die Unterscheidung zu
rechtfertigen, indem er die unterschiedlichen Stricharten mit Notenbeispielen erläuterte:

> Alle Geiger seit Paganini und Spohr, Rode usw. bezeichnen *staccato*, wenn es auf e i n e m Bo-
> genstrich gemacht werden soll, so ⌢ ⋯ [Notenbeispiel]. Viotti kennt es noch nicht,
> meine ich. Es heißt eben bloß, soweit der Bogen reicht auf e i n e m Strich [Notenbeispiel]. Es
> ist freilich, da die meisten großen Komponisten hauptsächlich oder ganz Klavierspieler waren
> (und sind), eine Konfusion in der heutigen Art zu bezeichnen unvermeidlich, darum empfielt
> sich für uns Geiger, *portamento* so zu schreiben ⌢ ⌐ [Notenbeispiel].[27]

Brahms jedoch zeigte sich keineswegs überzeugt:

> Durch Deinen vorigen Brief hast Du mich über ⌢ ⋯ usw. nicht aufgeklärt. Du
> führst lauter Beispiele an, die ich ebenso bezeichnen würde. [Notenbeispiel] Ich möchte eben
> bewiesen haben, daß Ihr unter Umständen die fragliche Bezeichnung nötig habt, was ich einst-
> weilen nicht glaube. Daß aber Konfusion durch diese verschiedenen und Verschiedenes bedeu-
> tenden Zeichen angerichtet ist, merke ich genug an den Fragen der Geiger bei Kammer- und
> Orchester-Musik nach der Bedeutung des ⌢ ⋯ usw."[28]

Die Bezeichnung mit *portato*-Strichen stellte für ihn zeitlebens einen Kompromiß gegenüber den ausführenden Musikern dar, den er zwar für die Stimmen bereit war einzugehen, nicht jedoch für den Notentext seiner Partituren. Zwei Beispiele mögen dies
verdeutlichen:

Beim Streichquartett a-Moll op. 51/2, das einen über viele Jahre hinweg andauernden Entstehungsprozeß aufweist und das Brahms bereits mehrfach hatte durchspielen lassen, bevor er es im Herbst 1873 für den Druck vorbereitete, finden sich im 4. Satz des

---

[25] Brahms an Keller, Lichtenthal, 28. September 1877. The Brahms Keller Correspondence. Hrsg. von George
   S. Bozarth in Zusammenarbeit mit Wiltrud Martin. Lincoln und London 1996. Nr. 1, S. 2. Für die fast
   identische Aussage im Zusammenhang mit der 4. Symphonie vgl. Brahms an Simrock, [Thun, 25. Juni
   1886]. Briefwechsel (wie Anm. 3), Bd. XI, S. 124.
[26] Brahms an Joachim, [Wien, Mitte] Mai 1879. Briefwechsel (wie Anm. 3), Bd. VI, S. 161f.
[27] Joachim an Brahms, [Berlin, etwa 20. Mai 1879]. Briefwechsel (wie Anm. 3), Bd. VI, S. 163f. Die inkorrekte
   Bezeichnung *portamento* anstelle von *portato* findet sich auch bei Brahms (vgl. ebenda, S. 161).
[28] Brahms an Joachim, [Pörtschach, 30.] Mai 1879. Ebenda, S. 167f.

Werkes, Takt 54–57, zunächst keine *portato*-Striche: Sowohl in der autographen Partitur als auch in der abschriftlichen Partitur-Stichvorlage, in den abschriftlichen Stimmen,
im Partitur- und Stimmendruck sind *portato*-Punkte verwendet. Erst sozusagen im letzten Augenblick, als die Stimmen bereits gestochen waren, nahm Brahms möglicherweise
nach einer Durchspielprobe des Korrekturabzugs die Änderung vor. Er vermerkte dies
auch in der Stichvorlage der Partitur (Abb. 3) und notierte dort „in den Stimen ‚Balken'
statt Punkte!". Die Hervorhebung des Wortes „Stimmen" durch Unterstreichung verweist unmißverständlich auf die von ihm beabsichtigte Divergenz zwischen den beiden
Quellentypen, die im Erstdruck vorgenommen wurde; von diesem späten Eingriff zeugen auch die Korrekturspuren in den Druckexemplaren der Stimmen. In dem erst nach
Drucklegung der Originalfassung angefertigten Arrangement des Werkes für Klavier zu
vier Händen hingegen kehrte Brahms zur Notationsweise mit *portato*-Punkten zurück.

Abb. 3: 2. Streichquartett a-Moll, op. 51 Nr. 2, 4. Satz, T. 53–63: Abschriftliche Partitur, Stichvorlage mit au-
　　　tographen Korrekturen (Brahms-Institut an der Musikhochschule Lübeck)

In der 4. Symphonie trägt die Verwendung der „verfluchten Balken" an manchen
Stellen noch stärker den Gestus eines Kompromisses. So ließ er etwa im Schlußsatz,
Takt 96ff., die *portato*-Striche lediglich für die beiden ersten Takte und zudem nur für
die 1. Violine stechen, in den folgenden Takten – ebenso wie in den übrigen Stimmen
und in der Partitur – hingegen *portato*-Punkte (Abb. 4). Brahms deutete die gewünschte
Aufführungsanweisung also nur an und blieb ansonsten bei den von ihm bevorzugten
portato-Punkten.

　　Diminuendo-Angaben und *decrescendo*-Gabeln gehörten zu denjenigen Zeichen, die
Brahms am sorgfältigsten auswählte. Eine ganze Palette von Nuancierungen läßt sich
innerhalb seiner Werke finden: *dim.* und $\diagdown$ einzeln, nacheinander-, übereinander-
sowie ineinandergeschrieben. Auch bei den *decrescendo*-Gabeln hatte Brahms die Erfahrung gemacht, daß diese von den Geigern mißdeutet wurden, insbesondere dann, wenn
sie, wie er an Keller schrieb, „über 2–3 Noten" reichten.[29] Obschon Brahms in diesem Fall keine näheren Angaben über die genaue Art des Mißverständnisses machte, läßt
sich doch durch nähere Betrachtung der einzelnen Fälle sowie anhand von Spezialun-
tersuchungen zu Brahms' Dynamik[30] mit ziemlicher Sicherheit ausmachen, worin die

---

[29]　Brahms an Keller (wie Anm. 25).
[30]　Vgl. die grundlegende Studie von Imogen Fellinger: Über die Dynamik in der Musik von Johannes
　　　Brahms. Berlin und Wunsiedel 1961 sowie die Ausführungen von Wolf-Dieter Seiffert: Crescendo- und

Abb. 4: 4. Symphonie op. 98, 4. Satz, T. 97–101: Erstdruck Partitur (Brahms-Forschungsstelle Kiel); Erstdruck
Stimmen mit ⌢ ‒ ‒ ‒ für T. 97, Violine I

Problematik bestand: Brahms wollte an bestimmten Stellen seiner Werke den durch die *decrescendo*-Gabeln suggerierten pointierten und damit akzentartigen Beginn vermeiden; er ersetzte das ⟩ -Zeichen in den Stimmen jeweils dort gegen ein *diminuendo*, wo er einen sanften, allmählichen Rückgang der Lautstärke wünschte.

Der Austausch der *portato*-Punkte gegen Balken sowie derjenige der Gabeln gegen die verbale Anweisung *diminuendo* bewirkte also keinen graduellen Unterschied im Notentext von Partitur und Stimmen. Vielmehr verwendete Brahms die beiden Zeichen als für die Musiker besser verständliche Synonyme, um sicherzugehen, daß die Aufführung der Werke mit seinen Klangvorstellungen übereinstimmte. Daß es Brahms diesmal nicht – wie im Falle der Tempoeinzeichnungen in der autographen Partitur – um zusätzliche Informationen, sondern nur um eine Verdeutlichung des ursprünglichen Notentextes ging, zeigt auch die kleine Korrektur, die er bei der Formulierung seines Briefes an Keller vornahm: Hatte er zunächst notiert „Einige Verschi[edenheiten] [...] die vorkommen mögen, [...] werden Sie als absichtlich erkennen", so änderte er den Terminus „Verschi[edenheiten]" noch während der Niederschrift in „Abweichungen" um.[31]

Abb. 5: 4. Symphonie op. 98, 1. Satz, T. 346–353: Erstdruck Partitur (Brahms-Forschungsstelle Kiel); Erstdruck Stimmen mit *dolce dim.* ⟩ für Horn 1

Im Gegensatz zu den *portato*- und *diminuendo*- bzw. ⟩ -Anweisungen scheinen die zusätzlichen *espressivo*-Angaben dem Spieler nun tatsächlich eine Zusatzinformation zu liefern: Die so bezeichnete Stimme soll gegenüber dem Gesamtklang etwas hervortreten

---

Decrescendo-Gabeln als Editionsproblem der Neuen Brahms-Gesamtausgabe. In: Kongreßbericht Hamburg 1997, S. 247–265.

[31] Brahms an Keller (wie Anm. 25).

(Abb. 5);[32] in vergleichbarer Bedeutung begegnen – zusätzlich zu ihrer generellen Verwendung – auch die Eintragungen *solo* und *dolce*. Durch den in der Partitur möglichen Überblick über die Gesamtheit der Stimmen ergibt sich die entsprechende Information aber auch ohne diese Zusätze. Während sie hier entbehrlich sind, erscheinen sie für die Einzelstimmen vonnöten.

Abb. 6: 4. Symphonie op. 98, 1. Satz, T. 156–162: Erstdruck Partitur (Brahms-Forschungsstelle Kiel); Erstdruck Stimmen mit *pp* für Violine II

Portato- und *diminuendo*-Zeichen, zusätzliche *espressivo-*, *solo-*, oder *dolce*-Angaben wurden von Brahms also sehr gezielt eingesetzt. Die in den vorgeführten Beispielen suggerierte Folgerichtigkeit erweist sich bei näherer Betrachtung jedoch als nicht gegeben und mit gleich mehreren Grundproblemen behaftet: Zum einen läßt sich bei einigen der Abweichungen zwischen Partitur und Stimmen nicht zweifelsfrei entscheiden, ob es sich dabei um autorisierte Angaben handelt oder um Spielereintragungen, die von einer speziellen Aufführungssituation vor der endgültigen Drucklegung herrühren und dadurch in den Erstdruck gelangten (Abb. 6). Zum andern erweisen sich die Eintragungen häufig als inkonsequent, und dies sowohl innerhalb der jeweiligen Stimme als auch gegenüber parallel laufenden Stimmen (Abb. 7). Und schließlich forderte Brahms derartige Abweichungen nicht für alle Kompositionen gleichermaßen ein. Bei der Drucklegung des Violinkonzerts op. 77 beispielsweise erteilte er dem Verlag eine scheinbar gegenteilige Anweisung: „Die *Orchesterstimmen* dagegen nach der Partitur [korrigieren], **und**

---

[32] Vgl. Fellinger, Über die Dynamik (wie Anm. 30), S. 20: „Das Beiwort ‚espressivo‘, das vielfach mißdeutet wird, ist als Intensivform der jeweiligen herrschenden Klangstärke aufzufassen, das heißt, daß der mit diesem Zusatz versehenen Stimme der Vorrang vor den anderen gebührt.“

Abb. 7: 4. Symphonie op. 98, 2. Satz, T. 7–13: Erstdruck Partitur (Brahms-Forschungsstelle Kiel); Erstdruck Stimmen mit *dim.* statt ⟩

zwar sehr!!"[33] Ob Brahms hier nur den Abgleich später kompositorischer Änderungen wünschte oder auch die Notationsformen vereinheitlicht haben wollte, läßt sich anhand dieser Anweisung freilich nicht entscheiden.

Letztlich verbleiben somit viele der Divergenzen zwischen Partitur und Stimmen in einer Grauzone der Authentizität. Rechnet man die zweifelsfrei beabsichtigten und die in ihrer Authentizität eher fraglichen Abweichungen gegeneinander auf, so ergibt sich eine z. T. erhebliche Überlast an vermutlich nicht authentischen Anweisungen. Die Anzahl der Abweichungen zwischen Partitur und Stimmen erscheint zudem in manchen Werken derart hoch, daß die Frage naheliegt, warum es Brahms nicht wichtiger war, auf einen besseren Abgleich des Notentextes zu drängen. In extremen Fällen nämlich, etwa dem 1. Streichsextett op. 18, betreffen die Divergenzen nicht nur Angaben zur Dynamik oder der Interpretation; vielmehr finden sich in den Stimmen sogar andere Töne als in der Partitur,[34] so daß das Werk nach dem Stimmensatz des Erstdrucks aufgeführt (wenn auch nur geringfügig) anders klingt, als wenn es aus der Partitur musiziert würde.

Gerade auf dem Gebiet der Streicherkammermusik, bei der die Partitur während der Aufführung ja nicht gleichzeitig mit den Stimmen zum Einsatz kommt, stellt sich somit die Frage, worin sich das Werk eigentlich manifestiert: in den Stimmen, mittels derer die klangliche Umsetzung geschieht, oder in der Partitur. Für Brahms galt in der Regel die Partitur als eigentlicher Repräsentant der Werkgestalt. In ihr notierte er seine Änderungs-

---

[33] Brahms an Simrock, [Pörtschach, 22. Juni 1879]. Briefwechsel (wie Anm. 3), Bd. X, S. 121.

[34] Vgl. Margit L. McCorkle: Johannes Brahms. Thematisch-Bibliographisches Werkverzeichnis. München 1984, S. 64.

wünsche, und ihre Korrektur las er regelmäßig. Den Abgleich der Stimmen überließ er hingegen meist dem Verlag. Dennoch erschien beispielsweise die im Notentext deutlich unterschiedliche Variante der Klarinettensonaten op. 120 für Viola nicht in Partiturform mit unterlegtem Klaviersatz, sondern lediglich als der Ausgabe für Klarinette beigelegter einzelner Stimmendruck, den der Pianist aus der Partitur der Klarinettenversion zu begleiten hatte. Das Verhältnis von Partitur und Stimmen gestaltete sich freilich nicht erst bei Brahms, sondern bereits das gesamte 19. Jahrhundert hindurch divergent. Im Falle der Streicherkammermusik, insbesondere den Streichquartetten, galten Stimmendrucke ja zunächst als die eigentliche Manifestation des Werkes. Gleichzeitig erscheinende Partiturdrucke wurden in Wien erstmals im Jahr 1826 für die späten Beethoven-Quartette erstellt,[35] waren in der Folge zwar geläufig, jedoch nicht in jedem Fall die Regel.

Vor diesem Hintergrund war auch das Problem der Abweichungen von Partitur und Stimmen zu Brahms' Lebzeiten insgesamt kein unbekanntes und wurde durchaus kontrovers gehandhabt. Einen Einblick in die zeitgenössische Diskussion vermag das Beispiel der Alten Schumann-Gesamtausgabe zu geben, in deren Zusammenhang sich Clara Schumann am 7. August 1880 hilfesuchend an Brahms wandte.[36] Auch wenn Brahms' Antwort, ob man bei der Edition von Schumanns 3. Symphonie „in den Stimmen v e r - s c h ä r f t e Bezeichnungen [auch] in die Partitur eintragen" müsse oder sie quasi als Motivation für die Spieler nur in den Stimmen belassen solle, offenbar nicht überliefert ist, treten doch im weiteren Umfeld der Debatte die damaligen unterschiedlichen Standpunkte zutage.[37] Während sich der Dirigent Alfred Volkland sehr dezidiert gegen Divergenzen zwischen Partitur und Stimmen aussprach und auf das „Wirrwarr" verwies, das dadurch in den Proben entstünde, setzte sich Woldemar Bargiel für den Erhalt der Abweichungen ein.[38] Breitkopf & Härtel schienen Bargiels Argumentation zunächst nicht

---

[35] Vgl. Ludwig Finscher: Studien zur Geschichte des Streichquartetts. Bd. I: Die Entstehung des klassischen Streichquartetts. Von den Vorformen zur Grundlegung durch Joseph Haydn. Kassel etc. 1974 (Saarbrücker Studien zur Musikwissenschaft. Bd. 3. Hrsg. von Walter Wiora.), S. 299.

[36] Clara Schumann an Brahms, Schluderbach, 7. August 1880: „Schließlich, lieber Johannes, komme ich nun doch wieder mit einer Anfrage, deren baldige Beantwortung mir s e h r wichtig ist. Härtels schreiben mir in inliegendem Briefe in bezug auf die g l e i c h e n Bezeichnungen der Partituren und Stimmen. Volkland, der eben mit der Peri und Requiem für Mignon fertig geworden, ist der Ansicht, daß s t e t s Partitur und Stimmen g e n a u übereinstimmen müssen, und nun spricht sich der Woldemar gerade entgegengesetzt aus. Volkland sagt, man mache sich keinen Begriff, welcher Wirrwarr in Proben entstehen könne, wenn die Stimmen von der Partitur abwichen. Z w e i e r l e i Prinzip kann man doch unmöglich verfolgen, es handelt sich doch auch bei solch 'ner Ausgabe um möglichst korrekte Übereinstimmung. Ich kann doch nicht zugeben, daß einer (also hier Woldemar) seine Ansicht in einer Erklärung ausspricht! Ich bin doch für alles verantwortlich. Nun bitte ich Dich r e c h t d r i n g e n d , sage mir Deine Ansicht, und zwar recht bald, damit ich mit Woldemar ins reine komme. Du hast mir ja Deinen obersten Rat zugesagt, und dieser ist für mich maßgebend. Nun ist noch die Frage, soll man in den Stimmen v e r s c h ä r f t e Bezeichnungen in die Partitur eintragen, wenn sie einem wichtig dünken? In der Praxis zeigt sich doch manches, was der Komponist, wenn er sein Werk aufführt, erst hört, er läßt dann in den Stimmen manches Zeichen machen, ohne dieses in die Partitur dann einzutragen. Bitte, liebster Johannes, hilf mir da heraus!"(Clara Schumann – Johannes Brahms: Briefe aus den Jahren 1853–1896. Hrsg. von Berthold Litzmann. Bd. 2. Leipzig 1927. Nr. 417, S. 218f.).

[37] Für die Vermittlung der entsprechenden Materialien danke ich sehr herzlich Frau Dr. Ute Bär (Robert-Schumann-Haus Zwickau) sowie der Robert-Schumann-Forschungsstelle Düsseldorf, insbesondere Herrn Dr. Matthias Wendt.

[38] „Von Herrn Woldemar Bargiel, den wir [...] darauf aufmerksam gemacht hatten, daß in der dritten Symphonie die Partitur und Stimmen nicht in allen Theilen genau übereinstimmen, erhalten wir soeben einen ausführlichen Brief, in welchem uns derselbe darlegt, daß er alle diese Abweichungen geflissentlich habe

abgeneigt, machten jedoch auch ihr Verlagskonzept deutlich, nach dem insbesondere im Falle von Gesamtausgaben keine Abweichungen zwischen Partitur und Stimmen vorzunehmen seien.[39] Demgegenüber hatte Brahms in Simrock einen Verleger gefunden, der sich auf Divergenzen innerhalb der Aufführungsmaterialien einließ.

Daß sich die Frage danach, in welcher Quelle sich ein Werk bei Brahms manifestiert, nicht immer eindeutig beantworten läßt, ja daß Stimmen und Partitur bisweilen sogar gezielt ineinanderspielen, zeigt der Beginn des 2. Streichquintetts op. 111.[40] Bei den Proben zu dem Werk mit dem Wiener Rosé-Quartett ergab sich eine bedeutsame aufführungspraktische Schwierigkeit: Brahms hatte die Begleitfigur der oberen vier Streicherstimmen mit *forte sempre* bezeichnet. Der Cellist Reinhard Hummer, der in den Klangteppich hinein die Kantilene des ersten Themas zu spielen hatte, klagte, daß er kaum durchzudringen vermochte. Es kam zu einem offenbar heftigen Wortwechsel, an dessen Ende Brahms eine Modifikation der Dynamik vornahm, allerdings, wie er in den Aufführungsmaterialien – den abschriftlichen Stimmen, die seine Haushälterin Celestine Truxa später aus dem Papierkorb rettete und so der Nachwelt überlieferte – vermerkte: „nur für das 4tett Rosé u. auf Wunsch des Hrn. Hummer!"[41] Die erzwungene Änderung ließ Brahms jedoch keine Ruhe, und er bat insbesondere Joachim, der das Werk kurze Zeit später ebenfalls aufführen wollte, einmal auf die Lautstärkenverhältnisse zu achten:

> Über eines muß ich ausdrücklich und recht sehr bitten, mir ein deutliches Wort zu sagen. Wir sind hier mit den ersten sieben Takten des Stückes nicht in Ordnung gekommen. Ich hatte den vier oberen Stimmen einfach ein *F* vorgeschrieben. Nun ist man hier, meiner Meinung nach, gar zu sehr gewohnt, jedes Solo *p* zu begleiten. Der Cellist Hummer meinte auch hier gleich, daß er über sich ein *p* haben müßte. Ich gab nicht nach, aber zum rechten Klang ist es auch nicht gekommen.
>
> Jetzt habe ich für die Wiederholung (wie Du siehst) zwei Versuche vor. Ein *fp–cresc.–f* oder die Änderung der Figur, wie sie auch Deinen Stimmen angeklebt ist. Willst Du nun so gut sein,

---

eintreten lassen. Es handele sich in den meisten Fällen darum, daß in den Stimmen die Bezeichnungen schärfer gefaßt seien, als in der Partitur, er selbst wolle alle diese Abweichung von der Partitur mit seinem Namen vertreten. Hiernach hoffen wir unsererseits natürlich gern Beruhigung, möchten uns aber doch die Anfrage erlauben, ob es nicht gerathen sein dürfte, Herrn Bargiel zu ersuchen, mit einigen wenigen Worten dies Verhältnis klar zu legen. Man könnte diese Bemerkung dann nach Befinden den Orchesterstimmen vordrucken, oder doch diese Notiz für den kritischen Apparat verwenden." (Breitkopf & Härtel an Clara Schumann, Leipzig, 4. August 1880; Staatliche Bibliothek zu Berlin: Corr CS IV, Nr. 53 [ungedruckt]).

[39] Vgl. Breitkopf & Härtel an Clara Schumann, Leipzig, 21. August 1880: „Wir halten [...] das Prinzip fest, welches wir allenthalben wie bei neuen Werken, so besonders bei den Gesamtausgaben durchgeführt haben, nämlich dass Partitur und Stimmen mit einander vollständig übereinstimmen müssen. Soll irgendwo eine 'Bereicherung', die sich in den Stimmen vorgefunden hat, berechtigter Weise zum Ausdruck kommen, so ist dieselbe, wenn dieselbe in den Stimmen sich gefunden hat und authentisch vom Componisten stammt, auch in der Partitur nachzutragen; wenn sie von Andern herrührt, aber nothwendig in des Componisten Sinne ist, zwar in der Partitur zu vermerken aber in Klammer ( ); wenn sie erst vom Redactor des praktischen Gebrauchs halber in die Stimmen notirt wird, sowohl dort einzuklammern als auch eingeklammert in die Partitur einzutragen. Das erscheint uns im Allgemeinen als Logische in allen Fällen, wo principielle Bedenken vorliegen und Autor und Redactor Beide zu ihrem Rechte kommen sollen. Wir bitten Sie nach Rücksprache mit Herrn J. Brahms Sich [sic] zu entscheiden und auf Grund der principiellen Entscheidung sowie der Einzelerwägungen unseren Stechern eine genaue Richtschnur zu geben." (Staatliche Bibliothek zu Berlin: Corr CS IV, Nr. 58 [ungedruckt]).

[40] Vgl. Michael Struck: *Aufgaben und Probleme einer neuen Gesamtausgabe der Werke von Johannes Brahms*. In: Kongreßbericht Hamburg 1997, S. 213–229, besonders S. 223 u. S. 229.

[41] Die Stimmen befinden sich heute in der Musiksammlung der Wiener Stadt- und Landesbibliothek. Sie sind nicht identisch mit dem an Joseph Joachim gesandten verschollenen Stimmensatz (Stichvorlage).

von diesen Lesarten zunächst ganz abzusehen und zu hören, wie Hausmann mit Eurem *F* und Euren breiten Strichen auskommt. Dann schreibe mir, ob das *fp–cresc.–f* genügt oder ob man es sonst besser machen kann.

Verzeih das, aber die Kleinigkeit war mir recht ärgerlich."[42]

Joachim spielte die einzelnen Varianten durch und plädierte schließlich für eine Abstufung der Dynamik in den Oberstimmen. Brahms nahm die zuvor für das Rosé-Quartett eingeführte Änderung der Dynamik in leicht abgewandelter Form in die Druckstimmen auf, behielt in der Partitur jedoch seine ursprüngliche Klangvorstellung bei und notierte für die begleitenden Stimmen durchgängig *forte*; lediglich auf den Zusatz *sempre* verzichtete er (Abb. 8). Die auf diese Weise entstandene Diskrepanz zwischen Partitur und Stimmen basiert demnach auf dem Unterschied zwischen Brahms' ideeller Klangvorstellung und deren kompomißbehafteter musikalischer Umsetzung. Will man Brahms' eigentliche kompositorische Idee verstehen und die dynamischen Abstufungen nicht als Selbstzweck überhöhen, benötigt man zusätzlich zu den Stimmen auch die Information der Partiturausgabe; diese jedoch liegt den heute gebräuchlichen Aufführungsmaterialien nicht bei.

3.

Das Erscheinungsbild, das Brahms für die Veröffentlichung seiner Notentexte wählte, resultierte also nicht nur unmittelbar aus der Aufführungspraxis, sondern war auch im direkten Rückbezug wieder auf diese zugeschnitten. Für Brahms bedeutete dies einerseits die Auseinandersetzung mit der zeitgenössischen zunehmend agogischen Musizierweise, andererseits mit widerstreitenden Notationsgepflogenheiten, die sich etwa in der unterschiedlichen Bezeichnung einzelner Stricharten manifestierte. Auch die problembehaftete Verwendung von Akzent und *decrecendo*-Zeichen, wie sie sich im 19. Jahrhundert am ausgeprägtesten wohl in den Werken Franz Schuberts äußerte,[43] findet ihren Widerhall in der Brahmsschen Notation, doch versuchte Brahms zugleich, derartigen, für die Musizierpraxis mißverständlichen Notationsformen bei der Niederschrift seiner eigenen Werke gezielt zu begegnen. Zu einer eindeutigen Gestalt des Notentextes und damit zur Lösung der tradierten Problematik trug er letztlich allerdings nur ansatzweise bei: Zwar wählte er für die Stimmendrucke eine der Aufführungspraxis zugewandte Schreibweise – etwa in Gestalt von *portato*-Balken. Doch verwendete er diese bereits innerhalb der Stimmen keineswegs konsequent und bevorzugte zudem für die Partiturquellen derselben Werke die weniger deutliche, dafür in der Notationstradition verhaftete Form der Niederschrift (z. B. *portato*-Punkte). Durch seinen auf diese Weise zwar problembewußten, gleichzeitig jedoch weiterhin in der Tradition verhafteten Ansatz nimmt er innerhalb der Entwicklungsgeschichte der Notation – ebenso wie in derjenigen des Zusammenwirkens von Partitur und Stimmen – eine nach zwei Seiten gerichtete Position ein.

Als Konsequenz hieraus erweisen sich Brahms' Notentexte als doppelbödig; sie lassen sich zumeist nicht mit einem einzigen Haupttext erfassen und in allen ihren Informa-

---

[42] Brahms an Joachim, [Wien, 27. November 1890]. Briefwechsel (wie Anm. 3), Bd. VI, S. 255f.
[43] Vgl. Ernst Hilmar: Artikel „Akzent". In: Schubert-Lexikon. Hrsg. von Ernst Hilmar und Margret Jestremski. Graz 1997, S. 8.

Erstdruck Stimmen
(jeweils für Vl. I/II, Va. I/II)
Abschriftliche Stimmen
(jeweils für Vl. I/II, Va. I/II)
Vorschlag Joachim
(jeweils für Vl. I/II, Va. I/II)

Erstdruck Stimmen
(jeweils für Vl. I/II, Va. I/II)
Abschriftliche Stimmen
(jeweils für Vl. I/II, Va. I/II)
Vorschlag Joachim
(jeweils für Vl. I/II, Va. I/II)

Erstdruck Stimmen
(jeweils für Vl. I/II, Va. I/II)
Abschriftliche Stimmen
(jeweils für Vl. I/II, Va. I/II)
Vorschlag Joachim
(jeweils für Vl. I/II, Va. I/II)

Abb. 8: 2. Streichquintett op. 111, 1. Satz, T. 1–9: Erstdruck (Brahms-Forschungsstelle Kiel)

tionen wiedergeben. Die neue Brahms Gesamtausgabe versucht, dieser speziellen Eigenschaft ihrer Textvorlagen in zweifacher Weise Rechnung zu tragen:

1. Den Ausgangspunkt der Editionen bildet in der Regel der Notentext der Partitur. Textabweichungen in Gestalt von *portato-*, *diminuendo* und *espressivo*-Angaben der Druckstimmen werden zumeist nicht in den Haupttext oder in die Stimmen übernommen, sondern im Kritischen Bericht aufgelistet.[44] Auf besonders gewichtige Fälle wie beispielsweise den Beginn des Streichquintetts op. 111 wird durch Fußnoten im Notentext aufmerksam gemacht werden, die entweder sogleich die alternative Lesart im Kleinstich wiedergeben oder auf einen entsprechenden Vermerk im Kritischen Bericht hinweisen.

2. In ihrer Funktion als historisch-kritische Ausgabe wird sie in den künftig noch zu erstellenden Bänden des 2. Klavierkonzerts und der 4. Symphonie Brahms' zusätzliche aufführungspraktischen Eintragungen dokumentieren – allerdings nicht im Haupttext, sondern innerhalb des Kritischen Berichts – und darüber hinaus vermutlich einem kurzen Hinweis auf die Problematik im Rahmen der Einleitung, insbesondere im Abschnitt zur Aufführungs- bzw. Publikationsgeschichte des jeweiligen Werkes vornehmen.

Letztlich verfährt die neue Brahms-Ausgabe damit gerade in umgekehrter Weise wie Brahms selbst, indem sie die Eintragungen in der autographen Partitur, die Brahms nicht veröffentlichen wollte, dokumentiert, die Abweichungen zwischen Partitur und Stimmen dagegen nur in Ausnahmefällen übernimmt.

Ein Verlust an Informationen findet dabei zwar nicht statt, doch damit Brahms' interpretatorische Absicht auch in die Praxis umgesetzt werden kann, ist noch ein weiterer, wesentlicher Schritt vonnöten: Das anhand der Notentexte und Briefquellen erarbeitete Wissen über die Aufführungspraxis der Werke muß in die heutigen Aufführungsmaterialien gelangen, die ja nicht Teil der Gesamtausgabe sind, wenngleich sie auf deren Grundlage in Absprache zwischen dem Herausgeber des jeweiligen Gesamtausgabenbandes und dem Verlag erstellt werden. Die Schwierigkeit besteht hier darin, daß gerade auch bei diesen Materialien die gängige Vorstellung von einem eindimensionalen Notentext aufgebrochen werden muß. Bedauerlicherweise enthält das Aufführungsmaterial der bislang erschienenen 1. Symphonie keinerlei Hinweise auf Brahms' mehrschichtige Notationsgepflogenheit. Notwendige Abhilfe ließe sich dadurch schaffen, daß in Zukunft insbesondere die Dirigierpartitur ein kurzes Vorwort und bei Bedarf auch Fußnoten enthielte, in denen in knapper Form auf die an einzelnen Stellen vorhandene Doppelbödigkeit des Notentextes hingewiesen wird. Denn gerade weil Brahms seinen Interpreten Freiheiten in der musikalischen Darstellung ließ, erscheint es um so notwendiger, über eine genaue Kenntnis der im Notentext angelegten Interpretationsmöglichkeiten zu verfügen. Brahms' Ausspruch, „Machen Sie es wie Sie wollen, machen Sie es nur schön", den er zwar vielen, aber keineswegs jedem gegenüber geäußert hat – neben Fanny Davies und Hans von Bülow etwa gegenüber Joseph Joachim und Clara Schumann – setzt ein gewisses Verständnis für sein kompositorisches und interpretatorisches Denken voraus und läßt sich daher nur mit einem detaillierten Hintergrundwissen in Brahms' Sinne ausschöpfen.

---

[44] Vgl. Johannes Brahms. Neue Ausgabe sämtlicher Werke (wie Anm. 14), Serie I, Bd. 1: Symphonie Nr. 1. Verschiedenes, S. 213f.

Die Autoren der Beiträge

THOMAS AHREND ist wissenschaftlicher Mitarbeiter der Hanns Eisler Gesamtausgabe, Berlin.

PROF. DR. GERHARD ALLROGGEN war bis Ende Juli 2001 am Musikwissenschaftlichen Seminar in Detmold tätig, einer Gemeinsamen zentralen wissenschaftlichen Einrichtung der Hochschule für Musik Detmold und der Universität Paderborn. Er ist Herausgeber der Carl-Maria-von-Weber-Gesamtausgabe, die am Musikwissenschaftlichen Seminar Detmold und in der Musikabteilung der Berliner Staatsbibliothek erarbeitet wird.

PROF. DR. WERNER BREIG ist emiritierter Ordinarius an der Ruhr-Universität Bochum. Er legte Editionen von deutscher Orgelmusik des 17. Jahrhunderts vor, ist als Bandherausgeber an der Neuen Schütz-Ausgabe und der Neuen Bach-Ausgabe tätig und leitet die Edition der *Sämtlichen Briefe von Richard Wagner*. Er ist Mitglied der Musikgeschichtlichen Kommission und Mitverfasser der *Richtlinienempfehlung zur Edition von Musikerbriefen* (1997).

DR. REGINA BUSCH ist hauptamtliche Mitarbeiterin der Alban Berg Gesamtausgabe (Wien) und Mitherausgeberin der *Briefwechsel der Wiener Schule*. Forschungsschwerpunkte: Wirkungsgeschichte, kompositorische Rezeption, Interpretationsfragen und Theoriebildung der Wiener Schule, Vorgeschichte der zeitgenössischen Musik.

PROF. DR. WALTHER DÜRR ist Sprecher der Editionsleitung der Neuen Schubert-Ausgabe. In ihrem Rahmen ediert er vor allem die Lieder. Seit 1977 ist er Honorarprofessor an der Universität Tübingen.

DR. REINMAR EMANS ist wissenschaftlicher Mitarbeiter am Johann-Sebastian-Bach-Institut Göttingen und freiberuflich für *Fono Forum* und *Stereo* tätig.

DR. THOMAS ERTELT ist Direktor des Staatlichen Instituts für Musikforschung, Preußischer Kulturbesitz in Berlin. Er gibt die *Briefwechsel der Wiener Schule* und die Publikationsreihen *Geschichte der Musiktheorie* (mit Frieder Zaminer) und *Studien zur Geschichte der Musiktheorie* (mit Heinz von Loesch) heraus.

PROF. DR. PETER GÜLKE ist freiberuflicher Dirigent und Musikwissenschaftler und publizierte Bücher u. a. über die Musik des Mittelalters, Mozart, Beethoven, Schubert, Brahms, Bruckner sowie Aufsätze, auch zur Musik des 20. Jahrhunderts.

PROF. DR. FRANK HEIDLBERGER ist Herausgeber der Werke für Klarinette und Orchester im Rahmen der Carl-Maria-von-Weber-Gesamtausgabe und zweiter Vorsitzender der Internationalen Carl-Maria-von-Weber-Gesellschaft. 1999 habilitierte er sich mit einer Arbeit über italienische Instrumentalmusik um 1600. Seit 2001 ist er Professor für Musiktheorie an der University of North Texas, Denton (USA).

DR. OLIVER HUCK leitet die von der Deutschen Forschungsgemeinschaft im Rahmen des Emmy Noether-Programms geförderte Nachwuchsgruppe *Die Musik des frühen Trecento* an der Friedrich Schiller-Universität Jena. Er ist Lehrbeauftragter am Musikwissenschaftlichen Institut Weimar / Jena.

DR. ULRICH KRÄMER ist wissenschaftlicher Mitarbeiter der Arnold Schönberg Gesamtausgabe, Berlin und bereitet die historisch-kritische Ausgabe der *Gurre-Lieder* vor. Für die Ausgabe sämtlicher Werke von Alban Berg ist er Herausgeber der Kompositionen aus der Studienzeit bei Schönberg sowie des *Wozzeck*.

RALF KWASNY ist wissenschaftlicher Mitarbeiter der Arnold Schönberg Gesamtausgabe, Berlin. Er ist Mitherausgeber des Kritischen Berichts zu *Pelleas und Melisande* op. 5 und bereitet zur Zeit die Edition der Orchesterfragmente vor.

DR. WALBURGA LITSCHAUER ist Leiterin der Wiener Arbeitsstelle für die Neue Schubert-Ausgabe an der Österreichischen Akademie der Wissenschaften und Mitglied der Editionsleitung, ferner Präsidentin der Österreichischen Gesellschaft für Musik. Publikationen über Schubert, Bruckner und zur Musikgeschichte Kärntens.

DR. HELGA LÜHNING ist wissenschaftliche Mitarbeiterin des Beethoven-Archivs, Bonn und Herausgeberin der Lieder und des *Fidelio* im Rahmen der Beethoven-Gesamtausgabe. Seit 1991 ist sie Sprecherin der Fachgruppe Freie Forschungsinstitute in der Gesellschaft für Musikforschung.

PROF. DR. GERT MATTENKLOTT ist o. Professor für Allgemeine und Vergleichende Literaturwissenschaft an der Freien Universität Berlin. Gemeinsam mit Christian Martin Schmidt leitet er die Edition der Hanns Eisler Gesamtausgabe sowie (gemeinsam mit Hanna Delf von Wolzogen) die Gustav Landauer Werk- und Briefausgabe.

DR. SALOME REISER hat über Schuberts frühe Streichquartette promoviert und ist seit 1997 Mitglied der Editionsleitung der Johannes Brahms Gesamtausgabe an der Christian-Albrechts-Universität Kiel.

ULLRICH SCHEIDELER ist wissenschaftlicher Mitarbeiter der Arnold Schönberg Gesamtausgabe, Berlin. Er arbeitet zur Zeit am Band Bühnenwerke I, der das Monodram *Erwartung* op. 17 sowie das Drama mit Musik *Die glückliche Hand* op. 18 enthält.

PROF. DR. CHRISTIAN MARTIN SCHMIDT ist o. Professor für Musikgeschichte an der Technischen Universität Berlin. Schmidt ist Projektleiter der Leipziger Ausgabe der Werke von Felix Mendelssohn Bartholdy und Editionsleiter Noten der Hanns Eisler Gesamtausgabe.

Dr. Martina Sichardt ist wissenschaftliche Mitarbeiterin der Arnold Schönberg Gesamtausgabe, Berlin. Zur Zeit ist sie beurlaubt, um als Stipendiatin der Deutschen Forschungsgemeinschaft an einem Habilitationsprojekt über Beethoven zu arbeiten.

Dr. Joachim Veit ist Mitglied der Editionsleitung der Carl-Maria-von-Weber-Gesamtausgabe. Er ist Mitherausgeber der *Weber-Studien*, war an den *Richtlinienempfehlung zur Edition von Musikerbriefen* (1997) beteiligt und hat gemeinsam mit Bernhard Appel die *Editionsrichtlinien Musik* (2000) vorgelegt.

Friederike Wissmann ist Musik- und Literaturwissenschaftlerin. Als wissenschaftliche Mitarbeiterin ist sie an der Hanns Eisler Gesamtausgabe an der Freien Universität beteiligt; in diesem Rahmen ist sie auch Mitherausgeberin (gemeinsam mit Gert Mattenklott) des *Johann Faustus*.

Frank Ziegler ist wissenschaftlicher Mitarbeiter der Arbeitsstelle der Carl-Maria-von-Weber-Gesamtausgabe an der Staatsbibliothek zu Berlin und Redakteur der *Weberiana*. Er hat an mehreren Katalog-Projekten der Musikabteilung der Staatsbibliothek mitgewirkt und zuletzt eine Ausstellung von Autographen zu Webers Opernschaffen betreut (2001).